वैदिक गणित

जगद्गुरु शंकराचार्य
श्री भारतीकृष्णतीर्थ जी महाराज
(1884-1960)

जगद्गुरु स्वामी श्री भारतीकृष्णतीर्थ जी महाराज

वैदिक गणित

अथवा

वेदों से प्राप्त सोलह सरल गणितीय सूत्र

मुख्य सम्पादक

डॉ॰ वासुदेवशरण अग्रवाल

अनुवादक

एअर वाइस मार्शल विश्वमोहन तिवारी

मोतीलाल बनारसीदास पब्लिशर्स
प्राइवेट लिमिटेड • दिल्ली

नवम् पुनर्मुद्रण: दिल्ली, 2018
प्रथम संस्करण : दिल्ली, 1991
(यह पुस्तक मूल अंग्रेजी पुस्तक "Vedic Mathematics" का हिन्दी रूपांतर है।)

ISBN: 978-81-208-2173-6 (सजिल्द)
ISBN: 978-81-208-2174-3 (अजिल्द)

मोतीलाल बनारसीदास

41 यू.ए. बंगलो रोड, जवाहर नगर, दिल्ली 110 007
236 नाइंथ मेन, III ब्लॉक, जयनगर, बंगलूरू 560 011
1-बी, ज्योति स्टुडियो कम्पाउन्ड, केन्नेडी ब्रिज, नाना चौक, मुम्बई 400 007
203 रायपेट्टा हाई रोड, मैलापोर, चेन्नई 600 004
8 कैमेक स्ट्रीट, कोलकाता 700 017
अशोक राजपथ, पटना 800 004
चौक, वाराणसी 221 001

आर.पी. जैन के द्वारा एन ए बी प्रिंटिंग यूनिट,
ए-44, नारायणा, फेज़-1, नई दिल्ली 110 028 में मुद्रित
एवं जे.पी. जैन द्वारा मोतीलाल बनारसीदास
41 यू.ए., बंगलो रोड, जवाहर नगर, दिल्ली-110 007 के लिए प्रकाशित

प्रधान संपादक की प्रस्तावना

गोवर्धन मठ, पुरी के परम पावन जगद्गुरु शंकराचार्य श्री भारतीकृष्ण तीर्थ जी महाराज (1884-1960) ने वैदिक गणित या 'वेदों के सोलह सरल गणितीय सूत्र' नाम का ग्रन्थ लिखा है।

लेखक की आठ वर्ष की मन को केन्द्रित कर की गई कठोर साधना के फलस्वरूप प्राप्त अंत: प्रेरणात्मक ज्ञानचक्षुओं द्वारा साक्षात्कार किए गए गणित के मूलभूत सत्यों के साकार रूप में यह ग्रन्थ आता है न कि अन्य विज्ञानिक कृतियों की तरह उपयोगिता मूलक कृतियों की श्रेणी में। इसलिए मौखिक गणित इसका उपयुक्त नाम है। और जैसा कि लेखक ने अपने प्राक्कथन में स्वयं कहा है, यह मौखिक गणित वास्तव में नियम बद्ध विज्ञान न होकर चमत्कार अधिक है।

स्वामी शंकराचार्य जी विज्ञान तथा समाजशास्त्र आदि विषयों के प्रतिभाशाली विद्वान थे। इतना ही नहीं उनका सम्पूर्ण व्यक्तित्व इन सबसे कहीं ऊंचा था। वे एक ऋषि थे जो भारत के उन प्राचीन ऋषियों के आदर्शों तथा उपलब्धियों को आगे बढ़ा रहे थे जिन्होंने वेदों में निहित ब्रह्माण्ड के नियमों की खोज की थी। स्वामी भारतीकृष्ण तीर्थ वेदों को उतनी ही श्रद्धा देते थे। यह प्रश्न तो स्वाभाविक है कि जिन सूत्रों पर यह ग्रन्थ आधारित है, वे वेदों में, जैसे कि वे हमें मालूम हैं, कहीं आते भी हैं या नहीं। किन्तु यह प्रश्न स्वयं ही हल हो जाता है यदि हम स्वयं श्री शंकराचार्य द्वारा दी गई वेदों की निम्नलिखित परिभाषा समझ लें:

''वेद शब्द का व्युत्पत्तिक अर्थ है: संपूर्ण ज्ञान का स्रोत तथा अनन्त संग्रह। इस व्युत्पत्ति से जो ध्वनि निकलती है, अर्थ निकलता है, उसका तात्पर्य है कि वेदों में मानव समाज के लिए आवश्यक न केवल आध्यात्मिक (तथाकथित परलोक के लिए) वरन इहलौकिक, सांसारिक या व्यावहारिक संपूर्ण ज्ञान होना चाहिए। और भी, सारी मानव जाति के विकास की जितनी भी दिशाएं संभव हैं उनमें सर्वांगीण, संपूर्ण तथा अधिकतम सफलता के लिये आवश्यक ज्ञान उनमें होना चाहिये। तथा उनमें निहित ज्ञान पर किसी भी विषय में किसी भी दिशा में सीमा बांधने वाला विशेषण या बंधन भी नहीं हो सकता।

''दूसरे शब्दों में हमारा प्राचीन वैदिक ज्ञान सर्वांगीण, संपूर्ण तथा परिपूर्ण होना चाहिए तथा उनमें ज्ञान के किसी भी साधक की किसी भी विषय पर संभाव्य जिज्ञासा पर आवश्यक प्रकाश डालने का सामर्थ्य होना चाहिए।''

उनके वैदिक परम्पराओं के मूल्यांकन का सार यही है कि उसे तथ्यों की दृष्टि से न देखकर, उसे आदर्श दृष्टिकोण से देखना चाहिए, नाम्ना, भारत में वेदों को, परम्परागत अर्थ में, संपूर्ण ज्ञान के संग्रह के रूप में लेना चाहिए और जो हमारे पास बचे हैं उनके सीमित अर्थ में नहीं लेना चाहिए। इस अभिगम से आलोचकों के तर्क अर्थहीन हो जाते हैं तथा प्राचीन काल से संरक्षित सामग्री में वैदिक गणित के लेखक के सूत्रों की खोज करने की कोई आवश्यकता नहीं रह जाती। चार वेद ऋक्, यजु: साम तथा अथर्व तो भले

भाति ज्ञात हैं, किन्तु उनके चार उपवेद तथा छह वेदांग भी हैं। ये सभी मिलकर उस दिव्य ज्ञान का अभाज्य संग्रह बनाते हैं जैसा कि पहले था तथा जैसा कि उसे प्रकाश में लाना चाहिए। चार उपवेद इस प्रकार हैं:

वेद	**उपवेद**
ऋग्वेद	आयुर्वेद
सामवेद	गांधर्ववेद
यजुर्वेद	धनुर्वेद
अथर्ववेद	स्थापत्यवेद

स्थापत्य उपवेद अर्थात इंजीनियरी के अन्तर्गत सारा वास्तुशिल्प तथा संरचनात्मक संबंधी सारे मानवीय उद्यम और चाक्षुष कलाएं आती हैं। स्वामी जी ने स्वाभाविक रूप से गणित या गणना विज्ञान को इसी विभाग में माना।

लेखक का यह कथन कि, सोलह सूत्र जिन पर यह कृति आधारित है, अथर्ववेद के परिशिष्ट में आते हैं, उपरोक्त परिभाषा तथा अभिगम के प्रकाश में ही समझना चाहिए। हमें यह मालूम है कि प्रत्येक वेद में कुछ संदिग्ध स्रोत की सहायक सामग्री रहती है जिसमें कि कुछ पाण्डुलिपि में ही रह जाती है, तथा कुछ मुद्रित हो चुकी है किन्तु यह प्रक्रिया समाप्त नहीं हुई है। उदाहरणार्थ, 1909-10 में जी०एम० बॉलिंग तथा जे वॉन नेजेलीन, लीपज़िंग ने अथर्ववेद के कुछ परिशिष्ट संपादित किए थे। किन्तु शंकराचार्य जी की यह कृति तो स्वयं में एक नवीन परिशिष्ट है तथा इसमें कोई आश्चर्य नहीं कि इसमें वर्णित सूत्र अभी तक के ज्ञात परिशिष्टों में नहीं मिलते। इन मुख्य १६ सूत्रों तथा उनके उपसूत्रों अथवा उपप्रमेयों की सूची कृति के प्रारम्भ में ही दी गई है, तथा भाषा की शैली ही यह इंगित करती है कि उनकी रचना स्वयं स्वामी जी ने की है। स्रोत के प्रश्न पर और अधिक विचारने की आवश्यकता नहीं है क्योंकि इन सूत्रों के विपुल गुणों की खोज प्रत्येक बुद्धिमान पाठक के अनुभूति की वस्तु है। लेखक ने इस कृति में जो कुछ भी लिखा है वह अपने गुणों की सामर्थ्य से है तथा अपने गुणों के ही बल पर वह संसार के सामने प्रस्तुत किया गया है। स्वामीजी अनोखे गुणों वाले एक अलौकिक व्यक्ति,प्रतिभाशाली लेखक तथा प्रभावशाली वक्ता थे। कई बार जब भी वे लखनऊ आए मुझे उनके प्रवचनों को सुनने का सौभाग्य मिला, और वे बहुत ही लोकप्रिय सिद्ध हुए। वे लगातार कई घंटों तक अपनी मधुर आवाज में धाराप्रवाह अंग्रेजी तथा संस्कृत में भाषण दे सकते थे तथा उनकी मधुर आवाज श्रोताओं के हृदय पर गहरा प्रभाव छोड़ जाती थी। वे भारतीय इतिहास के स्वर्णयुग के वैज्ञानिक विचारक भर्तृहरि के एक अन्य क्षेत्र में अर्थात "व्याकरण दर्शन" के रचयिता के रूप में उत्साही प्रशंसक थे।

स्वामीजी ने गणित की सभी शाखाओं तथा पहलुओं के प्रश्नों तथा प्रक्रियाओं पर 16 ग्रन्थ लिखने की योजना बनाई थी तथा इसमें कोई संदेह नहीं है कि उनकी प्रखर प्रतिभा इस योग्य थी। किन्तु हमें केवल यह प्रस्तावनात्मक ग्रन्थ मिला है, जिसमें कि सारे संसार में प्रचलित विधियों से भिन्न एक सर्वथा मौलिक अभिगम दिया गया है जिसे कि लेखक ने मौखिक गणित कहा है, तथा जिसकी उपादेयता के कारण ही इस कृति को विशेष आदर मिलना चाहिए। साधारण भिन्न जैसे 1/19, 1/29, 1/49 को 18, 28 या 42 पैड़ी वाले

प्रचलित हलों के स्थान पर कृति में एक पंक्ति में हल किया गया है तथा वे विधियाँ इतनी सरल हैं कि किशोर बालक भी उन्हें कर सकते हैं। इन प्रक्रियाओं की सत्यता का प्रमाण, इस ऋषि तुल्य शिक्षक ने भारत तथा अमेरिका के कई विश्वविद्यालयों में प्रदर्शित किया तथा विद्वान प्रोफेसरों सहित सारे श्रोतागण उनकी मौलिकता तथा सरलता से एकदम प्रभावित हुए थे।

स्वामी शंकराचार्य अपने प्राक्कथन में कहते हैं कि उनका विचार इन मूलभूत सूत्रों द्वारा गणित की सभी शाखाओं जैसे अंकगणित, बीजगणित, रेखागणित, ज्यामिति (समतल तथा घन), त्रिकोणमिति (समतल तथा गोलीय), ज्यामितीय तथा वैश्लेषिक शांकव गणित, ज्योतिषविज्ञान, अवकलन तथा समाकलन सहित कलन आदि को सरल करने का था। सूत्रों का यह व्यापक अनुप्रयोग, वे लिखित तो नहीं छोड़ पाए किन्तु यदि किसी में इतना धैर्य तथा प्रतिभा है कि वह इन विधियों पर कार्य करे तथा सूत्रों का गूढ़ार्थ समझ सके तो संभवतः वह इन विभिन्न शाखाओं को इन सूत्रों के क्षेत्र में ला सकता है।

1952 में नागपुर विश्वविद्यालय में उनके अध्यापन-निरूपण का पूरा पाठ्यक्रम चलाया गया था तथा १९४९ में स्वामीजी ने बनारस हिन्दू विश्वविद्यालय में कुछ प्रवचन दिए थे। अतएव यह बनारस हिन्दू विश्वविद्यालय के लिए हर्ष का विषय है, तथा उचित भी कि श्री स्वामीजी की शिष्या श्रीमती मंजुला त्रिवेदी के सौजन्य से [जिन्होंने कि डा० पं० ओंकार नाथ ठाकुर के प्रयास के फलस्वरूप मूललिपि हम लोगों को दे दी] बनारस हिन्दू विश्वविद्यालय को इस ग्रन्थ के प्रकाशन का सौभाग्य मिल रहा है। मुख्यतया विश्वविद्यालय के संगीत तथा ललित कला संकाय की अध्यक्ष डा० प्रेमलता शर्मा ने इस ग्रन्थ की प्रेस से संबंधित कार्य की देखभाल की है। विश्वविद्यालय के गणित विभाग के अध्यक्ष डा० ब्रिजमोहन ने मेरा निवेदन मानकर पाण्डुलिपि की गणनाओं की जांच की। इसके लिए मैं उन्हें हार्दिक धन्यवाद देता हूँ। विश्वविद्यालय मुद्रणालय के व्यवस्थापक श्री लक्ष्मीदास ने इस कठिन सामग्री के मुद्रणार्थ जो कष्ट उठाया है, उसके लिए मैं उनका कृतज्ञ हूँ।

इस कृति के लिए श्री स्वामी प्रत्यगात्मानंद सरस्वती ने जो मूल्यवान प्रस्तावना लिखी है उसके लिए मैं हार्दिक कृतज्ञता व्यक्त करता हूँ। वे आज के तांत्रिक विद्वानों में सर्वश्रेष्ठ मान्य हैं, तथा प्रतिभाशाली गणितज्ञ तथा विज्ञानिक विचारक हैं। उनके प्रेरणादायक शब्द प्राचीन वैदिक ऋषियों के चरणों में अर्पित सुगंधित पुष्पों के समान हैं। शंकराचार्य श्री भारती कृष्ण तीर्थ जी उन्हीं ऋषियों की आध्यात्मिक परंपरा की एक कड़ी हैं। स्वामी श्री प्रत्यगात्मानन्द जी ने न केवल श्री शंकराचार्य जी को श्रृद्धांजलि अर्पित की वरन् उनके अमृतमय शब्दों ने, अध्यात्मज्ञान तथा भौतिकी के क्षेत्र में अन्तर्प्रज्ञ अनुभवों के प्रेमियों पर आशीर्वाद की वर्षा की है। सौभाग्य की बात है कि स्वामीजी कलकत्ता से वाराणसी, 8 से 11 मार्च 1965 में हो रहे, वाराणसेय संस्कृत विश्वविद्यालय के तांत्रिक सम्मेलन का सभापतित्व करने आए थे। यद्यपि उनकी आयु अब 85 वर्ष की है तब भी उनके दयालु स्वभाव ने प्रस्तावना देने की हमारी प्रार्थना स्वीकार कर ली।

मुझे इस बात का विशेष हर्ष है कि इस कृति को मैं नेपाल संदान हिन्दू विश्वविद्यालय प्रकाशन क्रम में प्रकाशित कर सका क्योंकि भारत गणतंत्र के राष्ट्रपति स्वर्गीय डा० राजेन्द्र प्रसाद जी ने श्री स्वामीजी के जीवन काल में ही मुझसे इसके

अस्तित्व की चर्चा की थी जिनके फलस्वरूप मेरे हृदय में ऐसा करने की तीव्र इच्छा हो गई थी।

बनारस हिन्दू विश्वविद्यालय
वाराणसी – 5
17 मार्च, 1965

वासुदेव शरण अग्रवाल
एम०ए०, पी०एच०डी०, डी०लिट०
प्रधान संपादक
हिन्दू विश्वविद्यालय
नेपाल राज्य संस्कृत ग्रंथमाला क्रम

प्रस्तावना

गोवर्धनपीठ के शंकराचार्य जी स्वर्गीय भारती कृष्ण तीर्थ द्वारा लिखित ''वैदिक गणित'' एक चिरस्थायी कीर्तिस्तंभ है। वेद के गूढ़ रहस्यों की गहरी खोजबीन, विशेषतया उसके गणना संबंधी संक्षिप्त सूत्रों तथा व्यावहारिक प्रश्नों पर सहज अनुप्रयोग करने के विभिन्न पहलुओं की गहरी खोजबीन करने में स्वर्गीय शंकराचार्य ने पैनी अंतर्दृष्टि, तथा योगी की उजागर करने वाली अंतःप्रेरणा तथा गणितज्ञ की वैश्लेषिक कुशाग्रता और संश्लेषणात्मक मेधा का अनूठा संयोग दिखलाया है। इस धारणा पर दृढ़ विश्वास करने वाले कि वेदों में आध्यात्मिक और सांसारिक दोनों के गहरे ज्ञान का असीमित भंडार है, स्वर्गीय शंकराचार्य के साथ हम उस समाज के लोग हैं, जो कि तेजी से लुप्त हो रहा है। और भी यह कि प्रज्ञान का यह भंडार जहां तक कि मूलभूत सच्चाई वाली संपत्ति का संबंध है, आगमन तथा निगमन विधियों वाली साधारण सुव्यवस्थित खोज द्वारा प्राप्त न कर, उन ऋषियों द्वारा योगसाधना की उच्च अवस्था में संपूर्ण तथा निष्कलंक दिव्य स्रोत से संबंध स्थापित कर सीधे उपलब्ध किया गया है। किन्तु हम यह स्वीकार करते हैं तथा स्वर्गीय शंकराचार्य ने भी व्यावहारिक रूप में स्वीकार किया था, कि दृढ़तम विश्वासों को मात्र दुहराने से कोई उनकी अभिशंसा तो क्या प्राप्त करेगा आलोचना को भी नहीं बदल सकता। इस ध्येय की पूर्ति के लिए तो प्रचलित मान्य विधियों द्वारा इन उपलब्धियों को जांचने तथा परखने की पूरी प्रक्रिया करनी होगी। स्वर्गीय शंकराचार्य ने वैदिक गणित की तुलनात्मक तथा आलोचनात्मक व्याख्या कर वैदिक ज्ञान के लिए इस विधि की आवश्यकता को बिलकुल स्पष्ट कर दिया है। अतएव वैदिक रहस्यों को हमें सुदूर नीहारिकाओं को आंकने वाली कवियों या ऋषियों की दृष्टि से नहीं वरन् भौतिक खगोलविद् की चुस्त, होशियार तथा पैनी दृष्टि से आंकना चाहिए।

यह कि वेदों में गणित सहित पदार्थ विज्ञानों की मूलभूत अवधारणाओं की दृष्टि से तत्वमीमांसक पृष्ठभूमि समेकित रूप से है, उस विचारक को मान्य होगी जिसने कि दोनों पक्षों का गहराई तथा व्यापक रूप से अध्ययन किया है।

''भौतिकी की तत्वमीमांसा'', हमारे ताजे प्रकाशित पर्चे में हमने सृष्टि की उत्पत्ति के रहस्यों पर सुपरिचित ब्रह्माण्डोत्पत्ति विषयक स्तोत्र की सामग्री (ऋग् 10-190) द्वारा तत्वमीमांसा की पृष्ठभूमि को ध्यान में रखते हुए प्रकाश डालने का प्रयास किया है। इसमें प्राचीन ज्ञान तथा आधुनिक भौतिकी के मिलन बिन्दुओं तक तार्किक विधि द्वारा पहुंचने का प्रयत्न है तथा दोनों अवधारणाओं के बीच सार्थक समानता की खोज का भी प्रयत्न है। तत्वमीमांसा की पृष्ठभूमि में गणित भी सम्मिलित है क्योंकि भौतिकी हमेशा ही दी हुई या विशिष्ट दिक्काल-घटना स्थितियों पर गणित का अनुप्रयोग है। उसमें हमने तपस् को मूलभूत सृजनात्मक प्रक्रिया के रूप में जांचा है जिसमें कि परब्रह्म अपने को नाप, विभिन्नता, सीमाएं, कार्यरूप रेखाएं तथा संबंधों के क्षेत्र में प्रकट करता है।

तथा यह उद्भव अथवा अवरोहण एक तर्कसंगत क्रम का अनुसरण करता है जिस पर शर्तों तथा विनिर्देशों के ढांचें में गणितीय विश्लेषण लागू किया जा सकता है। उदाहरणार्थ ब्रह्माण्डोत्पत्ति-स्तोत्र में 'रात्रि' सीमा के सिद्धांत का निरूपण करती है 'ऋतांच सत्यांच' अस्तित्वमान (घटना) (चलन कलन) तथा अस्तित्व सत् (वर्त्तन कलन) का अर्थ प्रकट करते हैं, उस स्थिति में जब कि सीमाएं या प्रतिबन्ध. या परिपाटी बनी नहीं हैं या लागू नहीं होती। पहले वाले से हमें ब्रह्माण्ड प्रक्रिया का प्रतिबंधहीन तथा नियंत्रणहीन ''कैसे'' या ''इस तरह'' मिलता है तथा बाद वाले से अस्तित्व का ''क्या'' या ''वह''। वह जो आरम्भ से प्रतिबंधहीन तथा नियंत्रणहीन है किंतु प्रकट रूप में इसके विपरीत दिखता है, जैसे कि हमारे तार्किक-गणितीय विवेचन के विश्व में, इन दोनों के बीच, तपस, जो कि तांत्रिक प्रतीकवाद में अर्धमात्रा के अनुरूप है, अपनी आलोचनात्मक विचरण की भूमिका में समझौता करता है।

यह तत्वमीमांसा अवश्यमेव दुरूह है, किन्तु यह भौतिकी तथा गणित दोनों की आरंभिक पृष्ठभूमि है। परन्तु व्यावहारिक रूप में हमें अपनी रहस्यमय नीहारिकाओं से वास्तविक समझ बूझ तथा विवेचन की कठोर धरती पर उतरना होगा। अर्थात हमें दिक्-काल-घटना स्थितियों के उपयोगी स्तर पर अवलोकन करना होगा। तभी हम वास्तविक समस्या का सामना करते हैं और हमें इनका हल बिना भागे या रहस्य बनाए निकालना चाहिए। स्वर्गीय शंकराचार्य ने यह दुष्कर कार्य जिस कुशलता से निभाया है, वह उन्हें हमारे आदर का पात्र बना देती है।

मूलभूत आधार वाक्यों से यह निष्कर्ष निकलता है कि हम जिस ब्रह्माण्ड में रहते हैं उसकी संरचना गणितीय होनी चाहिए तथा इसके परिणाम स्वरूप यदि हमें वांछित परिशुद्धता तक कोई तथ्य जानना है अथवा कोई परिणाम निकालना है तो निश्चित रूप से गणित के नियमों का पालन करना होगा। और यह कोई चाहे तो समझ बूझकर करे. या बिना जाने ही, व्यवस्थापूर्वक करे या अव्यवस्थित ढंग से। नीची श्रेणी के कुछ जानवर सहज प्रवृत्ति से ही ऊंचे गणितज्ञ होते है, उदाहरणार्थ कुछ प्रवासी पक्षी अपने घरू घोंसलों से हजारों मील दूर जाकर भी कुछ अवधि पश्चात बिना गलती किए वापिस लौट आते हैं। इससे यह निष्कर्ष निकलता है कि अवचेतन में गणितीय प्रतिभा होती है जो कि चमत्कारिक कार्य कर सकती है। उदाहरणार्थ श्रीमान मातरलिंक की पुस्तक ''अज्ञात अन्वेषण'' के अनुसार किसी संख्या का घनमूल निकालने की 32 पैड़ियों वाली प्रक्रिया एक घोड़ा एक क्षण के भीतर कर सकता था। यह तो जादू सा लगता है, किन्तु यह निर्विवाद है कि गणित के करतब जादू से लगने लगते हैं। और निंस्सदेह आदमी को जादुई प्रतिभा का अपना हिस्सा मिला है। और वह अभ्यास तथा अनुशासन द्वारा तथा योग इत्यादि सहायक विधियों द्वारा उसे समुन्नत कर सकता है, यह भी निर्विवाद है। अब तो उसने स्वतः चालित मस्तिष्क का आविष्कार किया है जो विज्ञानिक विधियों द्वारा जटिल गणना कर सकता है, यह भी जादू सा दिखता है।

किन्तु इस जादू के अलावा गणित का तर्क था भी, और है भी। आदमी अपनी सहजवृत्ति, मेधा या प्रतिभा द्वारा कार्य करता है। किन्तु साधारणतया वह तर्क के अनुसार कार्य करता है। उसे आरम्भ करने के लिए निश्चित आधार सामग्री या आधार वाक्यों की आवश्यकता होती है, तथा निष्कर्ष तक पहुंचने के लिए लगभग सभी तर्क पैड़ियों की। यही उसकी साधारण निगमन तथा आगमन की प्रक्रियाएं हैं। इसमें भी

गणित की तरह सूत्र तथा (संबंध दर्शाने वाले) समीकरण प्राप्त करते हैं। कुछ प्रकरणों में गणित के तर्क तथा जादू घुलमिल जाते हैं; किन्तु उन्हें अलग रखने में ही बुद्धिमत्ता है। परिणाम निकालने में जादू का उपयोग किया जा सकता है, किन्तु प्रमाणित करने के लिए तर्क का ही उपयोग करना पड़ता है।

बाद वाले प्रकरण में भी, तर्क (सूत्र तथा समीकरण) सरल तथा परिमार्जित हो सकता है या जटिल तथा उबाऊ; पहले वाला आदर्श है। हमारे पास विद्वान गणितज्ञों के उच्च कोटि के कुछ उदाहरण हैं जिनकी विश्लेषण तथा हल की विधियों को गठन, अकाट्यता तथा परिमार्जन का चमत्कार माना जाता है। [उदाहरणार्थः वैश्लेषिक यांत्रिकीः लाग्रांज]

स्वर्गीय शंकराचार्य ने दावा किया है, और ठीक ही, कि वैदिक सूत्र तथा उनके अनुप्रयोग में ऐसे गुण इतनी विशेष मात्रा में हैं कि उन पर किसी प्रकार का संदेह नहीं किया जा सकता। इस कृति की विशेषता यह है कि इस कथन को यह वास्तव में प्रमाणित करती है।

वेदों को सम्पूर्णज्ञान के खजाने के रूप में कोई विश्वास करे या न भी करे किन्तु इसमें कोई संदेह नहीं कि वैदिक जाति मात्र पशुपालकों की अर्ध अथवा अपूर्ण संस्कृति तथा सभ्यता वाली जाति नहीं थी। वैदिक ऋषि कोरे काल्पनिक संसार में नहीं रहते थे। उन्होंने अपने आपको व्यावहारिक तथा सैद्धान्तिक ज्ञान की सभी शाखाओं में, सभी स्तर पर प्रवीण सिद्ध किया। उदाहरणार्थ उनके पास दोनों, शुद्ध तथा प्रयुक्त पदार्थमूलक विज्ञान की विभिन्न शाखाओं में यथेष्ट ज्ञान था।

एक ठोस उदाहरण लें। सूखे के समय हमें, मान लें कि, कृत्रिम उपायों द्वारा वर्षा पैदा करनी है। आधुनिक वैज्ञानिक के पास इसके लिए आधुनिक सिद्धांत तथा तकनीक हैं : पुरातन ऋषि के पास भी ये दोनों थे, किन्तु आधुनिक से भिन्न अवश्य थे। उसके विज्ञान में यज्ञ थे जिसमें कि मंत्र तंत्र तथा अन्य घटकों की गणितीय निश्चितता तथा परिशुद्धता से सहयोग की आवश्यकता रहती थी। इस हेतु उसने वेदों के छह उपांग विकसित किए, जिनमें कि तांत्रिक अथवा इतर गणितीय योग्यता तथा कुशलता का महत्वपूर्ण स्थान था। सूत्र, इनकी कार्यविधि, संक्षिप्त तथा पक्के रूप में उल्लिखित करते थे। मंत्र की परिशुद्ध ध्वनि, यंत्र (उदाहरणार्थ वेदी बनाने में वृत का वर्ग) का सही रेखांकन, सही समय अथवा तारों का सही संयोग, सही लय आदि सभी में पूर्णता सिद्ध करनी पड़ती थी जिससे अभीष्ट परिणाम सही प्रभाव में तथा परिमाण में प्राप्त हो इसके लिए गणितीय कलन की आवश्यकता थी। आधुनिक तकनीकी के पास लघुगणक पटल तथा अन्य सहायक पटल होते हैं: पुरातन याज्ञिक के पास सूत्र थे। सूत्र कैसे उपलब्ध किए गए? जादू से या तर्क से? या जादू तथा तर्क दोनों से? यह एक महत्वपूर्ण प्रश्न है जिस पर हम यहां विचार नहीं करेंगे। स्वर्गीय शंकराचार्य ने उनमें अकाट्यता, सघनता तथा सरलता का दावा किया है। यह तो और भी महत्वपूर्ण बात है और हमारा विचार है कि उन्होंने संतोषजनक प्रमाण दिया है।

वाराणसी
22-3-1965

स्वामी प्रत्यगात्मानन्द सरस्वती

अनुक्रमणिका

लेखक का प्राक्कथन

(क) पुरातन भारतीय वैदिक गणित के विस्मय कारक आश्चर्यों पर वर्णनात्मक भूमिका

1. विभिन्न विषयों पर (आध्यात्मिक, तत्वमीमांसीय, दार्शनिक, आत्मिक, मनोवैज्ञानिक, नैतिक, शैक्षिक, विज्ञानिक, गणितीय, ऐतिहासिक, राजनैतिक, अर्थशास्त्रीय, सामाजिक इत्यादि-इत्यादि). समय-समय पर और भिन्न-भिन्न स्थानों पर, पिछले पाँच दशकों से भी अधिक अवधि में हमारे प्रवचनों के प्रसंग में, हम लोग बार-बार यह बतलाते आए हैं कि वेदों (भारत के प्राचीनतम धर्मशास्त्र ही नहीं समस्त विश्व के प्राचीनतम धार्मिक ग्रन्थ) में आध्यात्मिक तथा इहलौकिक ज्ञान का भंडार है। वेद ज्ञान के सच्चे अन्वेषक को वैज्ञानिक ही नहीं वरन गणितीय परिशुद्ध-पद्धति पर सभी आवश्यक अनुदेश और पूर्ण विवरण सहित मार्ग दर्शन देते हैं, इत्यादि-इत्यादि।

2. वेद शब्द के व्युत्पत्यात्मक अर्थ में ही यह सब निहित है, वेद अर्थात समस्त ज्ञान का श्रोत तथा असीमित कोष। यह व्युत्पत्ति वास्तव में अर्थ रखती है, दर्शाती है और समाविष्ट करती है कि वेदों में वह समस्त ज्ञान होना चाहिए कि जिसकी आवश्यकता मानव को न केवल तथाकथित आध्यात्मिक (पारलौकिक) विषयों में पड़ती है, वरन विशुद्ध सांसारिक, इहलौकिक या व्यावहारिक विषयों में भी पड़ती है, और मानवता की सर्वतोमुखी प्रगति करने के लिए, सभी संभव दिशाओं में सम्पूर्ण तथा दोष रहित सफलता प्राप्ति हेतु उपयुक्त साधनों का निर्माण करने के लिए आवश्यक है, और किसी भी क्षेत्र में, किसी भी दिशा में या किसी भी तरह सीमित या संकुचित करने वाला [या ऐसा करने की ओर उन्मुख] विशेषण, इस पर नहीं लगाया जा सकता।

3. दूसरे शब्दों में इसका अर्थ हुआ कि हमारे पुरातन भारतीय वैदिक ज्ञान को सर्वतोमुखी सम्पूर्ण और आदर्श होना चाहिए और किसी भी ज्ञान के सच्चे अन्वेषक के इच्छित विषय पर इसमें प्रकाश डालने की योग्यता होनी चाहिए।

4. इसलिए यह बिलकुल उचित है कि वेदों में निम्नलिखित विषय समाविष्ट हैं:—

(क) आयुर्वेद (शरीर रचना विज्ञान, आरोग्यशास्त्र, परिशोधी शास्त्र, चिकित्सा विज्ञान, शल्यचिकित्सा इत्यादि) मृत्यु के पश्चात पूर्ण स्वास्थ्य तथा शक्ति लाभ करने के लिए नहीं वरन हमारे भौतिक शरीर में, यहाँ और अभी, यह सब उपलब्ध करने के लिए।

(ख) धनुर्वेद [धनुष विद्या तथा अन्य सैनिक विज्ञान] हमारे स्वर्ग में पहुंचने के पश्चात आपस में युद्ध करने के लिए नहीं वरन सभी विदेशी आक्रामकों को हराने और दबाने के लिए तथा आंतरिक विद्रोहियों का दमन करने के लिए।

(ग) गांधर्व वेद (संगीत कला तथा विज्ञान)।

(घ) स्थापत्य वेद (इंजीनियरी, वास्तु शिल्प इत्यादि और सम्पूर्णता के लिए गणित की सभी शाखाएं)।

यह ध्यान देने योग्य है कि ये सभी विषय वेदों में अन्तर्निहित हैं अर्थात इनकी गणना आध्यात्मिक ज्ञान सरीखी हुई है।

5. यही बात वेदांगों (अर्थात व्याकरण, छन्द शास्त्र, ज्योतिर्विज्ञान, कोश विज्ञान इत्यादि) के विषय में लागू होती है जो कि भारतीय सांस्कृतिक संकल्पनाओं के अनुसार वेदों की अन्तर्निहित विषय (अर्थात धार्मिक) वस्तु हैं।

6. वेद शब्द के वास्तविक अभिधार्थ तथा पूर्ण आशय के विश्लेषण तथा व्याकरणीय अध्ययन के सीधे तथा अपरित्याज्य परिणामस्वरूप और कुछ अन्य व्यक्तिगत प्रकार के ऐतिहासिक कारणों (जिनके विवरण में जाने की अभी आवश्कता नहीं है) के फलस्वरूप हम लोग अपने बचपन से ही गंभीरतापूर्वक और परिश्रमपूर्वक वेदों का आलोचनात्मक अध्ययन इसी दृष्टिकोण से कर रहे हैं और यह स्वयं तथा दूसरों को भी समझाने के लिए और सिद्ध करने के लिए, कि वेदों का व्युत्पत्यात्मक अर्थ परिशुद्ध है अथवा नहीं, प्रयत्नशील हैं।

7. हमारे वेदों की सभी शाखाओं तथा उपशाखाओं में सारे ज्ञान की खोज के अनुसंधान में मुख्यतया हमारा ध्यान एक तरफ नैतिक, मनोवैज्ञानिक तथा तत्वमीमांसा पर तथा दूसरी तरफ घनात्मक विज्ञानों और विशेषतया गणित की ही तरफ क्यों था, इसके भी व्यक्तिगत ऐतिहासिक कारण रहे।

8. घृणास्पद दृष्टिकोण या बहुत भले रूप से कहें तो आश्चर्यात्मक दृष्टिकोण वाले कुछ तथा-कथित प्राच्यविदों, भारत-भारतीविदों, प्राचीनविदों, अनुसंधानरत विद्वानों आदि ने वेदों के कुछ गूढ़ तथा दुर्बोध दिखने वाले अंशों को गम्भीरता पूर्वक न लेते हुए ही नहीं वरन गैर जिम्मेदारी से, तुच्छतापूर्वक तथा अवज्ञापूर्वक मात्र मूर्खतापूर्ण अथवा बालक सी तोतली बातें कहकर निंदित किया। किन्तु इस सबने, अग्नि में घृत सदृश्य, हमारे प्राचीन भारत के वैदिक ज्ञान में सन्निहित दीर्घकाल से रहस्यमयता के अवगुंठन में छिपे दर्शन तथा विज्ञान को प्रकाश में लाने के दृढ़ संकल्प को और भी पक्का तथा दृढ़ कर दिया। इसके फलस्वरूप, जंगल के एकान्त में आठ वर्षों के घनीभूत चिंतन तथा मनन के पश्चात कहीं हम लोग दीर्घकाल से लुप्त उस कुंजी को खोज पाए जिससे कि इस ज्ञान के द्वार खुल सकते हैं।

9. तथा हम लोगों को स्वयं भी यह खोजकर, कि गणित के अत्यंत कठिन प्रश्नों को (जिन्हें कि गणितीय दृष्टि से अग्रणी आधुनिक पाश्चात्य विज्ञानिक विश्व ने बहुत अधिक समय, शक्ति तथा धन का खर्च करने के बाद भी बहुत कठिनता से तथा बहुत ही श्रम साध्य विधि से जिनमें कि बहुत सारी कठिन, उबाऊ तथा दुष्कर पैड़ियां रहती हैं, हल किया है) अथर्ववेद के परिशिष्ट में निहित अति सरल वैदिक सूत्रों द्वारा सरलतापूर्वक तथा सहज ही, कुछ सरल पैड़ियों में मात्र मौखिक विधि द्वारा, हल कर सकते हैं, आश्चर्य हुआ तथा विपुल हर्ष भी।

10. तभी से (कुछ दशक पूर्व से) इस विज्ञान के ज्ञान को सारे भारत में फैलाने के ध्येय से हम लोग विद्यालयों, महाविद्यालयों तथा विश्वविद्यालयों इत्यादि में भाषणों, प्रत्यक्षनिरूपणों, नियमित कक्षाओं आदि द्वारा समझाने में लगे हुए हैं। तथा भारतीय वैदिक गणित के आश्चर्यों तथा अलौकिक चमत्कारों से सभी स्थानों पर श्रोताओं को विस्मयाभिभूत कर रहें हैं।

11. इस तरह हम लोग भारतीय विश्वविद्यालयों के इस विषय पर कुछ अधिकृत विद्वानों का ध्यान आकर्षित कर सके हैं। तथा 1952 में नागपुर विश्वविद्यालय ने न

केवल हम लोगों के कुछ भाषण तथा निरूपण के लिए वरन् (विश्वविद्यालय के दीक्षांत सभा भवन में) सभी के लिए, विशेषकर विश्वविद्यालय के गणित तथा भौतिकी के प्रोफैसरों के लिए, नियमित कक्षाओं की व्यवस्था की है।

12. इसके फलस्वरूप शिक्षाविद् तथा उच्चतम अधिकारीगण (उदाहरणार्थ उच्च-न्यायालय के न्यायाधीश, मंत्रीगण इत्यादि) सहित अंग्रेजी शिक्षा प्राप्त लोगों की उच्च श्रेणी के लोग तथा सामान्य जनता सभी बहुत प्रभावित ही नहीं हुए वरन् रोमांचित, आश्चर्यचकित तथा भौंचक्के हो गए। तथा न केवल समाचारपत्रों ने वरन् विश्वविद्यालय की अधिकारिक रिपोर्टों ने इस तरह पैदा हुई उत्तेजना का अत्यधिक प्रशंसात्मक शब्दों में विवरण दिया। समाचारपत्रों ने हमारे विषय में इस तरह लिखना शुरू कर दिया ''अशीतिवर्षीय जगद्गुरू शंकराचार्य जी ने अपने वैदिक गणित से नागपुर में तूफान मचा दिया'', आदि आदि।

13. यह तो स्पष्ट रूप से असंभव है कि इस छोटी कृति में (जो कि अनुचित्र या ट्रेलर के रूप में लिखी गई है) गणितीय ज्ञान के अद्वितीय लक्षण तथा विस्मयकारी विशिष्टताओं का संपूर्ण, पूर्णविवरण सहित, व्यापक, सांगोपांग वर्णन किया जा सके। यह तो इस श्रृंखला की आने वाली कृतियों (इसमें गणित की समस्त विभिन्न शाखाओं का क्रमबद्ध तथा विस्तारपूर्वक समावेश होगा) में किया जा सकेगा और किया जाएगा।

14. हम यहां उनके कुछ मुख्य गुणों पर आप सबका ध्यान आकर्षित करना चाहेंगे :—

(1) सूत्र गणित की सभी शाखाओं के सभी अध्यायों में सभी विभागों पर लागू होते हैं (अंकगणित, बीजगणित, रेखागणित-समतल तथा गोलीय, त्रिकोणमिति-समतल तथा घन ज्यामितीय तथा वैश्लेषिक) शांकव, ज्योतिर्विज्ञान, समाकल तथा अवकल कलन इत्यादि। वास्तव में शुद्ध अथवा प्रयुक्त गणित में ऐसा कोई भाग नहीं जिसमें कि उनका अनुप्रयोग न हो।

(2) सूत्र सहज ही समझ में आ जाते हैं, उनका अनुप्रयोग सरल है तथा सहज ही याद हो जाते हैं तथा सारी प्रक्रिया ''मौखिक'' है।

(3) कई पैड़ियों की प्रक्रिया वाले (क्रमानुसार अथवा एक साथ) जटिल प्रश्नों को हल करने में आधुनिक पाश्चात्य विधि (प्रचलित) की अपेक्षा वैदिक विधि में एक तिहाई, चौथाई, दसवां या उससे भी कम समय लगता है।

(4) तथा कुछ महत्वपूर्ण तथा प्रभावशाली प्रकरणों में 30, 50, 100 या इनसे भी अधिक दुष्कर पैड़ियों वाले (प्रचलित पाश्चात्य विधि द्वारा) प्रश्नों का हल वैदिक पद्धति द्वारा एक ही सरल पैड़ी में कर सकते हैं तथा (10 या 12 वर्ष की आयु वाले) बालक गण काले तख्ते पर लिखे सवालों को केवल देखकर तत्काल ही उनका उत्तर दीक्षान्त सभाभवन के बीच में से ही (या जो भी कक्षा का स्थान हो वहां से) चिल्ला देते हैं। यह इसलिए कि प्रत्येक अंक अपने आगामी अंक और पूर्वगामी अंक को स्वतः निर्धारित करता है। और बालक मौखिक विधि द्वारा (बिना कागज और पेंसिल की सहायता के) एक के बाद दूसरा अंक चटाचट बोलते जाते हैं।

(5) इस तरह के कार्यों को बालकों द्वारा किए जाते देखकर, डाक्टर, प्रोफैसर तथा गणित के दिग्गज दाँतों तले उंगली दबा लेते हैं और पूछते हैं कि ''क्या यह

गणित है या जादू है"? हम हमेशा उत्तर देते हैं कि "दोंनों। जब तक न समझ में आए तब तक जादू और तत्पश्चात गणित"। तथा उसके बाद हम अपने इस उत्तर की परिशुद्धता को प्रमाणित करते हैं।

(6) गणित की सभी शाखाओं पर अनुप्रयोग करते हुए विद्यार्थियों को वैदिक गणित का संपूर्ण पाठ्यक्रम पूरा करने के लिए औसतन 2 या 3 घंटे प्रतिदिन के हिसाब से कोई 8 या 12 माह लगते हैं, जबकि प्रचलित भारतीय अथवा विदेशी विश्वविद्यालयों की पद्धति से कोई 15 या 20 वर्ष लगते हैं।

15. इस संदर्भ में यह कहते हुए हर्ष होता है कि कुछ तथाकथित भारतभारतीविदों (जैसा कि ऊपर संदर्भित किया गया है) के विपरीत कुछ आधुनिक गणित के मान्यविद्वानों तथा गणितीय इतिहास के मान्य विद्वानों (जैसे प्रो०जी०पी० हाल्स्टैड, प्रो० गिन्सबर्ग, प्रो० डी० मोर्गन, प्रो० हटन आदि) ने जो कि सत्य के अन्वेषक हैं तथा सत्य प्रेमी हैं, वैज्ञानिक दृष्टिकोण अपनाया तथा प्राचीन भारत द्वारा गणितीय ज्ञान की प्रगति में भव्य तथा योगदान की निष्कपट रूप से तथा खुले हृदय से भूरि-भूरि प्रशंसा की है।

16. गणितीय इतिहास के क्षेत्र में सारे विश्वमान्य तथा अधिकृत विद्वानों की प्रकाशित कृतियों में से निम्नलिखित कुछ उद्धरण स्वतः ही विपुल प्रमाण प्रस्तुत करेंगे:-

(1) प्रो० जी० पी० हाल्स्टैड अपनी पुस्तक "गणित की नींव तथा प्रक्रियाएं" के पृष्ठ 20 पर कहते हैं, शून्य के संकेत के आविष्कार की महत्ता कभी बखानी नहीं जा सकती। "कुछ नहीं" को न केवल एक नाम तथा सत्ता देना वरन् एक शक्ति देना, हिंदू जाति का लक्षण है कि जिनकी यह उपज है। यह 'निर्वाण' को डायनमो की शक्ति देने के समान है। अन्य कोई भी एक गणितीय आविष्कार बुद्धिमता तथा शक्ति के सामान्य विकास के लिए इससे अधिक प्रभावशाली नहीं हुआ।"

(2) इसी संदर्भ में बी० बी० दत्त ने अपने प्रबन्ध "संख्याओं को व्यक्त करने की आधुनिक विधि" (इंडियन हिस्टॉरिकल क्वार्टरली, अंक 3, पृष्ठ 530-540] में कहा है, "हिन्दुओं ने दाशमलविक पद्धति बहुत पहले अपना ली थी। किसी भी अन्य देश की गणितीय अंकों की भाषा प्राचीन भारत के समान विज्ञानिक तथा पूर्णता को नहीं प्राप्त कर सकी थी। उन्हें किसी भी संख्या को केवल दस बिंबों की सहायता से सरलता तथा सुन्दरता पूर्बक व्यक्त करने में सफलता मिली। हिन्दू संख्या अंकन पद्धति की इसी सुंदरता ने विश्व के सभ्य समाज को आकर्षित किया तथा उन्होंने इसे सहर्ष अपनाया"।

(3) इसी संदर्भ में प्रो. गिन्सबर्ग कहते हैं:-
लगभग 770 ई० सदी में उज्जैन के एक हिन्दू विद्वान कान्का को बगदाद के प्रसिद्ध दरबार में अब्बासईद खलीफा अलमन्सूर ने आंमत्रित किया। इस तरह हिन्दू अंकन पद्धति अरब पहुंची। कान्का ने हिन्दू ज्योतिष विज्ञान तथा गणित अरब के विद्वानों को पढ़ाई। कान्का की सहायता से उन्होंने ब्रह्मगुप्त के ब्रह्मस्फुट सिद्धान्त का अरबी में अनुवाद किया। फ्रांसीसी विद्वान एम० एफ० नाउ की ताजी खोज यह प्रमाणित करती है कि सीरिया में मध्य सातवीं शती में हिन्दू अंक अच्छी तरह ज्ञात थे तथा उनकी सराहना की जाती थी।

("गिन्सबर्ग: हमारे अंको पर नया प्रकाश" बुलेटिन आव द अमेरिकन मेंथर्मेटिकल सोसाइटी, द्वितीय श्रेढ़ी, अंक (वाल्यूम)-25 पृष्ठ 366-369]

(4) इसी पर बी० बी० दत्त आगे कहते हैं:–
"अरब से, मिश्र तथा उत्तरी अरब होते हुए, अंक धीरे-धीरे पश्चिम पहुंचे तथा ग्यारहवीं शती में पूर्णरूप से यूरोप पहुंच गए। यूरोपियों ने उन्हें अरबी अंक कहा क्योंकि वे उन्हें अरबों से मिले। किन्तु स्वयं अरबों ने, एकमत से उन्हें हिन्दू अंक कहा। (अल-अरकान अल-हिन्दू)।

17. उपरोक्त उदाहरण भारत द्वारा शून्य अंक के आविष्कार तथा सातवीं शती तथा उसके पश्चात के (विश्व के गणितीय ज्ञान में) योगदान की सराहना के संबंध के हैं इसके भी पूर्व के वैदिक सूत्रों (जिनका वर्णन इस श्रृखंला की 16 कृतियों में किया गया है) के अद्वितीय गुणों तथा लक्षणों का वर्णन ऊपर किया जा चुका है। उसके प्रकाश में गणित के अन्त: परायण इतिहासज्ञों (सत्यप्रेमी तथा सत्यवादी, प्रो० डी० मोर्गन की कोटिवाले) ने जब निश्छल स्वीकारा कि आधुनिक पाश्चात्य गणित की उच्चतम उड़ान भी पाश्चात्य विश्व को प्राचीन भारतीय वैदिक गणित के आरम्भ तक नहीं ला पाई है, तब इसमें वे लेशमात्र भी बड़बोली के अपराधी नहीं हैं।

18. इन 16 कृतियों में हमारी निष्कपट महत्वाकांक्षा वैदिक गणित के सूत्रों को समझाने तथा उन पर व्याख्या करने की है तथा उन्हें प्रत्येक गणितीय ज्ञान के साधक की सरल पहुंच में लाने की है।

(ख) तुलना तथा विषमता के दृष्टिकोण से कुछ विशेष शिक्षणात्मक तथा रुचिकर व्याख्यात्मक दृष्टान्तों की स्पष्टकारी व्याख्या

प्रारम्भिक नोट:

(1) प्रत्येक विषय के वैदिक गणितीय सूत्र का सामान्यतया, सामान्य प्रश्न पर अनुप्रयोग हो सकता है (सरल प्रक्रियाएं शीघ्र ही और सरलतापूर्वक ही नहीं वरन् तत्क्षण ही किसी विशेष शीर्षक के अन्तर्गत आने वाले किसी भी प्रश्न को हल करने के लिए लगाई जा सकती हैं)।

(2) साथ ही साथ अक्सर हमें ऐसे विशेष प्रश्न मिलते हैं जो कि विशेष शीर्षक के अन्तर्गत तो आते हैं किन्तु अपने कुछ अतिरिक्त तथा प्रारूपिक लक्षणों के कारण और भी सरलतापूर्वक हल किए जा सकते हैं। इसलिए ऐसे विशेष प्रश्नों के लिए कुछ विशेष सूत्र, उपसूत्र, उपप्रमेय आदि उपलब्ध हैं.जो कुछ विशेष प्रकार के प्रकरणों पर ही लगते हैं।

(3) इन सूत्रों के विद्यार्थी को मात्र प्रश्न के विशेष लक्षण देखकर, उसका विशेष रूप पहचान कर उसके लिए उपयुक्त विशेष सूत्र चुनकर उसका अनुप्रयोग करना पड़ता है।

(4) जब प्रश्न किसी विशेष प्रकार का नहीं होता तभी सामान्यसूत्र उस पर लगाया जाता है। और यह प्रक्रिया स्वभावतया कुछ लम्बी है। किन्तु वैदिक पद्धति की सबसे लम्बी प्रक्रिया (लम्बाई, दुष्करता तथा उबाऊपन में) प्रचलित पद्धति की

[illegible] केवल एक ही कृति उप[illegible]

अनुरूप प्रक्रिया से कहीं छोटी है।

(5) उदाहरणार्थ, साधारण भिन्न (1/19 या 1/29 या 1/49 आदि) को तुल्य आवर्ती दशमलव में बदलने में प्रचलित पद्धति में (18 या 28 या 42 या इससे भी) बहुत अधिक तथा दुष्कर पैड़ियों की आवश्यकता होती है किन्तु वैदिक सूत्र के अनुसार केवल एक सरल मौखिक पैड़ी यथेष्ट होती है।

(6) किन्तु यही नहीं, आगे और भी पद्धतियां हैं जिनमें यह लघु मौखिक विधि और भी लघु हो जाती है। सारी वैदिक पद्धति का यही तो आनन्दमय सौन्दर्य है।

(7) प्रारम्भ करने के लिए, स्वभावतया, हम, स्पष्टकारी व्याख्यात्मक दृष्टान्त के लिए बड़ी-बड़ी संख्याओं के गुणन तथा भाग की कुछ प्रक्रियाएं लेंगे, तत्पश्चात् गणितीय गणना की अन्य शाखाओं पर जाएंगे।

(8) किन्तु अभी ऊपर हमने एक विशेष और आश्चर्यजनक गणितीय प्रक्रिया की बात की है जिसमें 18, 28, 42 या इनसे भी अधिक पैड़ियों के स्थान पर एक ही पैड़ी द्वारा हल (सीधी एक पंक्ति वाली मौखिक विधि द्वारा) खटाखट लिखा जा सकता है। इस कथन से, बिलकुल स्वाभाविक बात है, कि विद्यार्थियों के मन में (शिक्षकों के भी) तीव्र उत्सुकता तथा जिज्ञासा जागृत हो गई होगी, और भी विशेषकर, इस पद्धति के प्रारम्भिक तथा मूलभूत सिद्धांतों पर आधारित होने के कारण, इसे समझने के लिए किसी और अनिवार्य तथा अपरिहार्य सामग्री के ज्ञान की आवश्यकता नहीं है। इसलिए हम इस व्याख्या को उस विशेष व्याख्यात्मक दृष्टान्त के सरल स्पष्टीकरण से प्रारम्भ कर रहे हैं।

(9) और तब हम गणितीय संगणना में विभिन्न शाखाओं पर एक के बाद एक विचार करेंगे तथा उन पर यथेष्ट प्रकाश डालेंगे जिससे कि पाठक स्वयं विचारगत विषयों की तुलनात्मक विवेचना कर सही निष्कर्षों पर पहुंच सकें।

(ग) व्याख्यात्मक दृष्टान्त (तुलना तथा विषमताएं)

गणितीय संगणनाओं के नूमने

(1) गुणा: 87265 को 32117 से गुणा करिए।

प्रचलित विधि :

```
      87265
    ×32117
    ------
     610855
     87265
    87265
   174530
  261795
 ----------
 2802690005
 ----------
```

संस्कृत सूत्र : ।। ऊर्ध्व तिर्यग्भ्याम् ।।
वैदिक एक पंक्ति विधि द्वारा

```
     87265
     32117
 ----------
 2802690005
 ----------
```

नोट :–

ऊर्ध्व तिर्यक सूत्र द्वारा सीधा उत्तर लिखा जाता है (बाएं से या दाएं से)

(2) भाग: 1/19 को पूर्ण आवर्त्ती दशमलव रूप में लिखिए (18 अंक)।

प्रचलित विधि द्वारा :

```
19) 1.00(.0̇52631578
     95(  947368421̇
    ---
      50
      38
     ---
      120
      114
      ---
        60
        57
       ---
         30
         19
        ---
         110
          95
         ---
          150
          133
          ---
           170
           152
           ---
            180
            171
            ---
              90
              76
             ---
             140
             133
             ---
               70
               57
              ---
               130
               114
               ---
                160

      160
      152
      ---
        80
        76
       ---
         40
         38
        ---
         20
         19
        ---
          1
```

संस्कृत सूत्र : [एकाधिकेन पूर्वेण]

वैदिक एक पंक्ति मौखिक विधि द्वारा (एकाधिक पूर्व सूत्र द्वारा) बाएं से या दाहिने से
हम 18 अंकीय हल को सीधे लिख देते हैं:—

.0̇5263157894736842İ

नोट:— 1/49 के आवर्त्ती दशमलव में 42 अंक हैं किन्तु इन्हें भी (बाएं से या दाहिने से) उसी तरह यंत्रवत खटाखट लिखा जा सकता है। और इस तरह के सभी भागों की यही विधि है (चाहे जितने अंक हों)।

(3) भाग 7031985 को 823 से भाग दीजिए

प्रचलित विधि :

```
823)7031985 (8544
    6584
    ----
     4479
     4115
     ----
      3648
      3292
      ----
       3565
       3292
       ----
        273
```

वैदिक एक पंक्ति मौखिक विधि द्वारा:

```
23 : 70  3  1  9 :  8  5
 8 :     6  7  5    4  4  3
-----------------------------
   :  8  5  4  4 .  3  3
```

भजनफल 8544

अवशेष 273

(4) .00034147 को 8.1425632 से (दशमलव के 6 स्थान तक) भाग दीजिए: प्रचलित विधि, स्पष्टतया बहुत लम्बी, दुष्कर, उबाऊ तथा बेढंगी और बहुत समय खाने वाली तथा श्रमसाध्य है। यहां केवल एक पंक्ति वाली वैदिक विधि दी है। सत्य-प्रिय विद्यार्थी प्रचलित विधि द्वारा स्वयं कर सकता है तथा दोनों की तुलना भी।

```
8.1425632)    .0  0  0  3  4  1  4  7
                       3  2  9  5
              -------------------------
              .0  0  0  0  4  1  9
```

(5) 7246041 का व्युत्क्रम लिखिए। (दशमलव के ग्यारह स्थान तक)। वैदिक एक पंक्ति मौखिक विधि द्वारा :–

```
7/246041)   1 .0  0  0  0  0  0  0  0  0  0  0
                        1  3  7  4  6  1  0
            ---------------------------------
              0  0  0 · 0  0  0  1  3  8  0  0
```

नोट :–

दशमलव के 200 या अधिक स्थान तक भी इसी विधि का प्रयोग किया जा सकता है।

(6) भाज्यता :

क्या 5293240096, 139 द्वारा भाज्य है ?

प्रचलित विधि द्वारा बिना पूरा भाग दिए इस प्रश्न का उत्तर नहीं दिया जा सकता। किन्तु वैदिक एक पंक्ति मौखिक विधि द्वारा (एकाधिक पूर्व सूत्र द्वारा) हम खटाखट कह सकते हैं :–

```
         5    2    9    3    2    4    0    0    9    6
139)   139   89   36  131   29  131   19   51   93
```

∴ हां

(7). वर्गमूल:
738915489 का वर्ग मूल निकालिए।

प्रचलित विधि द्वारा

```
           738915489   (27183
           4
    47)338
       329
   541)  991
         541
  5428)  45054
         43424
 54363)    163089
           163089
           000000
```

वैदिक एक पंक्ति मौखिक विधि द्वारा:–

```
  7 3 8 9  1 5 4 8 9
    3 5 5 13 6 7 4
  --------------------
  2 7 1 8 3. 0 0 0 0
```

(8) 19.706412814 का दशमलव के 6 स्थान तक वर्गमूल निकालिए।
प्रचलित विधि बहुत उबाऊ है और विद्यार्थी यदि चाहे तो कर सकता है। वैदिक विधि के द्वारा :–

```
  19 .  7 0 6 4 1 2 8 1 4
  8  . 3 5 10 10 15 1 7 1 3
  --------------------------
   4 .  4 3 9 1 9 0
```

(9) घन फल तथा घनमूल :
9989 का घन निकालिए।
संस्कृत सूत्र : यावदूनं तावदूनीकृत्य वर्गं च योजयेत्
प्रचलित विधि बहुत उबाऊ है।
वैदिक एक पंक्ति मौखिक विधि (यावदूनं तावदूनं सूत्र)

$$9989^3 = 9967 / 0363 / \overline{1}\overline{3}\overline{3}\overline{1} = 9967 / 0362 / 8669$$

(10) 355045312441 का घनमूल निकालिए। (प्रचलित विधि बहुत उबाऊ है।)
वैदिक एक पंक्ति मौखिक विधि द्वारा:–

घनमूल = 7. .1 = 7081

बीजगणितीय दृष्टान्तों के नमूने

I समीकरणों के नमूने :

(11) हल करिए

$$\frac{3क + 4}{6क + 7} = \frac{क + 1}{2क + 3}$$

संस्कृत सूत्र : "शून्यं साम्य समुच्चये"
वैदिक मौखिक विधि (शून्य-समुच्चय) द्वारा:–

प्रचलित विधि :

इसलिए 4क + 5 = 0

इसलिए क $=-5/4$
$6क^2 + 17क + 12 = 6क^2 + 13क + 7$
$\therefore 4क = -5 \quad \therefore क = -5/4$

(12) $\frac{4क + 21}{क + 5} + \frac{5क - 69}{क - 14} = \frac{3क - 5}{क - 2} + \frac{6क - 41}{क - 7}$

प्रचलित विधि बहुत उबाऊ है:

वैदिक विधि के अनुसार :
$2क - 9 = 0 \therefore क = -9/2$

(13) $\frac{(क-5)^3}{(क-7)^3} = \frac{क-3}{क-9}$ प्रचलित विधि एकदम उबाऊ है।

वैदिक विधि: $4क - 24 = 0, \therefore क = 6$

II द्विघात समीकरण (तथा कलन) :
यहाँ भी वही बात है।

(14) $\frac{16क-3}{7क+7} = \frac{2क-15}{11क-25}$ $\therefore क = 1$ अथवा $10/9$

(15) $\frac{3}{क+3} + \frac{4}{क+4} = \frac{2}{क+2} + \frac{5}{क+5} \therefore क = 0$ या $7/2$

(16) $7क^2 - 11क - 7 = 0$
वैदिक विधि (चलन कलन सूत्र द्वारा) $14क - 11 = \pm\sqrt{317}$

नोट:
इस तरह प्रत्येक द्विघात दो द्विपदीय घटकों में तोड़ा जा सकता है। तथा इसी सिद्धान्त का उपयोग घन, चतुर्घात, पंचघात इत्यादि के लिए लगाया जा सकता है।

III श्रेढ़ी संकलन :

प्रचलित विधियां एकदम उबाऊ हैं। वैदिक एक पंक्ति मौखिक विधियां बहुत ही सरल तथा सहज हैं।

(17) $\frac{1}{56} + \frac{1}{72} + \frac{1}{90} + \frac{1}{110} = 4/77$

(18) $\frac{3}{70} + \frac{9}{190} + \frac{27}{874} + \frac{99}{6670} = \frac{138}{1015}$

ज्यामिति से दृष्टान्तों के नमूने

(19) सभी गणितीय कार्यों में पाइथागोरस प्रमेय की हमेशा आवश्यकता पड़ती है। किन्तु इसका प्रमाण अपने बेढंगेपन तथा उबाऊपन के लिए कुख्यात है। इसके

कई वैदिक प्रमाण हैं (और उनमें से प्रत्येक यूक्लिड की अपेक्षा सरल है)। हम यहां दो प्रमाण दे रहे हैं:–

कख, खग, गघ तथा घक पर च, छ, ज, तथा झ इस तरह के बिन्दु हैं कि कच = खछ = गज = घझ इस तरह वर्ग कखगघ, वर्ग चछजझ तथा 4 सर्वांगसम त्रिभुजों में विभाजित हो जाता है।

उनका सम्पूर्ण क्षेत्रफल = $ब^2 + 4 प.फ./2 = ब^2 + 2पफ$

किन्तु वर्ग कखगघ का क्षेत्रफल = $(प+फ)^2 = प^2 + फ^2 + 2पफ$

$\therefore ब^2 = प^2 + फ^2$

साध्य उपपन्न

(20) दूसरा प्रमाण: खप, कग पर लंबरूप डालिए। तब त्रिभुज कखग, कखप तथा खगप समान हैं।

$$\therefore \frac{कपख}{कखग} = \frac{कख^2}{कग^2} \text{ तथा } \frac{खपग}{कखग} = \frac{खग^2}{कग^2}$$

$$\therefore \frac{कपख + खपग}{कखग} = \frac{कख^2 + खग^2}{कग^2} = 1$$

साध्य उपपन्न

नोट:

इसी तरह से एपोलिनियस प्रमेय, टॉलेमी प्रमेय आदि आदि बहुत ही सरलता पूर्वक तथा महज ही प्रमाणित किए जा सकते हैं।

शांकव तथा कलन में से सरल नमूने :

(21) दो बिन्दुओं को जोड़ने वाली रेखा का समीकरण :

दो बिन्दुओं से (जिनके निर्देशांक ज्ञात हैं) जाने वाली रेखा का समीकरण ज्ञात करने के लिए :

मान लो कि दो बिन्दु : (9,17) तथा (7, −2) हैं

प्रचलित विधि द्वारा : मान लो कि रेखा का समीकरण $y = mx + c$ है।

$\therefore 9m + c = 17$; तथा $7m + c = -2$, m तथा c के युगपत् समीकरण को हल करते हुए $2m = 19 \therefore m = 19/2 \therefore c = -137/2$

इन मानों को प्रतिस्थापित करते हुए

$$y = \frac{19}{2}x - \frac{137}{2} \therefore 2y = 19x - 137 \text{ or } 19x - 2y = 137$$

किन्तु यह उबाऊ हैं।

दूसरी विधि में $y - y_1 = \frac{y_2 - y_1}{x_2 - x_1}(x - x_1)$ सूत्र का उपयोग करते हैं किन्तु यह और भी अधिक उबाऊ तथा गड़बड़ाने वाली है।

किन्तु वैदिक एक पंक्ति मौखिक विधि, संस्कृत सूत्र (परावर्त्य योजयेत्) के

उपयोग द्वारा मात्र निर्देशांकों पर दृष्टि डालने पर ही हल लिखने में मदद करती है।

(22) सामान्य समीकरण कब दो सरल रेखाओं को निरूपित करता है? सामान्य समीकरण $12x^2+7xy-10y^2+13x+45y-35=0$ को लें। प्रचलित विधि द्वारा प्रो० एस० एल० लोनी (अपनी पुस्तक 'निर्देशांक ज्यामिति के मूल तत्व' के अनुभाग 119 पृष्ठ 97 के प्रथम उदाहरण में) इस प्रश्न के प्रतिदर्श हल को 15 पंक्ति में करते हैं।

यहां पर $a=12$, $h=7/2$, $b=-10$, $g=13/2$, $f=45/2$ तथा $c=-35$

क्या $abc+2fgh-af^2-bg^2-ch^2$ का मान शून्य निकलता है? मान रखते हुए

$$12(-10)(-35)+\frac{2\times45}{2}\times\frac{13}{2}\times\frac{7}{2}-12(\frac{45}{2})^2$$

$$-(-10)(\frac{13}{2})^2-(-35)(\frac{7}{2})^2$$

$$=4200+\frac{4095}{4}-6075+\frac{1690}{4}+\frac{1715}{4}$$

$$=-1875+\frac{7500}{4}=0$$

इसलिए यह समीकरण दो सरल रेखाएं निरूपित करता है। इसे x के लिए हल करते हुए:–

$$x^2+x\frac{7y+13}{12}+(\frac{7y+13}{24})^2=\frac{10y^2-45y+35}{12}+(\frac{7y+13}{24})^2$$

$$=(\frac{23y-43}{24})^2$$

$$\therefore x+\frac{7y+13}{24}=\pm\frac{23y-43}{24}$$

$$\therefore x=\frac{2y-7}{3} \text{ या } \frac{-5y+5}{4}$$

इसलिए दो सरल रेखाएं : $3x=2y-7$ तथा $4x=-5y+5$

वैदिक विधि में हम आद्यमआद्येन सूत्र का उपयोग कर (द्विघात को देखते ही) तत्काल हल लिख देते हैं। जी हां, तथा हल है :–

सरल रेखाएं हैं:

$$3x-2y=-7 \text{ तथा } 4x+5y=5$$

(23) अतिपरवलयों, संयुग्मी अतिपरवलयों तथा अनंत स्पर्शियों के उसी तरह के प्रश्नों पर भी इसी सिद्धांत तथा इसी विधि को, अपनी पुस्तक, 'निर्देशांक ज्यामिति के मूल तत्व' के पृष्ठ 293 तथा 294 में 324 तथा 325 अनुच्छेद में, प्रो० एस० एल० लोनी, लगाते हैं तथा 41 पंक्तियों में हल प्रस्तुत करते हैं।

चूंकि $3x^2-5xy-2y^2+5x-11y-8=0$

दिए अतिपरवलय का समीकरण है।

$$\therefore 3(-2)c+2\frac{5}{2}\frac{11}{2}(\frac{-5}{2})-3(\frac{11}{2})^2-(-2)(\frac{5}{2})^2-c(\frac{-5}{2})^2=0$$

$$\therefore c=-12$$

इसलिए अनन्तस्पर्शियों का समीकरण,

$3x^2-5xy-2y^2+5x-11y-12=0$

तथा संयुग्मी अतिपरवलय का समीकरण।

$3x^2-5xy-2y^2+5x-15y-16=0$ है.

किन्तु वैदिक विधि के द्वारा हम उसी (आद्यम आद्येन) सूत्र का उपयोग कर अनन्तस्पर्शियों तथा संयुग्मी अति परवलय के समीकरण यंत्रवत लिख देते हैं।

वैदिक विधियां इतनी सरल हैं कि उनकी सरलता ही विस्मयाभिभूत कर देती है तथा जैसा कि डेस्मंड डॉइग ने उचितरूप से कहा है, "कोई भी इस पर तब तक विश्वास नहीं करेगा जब तक कि वह इसे देख न लेगा।"

इस कृति में तथा आने वाली[1] कृतियों में हमारा ध्येय यही रहेगा कि गणितीय ज्ञान के दीर्घ काल से छिपे इस गड़े हुए खजाने की निधि उन सभी के पास सरलता से पहुंच सके जो कि इससे लाभ उठाना चाहते हैं।

अप्रैल 1958 स्वामी भारतीकृष्णतीर्थ

न्यूयार्क (यू० एस० ए०) जगद्गुरू शंकराचार्य

---

1. लेखक ने केवल यही कृति छोड़ी है। संपादक

।। ॐ श्री: ।।

"पूर्व-पीठिका"

"पुरातन भारतीय वैदिक गणित के आश्चर्यों पर वर्णनात्मक भूमिका में हमने बारंबार, अधिक विवरण सहित वैदिक गणितीय सूत्रों की अविश्वसनीय सरलता पर तथा उनके समझने, स्मरण करने तथा गणित की विभिन्न शाखाओं के गलत रूप मे माने गए कठिन प्रश्नों को हल करने के लिए उनके अनुप्रयोग करने की वर्णनातीत सरलता (बालकों के लिए भी) पर विचार किया है अतएव हमें अब यहां पर उस पर फिर विचार करने की आवश्यकता नहीं है।

हमारे अव्यवहित ध्येय के लिए इतना यथेष्ट होगा कि हम प्रत्येक वैज्ञानिक प्रज्ञावान तथा अनुसंधानी बुद्धिमान का ध्यान इस विशेष रूप से असाधारण ही नहीं वरन् अद्वितीय तथ्य की ओर आकर्षित करें कि वैदिक पद्धति में गणित की विभिन्न शाखाओं के विभिन्न विषयों पर कोई यांत्रिक अथवा स्वचालित नियम नहीं हैं। यहां तक कि उन नियमों के अनुप्रयोग के क्रम के विषय में भी अनिवार्यता नहीं है। तथा इसे वह शिक्षकों तथा विद्यार्थियों की सुविधा, झुकाव, इच्छा, स्वाभाविक रुचि या प्रकृति वैशिष्ट्य पर छोड़ देती है।

इस स्पष्टरूप से असाधारणविधि के लिए निस्संदेह कुछ विशेष ऐतिहासिक पृष्ठ-भूमि रही होगी, जिसके कारण यह स्वतंत्रता उन परिस्थितियों में अनिवार्य हो गई होगी।

यह विश्वास पुरातन परम्परा से चला आ रहा है तथा ऐतिहासिक अनुसंधान उसे प्रमाणित कर रहा है, कि प्राचीन भारत के ब्रह्मज्ञानी, सिद्ध पुरुष तथा महर्षिगण वनों में जाकर प्रकृति का अवलोकन, अध्ययन तथा ध्यान करते थे तथा उसके पश्चात अपने सैद्धान्तिक तर्कों द्वारा तथा प्रत्यक्षीकरण के फलस्वरूप प्राप्त सच्ची साधना के बल पर महान वेदान्तिक दर्शन के सत्य तक पंहुचे थे। उन्होंने उसी तरह गणित संसार (अलंकाररूप में कहें तो प्रकृति) के अंकों तथा संख्याओं के रहस्यमय कार्यों का अवलोकन, अध्ययन तथा ध्यान किया और वे प्रत्यक्षीकरण के फलस्वरूप प्राप्त सच्ची साधना के बल पर गणितीय दर्शन के सत्य तक पहुंचे थे।

एक ओर अंक, मानवों की भांति व्यक्तिगत पूर्वग्रहों, पक्षपात, घृणा तथा अन्य ऐसे व्यक्तिगत लक्षणों से मुक्त रहते हैं जो दृष्टि को विकृत कर देते हैं तथा निर्णय को विकुंचित कर देते हैं तथा जिसके कारण असंगत तथा अंतर्विरोधी निर्णय लिए जाते हैं तथा भेदमूलक आचार इत्यादि उत्पन्न होते हैं। दूसरी ओर वे अपने कार्यकलापों में अपवाद रहित तथा शुद्ध रूप से अवैयक्तिक तथा वस्तुपरक होते हैं, तथा उसी नियम को नियमपूर्वक एकरूप तथा अविचल रूप से निभाते हैं (दृष्टिकोण, अभिगम, व्यक्तिगत मनोविज्ञान आदि का कोई प्रश्न नहीं) और इसलिए अंक पूर्णरूप से विश्वसनीय तथा

निर्भर योग्य हैं।

कुछ प्रारंभिक मूलभूत तथा आधाररूप प्रथम सिद्धांतों को अपवाद स्वरूप छोड़कर, वैदिक गणित की सारी शाखाओं के लगभग सभी विषय इन्हीं मूलभूत सिद्धान्तों अथवा प्रथम सिद्धांतों के आधार पर व्याख्या सहित समझाए जा सकते हैं। ऐसा लगता है कि इसी कारण से किसी विशेष विषय को या अध्यायको अन्य किसी विषय के या अध्याय के पहले या बाद में अनिवार्यतः नहीं आना पड़ता।

तिस पर भी, यह बात तो निर्विवाद है कि, यद्यपि कोई भी कम पूर्णतया संभव है, मान्य है, उपयुक्त है, तथापि, शिक्षक को वास्तव में (इसलिए लेखक को भी) कोई एक विशेष क्रम अपनाना होगा। और इसी लिए हम देखते हैं कि वैश्लेषिक शांकव तथा कलन (अवकल तथा समकल) (जो कि विश्व में प्रचलित पद्धति में उच्च गणित के विद्यार्थियों के लिए भी भय का भूत बने रहते हैं) हमारी वैदिक गणित की आरंभिक अवस्था में ही उपयुक्त तौर पर आ जातें हैं (क्योंकि उनका विकास मूलभूत प्रथम सिद्धांतों के आधार पर होता है। तथा उस तरह वे छोटे बालकों के गणितीय अध्ययन में सहायक होते हैं।)

तथा गणित के बहुत छोटे विद्यार्थियों तथा उनकी कठिनाइयों के हमारे आधी शताब्दी से भी अधिक के व्यक्तिगत अनुभव से हमने यही देखा है कि विषय और अध्यायों का वैदिक क्रम हमारे ध्येय की पूर्ति के लिए (अर्थात बालकों के मन से गणित के भय के भूत को निकालकर उनके अंदर गणित के प्रति उल्लासपूर्ण प्रेम तथा तद्‌जनित आनन्द की भावना जाग्रतकर देना) बिलकुल उपयुक्त है। तथा हमारी यही उत्कट आशा तथा विश्वास है कि अन्य शिक्षकों को भी ऐसा ही अनुभव होगा तथा वे हमारी इस कृति के महान नाम "बिना आंसू के गणित" को न्यायोचित पाएंगे।

हमारी वैदिक गणित की पृष्ठ भूमि के उपरोक्त वर्णन से यह भी स्पष्ट होगा कि इस पद्धति के मूलभूत तथा आधार रूप सिद्धांतों पर आधारित होने के कारण, यह अन्य किसी भी विज्ञान तथा वैज्ञानिक शिक्षा के किसी भी विभाग अथवा शाखा का विरोध नहीं कर सकती। वास्तव में यही एक कारण है कि सभी विज्ञानों में विभिन्न सिद्धांतों का प्रतिपादन होता है तथा गणित में प्रमेयों की व्याख्या।

और सर्वोपरि, हमारे शास्त्र स्पष्ट रूप से यह हितकारी कथन प्रस्तुत करते हैं :-

युक्तियुक्तं वचो ग्राहयं बालादपि शुकादपि।
युक्ति हीनं वचस्त्याज्यं वृद्धादपि शुकादपि।।

अर्थात जो भी युक्तिसंगत है उसे मानना चाहिए, चाहे वह एक बालक ने कहा हो या एक तोते ने और जो युक्तिसंगत नहीं है उसे नहीं मानना चाहिए, चाहे वह किसी बड़े बूढ़े ने कहा हो या स्वयं महर्षि शुक ने।

दूसरे शब्दों में, हमसे अनुरोध किया गया है कि हम इस तरह की वैज्ञानिक खोज करने के लिए अपने मन को सभी पूर्वाग्रहों से मुक्त रख कर, अपने मन को सभी तरफ से खुला रख कर तथा सारी विनम्रता से (सच्चे सत्य के साधक को विनम्रता ही उचित है, तथा शोभा देती है) ज्ञान के प्रकाश को स्वीकार करें, चाहे वह किसी भी दिशा से आ रहा हो। यही नहीं, वरन् हमारे शास्त्र तो यहां तक कहते हैं कि उनके प्रतिपादन को शिक्षा या उपदेश या मार्गदर्शन न समझकर, मात्र एक साथी—विद्यार्थी का विचार समझा जाए।

हम इसी भावना से तथा इसी दृष्टिकोण से, इन कृतियों की श्रृंखला का कार्य प्रारंभ कर रहे हैं (अर्थात, गणितीय सूत्रों की पैड़ी दर पैड़ी स्पष्टकारी व्याख्या)।

अन्त में हमारा अपने पाठकों से (जैसा कि हम श्रोताओं से हमेशा करते हैं) नम्र निवेदन है कि वे उपरोक्त भावना रखकर ही कृति को पढ़ें।

हम इतना और कह दें कि हमारे इन[2] कृतियों को स्वतः पर्याप्त बनाने के पुराने वचन को पूरा करने के ध्येय से हम अपनी व्याख्या तथा स्पष्टीकरण को यथासंभव पूर्ण तथा स्पष्ट करेंगे। संक्षिप्तता चाहे रस का प्राण हो किन्तु उसे स्पष्टता की कीमत पर नहीं चाहेंगे, विशेषतया इस तरह की गणित की कृति में।

।।ॐ तत् सत्।।

---

२. दुर्भाग्य से परमपावन की एक ही कृति उपलब्ध है।

।। ॐ श्रीः ।।

वैदिक गणित अथवा
वेदों से सोलह सरल गणितीय सूत्र

सोलह सूत्र तथा उनके उपप्रमेयः

	सूत्र	उपसूत्र अथवा उपप्रमेय
1.	एकाधिकेन पूर्वेण	आनुरूप्येण
2.	निखिलं नवतश्चरमं दशतः	शिष्यते शेषसंज्ञः
3.	ऊर्ध्वतिर्यग्भ्याम्	आद्यमाद्येनान्त्यमन्त्येन
4.	परावर्त्य योजयेत्	केवलैः सप्तकं गुण्यात्
5.	शून्यं साम्यसमुच्चये	वेष्टनम्
6.	(आनुरूप्ये) शून्यमन्यत्	यावदूनं तावदूनम्
7.	संकलनव्यवकलनाभ्याम्	यावदूनं तावदूनीकृत्य वर्गं च योजयेत्
8.	पूरणापूरणाभ्याम्	अन्त्ययोर्दशकेऽपि
9.	चलनकलनाभ्याम्	अन्त्ययोरेव
10.	यावदूनम्	समुच्चयगुणितः
11.	व्यष्टिसमष्टिः	लोपनस्थापनाभ्याम्
12.	शेषाण्यङ्केन चरमेण	विलोकनम्
13.	सोपान्त्यद्वयमन्त्यम्	गुणितसमुच्चयः समुच्चयगुणितः
14.	एकन्यूनेन पूर्वेण	
15.	गुणितसमुच्चयः	
16.	गुणकसमुच्चयः	

(**नोट**: कृति के बिखरे संदर्भों में से यह सूची बनाई गई है।—सम्पादक)

" ॐ श्री: "

ठोस गणितीय प्रश्नों पर वैदिक सूत्रों के वास्तविक अनुप्रयोग

अध्याय 1

एक भव्य दृष्टान्त

अभी ही समझाए जा चुके कारणों के फलस्वरूप चलिए, साधारण भिन्न को उसके तुल्य दाशमलविक रूप में बदलें।

प्रथम उदाहरण: और उसमें सर्वप्रथम कोई एक भिन्न जैसे 1/19 ही ले लें, जिसके हर का अन्तिम अंक 9 है।

प्रचलित विधि के द्वारा

```
19) 1.00 (0 .052631578
     95 (    947368421
    ---
     50        170
     38        152
    ---       ----
     120       180
     114       171
     ---       ---
      60        90      160
      57        76      152
      --        --      ---
       30       140      80
       19       133      76
       --       ---      --
       110       70      40
        95       57      38
       ---       --      --
        150      130      20
        133      114      19
        ---      ---      --
         170      160      1
```

वैदिकी एकपंक्ति विधि के द्वारा (जो मन में ही की जा सकती है):–

क. प्रथम विधि

```
 1
--- = 0 .  0̇ 5 2 6 3 1 5 7 8
19      1      1       1 1 1 1

           9 4 7 3 6 8 4 2 1
            1     1 1
```

ख. द्वितीय विधि

```
 1
--- = 0 .  0 5 2 6 3 1 5 7 8
19      1      1       1 1 1 1

         9 4 7 3 6 8 4 2 1
          1     1 1
```

सम्पूर्ण कार्य केवल इतना ही है। इसकी कार्य विधि अगले कुछ पृष्ठों में समझाई गई है।

इस तरह यह स्पष्ट है कि 18 अंकीय आवर्ती दशमलव उत्तर के लिए, प्रचलित विधि के द्वारा हल करने के लिए 18 पैड़ियों की आवश्यकता होगी, परन्तु वैदिक विधि के द्वारा केवल एक पैड़ी की।

व्याख्या:–

उसका संबद्ध सूत्र है– एकाधिकेन पूर्वेण, जिसका अर्थ है: "पहले वाले से एक अधिक के द्वारा"। इसके अनुप्रयोग की कार्य विधि इस प्रकार है:–

(1) इस प्रसंग में अंतिम अंक 9 है और उसके "पहले वाला" अंक 1 है अतएव पहले वाले से एक अधिक का अर्थ 2 हुआ।

(2) संबंध सूचक 'के द्वारा' (सूत्र में) यह दर्शाता है कि उपयुक्त गणितीय कार्य या तो गुणन है अथवा भाग क्योंकि जोड़ या घटाने में क्रमशः 'को' अथवा 'से' संबंधसूचक शब्द होता। परन्तु "के द्वारा" संबंधसूचक शब्द का उपयोग सूत्र में हुआ है। इसलिए यहां गुणन या भाग की क्रिया का विधान स्पष्ट है। और चूँकि दोनों ही अर्थ पूर्णरूप से सही हैं और मान्य हैं (व्याकरण और साहित्य के प्रचलन के अनुसार) और विषय वस्तु में ऐसा कोई कारण नहीं दिया गया है जिससे हम एक अर्थ को ठीक समझें और दूसरे को गलत, अतएव दोनों ही क्रियाएं तर्कसंगत हैं और सचमुच में ही, दोनों ही (गुणा तथा भाग) सूत्र के उद्देश्य में सहायक हैं और अर्थ में सटीक बैठते हैं (जैसे कि हम निम्नलिखित कार्यविधि की व्याख्या में समझाने वाले हैं)।

क. प्रथम विधि: प्रथम विधि में हम 2 के द्वारा (जो कि "एकाधिक पूर्व" अर्थात पहले से एक अधिक है) गुणन करते हैं। यहाँ, हमें यह पहले ही मालूम है (उसके कारण थोड़ी ही देर में स्पष्ट हो जाएंगे) कि उत्तर का अंतिम अंक 1 ही होगा। संबंद्ध नियम (जिसकी व्याख्या तथा स्पष्टीकरण बाद में करेगें) यह कहता है कि "हर" के अंतिम अंक तथा प्रश्नगत भिन्न के तुल्य दाशमलविक संख्या के अंतिम अंक का गुणनफल 9 ही होना चाहिए। अतएव, हर के अंतिम अंक का मान 9 होने के कारण, तुल्य दाशमलविक संख्या का अंतिम अंक 1 ही होगा।

इसलिए हम लोग, 1 को उत्तर का अंतिम अंक (अर्थात दाहिने छोर का) मानकर, 2 (जो कि एकाधिकपूर्व है, अर्थात इस उदाहरण में हर के पूर्वान्तिम अंक से एक अधिक है) को प्रचालक मानकर उस से लगातार गुणा करते हुए बाईं ओर तब तक बढ़ते जाएंगे जब तक कि सारी प्रक्रिया दुहराने न लगे और यह स्पष्ट रूप से न दिख जाए कि उत्तर में आवर्ती दाशमलविक संख्या आ रही है और तब हम लोग गुणनकार्य बंद कर देगें।

हमारा कार्य-प्रणाली पटल इस तरह है :–

(1) हम 1 को दाहिने सिरे पर लिख लेते हैं — 1

(2) हम इस अंतिम अंक को 2 से गुणा करते हैं और 2 (गुणनफल) को पूर्ववर्ती अंक बनाकर 1 के बाईं तरफ लिखते हैं। — 2 1

(3) इस 2 को हम 2 से गुणा कर, 4 को फिर बाईं तरफ लिख देते हैं। — 4 2 1

(4) इस 4 को हम 2 से गुणाकर इस तरह लिखते हैं। — 8 4 2 1

(5) इस 8 को हम 2 से गुणा करते हैं तो गुणनफल 16 मिलता है। परन्तु इसमें दो अंक हैं। इसलिए 6 को हम 8 के तुरन्त बाई ओर लिखते हैं और 1 को अगली पैड़ी में बाईं ओर जोड़ने के लिए हाथ में रख लेते हैं (जैसा कि हम प्रत्येक गुणन में करते हैं उदाहरण 69×2 = 138 इत्यादि)

6 8 4 2 1
1

(6) अब हम 6 को 2 से गुणा करते हैं और गुणनफल 12 में 1 (जो कि हमने पिछली पैड़ी से जोड़ने के लिए हाथ में रखा था) जोड़ते हैं और इस तरह प्राप्त 13 का 3.6 के बाई तरफ लिखकर, फिर 1 को अगली पैड़ी में जोड़ने के लिए हाथ में रख लेते हैं।

3 6 8 4 2 1
1 1

(7) अब हम 3 को 2 से गुणा करते हैं, और गुणनफल 6 में हाथ वाला 1 जोड़ने से फल 7 मिलता है। इस समय यह एक अंकीय संख्या है और इसलिए इसे ज्यों की त्यों लिख देते हैं और हाथ में कुछ भी नहीं रखते हैं।

7 3 6 8 4 2 1
1 1

(8) हम इसी प्रणाली को दुहराते हुए अठारहवें अंक (दाहिने से बाई तरफ गिनते हुए) तक पहुंच जाते हैं जब हम देखते हैं कि सारा दाशमलविक दुहराने लगा है। तब प्रथम और अंतिम अंक में आवर्ती बिन्दु लगा देते हैं (यह दर्शाने के लिए कि यह सारा ही आवर्ती दाशमलविक है) और गुणन क्रिया रोक देते हैं।

अब हमारे पटल में निम्नलिखित संख्या है :–

$$\frac{1}{19} = .\dot{0}52631578947368421\dot{1}$$

1 1 1111 1 11

इस तरह हम देखते हैं कि हमारी वैदिकी एक पंक्ति विधि द्वारा प्राप्त (जो कि मन में ही कर सकते हैं) उत्तर, प्रचलित विधि द्वारा (जिसमें भाग क्रिया की अठारह पैड़ी हैं) प्राप्त उत्तर से बिल्कुल मिलता है।

लगे हाथ हम यह भी बतला दें कि प्रचलित विधि में 18 अंकीय उत्तर प्राप्त करने के लिए न केवल 18 पैड़ियां लगती हैं, (और अतिरिक्त समय, शक्ति, कागज स्याही इत्यादि की तो बात ही न करें) वरन उसके भाग देने की क्रिया में एक और गंभीर बाधा उपस्थित है: पहले तो भजनफल में एक अटकल अंक का अनुमान करो, फिर भाजक से उसका गुणा करो और फिर यह जाँचो कि प्राप्त संख्या भाज्य से अधिक तो नहीं है (और आवश्यकता से अधिक कम भी न हो), और अक्सर ही वह अटकल संख्या इस जाँच में निर्ममता पूर्वक गलत बैठती है और उसे छोड़कर दूसरा अटकल अंक लेना पड़ता है। ऊपर समझाई वैदिक प्रणाली में कोई भी घटाना नहीं है, कोई अटकल अंक नहीं मानना पड़ता और इस तरह जांच में अंक का दुष्टतापूर्वक गलत होने का प्रश्न भी नहीं है, परन्तु

केवल एकअंकीय संख्याओं का सीधा सादा गुणन है, और गुणक न केवल एक सरल अंक है, वरन् सारी कार्यप्रणाली में वही रहता है। इस सबसे कार्य हलका, सरल और शीघ्र हो जाता है और गणित का अध्ययन एक बोझ तथा अरुचिकर होने के स्थान पर सौंदर्य की वस्तु तथा हमेशा के लिए आनंददायक हो जाता है (बच्चों के लिए भी)।

इसी प्रसंग में, यह भी दिन के प्रकाश की तरह स्पष्ट रूप से समझ में आ गया होगा कि प्रचलित विधि की लंबी, उबाउ, अनगढ़ तथा दुष्कर प्रणाली में बच्चों के गलती करने की संभावना अधिक है (उस लम्बे गुणन, घटाने इत्यादि की क्रिया में), और कहीं एक अंक भी गलत हो जाए तो सारा कार्य गलत तथा समय शक्ति इत्यादि का अपव्यय है और परिणामतः वह विधि बच्चे के मस्तिष्क में उकताहट, घृणा और डर पैदा करती है।

ख. द्वितीय विधि :– जैसा कि पहले इंगित किया जा चुका है द्वितीय विधि "भाग" देने की है, (गुणन के स्थान पर) स्वयं वही "एकाधिक पूर्व" याने 2 के द्वारा और चूंकि भाग गुणन का ठीक विलोम है, यह बात समझ में आती है कि भाग की क्रिया, दाहिनी तरफ से प्रारम्भ न होकर, (जैसा कि अभी-अभी गुणन वाली विधि में समझाया गया था) उसके बिल्कुल विरुद्ध दिशा में, बाईं तरफ से होनी चाहिए। और सच में बात भी ऐसी ही है। इसकी कार्य प्रणाली इस प्रकार हैः–

(1) 1 को (भाज्य के अंक को) 2 से भाग देते हुए, हम देखते हैं कि भजनफल शून्य है और शेष 1 है। इसलिए हम भजनफल के प्रथम अंक को शून्य रखते हैं और अगला भाज्य निकालने के लिए शेष 1 को भजनफल के उसी अंक में पूर्व विन्यस्त कर देते हैं (गुणन क्रिया में प्रयुक्त बाईं तरफ जाने वाली क्रिया की विपरीत क्रिया के समान) और इस तरह अगला भाज्य 10 हो जाता है।

.0
1

(2) इस 10 को 2 से भाग देने पर हमें भजनफल का दूसरा अंक "5" मिलता है, और चूंकि इस बार कुछ भी शेष नहीं रहता (जिसे कि हम भजनफल में पूर्वविन्यस्त करते), हम उस अंक 5 को ही अपना अगला भाज्य अंक मान लेते हैं।

. 0 5
1

(3) 2 से 5 को पुनः भाग देने पर भजनफल का अगला अंक 2 मिलता है और शेष 1 बचता है। इसलिए हम 2 को भजनफल का तीसरा अंक लिख देते हैं और उसमें ही शेष 1 को पूर्व विन्यस्त कर देते हैं, इस तरह अगला भाज्य 12 हो जाता है।

. 0 5 2
1 1

(4) अब हमें अगला भजनफल अंक 6 मिलता है और शेष शून्य रहता है। इसलिए भजनफल का चौथा अंक 6 हुआ, और चूंकि पूर्वविन्यस्त करने के लिए शेष कुछ नहीं है, हम 6 को ही अगला भाज्य अंक मान लेते हैं, जो कि हमें फिर 3 भजनफल देता है।

. 0 5 2 6 3
1 1

(5) अगला भाज्य फिर 3 हो जाता है (चूंकि उसमें पूर्वविन्यस्त करने के लिए शेष कुछ नहीं बचा था) जो हमें भजनफल एक देता है और शेष एक बचता है। इसलिए एक को हम छठवां भजनफल अंक लिखते हैं और उसी में शेष 1 पूर्वविन्यस्त कर देते हैं जिससे अगला भाज्य 11 हो जाता है।

.0 5 2 6 3 1 5
 1 1 1 1

(6-17) इस 2 से भाग देने वाली क्रिया को इस तरह करते हुए हमें 17 वां भजनफल अंक 2 मिलेगा और शेष शून्य।

.0 5 2 6 3 1 5 7 8
 1 1 1 1 1 1
 9 4 7 3 6 8 4 2 1
 1 1 1

(18) इस सत्रहवें भाज्य अंक 2 को 2 से पुनः भाग देने पर 1 भजनफल और शेष शून्य आता है। परन्तु इसी अंक 1 से हमने प्रारम्भ किया था। अर्थात इस अंक के बाद दशमलव संख्या दुहराने लगती है। इसलिए अपने मन में ही कर रहे इस भाग की क्रिया को हम रोक देते हैं और हमेशा की तरह आवर्ती बिन्दु (पहले और अठारहवें अंक के ऊपर) लगा देते हैं जो यह दर्शाते हैं कि यह पूरी की पूरी संख्या आवर्ती है।

$0.\dot{0}$ 5 2 6 3 1 5 7 8
 1 1 1 1 1 1
 9 4 7 3 6 8 4 2 $\dot{1}$
 1 1 1

पहली विधि में, गौर कीजिए (अर्थात गुणन विधि में), प्रत्येक अतिरिक्त अंक (गुणन फलके) बाईं तरफ ले जाया गया था और द्वितीय विधि में (अर्थात भाग विधि में) प्रत्येक शेष अंक भाज्य के दाहिनी तरफ पूर्व विन्यस्त (अर्थात अगले भाज्य अंक के एक दम बाईं तरफ) किया जाता है।

ग. एक और संक्षिप्तीकरण :–

इतना ही नहीं, वास्तव में इतनी गणना, या ठीक से कहें तो इतनी थोड़ी सी गणना (मन में ही गुणा भाग करने की) भी आवश्यक नहीं है। केवल अवलोकन से ही यह स्पष्ट हो जाएगा।

चलिए उत्तर के प्रथम 9 अंक एक आड़ी पंक्ति में लिखें, और अन्य 9 अंक ठीक उसके नीचे, दूसरी आड़ी पंक्ति में लिखें, और तमाशा देखें। हम देखते हैं कि एक अंक ऊपर का और एक उसके नीचे का, ये दोनों मिलकर योग में 9 होते हैं। इसका अर्थ यह हुआ कि जब भी आधा काम हो जाता है (दोनो वैदिक-एक पंक्ति विधियों में) तब शेष आधा उत्तर प्राप्त करने के लिए उस विधि की आवश्यकता नहीं है, वरन वह यंत्रवत, प्रत्येक उपलब्ध अंक को 9 में से घटाकर प्राप्त की जा सकती है, और इसका अर्थ यह हुआ कि पहले से ही सरल किए गए कार्य को और भी हल्का कर दिया गया (50%)।

  0 5 2 6 3 1 5 7 8
  9 4 7 3 6 8 4 2 1
  —————————
  9 9 9 9 9 9 9 9 9

जी हां, परन्तु यह कैसे मालूम होगा कि हमारी गणना आधी हो गयी है (गुणन या भाग की जो भी विधि प्रयुक्त हो) जिससे कि उसके बाद का आधा उत्तर प्रत्येक उपलब्ध अंक को 9 में से घटाकर खटाखट लिख दिया जाय? उसका उत्तर है– जैसा कि हम आगे दर्शाएगें–कि किसी भी (उन दोनों में से) कार्य विधि में जब हम हर और अंश (अर्थात 19–1 =18) के अंतर की संख्या तक पहुचें तब हमने ठीक आधी गणना समाप्त कर ली है, और अब इस जानकारी से हमें यह आसानी से पता लग जायगा कि हम कहाँ और कब गुणनफल या भाग क्रिया को रोककर, 9 के पूरक अंक निकालकर खटाखट उत्तर पूरा कर दें।

इस तरह गुणन विधि में और भाग विधि में हम जब 18 पर पहुंचते हैं तब हमारी गणना आधी हो जाती है, और उसके बाद हम यंत्रवत घटाना-युक्ति का उपयोग कर सकतें हैं (शेष उत्तर पूरा करने के लिए)।

इन सिद्धान्तों, प्रक्रियाओं तथा अन्य संबंधित विषयों के पूर्ण विवरण उचित समय पर, और उचित स्थान पर दिए जाएंगे। और तब तक विद्यार्थीगण इस नियम के ज्ञान को रुचिकर और लाभप्रद पाएंगे तथा इस जानकारी का समय-समय पर पूरा लाभ उठाएंगे।

दूसरा उदाहरण: 1/29

चलिए, हम एक और वैसा ही उदाहरण लें (1/29) जिसके हर में भी अंतिम अंक 9 है।

प्रचलित विधि द्वारा हल करने में अट्ठाइस पैड़ियों वाली प्रकिया करनी पड़ती है, जब कि वैदिकी मौखिक विधि एक ही पंक्ति में हल देती है।

```
29)1.00(.0 3 4 4 8 2 7 5 8 6 2 0 6 8
   0.0     9 6 5 5 1 7 2 4 1 3 7 9 3 1
   ---
   100
    87
   ---
    130   180   150   110
    116   174   145    87
    ---   ---   ---   ---
    140    60    50   230
    116    58    29   203
    ---   ---   ---   ---
    240   200   210   270
    232   174   203   261
    ---   ---   ---   ---
     80   260    70    90
     58   232    58    87
    ---   ---   ---   ---
    220   280   120    30
    203   261   116    29
    ---   ---   ---   ---
    170   190    40     1
    145   174    29
    ---   ---   ---
    250   160   110
    232   145
    ---   ---
    180   150
```

क. पहली वैदिक विधि:

$$\frac{1}{29} = .0\,3\,4\,4\,8\,2\,7\,5\,8\,6\,2\,0\,6\,8$$

1 1 1 2 2 1 2 1 2 2 2

9 6 5 5 1 7 2 4 1 3 7 9 3 $\dot{1}$

1 1 1 2 1 1 2 2

ख. दूसरी विधि

$$\frac{1}{29} = .\dot{0}\,3\,4\,4\,8\,2\,7\,5\,8\,6\,2\,0\,6\,8$$

1 1 1 2 2 1 2 1 2 2 2

9 6 5 5 1 7 2 4 1 3 7 9 3 $\dot{1}$

1 1 1 2 1 1 2 2

केवल इतना सम्पूर्ण कार्य है

कार्य प्रणाली आगे समझाई गई है।

क. पहली विधि की व्याख्या:

यहाँ भी हर का अंतिम अंक 9 है, परन्तु उपान्तिम 2 है, और उससे एक अधिक का अर्थ हुआ 3, इसलिए इस क्रिया का गुणक 3 होगा। और 1/19 जैसी ही विधि का अनुसरण करते हुए, हम उत्तर का अंतिम अंक "1" (अर्थात दाहिने छोर का) लिखते हैं और लगातार 3 का गुणा (बाईं ओर) तब तक करते हैं जब तक कि आवर्ती दशमलव दृष्टिगोचर नहीं होता। और हम देखते हैं कि हमारी मौखिक एकपंक्ति विधि द्वारा वही अट्ठाइस अंकीय उत्तर आता है जो प्रचलित विधि की उबाऊ तथा दुष्कर 28 पैड़ियों वाली विधि में आता है, जैसा कि अभी दर्शाया जा चुका है।

हमारा कार्य प्रणाली पटल इस तरह है :–

$\frac{1}{29} =$ $.\dot{0}$ 3 4 4 8 2 7 5 8 6 2 0 6 8
1 1 1 2   2 1 2 1   2 2 2

9 6 5 5 1 7 2 4 1 3 7 9 3 $\dot{1}$
1 1 1   2   1   1 2 2

ख. दूसरी विधि की व्याख्या :–

इस भाग की विधि में भी बिल्कुल उसी तरह करेंगे जैसा कि 1/19 में किया था। किन्तु इस समय भाजक के स्थान पर 3 होगा, और पटल इस तरह होगा :–

$\frac{1}{29} =$ $.\dot{0}$ 3 4 4 8 2 7 5 8 6 2 0 6 8
1 1 1 2   2 1 2 1   2 2 2

9 6 5 5 1 7 2 4 1 3 7 9 3 $\dot{1}$
1 1 1   2   1   1 2 2

ग. 9 के पूरक

यहाँ भी हम देखते हैं कि दोनों अर्ध भाग एक दूसरे के (9 अंक से) पूरक हैं, इसलिए पूरक नियम भी सटीक बैठता है।

$\therefore \frac{1}{29} =$ 0 3 4 4 8 2 7 5 8 6 2 0 6 $\dot{8}$
9 6 5 5 1 7 2 4 1 3 7 9 3 $\dot{1}$

9 9 9 9 9 9 9 9 9 9 9 9 9 9

तीसरा उदाहरण:

1/49 प्रचलित विधि द्वारा आप स्वयं हल निकाल कर देख सकते हैं कि उसमें वही उबाऊ अनगढ़ 42 पैड़ियां हैं,

49)1.00($.\dot{0}$ 2 0 4 0 8 1 6 3 2 6 5 3 0 6 1 2 2 4 4 8
98 .9 7 9 5 9 1 8 4 6 7 3 4 6 9 3 8 7 7 5 5 $\dot{1}$

20
00

200
196

40
00

400
392

80
49

310
294

160
147

130
98

320
294

260
245

150
147

30
00

300
294

60
49

110
98

120
98

220
196

240
196

440

440
392

480
441

390
343

470
441

290
245

450
441

90
49

410
392

180
147

330
294

360
343

170
147

23

230
196

340
294

460
441

190
147

430
392

380
343

370
343

270
245

250
245

50
49

1

वैदिक मौखिक एकपंक्ति विधि के द्वारा:–

अब गुणक या भाजक (प्रणाली के अनुसार) 5 है (उपान्त्य अंक से एक अधिक)।

इसलिएः–

कः– (दाहिने छोर से बाईं तरफ गुणा करते हुए) 5 के द्वारा हमे यह मिलता हैः–

$\frac{1}{49}$ = 0.0 2 0 4 0 8 1 6 3 2 6 5 3 0 6 1 2 2 4 4 8
1 2 4 3 1 1 3 2 1 3 1 1 2 2 4 4

9 7 9 5 9 1 8 3 6 7 3 4 6 9 3 8 7 7 5 5 1
3 4 2 4 4 1 3 3 1 2 3 4 1 4 3 3 2 2

या (ख) भाग देते हुए (बाएं से दाएं) 5 के द्वारा

$\frac{1}{49}$ = 0.0 2 0 4 0 8 1 6 3 2 6 5 3 0 6 1 2 2 4 4 8
1 2 4 3'1 1 3 2 1 3 1 1 2 2 4 4

9 7 9 5 9 1 8 3 6 7 3 4 6 9 3 8 7 7 5 5 1
3 4 2 4 4 1 3 3 1 2 3 4 1 4 3 3 2 2

टिप्पणीः–

इन दोनों विधियों में अब हम देखते हैं कि जब हम 48 पर पहुंचते हैं (हर तथा अंश का अन्तर), तब उसका अर्थ होता है कि आधी गणना (गुणन की या भाग की, जो भी विधि हो) हो चुकी है और इसलिए हम लोग प्रयुक्त विधि को रोककर, उत्तर के शेष अंक सरल तथा यंत्रवत विधि से निकालकर रख दें (उत्तर में कुल अंकों की संख्या इस तरह 21+21=42 है) और इस पर भी विशेष बात यह है कि प्रचलित विधि में दुष्कर तथा लम्बी भाग वाली (एक श्रंखला गुणा और घटाने वाली श्रंखला जिसमें एक या अधिक भजनफलीय अटकल अंकों के विफल होने का भय हमेशा लगा रहता है) 42 पैड़ियां हैं, जब कि गुणन या भाग की केवल एक ही गुणक या भाजक के द्वारा एक सरल सीधी तथा लगातार, प्रक्रिया, वैदिक विधि के लिए यथेष्ट है। और 9 के पूरक वाला सरलीकरण तो है ही।

परन्तु यही सब कुछ नहीं है। हमारे पाठकों को यह जानकर निस्संदेह आश्चर्य होगा–परन्तु वास्तव में यह सत्य है कि वैदिक पद्धति में इससे भी सरल और सादी विधियां हैं। इन विधियों में, ऊपर समझाए गए अनंतरूप से सरल कार्य भी नहीं करने पड़ते हैं वरन् प्रारम्भ से ही अंक के बाद अंक लिखकर पूरा उत्तर दिया जा सकता है।

ये तीन उदाहरण (1/19, 1/29, 1/49), इस स्थिति में कुछ विशिष्ट स्वाभाविक अवबोधनीय तथा पूर्ण रूप से न्यायोचित विशुद्ध बौद्धिक जिज्ञासा को संतुष्ट करने के लिए प्रारम्भिक प्रदर्शन के रूप में समझाए गए हैं और योजना बद्ध, सुव्यवस्थित अनुक्रम में नहीं रखे गए हैं। इसलिए हम अभी यहां उन विस्मयकारक विधियों की, जो संबंधित विषय के वैदिक सूत्रों में भरी पड़ी हैं, अधिक विवरण पूर्ण, सविस्तार, व्यापक तथा सांगोपांग व्याख्या नहीं करेंगे। हम उन्हें अभी रोककर, अपने उपयुक्त स्थान पर यथाक्रम बाद के अध्याय में समझाएंगे।

– ॐ तत् सत् –

गणितीय संगणना

अध्याय 2

गुणन
(निखिलम् इत्यादि सूत्र द्वारा)

अब हम गणितीय गणनाओं इत्यादि से संबंधित बहुमूल्य, उपयोगी, रूचिकर, तथा आवश्यक सूत्रों की सुव्यवस्थित व्याख्या करेंगे।

यहाँ पर यह दुहराना असंगत नहीं होगा कि गुणन का एक व्यापक सूत्र है जो सरल और सहज है तथा सभी अवस्थाओं में प्रयुक्त किया जा सकता है, परन्तु कुछ विशिष्ट अवस्थाएं भी हैं—या ठीक से कहें तो अवस्थाओं के प्रकार हैं—जो कि और भी सरल हैं, इसलिए हम पहले (सरल) उनकी व्याख्या कर रहे हैं।

हम गणित के सभी विद्यार्थियों (तथा शिक्षकों) का ध्यान प्रचलित गणितीय गुणनों के विषय में भली भांति विदित तथा सामान्य तथ्य की ओर आकर्षित करते हैं। सभी स्थानों में आजकल प्रचलित विधि यह है कि बच्चों को लम्बे चौड़े पहाड़े रटना पड़ते हैं। परन्तु वैदिक पद्धति में 5 के ऊपर वाले पहाड़े की आवश्यकता ही नहीं पड़ती। और एक विद्यालय में पढ़ने वाला विद्यार्थी जिसे साधारण (अंक का) जोड़ना और घटाना मालूम है तथा 5 तक का पहाड़ा याद है स्वयं ही कभी भी सारे पहाड़े बना सकता है और प्रसंगोचित सरल वैदिक सूत्रों की सहायता से, बड़े-बड़े गुणनों का गुणनफल सरलतापूर्वक तथा तेजी से ही नहीं वरन् तत्काल निकाल सकता है। सूत्र बहुत ही लघु होते हैं, परन्तु एक बार उन्हें समझने पर और उनमें निहित कार्य विधि के मन में बैठने पर ही सारी विधि एक समस्या के स्थान पर बच्चों का खेल बन जाती है।

1. चलिए सर्वप्रथम एक बहुत ही सरल और सहज उदाहरण लें, (अर्थात 5 के ऊपर के एक अंकीय संख्याओं का गुणन) और यह देखें कि इसे हम बिना पहाड़ों के ज्ञान के किस तरह कर सकते हैं:

इसका प्रसंगोचित सूत्र है: ''निखिलंनवतश्चरमंदशतः'' जिसका कि शाब्दिक अर्थ है: सभी 9 में से और अंतिम दस में से। इस गुह्य सूत्र के अर्थ को हम अभी ही पूर्ण विवरण सहित समझाएंगे किन्तु इस समय, हम वास्तविक विधि को पैड़ी दर पैड़ी समझाएंगे

मान लो कि हमें 9 का 7 से गुणा करना है।

(1) अपनी गणना के लिए आधार हमें दस की वह घात लेना चाहिए जो हमारे गुणा की संख्याओं के सबसे पास है, इस उदाहरण में वह संख्या स्वयं दस है।

(2) उन दो संख्याओं 9 एवम् 7 को ऊपर और नीचे, बाईं तरफ (जैसा कि यहां दाहिनी तरफ कार्य पटल में दर्शाया गया है।) लिखिए:

9–1
7–3

(3) प्रत्येक संख्या को आधार संख्या 10 में से घटाकर शेष को दाहिनी तरफ लिखिए (1 और 3) इन दोनों संख्याओं में ऋण चिन्ह भी लगाइए, इससे यह विदित होता है कि जिन अंकों का गुणा करना हैं वे 10 से इतनी मात्रा कम हैं।

(4) गुणनफल में दो हिस्से हैं एक दाहिना और एक बायां। इन दोनों हिस्सों को अलग अलग दिखलाने के लिए उनके बीच में एक खड़ी विभाजन रेखा खीचीं जा सकती है।

(5) अब उत्तर के बाएं हिस्से का अंक निम्नाँकित किन्ही भी 4 विधियों से प्राप्त कर सकते हैं :

(क) दिए हुए अंकों के जोड़ में से आधार संख्या घटाइये, 9 और 7 = 16 और (16-10) अर्थात् 6 को उत्तर के बाएं तरफ के अंक के रूप में लिखिए।

9+7-10=6

या

(ख) दोनों न्यूनताओं के जोड़ (1+3=4) को आधार संख्या 10 में से घटाइए। आप को फिर वही उत्तर मिलता है। (6)

10-4-=6

9-1
7-3
6/3

या

(ग) न्यूनता (3) को तिरछी संख्या (9) में से घटाइए।

9-3=6

या

(घ) न्यूनता 1 को तिरछी संख्या 7 में से घटाइये।

7-1=6

टिप्पणी–

इस तरह उत्तर का कई सरल विधियों से प्राप्त करना वैदिक पद्धति की विशेषता है और विद्यार्थी के लिए बहुत उपयोगी और लाभदायक है (यह विद्यार्थी को अपने उत्तर की जांच करने में सहायता करता है।

(6) अब दोनों न्यूनताओं का सीधा गुणा कर दीजिए, (3×1) गुणनफल 3 होगा और यही उत्तर का दाहिना हिस्सा है।

(7) इस तरह 9×7=63 यह विधि सभी स्थितियों में लागू होती है इसलिए इसमें अनंत संभावनाएं हैं। और पुरातन ऐतिहासिक परम्पराएं इस आड़े घटाने की विधि को ही गुणन चिन्ह (×) का स्रोत मानती हैं।

9-1
7-3
6/3

उसी नियम को दर्शाने के लिए और भी उदाहरण देखिए:–

9 1	9 1	9 1	9 1	9 1	8 2	8 2	8 2
9 1	8 2	7 3	6 4	5 5	8 2	7 3	6 4
8 1	7 2	6 3	5 4	4 5	6 4	5 6	4 8

(इससे सूत्र का सही होना दिख जाता है) इसका बीजगणितीय प्रमाण वहुत ही सरल है:–

च×छ =(क प) (क फ) = क (क प फ)+पफ

उत्तर = (क प फ) पफ

च और छ दो अंक हैं जिनको गुणा करना है। क आधार अंक है। इसलिए प और फ, च और छ की न्यूनताएं है (आधार अंक में से) और समीकरण के दाहिने तरफ के दो अंक गुणन फल के हिस्से बन जाते हैं यदि बाएं हिस्से की संख्या में क का गुणा न करें तब वह स्वतः ही बाएं हिस्से का अंक बन जाती है।

यदि दाहिने तरफ के अंकों (न्यूनताओं) का गुणनफल दों अंकों वाला हो तब एक थोड़ा सा अंतर दृष्टिगोचर होता है। उदाहरणार्थ यदि हम 6 और 7 का गुणा करें,

$$\begin{array}{c} 7-3 \\ \underline{6-4} \\ 3/{}_{1}2 \end{array}$$

तब हम देखते है कि दाहिने तरफ के अंकों का गुणन फल 12 है (जिसमें दो अंक हैं) परन्तु चूंकि हमारा आधार दस है और सबसे दाहिने वाला अंक स्पष्टतया इकाई वाला अंक है और इकाई में हम केवल एक अंक ही रख सकते हैं (दाहिने हिस्से में)।

गुणन के साधारण नियम, जिसके अनुसार गुणनफल के दो अंकों में बायां अंक हमेशा बाएं तरफ हाथ में लिया जाता है, यह कठिनाई हल हो जाती है। इसलिए इस उदाहरण में 12 का 2 दाहिने तरफ रखा और बायां अंक 1 हाथ में लिया और उसे 3 में जोड़कर बाएं को 4 कर दिया। इस तरह 7 और 6 का गुणनफल हमें वास्तव में 42 मिलता है।

$$\begin{array}{l} 7 - 3 \\ \underline{6 - 4} \\ 3 \ / \ {}_{1}2 = 4/2 = 42 \end{array}$$

इसी तरह के गुणन में स्वभावतया हम इसी पद्धति का उपयोग करेंगे। कुछ और उदाहरणः–

$$\begin{array}{cccc} 8 - 2 & 7 - 3 & 7 - 3 & 6 - 4 \\ \underline{5 - 5} & \underline{5 - 5} & \underline{6 - 4} & \underline{5 - 5} \\ 3 \ / \ {}_{1}0 & 2 \ / \ {}_{1}5 & 3 \ / \ {}_{1}2 & 1 \ / \ {}_{2}0 \\ = 40 & = 35 & = 42 & = 30 \end{array}$$

गुणन का यह नियम (बाएं हिस्से के लिए आड़ा घटाना और दाहिने अंक के लिए दाहिने अंकों का सीधा गुणा) निम्नलिखित बीजगणितीय सर्वसामिका का वास्तविक उपयोग हैः–

$$(\text{क}-\text{प})\ (\text{क}-\text{फ}) = \text{क}(\text{क}-\text{प}-\text{फ}) + \text{पफ}$$

इसलिए इस नियम का अनंत रूप से विस्तार किया जा सकता है। इस तरह द्विअंकीय संख्याओं के गुणन के लिए निम्नलिखित उदाहरणों पर गौर कीजिएः–

नोटः–

इस समय आधार अंक 100 है।

$$\begin{array}{ccccccc} 91-9 & 93-7 & 93-7 & 93-7 & 89-11 & 91-9 & 93-7 \\ \underline{91-9} & \underline{92-8} & \underline{93-7} & \underline{94-6} & \underline{95-5} & \underline{96-4} & \underline{97-3} \\ 82/81 & 85/56 & 86/49 & 87/42 & 84/55 & 87/36 & 90/21 \end{array}$$

$$\begin{array}{ccccccc} 92-8 & 88-12 & 78-22 & 88-12 & 56-44 & 67-33 & 25-75 \\ \underline{98-2} & \underline{98-2} & \underline{97-3} & \underline{96-4} & \underline{98-2} & \underline{97-3} & \underline{99-1} \\ 90/16 & 86/24 & 75/66 & 84/48 & 54/88 & 64/99 & 24/75 \end{array}$$

नोट:–

इन सभी उदाहरणों में गौर कीजिए कि दोनों आड़े घटानों में हमेशा वही शेष आता है (उत्तर के बाएं हिस्से के लिए)

नोट:–

यहां यह भी गौर कीजिए कि खड़े गुणन फल में (उत्तर के दाहिने हिस्से के लिए) गुणनफल कभी कभी 2 अंकों से अधिक हो सकता है, परन्तु आधार अंक 100 होने के कारण दाहिने हिस्से में हम केवल दो अंकों तक की संख्या ले सकते हैं। इसलिए दाहिने हिस्से में दो अंकों से अधिक होने पर, वही ऊपर बताई हुई विधि (दाहिने हिस्से में दो अंकों तक को रखकर अतिरिक्त अंकों को बाएं तरफ हाथ में लाकर बाएं हिस्से में जोड़ना चाहिए–जैसा कि साधारणतया जोड़ इत्यादि में होता है) का उपयोग करना चाहिए। यथा:–

88 - 12	88 12	25 75
88 12	91 - 9	98 2
76 $_1$44 =7744	79 - $_1$08 =8008	23 - $_1$50 =2450

नोट:–

ऊपर दिए गए सभी उदाहरणों में देखिए किस तरह सूत्र का अर्थ झलकता है और किस तरह पूरक अंकों को तत्काल लिखने में सहायता करता है। नियम है कि संख्या के अन्य सभी अंकों को 9 में से घटाइये और अंतिम अर्थात (सबसे दाहिने वाले अंक) को 10 में से। इस तरह यदि संख्या 63 हुई है तब उसकी पूरक संख्या होगी 37 इत्यादि। यह प्रक्रिया हमें देखते ही देखते घटाने में सहायता करती है और पूरक संख्या तत्काल लिखने में मदद करती है।

अब एक नई बात पर विचार करना है:–

जैसे कि खड़े गुणन में निर्धारित अंकों से अधिक अंक आ सकते हैं (और इस संभावना का प्रबंध किया जा चुका है) उसी तरह उन निर्धारित अंकों से कम अंक भी आ सकते हैं। इसका क्या हल है? इस संभावना का भी प्रबंध है। और प्रबंध यह है कि जिस तरह साधारण दाशमलविक गुणनों में होता है उसी तरह रिक्त स्थानों में शून्य लिखे जाएं। इस तरह:–

99 - 1	98 - 2	96 - 4	97 - 3
97 3	99 1	98 - 2	97 3
96/03	97/02	94/08	94/09

इन तीन विधियों (जो प्रश्न की तीन संभावनाओं अर्थात खड़े गुणनफल के अंकों की संख्या का सामान्य, अपसामान्य तथा उपसामान्य होना–का हल करने के लिए दी गई हैं) तथा घटाने के नियम (अर्थात सभी अंकों को 9 में से तथा अंतिम अंक को 10 में से घटाकर पूरक संख्या मिलती है) की सहायता से हम गुणन नियम का और अधिक अंकों वाली संख्या के लिए विस्तार कर सकते हैं। यथा:–

888 - 112	879 121	697 - 303	598 - 402
998 - 002	999 - 001	997 - 003	998 - 002
886/224	878/121	694/909	596/804

988−12	888−112	112−888
988−12	991−009	998−002
976/144	$879/{}_{1}008=880008$	$110/{}_{1}776=111776$

988−012	998−002	9997−0003
998−002	997−003	9997−0003
986/024	995/006	9994/0009

99979 − 00021	999999997 − 000000003
99999 − 00001	999999997 − 000000003
99978/00021	999999994/000000009

जी हाँ, परन्तु इन सभी उदाहरणों में दोनों गुणक तथा गुण्य दस की किसी घात से जो कि आधार अंक है थोड़े ही कम हैं। इससे बड़ी संख्याओं को कैसे करेंगे।

और इसका उत्तर है कि वही विधि यहां भी लागू होगी, अंतर केवल इतना ही रहेगा कि तिरछे घटाने के स्थान में तिरछा जोड़ दिया जायेगा। और अन्य सभी नियम (अंकों के अपसामान्य तथा उपसामान्य होने के विषयक) इत्यादि बिलकुल वही होंगे। यथा :—

12+2	13+3	11+1	16+6	18+8	108+8
11+1	12+2	15+5	11+1	11+1	108+8
13/2	15/6	16/5	17/6	19/8	116/64

111+11	16+6	17+7	18+8
109+ 9	12+2	12+2	12+2
120/99	$18/{}_{1}2=192$	$19/{}_{1}4=204$	$20/{}_{1}6=216$

18+8	19+9	1005+5	1016+16
18+8	19+9	1009+9	1006+ 6
$26/{}_{6}4=324$	$28/{}_{8}1=361$	1014/045	1022/096

लगे हाथों इसका बीजगणितीय सिद्धांत भी समझा दें :—

(क+प) (क+फ) = क(क+प+फ) +पफ

जी हाँ परन्तु यदि गुणन की एक संख्या दस की घात (जो कि आधार ली गयी है) वाली संख्या से अधिक हो और दूसरी कम, तब?

इसका उत्तर यह है कि धन और ऋण सदा की तरह व्यवहार करेंगे और उनका गुणन फल चिन्ह ऋण होगा और दाहिना हिस्सा (खड़े गुणन से प्राप्त) बाएं हिस्से में से घटाना पड़ेगा। यथा :—

12+2	108+8	107+7	102+2
8−2	97−3	93−7	98−2
10/ −4=96	105/ −24=1047	6100/ −49=9951	100/ −04=9996

1026+026	1033+033
997−003	997−003
1023/−078=1022922	1030/−099=1029901

```
  10006 + 0006
   9999 - 0001
-----------------------------
  10005 - 0006 = 100049994
```

नोट :–

गौर कीजिए कि रेखा के नीचे का दाहिना हिस्सा बाएं हिस्से में से सूत्र की सहायता से सरलता पूर्वक घटाया जा सकता है (अर्थात अंतिम अंक दस में से और अन्य सभी 9 में से) दाहिने हिस्से की इकाई का मान आधार अंक के बराबर होता है।

गुणज तथा उपगुणज :–

जी हां, परन्तु इन सभी उदाहरणों में गुणक और गुण्य दोनों ही, या कम से कम एक, आधार अंक के बहुत पास था, इससे गुणक अंक छोटा हो जाता था और गुणन में इसलिए सरलता हो जाती थी किन्तु उन दो संख्याओं का, जो कि दोनों ही आधार अंक के पास नहीं हैं, गुणन कैसे होगा?

इस कार्य के लिए आवश्यक हल एक उपसूत्र से निकलता है जो अपने स्वतः सिद्ध गुण के कारण उपसूत्र कहलाता है।

इस उपसूत्र में केवल एक ही शब्द है 'आनुरूप्येण' जिसका अर्थ होता है आनुपातिक। वास्तविक अनुप्रयोग में यह सूत्र निर्देश करता है कि उन सभी स्थितियों में जहां कि आनुपातिक संबंध परिमेय (बिना मूल के) हैं उस अनुपात का उपयोग कर अनुपातिक गुणन या भाग करना चाहिए।

दूसरे शब्दों में, जब गुणक और गुण्य दोनो ही दस की घातवाले किसी भी आधार संख्या के पास नहीं हैं, हम किसी भी उपयुक्त आधार संख्या के कोई गुणज को कामचलाऊ (क्रियात्मक) आधार बना सकते हैं, और सारी आवश्यक प्रक्रिया के पश्चात् परिणाम को उसी अनुपात से गुणा या भाग कर सकते हैं (वही अनुपात जो कि मूल आधार कामचलाऊ आधार से रखता है)। इस कार्यविधि को एक ठोस उदाहरण स्पष्ट कर देगा।

मान लीजिए कि हमें 41 से 41 का गुणा करना हैं। ये दोनों संख्याएं आधार अंक 100 से इतनी दूर है कि इसे आधार मानने पर पूरक संख्याएं 59 आएंगी और परिणामस्वरूप 59 तथा 59 का गुणन बहुत ही कठिन होगा और इसलिए मान्य नहीं होगा।

इसलिए हम 100 को सिद्धांत रूप से आधार अंक मान लेते हैं और उपगुणज 50 को क्रियात्मक आधार अंक (जो कि 41 और 41 के यथेष्ट पास है) और सारी प्रक्रिया उसी तरह करने के बाद जो गुणनफल आता है उसे उसी अनुपात में गुणा या भाग दे कर उत्तर प्राप्त कर लेंगे।

अब हमारा कार्य-पटल इस तरह होगा:–

$$\frac{100}{2} = 50$$

```
      41   9
      41  -9
   2)32 / 81
     16 / 81
```

(1) हम 50 को क्रियात्मक आधार अंक मान लेते हैं।
(2) तिरछा घटाने से हमें बाएं हिस्से में 32 मिलता है।
(3) चूंकि 50,100 का आधा है इसलिए 32 को भी हम 2 से भाग देकर उत्तर का बायां हिस्सा 16 प्राप्त करते हैं।
(4) दाहिना हिस्सा 81 अछूता रहता है।
(5) इसलिए उत्तर 1681 हुआ।

अथवा दूसरी तरह से बजाय 100 को सैद्धान्तिक आधार मानने के हम 10 को सैद्धान्तिक आधार माने, तब क्रियात्मक आधार 50 उसका 5वाँ गुणज होगा और ऊपर किए गए उदाहरण में 2 के भाग देने के स्थान पर हमें 32 में 5 का गुणा करना पड़ेगा और चूँकि सैद्धान्तिक आधार 10 है इसलिए दाहिने हिस्से में हम केवल एक अंक ही रख सकते हैं। इसलिए 81 में से 1 को रखकर 8 को बाएं हिस्से में जोड़ने के लिए हाथ में रखना पड़ेगा। तब 5×32=160 में 8 जोड़ने पर बांए हिस्से में 168 आएगा। इसलिए 41 और 41 का गुणनफल फिर 1681 आएगा, जैसा कि पहली विधि से आया था।

10×5 = 50
41 – 9
41 – 9
32 / $_8$1
×5
160 / $_8$1 = 1681

अथवा तीसरी तरह से 100 या 10 को सैद्धान्तिक आधार अंक तथा 50 को क्रियात्मक आधार मानने के स्थान पर हम 10 और 40 को क्रमशः सैद्धान्तिक तथा क्रियात्मक आधार मान सकते हैं और गुणन प्रक्रिया को दाहिने हाशिये में दर्शायी गयी विधि से कर सकते हैं। हम देखते हैं कि उत्तर फिर 1681 है। (जितना कि पूर्व दो विधियों द्वारा आया था) इस तरह तीनों विधियों से एक ही (1681) उत्तर आने पर हम अपनी सुविधानुसार तीनों में से एक विधि चुन सकते हैं। और इस आनुरूप्येण प्रक्रिया में दाहिने हिस्से के फल अछूते रहने के पीछे (अर्थात उसमें आनुपातिक गुणा या भाग न करना) निहित सिद्धांत तथा कारण को समझाने के लिए एक सरल दृष्टान्त ही यथेष्ट होगा।

10×4=40
41×1
41×1
42 / 1
×4
168 / 1

मान लो कि हमें 65 को क्रमशः 2, 4, 8, 16, 32 एवम् 64 से भाग देना है (जो संख्यायें आपस में एक या अधिक अनुपात रखती हैं) हम भजनफल को इस तरह लिख सकते हैं:–

$$\frac{65}{2}=32\frac{1}{2};\ \frac{65}{4}=16\frac{1}{4};\ \frac{65}{8}=8\frac{1}{8};\ \frac{65}{16}=4\frac{1}{16};\ \frac{65}{32}=2\frac{1}{32}$$

और $\frac{65}{64}=1\frac{1}{64}$, इसमें हम देखते हैं कि शेष हमेशा 1 ही बचता है.

हम यह देखते हैं कि जैसे जैसे हर (भाजक) एक विशिष्ट अनुपात में बढ़ता है भजनफल उसी अनुपात में कम होता जाता है परन्तु शेष नहीं बदलता और इसलिए इसे (ठीक ही) शेष कहते हैं (शिष्यते शेषसंज्ञः)

आनुरूप्येण (अर्थात गुणज उपगुणज का उपयुक्त क्रियात्मक आधार अंक के रूप में चयन और उसकी प्रक्रिया में गुणन कार्य करना) के सिद्धांत तथा प्रक्रिया को निम्नलिखित अतिरिक्त उदाहरण स्पष्ट करेंगे।

(1) 49×49
क्रि.आ.अंक 100/2=50
49 – 1
49 – 1
2)48 / 01
24 / 01

(2) 49×49
क्रि.आ.अंक 10×5=50
49 – 1
49 – 1
48 / 1
×5 /
240 / 1

(3) 46×46
क्रि.आ.अंक 100/2=50
46 – 4
46 – 4
2)42 / 16
21/16

(4) 46×46
क्रि.आ.अंक 10×5=50
46 – 4
46 – 4
42 / $_1$6
×5
210/$_1$6 = 2116

---

(5) 46×44
क्रि.आ.अंक 100/2=50
46 – 4
44 – 6
2)40 / 24
20 / 24

(6) 46×44
क्रि.आ.अंक 10×5=50
46 – 4
44 – 6
40 / $_2$4
×5 /
200/$_2$1 = 2024

---

(7) 59×59
क्रि.आ.अंक 10×6=60
59 – 1
59 – 1
58 / 1
×6 /
348 / 1

(8) 59×59
क्रि.आ.अंक 10×5=50
59 + 9
59 + 9
68 / $_8$1
×5 /
340 / $_8$1=3481

---

(9) 59×59
क्रि.आ.अंक 100/2=50
59 + 9
59 + 9
2)68 / 81
34 / 81

(10) 23×23
क्रि.आ.अंक 10×2=20
23 + 3
23 + 3
26 / 9
×2
52/9

---

(11) 54×46
क्रि.आ.अंक 10×5=50
54 + 4
46 – 4
50 / –$_1$6
×5 /
250 / –$_1$6=2484

(12) 54×46
क्रि.आ.अंक 100/2=50
54 + 4
46 – 4
2)50 / 16
25 / –16=2484

---

(13) 19×19
क्रि.आ.अंक 10×2=20
19 1
19 1
18 1
×2 1
36 1

(14) 19×19
क्रि.आ.अंक 10×1=10
19 + 9
19 + 9
28 / $_8$1
+8
361

(15) 62×48
क्रि.आ.अंक 10×4 = 40
62 + 22
48 + 8
70 / $_{17}6$
×4 /
280 / $_{17}6$ = 2976

(16) 62×48
क्रि.आ.अंक 10×6 = 60
62 + 2
48 − 12
50 / $-_{2}4$
×6 /
300 / $-_{2}4$ = 2976

---

(17) 62×48
क्रि.आ.अंक 10×5 = 50
62 + 12
48 − 2
60 / $-_{2}4$
×5 /
300 / $-_{2}4$ = 2976

(18) 62×48
क्रि.आ.अंक 100/2 = 50
62 + 12
48 − 2
2)60 / −24
30 / −24 = 2976

---

(19) 23×29
क्रि.आ.अंक 10×3 = 30
23 − 7
21 − 9
14 / $_{6}3$
×3
42 / $_{6}3$ = 483

(20) 23×21
क्रि.आ.अंक 10×2 = 20
23 + 3
21 + 1
24 / 3
×2 /
48 / 3

---

(21) 249×245
क्रि.आ.अंक 1000/4 = 250
249 − 1
245 − 5
4)244 / 005
61 / 005

(22) 48×49
क्रि.आ.अंक 10×5 = 50
48 − 2
49 − 1
47 / 2
×5 /
235 / 2

---

(23) 48×49
क्रि.आ.अंक 100/2 = 50
48 − 2
49 − 1
2)47 / 02
23½ / 02 = 2352

टिप्पणी:–

इस उदाहरण में 47 एक ऊना अंक है इसलिए उसका भजनफल भिन्नात्मक या दाशमलविक 23.5 है। और जिस तरह आधा रुपया या आधा पाउंड या आधा डालर दाहिने तरफ ले जाया जाता है (50 पैंस, 50 नये पैसे या 50 सैंट के रूप में) उसी तरह 23½ का 1/2 यहाँ पर 50 के रूप में (सैद्धान्तिक आधार अंक का । 2) दाहिने तरफ ले जाया जाता है। अतएव उत्तर 23/52 है।

(24) 249×246
क्रि.आ.अंक 1000/4=250
249 – 1
246 – 4
4)245 / 004
61¼ / 004
61 / 254

(25) 229×230
क्रि.आ.अंक 1000×4=250
229 – 21
230 – 20
4)209 / 420
52¼ / 420
52 / 670

नोट:–

ऊपर के उदाहरणों में 1/4 दाहिने तरफ 250 की तरह ले जाया गया है। निम्नलिखित हल किए गये उदाहरणों से वैदिक सूत्र (निखिलम् इत्यादि) के गुणन सिद्धान्त तथा प्रक्रियाएं और भी स्पष्ट हो जावेंगी और विद्यार्थियों के अभ्यास तथा अनुप्रयोग में सहायक होंगी:–

(1) 87965×99998
87965 – 12035
99998 – 00002
=87963/24070

(2) 48×97
48 52
97 – 03
45 / $_{1}56$=4656

(3) 72×95
72 – 28
95 – 05
67 / $_{1}40$=6840

(4) 889×9998
0889 9111
9998 0002
887 / $_{1}8222$=8888222

(5) 77×9988
0077 – 9923
9988 – 0012
65 / $_{11}9076$
=769076

(6) 299×299
क्रि.आ.अंक 100×3=300
299 – 01
299 – 01
298 / 01
×3
894 / 01

(7) 687×699
क्रि.आ.अंक 100×7=700
687 – 13
699 – 01
686 / 13
×7
4802 / 13

(8) 128×672
क्रि.आ.अंक 100×7=700
128 – 572
672 – 028
100 / $_{160}16$=
×7
700 / $_{160}16$=86016

(9) 231×582
क्रि० आ० अंक 100×6=600
231 – 369
582 – 018
213 / $_{66}42$
×6
1278 / $_{66}42$=134442

(10) 362×785
क्रि० आ० अंक 100×8=800
362 – 438
785 – 015
347 / $_{65}70$
×8
776 / $_{65}70$=284170

(11) 532×528
क्रि०आ० अंक 100×5=500
532 + 32
528 + 28
560 / $_{8}96$
×5
2800 / $_{8}96$ =280896

(12) 532×528
क्रि०आ० अंक 1000/2=500
532 + 32
528 - 28
2) 560 / 896
=280 / 896

(13) 532×472
क्रि०आ० अंक 100×5=500
532 + 32
472 - 28
504 / $-_{8}96$
×5
2520 / $-_{8}96$ =251104

(14) 532×472
क्रि०आ० अंक 1000/2=500
532 + 32
472 - 28
2) 504 / −896
252 / −896=251104

(15) 235×247
क्रि०आ० अंक 1000/4=250
235 - 015
247 003
4) 232 / 045
58 / 045

(16) 3998×4998
क्रि०आc अंक 10000/2=5000
3998 - 1002
4998 - 0002
2) 3996 / +2004
1998 / 2004

(17) 19×499
क्रि०आ० अंक 100×5=500
19 - 481
499 - 001
18 / $_{4}81$
×5
90 / $_{4}81$=9841

(18) 19×499
क्रि०आ० अंक 1000/2=500
19 - 481
499 - 001
2) 18 / 481
9 / 481

(19) 635×502
क्रि०आ० अंक 1000/2=500
635 + 135
502 + 002
2) 637 / 270
318½ / 270 =318/770

(20) 18×45
क्रि०आ० अंक 100/2=50
18 - 32
45 - 5
2) 13 / $_{1}60$
6½ / $_{1}60$=7½/60=810

(21) 389×516
क्रि०आ० अंक 1000×2=500
389 - 111
516 + 16
2) 405 / $-_{1}776$
$\overline{2}02$½ / $-_{1}776$=200724

टिप्पणीः–

इनमें से अधिकांश उदाहरण काफी सरल हैं और सचमुच में उर्ध्वतिर्यग्भ्याम् सूत्र द्वारा, जिसकी व्याख्या हम अगले अध्याय में करने वाले हैं, और भी सरलता पूर्वक किए जा सकेंगे। उन उदाहरणों को हमने यह बतलाने के लिए रखा है कि उन्हें इस अध्याय में समझाए गए निखिलम् सूत्र के द्वारा भी कर सकते हैं।

परन्तु इसके पहले कि हम उर्ध्वतिर्यग्भ्याम् सूत्र अपना लें और उसकी कार्य विधि आपको समझाएं हम अभी आपको इस अध्याय की विषय वस्तु निखिलम् सूत्र के कुछ उपप्रमेय समझाएंगे।

प्रथम उपप्रमेय

निखिलम् सूत्र से स्वाभाविक रूप से निकलने वाला प्रथम सहज परिणाम इस प्रकार है: यावदूनं तावदूनीकृत्य वर्गं च योजयेत्। उसका अर्थ है संख्या की जितनी भी न्यूनता हो (अर्थात पूरक अंक) उसमें उतनी न्यूनता और करें और उसी न्यूनता का वर्ग भी रखें।

यह उपप्रमेय स्पष्ट रूप से संख्या के वर्ग से संबंध रखता है। कुछ प्रारम्भिक उदाहरण इसके अर्थ तथा अनुप्रयोग को स्पष्ट कर देंगे।

मान लीजिए कि हमें 9 का वर्ग निकालना है। हमारे कार्य (मौखिक) की निम्नलिखित अवस्थाएं होंगीः–

(1) हमें उस अंक के निकटतम वाली दस की घात संख्या लेना चाहिए (यहां पर स्वयं 10)

(2) चूंकि 9,10 से 1 कम है (न्यूनता = 1), हमें 9 से 1 और कम करना चाहिए और जो अंक आता है (8) वह उत्तर का बायां हिस्सा होगा।

(3) और उस न्यूनता अर्थात 1 का वर्ग, दाहिने तरफ लिख देना चाहिए।

(4) इसलिए $9^2 = 81$

$$\begin{array}{c} 9 \cdot 1 \\ 9 \cdot 1 \\ \hline 8/1 \end{array}$$

अब चलिए 8 का वर्ग लें। चूंकि 8 की न्यूनता 10 से 2 है हम 8 में से 2 और कम करते हैं और बाएं हिस्से के लिए हमें $8-2=6$ मिल जाता है। और दाहिने तरफ के लिए $2^2=4$ लिख देते हैं, इसी तरह $7^2=7-3/3^2=4/9$; $6^2=6-4/4^2=2/{}_16=36$ $5^2=0/5^2=0/{}_25=25$ इत्यादि

जी हाँ, परन्तु दस से अधिक संख्या का क्या होगा? हम ठीक उसी तरह कार्य करेंगे, परन्तु न्यूनता के बराबर और कम करने के स्थान पर, अंक को अधिकता के बराबर और बढ़ा देंगे। और :–

$11^2=11+1/1^2=121$
$12^2=12+2/2^2=144$
$13^2=13+3/3^2=169$
$14^2=14+4/4^2=18/{}_16=196$
$15^2=15+5/5^2=20/{}_25=225$;
$19^2=19+9/9^2=28/{}_81=361$

और तब इसी नियम का दो या अधिक अंकों की संख्या के लिए विस्तार करते हुए:–

$91^2 = 82/81$; $92^2 = 84/64$; $93^2 = 86/49$; $94^2 = 88/36$
$95^2 = 90/25$; $96^2 = 92/16$; $97^2 = 94/09$; $98^2 = 96/04$
$99^2 = 98/01$; $103^2 = 106/09$; $108^2 = 116/64$
$989^2 = 978/121$; $988^2 = 976/144$; $993^2 = 986/049$
$89^2 = 78/{}_1 21 = 7921$; $88^2 = 76/{}_1 44 = 7744$
$9989^2 = 9978/0121$; $9984^2 = 9968/0256$
$9993^2 = 9986/0049$

इसकी बीजगणितीय व्याख्या इस प्रकार है:–

$(प \pm फ)^2 = प^2 \pm 2पफ + फ^2$
$\therefore (97)^2 = (100-3)^2 = 10000 - 600 + 9 = 94/09$
$(92)^2 = (100-8)^2 = 10000 - 1600 + 64 = 84/64$
$(108)^2 = (100+8)^2 = 10000 + 1600 + 64 = 116/64$

इत्यादि

ऊपर के सभी उदाहरणों में आधार अंक 100; प = आधार अंक = 100;. मान लीजिए कि जिस अंक का वर्ग निकालना है वह च है। तब च की प से न्यूनता ''फ'' हुई। अर्थात प – च = फ उत्तर के बाएं हिस्से में हम च – फ लिखते हैं और च – फ = प – 2फ और चूंकि यह उत्तर का बायां हिस्सा है इसलिए उसका वास्तविक मान (प – 2फ) आधार अंक = (प – फ) प होता है और दाहिना हिस्सा बराबर $फ^2$ होता है। वर्ग का सूत्र फिर से लिखकर देखें:–

$$\begin{aligned} च^2 = (प-फ)^2 &= प^2 - 2पफ + फ^2 \\ &= (प-2फ)\,प + फ^2 \\ &= (च-फ)\,प + फ^2 \\ &= (च-फ)/फ^2 \quad \text{(अंक लिखते समय)} \end{aligned}$$

एक और बीजगणितीय व्याख्या :–

$च^2 - फ^2 = (च+फ)\,(च-फ)$
$\therefore च^2 = (च+फ)(च-फ) + फ^2$

इसलिए, यदि हमें किसी भी संख्या (च) का वर्ग निकालना हो तब हम उसमें कोई भी संख्या (फ) जोड़ सकते हैं, और उसी संख्या (फ) को उस में से (च) घटाकर, दोनों का गुणा करें तथा उसमें उस बाहिरी संख्या (फ) का वर्ग जोड़ दें (दाहिने तरफ)। इस तरह यदि 97 का वर्ग निकालना हो तब हमें ''फ'' संख्या का चुनाव इस तरह करना चाहिए कि (च+फ) या (च–फ) शून्यांत वाली संख्या होना चाहिए (100)। इस उदाहरण में यदि फ = 3 हो तब च+फ = 100 होगा और च–फ = 94 होगा, और उनका गुणनफल 9400 होगा, तथा $फ^2 = 9$ $\therefore 97^2 = 94/09$ इससे उपप्रमेय सिद्ध हो गया।

इसी तरह $92^2 = (92+8)\,(92-8) + 8^2 = 84/64$
$93^2 = (93+7)\,(93-7) + 49 = 86/49$
$988^2 = (988+12)\,(988-12) + 12^2 = 976/144$
$108^2 = (108-8)\,(108+8) + 8^2 = 116/64$ इत्यादि

और तीसरी बीजगणितीय व्याख्या भी निखिलम सूत्र पर ही आधारित है:–

$$\begin{array}{r} 91-9 \\ 91-9 \\ \hline 82/81 \end{array}$$

निम्नलिखित अतिरिक्त उदाहरण उपप्रमेय के स्पष्टीकरण में और प्रकाश डालेंगे:—

(1)	19^2 19+9 19+9 $28/_{8}1$ =361	(2)	19^2 19−1 19−1 18/1 ×2 361	(3)	29^2 29+9 29+9 $38/_{8}1$ ×2 $76/_{8}1=841$	(4)	29^2 29−1 29−1 28/1 ×3 84/1
(5)	49^2 49−1 49−1 48/1 ×5 240/1	(6)	49^2 49−1 49−1 2|48/01 =2401	(7)	59^2 59+9 59+9 $68/_{8}1$ ×5 $340/_{8}1=3481$	(8)	59^2 59+9 59+9 2|68/81 =3481
(9)	41^2 41+1 41+1 42/1 ×4 168/1	(10)	41^2 41−9 41−9 $32/_{8}1$ ×5 $160/_{8}1=1681$	(11)	989^2 989−11 989−11 978/121	(12)	775^2 775−25 775−25 $750_{6}25$ ×8 $6000/_{6}25$ =600625

टिप्पणी:—

उपरोक्त सभी उदाहरण निस्संदेह दस की किसी घात वाली संख्या, या उसके गुणज अथवा उपगुणज संख्या से थोड़ी ही अधिक या थोड़ी ही कम संख्या से संबंधित हैं। यह उपप्रमेय इन संख्याओं के वर्ग के लिए अधिक उपयुक्त हैं। और कठिन दिखने वाले उदाहरण, अगले अध्याय में (ऊर्ध्वतिर्यक सूत्र संबंधी। किए जाएंगे, और भी कठिनतम उदाहरण, और भी आगे वाले अध्याय में (बड़ी संख्याओं के वर्ग तथा घन से संबंधित)।

द्वितीय उपप्रमेय

द्वितीय उपप्रमेय प्रथम उपप्रमेय के अन्तर्गत आता है (यथा 5 से अंत होने वाली संख्याओं तथा उसकी सजातीय संख्याओं के वर्ग निकालना)। इसके (द्वितीय उपप्रमेय

के) शब्द, प्रारम्भ में ही प्रयुक्त साधारण भिन्न को उसके आवर्ती दाशमलविक तुल्यांक में परिणित करने वाले सूत्र (एकाधिकेन पूर्वेण) के ही हैं। अब चूंकि यह एक नितान्त भिन्न स्थिति और संदर्भ से संबंधित है, इसलिए अब यह सूत्र नितान्त भिन्न अर्थ ले लेता है।

इसका शाब्दिक अर्थ तो बिल्कुल वही है (अर्थात पहले से एक अधिक के द्वारा), परन्तु अब यह 5 से अन्त होने वाली संख्याओं (जैसे) के वर्ग से संबंधित है। 15 में अंतिम अंक 5 है और उसके पहले का 1 है। इसलिए उससे 1 अधिक 2 हुआ। अब हमें सूत्र, इस संदर्भ में, पहले के अंक को (1 को) उससे 1 अधिक अर्थात 2 के द्वारा गुणा करने को कहता है, इसलिए बायां हिस्सा हुआ 2×1=2, और दाहिना हिस्सा, हमेशा की तरह, दाहिने अंक का खड़ा गुणन अर्थात 5×5=25.

$$\begin{array}{r} 1/5 \\ \hline 2/25 \end{array}$$

इस तरह

$15^2 = 1\times 2/25 = 225$; $25^2 = 2\times 3/25 = 625$
$35^2 = 3\times 4/25 = 1225$; $45^2 = 4\times 5/25 = 2025$
$55^2 = 5\times 6/25 = 3025$; $65^2 = 6\times 7/25 = 4225$
$75^2 = 7\times 8/25 = 5625$; $85^2 = 8\times 9/25 = 7225$
$95^2 = 9\times 10/25 = 9025$; $105^2 = 10\times 11/25 = 11025$
$115^2 = 11\times 12/25 = 13225$; $125^2 = 12\times 13/25 = 15625$
$135^2 = 13\times 14/25 = 18225$; $145^2 = 210/25$
$155^2 = 240/25$ $165^2 = 272/25$
$175^2 = 306/25$ $185^2 = 342/25$
$195^2 = 380/25$ इत्यादि

इसकी बीजगणितीय व्याख्या बहुत सरल है और निखिलम् सूत्र से सीधी निकलती है तथा अगले अध्याय में समझाए जाने वाले सूत्र उर्ध्वतिर्यक से तो और भी सरलतापूर्वक निकलती है।

इस उपप्रमेय (पांचान्त वाली संख्या के वर्ग संबंधी) का एक उपप्रमेय है: अन्त्ययोदर्शकेऽपि, और बतलाता है कि उपरोक्त नियम न केवल पांचान्त वाली संख्याओं पर लागू होता है वरन् उन पर भी जिनके अंतिम अंकों का योग दस होता है तथा जिनके पहले के अंक एक समान हैं।

उदाहरणार्थ, यदि गुणन की संख्याएं 25 एवं 25 नहीं है, 27 एवं 23 हैं (जिनके अंतिम अंक 7 एवं 3 हैं, तथा जिनका योग 10 है तथा उनके पहले अंक 2 एक समान हैं, अर्थात यहां पर 2 हैं) तब भी वही नियम लागू होगा (अर्थात 2 का उससे 1 अधिक 3 से गुणा करना चाहिए, इस तरह बांया हिस्सा 6 हुआ और दाहिने हिस्से के लिए वही खड़ा गुणन)

चूँकि 27×23=6/21

$$\begin{array}{r} 27 \\ 23 \\ \hline 6/21 \end{array}$$

इसी तरह निम्नलिखित :–

96×94=90/24, 97×93=90/21, 98×92=90/16
99×91=90/09, 37×33=12/21, 79×71=56/09
87×83=72/21, 114×116=132/24, इत्यादि

यह उपप्रमेय भी निखिलम् सूत्र पर आधारित है, और इससे कठिन उदाहरण ऊर्ध्वतिर्यक सूत्र वाले अगले अध्याय में आएंगें (और उससे भी कठिन उसके बाद वाले और भी कठिनतर वर्ग तथा घन वाले अध्याय में)।

यहां पर यह बताना उचित होगा कि यही नियम उन संख्याओं के गुणन में भी काम आता है जिनके अंतिम अंकों का योग 100, 1000 इत्यादि होता है। उदाहरणार्थ

191×109=20/819, 793×707=560/651
884×816=720/$_1$344=721/344

नोट:–

बाएं हिस्से के अन्त में जोड़े गए शून्य पर ध्यान दीजिए।

तृतीय उपप्रमेय

अब निखिलंसूत्र का तीसरा उपप्रमेय लीजिए। यह एक बहुत विशिष्ट गुणन में ही काम आता है और जो साधारण ज्योतिष विज्ञान गणित इत्यादि के अतिरिक्त और कहीं बहुत ही कम उपयोग में आता है। इस उपसूत्र (उपप्रमेय) के शब्द हैं "एकन्यूनेन पूर्वेण" और ऐसा लगता है कि एकाधिक सूत्र का उल्टा हो। और वास्तव में है भी, यह उन संख्याओं के गुणन में प्रयुक्त होता है जिनके गुणक में सभी अंक 9 होते हैं। इसके तीन प्रकार हैं:–

प्रथम प्रकार:–

निम्नलिखित पटल, जिसमें एक अंकीय 9 का गुणनफल दिया गया है, इस सूत्र के समझने में सहायता करता है।

9×2 = 1 8 हम देखते हैं बांया हिस्सा, गुण्य से हमेशा एक अंक कम
9×3 = 2 7 रहता है, और दाहिना हिस्सा बाएं का 9 का पूरक है।
9×4 = 3 6 और यह हमें दर्शाता है कि गुणनफल निकालने के लिए क्या करना
9×5 = 4 5 चाहिए।
9×6 = 5 4 इस प्रंसग में पूर्व का अर्थ (एक नया तकनीकी पारिभाषिक) अर्थ है,
9×7 = 6 3 गुण्य (तथा शब्द "अपर" का अर्थ है गुणक)।
9×8 = 7 2
9×9 = 8 1
9×10 = 9 0

इस तरह, अपने प्रंसग में इस उपप्रमेय का अर्थ बिलकुल ठीक बैठ जाता है अर्थात गुण्य (पूर्व) में से । कम किया जाता है, तथा दाहिने हिस्से के लिए उसे सीधा 9 में से घटाकर लिख दीजिए (जो कि निखिलम् सूत्र का सीधा अनुप्रयोग है)।

दो अंक वाले गुण्य गुणकों के संबंध में, गुणनफलों की निम्नलिखित तालिका देखिए:–

11×99 = 10 89 = (11−1)/99−(11−1) = 10/89
12×99 = 11 88
13×99 = 12 87
14×99 = 13 86
15×99 = 14 85
16×99 = 15 84
17×99 = 16 83
18×99 = 17 82
19×99 = 18 81
20×99 = 19 80

और यह तालिका दर्शाती है कि यह नियम यहाँ भी लागू होता है। और इस तरह के क्रमशः अवलोकन से हमें यह पता लगता है यह नियम उन सभी स्थितियों में लगता है जहाँ गुण्य तथा गुणक दोनों में एक मात्रा के अंक होते हैं। वास्तव में निखिलम् सूत्र का यह अत्यन्त सरल अनुप्रयोग है और निस्संदेह ठीक लागू होगा।

7 − 3	77 − 23	979 − 021
9 − 1	99 − 01	999 − 001
6/3	76/23	978/021

इस तरह हम इस नियम को इस तरह के सभी उदाहरणों में लगा सकते हैं, उदाहरणार्थः—

777	9879	1203579
×999	×9999	×9999999
776/223	9878/0121	1203578/8796421

9765431	1234567809
×9999999	×9999999999
9765430/0234569	1234567808/8765432191

इस तरह के गुणन (इन विशिष्ट गुणकों वाले) उच्च ज्योतिर्विज्ञान में आते हैं, और तब यह, उपसूत्र (एकन्यूनेनपूर्वेण) अत्यंत उपयोगी सिद्ध होता है।

द्वितीय प्रकारः—

जब गुण्य के अंक गुणन के अंकों से संख्या में कम होते हैं तब यह काम में आता है। यह तो बहुत सरल है, (बाएं तरफ) रिक्त स्थानों में शून्य रखकर, बिल्कुल उसी प्रकार कार्य किया जाता है और अंत में अतिरिक्त शून्यों को छोड़ दिया जाता है।

यथाः—

7	79	798	79
×99	×999	×99999	×9999999
06 93	078 921	00797 99202	0000078 9999921

तृतीय प्रकार:–

(पहले अध्ययन में इसे छोड़ दीजिए)

तीसरे प्रकार में उन संख्याओं का गुणन है जिसमें गुणक में गुण्य से कम अंक होते हैं। गुणनफलों की संबद्ध तालिका का सावधानीपूर्वक अवलोकन तथा अध्ययन हमें इस सूत्र का इस तरह के प्रश्नों पर सही अनुप्रयोग करने में आवश्यक सहायता देता है।

स्तम्भ : 1	स्तम्भ : 2	स्तम्भ : 3
11×9=9/9	21×9=18/9	37×9=33/3
12×9=10/8	22×9=19/8	46×9=41/4
13×9=11/7	23×9=20/7	55×9=49/5
14×9=12/6	24×9=21/6	64×9=57/6
15×9=13/5	25×9=22/5	73×9=65/7
16×9=14/4	26×9=23/4	82×9=73/8
17×9=15/3	27×9=24/3	91×9=81/9
18×9=16/2	28×9=25/2	
19×9=17/1	29×9=26/1	
20×9=18/0	30×9=27/0	इत्यादि

हम यहां प्रथम स्तम्भ में देखते हैं कि उसमें गुण्य का प्रथम अंक 1 है और गुणनफल के बाएं हिस्से की संख्या गुण्य से बराबर 2 कम है, दूसरे स्तम्भ में जिसमें कि गुण्य का प्रथम अंक 2 है, गुणनफल के बाएं हिस्से की संख्या गुण्य से बराबर 3 कम है, और तीसरे स्तम्भ में, जिसमें कि भिन्न भिन्न प्रथम अंक हैं, गुण्य के प्रथम अंक में तथा गुणनफल के बाएं हिस्से में गुण्य के प्रथम अंक से 1 अधिक (एकाधिक) का अंतर रहता है। इसमें निम्नलिखित विधि लागू होती है:–

(1) गुण्य को खड़ी लकीर से इस तरह दो भागों में विभाजित कीजिए जिससे कि दाहिने हिस्से में उतने ही अंक आ जाएं जितने कि गुणक में हैं, और गुण्य में से बाएं हिस्से की एकाधिक संख्या को घटा दें। इससे हमें गुणनफल का बायां हिस्सा मिल जाएगा।

या एकन्यून संख्या लेकर, उसमें से बाएं हिस्से की संख्या घटा दें और

(2) गुण्य के दाहिने हिस्से की संख्या को निखिलम नियम के द्वारा घटाइये। इससे गुणनफल का दाहिना हिस्सा मिल जाएगा।

निम्नलिखित उदाहरण विधि को स्पष्ट कर देंगे :–

(1) 43×9	(2) 63×9	(3) 122×9
4/3	6/3	12/2
−5/3	−7/3	−1 3/2
38/7	56/7	109/8

(4) 112×99	(5) 11119×99	(6) 4599×99
1/12	111/19	45/99
− 2/12	−1 12/19	−46/99
110/88	11007/81	4553/01

(7) 15639×99	(8) 25999×999
156/39	25/999
−1 57/39	−26/999
15482/61	25973/001

(9) 777999×9999	(10) 111011×99
77/7999	1110/11
−78/7999	−1111/11
777921/2001	109900/89

(11) 1000001×99999

10/00001

−11/00001

999990/99999

अध्याय 3

गुणन

(ऊर्ध्वतिर्यक् सूत्र के द्वारा)

गुणन के विशेष प्रकारों पर निखिलम् गुणन सूत्र आदि के अनुप्रयोग यथेष्ट विवरण सहित करने के पश्चात हम ऊर्ध्वतिर्यग्भ्याम् सूत्र का विवेचन करेंगे जो कि गुणन के सभी प्रकारों पर लगने वाला व्यापक सूत्र है (और आगे एक बड़ी संख्या द्वारा दूसरी बड़ी संख्या के भाग देने में भी काम आएगा)।

सूत्र स्वयम् में बहुत ही संक्षिप्त है, जिसमें केवल एक ही यौगिक शब्द है जिसका अर्थ है "खड़े (ऊर्ध्वाधर) तथा तिरछे (तिर्यक्) से"। इस सुसंक्षिप्त सूत्र के बहुविध अनुप्रयोग हैं (जैसा कि बाद में बार-बार देखने को मिलेगा)। सर्वप्रथम हम इसके प्रारंभिक अनुप्रयोग देखेंगे (यथा साधारण गुणन)।

एक सरल उदाहरण इसकी कार्यविधि को स्पष्ट कर देगा। मान लीजिए कि हमें 12 को 13 से गुणा करना है।

(1) हम गुण्य के सबसे बाएं अंक अर्थात 1 से, गुणक से सबसे बाएं अंक अर्थात 1 का खड़ा गुणन करेंगें और उनके गुणनफल से हमें उत्तर की सबसे बाईं संख्या मिल जायेगी।

(2) तब हम 1 और 3 तथा 1 और 2 का तिरछा (आड़ा) गुणन कर, इन दोनों गुणनफलों को जोड़ेंगें, इससे उत्तर की मध्य संख्या मिल जाएगी, और

(3) 2 और 3 का खड़ा गुणन करेंगें और उसके गुणनफल से उत्तर की सबसे दाहिनी संख्या मिल जाएगी यथा $12 \times 13 = 156$

कुछ और गुणन करके देख सकते हैं। हम देखेंगे कि विधि ठीक बैठेगी:–

(1)	(2)	(3)	(4)
12	16	21	23
×11	×11	×14	×21
1/1+2/2	1/1+6/6	2/8+1/4	4/2+6/3
= 132	= 176	= 294	= 483

(5)

41
×41
16/4+4/1
= 1681

टिप्पणी:–

जब किसी भी एक फल में एक से अधिक अंक होता है, तब उसके सबसे दाहिने अंक को लिखकर, तथा उसके पूर्ववर्त्ती अंक या अंकों को हाथ में रखकर बाईं तरफ ले जाना चाहिए (हमेशा की तरह) और बाईं तरफ के हिस्से में जोड़ना चाहिए (यथेष्ट अभ्यास के बाद यह मन में ही किया जा सकता है)। इस तरह वहन किए हुए (हाथ में रखकर) अंकों को निम्नलिखित उदाहरणों की तरह लिखा जा सकता है :–

(1)	(2)	(3)	(4)
15 ×15	25 ×25	32 ×32	35 ×35
$1/5+5/_{2}5$ = 225	$4/_{2}0+/_{2}5$ = 625	$9/_{1}2/4$ = 1024	$9/_{3}0/_{2}5$ = 1225

(5)	(6)
37 ×33	49 ×49
$9/_{3}0/_{2}1$ = 1221	$16/_{7}2/_{8}1$ = 2401

इसमें प्रयुक्त बीजगणितीय सिद्धान्त इस प्रकार है :–

मान लीजिए कि हमें (प क + फ) को (ब क + भ) से गुणा करना है। इसका गुणनफल है प ब क^2+ (प भ + ब फ) क + फ भ।
दूसरे शब्दों में पहला पद (अर्थात क^2 का गुणांक), प तथा ब के खड़े गुणन से प्राप्त होता है, मध्य पद (अर्थात क का गुणांक) प भ तथा ब फ के आड़े गुणन तथा दोनों के योग से प्राप्त होता है, और अंतिम पद (अर्थात स्वतंत्र संख्या) निरपेक्ष अंकों के खड़े गुणन से प्राप्त होती है, और चूंकि सभी गणितीय अंक ''क'' में (क = 10) बीजगणितीय अभिव्यक्तियाँ हैं, ऊपर समझाया गया बीजगणितीय सिद्धान्त गणितीय संख्याओं पर भी लागू होता है। अब यदि हमारे गुण्य तथा गुणक दोनों में तीन अंक हों तो उसका अर्थ केवल इतना होता है कि हमें (प क^2+ फ क + ब) का (च क^2+ छ क + ज) से गुणा करना है (जहाँ पर क = 10)

प क^2 + फ क + ब
च क^2 + छ क + ज

प च क^4 + (प छ + च फ) क^3 + (प ज + फ छ + च ब) क^2 + (फ ज + छ ब) क + ब ज

हम यहां निम्नलिखित तथ्यों का अवलोकन करते हैं :–

(1) क^4 का गुणांक प तथा च के खड़े गुणन से प्राप्त होता है।
(2) क^3 का गुणांक पहले दो अंकों के आड़े गुणनफल के योग से प्राप्त होता है।
(3) क^2 का गुणांक पहले और अंतिम अंकों के आड़े गुणन तथा मध्य अंकों के खड़े गुणन तथा इन तीनों गुणनफलों के योग से प्राप्त होता है।
(4) क का गुणांक अंतिम दोनों अंकों के आड़े गुणनफलों के योग से प्राप्त होता है।
(5) स्वतंत्र पद अंतिम अंकों के खड़े गुणन से प्राप्त होता है।

इस तरह हम चढ़ाव तथा उतार की प्रक्रिया (ऊपर की पंक्ति के अंकों के साथ आगे बढ़ते हुए तथा नीचे की पंक्तियों के साथ पीछे बढ़ते हुए) करते हैं। और जब इस सिद्धान्त को (साधारण बीजगणितीय गुणन का) ठीक से समझने के बाद गणितीय गुणन पर सावधानीपूर्वक प्रयुक्त किया जाए (उसमें क को 10 मानकर), तब वास्तव में समझिए कि ऊर्ध्वतिर्यक सूत्र में सफलतापूर्वक दक्षता प्राप्त हो गई है। कुछ उदाहरण ऊर्ध्वतिर्यक के आड़े और खड़े गुणन को समझने में सहायक होंगें :–

(1) 111 ×111 12321	(2) 108 ×108 10 60 4 1 6 11 66 4	(3) 109 ×111 11 0 99 1 12 0 99
(4) 116 ×114 12 1 0 4 1 1 2 13 2 2 4	(5) 116 ×116 12 3 2 6 1 1 3 13 4 5 6	(6) 582 ×231 10 1 3 42 3 3 1 13 4 4 42
(7) 532 ×472 20 7 9 04 4 3 2 25 1 1 04	(8) 785 ×362 21 6 7 6 0 6 7 4 1 28 4 1 7 0	(9) 321 × 52 0 5 692 1 1 1 6 692
(10) 795 ×362 21 9 3 8 0 6 8 4 1 28 7 7 9 0	(11) 1021 ×2103 2147163	(12) 621 ×547 30 4 5 87 3 5 1 33 9 6 87
(13) 6471 ×6212 36 6 6 6 752 3 5 3 1 1 40 1 9 7 852	(14) 87265 ×32117 2 4 7 8 7 2 7 5 7 5 3 2 3 9 6 2 4 3 2 8 0 2 6 9 0 0 0 5	

टिप्पणी :–

यह दुहराने की आवश्यकता नहीं है कि हम यह ऊर्ध्वतिर्यक प्रक्रिया बाएं से दाएं या दाएं से बाएं किसी भी तरह (मनचाहे) कर सकते हैं। अंतर केवल इतना है कि पहली विधि में दो पंक्तियां गुणन के लिए (चाहे मनस्थ) आवश्यक होंगी और दूसरी में केवल एक पंक्ति यथेष्ट होगी। (यद्यपि अच्छे अभ्यास की आवश्यकता होगी)।

इस संदर्भ से सुसंबद्ध होने के कारण कुछ बीजगणितीय उदाहरण दिए जा रहे हैं (ऊर्ध्वतिर्यक संबंधी) :–

(1) अ+ब
×अ+9ब
अ^2+10अब+9ब^2

(2) $\text{अ}+3\text{ब}$

$\times 5\text{अ}+7\text{ब}$

$5\text{अ}^2+22\text{अब}+21\text{ब}^2$

---

(3) $3\text{क}^2+5\text{क}+7$

$\times 4\text{क}^2+7\text{क}+6$

$12\text{क}^4+41\text{क}^3+81\text{क}^2+79\text{क}+42$

---

(4) $\text{क}^5+3\text{क}^4+5\text{क}^3+3\text{क}^2+\text{क}+1$

$\times 7\text{क}^5+5\text{क}^4+3\text{क}^3+\text{क}^2+3\text{क}+5$

$7\text{क}^{10}+26\text{क}^9+53\text{क}^8+56\text{क}^7+43\text{क}^6+40\text{क}^5+41\text{क}^4+38\text{क}^3+19\text{क}^2+8\text{क}+5$

टिप्पणी:–

जब क की कोई घात नहीं है तब उसके गुणांक को शून्य मानकर, बाकी कार्य पूर्ववत करना चाहिए। उदाहरणार्थः–$(7\text{क}^3+5\text{क}+1)\ (3\text{क}^3+\text{क}^2+3)$

$7\text{क}^3+0\text{क}^2+5\text{क}+1$

$\times 3\text{क}^3+\ \text{क}^2+0\text{क}+3$

$21\text{क}^6+7\text{क}^5+15\text{क}^4+29\text{क}^3+\text{क}^2+15\text{क}+3$

शिरोरेखा का उपयोग :–

सामान्य रूप से यह कह सकते हैं कि 05 से अधिक मान वाले अंकों की संख्या का गुणन शिरोरेखा के उपयोग से सरल किया जा सकता है।

निम्नलिखित उदाहरण इसे स्पष्ट करेगा :–

576	$6\bar{2}\bar{4}$
×214	×214
109944	$1224\bar{2}\bar{6}$
1332	$1\bar{1}\bar{1}$
123264	123264

किन्तु शिरोरेखा विधि का उपयोग करने के लिए विद्यार्थी को बड़ी सावधानी पूर्वक उसका अभ्यास करना पड़ेगा तब कहीं जाकर वह उस पर भरोसा कर सकेगा।

नोट : $600-24=576$ तथा $\bar{2}\bar{4}=-24$

विविध उदाहरण :–

गुणन की इतनी अधिक विधियां हैं और उनमें से एक (ऊर्ध्वतिर्यक) पूर्ण रूप से व्यापक है और इसलिए सभी स्थानों पर लागू होती है और अन्य (निखिलम्, यावदूनम् इत्यादि) केवल विशेष स्थानों पर लागू होती हैं। इसलिए विद्यार्थी को सभी विधियों की लाभ हानि देखकर, यह निश्चित करना चाहिए कि कौन सी विधि या सूत्र किस स्थान पर उपयुक्त है।

अब हम इस अध्याय को, अपनी टिप्पणियां हाशिये में देते हुए, कई विविध उदाहरण देकर समाप्त करते हैं जिससे कि विद्यार्थी को कई विधियों में से उपयुक्त विधि का चुनाव करने का कुछ अनुभव हो जाए।

(1) 73×37

(अ) ऊर्ध्वतिर्यक नियम द्वारा

```
  73
  37
 ----
2181
 52
 ----
2701
```

या (ब) उसी विधि के द्वारा परन्तु शिरोरेखा का उपयोग करते हुए :–

$$
\begin{array}{r}
1\bar{3}3 \\
043 \\
\hline
04\bar{5}1\bar{9} \\
\bar{1}2 \\
\hline
2701
\end{array}
$$

स्पष्टया (अ) विधि बेहतर है।

(2) (अ) ऊर्ध्वतिर्यक द्वारा :

```
  94
 ×81
 ----
7214
 4
 ----
7614
```

(ब) शिरोरेखा (ऊर्ध्वतिर्यक) के उपयोग द्वारा :

$$
\begin{array}{l}
1\bar{1}4 \\
1\bar{2}1 \\
\hline
1\bar{3}7\bar{9}4 = 7614
\end{array}
$$

(स) निखिलम् विधि द्वारा :

$$
\begin{array}{l}
81-19 \\
94-\ 6 \\
\hline
75/{}_{1}14=7614
\end{array}
$$

ऊर्ध्वतिर्यक विधि शिरोरेखा विधि से अधिक सरल है, और निखिलम् उन दोनों से अधिक सरल।

(3) 123×89

(अ)

```
123
089
-----
08527
 242
-----
10947
```

या (ब)

$$
\begin{array}{l}
123 \\
1\bar{1}\bar{1} \\
\hline
110\bar{5}\bar{3} \\
= 10947
\end{array}
$$

या

$$
\begin{array}{l}
123+23 \\
\ 89-11 \\
\hline
112/{}_{2}-53 \\
= 109/47
\end{array}
$$

(4) 652×43

(अ) 652
043

04836
232

28036

(ब) शिरोरेखा विधि इसके लिए निश्चित रूप से पेचीदी है।

$1\bar{3}\bar{5}2$
×0043

(स) निखिलम् विधि का उपयोग हो सकता है और वह बहुत सरल होगी यदि हम 43 का वह गुणज लें जो 1000 के बहुत निकट होगा। ऐसा गुणज है 43×23=989. हम 989 से सारा कार्य कर सकते हैं और अन्त में 23 से भाग दे दें। इससे हमें उत्तर तो मिल गया किन्तु यह विधि इस प्रश्न के लिए पेंचीदी हुई, इसके लिए ऊर्ध्वतिर्यक सरलतम है

652–348
989– 11

$23)641/{}_2828$

28036

(5) 123×112

(अ) 123
112

13776

(ब) चूंकि तीनों अंक 05 से कम हैं, इसलिए शिरोरेखा विधि स्पष्टतया कठिन हो जाएगी।

(स) 123+23
112+12

$135/{}_276$
137/76

प्रथम और तृतीय दोनों ही विधियां समान रूप से सरल लगती हैं।

(6) 99×99

(अ) 99
99

8121
168

9801

(ब) $10\bar{1}$
$10\bar{1}$

$10\bar{2}01$
=9801

(स) 99–1
99–1

98/01
सरलतम

(द) यावदूनम् विधि भी उपयुक्त है

99^2=98/01

(7)	(8)	(9)	(10)
246	222	642	321
×131	×143	×131	×213
20026	20646	62002	67373
122	111	221	1
32226	31746	84102	68373

इन चारों गुणन में ऊर्ध्वतिर्यक एकदम लग जाती है।

(11) 889×898

(अ)

$$\begin{array}{r} 889 \\ 898 \\ \hline 646852 \\ 13047 \\ 21 \\ \hline 798322 \end{array}$$

(ब)

$$\begin{array}{r} 1\bar{1}\bar{1}\bar{1} \\ 1\bar{1}0\bar{2} \\ \hline 1\bar{2}0\bar{2}322 \end{array}$$

= 798322

(स)

$$\begin{array}{l} 889-111 \\ 898-102 \\ \hline 787/{}_{11}322 \end{array}$$

= 798/322

(*)

$$\begin{array}{l} 111+11 \\ 102+02 \\ \hline 113/22 \end{array}$$

टिप्पणी:

यहां तृतीय विधि (निखिलम्) में 111 और 102 का खड़ा गुणन फिर निखिलम् विधि द्वारा किया जाता है (जैसा कि * वाले हाशिए में दिखलाया गया है)।

(12) (अ)

$$\begin{array}{r} 576 \\ \times 328 \\ \hline 151288 \\ 3764 \\ \hline 188928 \end{array}$$

(ब) शिरोरेखा विधि अनुपयुक्त

(स)

$$\begin{array}{l} 576-424 \\ 984-016 \\ \hline 3)560/{}_{6}784 \\ =188/928 \end{array}$$

नोट 984=3×328 हमने इसका उपयोग कर अंत में तीन का भाग दे दिया।

---

(13) 817×332

(अ)

$$\begin{array}{r} 817 \\ 332 \\ \hline 247034 \\ 2421 \\ \hline 271244 \end{array}$$

(ब) शिरोरेखा विधि का भी उपयोग हो सकता है।

या चूंकि 322×3=996

$$\begin{array}{l} 817-183 \\ 996-004 \\ \hline 3)813/732 \\ 271/244 \end{array}$$

---

(14) 989×989

अथवा

(अ)

$$\begin{array}{r} 989 \\ 989 \\ \hline 814641 \\ 14248 \\ 21 \\ \hline 978121 \end{array}$$

उपयुक्त हो सकती है।

(ब)

$$\begin{array}{l} 10\bar{1}\bar{1} \\ 10\bar{1}\bar{1} \\ \hline 10\bar{2}\bar{2}121 \\ =978121 \end{array}$$

(स)

$$\begin{array}{l} 989-011 \\ 989-011 \\ \hline 978/121 \end{array}$$

(द) या यावदूनम द्वारा

989^2= 978/121 सबसे उपयुक्त है

(15) 8989×8898

(अ)

8989
8898
_____
64681652
1308147
2221
_____
79984122

अथवा

(ब)

$1\bar{1}0\bar{1}\bar{1}$
$1\bar{1}\bar{1}0\bar{2}$
_____
$1\bar{2}00\bar{2}4122$
= 79984122

(स)

8989-1011
8898-1102
_____
7887/4122*
111/
_____
7998/4122

*1011+0011
1102+0102
_____
1113/$_1$122
_____
1114/122

---

(16) 213×213

(अ)

213
213
_____
44369
1
_____
45369

अथवा

(ब) शिरोरेखा विधि अनुपयुक्त

अथवा

(स)

213+13
213+13
_____
226/$_1$69
×2
_____
452/$_1$69 = 453/69

नोट: जब अंक छोटे हों तो सामान्य विधि हमेशा सर्वोपयुक्त होती है।

"यौगिक गुणन" में व्यवहारिक अनुप्रयोग

क. वर्ग फल तथा घन फल आदि निकालना

यह अपने स्वयम् में एक अलग विषय नहीं है। पर साधारण आदमी के लिए भी, अक्सर यह व्यवहारिक उपयोग तथा महत्व का होता है, इसलिए इस पर हम यहाँ संक्षिप्त में स्वतंत्र रूप से लिख रहे हैं।

आयतों का क्षेत्रफल

मान लीजिए कि हमें एक 7'8" लम्बाई तथा 5'11" चौड़ाई वाले आयताकार टुकड़े का क्षेत्रफल निकालना है।

प्रचलित विधि के अनुसार, हम इन दोनों मापों को एक ही इकाई (फुट या इंच) में परिवर्तित करने के बाद गुणन करते हैं यथा:

$$\text{क्षेत्रफल} = \frac{92}{12} \times \frac{71}{12} = \frac{6532}{144} = \frac{1633}{36}$$

36) 1633 (45 वर्ग फुट
144
_____
193
180
_____
13×144

क्षेत्रफल = 45 व. फुट 52 व. इंच

36) 1872 (52 वर्ग इंच
180
―――
72
72
―――
× ×

वैदिक विधि में हम बीजगणितीय गुणन का उपयोग करते हैं तथा आद्यम सूत्र लगाते हैं:–

क्षेत्रफल = 5क+11 ×7क+8 $= 35क^2+117क+88 = 35क^2+9\times12क+9क+88$

=44क वर्ग+(108+88)=44 व.फु. 196 वर्ग इंच

=45 वर्ग फुट 52 वर्ग इंच

इसी तरह (2) 3′7″ × 15′10″ $= 15क^2+65क+70$

$= 20क^2+130$ = 20 वर्ग फुट+130 वर्ग इंच

और (3) 7′11″ ×5′8″ $= 35क^2+11क+88$

$= 44क^2+124$ = 44 वर्ग फुट+124 वर्ग इंच

समांतर फलकों (पेरेललपाइपेड) का आयतन :

हम इसी विधि का तीन विमाओं के लिए भी विस्तार कर सकते हैं। मान लीजिए कि हमें 3′7″, 5′10″ तथा 7′2″ आयामों वाले समांतरफलक का आयतन निकालना है।

प्रचलित विधि के द्वारा:

$$\text{आयतन} = \frac{43}{12} \times \frac{70}{12} \times \frac{86}{12}$$ (इसमें वही लंबें चौड़े गुणा भाग हैं)

परन्तु वैदिक विधि के द्वारा

3क+7
×5क+10 $= 15क^2+65क+70 = 20क^2+10क+10$

× 7क+ 2
―――――――
$140क^3+110क^2+90क+20$

$= 149क^3+ 9क^2+ 6क+20$

= 149 घन फुट + 1388 घन इंच

इस तरह इन छोटी गणनाओं के लिए भी प्रचलित विधि में अनावश्यक रूप से लम्बे चौड़े गुणा, भाग और भिन्नों को सरल करना पड़ता है। वैदिक सूत्रों की सहायता से हमें यह सब नहीं करना पड़ता और गणना बजाय तंग करने के हमें आनन्द देती है।

यौगिक गुणन में अभ्यास और अनुपात

"साधारण अभ्यास" तथा "यौगिक अभ्यास" के अन्तर्गत आने वाले प्रश्नों को, प्रचलित विधि द्वारा हल करने में अशेषभाजक हिस्सों को अलग निकालने के बाद और

भी कई पैड़ियां करना पड़ती हैं। इनमें से अधिकांश वैदिक विधि के तिर्यकसूत्र द्वारा सरलतापूर्वक किए जा सकते हैं और सारी पैड़ियाँ मन में ही की जा सकती हैं।

उदाहरणार्थ, मान लीजिए कि प्रश्न है :– किसी धन्धे में प्रत्येक लगाए रुपए पर, धन्धे वाले को 2 रु० 5 आने मिलते हैं। तब 4 रु० और 9 आने लगाने पर उसे कितना मिलेगा।

प्रचलित विधियों द्वारा इसका हल उतना ही उबाऊ तथा लंबा होगा जितना कि क्षेत्रफल निकालने वाला हल था।

	रु० आ० पा०
एक रु० लगाने पर	2—5—0
4 रु० लगाने पर	9—4—0
8 आ० लगाने पर (एक रु० का आधा)	1—2—6
1 आ० लगाने पर (8 आ० का 1/8)	0—2—3¾
कुल 4 रु० 9 आ० लगाने पर	10—8—9¾

द्वितीय विधि

साधारण अनुपात के द्वारा

2 रु० 5 आ० = $\frac{37}{16}$

4 रु० 9 आ० = $\frac{73}{16}$

चूंकि एक रु० लगाने पर 37/16 मिलते हैं

इसलिए $\frac{73}{16}$ रु० लगाने पर $\frac{37}{16} \times \frac{73}{16} = \frac{2701}{256}$

```
256) 2701 (10
     256
     ----
      141
      ×16
     ----
256) 2256 (8
     2048
     ----
      208
      ×12
     ----
256) 2496 (9
     2304
     ----
      192
     ----  = 3/4
      256
```

उत्तर 10 रु० 8 आ० 9¾ पाई

वैदिक एक पंक्ति विधि के द्वारा

```
 2क+5
×4क+9
------
```

8क^2+38क+45 = 10क^2+6क+ $2\frac{13}{16}$

= 10 रु० $8\frac{13}{16}$ आ०

कुछ और उदाहरण लिए जा सकते हैं:–

(1) 2रु० 3आ०×2रु० 5आ०

2–5
2–5

4/20/25 = 5रु० $5\frac{9}{16}$ आ०

(2) 4रु० 9आ० × 4रु० 9आ०

4–9
4–9

16/72/81 = 20रु० $13\frac{1}{16}$ आ०

(3) 16रु० 9आ० × 16रु० 9आ०

16–9
16–9

256/288/81 = 274रु० $5\frac{-1}{16}$ आ०

(4) 4रु० 13आ० × 4रु० 13आ०

(अ) प्रचलित "अभ्यास" विधि द्वारा

	रु० आ०
1 रु० के लिए	4—13
4 रु० के लिए	19—4
8 आ० के लिए (1 रु० का ½)	2—6½
4 आ० के लिए (8 आ० का ½)	1—3¼
1 आ० के लिए (4 आ० का ¼)	0— $4\frac{13}{16}$
कुल	23—$2\frac{9}{16}$

(ब) प्रचलित अभ्यास विधि के द्वारा

4 रु० 13 आ० = $\frac{77}{16}$

इसलिए $\frac{77}{16} \times \frac{77}{16} = \frac{5929}{256}$

```
256) 5929 (23–2 9/16
     512
     ----
      809
      768
     ----
       41
      ×16
     ----
256)  656  (2
      512
     ----
      144
```

$\frac{144}{256} = \frac{9}{16}$

(ब) एक पंक्ति वैदिक विधि के द्वारा

```
4—13
4—13
----------
16/104/169
```

$= 22/8/10\frac{9}{16}$ $= 23$रु० $2\frac{9}{16}$आ०

टिप्पणी :–

जमीन तैयार करने के, दरी बिछाने के, आभूषण बनाने इत्यादि के प्रश्नों को (जो कि प्रचलित विधि में साधारणतया या तो अभ्यास विधि या अनुपात विधि से किए जाते हैं) ऊर्ध्वतिर्यक विधि द्वारा सरलता पूर्वक किया जा सकता है।

उदाहरणार्थ :– मान लीजिए कि प्रश्न है: 7 आ० 9 पा० प्रति फुट की दर से 8 ग० 1 फु० 3 ई० की क्या कीमत होगी ?

```
25—3
 7—9
----------
175/246/27
195/8¼ =12रु० 3 आ० 8¼पा०
```

अध्याय 4

भाग

(निखिलम् विधि के द्वारा)

गुणन पर यथेष्ट विवरण के साथ विवेचना करने के बाद, अब हम भाग पर आते हैं, और उसे निखिलम् विधि के द्वारा प्रारम्भ करते हैं (जो कि एक विशिष्ट विधि है)।

मान लीजिए कि हमें कुछ (दो अंक वाले) भाज्यों को एक ही भाजक 9 से भाग देना है, तब उसका पटल हम लोग इस तरह बनाते हैं :–

```
(1)  9)  1/2     (2)  9)  2/1     (3)  9)  3/1
           1                2                3
         ---              ---              ---
         1/3              2/3              3/4
-------------------------------------------------
(4)  9)  4/0     (5)  9)  5/2     (6)  9)  6/1
           4                5                6
         ---              ---              ---
         4/4              5/7              6/7
-------------------------------------------------
(7)  9)  7/0     (8)  9)  8/0
           7                8
         ---              ---
         7/7              8/8
-------------------------------------------------
```

चलिए पहले हम भाज्य को एक खड़ी लकीर द्वारा दो भागों में बाँट लें, बायां भजनफल के लिए और दाहिना शेष के लिए।

इन सभी विशिष्ट उदाहरणों में हम देखते हैं कि भाज्य का पहला अंक भजनफल बन जाता है और दोनों अंकों का योग शेष बन जाता है। इसका अर्थ यह हुआ कि पहले अंक को हम यंत्रवत भजनफल के स्तम्भ में नीचे उतार सकते हैं और भजनफल को दूसरे अंक में जोड़ने से शेष मिल जाता है।

आगे हम तीन अंकों वाली बड़ी संख्याँओं को भाज्य लेते हैं और उनका पटल इस तरह बनाते हैं:–

```
(1)  9)  10/3    (2)  9)  11/3    (3)  9)  12/4
          1/1              1/2              1/3
         ----             ----             ----
         11/4             12/5             13/7
-------------------------------------------------
(4)  9)  16/0    (5)  9)  21/1    (6)  9)  31/1
          1/7              2/3              3/4
         ----             ----             ----
         17/7             23/4             34/5
-------------------------------------------------
```

इन उदाहरणों में हम देखते हैं कि शेष और भाज्य के अंकों का योग एक ही संख्या है, और भाज्य का पहला अंक यंत्रवत नीचे उतारकर रखने से भजनफल का पहला अंक

मिल जाता है तथा उसे भाज्य के दूसरे अंक में जोड़ने से भजनफल का दूसरा अंक मिल जाता है। और इसी को और भी बड़ी संख्याओं में भाग देने के लिए विस्तृत किया जा सकता है :

उदाहरणार्थ :–

(1) 9) 1203/1
133/6
———
1336/7

(2) 9) 120021/2
13335/6
———
133356/8

इसके बाद और कुछ उदाहरण :

(1) 9) 1/8
1
———
1/9

(2) 9) 22/5
2/4
———
24/9

(3) 9) 13/6
1/4
———
14/10

(4) 9) 23/7
2/5
———
25/12

परन्तु इन उदाहरणों में शेष या तो भाजक के बराबर है या उससे बड़ा है। और चूंकि यह मान्य नहीं है, हम शेष को फिर नौ से भाग देते हैं, तथा भजनफल को भजनफल के स्तम्भ में ले जाते हैं, और अंतिम शेष को शेष के स्तम्भ में, यथा :

(1) 9) 1/8
1
———
1/9
———
2/0

(2) 9) 22/5
2/4
———
24/9
———
25/0

(3) 9) 13/6
1/4
———
14/10
———
15/1

(4) 9) 23/7
2/5
———
25/12
———
26/3

हम यह भी देखते हैं कि, जब शेष भाजक से बड़ा रहता है, तब हम अन्तिम भाग को उसी विधि द्वारा कर सकते हैं। यथा :–

(1) 9) 13/6
1/4
———
14/10
1
———
1/1
———
15/1

(2) 9) 23/7
2/5
———
25/12
1
———
1/3
———
26/3

(3) 9) 101164/9
11239/13
———
1123913/2/2
2
———
2/4
———
112405/4

आगे हम 9 से छोटे अंकों को भाजक के रूप में लेते हैं और फलों को देखते हैं, इस तरह :—

```
(1)  8)  2/3        (2)  7)  1/2        (3)  6)  1/1
           4                   3                   4
        -----               -----               -----
         2/7                 1/5                 1/5
```

यहां हम देखते हैं कि भाज्य के प्रथम अंक को यंत्रवत नीचे लिख कर, (फलस्वरूप प्राप्त) भजनफल के उस अंक को भाज्य के द्वितीय अंक में जोड़ने से शेष नहीं आता वरन् उसके (लिए गए भजनफल के अंक के) दूने, तिगुने या चौगुने जोड़ने से आता है। दूसरे शब्दों में, भजनफल के अंक को, 8 के भाग में 2 से, 7 के भाग में 3 से, 6 के भाग में 4 से इत्यादि। और इसका अर्थ हुआ कि हमें भजनफल के अंक को भाजक के दस के पूरक अंक से गुणा करना पड़ता है।

और इससे निखिलम् सूत्र के (सभी को 9 में से तथा अंतिम को 10 में से) लगने का भास होता है, और जाँच करने के लिए, हम बड़े भाग करके देखते हैं, यथा :

```
      (1)                     (2)                     (3)

   89)     1/11            73)     1/11           888)     1/234
   ---                     ---                    ----
   11        11            27        27           112        112
          -----                   -----                  ------
           1/22                    1/38                   1/346
```

```
      (4)                     (5)                     (6)

 8888)   1/2345          7999)   1/2345         8879)   1/2345
 ----                    ----                   ----
 1112      1112          2001      2001         1103      1103
        -------                 -------                -------
         1/3457                  1/4346                 1/3448
```

```
      (7)                     (8)                     (9)

 8997)   1/1203          7989)   1/0102       899997) 1/010101
 ----                    ----                 ------
 1103      1103          2011      2011       100003    100003
        -------                 -------              ---------
         1/2306                  1/2113               1/110104
```

```
     (10)                    (11)                    (12)

   89)    11/11            89)   100/13           888)    12/345
   ---                     ---                    ----
   11       1/1            11     11/             112      1/12
          -----                    1/1                      336
           /22                     /22                   ------
         ------                 ------                   13/801
          12/43                 112/45
```

(13)

```
8997)  21/0012
1003    2/006
         /3009
       -------
       23/3081
```

(14)

```
8998)  30/0000
1002    3/006
         /3006
       -------
       33/3066
```

(15)

```
8888)  10/1020
1112    1/112
         /1112
       -------
       11/3252
```

(16)

```
8987)  20/0165
1013    2/026
         /2026
       -------
       22/2451
```

(17)

```
899)  10/102
101    1/01
        /101
      ------
      11/213
```

(18)

```
89998)  20/02002
10002    2/0004
          /20004
        --------
        22/22046
```

(19)

```
89997)  10/10101
10003    1/0003
          /10003
        --------
        11/20134
```

(20)

```
89997)  12/34567
10003    1/0003
          /30009
        --------
        13/64606
```

(21)

```
88987)  10/30007
01013    0/1013
          /00000
        --------
        10/40137
```

(22)

```
99979)111/11111
00021  00/021
        0/0021
         /00021
      ---------
      111/13442
```

(23)

```
88)   110/01
12     12/
         2/4
          /48
      ------
      124/89
    = 125/1
```

ऊपर के सभी उदाहरणों में हमने भाजकों को जानबूझकर बड़े-बड़े अंकों वाली संख्याओं के रूप में लिया है। कारण इस प्रकार है:–

(अ) विद्यार्थी को ऐसे ही भाग में (बड़े भाग में) बड़ी कठिनाई होती है क्योंकि उसे हर एक पैड़ी में एक जाँच अंक लेकर उससे लम्बी और बड़ी संख्याओं को गुणा कर भाज्य में से घटाना पड़ता है, परन्तु हमारी (निखिलम्) विधि में, जितने बड़े अंक होंगे, पूरक में उतने ही छोटे अंक होंगे (9 या 10 के जैसा भी अंक हो), और इस तरह गुणन सरल हो जाता है।

(ब) घटाने की कहीं भी आवश्यकता नहीं है।

(स) और, जहां तक गुणन का प्रश्न है, उसमें भी अनेक अंकीय संख्याओं वाला गुणन नहीं वरन् 1 अंकीय संख्या से है, जिसके सुखद फलस्वरूप किसी भी स्थिति में विद्यार्थी को 9 से अधिक संख्या में गुणा नहीं करना पड़ता। दूसरे शब्दों में $9\times9=81$ सबसे बड़ा गुणा है जो उसे करना पड़ता है।

केवल एक ही उदाहरण इसे सिद्ध करने के लिए प्रर्याप्त होगा।

(24) $\frac{9819)}{0181}$ 2/0137
/02,62
2/0499

नोट :–

8 और 2 के गुणन 16 को ठीक स्थान पर लिखा गया है, (बिना बाएं तरफ वहन किए हुए)।

इस तरह हम अपनी (निखिलम् सूत्र) भाग देने की विधि में केवल छोटे अंकों का गुणन करते हैं, और हम कोई भी घटाना या भाग नहीं करते हैं, और फिर भी अभीष्ट भजनफल तथा शेष हमें प्राप्त हो जाता है। वास्तव में हमने अपना संपूर्ण भाग देने का कार्य बिना जरा भी भाग दिए कर लिया है।

जहां तक छोटे अंकों वाले भाजकों का सम्बन्ध है, एक और सरल सूत्र हमारा कार्य सिद्ध कर देगा, जो कि अगले अध्याय में समझाया गया है। इस समय (इस अध्याय में) हम केवल बड़े भाजकों को लेकर यह समझा रहे हैं कि (निखिलम् सूत्र की सहायता से) कठिन तथा बड़े भाग कितने सरल और सहज बनाए जा सकते हैं।

अब यहां पर हम और स्पष्ट करने वाले उदाहरण ले रहे हैं जिनमें शेष भाजक से अधिक बचता है तथा वह विधि समझा रहे हैं कि जिससे यह कठिनाई सरलता पूर्वक दूर की जा सकती है (निखिलम् विधि के ही अनुप्रयोग द्वारा):–

(25) $\frac{88)}{12}$ 1/98
12
1/110

यहाँ पर शेष 110 के, भाजक 88 से बड़ा होने के कारण, हमें 110 में 88 से फिर भाग देना पड़ेगा तथा उसका भजनफल तथा अंतिम शेष निकालना है, फिर इस भजनफल को पहले प्राप्त भजनफल में जोड़ देगें।

यथा :–

$\frac{88)}{12}$ 1/10
/12
1/22

इसलिए इस प्राप्त भजनफल 1 को पूर्वप्राप्त भजनफल 1 में जोड़कर अंतिम भजनफल 2 प्राप्त करते हैं तथा 22 शेष।

यह दूसरी विधि मिलाकर एक बनाई जा सकती है:–

$\frac{88)}{12}$ 1 /98
/12
1 /1/10
/12
1 /1/22
2 /22

कुछ और उदाहरण विद्यार्थी को अभ्यास करने में सहायक होंगे:–

(26)

89997)	12	94567
10003	1	0003
		30009
	13	124406
		10003
	14	34609

(27)

97)	1/98
03	/03
	1/1/01
	03
	1/04
	2/04

(28)

99979)	111/99171
00021	00/021
	0/0021
	/00021
	111/1/01502
	/00021
	112/01523

इस तरह, यह संपूर्ण लम्बी प्रक्रिया (11199171 को 99979 से भाग देने की) में कोई भाग नहीं है और कोई घटाना नहीं है, तथा केवल कुछ सरल एक-अंकों का गुणन तथा थोड़ा सा जोड़ है (उतना ही सरल)।

जी हाँ, यह सब बिल्कुल ठीक है किन्तु वहीं तक जहां तक कि यह चलती है, चूंकि यह केवल एक विशेष प्रकार (बड़े अंकों वाली संख्याओं वाले भाग) के भाग पर ही काम करती है। क्या यह दूसरे तरह के भागों में काम करेगी (जिनमें छोटे अंकों वाली संख्याएं रहती हैं)?

इसका उत्तर खरा जोरदार और असंदिग्ध "नहीं" है। एक वास्तविक उदाहरण इसे सिद्ध कर देगा:–

(29)

23)	10	1	1
77	7	7	
		49	49
	17	6/2	0
		42	42
	23	4/8	2
		28	28
	27	3/9	0
		21	21
	30	3/2	1
		21	21
	33	2/5	2
		14	14

35	2/0	6
	14	14
37	1/6	0
	7	7
38	1/3	7
	7	7
39	1/1	4
	7	7
40	9	1
=43	22	

$$-23\times3 = \begin{array}{r} 91 \\ -69 \\ \hline 22 \end{array}$$

स्पष्ट ही यह विधि, प्रचलित विधि (जो कि इस विशेष उदाहरण में निर्विवाद रूप से संक्षिप्त और सरल है) से भी अधिक लम्बी और कष्टकर है।

इस तरह की स्थिति में, हम भाजक के किसी गुणज का उपयोग कर सकते हैं और अंत में फिर उसी गुणक से गुणा कर सकते हैं (आनुरूप्य सूत्र के द्वारा)। यथा :–

23×4 =92)	10	11
08	0	8
	10	91
	×4	
	=43	22

23×3=69

$$\frac{91}{23} = 3\frac{22}{23}$$

परन्तु यह भी लम्बी तथा कष्टकर है, और यह परावर्त्य विधि के लिए उपयुक्त उदाहरण है। वह हम अगले अध्याय में समझाएंगें।

अध्याय 5

भाग

(परावर्त्य विधि के द्वारा)

इस तरह हमने देखा कि बड़े-बड़े अंकों वाले भाजक के विशेष भागों के लिए निखिलम् सराहनीय रूप से उपयुक्त है, किन्तु अन्य ''भागों'' में (वे जिनमें भाजक संख्या छोटे अंकों वाली होती है) यह हमारी सहायता नहीं करती। पिछले अध्याय के अंतिम उदाहरण (जिसमें भाजक 23 है) ने यह बात बिलकुल स्पष्ट कर दी है इसलिए अन्य प्रकार के भागों के लिए एक सरल सूत्र की आवश्यकता है। यह कार्य परावर्त्य सूत्र ठीक तरह से करता है, जो कि एक विशिष्ट सूत्र है तथा उसका पूर्ण रूप है: परावर्त्य योजयेत् तथा उसका अर्थ है ''पक्षान्तरण तथा अनुप्रयोग करिए।''

पक्षान्तरण के ज्ञात नियम के अनुसार प्रत्येक पक्षान्तरण में निरपवाद रूप से चिन्ह का परिवर्तन होता है। इस तरह + चिन्ह ऋण – बन जाता है, ऋण चिन्ह धन, तथा ÷ × बन जाता है तथा इसका विलोम। प्रचलित पद्धति में इस नियम का उपयोग होता है किन्तु बहुत कम स्थानों में यथा पदों के दाहिने से बाएं स्थानांतरण करने में तथा विलोम में, अंश से हर तथा विलोम में (समीकरणों के हल में, सर्वसामिका को सिद्ध करने में इत्यादि, और भी शेषफल प्रमेय, हॉर्नर की संश्लिष्ट भाग देने की प्रक्रिया में इत्यादि) वैदिक पद्धति में इसके बहुत सारे अनुप्रयोग हैं, जिनमें से एक पर इस अध्याय में विवेचना हुई है।

हम यहां शेषफल प्रमेय तथा हॉर्नर प्रक्रिया पर संक्षिप्त चर्चा करने के पश्चात परावर्त्य सूत्र के अन्य रुचिकर अनुप्रयोगों पर जाएंगे।

शेषफल प्रमेय:

इस व्याख्या के इस विभाग का प्रारम्भ हम शेषफल प्रमेय के एक सरल प्रमाण से करेंगे:

यदि प, फ, भ, श क्रमशः भाज्य, भाजक, भजनफल तथा शेष हैं, और यदि भाजक फ = (क–ब) है, तब इस संबंध को बीजगणितीय रूप में इस प्रकार लिख सकते हैं:–

प = फ भ+श अर्थात प = (क–ब) भ+श

और यदि क=ब, तब क–ब=0 और तब सर्वसमिका यह रूप लेती है: प=श, दूसरे शब्दों में, दिया हुआ व्यंजक प स्वयं ही शेष होगा ('क' का मान 'ब' रखते हुए)।

इस तरह दिया हुआ व्यंजक (अर्थात भाज्य स्वयं) ('क' का मान 'ब' रखते हुए) स्वतः ही शेष बन जाता है। और ब भी क–ब=0 द्वारा स्वतः ही प्राप्त हो जाता है, अर्थात केवल –ब (जो कि द्विपदीय भाजक का निरपेक्ष पद है) का चिन्ह परिवर्तन करने से। सामान्य पदों में इसका अर्थ होगा कि यदि भाज्य प=तक^{म}+ थक$^{म-1}$+दक$^{म-2}$+धक$^{म-3}$ इत्यादि, और यदि भाजक फ=क–ब, तब शेषफल=तब^{म}+थब$^{म-1}$+दब$^{म-2}$+धब$^{म-3}$ इत्यादि (अर्थात प जिसमें कि 'क' का मान 'ब' रखा गया है।)

हॉर्नर की संश्लिष्ट भाग देने वाली प्रक्रिया इसके भी आगे जाती है और हमें भजनफल भी बतला देती है, हालांकि वह परापर्त्य सूत्र का छोटा सा अंश है (जो कि इसके भी आगे जाता है और उसके विभिन्न दिशाओं में बहुत सारे उपयोग हैं।)

अब मान लें कि हमें 12क^2−8क−32 को क−2 से भाग देना है

क−2	12क^2	−8क	−32
2		24	+32
	12क	+16	0

हम क−2 (भाजक) को (हमेशा की तरह) बांए तरफ लिखते हैं, और उसके नीचे −2 को चिन्ह बदलकर रखते हैं, और हम गुणन बिलकुल वैसा ही करते हैं जैसा पिछले अध्याय में किया था ।

कुछ और बीजगणितीय उदाहरण लिए जा सकते हैं:−

उदाहरण:

7क^2 + 5क + 3 को क−1 से भाग दीजिए

(1)

क-1	7क^2	+ 5क +	3
1		7	+ 12
	7क	+ 12	15

भजनफल 7क+12 तथा शेष 15.

(2)

क+1	7क^2	+ 5क +	3
−1		− 7	+ 2
	7क	+ 2	+ 5

(3)

क−2	क^3	+ 7क^2	+ 6क +	5
+2		+ 2	+ 18	+ 48
	क^2	+ 9क	+ 24	/+53

(4)

क−3	क^3	− क^2	+ 7क +	3
+3		+ 3	+ 6	+ 39
	क^2	+ 2क	+ 13	/ 42

(5)

क−5	क^3	− 3क^2	+ 10क −	7
+5		+ 5	+ 10	+ 100
	क^2	+ 2क	+ 20	/ 93

इस स्थिति में विद्यार्थी को सारी प्रक्रिया मन में ही करने का अभ्यास करना चाहिए (कम से कम द्विपदीय भाजक वाले प्रश्न में तो)।

उदाहरणार्थ: 12क^2−8क−32 को क−2 से भाग देने के लिए, आपको सीधा कहना चाहिए:

$$\frac{12\text{क}^2-8\text{क}-32}{\text{क}-2} = 12\text{क}+16, \qquad \text{तथा शेषफल} = 0$$

विधि इस प्रकार है:

(अ) $12\text{क}^2/\text{क} = 12$ हमें भजनफल में प्रथम गुणांक देगा, और उसे हम उसी तरह लिख लेते हैं।

(ब) 12 को -2 से गुणा कर, उसका चिन्ह बदलकर उसे अंश के द्वितीय गुणांक में जोड़ दीजिए $12\times-2=-24$, चिन्ह बदलने पर 24 तथा -8 में जोड़ने पर $+16$ हमें भजनफल का द्वितीय गुणांक प्राप्त हो गया।

(स) 16 को -2 से गुणा करिए, उसे चिन्ह बदलकर अंश के अगले गुणांक में जोड़ दीजिए, इस तरह $16\times-2=-32$, चिन्ह बदलने पर $+32$ उसमें -32 जोड़ने से, शेषफल प्राप्त हुआ शून्य।

इसी तरह से :

(1) $$\frac{7\text{क}^2+5\text{क}+3}{\text{क}-1} = 7\text{क}+12, \qquad \text{शेषफल} = 15$$

(2) $$\frac{7\text{क}^2+5\text{क}+3}{\text{क}+1} = 7\text{क}-2, \qquad \text{शेषफल} = 5$$

(3) $$\frac{\text{क}^3+7\text{क}^2+6\text{क}+5}{\text{क}-2} = \text{क}^2+9\text{क}+24, \qquad \text{शेषफल} = 53$$

(4) $$\frac{\text{क}^3-\text{क}^2+7\text{क}+3}{\text{क}-3} = \text{क}^2+2\text{क}+13, \qquad \text{शेषफल} = 42$$

(5) $$\frac{\text{क}^3-3\text{क}^2+10\text{क}-7}{\text{क}-5} = \text{क}^2+2\text{क}+20, \qquad \text{शेषफल} = 93$$

परावर्त्य सूत्र के एकदम सीधा अनुप्रयोग का इतना अभ्यास होना चाहिए कि वह केवल एकदम सरल अंकगणित बन जाए और विद्यार्थी को एकदम कहना चाहिए:

(6) $$\frac{\text{क}^3+7\text{क}^2+9\text{क}+11}{\text{क}-2} = \text{क}^2+9\text{क}+27, \qquad \text{शेषफल} = 65$$

(7) $$\frac{\text{क}^4-3\text{क}^3+7\text{क}^2+5\text{क}+7}{\text{क}-4} = \text{क}^3\ \text{क}^2+11\text{क}+49, \qquad \text{शेषफल} = 203$$

इस प्रक्रिया का विस्तार 3 पदों वाले भाजक संबंधी भाग करने के लिए सरलतापूर्वक किया जा सकता है। बिलकुल उसी (उपरोक्त) विधि को लगाना चाहिए केवल इतना ध्यान रखते हुए कि (प्रथम के अतिरिक्त) अन्य सभी पदों में गुणांकों का चिन्ह बदलना है:–

(1)					
क^2–क–1	क^4	– क^3	+ क^2	+ 3क	+ 5
1+1		1	+ 1		
			0	+ 0	
				2	+ 2
	क^2	+ 0	+ 2	+ 5क	+ 7

इसलिए भजनफल = क^2+2 तथा शेषफल = 5क+7

(2)					
क^2–2क–9	6क^4	+ 13क^3	+ 39क^2	+ 37क	+ 45
2क+9		+ 12	+ 54		
			+ 50	+ 225	
				+ 286	+ 1287
	6क^2	+ 25क	+ 143	+ 548क	+ 1332

भजनफल 6क^2+25क+143 तथा शेषफल = 548क + 1332

(3)					
क^2+1	2क^4	– 3क^3	+ 0	– 3क	– 2
0–1		0	– 2		
			0	+ 3	
				0	+ 2
	2	– 3	– 2	0	+ 0

भजनफल = 2क^2–3क–2 तथा शेषफल = 0

(4)				
क^2–2क+1	क^3	– 3क^2	+ 3क	– 1
2–1		+ 2	– 1	
			– 2	+ 1
	1	– 1	0	+ 0

इसलिए भजनफल = क–1, शेषफल = 0

(5)				
क^2+2क+4	2क^3	+ 9क^2	+ 18क	+ 20
–2–4		– 4	+ 8	
			– 10	– 20
	2	+ 5	0	+ 0

इसलिए भजनफल = 2क+5 शेषफल = 0

(6)						
क^3–क^2+2क–3	क^5	+ 0	+ क^3	– 7क^2	+ 0	+ 9
1–2+3		1	– 2	+ 3		
			1	– 2	+ 3	
				0	+ 0	+ 0
	1	+ 1	+ 0	– 6	+ 3	+ 9

नोट :0क⁴ तथा 0क को सावधानीपूर्वक नोट करिए।

भजनफल = क²+क, शेषफल –6क²+3क+9

(7)

क²–क+1	क⁴	+ 0	+ क²	+ 0	+ 1
1–1		1	– 1		
			+ 1	– 1	
				+ 1	– 1
	1	+ 1	+ 1	+ 0	+ 0

भजनफल =क²+क+1 तथा शेषफल = 0

(8)

क³–2क²+1	– 2क⁵	– 7क⁴	+ 2क³	+ 18क²	– 3क	– 8
+2+0–1		– 4	+ 0	+ 2		
			– 22	+ 0	+ 11	
				– 40	+ 0	+ 20
	– 2	– 11	– 20	– 20	+ 8	+ 12

भजनफल = –2क²–11क–20. शेषफल = –20क²+8क+12

उपलिखित सभी उदाहरणों में, भाजक में प्रथम गुणांक 1 था, इसलिए कोई भी गुणांक भिन्न रूप में नहीं आया। परन्तु उन प्रश्नों में क्या होगा जिनमें प्रथम गुणांक 1 नहीं है, क्या भिन्नों से गुणा नहीं करना होगा?

इसका उत्तर यह है कि सारा कार्य, वैसी ही (उपलिखित) विधि से कर सकते हैं। केवल, उत्तर के सभी गुणांकों को भाजक के प्रथम गुणांक से भाग देना पड़ेगा।

इस तरह

2क–4	– 4क³	– 7क²	+ 9क	– 12
+4		– 8	– 30	– 42
	– 4/2	– 15/2	– 21/2	– 54

भजनफल = –2क² –15/2क –21/2 तथा शेषफल = –54

इसका अर्थ यह हुआ कि प्रत्येक गुणांक को आधा करना पड़ता है (वह भी प्रत्येक पैड़ी पर), और यह न केवल चक्करदार है वरन् भ्रामक हो सकता है।

इससे अच्छी विधि यह होगी कि प्रारम्भ में ही भाजक को उसके प्रथम गुणांक से भाग दे दें, पूरी प्रक्रिया कर लें और अंत में फिर अंतिम बार भाग दे दें। यथा:–

2)2क–4	– 4क³	– 7क²	+ 9क	12
क–2		– 8	– 30	– 42
2	– 4	– 15	– 21	– 54
	– 2	– 15/2	– 21/2	– 54

नोट: शेषफल वैसा ही रहता है।

एक दो और उदाहरण समझने के लिए ले लें:–

(1)

3) 3क–7	$3क^2$	– क	– 5
क–7/3		7	+ 14
7/3	3क	+ 6	9
	क	2	9

भजनफल = क+2, शेषफल = 9

(2)

2) $2क^2–3क+1$	$2क^5$	$– 9क^4$	$+ 5क^3$	$+ 16क^2$	– 16क	+ 36
$क^2–3/2क+½$		3	– 1			
3/2 – ½			– 9	+ 3		
				– 15/2	+ 5/2	
	2	– 6	– 5	+ 11½	+ 69/4	– 23/4
	1	– 3	– 2½	+ 5¾	+ 15/4	+ 121/4

भजनफल = $क^3–3क^2–5/2क+23/4$, शेषफल = 15/4क + 121/4

नोट: शेषफल में अन्त में भी भाग नहीं देना पड़ता

गणितीय अनुप्रयोग (विविध)

अब हम कुछ गणितीय अनुप्रयोग लेंगे और निखिलम् सूत्र के उपयोग तथा प्रभाव क्षेत्र की कुंजी प्राप्त करना चाहेंगे तथा यह भी कि परावर्त्य सूत्र का अनुप्रयोग कहाँ और क्यों करें।

(1) 1234 को 112 से भाग दीजिए।

निखिलम् विधि से :

112	1	234
888		888
	1 1	122
		888
	1 1	010
		888
	2 1	898

परन्तु यह बहुत चक्करदार है। परावर्त्य सूत्र अधिक उपयुक्त होगा। यथा:

112	1	2	3	4
–1–2		– 1	– 2	
			– 1	– 2
	1	1	0	2

इसलिए भजनफल = 11 शेषफल 2

यह बहुत सरल है।

(2) 1241 को 112 से भाग दीजिए।

112	1	241
888		888
	1 1	129
		888
	2 1	017
		888
	3	905

= 3+8 − 896 (8×112 = 896)+905
= 11 9

यह बहुत चक्करदार है। इसलिए परावर्त्य विधि द्वारा

112	1	2	4	1
−1−2		−1	−2	
			−1	−2
	1	1	0	9

इसलिए भजनफल = 11, शेषफल 9

(3) 1234 को 160 से भाग दीजिए।

(अ) स्पष्ट ही निखिलम् विधि अनुपयुक्त है। इसलिए हमें परावर्त्य सूत्र का उपयोग करना चाहिए।

(ब)

	160	1	2 3 4	
	−6+0		−6 0	
			240	
		1 −4	274	
=		6	274	
=		6 +1	274	−160
=		7	114	

परन्तु इस उदाहरण में विलोकनेनैव अर्थात अवलोकन से ही उत्तर दिया जा सकता है।

(4)

11203	2	3	9	4	7	9
−1−2−0−3		−2	−4	−0	−6	
			−1	−2	−0	−3
	2	1	4	2	1	6

(5)

112	1	3	0	4	5
−1−2		−1	−2		
				−4	+8
	1	2 −	4	5	3

= 116 5 3

इन सभी उदाहरणों में (जिनमें भाजक में अंक छोटे हैं) निखिलम् विधि अनुपयुक्त है तथा परावर्त्य विधि को श्रेयस्कर समझना चाहिए।

(6) 13456 को 1123 से भाग दीजिए

1123	1	3	4	5	6
-1-2-3		-1	-2	-3	
			-2	-4	-6
	1	2	0	-2	+0

यहाँ पर चूंकि शेष एक ऋणात्मक संख्या है, हमें वही युक्ति काम में लानी चाहिए जो हम बड़ी संख्या को छोटी में से घटाने में काम में लाते हैं (विशेषतया पैसों के हिसाब में)।

रु०	आ०	पा०		पा०	शि०	पै०
7	5	3		7	5	3
—	9	9		—	9	9
6	11	6		6	15	6

दूसरे शब्दों में, भजनफल में से "एक इकाई" शेषफल के स्तम्भ में ले जाएं। अर्थात 1123 को दाहिनी तरफ ले जाएं और उसमें से 20 घटा लें और तब भजनफल = 11 तथा शेष = 1103

(7) 13905 को 113 से भाग दीजिए (पिछले के समान)

113	1	3	9	0	5	
-1-3		-1	-3			
			-2	-6		
				-4	-12	
	1	2	4	-1	07	= 123/6

टिप्पणी: जैसे कि 1 रु० = 16 आने, 1 पौंड = 20 शि. तथा 1 डालर = 100 सेंट इत्यादि, उसी तरह भजनफल का 1 जब शेष में ले जाया जाए तब वह पूरे भाजक के बराबर होता है।

(8)

1012	1	1	1	1	1
0-1-2		0	-1	-2	
	1	1	0	-2	-1
		+	10	1	2
	10		9	9	1

(9)

1133						
−1−3−3	1	2	3	4	9	
		−1	−3	−3		
			−1	−3	−3	
	1	1	−1	−2	+6	= −114
		−1	+11	3	3	
	1	0	10		19	

(10) 13999 को 112 से भाग दीजिए

112					
−1−2	1	3	9	9	9
		−1	−2		
			−2	−4	
				−5	−10
	1	2	5	0	−1
			−1	+11	2
	= 124				+111

भजनफल = 124 शेषफल = 111

(11)

1132					
−1−3−2	11	3	2	9	
	−1	−3	−2		
		0	0	0	यह विलोकनम (अर्थात
	10	0	0	9	अवलोकन मात्र द्वारा)

(12)

82				
1−2+2	1	0	3	यह भी विलोकनम द्वारा (अर्थात
2−2		2	2	अवलोकन मात्र द्वारा) हो
	1	2	1	सकता है।

(तथा निखिलम् द्वारा भी)

(13)

819					
181	2	3	4	1	निखिलम् द्वारा
		21	6	2	
	2	7	0	3	

परन्तु 18 को 10+8 अथवा 20−2 भी लिख सकते हैं, इसलिए 181 को 2−2+1 भी लिख सकते हैं। ऐसा करने से हम बड़े अंकों, अर्थात 5 से बड़े, के गुणन से बच सकते हैं।

819				
181	2	3	4	1
2−2+1		4	−4	2
	2	7	0	3

(14) 39999 को 9819 से भाग दीजिए

(अ) निखिलम् द्वारा

9819	3	9	9	9	9
0181		0	3	24	3
	3	10	5	4	2
	+ 1		+ 01	8	1
	4		07	2	3

अथवा

9819
$10\overline{22}\bar{1}$
0+2−2+1

(ब) शिरोरेखा और परावर्त्य द्वारा

3	9	9	9	9
	0	6	− 6	3
3	10	5	4	2
	0	2	− 2	+ 1
4		07	2	3

(15) 1111 को 839 से भाग दीजिए

(अ)

839	1	1	1	1
161		1	6	1
	1	2	7	2

अथवा (ब) 839 = 1 $\bar{2}$ 4 $\bar{1}$

$2\bar{4}1$	1	1	1	1
		2	$\bar{4}$	1
	1	3	$\bar{3}$	2
	1	2	7	2
	1	2	7	2

अथवा (स) $\bar{1}61 = 2\bar{4}1$

8	3	9	1	1	1	1
1	6	1		2	$\bar{4}$	1
2	$\bar{4}$	1	1	3	$\bar{3}$	2
		=	1	2.	7	2

(16)

818	5	0	1	2
182		5	40	10
	5	9	2	2
	= 6	1	0	4

(सीधे भाजक को घटाने से, जैसे कि 16 आना, 20 शिलिंग, 100 सेंट इत्यादि के संबंध में)

(17)

988	1	3	0	4	5
012		0	1	2	
			0	3	6
	1	3	2	0	1

(18)

858	7	1	1	1
142		7	28	14
	7	1	10	5
			14	2
	8		24	7

(19) (अ)

828	4	3	9	9	9
172		4	28	8	
			7	49	14
	4	7	50	8	3
			5	35	10
	5	2	9	4	3
		+ 1	8	2	8
	5	3	1	1	5

(ब)

828	4	3	9	9	9
172		8	– 12	8	
2–3+2			22	– 33	+ 22
	4	11	19	16	31
	5	1	17	7	1
			2	– 3	2
	52		9	4	3
	+1		– 8	2	8
	53		1	1	5

(20) 1771 को 828 से भाग दीजिए

(अ)

828	1	7	7	1
172		1	7	2
	1	9	4	3
	+ 1	– 8	2	8
	2	1	1	5

(ब)

828	1	7	7	1
172		2	3	+ 2
2–3+2	1	9	4	3
	+ 1	8	2	8
	2	1	1	5

(21) 2671 को 828 से भाग दीजिए

(अ)

828	2	6	7	1
172		2	14	4
	2	10	1	5
		1	7	2
	3	1	8	7

(ब)

828	2	6	7	1
172		4	– 6	+ 4
2–3+2	2	10	1	5
		2	– 3	+ 2
	3	1	8	7

अथवा (स) दोनों ही हलों में 1015 में से 828 को सीधा घटा सकते हैं।

(22) 39893 को 829 से भाग दीजिए

(अ)

829	3	9	8	9	3
171		3	21	3	
			12	84	12
	3	12	50	7	5
				53	55
		47		9	30
				– 8	29
	48			1	01

(ब)

829					
829	3	9	8	9	3
171		6	−9	3	
2−3+1			30	−45	+15
	3	15	29	−32	8
	4	5	25	8	8
			4	−6	2
	4	7	9	3	0
		+1	−8	2	9
	4	8	1	0	1

(23) 21011 को 799 से भाग दीजिए

799	2	1	0	1	1
201		4	0	2	
			10	0	5
	2	5	10	3	6
			2	0	1
	2	6	2	3	7

(24) 13045 को 988 से भाग दीजिए

988	1	3	0	4	5
012		0	1	2	
			0	3	6
	1	3	2	0	1

(25) 21999 को 8819 से भाग दीजिए

(अ)

8819	2	1	9	9	9
1181		2 +	4 −	4 +	2
1+2−2+1	2	4	3	6	1

अथवा (ब)

8819	2	1	9	9	9
1181		2	2	16	2
	2	4	3	6	1

(26) 1356 को 182 से भाग दीजिए

(अ)

182	1	3	5	6
−8−2		−8	−2	
			+40	+10
	1	−5	43	16
		5	44	6
			−32	−8
		9	−28	−2
		−2	+36	+4
		7	8	2

(ब) आनुरूप्य तथा परावर्त्य विधि अधिक उपयुक्त होगी।

182		1	3	5	6
2)2−2+2			1	−1	
1−1+1				4	−4
1−1	2)	1	4	8	2
			7	8	2

परावर्त्य भी बहुत चक्करदार है

नोट : शेषफल में 2 का भाग नहीं दिया।

(27)

882	3	1	2	8
118		3	+ 6	– 6
1+2–2	3	4	8	2

(28)

882	4	0	0	9
1–1–2+2		4	+ 8	– 8
1+2–2	4	4	8	1

(29)

882	4	0	0	9
118		4	+ 8	– 8
1+2–2	4	4	8	1

इन दोनों विधियों में काम एक सा ही है।

(30) 2)

224		2	6	9	9
112			– 2	– 4	
–1–2				– 4	– 8
	2)	2	4	1	1
		1	2	1	1 शेषफल अछूता।

(31)

2)223		1	6	9	9
111½			– 1	– 3/2	
–1–3/2				– 5	– 15/2
	2)	1	5	5/2	+3/2
			7½	5/2	3/2 = 7/138

(नोट: ½ = 111½)

(32) 2)

222		1	2	3	4
111			–1	–1	
–1–1				–1	–1
	2)	1	1	1	3
			5	11	1
		5		12	4

(33) 7685 को 672 से भाग दीजिए

672	7	6	8	5
328		21	21	–14
3+3–2	7	29	8	1
		6	+6	–4
	9	16	3	7
		3	+3	–2
	10	9	6	5
	+1	–6	–7	–2
	11	2	9	3

नोट: 11/2 = 5½ ½ = 111

इस कार्य को थोड़ा कम कर सकते हैं, या कम से कम, थोड़ा सरल कर सकते हैं यदि आनुरूप्य सूत्र का उंपयोग करें। हम चाहें तो 168 (जो 672 का 1/4 है) या 34 (जो 672

का 1/8 है) या उससे भी अच्छा 112 (जो 672 का 1/6 है), को लेकर सारी प्रक्रिया के पश्चात भजनफल को आनुपातिक भाग दे सकते हैं।
112 से भाग की प्रक्रिया इस प्रकार है:

चूंकि 672 = 6×112

```
इसलिए   112        7    6    8    5
        -1-2            -7   14
                             +1   +2
              ----------------------
                   7   -1   -5   +7
              6) 6 9 -5+7
                 11½ -5+7
                 = 11: 336-50+7
                 = 11,293
```

इस तरह से यह स्पष्ट हो जाता है कि इस तरह के सभी प्रश्नों में, एक सरल विधि यह है कि हम किसी दस के घात के सबसे पास वाले गुणज या अवगुणज को क्रियात्मक भाजक मान लें, निखिलम् या परावर्त्य विधि का उपयोग कर लें और तब भजमफल को आनुपातिक रूप से गुणा या भाग दे लें। इसे समझाने के लिए कुछ और उदाहरण दिये गए हैं:-

(1)(अ) 1400 को 199 से भाग दीजिए अथवा (ब) 5×199 = 995

```
   199         1  4  0  0        995      1  4  0  0
2) 2+0-1          0  ½           005         0  0  5
   10-½              0  2                 1  4  0  5
   0+½   2)    1  4  ½  2                 × 5
                  7  0  7                 5  4  0  5
                                        + 2 -3  9  8
                                          7  0  0  7
```

नोट : शेष फिर अछूता

(2) 1699 को 223 से भाग दीजिए (3) 1334 को 439 से भाग दीजिए

```
          ∵ 4×223 = 892                        ∵ 2×439 = 878
 892        1  6  9  9           878      1  3  3  4
 1-1-1+2      +1 +1 -2           122         1  2  2
 1+1-2      1  7 10  7                    1  4  5  6
          = 1  8 07                     × 2
          × 4 -6  6  9                    2  4  5  6
          4 +3  1  3  8                 + 1 -4 -3 -9
          = 7  1  3  8                    3  1  7
```

(4) 1234 को 511 से भाग दीजिए

$\because 511 \times 2 = 1022$

$$\begin{array}{c|cccc} 1022 & 1 & 2 & 3 & 4 \\ \hline 0\text{–}2\text{–}2 & & 0 & -2 & -2 \\ \hline & 1 & 2 & 1 & 2 \\ & \times 2 & & & \\ \hline & 2 & 2 & 1 & 2 \end{array}$$

(5) 1177 को 516 से भाग दीजिए

$\because 516 \times 2 = 1032$

$$\begin{array}{c|cccc} 1032 & 1 & 1 & 7 & 7 \\ \hline 0\text{–}3\text{–}2 & & 0 & -3 & -2 \\ \hline & 1 & 1 & 4 & 5 \\ & \times 2 & & & \\ \hline & 2 & 1 & 4 & 5 \end{array}$$

नोट : सभी जगह शेष अछूता रहता है।

अध्याय 6

भाग की तर्क विधि

(ऊर्ध्वतिर्यक सूत्र के अनुसार सीधे तर्क द्वारा)

निखिलम् तथा परावर्त्य विधियों (जो कि विशिष्ट स्थानों पर ही प्रयुक्त हो सकती हैं) के अतिरिक्त, भाग देने की एक तीसरी विधि भी है जो कि सरल तर्क वाली है (यह ऊर्ध्व सूत्र पर आधारित है और व्यावहारिक रूप में उसकी लगभग विलोम है)।

निम्नलिखित उदाहरण उसे व्याख्या सहित समझा देगा:–

(1) मान लीजिए कि हमें (क^2+2क+1) को (क+1) से भाग देना है। हम साधारण गुणन के समान पटल बनाते हैं (ऊर्ध्वतिर्यक विधि द्वारा) और भाज्य तथा भाजक को लिखते हैं तब तर्क इस प्रकार चलता है:–

$$\begin{array}{r} क+1 \\ क+1 \\ \hline क^2+2क+1 \end{array}$$

(अ) क^2 तथा क क्रमशः भाज्य तथा भाजक के पहले पद हैं (अथवा गुणनफल तथा गुणक के), अतएव भजनफल (अथवा गुण्य) का पहला पद "क" ही होना चाहिए।

(ब) क के गुणांक को आड़े गुणनफलों के योग द्वारा ही आना चाहिए। हमें ऊपरी पंक्ति के क की नीची पंक्ति के 1 से आड़े गुणन के द्वारा क प्राप्त हो ही चुका है, परन्तु गुणनफल में क का गुणांक 2 है, अतएव दूसरा "क" नीची पंक्ति के क तथा ऊपरी पंक्ति के निरपेक्ष पद के गुणनफल द्वारा ही प्राप्त होना चाहिए, इसलिए निरपेक्ष पद 1 है। और इस तरह भजनफल क+1 हुआ।

(2) 12क^2–8क–32 ÷ क–2

$$\frac{12क^2-8क-32}{क-2} = 12क+16$$

(अ) 12क^2 क से भाग देने पर 12क देता है।

(ब) 12क ऋण 2 से गुणा करने पर –24क देता है, परन्तु गुणनफल में (अथवा भाज्य में) क का गुणांक –8 है, अतएव हमें शेष 16क भाजक के क से 16 के गुणन द्वारा प्राप्त करना चाहिए। इसलिए भाजक का निरपेक्ष पद 16 ही होना चाहिए। इसलिए भजनफल = 12क+16 और चूँकि –2×16 = –32, इसलिए शेष = 0

(3) $क^3+7क^2+6क+5 \div क-2$

(अ) ∵ क3 ÷ क = $क^2$, इसलिए भजनफल का पहला पद $क^2$.

(ब) $क^2 \times -2 = -2क^2$, परन्तु भाज्य में $7क^2$ है, इसका अर्थ यह हुआ कि हमें $9क^2$ और चाहिए। यह क में 9क के गुणन से प्राप्त होगा। इसलिए भजनफल का द्वितीय पद 9क।

$$\frac{क^3+7क^2+6क+5}{क-2} = क^2+9क + \ldots$$

(स) तृतीय पद के लिए हमारे पास –18 क पहले से ही प्राप्त है। परन्तु भाज्य में केवल 6 क है, हमें 24क अतिरिक्त चाहिए। यह क में 24 के गुणन से ही प्राप्त हो सकता है इसलिए 24 भजनफल का तृतीय पद हुआ।

अतः भजनफल = $क^2 + 9क + 24$

(द) अब यह भजनफल का अंतिम पद ऋण 2 से गुणा करने पर हमें –48 देता है। परन्तु भाज्य में निरपेक्ष पद +5 है, इसलिए हमें अतिरिक्त 53 चाहिए। परन्तु भाज्य में कोई और पद बचा ही नहीं, अतएव 53 शेषफल बचेगा

इसलिए भजनफल = $क^2+9क+24$, शेषफल = 53

नोट :–

ऊपर पूर्ण विवरण सहित समझाई प्रक्रिया को परावर्त्य विधि (जो कि परावर्त्य अध्याय में, द्विपदीय भाजकों वाले भागों को मन ही में करने के लिए समझाई जा चुकी है) द्वारा सहज ही कर सकते हैं।

विधि बहुत ही सरल है, और निम्नलिखित उदाहरण उस पर और प्रकाश डालेंगे तथा विद्यार्थी को आवश्यक अभ्यास भी देंगे :-

(1) $$\frac{क^3+7क^2+9क+11}{क-2}$$ इसलिए भजनफल = $क^2+9क+27$, शेषफल = 65

(2) $$\frac{क^3-क^2-7क+3}{क-3}$$ इसलिए भजनफल $क^2+2क-1$ शेषफल = 0

(3) $$\frac{क^4-3क^3+7क^2+5क+7}{क-4}$$ इसलिए भजनफल $क^3+क^2+11क+49$, शेषफल = 203

(4) $$\frac{-4क^3-7क^2+9क-12}{2क-4}$$ इसलिए भजनफल $-2क^2+\frac{1}{2}क+11/2$ शेषफल = 10

(5) $$\frac{3क^2-क-5}{3क-7}$$ इसलिए भजनफल = क+2, शेषफल = 9

(6) $\dfrac{16क^2+8क+1}{4क+1}$ इसलिए भजनफल = 4क+1, शेषफल = 0

(7) $\dfrac{क^4-4क^2+12क-9}{क^2-2क+3}$ इसलिए भजनफल = क²+2क–3, शेषफल = 0

नोट : जो भी क के घात नहीं हैं, उनका गुणांक शून्य मान लीजिए।

(8) $\dfrac{क^3+2क^2+3क+5}{क^2-क-1}$ इसलिए भजनफल = क+3, शेषफल = 7क+8

(9) $\dfrac{क^4+4क^3+6क^2+4क+1}{क^2+2क+1}$ इसलिए भजनफल = क²+2क+1,. शेषफल = 0

(10) $\dfrac{क^4+2क^3+3क^2+2क+1}{क^2+क+1}$ इसलिए भजनफल = क²+क+1, शेषफल = 0

(11) $\dfrac{क^4-क^3+3क^2+5क+5}{क^2-क-1}$ इसलिए भजनफल = क²+4, शेषफल = 9क+9

(12) $\dfrac{6क^4+13क^3+39क^2+37क+45}{क^2-2क-9}$ इसलिए भजनफल = 6क²+25क+143, शेषफल = 548क+1332

(13) $\dfrac{12क^4-3क^3-3क-12}{क^2+1}$ इसलिए भजनफल = 12क²–3क–12, शेषफल = 0

(14) $\dfrac{12क^4+41क^3+81क^2+79क+42}{3क^2+5क+7}$ इसलिए भजनफल = 4क²+7क+6, शेषफल = 0

(15) $\dfrac{क^4-4क^2+12क-9}{क^2+2क-3}$ इसलिए भजनफल = क²–2क+3, शेषफल = 0

(16) $\dfrac{12क^4-3क^3-3क-12}{12क^2-3क-12}$ इसलिए भजनफल = क²+1, शेषफल = 0

(17) $\dfrac{12क^4+41क^3+81क^2+79क+42}{4क^2+7क+6}$ इसलिए भजनफल = 3क²+5क+7, शेषफल = 0

(18) $\dfrac{क^4-4क^2+12क-9}{क^2-2क+3}$ इसलिए भजनफल = क²+2क–3, शेषफल = 0

(19) $\dfrac{2क^3+9क^2+18क+20}{2क+5}$ इसलिए भजनफल = $क^2+2क+4$, शेषफल = 0

(20) $\dfrac{2क^3+9क^2+18क+20}{क^2+2क+4}$ इसलिए भजनफल = $2क+5$, शेषफल = 0

(21) $\dfrac{6क^4+13क^3+39क^2+37क+45}{3क^2+2क+9}$ इसलिए भजनफल = $2क^2+3क+5$, शेषफल = 0

(22) $\dfrac{6क^4+13क^3+39क^2+37क+45}{2क^2+3क+5}$ इसलिए भजनफल = $3क^2+2क+9$, शेषफल = 0

(23) $\dfrac{16क^4+36क^2+81}{4क^2+6क+9}$ इसलिए भजनफल = $4क^2-6क+9$, शेषफल = 0

(24) $\dfrac{16क^4+36क^2+81}{4क^2-6क+9}$ इसलिए भजनफल = $4क^2+6क+9$, शेषफल = 0

(25) $\dfrac{16क^4+36क^2+16क+9}{4क^2+2क+1}$ इसलिए भजनफल = $4क^2-2क+9$, शेषफल = 0

(26) $\dfrac{16क^4+36क^2+16क+9}{4क^2-2क+9}$ इसलिए भजनफल = $4क^2+2क+1$, शेषफल = 0

(27) $\dfrac{क^5+क^3-7क^2+9}{क^3-2क^2+2क-3}$ इसलिए भजनफल = $क^2+2क+3$, शेषफल = $-2क^2+18$

(28) $\dfrac{16क^4+36क^2+6क+86}{4क^2+6क+9}$ इसलिए भजनफल = $4क^2-6क+9$, शेषफल = $6क+5$

(29) $\dfrac{-2क^5-7क^4+2क^3+18क^2-3क-8}{क^3-2क^2+1}$ इसलिए भजनफल = $-2क^2-11क-20$, शेषफल = $-20क^2+8क+12$

(30) $\dfrac{क^4+3क^3-16क^2+3क+1}{क^2+6क+1}$ इसलिए भजनफल = $क^2-3क+1$, शेषफल = 0

(31) $\dfrac{क^4+3क^3-16क^2+3क+1}{क^2-3क+1}$ इसलिए भजनफल = $क^2+6क+1$, शेषफल = 0

(32) $\dfrac{2\text{क}^5-9\text{क}^4+5\text{क}^3+16\text{क}^2-16\text{क}+36}{2\text{क}^2-3\text{क}+1}$ इसलिए भजनफल $\text{क}^3-3\text{क}^2(5/2)\text{क}+23/4$, शेषफल = $3\tfrac{3}{4}\text{क}+121/4$

(33) $\dfrac{21\text{क}^6+7\text{क}^5+15\text{क}^4+29\text{क}^3+\text{क}^2+15\text{क}+3}{7\text{क}^3+5\text{क}+1}$ इसलिए भजनफल = $3\text{क}^3+\text{क}^2+3$, शेषफल = 0

(34) $\dfrac{21\text{क}^6+7\text{क}^5+15\text{क}^4+29\text{क}^3+\text{क}^2+15\text{क}+3}{3\text{क}^3+\text{क}^2+3} = 7\text{क}^3+5\text{क}+1,$

(35) $$\dfrac{7\text{क}^{10}+26\text{क}^9+53\text{क}^8+56\text{क}^7+43\text{क}^6+40\text{क}^5+41\text{क}^4+38\text{क}^3+19\text{क}^2+8\text{क}+5}{\text{क}^5+3\text{क}^4+5\text{क}^3+3\text{क}^2+\text{क}+1}$$
$$= 7\text{क}^5+5\text{क}^4+3\text{क}^3+\text{क}^2+3\text{क}+5$$

(36) $$\dfrac{7\text{क}^{10}+26\text{क}^9+53\text{क}^8+56\text{क}^7+43\text{क}^6+40\text{क}^5+41\text{क}^4 38\text{क}^3+19\text{क}^2+8\text{क}+5}{7\text{क}^5+5\text{क}^4+3\text{क}^3+\text{क}^2+3\text{क}+5}$$
$$= \text{क}^5+3\text{क}^4+5\text{क}^3+3\text{क}^2+\text{क}+1$$

सम्बंधन नोट

(प्राथमिक) भाजन विभाग की संक्षिप्रावृत्ति एवम् निष्कर्ष

भाग संबंधी पिछले तीनों अध्यायों (4/5/6) में विविध तथा अनेक उपयोगी दृष्टान्तों के देने के बाद, हम निम्नलिखित निष्कर्षों को न्यायोचित समझते हैं :–

(1) जो तीन विधियाँ व्याख्या सहित समझाई गई हैं, वे प्रचलित विधि के किसी भी बड़े अवरोध से मुक्त हैं, अर्थात (अ) (भाजक के) बड़े अंकों का प्रत्येक पैड़ी पर भजनफल के अटकल अंकों से गुणन (इस संभावना सहित कि गुणनफल भाज्य से अधिक हो), (ब) बड़ी संख्याओं में से बड़ी संख्याओं का घटाना, (स) सारी विधि की चक्करदार लम्बाई तथा अनगढ़ता, (द) इसके परिणामस्वरूप विद्यार्थी का इससे ऊबना तथा उसमें अरुचि का उत्पन्न होना,(इ) फलस्वरूप गलती करने की अधिक संभावना, इत्यादि,

(2) और सब जगह प्रचलित विधियों से उत्तम होने पर भी इन विधियों में भी कहीं कहीं वैसे ही अवरोध हैं। किसी भी हालत में, ऐसी स्थिति में वे वैदिक पद्धति के आदर्श "संक्षिप्त तथा मधुर" से बहुत दूर हैं।

(3) और ये तीनों विधियाँ किन्हीं विशिष्ट प्रकार के प्रश्नों पर ही लागू होती हैं, और इनमें से कोई भी सभी प्रश्नों पर सामान्य अनुप्रयोग के लिए उपयुक्त नहीं है :–

(क) निखिलम् विधि साधारणतया बीजगणितीय भागों के लिए अनुपयुक्त है, और लगभग हमेशा परावर्त्य विधि उससे अधिक उपयुक्त है।

(ख) और अंकगणितीय संगणनाओं के लिए भी निखिलम् विधि तभी उपयुक्त है जब कि भाजक संख्या बड़े अंकों (अर्थात 6, 7, 8 या 9) से बनी हो, और जब भाजक संख्या के अंक छोटे होते हैं (अर्थात 1, 2, 3, 4 या 5) तब तो यह विधि बिलकुल ही सहायक नहीं है, और इस बाद वाले भागों में केवल परावर्त्य विधि ही लगती है।

(ग) जब एक सरल गुणन (अथवा अवगुणज) का उपयोग करते हैं तब भी विद्यार्थी को चुनाव करना पड़ता है कि वह निखिलम् विधि का उपयोग करे अथवा परावर्त्य का।

(घ) और भी इन दो विधियों में से चुनाव करने का कोई अपवाद रहित मापदण्ड नहीं है।

(ङ) और जहां तक तीसरी विधि (अर्थात ऊर्ध्व तिर्यक् सूत्र का विलोम) की बात है, उसकी बीजगणितीय उपयोगिता स्पष्ट है, परन्तु अकंगणितीय गणनाओं के विषय में यह कहना कठिन है कि कब, कहाँ और क्यों अनुप्रयोग होना चाहिए (अपेक्षाकृत अन्य दो विधियों के)।

इन सब विचारों से (बहुसंख्यक उदाहरणों पर विवरण सहित तुलनात्मक अध्ययन करने से उत्पन्न) यही सीधा निष्कर्ष निकलता है कि इनमें से कोई भी विधि व्यापक रूप से सभी तरह के भागों के लिए उपयुक्त नहीं है, कि प्रत्येक विशिष्ट प्रश्न में सर्वोपयुक्त विधि का चुनाव विद्यार्थी को भ्रमित (एकरूपता के अभाव में) कर सकता है और इस दुविधा से निश्चित रूप से भ्रम उत्पन्न होगा। अतएव स्वाभाविक तौर से क्या अनिवार्य रूप से ही यह प्रश्न उठता है कि क्या वैदिक सूत्र हमें सभी प्रकार के भागों में लगने वाला व्यापक सूत्र दे सकते हैं।

और इसका उत्तर है, हाँ, निश्चिततम् हाँ। एक श्रेष्ठ एवम् सुन्दर तथा बहुत सरल विधि है जो कि वैदिक सर्वतोमुखी सरलता के वैदिक आंदर्श को पूर्णतः निभाती है तथा हमें पूर्वकथित "वैदिक एक पंक्ति उत्तर" देती है।

यह अनोखी विधि आगे के "सीधा-भाग" शीर्षक वाले अध्याय में समझाई गई है, और जो कि वैदिक गणित के सूत्रों की एक परम सुन्दर विधि है (अध्याय 27 देखिए)

अध्याय 7

गुणनखण्डन
(सरल द्विघाती)

जिसे हमने ''विलोम गुणन'' कहा, उस रूप में और भाग के विशेष अनुप्रयोग के रूप में इस समय गुणनखण्डन का विवेचन स्वभावतया आता है। यह विषय जो आधुनिक गणित संसार के लिए नया है, हमारे वैदिक गणित में आरम्भिक अवस्था में आता है तथा इस पर वैदिक सूत्रों में बहुत प्रभावशाली सामग्री है।

इस समय हम इस विषय की पूर्ण विवरणात्मक तथा सांगोपांग व्याख्या नहीं करना चाहते। हम कुछ सरल दृष्टान्त ले रहे हैं जो उस पर प्रकाश डालेंगे, तथा विशेष तौर से सूत्र प्रणाली पर प्रकाश डालेंगे। किस तरह से केवल एक या दो सरल शब्दों वाले सूत्र, एक तथा कथित कठिन प्रश्न के (जिसमें कि अन्य प्रणालियाँ विद्यार्थी के मस्तिष्क को चकरा देती हैं) हल करने की विधि को समझाने और स्पष्ट करने की व्यापक क्षमता रखते हैं तथा जिनकी सहायता से न केवल यह कठिनता समाप्त हो जाती है वरन् उनके लिए बांए हाथ का खेल बन जाता है जिसमें वे आंनन्द लेते हैं।

उदाहरणार्थ, एक द्विघाती व्यंजक का उनके घटक द्विपदी खण्डों में गुणनखण्डन ही ले लें। जब $क^2$ का गुणांक 1 हो, तब तो प्रचलित प्रणाली के अनुसार भी यह सरल है, जिसमें कि आपको दो ऐसी संख्याएं सोचकर निकालना पड़ती हैं जिनका कि बीजगणितीय योग मध्य पद गुणांक हो तथा जिनका गुणनफल निरपेक्ष पद के बराबर हो। उदाहरणार्थ द्विघाती व्यंजक $क^2+7क+10$ है, तब हम दो खण्डों $(क+2)$ $(क+5)$ का गुणन मन ही में करते हैं, जिनका कि गुणनफल $क^2+7क+10$ है, तथा (मन ही मन उस विधि के द्वारा) हम दो संख्याएं 5 और 2 सोचते हैं जिनका योग 7 है तथा गुणनफल 10, हम इस तरह $(क^2+7क+10)$ को $(क+2)$ $(क+5)$ में गुणनखण्डित करते हैं। उसकी वास्तविक प्रक्रिया इस प्रकार है:–

$$\begin{aligned} क^2+7क+10 &= क^2+2क+5क+10 \\ &= क\ (क+2)\ +5\ (क+2) \\ &= (क+2)\ (क+5) \end{aligned}$$

यह विधि गणितीय रूप से निस्संदेह शुद्ध है: परन्तु अनावश्यक रूप से लंबी तथा चक्करदार है। चूंकि वास्तविक मानसिक प्रक्रिया, ऊपर समझाई गई विधि के समान है, इसलिए इसमें कुछ विशेष नुकसान नहीं होता।

उन द्विघाती व्यंजकों में जिनका कि प्रथम गुणांक एक नहीं है, विद्यार्थी मानसिक विधि का अनुकरण नहीं करते वरन् असहाय रूप से ऊपर बतलाई गई चार पैड़ी वाली विधि पर निर्भर करते हैं और इस तरह कार्य करते हैं:–

$2क^2+5क+2 = 2क^2+4क+क+2$
$= 2क (क+2) +1 (क+2) = (2क+1) (क+2)$

चूंकि विद्यार्थियों को यह विधि मन में ही करना नहीं पढ़ाया जाता, इसलिए इसमें उन्हें कठिनाई होती है। वैदिक प्रणाली दो लघु उपसूत्रों की सहायता से इस तरह की कठिनाई नहीं होने देती। वे हैं:–

(अ) आनुरूप्येण तथा (ब) आद्यमाद्येनान्त्यमन्त्येन और क्रमशः जिनका अर्थ है ''अनुपात सहित'' तथा ''प्रथम को प्रथम के द्वारा और अंतिम को अंतिम के द्वारा''।

पहले वाला सूत्र पहले ही समझाया जा चुका है (गुणन और भाग में, गुणजों तथा अवगुणजों के सम्बंध में), परन्तु बाद वाले सूत्र की संगति में यह एक नई तथा दुगुनी उपयोगिता तथा सार्थकता प्राप्त कर लेता है तथा इस तरह कार्य करता है:–

(1) मध्य गुणांक को इस तरह के दो भागों में बांटिए जिससे कि पहले गुणांक का पहले हिस्से के साथ अनुपात, दूसरे हिस्से का अंतिम गुणांक के अनुपात के बराबर हो। इस तरह $2क^2+5क+2$ द्विघाती में, मध्य गुणांक 5 को इस तरह दो भागों (4 तथा 1) में विभाजित करते हैं जिससे कि प्रथम गुणांक तथा प्रथम भाग का अनुपात (अर्थात 2 : 4) और द्वितीय भाग का अंतिम गुणांक के साथ अनुपात (अर्थात 1 : 2) बराबर हों। अब यह अनुपात एक खण्ड दे देता है (अर्थात क+2)।

और दूसरा गुणनखण्ड, द्विघाती के प्रथम गुणांक को गुणनखण्ड के पूर्व प्राप्त प्रथम गुणांक से तथा अंतिम पद को (द्विघाती के), उस गुणनखण्ड के अंतिम पद से भाग देने से मिलता है। यथा दूसरे शब्दों में दूसरा द्विपदी खण्ड इस तरह मिलता है:

$$\frac{2क^2}{क} + \frac{2}{2} = 2क+1$$

इस तरह $2क^2+5क+2 = (क+2)(2क+1)$

टिप्पणी:

मध्य गुणांक को जिसे हमने ऊपर (4+1) में बांटा था, (1+4) में भी बांटा जा सकता है, तब उपरोक्त अनुपात (2क+1) हो जाएगा और दूसरा द्विपदी गुणनखण्ड (उपरोक्त समझाई विधि के अनुसार) (क+2) हो जाएगा। इस तरह (मध्य गुणांक के विभाजित करने में) क्रम को बदलने से गुणनखण्डों में कोई अन्तर नहीं पड़ता। वास्तव में इस उपसूत्र का उपयोग पहले ही हो चुका है (भाग के अध्यायों में), और यह बाद में पुनः पुनः आएगा (अर्थात निर्देशांक ज्यामिति आदि, सरल रेखाओं अतिपरवलय (हाइपरबोला), संयुग्मी अतिपरवलय इत्यादि के संबंध में।

परन्तु इस समय हम इसका उपयोग द्विघातियों को उनके द्विपदी गुणनखण्ड करने में करेंगे। निम्नलिखित अतिरिक्त उदाहरण उपयोगी सिद्ध होंगे:–

(1) $2क^2+5क-3 = (क+3)(2क-1)$
(2) $2क^2+7क+5 = (क+1)(2क+5)$
(3) $2क^2+9क+10 = (क+2)(2क+5)$
(4) $2क^2-5क-3 = (क-3)(2क+1)$
(5) $3क^2+क-14 = (क-2)(3क+7)$
(6) $3क^2+13क-30 = (क+6)(3क-5)$

(7) $3क^2-7क+2$ $=(क-2)(3क-1)$
(8) $4क^2+12क+5$ $=(2क+1)(2क+5)$
(9) $6क^2+11क+3$ $=(3क+1)(2क+3)$
(10) $6क^2+11क-10$ $=(2क+5)(3क-2)$
(11) $6क^2+13क+6$ $=(2क+3)(3क+2)$
(12) $6क^2-13क-19$ $=(क+1)(6क-19)$
(13) $6क^2+37क+6$ $=(6क+1)(क+6)$
(14) $7क^2-6क-1$ $=(क-1)(7क+1)$
(15) $8क^2-22क+5$ $=(2क-5)(4क-1)$
(16) $9क^2-15क+4$ $=(3क-1)(3क-4)$
(17) $12क^2+13क-4$ $=(3क+4)(4क-1)$
(18) $12क^2-23कख+10ख^2$ $=(3क-2ख)(4क-5ख)$
(19) $15क^2-14कख-8ख^2$ $=(5क+2ख)(3क-4ख)$

इस संदर्भ में एक और उपसूत्र, गुणन, भाग तथा गुणनखण्डनों के उत्तरों की शुद्धता की जाँच करने के लिए अत्यन्त उपयोगी है। वह है: गुणितसमुच्चय: समुच्चयगुणित: तथा इसका अर्थ है:–

''गुणनखण्डों के गुणांकों के योग का गुणनफल, गुणनफल के गुणांकों के योग के बराबर होता है।''

इस सिद्धान्त को संकेतों में इस प्रकार लिख सकते हैं:–

योग का गुणनफल (गुणनखण्डों में) = गुणनफल का योग

उदाहरणार्थ: $(क+7)(क+9) = क^2+16क+63$

और हम देखते हैं कि $(1+7)(1+9) = (1+16+63) = 80$

इसी तरह घन, चर्तुघात इत्यादि में, यही नियम ठीक बैठता है।

उदाहरणार्थ: $(क+1)(क+2)(क+3) = क^3+6क^2+11क+6$

और हम देखते हैं कि $2\times3\times4 = 1+6+11+6 = 24$

इस तरह जब यदि हमें कुछ गुणनखण्ड मालूम हों तब यह उपसूत्र हमें रिक्त स्थानों की पूर्ति करने में मदद करता है।

यह घन, चर्तुघात इत्यादि के गुणनखण्डन में उपयोगी सिद्ध होगा और बाद में (उस संदर्भ में तथा उसके समान संदर्भों में) इसे उद्धृत करेंगे।

अध्याय 8

गुणनखण्डन II

(कठिन द्विघाती)

द्विघाती व्यंजकों के एक प्रकार का नाम है "द्वितीय कोटि के (Homogeneous) व्यंजक" जिनमें कई अक्षर (क, ख, ग इत्यादि) तथा अंकों का प्रयोग होता है। इसके कारण विद्यार्थी उन्हें अत्यन्त कठिन समझकर उनसे घबराते हैं (और कुछ शिक्षक भी)। परन्तु ये आद्यमाद्येन सूत्र (अभी ही समझाया गया) तथा एक और उपसूत्र जिसमें कि केवल एक ही (यौगिक) शब्द है, "लोपनस्थापनाभ्यां" जिसका अर्थ है "(एकान्तर से) लोपन तथा स्थापना द्वारा"।

मान लीजिए कि हमें समांग द्विघाती ($2क^2+6ख^2+3ग^2+7कख+11खग+7गक$) का गुणनखण्डन करना है। स्पष्ट रूप से इस स्थिति में विभिन्न अक्षरों के विभिन्न घातों के गुणांकों का अनुपात निकालना एक कठिन काम है। इसलिए विद्यार्थियों का इस दुष्कर कार्य से (तथा शिक्षकों का भी) घबराना क्षम्य भी है।

लोपन-स्थापना उपसूत्र यह सब कठिनाइयां दूर कर देता है और इस तरह के द्विघातियों का गुणनखण्डन साधारण द्विघातियों के गुणनखण्डन (समझाया जा चुका है) के समान सहज तथा सरल बना देता है। विधि इस प्रकार है:–

मान लीजिए कि हमें निम्नलिखित लम्बे द्विघाती का गुणनखण्डन करना है:–

$2क^2+6ख^2+3ग^2+7कख+11खग+7गक$

(अ) सर्वप्रथम हम ग का विलोप कर देते हैं, ग = 0 रखकर तथा केवल क ख की **स्थापना रखते हैं, फिर फलस्वरूप प्राप्त साधारण द्विघाती का गुणनखण्डन करते हैं** (आद्यम सूत्र की सहायता से)।

(ब) तब हम उसी तरह से ख का विलोपन तथा क एवम् ग की स्थापना कर, क एवम् ग के साधारण द्विघाती का गुणनखण्डन करते हैं।

(स) इन दो गुणनखण्डों के कुलकों की सहायता से हम जो रिक्त स्थान हैं जो कि ग एवम् ख के आयोजित विलोपन से क्रमशः उत्पन्न हुए थे, उन्हें भर सकते हैं। और इससे हमें दिए हुए लम्बे द्विघाती के वास्तविक गुणनखण्ड प्राप्त हो जाते हैं। यह विधि तार्किक है तथा इस प्रकार है:–

यदि ग = 0, तब दिया हुआ व्यंजक व $= 2क^2+7कख+6ख^2$

$= (2क+3ख)\ (क+2ख)$

इसी तरह ख = 0 रखने पर व $= 2क^2+3ग^2+7गक$

$= (क+3ग)\ (2क+ग)$

इसलिए हमारे द्वारा ही बनाए गए रिक्त स्थानों को भरने के बाद

व = (क+2ख+3ग) (2क+3ख+ग)

निम्नलिखित अतिरिक्त उदाहरण उपयोगी सिद्ध होंगे:–

(1) 3क^2+ख^2−2ग^2−4कख−खग−गक

व = 3क^2+ख^2−4कख = (3क−ख) (क−ख) (ग = 0)

तथा व = 3क^2−2ग^2−गक = (3क+2ग) (क−ग) (ख = 0)

इसलिए व = (3क−ख+2ग) (क−ख−ग)

(2) 3क^2+कख−2ख^2+19कग+28ग^2+9कघ−30घ^2−खग+19घख+46गघ

दो अक्षरों को एक साथ लुप्त करते हुए:

व = (क+ख) (3क−2ख), (क+4ग) (3क+7ग), (क−2घ) (3क+15घ)

व = (क+ख+4ग−2घ) (3क−2ख+7ग+15घ)

(3) 2क^2+2ख^2+5कख+2क−5ख−12

एक एक अक्षर को लुप्त करते हुए:

व = (क+3) (2क−4), (ख−4) (2ख+3)

अतएव दिया हुआ व = (क+2ख+3) (2क+ख−4)

(4) 3क^2+8कख+4ख^2+4ख−3 = (क−1) (3क+3) तथा (2ख−1) (2ख+3)

इसलिए व = (क+2ख−1) (3क+2ख+3)

(5) 6क^2−8ख^2−6ग^2+2कख+16खग+5कग

= (2क−2ख) (3क+4ख) तथा (2क+3ग) (3क−2ग)

= इसलिए व = (2क−2ख+3ग) (3क+4ख−2ग)

टिप्पणी :–

हम क को भी लुप्त कर सकते थे तथा केवल ख एवम् ग को रखकर परिणामी सरल द्विघाती का गुणनखंडन कर सकते थे। परन्तु उससे हमें कुछ नई सामग्री नहीं मिलती, वरन् हमने जो उत्तर प्राप्त किया है उसकी पुष्टि तथा जांच हो जाती। इस तरह जब तीन अक्षर (क, ख और ग) हों, तब साधारणतया केवल दो लोपन ही पर्याप्त होंगे। इस नियम के निम्नलिखित अपवादों को नोट करिए:

(1) क^2+कख−2ख^2+2कग−5खग−3ग^2

= (क−ख) (क+2ख) तथा (क−ग) (क+3ग)

परन्तु सभी पदों में क है, इसलिए उचित संयोजन करने की कोई भी विधि नहीं है। इसलिए इस दृष्टान्त में ख और ग को रखते हुए क का भी लोपन करना चाहिए। इस तरह करने से

व = (−ख−ग) (2ख+3ग)

इसलिए दिया व = (क−ख−ग) (क+2ख+3ग)

अथवा: क^2 को छोड़कर (जो कि एक ही गुणांक देता है) केवल ख^2 अथवा ग^2 को लें। तब गुणांक के एक ही होने से जो भ्रम है (4 पदों में) उसका निवारण हो जाता है तथा प्राप्त होता है:

व = (क−ख−ग) (क+2ख+3ग), पहले की तरह।

(2) क^2+2ख^2+3कख+2कग+3खग+ग^2

(अ) क, ख और ग का क्रमशः लोपन करते हुए:

व = (क+ख+ग) (क+2ख+ग)

अथवा (ब) ख और ग को दो बार में करने से भी वही उत्तर मिलता है।

(3) $क^2+3ख^2+2ग^2+4कख+3कग+7खग$

दोनों विधियों से एक ही उत्तर मिलता है।

व = (क+ख+2ग) (क+3ख+ग)

(4) $3क^2+7कख+2ख^2+11कग+7खग+6ग^2+14क+8ख+14ग+8$

यहां भी हम एक बार में दो अक्षरों को लुप्त करते हुए, प्रत्येक बार केवल एक अक्षर और निरपेक्ष पद को रखते हुए,

इस तरह व = $3क^2+14क+8$ = (क+4) (3क+2),

$2ख^2+8ख+8$ = (2ख+4) (ख+2), तथा

$6ग^2+14ग+8$ = (3ग+4) (2ग+2)

इसलिए व = (क+2ख+3ग+4) (3क+ख+2ग+2)

टिप्पणी :–

लोपना-स्थापना का यह नियम (एकान्तर से विलोपन एवम् स्थापन) बाद में महत्तम समापवर्त्य, घन ज्यामिति तथा निर्देशांक ज्यामिति के सरल रेखा, अतिपरवलय, संयुग्मी अतिपरवलय, अनन्तस्पर्शी इत्यादि विभागों में बहुत ही उपयोगी सिद्ध होगा।

अध्याय 9

घन इत्यादि के गुणनखण्डन III
(सरल तर्क इत्यादि के द्वारा)

हम यह पहले ही देख चुके हैं कि जब एक बहुपद एक द्विपद, त्रिपद इत्यादि द्वारा विभाजित होता है तब शेष किस तरह शेषफल प्रमेय द्वारा प्राप्त किया जा सकता है, और समझाई गई भाग की एक न एक विधि द्वारा भजनफल तथा शेष दोनों ही सरलतापूर्वक प्राप्त किए जा सकते हैं।

इससे यह स्पष्ट हो जाता है, यदि इस प्रक्रिया में शेष शून्य हो, तब दिया हुआ भाज्य भाजक द्वारा पूर्ण रूप से विभाजित हो जाता है अर्थात भाजक भाज्य का एक गुणनखण्ड है।

और इसका अर्थ यह हुआ कि इस तरह की किसी भी विधि द्वारा, दिए हुए व्यंजक का यदि एक गुणनखण्ड निकाल लें, तब बचा हुआ गुणनखण्ड (अथवा बचे हुए गुणनखण्डों का गुणनफल) दिए हुए व्यंजक में उस गुणनखण्ड द्वारा सरलतापूर्वक भाग देकर प्राप्त किया जा सकता है। (इस सन्दर्भ में विद्यार्थी को यह स्मरण दिला दें कि बीजगणितीय भाग में हमेशा निखिलम विधि की अपेक्षा परावर्त्य विधि ही श्रेयस्कर है)।

घन के विषय में, इस सिद्धान्त का उपयोग करते हुए, हम यह कह सकते हैं कि यदि एक घन का शेषफल प्रमेय द्वारा, अथवा अन्यथा, कोई भी द्विपद मालूम कर लें तब उस गुणनखण्ड द्वारा भाग देने से बचा हुआ द्विघाती (जो कि बचे हुए दो द्विपदीय गुणनखण्डों का गुणनफल है) मिल जाएगा। और ये दोनों गुणनखण्ड समझाई गई गुणनखण्ड की आद्यमाद्येन विधि द्वारा प्राप्त किए जा सकते हैं।

इस प्रक्रिया के लिए उपाय यह होगा कि हम आद्यमाद्येन विधि द्वारा प्रथम तथा अंतिम पदों को लिख लें तथा गुणितसमुच्चय नियम द्वारा (अर्थात पहले ही समझाए जा चुके नियम—गुणनखण्डों के गुणांकों के योग का गुणनफल, गुणनफल के गुणांकों के योग के बराबर होता है) मध्य पद लिख लें।

एक उदाहरण लेकर यह देखें कि हम किस तरह इस विधि का उपयोग कर सकते हैं। मान लें कि हमें $क^3+6क^2+11क+6$ का गुणनखण्डन करना है। तथा किसी विधि द्वारा हमें यह ज्ञात है कि (क+1) उसका एक गुणनखण्ड है। हम पहले आद्यमाद्येन विधि का उपयोग कर, यंत्रवत $क^2$ तथा 6 भजनफल (अर्थात बचे हुए द्विपदों का गुणनफल) के प्रथम तथा अंतिम गुणांक लिख दें। परन्तु हमें ज्ञात है कि दिए व्यंजक के गुणांकों का योग 24 है; और चूंकि (क+1) के गुणांकों का योग 2 है, अतएव भजनफल के गुणांकों का योग 12 होना चाहिए। और उनके प्रथम तथा अंतिम गुणांक 1 तथा 6 हैं, इसलिए मध्य गुणांक

$=12-(6+1)=5$

इसलिए भजनफल $= क^2+5क+6$

यह एक अत्यन्त सहज और सरल विधि है और साथ ही अचूक और उपयोगी भी।

विद्यार्थियों को भाज्य के भाजक द्वारा विभाजित होने का साधारण नियम (जैसा कि शेषफल प्रमेय के अध्याय में समझाया जा चुका है) तो याद ही होगा जो कि इस तरह है:–

माने लें कि
व = व्यंजक
फ = भाजक
भ = भजनफल
श = शेष

यदि व = फभ + श
और यदि फ = क–प
और यदि क = प
तब व = श

उपप्रमेय:–

(1) यदि भाज्य में हम क=1 मान रखें तब भाज्य का मान सभी गुणांकों के योग के बराबर हो जाएगा (चूंकि 1 के सभी घातों का मान एक ही है)।

इस तरह यदि फ= क–1, श=च+छ+ज+झ ....
(जहाँ च, छ, ज, झ इत्यादि क्रमिक गुणांक हैं।), और तब यदि च+छ+ज .....= 0, तब इसका अर्थ होगा कि, जब श=0, तब व (व्यंजक) फ द्वारा भाज्य है। दूसरे शब्दों में (क–1) उस व्यंजक का एक गुणनखण्ड है।

(2) यदि भाजक फ=क+1 और यदि हम व में क का मान –1 रखें, तब चूंकि –1 के ऊने घातों का मान –1 होगा तथा पूने घातों का +1, श=च–छ+ज–झ.... इत्यादि होगा

इसलिए यदि श=0 अर्थात च–छ+ज–झ+....=0, अर्थात च+ज+....=छ+झ+.... अर्थात यदि क के ऊने घातों के गुणांकों का योग क के पूने घातों के गुणांकों के योग के बराबर है तब (क+1) एक गुणनखण्ड होगा।

निम्नलिखित कुछ उदाहरण इस सिद्धान्त के व्यावहारिक अनुप्रयोग को स्पष्ट करेंगे। यह गुणन के निम्नलिखित सरल सूत्र पर आधारित तार्किक विधि द्वारा किया गया है:–

(क+च) (क+छ) (क+ज)
= क^3+क^2 (च+छ+ज) +क (चछ+छज+जच)+चछज

(1) क^3+6क^2+11क+6 का गुणनखण्डन कीजिए।

(क) यहाँ गुणांक योग = 24, और अंतिम पद 6 है जिसके गुणनखण्ड 1, 2, 3, या 1, 1, 6, हैं। परन्तु उनका योग भी 6 (क^2 का गुणांक) होना चाहिए। इसलिए 1, 1, 6 को न मानकर 1, 2, 3 गुणनखण्डों को लेना चाहिए। और तीसरे गुणांक के लिए परीक्षण करते हुए, हमें मिलता है: चछ+छज+जच=11

∴ व = (क+1) (क+2) (क+3)

अथवा

(ख) ऊने घातों के गुणांकों का योग य$_{ऊ}$ = 1+11=12

और पूने घातों के गुणांकों का योग $य_प$ = 6+6=12
और चूंकि $य_ऊ = य_प$
इसलिए (क+1) एक गुणनखण्ड है।
इसलिए व्यंजक व को एक गुणनखण्ड द्वारा भाग देते हुए हम पहले आद्यमाद्येन सूत्र का उपयोग करते हैं और 1 तथा 6 को प्रथम तथा अंतिम गुणांक लिखते हैं।
इसलिए मध्य गुणांक = 12–(1+6) = 5
इसलिए भजनफल = $क^2$+5क+6
= (क+2) (क+3) (आद्यमाद्येन सूत्र द्वारा)
इस तरह व = (क+1) (क+2) (क+3)

(2) $क^3$–6$क^2$+11क–6 का गुणनखण्डन कीजिए।
(क) यहाँ गुणांक योग = 0 इसलिए (क–1) एक गुणनखण्ड है। परन्तु हम यहाँ गुणितसमुच्चय विधि का उपयोग नहीं कर सकते क्योंकि शून्य का भाग शून्य में देने से एक अनिश्चित अंक प्राप्त होता है। और इसलिए मध्य पद मालूम करने के लिए (परावर्त्य की मनस्थ विधि द्वारा) भाग देकर, $क^2$–5क+6 प्राप्त कर उसे (आद्यमाद्येन नियम द्वारा) (क–2) (क–3) गुणनखण्डों में लिखें। इसलिए ब = (क–1) (क–2) (क–3)

अथवा

(ख) –1, –2 तथा –3 को तर्क द्वारा –6 के गुणनखण्ड तथा उनके योग को –6 सिद्ध करते हुए : तथा तीसरे गुणांक 11 को भी जांचते हुए, हम यह लिख सकते हैं :–
व = (क–1) (क–2) (क–3)

(3) $क^3$+12$क^2$+44क+48
(क) यहाँ गुणांक योग = 105 जिसके गुणनखण्ड 1, 3, 5, 7, 15, 21, 35 और 105 तथा अंतिम पद 48 है जिसके गुणनखण्ड 1, 2, 3, 4, 6, 8, 12, 16, 24 और 48 इसलिए (क+1) तथा (क–1) तो गुणनखण्ड हो ही नहीं सकते। और केवल (क+2), (क+4) तथा (क+6) ही संभावित गुणनखण्ड हैं (जांचिए)।
(ख) अथवा तर्क करिए : 2+4+6=12 तथा 2×4×6=48, तथा 44 के लिए जांचिए और निश्चित करिए। इसलिए व=(क+2) (क+4) (क+6)

(4) $क^3$–2$क^2$–23क+60
(क) यहाँ गुणांक योग = 36 (1, 2, 3, 4, 6, 9, 12, 18 तथा 36 गुणनखण्डों सहित) और अंतिम पद 60 है (जोकि 1×2×2×3×5 के बराबर है)।
इसलिए 1, 2, 3, 4, 5, 6, 10, 12, 15, 20, 30, तथा 60 उसके संभावित गुणनखण्ड हैं। परन्तु प्रत्येक गुणनखण्ड के गुणांकों का योग भी गुणांक योग 36 का गुणनखण्ड होना चाहिए। इसलिए रेखांकित संख्या तो गई और इसी तरह –1, +4, +6 तथा +10 भी नहीं हो सकते क्योंकि उनका योग –2 होना चाहिए। इसलिए केवल –3, –4 तथा +5 ही संभावित संख्याएं बचती हैं। अब

(क–3) को जांचिए परखिए।

इसलिए व= (क–3) ($क^2$+क–20) = (क–3) (क–4) (क+5)

(ख) अथवा (क–10), (क–5), (क+5),(क–4),(क+3), (क–3), (क+2) तथा (क–2) की संभावनाएं जाँचें।

(क–2) का भाग देते हुए

क–2	$क^3$–	2$क^2$–	23क+	60
2		2	0	– 46
	1 +	0	– 23	14

इसलिए शेषफल = 14

इसलिए (क–2) गुणनखण्ड नहीं है।

परन्तु (क–3) के साथ शेष शून्य आता है अतएव वह गुणनखण्ड है तब पहली विधि समान तर्क करके आगे बढ़िए।

(5) $क^3$–2$क^2$–5क+6, के गुणनखण्ड करिए।

यहां गुणांक योग = 0

(अ) अतएव (क–1) एक गुणनखण्ड है। और दूसरा हिस्सा (भाग देने पर) $क^2$–क–6 है जो = (क–3) (क+2)

इसलिए व = (क–3) (क+2) (क–1)

(ब) अंतिम पद = 6 (1, 2, 3 गुणनखण्ड सहित) और वह संयोजन जिसका योग –2 हो, केवल –1, +2, –3 है। –5 के लिए जाँचिए परखिए तथा उत्तर लिख दीजिए।

(6) $क^3$+3$क^2$–17क–38 के गुणनखण्ड करिए।

गुणांकों का योग = –51 (±1, ±3, ±17 तथा ±15 गुणनखण्डों सहित। तथा –38 के गुणनखण्ड ±1, ±2, ±19 तथा ±38 हैं। ±1, ±19 तथा ±38 संभव नहीं। तथा केवल ±2 संभव है। तथा यदि क =–2 रखें तब शेषफल =0

इसलिए (क+2) एक गुणनखण्ड है

इसलिए व= (क+2) ($क^2$+क–19) जिसके और गुणनखण्ड नहीं हो सकते।

(7) $क^3$+8$क^2$+19क+12 के गुणनखण्ड करिए।

(अ) गुणांक योग = 40 तथा अंतिम पद = 12, इसलिए 1, 3, तथा 4 उचित संख्याएं हैं। अब 19 के लिए जांचिए और परखिए।

इसलिए व = (क+1) ($क^2$+7क+12) = (क+1) (क+3) (क+4)

अथवा

(ब) इसलिए 1+19=8+12, इसलिए (क+1) एक गुणनखण्ड है। तब आद्यमाद्येन तथा समुच्चय सूत्र के द्वारा भजनफल प्राप्त किया जा सकता है। और वह तब आगे भी आद्यमाद्येन की सहायता से गुणनखण्डित किया जा सकता है।

इसलिए व = (क+1) (क+3) (क+4)

(8) $क^3-7क+6$ के गुणनखण्ड करिए।

(अ) ∵ गुणांक योग = 0, इसलिए (क−1) एक गुणनखण्ड है। इसलिए भाग की परावर्त्य विधि द्वारा (मनस्थ)

व = (क−1) ($क^2$+क−6) = (क−1) (क−2) (क+3)

अथवा

(ब) आद्यमाद्येन के एक भिन्न अनुप्रयोग के द्वारा :

$क^3-7क+6$ = ($क^3$−1) −7क+7 = (क−1) ($क^2$+क+1−7)

= (क−1) (क−2) (क+3)

टिप्पणियां :–

(1) जब भी $क^2$ पद में न हो, यह विधि हमेशा लागू होगी, और इसका अर्थ यह भी हुआ कि तीन गुणांकों का योग भी शून्य होना चाहिए।

(2) इस टिप्पणी पर इस बिन्दु तथा अन्य संबंधित बिन्दुओं (घन-समीकरणों वाले अध्याय में) के संबंध में गौर करिए।

(3) गौर करिए कि गुणनखण्ड की यह तार्किक विधि चतुर्घातों पर भी लागू होती है।

(4) बहुपद के अवकलों (प्रथम, द्वितीय इत्यादि) तथा उसके द्विपदी गुणनखण्डों के बीच का सम्बन्ध रोचक तथा विस्मयकारी है जिस पर चर्चा बाद के अध्याय में की गई है।

(5) दुहराए गए गुणनखण्डों को प्राप्त करने के लिए अवकलों का उपयोग भी बाद में समझाया गया है।

अध्याय 10

महत्तम समापवर्त्तक

प्रचलित गणित की प्रणाली में, दिए हुए दो (अथवा अधिक) व्यंजकों का महत्तम समापवर्त्तक निकालने की दो विधियां हैं।

पहली तो गुणनखण्डों की सहायता से (जो कि हमेशा सरल नहीं होती) और दूसरी लगातार भाग देने की प्रक्रिया (जो कि अंकगणित के महत्तम समापवर्त्तक निकालने की विधि की तरह ही है।) बाद की विधि यंत्रवत काम करती है इसलिए सभी प्रश्नों पर लागू होती है। परन्तु यह कुछ अधिक ही यंत्रवत है, इसलिए लम्बी तथा कष्टकर है।

वैदिक निकाय एक तीसरी विधि दर्शाता है जो कि सभी प्रश्नों पर लागू होती है पर साथ ही उसमें ये कमियाँ भी नहीं हैं।

इस विधि में मुख्यतया लोपना-स्थापना सूत्र, संकलन व्यवकलन प्रक्रिया तथा आद्यमाद्येन नियम का अनुप्रयोग होता है। इस विधि में एकांतर से उच्चतम तथा लघुतम घातों का लोप किया जाता है (गुणांकों के साथ उपयुक्त गुणा करते हुए तथा गुणजों को जोड़ते अथवा घटाते हुए)। एक उदाहरण इस प्रक्रिया पर यथेष्ट प्रकाश डालेगा :

(1) मान लो कि हमें (क²+7क+6) तथा (क²−5क−6) का महत्तम समापवर्त्तक निकालना है।

(अ) क²+7क+6 = (क+1) (क+6), (क²−5क−6) = (क+1) (क−6)

अतः महत्तम समापवर्त्तक = (क+1)

(ब) गणित की महत्तम समापवर्त्तक निकालने की दूसरी विधि सभी को अच्छी तरह से मालूम है इसलिए उसकी यहाँ आवश्यकता नहीं है।

(स) "लोपना-स्थापना" की तीसरी विधि (अर्थात जिसमें लोप तथा स्थापन करते हैं अथवा एकान्तर से उच्चतम तथा लघुतम घातों का लोप करते हैं) नीचे समझाई गई है :—

मान लीजिए कि

$व_1$ = क²+7क+6 तथा $व_2$ = क²−5क−6

दिए हुए दो व्यंजक हैं। तब उच्चतम घात का लोप करने के लिए $व_1$ तथा $व_2$ को जोड़ना चाहिए। इस तरह :—

घटाना :
```
     क² + 7क + 6
     क² − 5क − 6
    ──────────────
12)      12क + 12
    ──────────────
          क  + 1
```

जोड़ना
```
     क² − 5क − 6
     क² + 7क + 6
    ──────────────
2क)     2क² + 2क
    ──────────────
          क  + 1
```

इसके बाद हम इन दोनों में से उभयनिष्ठ गुणनखण्ड को (यदि वह है) निकाल सकते हैं, और यहाँ पर हम देखते हैं कि (क+1) अलग ही दिख रहा है। इसलिए (क+1)

म०स० है।

इसका बीजगणितीय सिद्धांत अथवा प्रमाण इस तरह है:

मान लें कि 'य' तथा 'र' दो व्यंजक हैं जिनका म०स० म है, और 'च' तथा 'छ' भजनफल हैं (उनमें म०स० का भाग देने पर)

इसलिए य/म = च, र/म = छ इसलिए य = म च और र = म छ

इसलिए य ± र = म (च±छ)

और ग य ± घ र = म(ग च ± च छ) (जहां ग तथा घ स्वेच्छ अंक हैं)।

इसलिए य और र का जो म०स० है वह य±र, 2य±र, य±2र

तथा ग च ± घ छ का भी म०स० है।

इसलिए हमें केवल ग और घ का मान इस तरह चुनना है कि उच्चतम घात और लघुतम घात का लोप हो जाए और म०स० स्वतः ही दिख जाए।

कुछ और उदाहरण नीचे दिए गए हैं:

(1) (अ) क^3–3क^2–4क+12 = (क+2) (क–2) (क–3)

तथा क^3–7क^2+16क–12 = (क–2)^2 (क–3)

∴ म०स० = (क–2) (क–3) = क^2–5क+6

परन्तु इसके लिए दोनों व्यंजकों का गुणनखण्डन करना पड़ता है।

अथवा (ब) अंकगणितीय विधि:–

अथवा (स) लोपना-स्थापना विधि:–

$$\begin{array}{rl} & \text{क}^3 - 3\text{क}^2 - 4\text{क} + 12 \\ - & \text{क}^3 + 7\text{क}^2 - 16\text{क} + 12 \\ \hline 4) & 4\text{क}^2 - 20\text{क} + 24 \\ \hline & \text{क}^2 - 5\text{क} + 6 \end{array} \qquad \begin{array}{rl} & \text{क}^3 - 3\text{क}^2 - 4\text{क} + 12 \\ + & \text{क}^3 - 7\text{क}^2 + 16\text{क} - 12 \\ \hline 2\text{क}) & 2\text{क}^3 - 10\text{क}^2 + 12\text{क} \\ \hline & \text{क}^2 - 5\text{क} + 6 \end{array}$$

इसलिए म०स० क^2–5क+6

(2) (अ) 4क^3+13क^2+19क+4 = (4क+1) (क^2+3क+4).

और 2क^3+5क^2+5क–4 = (2क+1) (क^2+3क+4)

इसलिए म०स० = क^2+3क+4

परन्तु दोनों घनों का गुणनखण्डन एक कष्टकर कार्य होगा।

(ब) म०स० की अंकगणितीय विधि

अथवा

(स) वैदिक विधि

$$\begin{array}{rl} & 4\text{क}^3 + 13\text{क}^2 + 19\text{क} + 4 \\ - & (4\text{क}^3 + 10\text{क}^2 + 10\text{क} - 8) \\ \hline 3) & 3\text{क}^2 + 9\text{क} + 12 \\ \hline & \text{क}^2 + 3\text{क} + 4 \end{array} \qquad \begin{array}{rl} & 4\text{क}^3 + 13\text{क}^2 + 19\text{क} + 4 \\ + & 2\text{क}^3 + 5\text{क}^2 + 5\text{क} - 4 \\ \hline 6\text{क}) & 6\text{क}^3 + 18\text{क}^2 + 24\text{क} \\ \hline & \text{क}^2 + 3\text{क} + 4 \end{array}$$

इसलिए म०स० = क^2+3क+4

(3) (अ) क^4+क^3–5क^2–3क+2 = (क+1) (क–2) (क^2+2क–1).

तथा क^4–3क^3+क^2+3क–2 = (क+1) (क–2) (क–1)^2

इसलिए म०स० = क^2–क–2

परन्तु इन चतुर्घातों के गुणनखण्डन की प्रक्रिया (तुलनात्मक रूप से) स्वभावतया मेहनत मांगेगी।

(ब) अंकगणितीय विधि: उबाऊ है।

(स) वैदिक विधि:

क^4 + क^3 − 5क^2 − 3क + 2
−(क^4 − 3क^3 + क^2 + 3क − 2
2) 4क^3 − 6क^2 − 6क + 4
2क^3 − 3क^2 − 3क + 2
−(2क^3 − 2क^2 − 4क
− 1) − क^2 + क + 2
क^2 − क − 2

क^4 + क^3 − 5क^2 − 3क + 2
+(क^4 − 3क^3 + क^2 + 3क − 2)
2क^2) 2क^4 − 2क^3 − 4क^2
क^2 − क − 2

नोट: इसे 2क से गुणा कर बाईं तरफ ले जाकर घटाएं।

इसलिए म०स० = क^2−क−2

(4) (अ) वैदिक विधि

6क^4 − 7क^3 − 5क^2 + 14क + 7
−(6क^4 − 10क^3 + 14क)
म०स० = 3क^3−5क^2+7

3क^3−5क^2+7
नोट: इसे 2क से गुणा कर बाएं तरफ से घटाएं।

(ब) इस बड़े चतुर्घात का गुणनखण्डन कठिनतर होगा।

(स) इस प्रश्न के लिए अंकगणितीय विधि सरल होगी। किन्तु किसी को भी यह पहले से कैसे पता चलेगा जब तक कि वह इसे पूरा ही न कर ले।

(5) (अ) वैदिक विधि:—

6क^4 − 11क^3 + 16क^2 − 22क + 8
−(6क^4 − 11क^3 − 8क^2 + 22क − 8)
4) + 24क^2 − 44क + 16
6क^2−11क+4

6क^4 − 11क^3 − 8क^2 + 22क − 8
+6क^4 − 11क^3 + 16क^2 − 22क + 8)
2क^2) 12क^4 − 22क^3 + 8क^2
6क^2−11क+4

इसलिए म०स० = 6क^2−11क+4

(ब) गुणनखण्डन विधि:

6क^4−11क^3+16क^2−22क+8 = (2क−1) (3क−4) (क^2+2) तथा
6क^4−11क^3−8क^2+22क−8 = (2क−1) (3क−4) (क^2−2)
इसलिए म०स० = (2क−1) (3क−4) = 6क^2−11क+4

(स) कष्टकर गणितीय विधि।

(6) (अ) गुणनखण्डन विधि:—

2क^3+क^2−9 = (2क−3) (क^2+2क+3) तथा
क^4+2क^2+9 = (क^2+2क+3) (क^2−2क+3)
इसलिए म०स० (क^2+2क+3)

परन्तु इसका गुणनखण्डन (विशेषकर प्रथम व्यंजक का) तो कठिन काम ही है

(ब) गणितीय विधि (हमेशा की तरह) कष्टकर होगी।

(स) वैदिक विधि:

$$\begin{array}{rl}
 & 2क^3 + क^2 - 9 \\
 & + क^4 + 2क^2 + 9 \\ \hline
क^2) & क^4 + 2क^3 + 3क^2 \\ \hline
 & क^2 + 2क + 3
\end{array}
\qquad
\begin{array}{rl}
 & 2क^4 + 4क^2 + 18 \\
 & +2क^4 + क^3 - 9क \\ \hline
 & क^3 - 4क^2 - 9क - 18 \\
 & -(+क^3 + 2क^2 + 3क) \\ \hline
-6) & - 6क^2 - 12क - 18 \\ \hline
 & क^2+2क+3
\end{array}$$

इसमें क का गुणा कर इसे दाहिने तरफ ले जाकर घटाएं।

चूंकि इसके और गुणनखण्ड नहीं हो सकते, इसलिए इसे ही दाहिने व्यजंक में होना चाहिए।

इसलिए म०स० $=क^2+2क+3$

(7) $4क^4+11क^3+27क^2+17क+5$ तथा $3क^4+7क^3+18क^2+7क+5$

(अ) वैदिक विधि:

$$\begin{array}{rl}
 & 12क^4 + 33क^3 + 81क^2 + 51क + 15 \\
 & -(12क^4 + 28क^3 + 72क^2 + 28क + 20) \\ \hline
 & 5क^3 + 9क^2 + 23क - 5 \\
 & -(5क^3 + 20क^2 + 45क + 50) \\
-11) & -11क^2 - 22क - 55 \\ \hline
 & क^2 + 2क + 5
\end{array}
\qquad
\begin{array}{rl}
 & 4क^4 + 11क^3 + 27क^2 + 17क + 5 \\
 & -(3क^4 + 7क^3 + 18क^2 + 7क + 5) \\ \hline
क) & क^4 + 4क^3 + 9क^2 + 10क \\ \hline
 & क^3 + 4क^2 + 9क + 10 \\
 & 10क^3 + 18क^2 + 46क - 10 \\ \hline
11क) & 11क^3 + 22क^2 + 55क^2 \\ \hline
 & क^2+2क+5
\end{array}$$

इसलिए म० स० $= क^2+2क+5$

(ब) गणितीय विधि (हमेशा की तरह) कष्टदायक होगी।

(स) गुणनखण्डन विधि:

$4क^4+11क^3+27क^2+17क+5 = (क^2+2क+5)(4क^2+3क+1)$ तथा

$3क^4+ 7क^3+18क^2+ 7क+5 = (क^2+2क+5)(3क^2+क+1)$

परन्तु इन बड़े-बड़े चतुर्घातों का गुणनखण्डन गुणनखण्डहीन-द्विघातों में करने में बहुत ही समय तथा शक्ति का अपव्यय होगा। अतएव स्थिति का विश्लेषण इस तरह किया जा सकता है:

(अ) गणितीय विधि विश्वसनीय तथा यंत्रवत है किन्तु बोझिल है

(ब) गुणनखण्डन विधि अधिक दिमागी है किन्तु कठिन है और इसलिए इस पर निर्भर नहीं रहा जा सकता।

(स) वैदिक विधि इन सब दुर्बलताओं से मुक्त है तथा न केवल रूचिकर है वरन् सरल, सीधी तथा विश्वसनीय है। और इसकी सुंदरता यह है कि महत्तम समापवर्त्तक स्वयं ही हमारी आंखों के सामने साक्षात आ जाता है।

अध्याय 11

सरल समीकरण
(प्राथमिक सिद्धांत)

विभिन्न प्रकार के समीकरणों को हल करने के लिए वैदिक उप-सूत्र हमें कुछ प्राथमिक सिद्धांत देते हैं। यह सिद्धांत पाश्चात्य संसार को ज्ञात हैं किन्तु ये उनका उपयोग (गणितीय संगणन में) लगभग स्वयं सिद्ध प्रारम्भिक तथा मूलभूत सिद्धान्तों की तरह नहीं करते (व्यावहारिक रूप में)।

विद्यार्थीगण साधारणतया समीकरणों को हल करते समय समस्यागत उपसूत्रों का उपयोग सूत्रों की तरह न करके (लगभग हमेशा) उन्हें (सूत्रों को) लगभग पूरा ही सिद्ध करते हैं, बजाय इसके कि उन्हें सत्य मानकर उनका अनुप्रयोग करें। जैसे कि प्रत्येक समय जब वे व्यंजक $क^3+ख^3+ग^3-3कखग$ को सामने पाते हैं तब बजाय इसके कि (क+ख+ग) तथा $(क^2+ख^2+ग^2-कख-खग-गक)$ को उसका गुणनखण्ड मान लें, वे इन गुणनखण्डों का गुणनफल निकाल कर उनकी बराबरी सिद्ध करते हैं और तब कहीं उसका दिए हुए प्रश्न में अनुप्रयोग करते हैं। इसी तरह पाइथागोरस के प्रमेय के लिए भी।

वैदिक विधि हमें ये उप-सूत्र सूक्ष्मरूप (जैसे परावर्त्य इत्यादि) में देकर आवश्यक संगणन को मात्र उस सूत्र के अनुप्रयोग द्वारा करने योग्य बनाती है। इन सभी के पीछे का मूल भूत सिद्धांत है—परावर्त्य योजयेत् जिसका अर्थ है "परिवर्त (या पक्षांतरण) तथा समायोजन"। इसके अनुप्रयोग अनेक तथा बहुत उपयोगी हैं। इसके दृष्टान्त स्वरूप नीचे कुछ उदाहरण दिए जा रहे हैं:—

(1) 2क+7 = क+9

इसलिए 2क–क = 9–7

इसलिए क = 2

विद्यार्थी को हल करने में इस तरह के सैकड़ों पक्षांतरण व्यापार करने पड़ते हैं, परन्तु अभ्यास द्वारा उसे इतनी कुशलता प्राप्त कर लेनी चाहिए कि सामान्य सूत्र क = भ–फ/प–ब, यदि समीकरण पक+फ = ब क+भ है, उसे इतना आत्मसात् हो जाए कि इस तरह के प्रश्न सामने आने पर बिना हिचक उसका अनुप्रयोग मन ही में कर ले और कह सके कि यदि 2क+7 = क+9, तब क $= \frac{9-7}{2-1} = \frac{2}{1}$ तथा सारी प्रक्रिया एक सरल तथा लघु मानसिक प्रक्रिया होनी चाहिए।

दूसरा सामान्य प्रकार

(2) ऊपर दिया गया पक्षांतरण सुलभतम प्रकार का है। दूसरे सर्वसुलभ प्रकार के पक्षांतरण में दोनों पक्षों (दाहिने तथा वाम) में दो दो द्विपद गुणनखण्ड होते हैं।

सामान्यतः (क+प) (क+फ) = (क+ब) (क+भ) मान लें। आम तौर पर दोनों पक्षों में गुणा करने के बाद पक्षान्तरण करते हैं

यथा :– (क+प) (क+फ) = (क+ब) (क+भ)

इसलिए $क^2$+पक+फक+पफ = $क^2$+बक+भक+बभ

इसलिए पक+फक – बक – भक = बभ – पफ

इसलिए क(प+फ – ब – भ) = बभ – पफ

इसलिए $$क = \frac{बभ - पफ}{प+फ-ब-भ}$$

अभ्यास के द्वारा विद्यार्थी इस सारी संक्रिया को आत्मसात् कर तत्काल कह सकता है

$$क = \frac{बभ - पफ}{प+फ-ब-भ}$$

निम्नलिखित उदाहरण देखिए :–

(1) (क+1) (क+2) = (क–3) (क–4) इसलिए $क = \frac{12-2}{1+2+3+4} = \frac{10}{10} = 1$

(2) (क–6) (क+7) = (क+3) (क–11) इसलिए $क = \frac{-33+42}{-6+7-3+11} = \frac{9}{9} = 1$

(3) (क–2) (क–5) = (क–1) (क–4) इसलिए $क = \frac{4-10}{-2-5+1+4} = \frac{-6}{-2} = 3$

(4) (क–7) (क–9) = (क–3) (क–22) इसलिए $क = \frac{66-63}{-7-9+3+22} = \frac{3}{9} = \frac{1}{3}$

(5) (क+7) (क+9) = (क+3) (क+22) इसलिए $क = \frac{66-63}{7+9-3-22} = \frac{3}{-9} = \frac{1}{-3}$

(6) (क+7) (क+9) = (क–8) (क–11) इसलिए $क = \frac{88-63}{7+9+8+11} = \frac{25}{35} = \frac{5}{7}$

(7) (क+7) (क+9) = (क+3) (क+21) इसलिए $क = \frac{63-63}{7+9-3-21} = \frac{0}{-8} = 0$

इससे एक उपसिद्धांत यह निकलता है कि यदि ब भ–प फ=0, अर्थात प फ=ब भ अर्थात दोनों पक्षों के निरपेक्ष पदों का गुणनफल बराबर हो तब अंश का मान शून्य हो जाता है अर्थात क=0

तीसरा सामान्य प्रकार

तीसरे प्रकार को हम सामान्य रूप में इस तरह लिख सकते हैं :–

$$\frac{पक+फ}{बक+भ} = \frac{त}{थ}$$

तिर्यक गुणन तथा पक्षान्तरण के बाद

$$क = \frac{तभ - थफ}{पथ - बत}$$

विद्यार्थी अभ्यास से इस सूत्र को आत्मसात कर सकते हैं और इसका उपयोग मन में ही एक संक्रिया के रूप में कर सकते हैं।

नोट:–

(इस प्रक्रिया को सरल करने के लिए) इतना ही ध्यान में रखना चाहिए कि ''क'' वाले सभी पदों को बांए पक्ष में और स्वतंत्र पदों को दाहिने पक्ष में रखना चाहिए तथा प्रत्येक पक्षांतरण में चिन्ह का परिवर्तन होना चाहिए) यथा + से – तथा इसका विपरीत, और × से ÷ तथा इसका विपरीत)

चौथा सामान्य प्रकार

चौथे प्रकार का रूप है:– $\frac{ट}{क+प} + \frac{ठ}{क+फ} = 0$

तिर्यक गुणन, पक्षांतरण इत्यादि के पश्चात

$$क = \frac{-टफ - ठप}{ट + ठ}$$

इसे किसी भी विद्यार्थी के लिए आत्मसात करना सरल और सीधा है तथा इसे आत्मसात कर मन ही मन इसका अनुप्रयोग करना चाहिए।

इस प्रक्रिया का अनुप्रयोग, यथोचित अभ्यास करने के पश्चात, अधिसंख्यक पदों वाले समीकरणों पर किया जा सकता है। उदाहरणार्थ:–

$$\frac{ट}{क+प} + \frac{ठ}{क+फ} + \frac{ड}{क+ब} = 0$$

इसलिए $$\frac{ट(क+फ)(क+ब) + ठ(क+ब)(क+प) + ड(क+प)(क+फ)}{(क+प)(क+फ)(क+ब)} = 0$$

इसलिए $$\frac{ट[क^2+(फ+ब)क+फब]+ठ[क^2+(ब+प)क+बप]+ड[क^2+(प+फ)क+पफ]}{(क+प)(क+फ)(क+ब)} = 0$$

इसलिए $$क^2(ट+ठ+ड) + क[ट(फ+ब) + ठ(ब+प) + ड(प+फ)] + (टफब + ठबप + डपफ) = 0$$

यदि ट + ठ + ड = 0 तब

$$क = \frac{-(टफब + ठबप + डपफ)}{ट(फ+ब) + ठ(ब+प) + ड(प+फ)}$$

परन्तु यदि ट+ठ+ड $\pm$ 0, तब यह द्विघाती समीकरण हो जाएगा और उसे द्विघाती की तरह हल करना पड़ेगा (जैसा कि आगे के अध्याय में समझाया गया है।)

संबंधन नोट

विशेष प्रकार के समीकरण

उपरोक्त प्रकार के समीकरणों को सामान्य प्रकार का कह सकते हैं। परन्तु जैसा कि गुणन, भाजन इत्यादि में देखा गया था, कुछ विशिष्ट प्रकार होते हैं जिन्हें विशेष प्रक्रियाओं द्वारा उनके विशेष लक्षणों के कारण, शीघ्र तथा सरलतापूर्वक हल किया जा सकता है (लगभग मानसिक एक पंक्ति विधियों द्वारा)।

जैसा कि पिछले संदर्भों में बतलाया जा चुका है, विद्यार्थियों को केवल उन विशेष लक्षणों को देखकर, उनकी विशेषता पहचानकर उन पर उपयुक्त सूत्र भर लगाना पड़ता है।

अगले कुछ अध्यायों में हम इन विशेष प्रकार के समीकरणों का अध्ययन करेंगे।

अध्याय 12

सरल समीकरण

(शून्यम् सूत्र इत्यादि के द्वारा)

हम इस संभाग का आरम्भ उन विशिष्ट प्रकार के समीकरणों की व्याख्या से करते हैं जिनका हल, एक मनोरम विशिष्ट सूत्र – शून्यं साम्यसमुच्चये – के अनुप्रयोग से एक ही दृष्टिपात में कर सकते हैं। सूत्र का अर्थ है: "जब समुच्चय एक समान है तब उस समुच्चय का मान शून्य होता है।"

समुच्चय एक तकनीकी पद है जिसके कई अर्थ होते हैं (भिन्न संदर्भों में), और हम उन अर्थों को यहां एक के बाद एक समझा रहे हैं:–

प्रथम अर्थ तथा अनुप्रयोग

समुच्चय का प्रथम आशय उस पद से है जो सभी पदों में सार्वगुणनखण्ड के रूप में है। यथा,

12क+3क = 4क+5क

इसलिए 12क+3क–4क–5क = 0

इसलिए 6 क = 0

इसलिए क = 0

सचमुच में, यह सभी पैड़ियां अनावश्यक हैं, और कोई भी इस तरह हल नहीं करता। मात्र यह कि क सार्वगुणनखण्ड के रूप में उभय पक्षों के सभी पदों में है, इस निष्कर्ष के लिए यथेष्ट है कि क का मान शून्य है, तथा इसमें किसी भी बीच की पैड़ी की आवश्यकता नहीं है। यह लगभग स्वयंसिद्ध है।

यह न केवल "क" अथवा ऐसे किसी अज्ञात राशि के लिए प्रयुक्तनीय है, वरन् किसी भी समुच्चय के लिए भी है। यथा,

9 (क+1) = 7 (क+1), तब हमें यह सब करने की आवश्यकता नहीं है:–

9क+9 = 7क+7, इसलिए 9क–7क = 7–9, इसलिए 2क = –2, क = –1

इसके विपरीत, हम सीधे ही यह कह सकते हैं, 9(क+1) = 7 (क+1)

इसलिए क+1 = 0, इसलिए क = –1

दूसरा अर्थ तथा अनुप्रयोग

समुच्चय का दूसरा अर्थ है "स्वतंत्र पदों का गुणनफल"। यथा, (क+7) (क+9) = (क+3) (क+21)। यहां पर 7×9 = 3×21, इसलिए क= 0। यह भी लगभग स्वयंसिद्ध है, और पिछले संभाग में इसकी व्याख्या (समीकरणों के विषय ही पर) हो चुकी है

इसलिए दुबारा इसकी आवश्यकता नहीं रह गई है।

तीसरा अर्थ तथा अनुप्रयोग

समुच्चय का तीसरा अर्थ है "समान अंश वाले दो भिन्न के हरों का योग"। यथा:

$$\frac{1}{2क-1}+\frac{1}{3क-1}=0$$

इसलिए 5क−2 = 0 यह भी लगभग स्वयंसिद्ध है इसलिए इसके भी स्पष्टीकरण की आवश्यकता नहीं है।

चौथा अर्थ तथा अनुप्रयोग

समुच्चय का चौथा अर्थ है "कुल योग"। इस अर्थ में इसका कई भिन्न संदर्भों में उपयोग होता है, उन्हें यहां समझाया गया है:–

(1) यदि हरों का योग तथा अंशों का योग बराबर है, तब उस योग का मान शून्य होता है। यथा:–

$$\frac{2क+9}{2क+7}=\frac{2क+7}{2क+9}$$

इसलिए (2क+9) (2क+9) = 4क^2+36क+81 = (2क+7) (2क+7)
= 4क^2+28क+49

इसलिए 8क = –32 इसलिए क = –4

यह प्रचलित विधि है। "शून्यम् साम्यसमुच्चये" सूत्र हमें बतलाता है चूंकि हरों का योग = (2क+7)+(2क+9) = 4क+16 है तथा अंशों का योग भी 4क+16 है, इसलिए 4क+16 = 0. इसलिए क = –4. और सच में, ज्योंही हम इस लक्षण को पकड़ते हैं, हम मन ही मन गणना कर यह उत्तर कह सकते हैं।

नोट:

यदि बीजगणितीय योग में कोई अंकीय गुणक आता है, तब उस अंकीय गुणक को अलग कर देना चाहिए। यथा:–

$$\frac{3क+4}{6क+7}=\frac{क+1}{2क+3}$$

यहां अंशों का योग = 4क+5 तथा हरों का योग = 8क+10 अंकीय गुणक 2 को अलग करते हुए, दोनों का योग 4क+5 होता है।

इसलिए 4क+5 = 0. इसलिए क = −5/4

इसलिए वैदिक विधि में कोई भी तिर्यक गुणनों तथा पक्षांतरणों की आवश्यकता नहीं रहती। दृष्टिपात करते ही हम उत्तर दे सकते हैं 4क+5 = 0

पांचवां अर्थ तथा अनुप्रयोग

(द्विघाती के लिए)

उसी अर्थ (अर्थात "कुल योग") को लेकर, उसका एक पांचवां अनुप्रयोग है। और वह है द्विघाती पर। इसमें घबराने की बिलकुल भी आवश्यकता नहीं हैं। यह चौथे अनुप्रयोग जैसी ही सरल है और जैसा कि नीचे समझाया गया है, बच्चे भी इसे समझ सकते हैं औंर इस संदर्भ में इसका अनुप्रयोग कर सकते हैं।

ऊपर के दो उदाहरणों में हमने देखा कि क के गुणांकों के तिर्यक गुणन से हमें क^2 के बराबर गुणांक मिले थे। प्रथम उदाहरण में दोनों पक्षों में 4क^2 मिला था और दूसरे में 6क^2 दोनों पक्षों में मिला था। इन दोनों का लोप होने के कारण, केवल सरल समीकरण बचे थे।

परन्तु अन्य प्रश्नों में दोनों पक्षों के क^2 के गुणांक बराबर न होने के परिणाम स्वरूप हमें द्विघाती समीकरण हल करने के लिए मिलता है।

किन्तु चिन्ता करने की आवश्यकता नहीं है। क्योकि उसी सूत्र के अनुप्रयोग से (हालांकि थोड़े भिन्न तरीके से) हमें द्विघाती समीकरण का दूसरा मूल भी प्राप्त हो जाता है। चूंकि बीजगणितीय समुच्चय में घटाना भी शामिल रहता है, इसलिए हम न केवल अंशों तथा हरों का योग लेते हैं, वरन् प्रत्येक पक्ष के अंश और हर का अन्तर भी लेते हैं, और यदि वे बराबर हैं तब उस अन्तर का मान शून्य कर देते हैं।

चलिए एक ठोस उदाहरण लें जिसमें इस द्विघाती समीकरण को हल करना है:-

$$\frac{3\text{क}+4}{6\text{क}+7} = \frac{5\text{क}+6}{2\text{क}+3}$$

(अ) हम देखते हैं कि अंशों का योग $=8\text{क}+10$ तथा हरों का योग $=8\text{क}+10$, इसलिए चतुर्थ अनुप्रयोग में समझाई विधि के द्वारा $8\text{क}+10=0$ और क $= -5/4$

(ब) मन में ही तिर्यक गुणन से यह स्पष्ट दिखता है कि दोनों पक्षों के क^2 के गुणांक बराबर नहीं हैं। इसलिए यह समीकरण द्विघाती हुआ। हम यह देखते हैं कि अंश$_1$ हर$_1 = 3\text{क}+3$ तथा अंश$_2$ हर$_2 = 3\text{क}+3$. इसलिए सूत्र के इस पांचवे अनुप्रयोग की विधि के द्वारा $3\text{क}+3=0$. इसलिए क $=-1$. इस तरह इस द्विघाती के दो मूल हुए $-5/4$ तथा -1 और इसे हमने दृष्टिपात करते ही (बिना तिर्यक गुणन तथा पक्षांतरण के) हल कर लिया। हम इस पर बाद में और विचार करेंगे (जब द्विघाती समीकरणों का अध्ययन करेंगे, तब)।

छठवां अर्थ तथा अनुप्रयोग

पाठ्यपुस्तकों में एक अलग अध्याय में जिन्हें कठिनतर समीकरण की संज्ञा दी जाती है उनके हल करने में छठवां अनुप्रयोग, उसी "कुल योग" के अर्थ में, उनके हल करने में हमारी सहायता करता है। और वास्तव में यह संज्ञा "कठिनतर" उन पर इस तरह चिपक गई है कि उसे विवरण सहित समझाने के लिए एक पूरा संभाग दिया जाता है तथा मैट्रिक की परीक्षा में इस पर एक प्रश्न देने की एक अनिवार्य सी पद्धति बन गई है।

मान लीजिए कि समीकरण है :–

$$\frac{1}{क-7}+\frac{1}{क-9}=\frac{1}{क-6}+\frac{1}{क-10}$$

सभी पाठ्य पुस्तकों में हमसे दो पदों का पक्षान्तरण करने के लिए कहा जाता है (जिससे प्रत्येक पक्ष में एक धन तथा एक ऋण पद हो जावे) फिर हरों का लघुत्तम समावर्त्तक, तिर्यक गुणन, पक्षान्तरण इत्यादि-इत्यादि करना पड़ता है। लगभग दस पैड़ियों के पश्चात हमें उत्तर मिलता है क = 8.

वैदिक सूत्र हमें यह सीधे बतलाता है कि यदि बांए पक्ष मे हरों का योग दाहिने पक्ष के हरों के योग के बराबर है तब उस योग का मान शून्य है। इस उदाहरण में $ह_1+ह_2=ह_3+ह_4=$ 2क–16.

इसलिए 2क–16 = 0, इसलिए क = 8 बस इतने से ही हल हो गया। कुछ और उदाहरण लिए जा सकते हैं :–

(1) $\frac{1}{क+7}+\frac{1}{क+9}=\frac{1}{क+6}+\frac{1}{क+10}$ इसलिए क = –8

(2) $\frac{1}{क-7}+\frac{1}{क+9}=\frac{1}{क+11}+\frac{1}{क-9}$ इसलिए क = –1

(3) $\frac{1}{क-8}+\frac{1}{क-9}=\frac{1}{क-5}+\frac{1}{क-12}$ इसलिए क = $\frac{17}{2}$

छिपे नमूने

उपरोक्त उदाहरण सीधे और स्पष्ट रूप से दिख जाते हैं कि वे किस प्रकार के अनुप्रयोग के अंतर्गत आते हैं। कुछ समीकरण ऐसे भी हैं जो वास्तव में इन्हीं अनुप्रयोगों के अन्तर्गत आते हैं किन्तु कई प्रकार के छद्मवेषों (सरल, कठिन और कठिनतम) में छिप कर आते हैं। किन्तु छद्मवेष कितना भी कठिन क्यों न हो, हमारे पास ऐसी सरल युक्तियां हैं जिनसे सभी का भेद खुल जाता है और हम शून्यम समुच्च्ये सूत्र का अनुप्रयोग कर सकते हैं।

सरल छद्मवेष

(1) $\frac{1}{क-8}-\frac{1}{क-5}=\frac{1}{क-12}-\frac{1}{क-9}$

यहां हमें ऋण पदों का पक्षान्तरण करना चाहिए (जिससे चारों पद धनात्मक हो जावें) :–

$$\frac{1}{क-8}+\frac{1}{क-9}=\frac{1}{क-12}+\frac{1}{क-5}$$ इसलिए क = $\frac{17}{2}$

यह पक्षान्तरण प्रक्रिया बहुत सरल है और मन में ही की जा सकती है (मुहावरे के एक क्षण से भी कम समय में)

(2) $\frac{1}{क+1} - \frac{1}{क+3} = \frac{1}{क+2} - \frac{1}{क+4}$ इसलिए $क = \frac{5}{2}$

(3) $\frac{1}{क+1} - \frac{1}{क-3} = \frac{1}{क-4} - \frac{1}{क-8}$ इसलिए $क = \frac{7}{2}$

(4) $\frac{1}{क-फ} - \frac{1}{क-फ-भ} = \frac{1}{क-ब+भ} - \frac{1}{क-ब}$ इसलिए $क = \frac{ब+फ}{2}$

(5) $\frac{1}{क+फ} - \frac{1}{क+फ+भ} = \frac{1}{क+ब-भ} - \frac{1}{क+ब}$ इसलिए $क = \frac{ब+फ}{2}$

नोट:–

अंतिम दो उदाहरणों के लिए (इतने अक्षरीय गुणांकों के कारण) प्रचलित विधि में (ल०स०म०, तिर्यक गुणन इत्यादि इत्यादि के कारण) बहुत मेहनत लगती और उसी अनुपात में समय भी। परन्तु इस वैदिक विधि के द्वारा एक दृष्टिपात में ही हल हो जाता है।

कठिन छद्मवेष

उपरोक्त छद्मवेष सरल थे अतएव साधारण पक्षान्तरण से उनका भेद खुल गया। अब हम अपना ध्यान कठिन छद्मवेषी समीकरणों पर लगाते है:–

(1) $\frac{क-2}{क-3} + \frac{क-3}{क-4} = \frac{क-1}{क-2} + \frac{क-4}{क-5}$

अंशों को उनके हरों से भाग देते हुए:–

$1 + \frac{1}{क-3} + 1 + \frac{1}{क-4} = 1 + \frac{1}{क-2} + 1 + \frac{1}{क-5}$

"एक" (अंक) का लोप करने से समीकरण हमारे सामने स्पष्ट रूप में आ जाता है और उत्तर एकदम दिया जा सकता है क = 7/2

यह भाग भी मन ही मन में बहुत सरलतापूर्वक इस तरह किया जा सकता है:–

(अ) $\frac{क}{क} + \frac{क}{क} = \frac{क}{क} + \frac{क}{क}$ इसलिए (1+1 = 1+1)

(ब) अब परावर्त्य विधि लगाकर (मन ही मन) तथा हर का स्वतंत्र अंक अंश में ले जाकर (चिन्ह बदलकर) हम देखते हैं कि हमें चारों पदों में 1 ही मिलता है।

इन दो परीक्षणों की सहायता से हमें यह ज्ञात हो जाता है कि "अन्य दूसरे तत्व बराबर हैं", तथा $हर_1 + हर_2 = हर_3 + हर_4$, इसलिए यह प्रश्न पूर्णरूप से "शून्यम् समुच्चये" सूत्र की सीमा में आता है।

इसलिए 2क−7=0, इसलिए क=7/2

(2) $$\frac{\text{क}}{\text{क}-2}+\frac{\text{क}-9}{\text{क}-7}=\frac{\text{क}+1}{\text{क}-1}+\frac{\text{क}-8}{\text{क}-6}$$

यहां पर $\frac{1}{1}+\frac{1}{1}=\frac{1}{1}+\frac{1}{1}$,

और परावर्त्य विधि द्वारा,

$$\frac{2}{\text{क}-2}-\frac{2}{\text{क}-7}=\frac{2}{\text{क}-1}-\frac{2}{\text{क}-6}$$

पदों का पक्षान्तरण करने के बाद हम देखते हैं दोनों परीक्षण सफल हुए हैं (ये सारी युक्ति मन में ही की जा सकती है)।

इसलिए 2क−8=0 इसलिए क=4

(3) $$\frac{2\text{क}-3}{\text{क}-2}+\frac{3\text{क}-20}{\text{क}-7}=\frac{\text{क}-3}{\text{क}-4}+\frac{4\text{क}-19}{\text{क}-5}$$

$\frac{2}{1}+\frac{3}{1}=\frac{1}{1}+\frac{4}{1}$, तथा परावर्त्य इत्यादि के बाद सारे अंश 1 हो जाते हैं, तथा $\text{ह}_1+\text{ह}_2=\text{ह}_3+\text{ह}_4=2\text{क}-9=0$

इसलिए क = 9/2

(4) $$\frac{3\text{क}-8}{\text{क}-3}+\frac{4\text{क}-35}{\text{क}-9}=\frac{2\text{क}-9}{\text{क}-5}+\frac{5\text{क}-34}{\text{क}-7}$$

दोनों परीक्षण सफल होते हैं इसलिए क=6

(5) $$\frac{3\text{क}-13}{\text{क}-4}+\frac{4\text{क}-41}{\text{क}-10}=\frac{2\text{क}-13}{\text{क}-6}+\frac{5\text{क}-41}{\text{क}-8}$$

दोनों परीक्षण सफल होते हैं इसलिए क=7

(6) $$\frac{4\text{क}+21}{\text{क}+5}+\frac{5\text{क}-69}{\text{क}-14}=\frac{3\text{क}-5}{\text{क}-2}+\frac{6\text{क}-41}{\text{क}-7}$$

2क−9=0, इसलिए क=9/2

(7) $$\frac{\text{क}^2+3\text{क}+3}{\text{क}+2}+\frac{\text{क}^2-15}{\text{क}-4}=\frac{\text{क}^2+7\text{क}+11}{\text{क}+5}+\frac{\text{क}^2-4\text{क}-20}{\text{क}-7}$$

सीधे भाजन के द्वारा या गुणनखण्डन (दोनों ही मन में) के द्वारा हम देखते हैं:–

(अ) (क+1) + (क+4) = (क+2) + (क+3)

(ब) सारे अंशों का मान 1 है, और

(स) $ह_1+ह_2=ह_3+ह_4=$ 2क–2 = 0, इसलिए क = 1

कठिनतर छद्मवेष

(1) $\frac{2}{2क+3}+\frac{3}{3क+2}=\frac{1}{क+1}+\frac{6}{6क+7}$

(अ) पहले तो ऐसा लगता है कि यह समीकरण उन प्रकारों में से नहीं है जिन्हें हम अभी तक हल करते आए हैं और हम देखते हैं कि सारे हरों में "क" का गुणांक समान नहीं है। इसलिए उपयुक्त अंकों से अंश तथा हर में गुणा करके, हम सभी पदों में "क" का गुणांक 6 लाते हैं, यथा :–

$\frac{6}{6क+9}+\frac{6}{6क+4}=\frac{6}{6क+6}+\frac{6}{6क+7}$

अब हम इसे अच्छी तरह पहचान सकते हैं और उत्तर लिख सकते हैं :–

12क+13 = 0 इसलिए क = –13/12

परन्तु इस बात पर हम जुआ नहीं खेल सकते कि समीकरण इसी प्रकार का होगा तथा इसी आशा से लघुत्तम समापवर्त्तक इत्यादि निकालने का कष्ट करें (और हो सकता है इतना सब करने के बाद वह किसी और प्रकार का हल निकल आए।) इसलिए एक ऐसा विश्वसनीय तथा सटीक परीक्षण होना चाहिए जिससे हम प्रारम्भ में ही पता लगा सकें (और यदि ठीक लगे तभी हम वांछित परिश्रम करें)। और वह परीक्षण सचमुच बहुत सरल है :–

(अ) $\frac{2}{2}+\frac{3}{3}=\frac{1}{1}+\frac{6}{6}$ परन्तु इस परीक्षण से, केवल एक संभावना ही निकलती है–पक्का नहीं।

(ब) एक दूसरे प्रकार का परीक्षण भी है, जो कि निश्चित परिणाम देने की गारंटी देता है। इसमें एक तरफ $अंश_1$ का $हर_2$ से तथा $अंश_2$ का $हर_1$ से तिर्यक गुणन करना पड़ता है और इसी तरह दूसरी तरफ $अंश_3$ का $हर_4$ से तथा $अंश_4$ क्र $हर_3$ से तिर्यक गुणन करना होता है। (यह भी मन में ही किया जा सकता है)

इस तरह पिछले प्रश्न में प्रत्येक पक्ष में 12क+13 कुल योग मिलता है। इसलिए 12क+13=0, इसलिए क=–13/12

(2) $\frac{3}{3क+1}-\frac{6}{6क+1}=\frac{3}{3क+2}-\frac{2}{2क+1}$

(अ) (मन ही मन) पक्षांतरण करके हम देखते हैं:

$\frac{3}{3}+\frac{2}{2}=\frac{3}{3}+\frac{6}{6}$ इसलिए ल०स०म० विधि लगा सकते हैं:

$\frac{6}{6क+2}+\frac{6}{6क+3}=\frac{6}{6क+1}+\frac{6}{6क+4}=0$

इसलिए 12क+5=0, इसलिए क=–5/12

(ब) यहां पर भी प्रारम्भिक परीक्षण $\frac{3}{3} + \frac{2}{2} = \frac{3}{3} + \frac{6}{6}$ के पश्चात, हम सीधे तिर्यक गुणन कर सकते हैं और इसलिए 12क+5=0

(3) $\frac{3}{3क+1} + \frac{2}{2क-1} = \frac{3}{3क-2} + \frac{2}{2क+1}$

दोनों में से किसी भी विधि द्वारा 12क–1=0, इसलिए क=1/12

(4) $\frac{1}{क+3} + \frac{3}{3क-1} = \frac{1}{क+5} + \frac{3}{3क-7}$

किसी भी विधि द्वारा 6क+8=0, इसलिए क=–4/3

(5) $\frac{2क+11}{क+5} - \frac{9क-9}{3क-4} = \frac{4क+13}{क+3} - \frac{15क-47}{3क-10}$

यहां पर $\frac{2}{1} - \frac{9}{3} = \frac{4}{1} - \frac{15}{3}$ ठीक, हम आगे बढ़ते हैं:–

सीधा भाग देकर तथा पक्षांतरण कर:–

$\frac{1}{क+5} + \frac{3}{3क-10} = \frac{1}{क+3} + \frac{3}{3क-4}$

यहां पर $\frac{1}{1} + \frac{3}{3} = \frac{1}{1} + \frac{3}{3}$ ठीक,

इसलिए किसी भी विधि द्वारा 6क+5=0, इसलिए क=–5/6

(6) $\frac{5-6क}{3क-1} + \frac{2क+7}{क+3} = \frac{31-12क}{3क-7} + \frac{4क+21}{क+5}$

इसलिए $\frac{1}{क+3} + \frac{3}{3क-1} = \frac{1}{क+5} + \frac{3}{3क-7}$

किसी भी विधि के द्वारा 6क+8=0, इसलिए क=–4/3

सूत्र के और अनुप्रयोग

(1) "घन" सदृश दिखने वाले विशेष प्रकार के समीकरण में:–

एक विशेष प्रकार के समीकरण जो देखने में त्रिघाती से लगते हैं और जो (काफी समय तथा शक्ति खर्च करने पर) बाद में प्रथम कोटि के सरल समीकरण निकलते हैं जिन पर "शून्यम् साम्य समुच्चये" सूत्र पूरी तरह लगता है। उदाहरणार्थ:–

$(क-3)^3 + (क-9)^3 = 2(क-6)^3$

प्रचलित पद्धति में इसे हल करने में बहुत समय लगता है (तीनों घनों का विस्तार फिर गुणन, पक्षान्तरण इत्यादि) और तब अन्त में उत्तर मिलता है क = 6

दिया हुआ वैदिक सूत्र इन प्रकारों पर भी लगता है, यथा :–

(क–3) + (क–9) = 2क–12, इसलिए क–6 = 0 इसलिए क = 6

इसकी बीजगणितीय उपपत्ति इस प्रकार है :–

$(क-2प)^3 + (क-2फ)^3 = 2(क-प-फ)^3$

इसलिए $क^3-6क^2प+12कप^2-8प^3+क^3-6क^2फ+12कफ^2-8फ^3$

$= 2(क^3-3क^2प-3क^2फ+3कप^2+3कफ^2+6कपफ-प^3-3प^2फ-3पफ^2-फ^3)$

दोनों पक्षों से उभयनिष्ठ पदों का लोप करते हुए :–

$12कप^2+12कफ^2-8प^3-8फ^3 = 6कप^2+6कफ^2+12कपफ-2प^3-6प^2फ-6पफ^2-2फ^3$

इसलिए $6कप^2+6कफ^2-12कफप = 6प^3-6प^2फ-6पफ^2+6फ^3$

इसलिए $6क(प-फ)^2 = 6(प+फ)(प-फ)^2$

इसलिए क = प+फ

साफ है कि प्रचलित विधि वाले गणितज्ञों ने इस सर्वसामिका को न तो सोचा और न निकाला। कम से कम यह उनकी पुस्तकों में (किसी भी ज्ञात सूत्र अथवा प्रतिबंधी सर्वसामिका इत्यादि में) नहीं मिलती है। किन्तु वैदिक गणितज्ञों ने यह सब हमारे लाभ के लिए (जैसा कि हमने इस तरह के उदाहरण में सूत्र का अनुप्रयोग करके देखा है) कर दिया है।

हमें यह बतलाने की आवश्यकता नहीं है कि इस तरह के प्रत्येक प्रश्न में विस्तार गुणन, जोड़, पक्षांतरण, गुणनखण्डन करने में बहुत अधिक समय तथा शक्ति का अपव्यय होगा ही, जब कि वैदिक सूत्र से हमें दृष्टिपात करते ही उत्तर मिल जाता है।

तीन और उदाहरण दिये जा सकते हैं :–

(अ) $(क-149)^3 + (क-51)^3 = 2(क-100)^3$

इन संख्याओं का घन तथा वर्ग निकालने मात्र की प्रत्याशंसा, किसी भी विद्यार्थी को भयभीत कर देगी। किन्तु दिए गए सूत्र से, उत्तर एकदम दिया जा सकता है 2क–200 = 0, इसलिए क = 100

(ब) $(क-249)^3 + (क+247)^3 = 2(क-1)^3$

यह तो और भी भयंकर है। किन्तु सूत्र की सहायता से :– क = 1

(स) $(क+प+फ-ब)^3 + (क+फ+ब-प)^3 = 2(क+फ)^3$

शाब्दिक गुणांक इसे और भी कठिन कर देते हैं। परन्तु वैदिक का एक पंक्ति सरल हल है क = –फ

(2) चतुर्घाती सदृश दिखने वाले विशेष प्रकार के समीकरण में :–

इसी तरह एक विशेष प्रकार के समीकरण हैं जो देखने में चतुर्घाती लगते हैं किन्तु वास्तव में प्रथम कोटि के हैं और जिन्हें वही सूत्र एक दृष्टिपात में हल करने में हमारी सहायता करता है। उदाहरणार्थ :–

$$\frac{(क+3)^3}{(क+5)^3} = \frac{क+1}{क+7}$$

प्रचलित विधि में तिर्यक गुणन तथा विस्तार करने के बाद (सामान्य सूत्रों की सहायता से), (क+प) (क+फ) (क+ब) (क+भ)

$= क^4+क^3(प+फ+ब+भ)+क^2(पफ+फब+बभ+भप)+क$

(पफब+फबभ+बभप+भपफ)+पबफभ) हम कहेंगे :–

$क^4+16क^3+90क^2+216क+189 = क^4+16क^3+90क^2+200क+125$ अथवा

$16क = -64$, इसलिए $क = -4$

वैदिक विधि में हम यह सब गुणा इत्यादि नहीं करते हैं, केवल यही देखते हैं कि $अंश_1+हर_1$ (बिना घात के) $= अंश_2+हर_2 = 2क+8$, इसलिए $2क+8 = 0$

इसलिए $क = -4$

इसकी बीजगणितीय उपपत्ति इस प्रकार है :–

$$\frac{(क+प+भ)^3}{(क+प+2भ)^3} = \frac{क+प}{क+प+3भ}$$

सामान्य तिर्यक गुणन करते हुए :–

$(क+प+भ)^3 (क+प+3भ) = (क+प) (क+प+2भ)^3$

दोनों पक्षों का विस्तार करते हुए :–

$क^4+क^3(4प+6भ)+क^2(16प^2+18पभ+12भ^2)+क(4प^3+18प^2भ+24पभ^2+10भ^3) + (प^4+6प^3भ+12प^2भ^2+12पभ^3+3भ^4)$

$= क^4+क^3(4प+6भ)+क^2(16प^2+18पभ+12भ^2)$

$+क(4प^3+18प^2भ+24पभ^2+8भ^3)+$इत्यादि इत्यादि

उभयनिष्ठ पदों का लोप करते हुए :–

$क(10भ^3)+10पभ^3+3भ^4 = क(8भ^3)+8पभ^3$

इसलिए $2भ^3क+2पभ^3+3भ^4 = 0$ $भ^3$ का लोप करते हुए :–

$2क+2प+3भ = 0$, $क = -\frac{1}{2}(2प+3भ)$

अब विद्यार्थी इस पर गौर करेंगे कि $अंश_1+हर_1$ (घात के अन्दर) तथा $अंश_2+हर_2$ दोनों ही (2क+2प+3भ) हैं। और इसी से हमें इस विशेष समीकरण की विशिष्टता का संकेत मिलता है। $अंश_1+हर_1$ (घात के अन्दर) तथा $अंश_2+हर_2$ बराबर होना चाहिए, इसलिए स्पष्टतया इसमें "शून्यम् साम्य समुच्चये" सूत्र उपयुक्त होगा। प्रत्यक्ष है कि प्रचलित पद्धति में इस सूत्र को पाने का न तो प्रयत्न किया गया है, न प्रयोग और न ही सूची-बद्ध किया है, जब कि वैदिक दूरदर्शी ऋषियों ने निस्संदेह इस पर प्रयोग किए, अवलोकन किए तथा इसे इस विशेष सर्वसामिका को भी इस सूत्र के अन्तर्गत सूचीबद्ध किया।

नोट :–

(1) (चारों द्विपदों से संबंधित) ऊपर दिया गया प्रतिबन्ध रूचिकर है। पहले और दूसरे का योग तीसरे और चौथे के योग के बराबर होना चाहिए।

(2) इस आवश्यकता को पूरा करने के लिए स्पष्टतम तथा सहज प्रतिबन्ध होगा, $अंश_2$ $अंश_1$ $हर_1$ तथा $हर_2$ द्विपदों के स्वतंत्र पदों को समांतर श्रेढ़ी में होना।

(3) इसे हम इस रूप में भी रख सकते हैं–दाहिने पक्ष के दोनों द्विपदों का अन्तर, बाएं पक्ष के द्विपदों के अन्तर का तीन गुना होगा। किन्तु यह तो द्विपदों के समांतर श्रेढ़ी में होने का एक उपसिद्धान्त मात्र है नामतः यदि $अंश_2$ $अंश_1$ $हर_1$ तथा $हर_2$

स. श्रेढ़ी में है तब स्पष्ट रूप से $हर_2 - अंश_2 = 3\,(हर_1 - अंश_1)$.

(4) किसी भी स्थिति में, (इस विशिष्ट प्रकार में) सूत्र को सामान्य पदों में इस तरह लिख सकते हैं :–

यदि दोनों पक्षों के अंश+हर बराबर हैं, तब अंश+हर का मान्य शून्य के बराबर करना चाहिए।

इस प्रकार के दो और उदाहरण लिए जा सकते है :–

(1) $$\frac{(क-5)^3}{(क-7)^3} = \frac{(क-3)}{(क-9)}$$ इसलिए 2क–12=0, इसलिए क = 6

(2) $$\frac{(क-प)^3}{(क+फ)^3} = \frac{क-2प-फ}{क+प+2फ}$$

प्रचलित विधि (शाब्दिक गुणांकों के साथ तिर्यक गुणन विस्तार, लोपन, पक्षांतरण इत्यादि इत्यादि) से इसे हल करना एक अत्यधिक अरुचिकर कार्य होगा (बहुत ही मेहनती आदमी के लिए भी)। किन्तु वैदिक सूत्र हमें बतलाता है– चूंकि (क–प)+(क+फ) तथा (क–2प–फ)+(क+प+2फ) दोनों का योग 2क–प+फ है, इसलिए क=(प–फ)/2.

नोट :–

उपरोक्त सभी उदाहरणों में यह ध्यान देने की बात है कि चारों द्विपद न केवल समांतर श्रेढ़ी में हैं वरन् गुणनों का जोड़ भी बराबर है, यथा उपरोक्त प्रथम उदाहरण (चतुर्घाती) में तिर्यक गुणन से हमें मिलता है

$(क+3)^3\,(क+7) = (क+5)^3\,(क+1)$

इन गुणनखण्डों के तिर्यक जोड़ से हमें मिलता है 4क+16 और इसे शून्य का मान देने से क = –4 मिलता है जो ऊपर के उत्तर से मिलता है।

दूसरे उदाहरण में :–

$(क+प+3भ)\,(क+प+भ)^3 = (क+प)\,(क+प+2भ)^3$

यहां भी तिर्यक जोड़ = 4क+4प+6भ (दोनों पक्षों का अलग-अलग)। इससे भी पहले के ही समान उत्तर मिलता है।

तीसरे उदाहरण में :–

$(क-9)\,(क-5)^3 = (क-3)\,(क-7)^3$। यहां भी दोनों पक्षों के तिर्यक जोड़ = 4क–24 और हमें वही उत्तर मिलता है।

चौथे उदाहरण में :–

$(क+प+2फ)\,(क-प)^3 = (क-2प-फ)\,(क+फ)^3$। यहां भी दोनों पक्षों में तिर्यक जोड़ 4क–2प+2फ मिलते हैं और इसलिए उत्तर भी वही मिलता है।

विद्यार्थियों को यह समझने की गलती नहीं करना चाहिए कि यह भी उस सूत्र के अनुप्रयोग के लिए एक परीक्षण (अथवा यथेष्ट प्रतिबंध) है। द्विपदों के समांतर श्रेढ़ी में होने के परिणामस्वरूप यह उपसिद्धांत की तरह आ जाता है। इस सूत्र की उपयुक्तता के लिए यह यथेष्ट प्रतिबंध (स्वतंत्र रूप से) नहीं है। $अंश_1 + हर_1$ तथा $अंश_2 + हर_2$ के बराबर होने का नियम मात्र ही इस कार्य के लिए यथेष्ट प्रतिबन्ध है।

इसके लिए एक उदाहरण नीचे दिया जा रहा है :–

$\frac{(क+3)^3}{(क+5)^3} = \frac{क+2}{क+8}$ यहां पर तिर्यक जोड़, दोनों पक्षों का 4क+18 है और साथ ही प्रतिबन्ध भी ठीक निकलता है (6=2×3)

$हर_2 - अंश_2 = 3(हर_1 - अंश_1)$

परन्तु $3+5 \neq 2+8$, चूंकि यह आवश्यक प्रतिबन्ध नहीं मिलता, यह समीकरण उस सूत्र के सीमा क्षेत्र में नहीं आता।

वास्तविक तिर्यक गुणन तथा विस्तार आदि के बाद हम पाते हैं:–

$क^4+17क^3+105क^2+275क+250 = क^4+17क^3+99क^2+243क+216$

इसलिए $6क^2+32क+34=0$ जो कि द्विघाती समीकरण है, जिसके दो अपरिमेय मूल $\frac{-16 \mp \sqrt{52}}{6}$ अथवा $\frac{-8 \mp \sqrt{13}}{3}$ हैं और एक सरल समीकरण नहीं है, जो कि हम अभी तक हल करते आ रहे हैं।

और यह सब मूलभूत प्रतिबंध $अंश_1+हर_1=अंश_2+हर_2$ के संतुष्ट न होने के अनुरूप ही है।

एक और विशेष प्रकार के चतुर्घाती समान दिखने वाले, प्रकरण में:–

एक और विशेष प्रकार के चतुर्घाती सदृश दिखनेवाले समीकरण हैं जो वास्तव में प्रथम कोटि के सरल समीकरण हैं तथा जिन पर "शून्यम् समच्चये" सूत्र लगता है, अब हम उनका अध्ययन करेंगे। (यह संभाग बाद में अध्ययन के लिए छोड़ा जा सकता है)।

(1) $\frac{(क+1)(क+9)}{(क+2)(क+4)} = \frac{(क+6)(क+10)}{(क+5)(क+7)}$

अथवा

(क+1) (क+9) (क+5) (क+7) = (क+2) (क+4) (क+6) (क+10)

सबसे पहले हम देखते हैं कि दोनों पक्षों का तिर्यक जोड़ (4क+22) बराबर निकलता है। इससे हमें यह आश्वासन तो मिलता है कि तिर्यक गुणन तथा विस्तार आदि के बाद, $क^4$ तथा $क^3$ वाले गुणांकों का लोप हो जाएगा। किन्तु $क^2$ के गुणांकों में क्या होगा?

इनके भी लोप होने के लिए बाएं पक्ष के दो दो द्विपदों के स्वतंत्र पदों के गुणनफलों का योग, दाहिने पक्ष के इसी तरह के योग के बराबर होना चाहिए।

इसे सामान्य पदों में इस तरह कहेंगे:–

यदि (क+प) (क+फ) (क+ब) (क+भ)=(क+ट) (क+ठ) (क+ड) (क+ढ) तब न केवल (प+फ+ब+भ)=ट+ठ+ड+ढ होना चाहिए वरन, (अ) बाएं पक्ष के प्रत्येक दो द्विपदों का योग, दाहिने पक्ष के इसी तरह के योग के बराबर होना चाहिए, तथा (ब) पफ+बभ=टठ+डढ

दिए गए प्रश्न में, हम देखते हैं कि इन सभी प्रतिबंधों का पालन होता है। यथा

(अ) (क+1)+(क+9)=(क+4)+(क+6);

(क+1)+(क+5)=(क+2)+(क+4);

(क+1)+(क+7)=(क+2)+(क+6);

(क+9)+(क+5)=(क+4)+(क+10)

(क+9)+(क+7)=(क+6)+(क+10),

तथा (क+5)+(क+7)=(क+2)+(क+10) और

(ब) $5+63=68=8+60$

इस तरह, यह परीक्षण करने के बाद, देखकर ही हम कह सकते हैं कि यह समीकरण इस सूत्र के सीमा क्षेत्र में आता है।

इसलिए $4क+22=0$

इसलिए $क=-11/2$

यह समीकरण (नीचे) भी इसी प्रकरण में आता है:–

(2) $$\frac{(क+2)\ (क+4)}{(क+1)\ (क+3)} = \frac{(क-1)\ (क+7)}{(क-2)\ (क+6)}$$

या $(क-2)\ (क+2)\ (क+4)\ (क+6)=(क-1)\ (क+1)\ (क+3)\ (क+7)$

(अ) दोनों पक्षों का तिर्यक जोड़ $=4क+10$

(ब) एक पक्ष की प्रत्येक द्विपदी जोड़ी का योग, दूसरे पक्ष के किन्हीं द्विपद जोड़ियों के योग के बराबर है, तथा

(स) पफ + बभ = टठ + डढ अर्थात $-4+24=-1+21=20$

इसलिए सूत्र लगता है, इसलिए $4क+10=0$, इसलिए $क=-5/2$

किन्तु नीचे दिया गया समीकरण इस प्रकरण में नहीं आता:–

(3) $(क-1)\ (क-6)\ (क+6)\ (क+5)=(क-4)\ (क-2)\ (क+3)\ (क+7)$

हम यहां देखते है:–

(अ) दोनों पक्षों का तिर्यक जोड़ = $4क+4$ किन्तु

(ब) द्विपद जोड़ियों के योग नहीं मिलते (दोनों पक्षों के) तथा

(स) पफ+बभ≠टठ+डढ

इसलिए यह समीकरण द्विघाती है (और प्रस्तुत सूत्र के सीमा क्षेत्र के बाहर है।) इस प्रकार के समीकरणों के लिए बीजगणितीय उपपत्ति:–

$(क+प)\ (क+फ)\ (क+ब)\ (क+भ)=(क+ट)\ (क+ठ)\ (क+ड)\ (क+ढ)$

तथा निम्नलिखित प्रतिबंध दिए हुए हैं –

(अ) प+फ+ब+भ = ट+ठ+ड+ढ,

(ब) एक पक्ष की प्रत्येक द्विपद जोड़ी का योग, दूसरे पक्ष के इसी तरह के योग के बराबर होना चाहिए। उदाहरणार्थ, प+फ=ट+ठ तथा ब+भ=ड+ढ, तथा

(स) पफ+बभ=टठ+डढ

गुणा करने के बाद,

$क^4+क^3$ (प+फ+ब+भ)+$क^2$ (पफ+फब+बभ+भप+पब+फभ)+क (पफब+फबभ+बभप+भपफ)+पफबभ

= $क^4+क^3$ (ट+ठ+ड+ढ)+(टठ+डढ+ढट+टड+ठढ)+क (टठड+ठडढ+डढट)+टठडढ

इसलिए $क^4$ तथा $क^3$ का तो लोप हो जाता है, तथा

$क^2$ के गुणांक निम्नलिखित हैं:–

वाम पक्ष: पफ+फब+बभ+भप+पब+फभ

दाहिना पक्ष: टठ+ठड+डढ+ढट+टड+ठढ

अर्थात, वा. प.: पफ+बभ+प(ब+भ)+फ(ब+भ)=पफ+बभ+(प+फ) (ब+भ)

तथा दा. प.: टठ+डढ+ट(ढ+ड)+ठ(ड+ढ)=टठ+डढ+(ट+ठ) (ढ+ड)
परन्तु पफ+बभ=टठ+डढ, तथा
(प+फ) (ब+भ) = (ट+ठ) (ढ+ड)
इसलिए वा.प.=दा.प., तथा क^2 का भी लोप हो जाता है।

सूत्र का और भी प्रवर्धन

इसी अध्याय के प्रारम्भ में हमने देखा था कि यदि किसी समीकरण के दोनों पक्षों (अथवा वा.प. में, जब कि दा.प.= 0) के सभी पदों में, एक उपपद (फंकशान) (अज्ञात राशि क, ख इत्यादि सहित) सर्वनिष्ठ है तब उस उपपद (फंक्शन) को वहां से अलग किया जा सकता है तथा उसका मान शून्य रखा जा सकता है। अब हम उन प्रश्नों को लेंगे जो देखने में तो इस तरह के नहीं दिखते किन्तु वास्तव में हैं इसी प्रकार के। इसमें हमें करना केवल इतना है कि पदों को इस तरह पुनः व्यवस्थित किया जाए कि छुपी हुई चीज सामने आ जाए अर्थात सारी स्थिति साफ दिखने लगे। उदाहरणार्थ:

(1) $$\frac{\text{क+प}}{\text{फ+ब}}+\frac{\text{क+फ}}{\text{ब+प}}+\frac{\text{क+ब}}{\text{प+फ}}=-3$$

−3 को बांए तरफ लाकर, सभी पदों में बांटते हुए एक एक जोड़ते हुए:−

$$\frac{\text{क+प}}{\text{फ+ब}}+1+\frac{\text{क+फ}}{\text{ब+प}}+1+\frac{\text{क+ब}}{\text{प+फ}}+1=0$$

इसलिए ''समुच्चय'' नियम के अनुसार
क = −(प+फ+ब)
यह सारी क्रिया देखकर मन ही मन की जा सकती है।

(2) $$\frac{\text{क+प}}{\text{फ+ब}}+\frac{\text{क+फ}}{\text{ब+प}}+\frac{\text{क+ब}}{\text{प+फ}}=\frac{\text{क+2प}}{\text{फ+ब प}}+\frac{\text{क+2फ}}{\text{ब+प फ}}+\frac{\text{क+2ब}}{\text{प+फ भ}}$$

छहों पदों में एक एक जोड़कर देखिए:−

$$\frac{\text{क+प+फ+ब}}{\text{ह}_1}+\frac{\text{क+प+फ+ब}}{\text{ह}_2}+\frac{\text{क+प+फ+ब}}{\text{ह}_3}$$
$$=\frac{\text{क+प+फ+ब}}{\text{ह}_4}+\frac{\text{क+प+फ+ब}}{\text{ह}_5}+\frac{\text{क+प+फ+ब}}{\text{ह}_6}$$

इसलिए क= (प+फ+ब)

(3) $$\frac{\text{क-प}}{\text{फ+ब}}+\frac{\text{क-फ}}{\text{ब+प}}+\frac{\text{क ब}}{\text{फ+प}}=\frac{\text{क+प}}{\text{2प+फ+ब}}+\frac{\text{क+फ}}{\text{प+2फ+ब}}+\frac{\text{क+ब}}{\text{प+फ+2ब}}$$

छहों पदों में से एक घटाने पर:−
क−(प+फ+ब)=0, इसलिए क= प+फ+ब

(4) $$\frac{\text{क+प}^2}{\text{(प+फ) (प+ब)}}+\frac{\text{क+फ}^2}{\text{(फ+ब) (फ+प)}}+\frac{\text{क+ब}^2}{\text{(ब+प) (ब+फ)}}$$

$$= \frac{क-फब}{प(फ+ब)} + \frac{क-बप}{फ(ब+प)} + \frac{क-पफ}{ब(प+फ)}$$

छहों पदों में से एक एक घटाते हुए:–
क-पफ-फब-बप= 0, इसलिए क= पफ+फब+बप

(5) $\frac{क-फब}{फ+ब} + \frac{क-बप}{ब+प} + \frac{क-पफ}{प+फ}$

$$= \frac{क+2प^2-फब}{2प+फ+ब} + \frac{क+2फ^2-बप}{2फ+ब+प} + \frac{क+2ब^2-पफ}{2ब+प+फ}$$

प को पहले पद में से, फ को दूसरे तथा ब को तीसरे में से क्रमशः घटाते हुए (दोनों पक्षों में से):– क= पफ+फब+बप

(6) $\frac{क+प^2+2ब^2}{फ+ब} + \frac{क+फ^2+2प^2}{ब+प} + \frac{क+ब^2+2फ^2}{प+फ} = 0$

चूंकि (फ–ब) + (ब–प) + (प–फ) = 0, इसलिए (फ–ब), (ब–प), तथा (प–फ) को पहले, दूसरे तथा तीसरे पद में क्रमशः जोड़कर:
क+प²+फ²+ब² = 0, इसलिए क = –(प²+फ²+ब²)

(7) $\frac{पक+प(प^2+2फब)}{फ-ब} + \frac{फक+फ(फ^2+2बप)}{ब-प} + \frac{बक+ब(ब^2+2पफ)}{प-फ} = 0$

चूंकि प(फ–ब)+फ(ब–प)+ब(प–फ) = 0
इसलिए प(फ–ब), फ(ब–प) तथा ब(प–फ) को क्रमशः पहले, दूसरे तथा तीसरे पद में जोड़ते हुए:–

$$पद_1 = \frac{पक+प(प^2+2फब)}{फ-ब} + प(फ-ब)$$

$$= \frac{पक+प(प^2+फ^2+ब^2)}{फ-ब} = \frac{प}{फ-ब}(क+प^2+फ^2+ब^2)$$

इसी तरह $पद_2 \quad \frac{फ}{ब-प}(क+प^2+फ^2+ब^2)$

इसी तरह $पद_3 \quad \frac{ब}{प-फ}(क+प^2+फ^2+ब^2)$

इसलिए क+प²+फ²+ब² = 0, इसलिए क= –(प²+फ²+ब²)

(8) $\frac{क+प^3+2फ^3}{फ-ब} + \frac{क+फ^3+2ब^3}{ब-प} + \frac{क+ब^3+2प^3}{प-फ} = 2प^2+2फ^2+2ब^2+पफ+फब+बप$

दा. पक्ष = +(फ^2+फब+ब^2)+(ब^2+बप+प^2)+(प^2+पफ+फ^2)

इसे बाएं तरफ ले जाकर पहले पद को पहले के साथ, दूसरे को दूसरे के साथ और तीसरे को तीसरे के साथ जोड़ते हुए (आद्यमाद्येन सूत्र लगाते हुए):—

$$पद_1 = \frac{क+प^3+2फ^3+ब^3-फ^3-फ^2ब-फब^2+बफ^2+फब^2}{फ-ब}$$

$$= \frac{क+(प^3+फ^3+ब^3)}{फ-ब}, \quad \text{इसी तरह}$$

$$पद_2 = \frac{क+प^3+फ^3+ब^3}{ब-प} \quad \text{तथा } पद_3 = \frac{क+प^3+फ^3+ब^3}{प-फ}$$

इसलिए क = −(प^3+फ^3+ब^3)

अध्याय 13

विलयन प्रकार के सहज सरल समीकरण
(परावर्त्य विधि द्वारा)

''शून्यं समुच्चये'' सूत्र द्वारा हल होने वाले कुछ विशिष्ट प्रकार के सरल समीकरणों के विभिन्न प्रभागों के अध्ययन के बाद हम कुछ उन विशिष्ट प्रकार के सरल समीकरणों पर जाते हैं जो कि परावर्त्य सूत्र (जिसका अध्ययन हम ''भाजन'' इत्यादि के संबंध में कर चुके हैं) द्वारा हल हो सकते हैं।

इन्हें हम विलयन प्रकार के समीकरण कह सकते हैं, और इसी शीर्षक के अन्तर्गत इनमें कई उपशीर्षक शामिल हैं।

प्रथम प्रकार

प्रथम प्रकार वे हैं जिनमें वाम पक्ष के कई पद दाहिने पक्ष के एक पद के बराबर किए जाते हैं और $अंश_1+अंश_2+अंश_3+.....$ इत्यादि का योग (वाम पक्ष के अंशों का योग), दाहिने पक्ष के अंश (जो कि एक ही हैं) के बराबर होता है। उदाहरणार्थ,

$$\frac{3}{क+1}+\frac{4}{क+2}=\frac{7}{क+3},$$ यहाँ पर $अंश_1+अंश_2=अंश_3$ (अर्थात $3+4=अंश_3$(अर्थात 7)

इसलिए यह सूत्र यहाँ पर लागू होता है।

इस विधि में दाहिने पक्ष के भिन्न का वाम पक्ष में इस तरह विलयन करते हैं कि केवल दो ही पद बच रहते हैं। विधि इस प्रकार है:–

चूंकि हम दा. पक्ष का वाम पक्ष में विलयन करना चाहते हैं इसलिए वाम पक्ष के स्वतंत्र पद को विलय होने वाले द्विपद के स्वतंत्र पद में से घटाते हैं तथा शेष को वामपक्ष के अंश से गुणा करते हैं और विधि पूरी हो जाती है।

यथा:– (अ) वाम पक्ष के बचने वाले हरों को लिखते हैं:–

$$\frac{\quad}{क+1}\qquad\frac{\quad}{क+2}$$

(ब) तब चूंकि दा. पक्ष के विलय होने वाले द्विपद का स्वतंत्र पद 3 है और वाम पक्ष का स्वतंत्र पद 1 है, इसलिए 3–1=2 शेष, तथा इस शेष को अंश (अर्थात 3) से गुणा करने पर गुणनफल हमें 6 मिलता है जो कि पहले पद का अंश हुआ।

(स) इसी प्रक्रिया द्वारा द्वितीय पद से हमें नया अंश 4 मिलता है

(द) चूंकि विलयन हो चुका है इसलिए दा. पक्ष= 0 इस के फलस्वरूप प्राप्त नया समीकरण :–

नया समीकरण :–

$$\frac{6}{क+1} + \frac{4}{क+2} = 0$$

तब सीधे तिर्यक गुणन द्वारा

4क+4 = -6क-12, इसलिए 10क= 16, इसलिए क= -8/5

अथवा सामान्य सूत्र (जो कि सरल समीकरण तथा प्राथमिक सिद्धांत वाले अध्याय में (चौथे सामान्य प्रकार में) पहले ही बतलाया जा चुका है,

$\frac{-टफ-ठप}{ट+ठ}$ द्वारा हम एकदम कह सकते हैं:

$$क = \frac{-12-4}{6+4} = -8/5$$

इसका बीजगणितीय प्रमाण इस प्रकार है :–

$$\frac{3}{क+1} + \frac{4}{क+2} = \frac{7}{क+3} = \frac{3}{क+3} + \frac{4}{क+3}$$

इसलिए $3\left[\frac{1}{क+1} - \frac{1}{क+3}\right] + 4\left[\frac{1}{क+2} - \frac{1}{क+3}\right] = 0$

इसलिए $3\left[\frac{क+3-क-1}{(क+1)(क+3)}\right] + 4\left[\frac{क+3-क-2}{(क+2)(क+3)}\right] = 0$

इसलिए $\frac{6}{क+1} = \frac{-4}{क+2}$ इसलिए 6क+12 = -4क-4

इसलिए 10क = -16, इसलिए क= -8/5

सामान्य बीजगणितीय प्रमाण इस प्रकार है:–

$$\frac{ट}{क+प} + \frac{ठ}{क+फ} = \frac{ट+ठ}{क+ब}$$

इसलिए $ट\left[\frac{1}{क+प} - \frac{1}{क+ब}\right] + ठ\left[\frac{1}{क+फ} - \frac{1}{क+ब}\right] = 0$

इसलिए $ट\left[\frac{(ब-प)}{(क+प)(क+ब)}\right] + ठ\left[\frac{(ब-फ)}{(क+फ)(क+ब)}\right] = 0$

इसलिए $\frac{ट\,(ब-प)}{क+प} = -\frac{ठ\,(ब-फ)}{क+फ}$

इसलिए (क+फ) (ट) (ब प) + (क+प) (ठ) (ब फ) = 0

इसलिए $क = \frac{ठप(फ\ ब) + टफ\ (प\ ब)}{ट(ब\ प) + ठ(ब\ फ)}$

हो सकता है कि बीजगणितीय स्पष्टीकरण कुछ अधिक लम्बा ही लगे। किन्तु परावर्त्यसूत्र का अनुप्रयोग (जैसा कि अभी ऊपर उदाहरण सहित समझाया गया है) यथेष्ट सरल तथा सहज है जिसका कि विद्यार्थी सहर्ष स्वागत करेंगे।

इस तरह के कुछ उदाहरण दिए जा सकते हैं:–

(1) $\frac{3}{क\ 2} + \frac{5}{क\ 6} = \frac{8}{क+3}$ यहाँ पर 3+5 = 8. इसलिए सूत्र लगता है,

$\frac{3×5}{क\ 2} = \frac{-5×9}{क\ 6}$ इसलिए क 6 = 3क+6

इसलिए $क = \frac{12}{4} = 3$

(2) $\frac{2}{क+2} + \frac{3}{क+3} = \frac{5}{क+5}$ यहाँ पर 2+3 = 5. इसलिए सूत्र लगता है,

$\frac{2×3}{क+2} + \frac{3×(+2)}{क+3}$ = 0 इसलिए क+3 = क 2

इसलिए क = 5/2

नोट:–

यहां पर दोनों अंश बराबर होने के कारण काटे जा सकते हैं, तथा हम सरलतापूर्वक "शून्यम् समुच्चये" सूत्र लगा सकते हैं:

(क+2) + (क+3) = 0. इसलिए क = -5/2

परन्तु यदि

$\frac{2}{क+2} + \frac{3}{क+3} = \frac{5}{क+7}$

चूंकि 2+3 = 5, विलयन सूत्र लगता है, परन्तु विलयन के पश्चात्, $अंश_1$ तथा $अंश_2$ (अर्थात 10 तथा 12) विभिन्न हैं और इसलिए "शून्यम्" सूत्र नहीं लगेगा।

छद्म रूप

इस सूत्र के अनुप्रयोग के लिए भी हमें छद्मों के आरपार देखकर उनका पर्दाफाश उसी तरह करना है जैसा कि हमने पिछले अध्याय में (शून्यम् समुच्चये सूत्र के सम्बंध में) किया था।

कुछ उदाहरणों से यह स्पष्ट हो जाएगा:–

(1) $\frac{5}{क-2} + \frac{2}{3-क} = \frac{3}{क-4}$ यहां तो केवल पक्षांतरण से ही पर्दाफाश हो जाएगा यथा :

$\frac{2}{क-3} + \frac{3}{क-4} = \frac{5}{क-2}$ अब 2+3 = 5

इसलिए सूत्र लगता है,

इसलिए $\frac{2}{क-3} + \frac{6}{क-4} = 0$ इसलिए क $= \frac{26}{8} = \frac{13}{4}$

(2) $\frac{4}{2क+1} + \frac{9}{3क+2} = \frac{15}{3क+1}$

4+9≠ 15. इसलिए संशय होता है, परन्तु तीनों पदों में क के गुणांक समान नहीं है, इसलिए ल.स.म. विधि लगाकर उन्हें समान करते हुए:–

$\frac{12}{6क+3} + \frac{18}{6क+4} = \frac{30}{6क+2}$

और यहाँ पर $अंश_1$ [12] + $अंश_2$ [18] = अंश 30 और इसलिए सूत्र लगता है तथा उसे लगाते हुए :–

$\frac{12}{6क+3}$ $\frac{36}{6क+4} = 0$ इसलिए क = 13/24.

परन्तु इतना करने के पहले हमें कैसे पता चलेगा कि सूत्र लगेगा ही ? इसका परीक्षण बहुत ही सरल है, और उसमें प्रत्येक अंश को उसके हर के क के गुणांक से भाग देकर (शून्यम् सूत्र सरीखा) वही परीक्षण $अंश_1$ + $अंश_2$ + = अंश लगाना चाहिए।

यथा : $\frac{4}{2} + \frac{9}{3} = 2+3 = 5$ तथा $\frac{15}{3}$ भी = 5

(जांचकर) ठीक कहिए और विलयन करिए.

(3) $\frac{4}{2क-1} + \frac{9}{3क-1} = \frac{25}{5क-1}$

यहां पर $\frac{4}{2} + \frac{9}{3} = \frac{25}{5}$ इसलिए ठीक

और इसलिए $\frac{60}{30क-15} + \frac{90}{30क-10} = \frac{150}{30क-6}$,

गौर कीजिए 60 + 90 = 150

इसलिए $\frac{2}{30क-15} + \frac{3}{30क-10} = \frac{5}{30क-6}$,

फिर 2 + 3 = 5

आगे करते हुए :–

$$\frac{2\times9}{30क-15} + \frac{3\times4}{30क\ 10} = 0\text{ , इसलिए क } = \frac{2}{5}$$

(4) $$\frac{7}{7क+1} + \frac{6}{4क+1} = \frac{15}{6क+5}$$

यहां पर $\frac{7}{7} + \frac{6}{4} = \frac{15}{6}$ इसलिए सूत्र लगेगा

इसलिए विलयन करते हुए–

$$\frac{84}{84क+12} + \frac{126}{84क+21} = \frac{15\times14}{84क+70}$$

इसलिए $\frac{2}{84क+12} + \frac{3}{84क+21} = \frac{5}{84क+70}$,

फिर 2 + 3 = 5

इसलिए $\frac{2\times(58)}{84क+12} + \frac{3\times49}{84क+21} = 0$

इसलिए क $= \frac{-50}{263}$

(5) $$\frac{4}{5क+1} + \frac{7}{10क+1} = \frac{3}{2क+5}$$

यहां पर $\frac{4}{5} + \frac{7}{10} = \frac{3}{2}$ इसलिए ठीक

$$\therefore \frac{8}{10क+2} + \frac{7}{10क+1} = \frac{15}{10क+5}$$

8 + 7 = 15 फिर ठीक

$$\frac{8\times3}{10क+2} + \frac{7\times4}{10क+1} = 0\text{ इसलिए क } = \frac{-2}{13}$$

(6) $$\frac{7}{7क+1} + \frac{6}{4क+1} = \frac{15}{6क+1}$$

यहां पर $\frac{7}{7} + \frac{6}{4} = \frac{15}{6}$, इसलिए सूत्र लगता है।

$$\frac{12\times7}{84क+12} + \frac{21\times6}{84क+21} = \frac{15\times14}{84क+14}$$ इसलिए ठीक

$$\frac{2}{84क+12} + \frac{3}{84क+21} = \frac{5}{84क+14}$$ इसलिए ठीक

इसलिए $$\frac{2\times2}{84क+12} + \frac{3\times7}{84क+21}$$

इसलिए क 84 (21–4) = 4×21–21×12

$$क = \frac{-8\times21}{84\times17} = \frac{-2}{17}$$

विलयन विधि का विस्तार
(बहुखण्डीय विलयन)

अब हम उन समीकरणों को हल करते हैं जिनमें अंश$_1$+अंश$_2$+अंश$_3$ = अंश (दाहिनापक्ष) होता है। इसमें परावर्त्य (विलयन) सूत्र ठीक पहले की तरह लगाया जा सकता है। यथा:

(1) $$\frac{1}{क+2} + \frac{3}{क+3} + \frac{5}{क+5} = \frac{9}{क+4}$$

परीक्षण 1+3+5 = 9 इसलिए ठीक

इसलिए $$\frac{2}{क+2} + \frac{3}{क+3} = \frac{5}{क+5}$$ फिर से ठीक

$$\frac{2\times3}{क+2} = \frac{-3\times2}{क+3}$$ इसलिए क = −5/2

या शून्यम् समुच्चये द्वारा (क+2+क+3) = 0. इसलिए क = −5/2.

नोट:
क्रमगत विलयन की ये दो पैड़ियां, एक पैड़ी में ही की जा सकती हैं, अंश$_1$ को पहले (4–2) से तथा फिर (5–2) अर्थात 6 से गुणा करके तथा इसी तरह अंश$_2$ को पहले (4–3) से तथा फिर (5–3) से अर्थात 2 से, तत्पश्चात उसी तरह आगे बढ़ते हुए:

$$\frac{6}{क+2} + \frac{6}{क+3} = 0$$

इसलिए किसी भी विधि (प्रारम्भिक विधि द्वारा अथवा शून्यम्) से क= −5 2.

इसका बीजगणितीय प्रमाण इस प्रकार है:–

$$\frac{ट}{क+प} + \frac{ठ}{क+फ} + \frac{ड}{क+व} = \frac{ट+ठ+ड}{क+भ}$$

इसलिए $$\frac{ट(प-भ)}{क+प} + \frac{ठ(फ-भ)}{क+फ} + \frac{ड(ब-भ)}{क+व} = 0$$

(जांचिए $\text{ट}(\text{प}-\text{भ}) + \text{ठ}(\text{फ}-\text{भ}) = -\text{ड}(\text{ब}-\text{भ})$ यदि हां तो,

इसलिए $$\frac{\text{ट}(\text{प}-\text{भ})(\text{प}-\text{ब})}{\text{क}+\text{प}} + \frac{\text{ठ}(\text{फ}-\text{भ})(\text{फ}-\text{ब})}{\text{क}+\text{फ}} = 0$$

यही रूप एक पैड़ी विलयनसूत्र (देखिए ऊपर) का है।

इसी तरह से यह विलयन सूत्र कितने भी पदों वाले समीकरण पर लागू किया जा सकता है:–

$$\frac{\text{ट}}{\text{क}+\text{प}} + \frac{\text{ठ}}{\text{क}+\text{फ}} + \frac{\text{ड}}{\text{क}+\text{ब}} + \frac{\text{ढ}}{\text{क}+\text{भ}} + \frac{\text{त}}{\text{क}+\text{च}} = \frac{\text{ट}+\text{ठ}+\text{ड}+\text{ढ}+\text{त}}{\text{क}+\text{छ}}$$

इसलिए $$\frac{\text{ट}(\text{प}-\text{छ})(\ \dots\ )(\text{प}-\text{च})(\text{प}-\text{भ})(\text{प}-\text{ब})}{\text{क}+\text{प}}$$

$$+ \frac{\text{ट}(\text{फ}-\text{छ})(\ \dots\ )(\text{फ}-\text{च})(\text{फ}-\text{भ})(\text{फ}-\text{ब})}{\text{क}+\text{फ}} = 0$$

(यह इस कार्य के लिए सामान्य सूत्र है) इसी को ऊपर के उदाहरण में लगाते हुए:–

$$\text{क} = \frac{(-3)(-2)(-3) + (-3)(-2)(-2)}{(-3)(-2)(+1) + 3(-1)(-2)} = \frac{-18 - 12}{6+6} = \frac{5}{2}$$

इसी तरह के कुछ और उदाहरण नीचे दिए गए हैं:–

(1) $$\frac{3}{3\text{क}+1} + \frac{4}{4\text{क}+1} + \frac{48}{8\text{क}+1} = \frac{48}{6\text{क}+1}$$

यहां पर $\frac{3}{3} + \frac{4}{4} + \frac{48}{8} = \frac{48}{6}$ इसलिए ठीक

इसलिए $\frac{24}{24\text{क}+8} + \frac{24}{24\text{क}+6} + \frac{48\times3}{24\text{क}+3} = \frac{48\times4}{24\text{क}+4}$ इसलिए ठीक

इसलिए $\frac{1}{24\text{क}+8} + \frac{1}{24\text{क}+6} + \frac{6}{24\text{क}+3} = \frac{8}{24\text{क}+4}$

इसलिए $\frac{4}{24\text{क}+8} + \frac{2}{24\text{क}+6} = \frac{6(3\ 4)}{24\text{क}+3}$ इसलिए यह भी ठीक

इसलिए $\frac{20}{24\text{क}+8} = \frac{6}{24\text{क}+6}$ इसलिए $\text{क} = -7\ 26$

(2) $$\frac{2}{2\text{क}+1} + \frac{18}{3\text{क}+1} + \frac{75}{5\text{क}+1} = \frac{88}{4\text{क}+1}$$

यहां पर $\frac{2}{2} + \frac{18}{3} + \frac{75}{5} = \frac{88}{4}$ इसलिए ठीक

$$\frac{15\times4}{60क+30} + \frac{18\times20}{60क+20} + \frac{75\times12}{60क+12} = \frac{88\times15}{60क+15}$$

या $\frac{1}{60क+30} + \frac{6}{60क+20} + \frac{15}{60क+12} = \frac{22}{60क+15}$

इसलिए $\frac{15}{60क+30} + \frac{30}{60क+20} = \frac{45}{60क+12}$

इसलिए $\frac{1}{60क+30} + \frac{2}{60क+20} = \frac{3}{60क+12}$ इसलिए ठीक,

इसलिए $\frac{18}{60क+30} = \frac{16}{60क+20}$

इसलिए 2040क+840 = 0, इसलिए क = −7/17

नोट :

वाम पक्ष के पदों के क्रम परिवर्तन से हल पद्धति अथवा उत्तर में कोई परिवर्तन नही आएगा।

(3) $\frac{4}{2क\ 1} + \frac{27}{3क\ 1} + \frac{125}{5क\ 1} = \frac{144}{4क\ 1}$

यहा पर $\frac{4}{2} + \frac{27}{3} + \frac{125}{5} = \frac{144}{4}$ इसलिए ठीक

इसलिए $\frac{4\times30}{60क\ 30} + \frac{27\times20}{60क\ 20} + \frac{125\times12}{60क-12} = \frac{144\times15}{60क-15}$ इसलिए ठीक

या $\frac{2}{60क\ 30} + \frac{9}{60क\ 20} + \frac{25}{60क-12} = \frac{36}{60क\ 15}$ इसलिए ठीक

इसलिए $\frac{2}{60क\ 30} + \frac{3}{60क\ 20} = \frac{5}{60क\ 12}$

या विलयन द्वारा $\frac{2\times\ 18}{60क\ 30} = \frac{3\times8}{60क\ 20}$

या $\frac{1}{20क\ 1} = \frac{1}{30क\ 10}$

इसलिए या तो प्रारम्भिक विधि द्वारा, या तिर्यक गुणन द्वारा या शून्यम् सूत्र द्वारा,
50क 20 = 0, इसलिए क = 2/5
या इसी प्रश्न को एक साथ बहुखण्डीय विलयन के द्वारा,

$$60क = \frac{(40)(18)(15) + (270)(8)(5)}{(-6)(18)(5) + (9)(-8)(5)} = 24$$

इसलिए क = 2/5

नोट:
वाम पक्ष के पदों के क्रम में परिवर्तन करने से हल पद्धति अथवा उत्तर में कोई परिवर्तन नहीं होता।

अध्याय 14

जटिल विलयन

एक और विशिष्ट तथा जटिल प्रकार के समीकरण हैं जिन्हेंकि साधारणतया बहुत कठिन कहा जाता है किन्तु इन्हें परावर्त्य सूत्र के द्वारा सरलतापूर्वक हल किया जा सकता है। यथा :–

(1) $$\frac{10}{2क+1} + \frac{3}{3क-2} = \frac{2}{2क-3} + \frac{15}{3क+2}$$

परीक्षणों पर गौर करें

(अ) 10/2+3/3 = 2/2 + 15/3

(ब) 10 × 3 = 15 × 2 अर्थात 10 : 15 = 2 : 3.

इसलिए पक्षांतरण करते हुए

$$\frac{10}{2क+1} - \frac{15}{3क+2} = \frac{2}{2क-3} - \frac{3}{3क-2}$$

और ल.स. लेते हुए,

$$\frac{30}{6क+3} - \frac{30}{6क+4} = \frac{6}{6क-9} - \frac{6}{6क-4};$$

सीधा तिर्यक गुणन (दोनों पक्षों में) करने के बाद,

$$\frac{30}{(6क+3)} - \frac{30}{(6क+4)} = \frac{6}{(6क-9)} - \frac{6}{(6क-4)};$$

यहां पर आता है तीसरा परीक्षण–दोनों अंश समान हैं.

इसलिए (6क+3) (6क+4) = (6क–9) (6क–4)

इसलिए $6क = \frac{36-12}{3+4+9+4} = \frac{24}{20} = \frac{6}{5}$ इसलिए $क = \frac{1}{5}$

पकड़: इससे हमें हल की पकड़ मिलती है। सभी हरों में क के गुणांकों को ल० स० द्वारा समान बनाकर, $अंश_1 = अंश_2$ तथा $अंश_3 = अंश_4$ करना चाहिए। चूंकि पक्षांतरण, ल० स० इत्यादि मन में ही किए जा सकते हैं, यह पकड़ वस्तुत: समीकरण को देखकर हल करने के बराबर है।

यहां उदाहरणों में, हमें चारों भिन्नों का इस तरह पक्षांतरण करना चाहिए कि तिर्यक गुणन इत्यादि के पश्चात् चारों हरों में क का गुणांक एक समान (ल० स०) हो तथा वाम पक्ष और दाहिने पक्ष के अंश भी समान हों।

कुछ और दृष्टांतों से सहायता मिलेगी:

(1) $\frac{2}{6क+1} + \frac{2}{2क-1} = \frac{9}{9क-5} + \frac{1}{3क+1}$

(अ) पक्षांतरण इत्यादि करते हुए–

$$\frac{6}{18क+3} - \frac{6}{18क+6} = \frac{18}{18क-10} - \frac{18}{18क-9}$$

यहां पर दोनों पक्षों के तिर्यक गुणन इत्यादि के बाद प्राप्त समीकरण के दोनों पक्षों के अंश बराबर निकलते हैं नाम्ना : 18, इसलिए सूत्र लगता है
इसलिए (18क+3) (18क+6) = (18क-10) (18क-9)

इसलिए $18क = \frac{90-18}{3+6+10+9} = \frac{72}{28}$ इसलिए $क = \frac{1}{7}$

नोट:

कुछ प्रकरणों में (जिनके विस्तार में बाद में जाएंगे), दिए हुए भिन्न, प्रारम्भ में ही परीक्षण की शर्तें पूरी करते हैं। तब हमें ल० स० इत्यादि की चिन्ता न कर, सीधे ही पक्षांतरण कर परावर्त्य सूत्र लगा देना चाहिए। और जैसा कि नीचे किए हल को देखकर स्पष्ट हो जाएगा, जो समीकरण अभी हल किया था, इसी तरह का उदाहरण है:

(ब) $\frac{2}{6क+1} - \frac{1}{3क+1} = \frac{9}{9क-5} - \frac{2}{2क-1}$

यहां पर 2/6 = 1/3; 9/9 = 2/2 तथा (दोनों पक्षों में तिर्यक गुणन इत्यादि के बाद) अंश 1 है।

इसलिए सूत्र यहां पर लगता है और ल० स० इत्यादि के बिना किए सीधा ही लगाया जा सकता है।

इसलिए (6क+1) (3क+1) = (9क–5) (2क-1)

इसलिए $18क^2+9क+1 = 18क^2-19क+5$, इसलिए क = 1/7

(2) $\frac{2}{2क+3} + \frac{3}{3क+2} = \frac{1}{क+1} + \frac{6}{6क+7}$

या $\frac{2}{2क+3} - \frac{1}{क-1} = \frac{6}{6क+7} - \frac{3}{3क+2}$

(क) ल०स० विधि द्वारा (6क+9) (6क+6) = (6क+7) (6क+4)

इसलिए 6क = –26/4, क = –13/12

(ख) इस केस में एक और खासियत है कि शर्तों को पूरा करते हुए पक्षांतरण को एक और तरीके से कर सकते हैं। अतएव:
(6क+9) (6क+7) = (6क+6) (6क+4)

इसलिए 6क = –39/6, इसलिए क = –13/12

(ग) और प्रारम्भ में ही तिर्यक गुणन के पश्चात (शून्य समुच्चये द्वारा), हम सीधा लिख सकते हैं 12क+13=0, इसलिए क = –13/12, ऐसे केसों में पक्षांतरण करने के क्रम

से कोई अन्तर नहीं पड़ता (यह बाद में समझाया जाएगा)।

(3) $\frac{51}{3क+5} - \frac{68}{4क+11} = \frac{52}{4क-15} - \frac{39}{3क-7}$

परीक्षण 51/3 = 68/4=17; 52/4 = 39/3 = 13

यह समीकरण कई विधियों द्वारा हल किया जा सकता है (जो सभी सहज तथा सरल हैं):–

(1) ल०स० विधि:

$$\frac{204}{12क+20} - \frac{204}{12क+33} = \frac{156}{12क-45} - \frac{156}{12क-28}$$

इसलिए तिर्यक गुणन इत्यादि के पश्चात

अंश$_1$ = 204×13 = 12×13×17

अंश$_2$ = 156×17 = 12×13×17

इसलिए सूत्र लागू होता है।

इसलिए (12क+20) (12क+33) = (12क–45) (12क–28)

इसलिए 12क $= \frac{45\times28-20\times33}{20+33+45+28} = \frac{600}{126}$ इसलिए क $= \frac{25}{63}$

(2) अंशो में से सर्वनिष्ठ खण्ड 12 को निकालकर:

$$\frac{17}{12क+20} - \frac{17}{12क+33} = \frac{13}{12क-45} - \frac{13}{12क-28}$$

इसलिए तिर्यक गुणन इत्यादि के पश्चात

अंश$_1$ = 17×13 तथा अंश$_2$ = 13×17, इसलिए सूत्र लगता है

इसलिए हर$_1$×हर$_2$ = हर$_3$×हर$_4$,

इसलिए 12क $= \frac{600}{126}$ इसलिए क $= \frac{25}{63}$

(3) या बिलकुल प्रारम्भ में (अर्थात ल०स० इत्यादि के पूर्व ही)

वाम पक्ष का अंश = 51×11–5×68 = 561–340 = 221, तथा

दा० प० का अंश = –52×7+39×15 = –364+585 = 221

इसलिए सीधे ही सूत्र लगता है

इसलिए (3क+5) (4क+11) = (4क–15) (3क–7)

इसलिए 12क^2+53क+55 = 12क^2–73क+105

इसलिए 126 क = 50, इसलिए क = 25/63

नोट:

दूसरी विधि में, अंश$_1$ = अंश$_2$ = हर$_4$ – हर$_3$ तथा अंश$_3$ = अंश$_4$ = हर$_2$ –हर$_1$

ऐसे केसों में लगने वाला सामान्य सूत्र:–

$$\frac{ट-ठ}{क+त} + \frac{त-थ}{क+ठ} = \frac{ट-ठ}{क+थ} + \frac{त-थ}{क+ट}$$

इसलिए $(ट\ ठ)\left[\frac{1}{क+त}\ \ \frac{1}{क+थ}\right] = (त-थ)\left[\frac{1}{क+ट} - \frac{1}{क+ठ}\right]$

इसलिए $\frac{(ट-ठ)\ (थ-त)}{(क+त)\ (क+थ)} = \frac{(त-थ)\ (ठ-ट)}{(क+ट)\ (क+ठ)}$

इसलिए (क+त) (क+थ) = (क+ट) (क+ठ)

इसलिए $क = \frac{टठ-तथ}{त+थ-ट-ठ}$

(4) $\frac{1}{2क-1} + \frac{8}{4क-1} = \frac{6}{3क-1} + \frac{3}{6क-1}$

(अ) $\frac{6}{12क-6} - \frac{6}{12क-2} = \frac{24}{12क-4} - \frac{24}{12क-3}$

तिर्यक गुणन इत्यादि के पश्चात वा०प० अंश = 24 तथा दा०प० = 24 इसलिए सूत्र लगता है

इसलिए $12क = \frac{12-12}{हर} = 0$ इसलिए क = 0

(ब) इस प्रश्न में तो विलोकन (मात्र देखना) ही यथेष्ट है।

(5) $\frac{3}{3क+1} + \frac{2}{2क-1} = \frac{3}{3क-2} + \frac{2}{2क+1}$

(अ) यहां पर तिर्यक गुणन इत्यादि के पश्चात दोनों पक्षों का अंश समान निकलता है। इसलिए ठीक

$\therefore 6क^2+5क+1 = 6क^2-7क+2,\ \therefore 12क=1,\ \therefore क = 1/12$

(ब) प्रारंभ में ही तिर्यक गुणन के पश्चात (शून्यम् समुच्चये द्वारा)

$12क-1=0\ \therefore क = \frac{1}{12}$

(6) $\frac{5}{5क+2} + \frac{3}{3क+1} = \frac{5}{5क+3} + \frac{15}{15क+2}$

(क) $\frac{15}{15क+6} - \frac{15}{15क+9} = \frac{15}{15क+2} - \frac{15}{15क+5}$

तिर्यक गुणन इत्यादि के पश्चात अंश दोनों तरफ 45 है, इसलिए सूत्र लगता है।

इसलिए $15क = \frac{10-54}{6+9-2-5} = \frac{-44}{8}$ इसलिए $क = \frac{11}{30}$

अथवा

(ख) प्रारंभ में ही तिर्यक गुणन तथा शून्यम सूत्र इत्यादि के द्वारा, दोनों अंश क्रमशः

30क+11 तथा 5(30क+11) मिलते हैं। गुणन अंक के अतिरिक्त दोनों ही समान हैं इसलिए (30क+11) को शून्य के बराबर करते हुए हमें क= -11/30 मिलता है।

(7) $\frac{2क+11}{क+5} + \frac{6क+11}{2क+3} = \frac{4क+4}{2क+1} + \frac{3क+19}{क+6}$

(क) परावर्त्य भाजन के द्वारा.

$\frac{1}{क+5} + \frac{2}{2क+3} = \frac{2}{2क+1} + \frac{1}{क+6}$

या $\frac{2}{2क+10} - \frac{2}{2क+1} = \frac{2}{2क+12} - \frac{2}{2क+3}$

यहां पर भी दोनों तरफ के अंशों का मान 9 निकलता है (तिर्यक गुणन के बाद) इसलिए (2क+10) (2क+1) = (2क+12) (2क+3)

इसलिए 2क = $\frac{36-10}{10+1-12-3} = -\frac{26}{4}$ इसलिए क = $\frac{-13}{4}$

(ख) प्रारम्भ में ही तिर्यक गुणन के फलस्वरूप तथा शून्यम् समुच्चये सूत्र द्वारा:
4क+13 = 0, इसलिए क = -13/4.

(8) $\frac{2क+11}{क+5} + \frac{15क-47}{3क-10} = \frac{9क-9}{3क-4} + \frac{4क+13}{क+3}$

(क) $\frac{3}{3क+15} + \frac{3}{3क-10} = \frac{3}{3क-4} + \frac{3}{3क+9}$

पक्षांतर तथा तिर्यकगुणन के फलस्वरूप प्राप्त समीकरण के अंशों में (दोनों) 18 मिलता है। इसलिए सूत्र लगता है।

इसलिए (3क+9) (3क+15) = (3क-10) (3क-4)

इसलिए 3क = $\frac{40-135}{15+9+10+4} = \frac{-5}{2}$ इसलिए क = $\frac{-5}{6}$

या (ख) प्रारम्भ में ही सीधे तिर्यक गुणन के फलस्वरूप तथा शून्यम् सूत्र के द्वारा.

18क+15=0, इसलिए क = $\frac{-15}{18} = \frac{-5}{6}$

(वामपक्ष अंश = 9क-30+9क+45 = 18क+15 = दा.पक्ष अंश)

(9) $\frac{12क^2+19क+7}{3क+4} + \frac{12क^2+क+3}{4क-1} = \frac{24क^2+14क+13}{12क+1} + \frac{5क^2+6क+2}{क+1}$

इसलिए (परावर्त्य) भाजन द्वारा, (दो बार)

$$\frac{3}{3क+4} + \frac{4}{4क-1} = \frac{12}{12क+1} + \frac{1}{क+1}$$

या $$\frac{12}{12क+16} + \frac{12}{12क-3} = \frac{12}{12क+1} + \frac{12}{12क+12}$$

इसलिए शून्यम सूत्र द्वारा

24क+13 = 0 इसलिए क = −13/24

नोट:

तिर्यक गुणन तथा शून्यम् सूत्र विधि इतनी सहज, सीधी तथा सरल है कि हमें किसी दूसरी विधि द्वारा प्रयत्न करने की आवश्यकता ही नहीं है। किन्तु विद्यार्थीगण अभ्यास हेतु दूसरी विधियों द्वारा भी हल करें तथा उससे अभी मिले उत्तरों की जांच भी करें।

अध्याय 15

युगपत सरल समीकरण

यहां भी हमारे पास सभी समीकरणों पर लगने वाला सामान्य सूत्र (परावर्त्य सूत्र के अंतर्गत) है तथा विशिष्ट प्रकरणों में लगने वाले विशिष्ट सूत्र भी हैं।

सामान्य सूत्र

युगपत सरल समीकरणों को हल करने के लिए एक यथेष्ट रूप से संतोषप्रद सामान्य विधि-तिर्यक गुणन विधि के लिए, प्रचलित पद्धति अपने आपको बधाई दे सकती है तथा हर्षित हो सकती है। यह विधि वैदिक परावर्त्य विधि के लगभग समान ही है।

परन्तु इस विधि में भी, सरल करने के लिए दिए गए सभी संकेतों के बावजूद, एक कमी के कारण, व्रिद्यार्थीगण (कभी-कभी शिक्षकगण भी) धन तथा ऋण चिन्हों के विषय में भ्रांति कर बैठते हैं। इसके परिणामस्वरूप हम देखते हैं कि वे प्रतिदिन के व्यवहार में इसकी अपेक्षा प्रतिस्थापन विधि अथवा विलोपन विधि (जिसमें वे केवल क अथवा ख वाले नए समीकरण बनाते हैं) का उपयोग करते हैं। और इसके कारण मन ही मन, एक पंक्ति विधि द्वारा उत्तर प्राप्त नहीं किया जा सकता। तथा जिसके फलस्वरूप समय तथा परिश्रम व्यर्थ ही खर्च होता है।

हम वैदिक विधि (परावर्त्य नियम) द्वारा एक दम ही (मन ही मन गणना कर) उत्तर दे सकते हैं। यथा :–

2क+3ख = 8

4क+5ख = 14

चक्रीय नियम का उपयोग किया जाता है :

(क) क के मान के लिए हम ख के गुणांक तथा स्वतंत्र पद से आरम्भ कर पुरोगामी तिर्यक गुणन (अर्थात हम ऊपर की पंक्ति से शुरूकर नीचे वाले से तिर्यक गुणन करते हैं, तथा दो तिर्यक गुणन फलों के बीच का संबंध चिन्ह हमेशा ऋण है) करते हैं और इस तरह क के मान का अंश प्राप्त होता है।

(ख) क के मान का "हर" प्राप्त करने के लिए हम ख के गुणांक से प्रारम्भ कर प्रतिगामी तिर्यक गुणन (अर्थात ऊपर की पंक्ति में दाहिने से शुरू कर नीचे की पंक्ति के क गुणांक तक) करते हैं। यथा =

2क+3ख = 8 इसलिए क के मान के लिए, अंश = 3×14–5×8 = 2

4क+5ख = 14 तथा हर = 3×4–5×2 = 2

इसलिए क = 2/2 = 1

और ख के मान के लिए, चक्रीय नियम का पालन करते हैं (अर्थात ऊपर की पंक्ति के स्वतंत्र पद से शुरू कर नीचे की पंक्ति के क के गुणांक से गुणा करते हैं। इसलिए अंश = 8×4–14×2 = 4

और गौर कीजिए कि "हर" निश्चित रूप से वही रहता है जो क के लिए था और इस तरह प्रचलित पद्धति में एक और तिर्यक गुणन तथा चिन्ह परिवर्तन के फलस्वरूप जनित भ्रांति से हम बच जाते हैं।

इसलिए ख = 4/2 = 2

(2) क−ख = 7
5क+2ख = 42

इसलिए क $= \frac{-42-14}{-5-2} = \frac{-56}{-7} = 8$

तथा ख $= \frac{35-42}{-7} = 1$

(3) 2क+ख = 5
3क−4ख = 2

इसलिए क $= \frac{2+20}{3+8} = \frac{22}{11} = 2$

तथा ख $= \frac{15-4}{11} = 1$

(4) 5क−3ख = 11
6क−5ख = 9

इसलिए क $= \frac{-27+55}{-18+25} = \frac{28}{7} = 4$

तथा ख $= \frac{66-45}{7} = \frac{21}{7} = 3$

(5) 11क+6ख = 28
7क−4ख = 10

इसलिए क $= \frac{60+28\times4}{42+44} = \frac{172}{86} = 2$

तथा ख $= \frac{28\times7-11\times10}{86} = \frac{86}{86} = 1$

एक विशिष्ट प्रकार

एक विशिष्ट प्रकार का युगपत सरल समीकरण है जो बड़े अंकों के कारण कठिन लग सकता है किन्तु अपने गुणांकों के बीच एक निश्चित अनुपात के कारण, आनुरूप्ये शून्यम् अन्यत् (जो बीज रूप में कहता है कि यदि एक अनुपात में है तो दूसरा शून्य है)। सूत्र के उपयोग द्वारा मन ही मन में हल किया जा सकता है।

एक उदाहरण से इसका अर्थ तथा अनुप्रयोग स्पष्ट हो जाएगा:

6क+ 7ख = 8
19क+14ख = 16

यहां हम देखते हैं कि ख के गुणांकों का अनुपात वही है जो स्वतंत्र पदों का है। और इसी परिस्थिति में सूत्र कहता है कि दूसरा अर्थात क का मान शून्य है। इसके फलस्वरूप हमें सीधे ख का समीकरण मिल जाता है तथा ख = 8/7 तथा क = 0

नोट:

हमें दोनों में से एक अज्ञात राशि के गुणांकों के अनुपात की स्वतंत्र पदों के अनुपात से

तुलना करना चाहिए। यदि दोनों अनुपात एक से हैं तो अन्य अज्ञात राशि का मान शून्य रख देना चाहिए, तथा पहली अज्ञात राशि का मान दाहिने पक्ष के स्वतंत्र पद के बराबर करना चाहिए।

इसकी बीजगणितीय उपपत्ति इस प्रकार है:–

पक+फख = फट

बक+भख = भट

इसलिए पभक+फभख = भफट

तथा फबक+फभख = भफट घटाते हुए:–

इसलिए क (पभ–फब) = 0, इसलिए क = 0

तथा ख = ट

कुछ और उदाहरण लिए जा सकते हैं:–

(1)	12क+ 8ख = 7	यहां पर, 8:16 :: 7:14 (मन ही में)	
	16क+16ख = 14	इसलिए	क = 0
			ख = 7/8
(2)	12क+78ख = 12	इसलिए 12:16 :: 12:16 (मन ही में)	
	16क+96ख = 16	इसलिए	ख = 0
			क = 1

(3) 499क+172ख=212 $\frac{172}{387} = \frac{4\times43}{9\times43}$; $\frac{212}{477} = \frac{4\times53}{9\times53}$

9779क+387ख=477

इसलिए अनुपात एक सा है

क = 0, ख = 53/43.

नोट: क के बड़े गुणांक से डरने की कोई बात नहीं है।

गौर करें: इस नियम में अनंत विस्तार की क्षमता है तथा कितनी भी अज्ञात राशियों पर लागू किया जा सकता है। यथा :–

(1)	पक+फख+बग = प	इसलिए	क = 1
	फक+बख+पग = फ		ख = 0
	बक+पख+फग = ब		ग = 0
(2)	पक+फख+बग = बट	इसलिए	क = 0
	पक+पख+भग = भट		ख = 0
	टक+तख+थग = थट		ग = ट
(3)	97क+पख+43ग = पट	इसलिए	क = 0
	49979क+फख+(त+थ)ग = फट		ख = ट
	49(प–भ)^{3}क+बख+(ट–ठ)^{4}ग = बट.		ग = 0

नोट:

गुणांक जानबूझकर बड़े तथा जटिल बनाए गए हैं किन्तु इनसे हमें डरने की कोई आवश्यकता नहीं है।

दूसरा विशिष्ट प्रकार

एक और विशिष्ट प्रकार के युगपत एकघात समीकरण हैं जिनमें क तथा ख के गुणांक अदले बदले पाए जाते हैं। इनके लिए कोई भी विस्तार पूर्वक गुणा इत्यादि की आवश्यकता नहीं है। उपसूत्र (स्वयंसिद्ध) 'संकलन व्यवकलनाम्यां' (जिसका अर्थ है "जोड़ने तथा घटाने द्वारा") द्वारा (क+ख) तथा (क–ख) के मान देने वाले दो समीकरण एकदम प्राप्त हो जाते हैं। और इसी प्रक्रिया के दुहराने से हमें क तथा ख के मान मिल जाते हैं। तथा सारी प्रक्रिया मन में ही की जा सकती है। यथा:

45क–23ख = 113

23क–45ख = 91

इसलिए जोड़ने से 68 (क–ख) = 208, इसलिए क–ख = 3

तथा घटाने से 22 (क+ख) = 22, इसलिए क+ख = 1

इसलिए क = 2 तथा ख = –1

नोट:

गुणांक कितने भी बड़े तथा जटिल हों, कोई गुणन की आवश्यकता नहीं है, केवल सरल जोड़ना तथा घटाना भर है।

अन्य प्रकार के विशिष्ट युगपत् एकघात समीकरणों का अध्ययन बाद में किया जाएगा।

अध्याय 16

विविध (सरल) समीकरण

कुछ विविध एकघाती समीकरण हैं जिन्हें वैदिक सूत्र द्वारा हल किया जा सकता है।

पहला प्रकार

इसमें एक प्रकार के चक्रीय भिन्न आते हैं। प्रश्नगत भिन्नों के योग के अंश को परावर्त्य सूत्र द्वारा निकालकर उसका मान शून्य के बराबर रखते हैं। यथा :

(1) $$\frac{1}{(\text{क}-1)(\text{क}-2)} + \frac{2}{(\text{क}-2)(\text{क}-3)} + \frac{3}{(\text{क}-3)(\text{क}-1)} = 0$$

इसमें प्रत्येक अंश को उसके हर में लुप्त पद से गुणा करते हैं। यह लगभग सभी पद्धतियों में करते हैं, किन्तु हमेशा मन ही मन में नहीं करते। किन्तु इसे हमेशा मन में ही करना चाहिए और प्राप्त अंश का मान शून्य के बराबर रखना चाहिए।

इस उदाहरण में,
$(\text{क}-3) + 2(\text{क}-1) + 3(\text{क}-2) = 0$ इसलिए क $= 11/6$
इसका बीजगणितीय प्रमाण इस प्रकार है (जोकि भली भांति ज्ञात है):

$$\frac{\text{ट}}{(\text{क}+\text{प})(\text{क}+\text{फ})} + \frac{\text{ठ}}{(\text{क}+\text{फ})(\text{क}+\text{ब})} + \frac{\text{ड}}{(\text{क}+\text{ब})(\text{क}+\text{प})} = 0$$

$$= \frac{\text{ट}(\text{क}+\text{ब})+\text{ठ}(\text{क}+\text{प})+\text{ड}(\text{क}+\text{फ})}{(\text{क}+\text{प})(\text{क}+\text{फ})(\text{क}+\text{ब})}$$

$$= \frac{\text{क}(\text{ट}+\text{ठ}+\text{ड})+\text{टब}+\text{ठप}+\text{डफ}}{(\text{क}+\text{प})(\text{क}+\text{फ})(\text{क}+\text{ब})} = 0$$

इसलिए क $= -\dfrac{\text{टब}+\text{ठप}+\text{डफ}}{\text{ट}+\text{ठ}+\text{ड}}$

दूसरे शब्दों में, क $= \dfrac{-\text{प्रत्येक अंश} \times \text{लुप्त पद का अंक}}{\text{अंश}_1+\text{अंश}_2+\text{अंश}_3}$

चूंकि इसको याद करना तथा इसका अनुप्रयोग करना सहज और सरल है, सारी प्रक्रिया मन ही में करनी चाहिए।

कुछ और उदाहरण देखिए:–

(1) $\dfrac{1}{(क-1)(क-3)} + \dfrac{3}{(क-3)(क-5)} + \dfrac{5}{(क-5)(क-1)} = 0,$

$\therefore क = \dfrac{5+3+5\times3}{5+3+1} = \dfrac{23}{9}$

(2) $\dfrac{2}{(क-1)(क+2)} + \dfrac{3}{(क+2)(क-4)} + \dfrac{4}{(क-4)(क-1)} = 0$

$\therefore क = \dfrac{4\times2+3\times1-4\times2}{2+3+4} = \dfrac{1}{3}$

(3) $\dfrac{1}{(क-3)(क-4)} + \dfrac{3}{(क-4)(क-9)} + \dfrac{5}{(क-9)(क-3)} = 0$

$\therefore क = \dfrac{+9+9+20}{9} = \dfrac{38}{9}$

कुछ छद्मवेषी उदाहरण भी दिए जा सकते हैं:–

(1) $\dfrac{1}{(क^2+3क+2)} + \dfrac{5}{(क^2+5क+6)} + \dfrac{3}{(क^2+4क+3)} = 0$

$\therefore$ (मन ही मन में)

$\dfrac{1}{(क+1)(क+2)} + \dfrac{5}{(क+2)(क+3)} + \dfrac{3}{(क+3)(क+1)} = 0$

$\therefore क = -\dfrac{3+5+6}{1+5+3} = \dfrac{-14}{9}$

(2) $\dfrac{1}{(6क^2+5क+1)} + \dfrac{1}{(12क^2+7क+1)} + \dfrac{1}{(8क^2+6क+1)} = 0$

$\therefore$ (मन ही मन में)

$\dfrac{1}{(2क+1)(3क+1)} + \dfrac{1}{(3क+1)(4क+1)} + \dfrac{1}{(4क+1)(2क+1)} = 0$

$\therefore क = \dfrac{-1-1-1}{4+3+2} = -\dfrac{1}{3}$

(3) $\dfrac{3}{(क+3)^2-2^2} + \dfrac{2}{(क+4)^2-1^2} + \dfrac{1}{(क+2)^2--1^2} = 0$

$\therefore$ (मन ही मन में)

$$\frac{3}{(\text{क}+1)(\text{क}+5)} + \frac{2}{(\text{क}+5)(\text{क}+3)} + \frac{1}{(\text{क}+3)(\text{क}+1)} = 0$$

$$\therefore \text{क} = \frac{-9-2-5}{3+2+1} = \frac{-16}{6} = \frac{-8}{3}$$

(4) $$\frac{\text{क}+4}{(\text{क}+1)(\text{क}+3)} + \frac{\text{क}+8}{(\text{क}+3)(\text{क}+5)} + \frac{\text{क}+6}{(\text{क}+5)(\text{क}+1)} = \frac{3}{\text{क}}$$

$\therefore$ (मन ही मन में)

$$\frac{\text{क}^2+4\text{क}}{(\text{क}+1)(\text{क}+3)} -1 + \frac{\text{क}^2+8\text{क}}{(\text{क}+3)(\text{क}+5)} -1 + \frac{\text{क}^2+6\text{क}}{(\text{क}+5)(\text{क}+1)} -1 = 0$$

$\therefore$ (मन ही मन में)

$$\frac{-3}{(\text{क}+1)(\text{क}+3)} + \frac{-15}{(\text{क}+3)(\text{क}+5)} + \frac{-5}{(\text{क}+5)(\text{क}+1)} = 0$$

$$\therefore \text{क} = \frac{+15+15+15}{-3-15-5} = \frac{-45}{23}$$

(5) $$\frac{\text{क}-3}{(\text{क}-1)(\text{क}-2)} + \frac{\text{क}-5}{(\text{क}-2)(\text{क}-3)} + \frac{\text{क}-4}{(\text{क}-3)(\text{क}-1)} = \frac{3}{\text{क}}$$

$\therefore$ (मन ही मन में)

$$\frac{-2}{(\text{क}-1)(\text{क}-2)} + \frac{-6}{(\text{क}-2)(\text{क}-3)} + \frac{-3}{(\text{क}-3)(\text{क}-1)} = 0$$

$$\therefore \text{क} = \frac{-6-6-6}{-2-6-3} = \frac{18}{11}$$

(6) $$\frac{\text{क}-4}{(\text{क}-1)(\text{क}-3)} + \frac{\text{क}-9}{(\text{क}-3)(\text{क}-6)} + \frac{\text{क}-7}{(\text{क}-6)(\text{क}-1)} = \frac{3}{\text{क}}$$

$\therefore$ (मन ही मन में)

$$\frac{-3}{(\text{क}-3)(\text{क}-1)} + \frac{-18}{(\text{क}-3)(\text{क}-6)} + \frac{-6}{(\text{क}-6)(\text{क}-1)} = 0$$

$$\therefore \text{क} = \frac{-18-18-18}{-3-18-6} = \frac{54}{27} = 2$$

(7) $$\frac{\text{क}-6}{(\text{क}-2)(\text{क}-3)} + \frac{\text{क}-8}{(\text{क}-3)(\text{क}-4)} + \frac{\text{क}-7}{(\text{क}-4)(\text{क}-2)} = \frac{3}{(\text{क}+1)}$$

: (मन ही मन में)

$$\frac{-12}{(क-2)(क-3)} + \frac{-20}{(क-3)(क-4)} + \frac{-15}{(क-4)(क-2)} = 0$$

$$\therefore\ क = \frac{-48-40-45}{-12-20-15} = \frac{133}{47}$$

(8) $$\frac{35क+23}{(5क-1)(7क-1)} + \frac{63क+47}{(7क-1)(9क-1)} + \frac{45क+31}{(9क-1)(5क-1)} = \frac{3}{क-1}$$

या $$\frac{35क^2-12क-23}{(5क-1)(7क-1)} - 1 + \frac{63क^2-16क-47}{(7क-1)(9क-1)} - 1 + \frac{45क^2-14क-31}{(9क-1)(5क-1)} - 1 = 0$$

या $$\frac{3}{(5क-1)(7क-1)} + \frac{6}{(7क-1)(9क-1)} + \frac{4}{(9क-1)(5क-1)} = 0$$

इसलिए 85 क = 13, इसलिए क = 13/85

दूसरा प्रकार

दूसरा विशेष सरल समीकरण इस प्रकार होता है :–

$$\frac{1}{पफ} + \frac{1}{पब} = \frac{1}{पभ} + \frac{1}{फब}$$

तथा हर के घटक (प, फ, ब, भ) समांतर श्रेढ़ी में हैं। इसका हल सूत्र ''सोपान्त्य-द्वयमन्त्यं'', जिसंका अर्थ है अन्तिम, तथा उपान्तिम का दुगुना, द्वारा तत्काल मिल जाता है, उदाहरणार्थ :

$$\frac{1}{(क+2)(क+3)} + \frac{1}{(क+2)(क+4)} = \frac{1}{(क+2)(क+5)} + \frac{1}{(क+3)(क+4)}$$

सूत्र लगाते हुए (अन्तिम +2 ×उपान्तिम)

(क+5) +2 (क+4) = 3क+13 = 0

इसलिए क = –13/3

इसकी उपपत्ति इस प्रकार है:–

$$\frac{1}{(क+2)(क+3)} + \frac{1}{(क+2)(क+4)} = \frac{1}{(क+2)(क+5)} + \frac{1}{(क+3)(क+4)}$$

$$\therefore \frac{1}{(क+2)(क+3)} - \frac{1}{(क+2)(क+5)} = \frac{1}{(क+3)(क+4)} - \frac{1}{(क+2)(क+4)}$$

$$\therefore \frac{1}{(क+2)}\left[\frac{2}{(क+3)(क+5)}\right] = \frac{1}{(क+4)}\left[\frac{-1}{(क+3)(क+2)}\right]$$

इसलिए (क+2) तथा (क+3) घटकों को निकालते हुए :

$$\frac{2}{क+5} = \frac{-1}{क+4} \quad \text{अर्थात} \quad \frac{2}{\text{अंतिम}} = \frac{-1}{\text{उपान्तिम}}$$

अंतिम + 2 × उपान्तिम = 0

सामान्य बीजगणितीय उपपत्ति इसी तरह है

$$\frac{1}{\text{पफ}} + \frac{1}{\text{पब}} = \frac{1}{\text{पभ}} + \frac{1}{\text{फब}}$$

(प, फ, ब, तथा भ समांतर श्रेणी में हैं)

मान लें कि समांतर "स" है। तब,

$$\frac{1}{\text{प (प+स)}} + \frac{1}{\text{प (प+2स)}} = \frac{1}{\text{(प+स) (प+2स)}} + \frac{1}{\text{प (प+3स)}}$$

$$\therefore \quad \frac{1}{\text{प}}\left[\frac{\text{2स}}{\text{(प+स) (प+3स)}}\right] = \frac{1}{\text{प+2स}}\left[\frac{-\text{स}}{\text{(प+स) प}}\right]$$

हर के घटक प (प+स) तथा अंश के घटक स को निकालते हुए,

$$\frac{2}{\text{अंतिम}} = \frac{-1}{\text{उपांतिम}}$$

एक और बीजगणितीय उपपत्ति :–

$$\frac{1}{\text{पफ}} + \frac{1}{\text{पब}} = \frac{1}{\text{पभ}} + \frac{1}{\text{फब}}$$

$$\therefore \quad \frac{1}{\text{पफ}} - \frac{1}{\text{पभ}} = \frac{1}{\text{फब}} - \frac{1}{\text{पब}}$$

$$\therefore \quad \frac{1}{\text{प}}\left[\frac{\text{भ}-\text{फ}}{\text{फभ}}\right] = \frac{1}{\text{ब}}\left[\frac{\text{प}-\text{फ}}{\text{फप}}\right]$$

किन्तु प, फ, ब, भ समांतर श्रेणी में हैं

इसलिए भ–फ = –2 (प–फ)

$$\therefore \quad \frac{2}{\text{भ}} = \frac{-1}{\text{ब}} \quad \therefore \quad \text{2ब+भ} = 0,$$

इसलिए अंतिम + 2 ×उपान्तिम = 0

कुछ और उदाहरण लिए जा सकते हैं:–

(1) $$\frac{1}{\text{क}^2+7\text{क}+12} + \frac{1}{\text{क}^2+8\text{क}+15} = \frac{1}{\text{क}^2+9\text{क}+18} + \frac{1}{\text{क}^2+9\text{क}+20}$$

$$\therefore \quad \frac{1}{\text{(क+3) (क+4)}} + \frac{1}{\text{(क+3) (क+5)}} = \frac{1}{\text{(क+3) (क+6)}} + \frac{1}{\text{(क+5) (क+4)}}$$

∴ अंतिम + 2 × उपान्तिम = 2(क+5)+ क+6= 0 ∴ क = –16/3

(2) $$\frac{1}{\text{(2क+1) (3क+2)}} + \frac{1}{\text{(2क+1) (4क+3)}} = \frac{1}{\text{(2क+1) (5क+4)}} + \frac{1}{\text{(4क+3) (3क+2)}}$$

$\therefore$ अं + 2उप. = (8क+6) + (5क+4) = 13क+10 = 0

$\therefore$ क = –10/13

तीसरा प्रकार

तीसरे प्रकार के समीकरण में वाम पक्ष में स्वतंत्र पदों को छोड़कर अंश और हर का जो अनुपात होता है वही अनुपात दाहिने पक्ष के पूरे अंश और हर में होता है। इन्हें अन्त्ययोरेव अर्थात केवल अंतिम पद या केवल स्वतंत्र पद द्वारा तुरंत ही हल किया जा सकता है। यथा :–

$$\frac{\text{क}^2+\text{क}+1}{\text{क}^2+3\text{क}+3} = \frac{\text{क}+1}{\text{क}+3}$$

यहां क²+क = क(क+1) तथा क²+3क = क(क+3)

इसलिए सूत्र लगता है,

इसलिए $\frac{\text{क}+1}{\text{क}+3} = \frac{1}{3}$ इसलिए क = 0

बीजगणितीय उपपत्ति इस प्रकार है :–

$$\frac{\text{पब}+\text{भ}}{\text{फब}+\text{त}} = \frac{\text{प}}{\text{फ}} = \frac{\text{पब}}{\text{फब}} = \frac{\text{भ}}{\text{त}}$$ (भाज्य द्वारा)

एक और बीजगणितीय उपपत्ति :–

$\frac{\text{पब}+\text{भ}}{\text{फब}+\text{त}} = \frac{\text{प}}{\text{फ}}$ इसलिए पफब+पत = पफब + फभ

इसलिए $\frac{\text{प}}{\text{फ}} = \frac{\text{भ}}{\text{त}}$

कुछ और उदाहरण लिए जा सकते हैं :–

(1) $\frac{3\text{क}^2+5\text{क}+8}{5\text{क}^2+6\text{क}+12} = \frac{3\text{क}+5}{5\text{क}+6} = \frac{8}{12}$; $\therefore$ 4क= 12 : क =3

(2) $\frac{2\ 2\text{क}\ \ 3\text{क}^2}{2\ \ 5\text{क}\ \ 6\text{क}^2} = \frac{3\text{क}+2}{6\text{क}+5} = \frac{2}{2}$; $\therefore$ क= 1

(3) $\frac{81\text{क}^2+108\text{क}+2}{54\text{क}^2+27\text{क}+5} = \frac{3\text{क}+4}{2\text{क}+1} = \frac{2}{5}$; $\therefore$ क = $\frac{18}{11}$

(4) $\frac{58\text{क}^2+87\text{क}+7}{87\text{क}^2+145\text{क}+11} = \frac{2\text{क}+3}{3\text{क}+5} = \frac{7}{11}$, $\therefore$ क = 2

(5) $\frac{158\text{क}^2+237\text{क}+4}{395\text{क}^2+474\text{क}+4} = \frac{2\text{क}+3}{5\text{क}+6} = \frac{4}{4}$. $\therefore$ क = 1

(6) $\dfrac{1\ \text{टक}}{1\ \text{ठक}} = \dfrac{2 + \text{टठक} - \text{ट}^2\ \text{ठक}^2}{2 + \text{टठक}\ \ \text{टठ}^2\ \text{क}^2} = \dfrac{2}{2}\ \therefore \text{क} = 0$

(7) $\dfrac{(2\text{क}+3)^2}{(2\text{क}+5)^2} = \dfrac{\text{क}+3}{\text{क}+5} = \dfrac{4\text{क}^2+12\text{क}+9}{4\text{क}^2+20\text{क}+25} = \dfrac{9}{25}\ \therefore \text{क} = \dfrac{-15}{8}$

(8) $\dfrac{(\text{क}+1)\ (\text{क}+6)}{(\text{क}+3)\ (\text{क}+5)} = \dfrac{\text{क}+7}{\text{क}+8} = \dfrac{\text{क}^2+7\text{क}+6}{\text{क}^2+8\text{क}+15} = \dfrac{6}{15}\ \therefore \text{क} = \dfrac{-19}{3}$

नोट:

तिर्यक गणन के द्वारा :-

$(\text{क}+1)\ (\text{क}+6)\ (\text{क}+8) = (\text{क}+3)\ (\text{क}+5)\ (\text{क}+7)$

यहां दोनों पक्षों में द्विपदों का योग 3क+15 है किन्तु शून्यम् सम्च्चये सूत्र नहीं लगता क्योंकि दिए भिन्न रूप में वाम वक्ष में दो द्विपद हैं तथा दाहिने पक्ष में एक। इसलिए अन्त्ययोरेव सूत्र ही इसमें लगता है।

(9) $(\text{क}+1)\ (\text{क}+2)\ (\text{क}+9) = (\text{क}+3)\ (\text{क}+4)\ (\text{क}+5)$

दोनों पक्षों का अपना-अपना योग (3क+12) बराबर ही है। किन्तु शून्यम सूत्र नहीं लगता। अन्त्ययोरेव सूत्र ही लगता है।

इसलिए $\dfrac{(\text{क}+1)\ (\text{क}+2)}{(\text{क}+5)\ (\text{क}+4)} = \dfrac{\text{क}+3}{\text{क}+9} = \dfrac{2}{20},\ \therefore \text{क} = \dfrac{-7}{3}$

(10) $(\text{क}+2)\ (\text{क}+3)\ (\text{क}+11) = (\text{क}+4)\ (\text{क}+5)\ (\text{क}+7)$

ठीक 9वें प्रश्न की तरह

$$\dfrac{(\text{क}+2)\ (\text{क}+3)}{(\text{क}+4)\ (\text{क}+7)} = \dfrac{\text{क}+5}{\text{क}+11} = \dfrac{6}{28}\ \therefore \text{क} = \dfrac{-37}{11}$$

चौथा प्रकार

सरल समीकरणों के हल करते समय भिन्नों के योग की एक विशेष प्रकार सामने आती है जिसमें हरों के घटक समांतर श्रेढ़ी में रहते हैं अथवा श्रेढ़ी संकलन के समान आपस में विशेष संबंध रखते हैं। इन्हें हम अन्त्ययोरेव सूत्र (भिन्न संदर्भ में भिन्न अर्थ में) द्वारा तत्काल ही हल कर सकते हैं। हम यहां इस विशेष प्रकार को हल करेंगे।

(1) इस प्रकार के पहले उपसंभाग में ये घटक समांतर श्रेढ़ी में रहते हैं। यथा:

$$\dfrac{1}{(\text{क}+1)\ (\text{क}+2)} + \dfrac{1}{(\text{क}+2)\ (\text{क}+3)} + \dfrac{1}{(\text{क}+3)\ (\text{क}+4)}$$

इस सूत्र के अनुसार इस श्रेढ़ी के योग को भिन्न के रूप में प्राप्त किया जा सकता है उसका अंश श्रेढी के अंशों का योग है तथा उसका हर दोनों अंतों का गुणनफल है अर्थात पहले और अंतिम द्विपदों का गुणनफल है।

तदनुसार, योग, $य_3 = \frac{3}{(क+1)(क+4)}$

इसकी बीजगणित उपपत्ति इस प्रकार है :–

$$पद_1 + पद_2 = \frac{1}{(क+1)(क+2)} + \frac{1}{(क+2)(क+3)} = \frac{(क+3)+(क+1)}{(क+1)(क+2)(क+3)}$$

$$= \frac{2(क+2)}{(क+1)(क+2)(क+3)} = \frac{2}{(क+1)(क+3)}$$

जिसमें कि अंश, प्रारंभिक अंशों का योग है तथा हर पहले तथा अंतिम द्विपदों का गुणनफल है। तीसरे पद को जोड़ते हुए,

$$\frac{2}{(क+1)(क+3)} + \frac{1}{(क+3)(क+4)} = \frac{2क+8+क+1}{(क+1)(क+3)(क+4)}$$

$$= \frac{3(क+3)}{(क+1)(क+3)(क+4)} = \frac{3}{(क+1)(क+4)}$$

इस प्रक्रिया का कितने भी पदों तक विस्तार करने पर हम यह देखते हैं कि अंश बराबर 1 से बढ़ता जाता है तथा हर में मध्य द्विपद का लोप होता जाता है तथा पहले और अंतिम द्विपद ही बचते हैं, और इसी तरह कथित नियम को सिद्ध करते हैं। इसे एक और विधि से सिद्ध करते हुए :–

$$पद_1 = \frac{1}{(क+1)(क+2)} = \frac{1}{(क+1)} - \frac{1}{(क+2)}$$

$$पद_2 = \frac{1}{(क+2)(क+3)} = \frac{1}{(क+2)} - \frac{1}{(क+3)}$$

और इसी तरह कितने भी पदों तक ......

नोट:

प्रत्येक पैड़ी के दाहिने पक्ष का द्वितीय पद उसके आगे की पैड़ी के प्रथम पद से मिलकर शून्य हो जाता है। इस तरह इसके फलस्वरूप कितने भी पदों वाली श्रेढ़ी हो, दाहिने पक्ष के पदों का योग पहले पद तथा अंतिम पद का योग होता है जिसका अंश (अंतिम द्विपद तथा प्रथम द्विपद का अतर होते हुए) सभी अंशों का योग होता है तथा इस तरह कथित साध्य उपपन्न होता है।

कुछ और दृष्टान्त लिए जा सकते हैं :–

(1) $\frac{1}{(क+3)(क+4)} + \frac{1}{(क+4)(क+5)} + \ldots\ldots\ldots\ldots$

$$य_4 = \frac{4}{(क+3)(क+7)}$$

(चार पदों का योग)

(2) $\frac{1}{क^2-3क+2}+\frac{1}{क^2-5क+6}+\ldots\ldots$

$$=\frac{1}{(क-1)(क-2)}+\frac{1}{(क-2)(क-3)}$$

$$य_5=\frac{5}{(क-1)(क-6)}$$

(3) $\frac{1}{क^2+5क+4}+\frac{1}{क^2+11क+28}+\ldots\ldots\ldots\ldots$

$$=\frac{1}{(क+1)(क+4)}+\frac{1}{(क+4)(क+7)}+\ldots\ldots\ldots\ldots$$

$$\therefore य_4=\frac{4}{(क+1)(क+13)}=\frac{4}{क^2+14क+13}$$

(4) $\frac{1}{(क+प)(क+2प)}+\frac{1}{(क+2प)(क+3प)}+\ldots\ldots\ldots\ldots$

$$\therefore य_4=\frac{4}{(क+प)(क+5प)}$$

(5) $\frac{1}{(क+1)(3क+1)}+\frac{1}{(3क+1)(5क+1)}+\frac{1}{(5क+1)(7क+1)}$

यहां पर हरों की रचना थोड़ी भिन्न है अर्थात समांतर श्रेढ़ी द्विपद के स्वतंत्र पद में न होकर (जैसा कि पिछले उदाहरणों में था) क के गुणांक में है। किन्तु इससे सूत्र के अनुप्रयोग में कोई अंतर नहीं पड़ता।

$$य_3=\frac{3}{(क+1)(7क+1)}$$

इसकी पहली बीजगणितीय उपपत्ति बिलकुल पहले की तरह है:–

$$पद_1+पद_2=\frac{2}{(क+1)(5क+1)},\quad प_1+प_2+प_3=\frac{3}{(क+1)(7क+1)}\text{ इत्यादि}$$

दूसरी बीजगणितीय उपपत्ति में थोड़ा अंतर है, हालांकि पद्धति वही है तथा परिणाम भी वही:–

$$प_1 = \frac{1}{2क}\left[\frac{1}{क+1} - \frac{1}{3क+1}\right]$$

$$प_2 = \frac{1}{2क}\left[\frac{1}{3क+1} - \frac{1}{5क+1}\right]$$

$$प_3 = \ldots\ldots \quad \ldots\ldots \quad \ldots\ldots$$

नोट :

पदों का विलोप ठीक पहले की तरह होता है जिसके फलस्वरूप श्रेढ़ी का योग

$= \frac{1}{2क} \quad \frac{2\,(\text{अंशों का योग})क}{(हर_1) \times (हर_{\text{अंतिम}})} = \frac{\text{अंशों का योग}}{हर_1 \times हर_{\text{अंतिम}}}$ तथा साध्य उपपन्न

(6) $\frac{1}{(क+प)\,(2क+3प)} + \frac{1}{(2क+3प)\,(3क+5प)} + \ldots\ldots\ldots\ldots$

यहां द्विपद के दोनों पद समांतर श्रेढ़ी में हैं (अर्थात क के गुणांक तथा स्वतंत्र पद)। किन्तु इससे भी सूत्र के अनुप्रयोग में कोई अन्तर नहीं पड़ता।

$$\therefore य_3 = \frac{3}{(क+प)\,(4क+7प)}$$

(7) $\frac{1}{(3क+प)\,(5क+प)} + \frac{1}{(5क+प)\,(7क+प)}$

$$\therefore य_3 = \frac{3}{(3क+प)\,(9क+प)}$$

(8) $\frac{1}{(क^2+क+1)\,(क^2+2क+2)} + \frac{1}{(क^2+2क+2)\,(क^2+3क+3)} + \ldots\ldots\ldots\ldots$

यहां के हरों की रचना में तो और भी अधिक अंतर दिखता है। किन्तु सूत्र के अनुप्रयोग में इससे भी अंतर नहीं पड़ता।

$$\therefore य_4 = \frac{4}{(क^2+क+1)\,(क^2+5क+5)}$$

दोनों ही बीजगणितीय उपपत्तियां यहां भी लगती हैं। तथा इस सूत्र का विस्तार आवश्यकतानुसार कितने भी पदों के लिए तथा विभिन्न रचना वाले पदों के लिए किया जा सकता है।

इस सूत्र का अनुप्रयोग कुछ गणितीय अंकों पर करते हुए उदाहरणों के साथ हम इस

उपसंभाग को समाप्त करते हैं:–

(1) $\frac{1}{7\times8} + \frac{1}{8\times9} + \frac{1}{9\times10} + \frac{1}{10\times11} + \ldots\ldots$

इस तरह के श्रेणी संकलन में ल.स. निकालना, गुणा, भाग, जोड़ तथा घटाना बहुत ही उबाऊ तथा श्रमसाध्य होगा। किन्तु इस श्रेणी की ठीक पहचान करते ही सूत्र द्वारा हम तत्काल कह सकते हैं:

$य_4 = \frac{4}{7\times11} = 4/77$ इत्यादि

नोट:

उच्च बीजगणित की श्रेढ़ी संकलन में ऊपर समझाया गया सिद्धांत हमेशा ही उपयोगी होता है इसलिए गणितज्ञों तथा सांख्यिकीविदों के लिए अत्यन्त महत्व का है।

पांचवा प्रकार

(सरल समीकरणों के अंतर्गत) पांचवे प्रकार के भिन्नों के योग वे हैं जो हमें श्रेढ़ी संकलन के समय साधारणतया मिलते हैं तथा उसी सूत्र (अन्त्ययोरेव) द्वारा तत्काल ही उनका योग निकाला जा सकता है।

इनकी लाक्षणिक विशेषता यह है कि इनके अंश इनके हर के द्विपदों के अन्तर के बराबर होते हैं। यथा :

(1) $\frac{प-फ}{(क+प)\,(क+फ)} + \frac{फ-ब}{(क+फ)\,(क+ब)} + \frac{ब-भ}{(क+ब)\,(क+भ)} + \ldots\ldots\ldots$

$\therefore य_3 = \frac{प-भ}{(क+प)\,(क+भ)}$

इसकी दोनों बीजगणितीय उपपत्तियां ठीक पहले की तरह हैं (अतएव उन्हें यहां दुहराया नहीं जा रहा है।)

(2) $\frac{क-ख}{(प+क)\,(प+ख)} + \frac{ख-ग}{(प+ख)\,(प+ग)} + \frac{ग-घ}{(प+ग)\,(प+घ)} + \ldots\ldots\ldots$

$\therefore य_3 = \frac{क-घ}{(प+क)\,(प+घ)}$

(3) $\frac{1}{(क+7)\,(क+8)} + \frac{2}{(क+8)\,(क+10)} + \frac{14}{(क+10)\,(क+24)}$

$$\therefore य_3 = \frac{17}{(क+7)\,(क+24)}$$

(4) $$\frac{3}{(क+7)\,(क+10)} + \frac{9}{(क+10)\,(क+19)} + \frac{27}{(क+19)\,(क+46)} + \frac{99}{(क+46)\,(क+145)}$$

$$\therefore य_4 = \frac{138}{(क+7)\,(क+145)}$$

(5) $$\frac{प-फ}{(चक+प)\,(चक+फ)} + \frac{फ-ब}{(चक+फ)\,(चक+ब)} + \frac{ब-भ}{(चक+ब)\,(चक+भ)}$$

$$\therefore य_3 = \frac{प-भ}{(चक+प)\,(चक+भ)}$$

नोट:

(क) अंतिम उदाहरण में यदि भ के स्थान पर प हो तो अंश का मान शून्य हो जाता है और $य_3$ का मान भी।

(ख) वाम पक्ष के प्रत्येक भिन्न में हर के द्विपदों का अंतर ही उनका अंश होता है और दाहिने पक्ष के भिन्न का भी यही लक्षण है।

(ग) चतुर्थ प्रकार के भिन्न-योग संभाग के अन्त का नोट (श्रेढ़ी संकलन से संबंधित) यहां भी सटीक है।

अध्याय 17

द्विघात समीकरण

वैदिक गणित के सूत्रों में कलन का उपयोग प्रारंभिक अवस्था में ही शुरू हो जाता है। वैदिक सूत्रों में द्विघात समीकरण को मन ही मन प्रथम कोटि के दो सरल समीकरणों में बांटने के लिए अवकल कलन का उपयोग किया जाता है और द्विघात समीकरण के लिए उपयोगी वैदिक सूत्रों का अध्ययन करने के लिए हम इस अध्याय का प्रारम्भ कलन की सूक्ष्म व्याख्या से करेंगे।

प्रारम्भिक और मूलभूत प्राथमिक सिद्धांतों (सीमान्त मान से संबंधित) पर आधारित होने के कारण कलन प्रारम्भिक अवस्था में ही सामने आती है। किन्तु इसकी व्याख्या तथा टीका बहुत ही विस्तारपूर्वक की गई है और यह न केवल सूत्रों के लिए की है वरन उपसूत्रों, स्वयंतथ्यों, उपप्रमेयों, गूढ़ार्थों इत्यादि के लिए भी की है। हम यहां कलन की महत्ता के कारणों पर न जाकर उसके नियमों तथा उसकी कार्यप्रणाली की व्याख्या पर ही संतोष कर लेंगे। उसके मुख्य नियम यहां नीचे दिए गए हैं:–

(अ) प्रत्येक द्विघात व्यंजक (जिसमें $क^2$ का गुणांक 1 कर के मानक रूप दे दिया गया हो) में उसके द्विपद गुणकों का योग उसके प्रथम अवकल के बराबर होता है।

यथा, द्विघात व्यंजक $क^2-5क+6$ के द्विपद गुणक (क–3) तथा (क–2) हैं, और उसका प्रथम अवकल 2क–5 है जो कि उसके द्विपद गुणकों के योग के बराबर है।

(ब) प्रत्येक पद का प्रथम अवकल उसकी घात को उसके गुणांक द्वारा गुणा कर तथा उसकी घात को 1 कम कर भी प्राप्त किया जा सकता है।

यथा : $क^2-5क+6$, $क^2$ का प्रथम अवकल 2क, –5क का –5

तथा +6 का शून्य। इसलिए द्विघात का प्रथम अवकल = 2क–5

(स) मध्य पद के गुणांक के वर्ग में से प्रथम गुणांक के दुगुने तथा स्वतंत्रपद के दुगुने के गुणनफल को घटाने से जो पद आता है उसे विवेचक की संज्ञा देकर वैदिक भाष्य एक महत्वपूर्ण साध्य प्रस्तुत करता है: प्रथम अवकल विवेचक के वर्गमूल के बराबर है।

उपरोक्त उदाहरण में $क^2-5क+6 = 0$

इसलिए $2क-5 = \pm \sqrt{(25-24)} = \pm 1$,

इस तरह दिया द्विघाती समीकरण, मन ही मन में दो सरल समीकरणों में बांटा जा सकता है अर्थात 2क–5 = 1 अथवा 2क–5 = –1, इसलिए क = 2 तथा 3। प्रचलित आधुनिक विधि मानक द्विघाती समीकरण $पक^2+फक+ब = 0$ के हल में

$$क = \frac{फ \mp \sqrt{(फ^2-4पब)}}{2प}$$

देता है। यह निश्चित रूप से सही है किन्तु "प्रथम अवकल विवेचक के वर्गमूल के बराबर है" इसको कहने का यह एक अपरिष्कृत तथा अटपटा ढंग है।

एक और भारतीय विधि (मध्यकाल के सुपरिचित श्री श्रीधराचार्य की विधि) इस

प्रचलित आधुनिक विधि से भी थोड़ी अच्छी है। किन्तु यह भी इस वैदिक विधि का मुकाबला नहीं कर सकती। जिससे हमें ये दो नियम प्राप्त होते हैं: (1) प्रथम अवकल उसके द्विपद गुणकों के योग के बराबर होता है, तथा (2) वह विवेचक के वर्गमूल के बराबर है। और इनसे दिया द्विघात समीकरण मन ही मन में दो सरल समीकरणों में बांटा जा सकता है और जिनसे तत्काल ही क के दोनों मान मिल जाते हैं।

कुछ और उदाहरण नीचे दिए गए हैं

(1) $4क^2 - 4क + 1 = (2क-1)(2क-1) = 0, \therefore 8क-4 = 0$

(2) $7क^2 - 5क - 2 = (क-1)(7क+2) = 0, \therefore 14क-5 = \pm\sqrt{81} = \pm 9$

(3) $क^2 - 11क + 10 = (क-10)(क-1) = 0, \therefore 2क-11 = \pm\sqrt{121-40} = \pm 9$

(4) $6क^2 + 5क - 3 = 0, \quad \therefore 12क+5 = \pm\sqrt{25+72} = \pm\sqrt{97}$

(5) $7क^2 - 9क - 1 = 0, \quad \therefore 14क-9 = \pm\sqrt{81+28} = \pm\sqrt{109}$

(6) $5क^2 - 7क - 5 = 0, \quad \therefore 10क-7 = \pm\sqrt{49+100} = \pm\sqrt{149}$

(7) $9क^2 - 13क - 2 = 0, \quad \therefore 18क-13 = \pm\sqrt{169+72} = \pm\sqrt{241}$

(8) $11क^2 + 7क + 7 = 0, \quad \therefore 22क+7 = \pm\sqrt{49-308} = \pm\sqrt{-259}$

(9) $पक^2 + फक + ब = 0, \quad \therefore 2पक+फ = \pm\sqrt{फ^2-4पब}$

वैदिक सूत्र का यह अंश द्विपद प्रमेय, गुणनखण्डन, क्रमगुणन, पुनरावृत्त घटक, सतत भिन्न, अवकलन, समाकलन इत्यादि पर लागू होता है तथा सतत भिन्न द्वारा क्रमिक अवकलन तथा समाकलन इत्यादि को निपटा सकता है। किन्तु इस समय हम उसके केवल उपरोक्त अवकल कलन के संबंध प्रथम अवकल = $\pm\sqrt{}$विवेचक, द्वारा द्विघात समीकरण को हल करने के उपयोग पर विचार विस्तार करेंगे। इसके अन्य उपरोक्त अनुप्रयोग हम बाद में यथा समय देखेंगे।

कलन की यह विधि पूर्णतया सामान्य अर्थात यह सभी प्रकार के द्विघात समीकरणों पर लागू होती है। किन्तु कुछ विशेष प्रकार के द्विघात समीकरण हैं जो विशेष सूत्रों द्वारा इनसे भी अधिक सरलतापूर्वक तथा शीघ्र हल किए जा सकते हैं। इनमें से कुछ सूत्र तो हमारे पुराने मित्र ही हैं किन्तु नई परिस्थिति में नए वेश में नए संदर्भ में हैं। और वे गणित को बहुत ही सुगम बनाते हैं तथा उसके कठिन काम को कम करते हैं। इसलिए उन विशेष सूत्रों में से कुछ बहुत महत्त्वपूर्ण सूत्रों का अध्ययन करेंगे।

प्रथम विशेष प्रकार
(व्युत्क्रम)

ये व्युत्क्रम से संबंधित हैं। प्रचलित विधि में इन समीकरणों को हल करने के लिए बहुत मेहनत करनी पड़ती है। उदाहरणार्थ:

(1) $क + \frac{1}{क} = \frac{17}{4}$. प्रचलित विधि के अनुसार

$(क^2+1)\,4 = 17क$ इसलिए $4क^2-17क+4 = 0$.

इसलिए $(क-4)(4क-1) = 0$, इसलिए $क = 4$ अथवा $1/4$

अथवा क $= \frac{17 \mp \sqrt{289-64})}{8} = \frac{17 \mp 15}{8} = 4$ या $\frac{1}{4}$

किन्तु वैदिक उपसूत्र "विलोकनम्" के अनुसार हम देखते हैं कि वाम पक्ष दो व्युत्क्रमों का योग है, इसलिए दाहिने पक्ष के 17/4 को भी दो व्युत्क्रमों 4+1/4 में बांटकर हम तत्काल ही कह सकते हैं कि:

क+1/क = 4 +1/4. इसलिए क=4 अथवा 1/4. यह सारी प्रक्रिया एक सरल अवलोकन की बात है।

(2) $क + \frac{1}{क} = \frac{26}{5} = 5\frac{1}{5}, \quad \therefore क = 5$ अथवा $\frac{1}{5}$

(3) $\frac{क}{क+1} + \frac{क+1}{क} = \frac{82}{9} = 9\frac{1}{9} \therefore \frac{क}{क+1} = 9$ अथवा $\frac{1}{9} \therefore क = \frac{1}{8}$ या $\frac{-9}{8}$

(4) $\frac{क+1}{क+2} + \frac{क+2}{क+1} = \frac{37}{6} = 6\frac{1}{6} \therefore \frac{क+1}{क+2} = 6$ या $\frac{1}{6} \therefore क = \frac{-11}{5}$ या $\frac{-4}{5}$

(5) $\frac{क+4}{क-4} + \frac{क-4}{क+4} = \frac{10}{3} = 3\frac{1}{3} \therefore \frac{क+4}{क-4} = 3$ या $\frac{1}{3} \therefore क = 8$ या -8

(6) $क + \frac{1}{क} = \frac{13}{6}$

यहां पर दाहिना पक्ष इतनी सरलतापूर्वक दो व्युत्क्रमों में बंटता नहीं दिखता, किन्तु तनिक ही प्रेक्षण से यह दिख जाता है कि

$$\frac{13}{6} = \frac{2}{3} + \frac{3}{2}$$

इसलिए क = 2/3 या 3/2.

(7) $क + \frac{1}{क} = \frac{25}{12} = \frac{4}{3} + \frac{3}{4}, \therefore \quad क = \frac{4}{3}$ या $\frac{3}{4}$

(8) $\frac{क+5}{क+6} + \frac{क+6}{क+5} = \frac{29}{10} = \frac{5}{2} + \frac{2}{5}, \therefore \frac{क+5}{क+6} = \frac{5}{2}$ या $\frac{2}{5}, \therefore क = \frac{-13}{3}$ या $\frac{-20}{3}$

(9) $\frac{क}{क+1} + \frac{क+1}{क} = \frac{169}{60} = \frac{12}{5} + \frac{5}{12}, \therefore \frac{क}{क+1} = \frac{12}{5}$ या $\frac{5}{12}, \therefore क = \frac{5}{7}$ या $\frac{-12}{7}$

(10) $\frac{2क+11}{2क-11} + \frac{2क-11}{2क+11} = \frac{193}{84} = \frac{12}{7} + \frac{7}{12}, \therefore \frac{2क+11}{2क-11} = 12$ या $\frac{7}{12}$

(11) $क - \frac{1}{क} = \frac{5}{6}$

यहां पर धन के स्थान पर दोनों के बीच का चिन्ह ऋण है इसलिए तदनुसार,

$क - \frac{1}{क} = \frac{3}{2} - \frac{2}{3},$

$\therefore क = \frac{3}{2}$ या $\frac{-2}{3}$

नोट:
दूसरे मूल के ऋण चिन्ह पर अवश्य गौर करें, क्योंकि क = 2/3 मान रखने पर हमें दाहिने पक्ष का मान –5/6 मिलेगा और 5/6 नहीं।

(12) $क + \frac{1}{क} = \frac{45}{14} = \frac{7}{2} - \frac{2}{7}, \therefore क = \frac{7}{2}$ या $\frac{-2}{7}$

(13) $\frac{क}{क+3} - \frac{क+3}{क} = \frac{15}{56} = \frac{8}{7} - \frac{7}{8}, \therefore \frac{क}{क+3} = \frac{8}{7}$ या $\frac{-7}{8}, \therefore क = -24$ या $\frac{-7}{5}$

(14) $\frac{क+7}{क+9} - \frac{क+9}{क+7} = \frac{32}{63} = \frac{9}{7} - \frac{7}{9}, \therefore \frac{क+7}{क+9} = \frac{9}{7}$ या $\frac{-7}{9}, \therefore क = -16$ या $\frac{-63}{8}$

(15) $\frac{5क+9}{5क-9} - \frac{5क-9}{5क+9} = \frac{56}{45} = \frac{9}{5} - \frac{5}{9}, \therefore \frac{5क+9}{5क-9} = \frac{9}{5}$ या $\frac{-5}{9} \therefore क = \frac{63}{10}$ या $\frac{-18}{35}$

नोट:
उपरोक्त उदाहरणों में वाम पक्ष का रूप प/फ + फ/प था, इसलिए इसके फलस्वरूप दाहिने पक्ष को भी उसी रूप प/फ + फ/प में बांटा था।

जो कि सरल करने पर $\frac{प^2 \mp फ^2}{पफ}$ होता है।

दूसरे शब्दों में दाहिने पक्ष के हर को दो भागों में इस तरह गुणनखण्डन करना था कि जिनके वर्गों का योग अथवा अन्तर अंश के बराबर हो।

चूंकि यह गुणनखण्डन तथा संबंद्ध वर्गों का योग तथा घटाना हमेशा ही सरल तथा तत्काल ही संभव होने वाला न हो, अतएव हम आगे चलकर ऐसे नियम की व्याख्या करेंगे जिससे कि एक संख्या को दो वर्गों के योग अथवा अन्तर के रूप में अभिव्यक्त किया जा सके।

दूसरा विशिष्ट प्रकार
('शून्यम समुच्चये' सूत्र के अंतर्गत)

अब हम दूसरे प्रकार के द्विघात समीकरणों को लेंगे जो कि हमारे पुराने साथी सूत्र (शून्यम् समुच्चये सूत्र) की सहायता से मन ही मन हल किया जा सकते हैं (तथा जिसे गणितज्ञ कठिन समझते हैं)।

पहले हम पाठक को प्रथम अध्याय के उस अंश का स्मरण करा दें जिसमें समुच्चये सूत्र के विभिन्न अनुप्रयोगों पर विचार करते हुए हमने देखा था कि कितनी सरलता से अंश के योग तथा हर के योग के एक समान होने के कारण एक मूल, तथा दोनों पक्षों के अंशों तथा हरों के अन्तर एक समान होने के कारण उसी द्विघात का दूसरा मूल हमें मिल जाता था। हमें उस सब को यहां दुहराने की आवश्यकता नहीं है, केवल उस अंश की याद दिलाने के लिए सटीक उदाहरणों का दृष्टांत ही यथेष्ट होगा:

(1) $\frac{3\text{क}+4}{6\text{क}+7} = \frac{5\text{क}+6}{2\text{क}+3}$ इसलिए $8\text{क}+10=0$, अथवा $3\text{क}+3=0$

(2) $\frac{7\text{क}+5}{9\text{क}-5} = \frac{9\text{क}+7}{7\text{क}+17}$ इसलिए $16\text{क}+12 = 0$, अथवा $2\text{क}-10 = 0$

(3) $\frac{7\text{क}-9}{2\text{क}-9} = \frac{9\text{क}-7}{14\text{क}-7}$ इसलिए $16\text{क}-16 = 0$, अथवा $5\text{क} = 0$

(4) $\frac{16\text{क}-3}{7\text{क}+7} = \frac{2\text{क}-15}{11\text{क}-25}$ इसलिए $18\text{क}-18 = 0$, अथवा $9\text{क}-10 = 0$

तीसरा विशिष्ट प्रकार

एक और तीसरे प्रकार का विशिष्ट द्विघात समीकरण है जो कि बहुत ही कठिन समझा जाता है किन्तु उसका एक वर्गमूल हमारे बहुत पुराने मित्र (साम्य समुच्चये) द्वारा तत्काल ही निकाला जा सकता है और दूसरा बहुत पुराने तो नहीं किन्तु पुराने मित्र ("शून्यम् अन्यत" सूत्र जिसका कि हमने एक विशिष्ट प्रकार के युगपत् समीकरण को हल करने के लिए किया था) द्वारा निकाला जा सकता है।

चलिए इसका एक और उदाहरण ले लें:–

$$\frac{2}{\text{क}+2} + \frac{3}{\text{क}+3} = \frac{4}{\text{क}+4} + \frac{1}{\text{क}+1}$$

एक तो पुराने पहचाने परीक्षण द्वारा तथा एक और नए परीक्षण द्वारा इस विशिष्ट प्रकार के समीकरण के लक्षण पहचान में आ जाएंगें।

परीक्षण इस प्रकार हैं:

$\frac{2}{1} + \frac{3}{1} = \frac{4}{1} + \frac{1}{1}$ तथा

$$\frac{2}{2}+\frac{3}{3}=\frac{4}{4}+\frac{1}{1}$$

इस तरह के सभी प्रकारों में शून्यम् सूत्र के अनुसार एक मूल शून्य होता है तथा दूसरे मूल का मान शून्यम समुच्चये द्वारा निकल आता है: $हर_1+हर_2=0$, इसलिए $2क+5=0$, $क=-5/2$

इसकी बीजगणितीय उपपत्ति इस प्रकार है:–

$$\frac{2}{क+2} = (\text{साधारण भाजन द्वारा})\ 1-\frac{क}{क+2}$$ और इसी तरह

$$\left[1-\frac{क}{क+2}\right]+\left[1-\frac{क}{क+3}\right]=\left[1-\frac{क}{क+4}\right]+\left[1-\frac{क}{क+1}\right]$$

(1+1) और (1+1) को दोनों तरफ से निकालते हुए, सर्वनिष्ठ पद क= 0 तथा क को निकालने के बाद,

$$\frac{1}{क+2}+\frac{1}{क+3}=\frac{1}{क+4}+\frac{1}{क+1}$$

इसलिए (शून्यम समुच्चये द्वारा) $2क+5=0$

नोट:

इन सभी उदाहरणों में मात्र विलोकनम् से ही हमें मूल मिल जाते हैं।

इस विशिष्ट प्रकार के कुछ और उदाहरण दिए जा रहे हैं:–

(1) $$\frac{3}{क+3}+\frac{4}{क+4}=\frac{2}{क+2}+\frac{5}{क+5}$$ क = 0 अथवा $2क+7=0$ इसलिए $क=-7/2$

(2) $$\frac{1}{2क+1}+\frac{1}{3क+1}=\frac{2}{3क+2}+\frac{1}{6क+1}$$

चूंकि $\frac{1}{2क+1}=1-\frac{2क}{2क+1}$ इत्यादि

$$\therefore \frac{2क}{2क+1}+\frac{3क}{3क+1}=\frac{3क}{3क+2}+\frac{6क}{6क+1}$$ इसलिए क = 0

तथा तिर्यक गुणन से, $12क+5$ अथवा $(36क+15)=0$, इसलिए $क=-5/12$

(3) $$\frac{प}{क+प}+\frac{फ}{क+फ}=\frac{प-ब}{क+प-ब}+\frac{फ+ब}{क+फ+ब}$$

इसलिए क = 0 या $क=-(प+फ)/2$

(4) $$\frac{प-फ}{क+प-फ}+\frac{फ-ब}{क+फ-ब}=\frac{प+फ}{क+प+फ}-\frac{फ+ब}{प-फ-ब}$$

इसलिए क = 0 या क = –(प–ब)/2

(5) $\frac{\text{प+फ}}{\text{क+प+फ}} + \frac{\text{फ+ब}}{\text{क+फ+ब}} = \frac{\text{2फ}}{\text{क+2फ}} + \frac{\text{प+ब}}{\text{क+प+ब}}$

इसलिए क = 0 या क = –(प+2फ+ब)/2.

चौथा विशिष्ट प्रकार

और भी एक विशिष्ट प्रकार के कठिन द्विघात समीकरण हैं किन्तु हमारे पुराने मित्रों "शून्यम् अन्यत" तथा "परावर्त्य" (विलयन) की सहायता से हम उनका हल निकाल सकते हैं।

नोट :
पूर्वगामी उपसंभाग के विषय से संबंद्ध इस उदाहरण पर विचार किया जाए।

$\frac{2}{\text{क+2}} + \frac{3}{\text{क+3}} = \frac{5}{\text{क+5}}$

शुरू में यह पूर्वगामी उपसंभाग के उदाहरण के बिल्कुल समान लग सकता है किन्तु वास्तव में नहीं है (न केवल दाहिने पक्ष में एक पद की कमी है, वरन 2/2+3/3≠5/5) और यह वास्तव में शून्यम् अन्यत तथा परावर्त्य (विलयन) के अंतर्गत आने वाला समीकरण है।

इसका परीक्षण परिचित विलयन प्रक्रिया वाला परीक्षण है अर्थात $\text{अंश}_1 + \text{अंश}_2$ (वाम पक्ष में) = अंश_3 (दाहिने पक्ष में), यथा

$\frac{2}{\text{क+2}} + \frac{3}{\text{क+3}} = \frac{5}{\text{क+5}}$

इसलिए (विलयन विधि) ;

$\frac{+6}{\text{क+2}} + \frac{+6}{\text{क+3}} = 0$ ∴ इसलिए 2क+5 = 0, इसलिए क = –5/2

कुछ वास्तविक उदाहरण दिए जा रहे हैं:–

(1) $\frac{4}{\text{क+2}} + \frac{9}{\text{क+3}} = \frac{25}{\text{क+5}}$

यहां पर चूंकि $\frac{4}{2} + \frac{9}{3}$ =25/5, इसलिए, ठीक

इसलिए (भाजन द्वारा) $2 - \frac{\text{2क}}{\text{क+2}} + 3 - \frac{\text{3क}}{\text{क+3}} = 5 - \frac{\text{5क}}{\text{क+5}}$

इसलिए क = 0, (यह तो मात्र विलोकन के द्वारा ही जांचा जा सकता है)

और $\frac{2}{\text{क+2}} + \frac{3}{\text{क+3}} = \frac{5}{\text{क+5}}$

इसलिए विलयन के द्वारा क = –5/2 इस समीकरण को प्रारंभिक रूप से अंतिम रूप में प्राप्त करने के लिए हर को उसी रूप में रखकर प्रत्येक अंश को हर के स्वतंत्र पद से विभाजित कर सरलतापूर्वक नए रूप का अंश प्राप्त किया जा सकता है। (अथवा प्रत्येक अंश का वर्गमूल लेकर) तथा हर को उसी रूप में रखा जा सकता है

इस उदाहरण में:–

4/2 = 2, 9/3 = 3 तथा 25/5 = 5 ये हमारे नए अंश हैं तथा अंतिम रूप

$\frac{2}{क+2} + \frac{3}{क+3} = \frac{5}{क+5}$ इसलिए विलयन द्वारा क = –5/2

(2) $\frac{2}{क+1} + \frac{9}{क+3} = \frac{25}{क+5}$

यहां पर $\frac{2}{1} + \frac{9}{3} = \frac{25}{5}$ इसलिए ठीक

अंतिम रूप $\frac{2}{क+1} + \frac{3}{क+3} = \frac{5}{क+5}$

इसलिए क = 0 तथा क = –15/7

(3) $\frac{6}{2क+3} + \frac{4}{3क+2} = \frac{4}{4क+1}$

यहां पर $\frac{6}{3} + \frac{4}{2} = \frac{4}{1}$ इसलिए ठीक इसलिए क = 0

इसलिए या (विभाजित कर)

$\frac{+4}{2क+3} + \frac{6}{3क+2} = \frac{+16}{4क+1}$

गौर करें: $\frac{2\times6}{3} = 4$, $\frac{3\times4}{2} = 6$, तथा $\frac{4\times4}{1} = 16$ ये नए अंश हैं

अंतिम रूप के।

इसलिए लघुत्तम समापवर्तक द्वारा

$\frac{24}{12क+18} + \frac{24}{12क+8} = \frac{48}{12क+3}$ इसलिए ठीक

या $\frac{1}{12क+18} + \frac{1}{12क+8} = \frac{2}{12क+3}$

इसलिए विलयन के द्वारा,

$\frac{15}{12क+18} + \frac{5}{12क+8} = 0$, इसलिए क = 7 8

नोट:
निम्नलिखित उदाहरणों को बाद के अध्ययन के लिए छोड़ा जा सकता है।

(4) $\frac{प}{क+प} + \frac{फ}{क+फ} = \frac{2ब}{क+ब}$

यहां पर चूंकि $\frac{प}{प} + \frac{फ}{फ} = \frac{2ब}{ब}$ इसलिए ठीक इसलिए क = 0

इसलिए $\frac{1}{क+प} + \frac{1}{क+फ} = \frac{2}{क+ब}$; 1 + 1 = 2 इसलिए ठीक,

विलयन के द्वारा $\frac{ब-प}{क+प} + \frac{ब-फ}{क+फ} = 0,$

इसलिए $क = \frac{फब+बप-2पफ}{प+फ-2ब}$

(5) $\frac{प^2-फ^2}{क+प+फ} + \frac{फ^2-ब^2}{क+फ+ब} = \frac{प^2-ब^2}{क+प+ब}$

यहां पर $\frac{प^2-फ^2}{प+फ} + \frac{फ^2-ब^2}{फ+ब} = \frac{प^2-ब^2}{प+ब}$ इसलिए ठीक, इसलिए क = 0

और $\frac{प-फ}{क+प+फ} + \frac{फ-ब}{क+फ+ब} = \frac{प-ब}{क+प+ब}$

चूंकि $(प^2-फ^2) + (फ^2-ब^2) = प^2-ब^2$

इसलिए विलयन द्वारा $\frac{(प-फ)(ब-फ)}{क+प+फ} + \frac{(फ-ब)(प-फ)}{क+फ+ब} = 0$ और इस तरह ...

(6) $\frac{1}{पक+भ} + \frac{1}{फक+ब} = \frac{2}{बक+भ}$

भाग देने पर,

$$\begin{array}{l} पक+भ \,)\; 1 \;\;(\,1/भ \\ \qquad\qquad 1 + \frac{प}{भ}क \\ \qquad\qquad \overline{\quad - \frac{प}{भ}क} \end{array}$$

इसलिए $\frac{प}{पक+भ} + \frac{फ}{फक+भ} = \frac{2ब}{बक+भ}$

इसलिए $\frac{\text{पफब}}{\text{पफबक+फबभ}} + \frac{\text{पफब}}{\text{पफबक+पबभ}} = \frac{\text{2पफब}}{\text{पफबक+पफभ}}$

इसलिए अंश$_1$ + अंश$_2$ = अंश$_3$

इसलिए $\frac{\text{फभ (प-ब)}}{\text{फब (पक+भ)}} = \frac{\text{पभ (ब-फ)}}{\text{पब (फक+भ)}}$

इसलिए $\frac{\text{प-ब}}{\text{पक+भ}} = \frac{\text{ब-फ}}{\text{फक+भ}}$

इसलिए क $= \frac{\text{2 बभ-फभ-पभ}}{\text{2 फप-फब-पब}}$

(7) $\frac{\text{पक+2भ}}{\text{पक+भ}} + \frac{\text{फक+3भ}}{\text{फक+भ}} = \frac{\text{2बक+5भ}}{\text{बक+भ}}$

यहाँ पर $\frac{\text{2भ}}{\text{भ}} + \frac{\text{3भ}}{\text{भ}} = \frac{\text{5भ}}{\text{भ}}$ इसलिए ठीक, इसलिए क = 0

या, भाग देते हुए (परावर्त्य), प्रथम पद पर ही:

$\frac{1}{\text{पक+भ}} + \frac{2}{\text{फक+भ}} = \frac{3}{\text{बक+भ}}$

जो कि ऊपर किए गए (6) के समान है

इसलिए क $= \frac{\text{पभ+2फभ-3बभ}}{\text{फब+2पब-3पफ}}$

या भाजन के द्वारा:

इसलिए $\frac{1}{\text{पफबक+फबभ}} + \frac{2}{\text{पफबक+पबभ}} = \frac{3}{\text{पफबक+पफभ}}$

इसलिए विलयन द्वारा $\frac{\text{फबभ-पफभ}}{\text{हर}_1} + \frac{\text{2(पबभ-पफभ)}}{\text{हर}_2} = 0$

इसलिए $\frac{\text{फभ (प-ब)}}{\text{फब (पक+भ)}} + \frac{\text{2पभ (फ-ब)}}{\text{पब (फक+भ)}} = 0$

इसलिए $\frac{\text{प-ब}}{\text{पक+भ}} = \frac{\text{2 (ब-फ)}}{\text{फक+भ}}$

इसलिए क $= \frac{\text{(प+2फ-3ब)भ}}{\text{फब+2पब-3पफ}}$

उपसंहारात्मक नोट
(द्विघात समीकरणों पर)

उपरोक्त द्विघात समीकरणों के अतिरिक्त, और भी कई विशेष प्रकारों को हल करने के लिए वैदिक सूत्रों ने यथेष्ट व्यवस्था कर रखी है तथा कई रूचिकर सुन्दर युक्तियां भी सुझाई हैं। किन्तु इन पर हम आगे विचार करेंगे।

ठीक इस समय हम इस परिचयात्मक तथा व्याख्याकारी पुस्तक के अगले उपयुक्त विषय यानि ''त्रिघाती तथा चतुर्घाती समीकरणों का हल'' इत्यादि का अध्ययन करेंगे।

अध्याय 18

घन समीकरण

हम घन समीकरणों को कई तरह से हल करते हैं:–

(1) परावर्त्य सूत्र, लोपना स्थापना सूत्र, पूरणाभ्याम् सूत्र (अर्थात वर्ग, घन, चतुर्घात इत्यादि को पूर्ण करके या बिना पूर्ण किए) आदि की सहायता से।

(2) तर्क विधि तथा गुणनखण्डन (जैसी कि पिछले किसी अध्याय में समझाई गई है) विधि द्वारा।

पूरण विधि

प्रचलित पद्धति में पूरणविधि का अच्छा उपयोग होता है और वास्तव में मानक द्विघात समीकरण (पक^2+फक+ब = 0) का हल

$$क = \frac{-फ \mp \sqrt{फ^2-4पब}}{2प}$$

इसी विधि द्वारा निकाला गया है। यथा:–

पक^2+फक+ब = 0

$$इसलिए \quad क^2 + \frac{फ}{प}क + \frac{ब}{प} = 0$$

$$या \quad क^2 + \frac{फ}{प}क = -\frac{ब}{प}$$

बांए तरफ वर्ग को पूर्ण करते हुए:–

$$क^2 + \frac{फ}{प}क + \frac{फ^2}{4प^2} = -\frac{ब}{प} + \frac{फ^2}{4प^2}$$

$$इसलिए \quad \left(क + \frac{फ}{2प}\right)^2 = \frac{फ^2-4पब}{4प^2}$$

$$इसलिए \quad क = \frac{-फ \mp \sqrt{फ^2-4पब}}{2प}$$

इस तरह हम देखते हैं कि द्विघात समीकरण हल करने की यह पूरण विधि आधुनिक गणितज्ञों को भली भांति मालूम है। किन्तु यह विधि, सामान्य सूत्र का एक छोटा सा भाग है जो (परावर्त्य तथा लोपना स्थापना आदि सूत्रों के साथ) घन, चतुर्घात समीकरणों तथा

अन्य उच्च कोटि के समीकरणों को भी समान रूप से हल करती है।

घन को पूर्ण करते हुए

घन समीकरणों के लिए हम परावर्त्य सूत्र (जिसे परावर्त्य द्वारा भाग लेने वाले अध्याय में समझाया गया था) तथा पूरण उपसूत्र दोनों का उपयोग करते हैं। यथा,

(1) क^3–6क^2+11क–6 = 0
इसलिए क^3–6क^2 = –11क+6
किन्तु (क–2)^3 = क^3–6क^2+12क–8 (क^3–6क^2 का मान रखते हुए)
(क–2)^3 = –11क–6+12क–8 = (क–2)
मान लें क–2= ख तब ख^3=ख, इसलिए ख = 0 तथा ख = ± 1
इसलिए क = 1, 2 या 3

नोट:
यहां यह बतलाने की आवश्यकता तो नहीं है कि यही हल तर्क विधि (क^3, क^2 आदि के गुणांकों से संबंधित) द्वारा (जिसे किसी पिछले तर्क द्वारा "गुणनखण्डन" वाले अध्याय में समझाया गया था) किया जा सकता है तथा इस अध्याय में दिए सभी उदाहरणों पर यह बात लागू होती है।

(2) क^3+6क^2+11क+6 = 0
किन्तु (क+2)^3 = क^3+6क^2+12क+8 (क^3+6क^2 का मान रखते हुए)
= –11क–6+12क+8 = क+2 = ख (मान लें)
इसलिए ख^3=ख= क+2 = 0 या ± 1
इसलिए क = –1, –2 या –3

(3) क^3+6क^2–37क+30 = 0
इसलिए क^3+6क^2 = 37क–30
इसलिए (क+2)^3 = क^3+6क^2+12क+8 = 37क–30+12क+8=49क–22
= 49 (क+2)–120

नोट:
इसका ध्येय (क+2) गुणन खण्ड को बांए तरफ लाकर "ख" में एक समीकरण बनाकर उसके तीन मूल प्राप्त करने के पश्चात, "क" के तीन मान निकालना है।

इसलिए ख^3–49ख+120 = 0, इसलिए (ख–3) (ख^2+3ख–40) = 0
इसलिए (ख–3) (ख+8) (ख–5) = 0, इसलिए ख = 3, 5 या –8,
इसलिए क = 1, 3 या –10

(4) क^3+9क^2+23क+15 = 0
इसलिए क^3+9क^2 = –23क–15
= क^3+9क^2+27क+27 = –23क–15+27क+27
= 4क+12 = 4 (क+3)
इसलिए ख^3 = 4ख, इसलिए ख = 0 या ±2, इसलिए क = –3, –1 या –5

(5) $क^3+9क^2+24क+16 = 0$

$(क+3)^3 = क^3+9क^2+27क+27 = -(24क+16)+27क+27 = 3(क+3)+2$

इसलिए $ख^3-3ख-2 = 0 = (ख+1)^2 (ख-2) = 0$, ख = −1 या 2

इसलिए क = −4 या −1

(6) $क^3+7क^2+14क+8 = 0$

इसलिए $क^3+7क^2 = -14क-8$

$(क+3)^3 = क^3+9क^2+27क+27$

$= -14क-8+2क^2+27क+27$ ($क^3+7क^2$ का मान रखते हुए)

$= 2क^2+13क+19 = (क+3)(2क+7)-2$

इसलिए $ख^3 = ख(2ख+1)-2$ (क + 3 = ख मानते हुए)

इसलिए $ख^3-2ख^2-ख+2 = 0$

इसलिए $(ख-1)(ख+1)(ख-2) = 0$, इसलिए ख = −1, +1 या 2

इसलिए क = −4, −2 या −1

(7) $क^3+8क^2+17क+10 = 0, \therefore क^3+8क^2 = -17क-10$

$(क+3)^3 = क^3+9क^2+27क+27$

$= -17क-10+क^2+27क+27 = क^2+10क+17$

$= (क+3)(क+7)-4$

इसलिए $ख^3 = ख(ख+4)-4$, इसलिए $ख^3-ख^2-4ख+4 = 0$

इसलिए $(ख^2-4)(ख-1) = 0$, इसलिए ख=1, +2 या −2, इसलिए क = −2, −1 या −5

(8) $क^3+10क^2+27क+18 = 0$, $(क+4)^3 = क^3+12क^2+48क+64$

इसलिए वामपक्ष $= (क+4)^3-2क^2-48क-64+27क+18$

$= (क+4)^3-(2क^2+21क+46)$

$= (क+4)^3-(क+4)(2क+13)+6$

इसलिए $ख^3-ख(2ख+5)+6 = 0 = (ख-1)(ख+2)(ख-3)$,

इसलिए ख = 1, −2 या +3 इसलिए क = −3, −6 या −1

नोट:

$क^3-7क+6$ रूप वाले व्यंजक हमेशा ही $क^3-1-7क+7$ आदि रूप में बांटे जा सकते हैं तथा तत्काल इनका गुणनखण्डन किया जा सकता है। यह इस तरह के प्रत्येक रूप पर (जिनमें $क^2$ न हो) हमेशा लागू होता है तथा इसका पूरा उपयोग करना चाहिए।

इस अध्याय में घन समीकरणों को हल करने के लिए समझाई गई पूरण विधि गुणनखण्डन में बहुत उपयोगी होती है तथा इसका विलोम भी।

कठिन घन समीकरण बाद में लिए जाएंगे।

अध्याय 19

चतुर्घात समीकरण

पिछले अध्याय में समझाई गई घन समीकरणों को हल करने की (पूरण आदि) विधियां उसी तरह चतुर्घात समीकरणों को हल करने के लिए लगाई जा सकती हैं। यथा:–

(1) $क^4+4क^3-25क^2-16क+84=0$, इसलिए $क^4+4क^3=25क^2+16क-84$

अब $(क+1)^4 = क^4+4क^3+6क^2+4क+1 = 25क^2+16क-84+6क^2+4क+1$

$= 31क^2+20क-83 = (क+1)\ (31क-11)-72$

इसलिए $ख^4 = ख\ (31ख-42)-72$, $\therefore ख^4-31ख^2+42ख+72=0$

इसलिए $ख = -1, 3, 4$ या -6

इसलिए $क = -2, 2, 3$ या -7

(2) $क^4+8क^3+14क^2-8क-15=0$, $\therefore क^4+8क^3=-14क^2+8क+15$

$(क+2)^4 = क^4+8क^3+24क^2+32क+16 = 10क^2+40क+31$

$= (क+2)\ (10क+20)-9 = 10(क+2)^2-9$

इसलिए $ख^4 - 10ख^2+9=0 = (ख^2-9)\ (ख^2-1)$

इसलिए $ख^2 = 1$ या 9

इसलिए $ख = \pm 1$ या ± 3

इसलिए $क = -1, -3, +1, -5$

(3) $क^4-12क^3+49क^2-78क+40=0$, $क^4-12क^3=-49क^2+78क-40$

$(क-3)^4 = क^4-12क^3+54क^2-108क+81 = 5क^2-30क+41$

$= (क-3)\ (5क-15)-4 = 5(क-3)^2-4$

इसलिए $ख^4 - 5ख^2+4=0= (ख^2-4)\ (ख^2-1)$

इसलिए $ख^2 = 4$ या 1

इसलिए $ख = \pm 2$ या ± 1

इसलिए $क = 5, 1, 4, 2$

(4) $क^4+16क^3+86क^2+176क+105=0$, $\therefore क^4+16क^3=-(86क^2+176क+105)$

$(क+4)^4 = क^4+16क^3+96क^2+256क+256 = 10क^2+80क+151$

$= (क+4)\ (10क+40)-9 = 10(क+4)^2-9$

इसलिए $ख^4 - 10ख^2+9=0 = (ख^2-9)\ (ख^2-1)$

इसलिए $ख^2 = 9$ या 1

इसलिए $ख = \pm 3$ या ± 1

इसलिए $क = -1, -7, -3, -5$

(5) $क^4-16क^3+91क^2-216क+180=0, \therefore क^4-16क^3=-91क^2+216क-180$

$(क-4)^4 = क^4-16क^3+96क^2-256क+256=5क^2-40क+76$

$= (क-4)(5क-20)-4 = 5(क-4)^2-4$

इसलिए $ख^4 - 5ख^2+4=0 = (ख^2-1)(ख^2-4)$

इसलिए $ख^2 = 1$, या 4

इसलिए $ख = \pm 1$, या ± 2

इसलिए क = 5, 3, 6, या 2

(6) $क^4-20क^3+137क^2-382क+360=0, \therefore क^4-20क^3=-137क^2+382क-360$

$(क-5)^4 = क^4-20क^3+150क^2-500क+625=13क^2-118क+265$

$= (क-5)(13क-53)$

इसलिए $ख^4 = ख(13ख+12)$,

इसलिए ख = 0 या $ख^3=13ख+12$

इसलिए ख = 0, $(ख+1)(ख+3)(ख-4) = 0$

इसलिए ख = 0, −1, −3, या +4

इसलिए क = 5, 4, 2, या 9

नोट:

विद्यार्थी को शायद ही स्मरण कराना होगा कि यह सभी उदाहरण (जिन्हें पूरण विधि द्वारा हल किया गया है) तार्किक व गुणनखण्डन विधि द्वारा भी किए जा सकते हैं।

एक विशेष प्रकार

वैदिक सूत्रों द्वारा विभिन्न प्रकार के चतुर्घाती समीकरण हल किए जाते हैं। किन्तु यहां हम केवल एक ही विशिष्ट प्रकार हल करेंगे और अन्य को बाद में करेंगे।

इस प्रकार के समीकरण में वामपक्ष में दो द्विपदों के चतुर्घातों का योग रहता है (तथा दाहिने पक्ष में उनका मान एक गणितीय संख्या में रहता है।) इस प्रकार के समीकरणों पर व्यष्टि-समष्टि सूत्र (या लोपना स्थापना सूत्र) का अनुप्रयोग होता है, जो हमें चतुर्घात को सरल द्विघात में तोड़ने के लिए औसत अथवा मध्य द्विपद का उपयोग सिखलाता है (ऊने घातों के पारस्परिक विलोपन की सरल युक्ति द्वारा)।

इस प्रक्रिया को समझाने के लिए एक ठोस उदाहरण यथेष्ट होगा:

$(क+7)^4+(क+5)^4 = 706$

मान लें कि क+6=ख (दोनों द्विपदों का औसत)

तब $(ख+1)^4+(ख-1)^4=706 = 2ख^4+12ख^2+2$

(ऊने घात $ख^3$ तथा ख के विलोपन के कारण)

इसलिए $ख^4+6ख^2-352 = 0$ इसलिए $ख^2 = 16$ या −22

इसलिए $ख = \pm 4$ या $\pm \sqrt{-22}$

इसलिए $क = -2, -10, -6+\sqrt{-22}$ या $-6-\sqrt{-22}$

नोट:

इस तरह के सरल उदाहरणों में पूर्णसांख्यिक मूल छोटे ही होते हैं। तथा मात्र

विलोकन द्वारा 706 संख्या को 625 और 81 में तोड़कर ही प्राप्त किए जा सकते हैं और इस कार्य के लिए विलोकनम् विधि ही यथेष्ट होगी। किन्तु संश्लिष्ट संख्या, भिन्न, करणी, काल्पनिक संख्या आदि तथा अक्षर गुणांकों वाले प्रश्नों में विलोकनम् द्वारा प्रश्न पूर्णतया हल नहीं होगा। किन्तु इनके लिए भी व्यष्टि-समष्टि सूत्र यथेष्ट होगा। यथा,

सामान्य सूत्र इस प्रकार होगा:

दिया है, $(\overline{\text{क}+\text{प}}+\text{फ})^4 + (\overline{\text{क}+\text{प}}-\text{फ})^4 = \text{त}$, $(\text{क}+\text{प} = \text{च})$

$$\text{इसलिए} \quad \text{च}^4 + 6\text{च}^2 + \left[\text{फ}^4 - \frac{\text{त}}{2}\right] = 0$$

$$\text{इसलिए} \quad \text{च}^2 = \frac{-6 \pm \sqrt{36-4\text{फ}^4+2\text{त}}}{2}$$

$$\text{इसलिए} \quad \text{च} = \pm\sqrt{\frac{-6 \pm \sqrt{36-4\text{फ}^4+2\text{त}}}{2}}$$

$$\text{इसलिए} \quad \text{क} = -\text{प} \pm\sqrt{\frac{-6 \pm \sqrt{36-4\text{फ}^4+2\text{त}}}{2}}$$

ऊपर के समीकरण पर इसका अनुप्रयोग करते हुए:

$$\text{क} = -6 \pm \sqrt{\frac{-6 \mp \sqrt{1444}}{2}} = -6 \pm \sqrt{\frac{-6 \mp 38}{2}}$$

$$= -6 \pm \{\sqrt{16} \text{ अथवा } \pm \sqrt{-22}\}$$

$$= -6 \pm \{4 \text{ अथवा } \pm \sqrt{-22}\}$$

जो कि ऊपर के उत्तर से मिलता है।

नोट:

कठिनतर चतुर्घात पंचघात बाद में लिए जाएंगे।

अध्याय 20

बहु युगपत् समीकरण

अब हम तीन (या अधिक) अज्ञातराशियों वाले युगपत् समीकरणों को हल करेंगे। इस हल के लिए हम 'लोपना-स्थापना' सूत्र, 'आनुरूप्य' सूत्र तथा 'परावर्त्य' सूत्र का उपयोग करेंगे।

प्रथम प्रकार

इसमें प्रथम प्रकार के समीकरण वे हैं जिनमें केवल एक के दाहिने पक्ष में सार्थक संख्या है (अन्य दो में शून्य)। इस शून्य वाले दो समघात समीकरणों से हम दो नए समीकरण प्राप्त करेंगे, जिनमें दो अज्ञात-राशियाँ तीसरी अज्ञातराशि में व्यक्त की जाएंगी। तत्पश्चात हम इन मानों को तीसरे समीकरण में प्रतिस्थापित कर एक के बाद एक तीनों अज्ञात राशियों का मान निकालेंगे। देखिए उदाहरण (1) ब

दूसरी विधि में आनुपातिक गुणजों (समीकरण के) के उचित योग तथा घटाने द्वारा एक अज्ञात राशि का विलोपन (तथा दो की स्थापना) करते हैं। देखिए उदाहरण (1) अ

इन दोनों विधियों में विलोपनार्थ अज्ञात राशि, गुणज इत्यादि का चुनाव इच्छानुसार कर सकते हैं। यथा:

(1) क+ख−ग = 0 (1)

4क−5ख+2ग = 0 (2)

3क+2ख+ग = 10 (3)

(अ) (1)+(3) से 4क+3ख = 10 (4)

2×(1)+(2) से 6क−3ख = 0 (5)

(4)+(5) से 10 क = 10 इसलिए क = 1, ख = 2, ग = 3.

(ब) (1) से क+ख = ग

(2) से 4क−5ख = −2ग

इसलिए परावर्त्य द्वारा क=ग/3, ख= 2ग/3.

इसलिए (3) में प्रतिस्थापन कर ग+4ग/3+ग=10

इसलिए ग = 3, ख = 2, क = 1.

(2) 7ख−11ग−2क = 0 (1)

8ख−7ग−6क = 0 (2)

3क+4ख+5ग = 35 (3)

(अ) (2)+2×(3) से, 16ख+3ग = 70 (4)

3×(1)−(2) से, 13ख−26ग = 0 (5)

इसलिए ख $= \frac{1820}{455} = 4$, तथा ग $= \frac{910}{455} = 2$, और क= 3.

(ब) (1) से, 7ख–11ग= 2क

(2) से, 8ख–7ग = 6क

इसलिए $ख = \frac{-52क}{-39} = \left[\frac{4}{3}\right]क$

इसलिए $ग = \frac{-26क}{-39} = \left[\frac{2}{3}\right]क$

इसलिए $3क + \frac{16}{3}क + \frac{10}{3}क = 35$

इसलिए क = 3, ख = 4 तथा, ग = 2

(3) 2क–3ख+4ग = 0 (1)

7क+2ख–6ग = 0 (2)

4क+3ख+ग = 37 (3)

(अ) (1)+(3) से, 6क+5ग = 37 इसलिए 37क = 2×37 इसलिए क= 2

2×(1)+3 ×(2) से, 25क–10ग = 0,ग = 25/5 = 5 तथा ख = 8

(ब) (1) तथा (2) से,

–3ख+4ग= –2क

2ख–6ग = –7क

इसलिए $ख = \frac{-40क}{-10} = 4क,$

इसलिए $ग = \frac{-25क}{-10} = \frac{5}{2}क$

इसलिए $4क + 12क + \frac{5}{2}क = 37$

इसलिए क = 2, ख = 8 तथा ग = 5.

दूसरा प्रकार

इसमें दाहिने पक्ष में तीनों समीकरणों में सार्थक संख्याएं रहती हैं। इसे परावर्त्य (तिर्यकगुणन) विधि द्वारा, दाहिने पक्ष में शून्य वाले दो समीकरण प्राप्त कर, हल कर सकते हैं अथवा पहले उपसंभाग की पहली अथवा दूसरी विधि द्वारा कर सकते हैं। यथाः

(1) 2क–4ख+9ग=28 (1)

7क+3ख–5ग=3 (2)

9क+10ख–11ग=4 (3)

(अ) 196क+84ख–140ग=84
6क–12ख+27ग=84

(1)×3 तथा (2)×28 द्वारा
इसलिए 190क+96ख–167ग=0

28क+12ख–20ग=12
27क+30ख–33ग=12

(2)×4 तथा (3)×3 द्वारा
इसलिए क–18ख+13ग=0

इस प्रकार, दो शून्य दाहिने पक्ष वाले समीकरण प्राप्त कर, (अर्थात पहले प्रकार के) अब हम उस प्रकार के लिए उचित पहली विधि का उपयोग कर तथा लंबे गुणा, भाग, जोड़ तथा घटा कर उत्तर प्राप्त कर सकते हैः क=2, ख=3, तथा ग=4.

(ब) या, पिछले उपसंभाग वाली विधि को अपनाया जा सकता है, तबः

$$\left.\begin{array}{lrcl} & 3ख - 5ग &=& 3 - 7क \\ \text{तथा} & 10ख - 11ग &=& 4 - 9क \end{array}\right] \quad \text{तिर्यक गुणन द्वारा}$$

$$ख = \frac{-20+45क+33-77क}{-17} = \frac{32क-13}{17}$$

$$\text{तथा} \quad ग = \frac{12-27क-30+70क}{17} = \frac{43क-18}{17}$$

$$\text{इसलिए } 2क - \frac{128क-52}{17} + \frac{87क-162}{17} = 28$$

इसलिए 34क–128क+52+87क–162=476, इसलिए 293क=586
इसलिए क=2, ख=3, तथा ग=4.

यह विधि भी बहुत ही श्रमसाध्य है।

(स) या (लोपना-स्थापना विधि अपनाते हुए),
(3)–(1)–(2) द्वारा, 11ख–15ग=–27
9×(2)–7×(3) द्वारा, –43ख+32ग=–1
इसलिए ख=3, ग=4, तथा क=2.

(2) क+2ख+3ग = 12 (1)
2क+3ख+4ग = 18 (2)
4क+3ख+5ग = 24 (3)

$$\left.\begin{array}{l} (अ)\ 18\times(1): 18क+36ख+54ग = 216 \\ \quad\ \ 12\times(2): 24क+36ख+48ग = 216 \end{array}\right] \quad \begin{array}{l} \text{इसलिए } 6क-6ग=0 \\ \text{या} \quad क=ग \end{array}$$

इसी तरह से

$$\left.\begin{array}{l} 48क+36ख+60ग=288 \\ 24क+48ख+72ग=288 \end{array}\right] \quad \begin{array}{l} \text{इसलिए } 24क-12ख-12ग=0 \\ \text{या } 2क-ख-ग = 0 \end{array}$$

इसलिए क=ख=ग=2.

$$\left.\begin{array}{l} (ब)\ 2ख+3ग=12-क \\ \quad\ \ 3ख+4ग=18-2क \end{array}\right] \quad \text{इसलिए } ख=6-2क$$

तथा ग=क, इसलिए क=ख=ग=2.

$$\left.\begin{array}{l} (स)\ 2\times(1)-(2) \text{ से, } ख+2ग=6 \\ \quad\ \ 2\times(2)-(3) \text{ से, } 3ख+3ग=12 \end{array}\right] \quad \begin{array}{l} \text{इसलिए } ख=2,\ ग=2. \\ क=2. \end{array}$$

या (द) मात्र विलोकन द्वारा।

(3) क+2ख+3ग = 14 (1)
2क+3ख+4ग = 20 (2)
3क+ख+6ग = 23 (3)

(अ) इसलिए 28क+42ख+56ग=280, 20क+40ख+60ग=280] इसलिए 8क+2ख−4ग=0

तथा 42क+14ख+84ग=322, 23क+46ख+69ग=322] 19क−32ख+15ग=0

इत्यादि इत्यादि.

अथवा

(ब) 2ख+3ग=14− क, 3ख+4ग=20−2क] इसलिए ख=60−6क−56+4क=4−2क तथ ग=42−3क−40+4क= क+2

इसलिए 3क+4−2क+6क+12=23,
इसलिए क=1, ख=2, ग=3..

अथवा

(स) 2×(1)−(2) से, ख+2ग=8
तथा 3×(1)−(3) से, 5ख+3ग=19] इसलिए ख=2, ग=3, क=1

(4) क+2ख+3ग = 11 (1)
2क+3ख+4ग = 16 (2)
3क+5ख+6ग = 25 (3)

(अ) 16क+32ख+48ग−22क−33ख−44ग=−6क−ख+4ग=0
तथा 33क+55ख+66ग−25क−50ख−75ग=8क+5ख−9ग=0
इत्यादि इत्यादि

(ब) 2ख+3ग=11−क, 3ख+4ग=16−2क] इत्यादि

(स) क+ ख+ ग=5, क+2ख+2ग=9] इसलिए ख+ग=4, तथा क+ग=3
इसलिए क=1, ख=2, ग=3.

इन सभी विधियों में एक अटपटापन तथा भारीपन है जिसके कारण इन्हें वैदिक श्रेणी के अन्तर्गत लाने में संतोष नहीं होता। इन कमियों से मुक्त तथा सामान्य अनुप्रयोग के भी योग्य वैदिक सूत्र की विधियाँ आगे समझाई गई हैं।

अध्याय 21

युगपत द्विघात समीकरण

युगपत द्विघात समीकरण को हल करने के लिए आवश्यक सूत्र पहले ही समझाए जा चुके हैं। अब केवल उनका वास्तविक अनुप्रयोग, युक्तियाँ तथा कार्यविधि दर्शाना शेष है। यथा:

(1) क+ख=5 इसलिए $क^2+ख^2+2कख=25$ इसलिए $(क-ख)^2=1$
कख =6 4कख=24 इसलिए क-ख=±1

इसलिए क=2, ख=3 या क=3, ख=2

यह तो मात्र विलोकनम द्वारा मिल सकता है, और भी चूंकि सममित मान आपस में बदले जा सकते हैं।

(2) क-ख=1
कख =6
इसलिए क=3, ख=2 या −2, −3 ऋण पर गौर करें।

(3) 5क-ख=17 इसलिए $25क^2-10कख+ख^2=289$ इसलिए $(5क+ख)^2=529$
कख=12 तथा 20कख=240 इसलिए 5क+ख=±23
इसलिए 10क=40 या-6 इसलिए क=4 या −3/5
ख=3 या −20

नोट:

1. जब क या ख का मान मालूम हो जाए तब क ख द्वारा दूसरे का मान तत्काल ही मिल जाता है। यथा, यदि यहां पर क=4 या ख=3 तब कोई भी प्रतिस्थापन की आवश्यकता नहीं रह जाती है।
2. मात्र विलोकनम् द्वारा ही एक मान कुलक (सेट) प्राप्त किया जा सकता है।
3. मान के दोनों कुलकों (सेटों) का पारस्परिक संबंध बाद में बतलाया जाएगा।

(4) 4क-3ख= 7 मात्र विलोकन से क=4 तथा ख=3
कख=12
(ब) $(4क-3ख)^2=49$ इसलिए 4क+3ख=±25 इसलिए 8क=32 अथवा −18
इसलिए क=4, ख=3 या − 9/4, −16/3

(5) $क^3-ख^3=19$ इसलिए $क^2+कख+ख^2=19$ इसलिए 3कख=18
क-ख= 1 तथा $क^2-2कख+ख^2= 1$ इसलिए कख=6
इसलिए क=3, ख=2 या क=−2, ख=−3

(6) क³+ख³=61 इसलिए क²–कख+ख²=61 इसलिए –3कख=60
क+ख= 1 क²+2कख+ख²= 1 इसलिए कख=–20
इसलिए क= 5, ख=–4 या क=–4, ख= 5

नोट:
चूंकि सब जगह धन चिन्ह है, इसलिए इन्हें परस्पर बदला जा सकता है। (अर्थात एक मान सेट विलोकन द्वारा तथा दूसरा बदलने से)

(7) क+ख=4 इसलिए (1) विलोकन द्वारा क=3, ख=1
क²+कख+4क=24, अथवा, क(क+ख)+4क=8क=24, इसलिए क=3, ख=1

(8) क+2ख=5 (1)
क²+3कख+2ख²+4क–ख=10 (2)
इसलिए (क+ख) (क+2ख)+4क–ख=5(क+ख)+4क–ख=10 (गुणनखण्ड करते हुए)
इसलिए 9क+4ख=10
2क+4ख=10 (1) से
इसलिए क=0, ख= +5/2

(9) क+2ख=5
क²+3कख–2ख²+4क+3ख=0
इसलिए (क+2ख) (क+ख)–4ख²+4क+3ख=0
इसलिए 5(क+ख)–4ख²+4क+3ख=9क+8ख–4ख²=0
इसलिए 4ख²+10ख–45=0, इसलिए 8ख+10= $\pm\sqrt{820}$

इसलिए ख= $\dfrac{\pm\sqrt{820}-10}{8} = \dfrac{-5\mp\sqrt{205}}{4}$ इसलिए क= $\dfrac{15\mp\sqrt{205}}{2}$

(10) क+ख= 5 इसलिए 3क²+ख² =(क+ख) (3क–3ख)+4ख²
3क²+ख²=19 =15क–15ख+4ख²=19
इसलिए 75–75ख–15ख+4ख²=19
इसलिए 4ख²–30ख+56=0
इसलिए 8ख–30=$\pm\sqrt{4}$ इसलिए 8ख=32 अथवा 28 इसलिए ख=4 या 7/2
इसलिए क=1 या 3/2

(11) क²+3क–2ख= 4 इसलिए 7क²–क–8=0 इसलिए क= –1 या 8/7.
2क²–5क+3ख=–2 इसलिए (क+1) (7क–8)=0 ख= –3 या 18/49.

(12) क+ख=5 ∴ 5क–5ख–ख²=1 इसलिए ख=2 या –12
क²–2ख²=1 ∴ ख²+10ख–24=0 क=3 या –17

(13) 2क+ख=3 इसलिए क²+2क(3–2क)=3 या क²–2क+1=0 इसलिए क=1
क²+2कख=3 इसलिए 2क×3–3क²–3=0 (क–1)²=0 इसलिए ख=1

या, (ब) 4क^2+2कख=6क (2क से (1) को गुणा कर)
तथा क^2+2कख=3
इसलिए 3क^2–6क+3=0 इसलिए क=1, ख=1

(14) क+ख=2 इसलिए क^2–ख^2=2(क–ख), (क–ख) का गुणा करते हुए
क^2+ख^2+2क+3ख=7 इसलिए 4क+ख+2ख^2=7, क^2 का मान रखते हुए
इसलिए 2ख^2–3ख+1=0
इसलिए (ख–1) (2ख–1)=0
इसलिए ख=1 या 1/2
क=1 या 3/2

(15) 2क^2+कख+ ख^2= 8 क^2+ख^2=5, दोनों को जोड़कर मिलता है।
3क^2–कख+4ख^2=17 और तिर्यक गुणन द्वारा
34क^2+17कख+17ख^2=24क^2–8कख+32ख^2
इसलिए 10क^2+25कख–15ख^2=0 =2क^2+5कख–3ख^2
(क+3ख) (2क–ख) = 0, इसलिए क=–3ख या ख/2, प्रतिस्थापना करते हुए,
9ख^2+ख^2=5, या $\frac{5}{4}$ ख^2=5 इसलिए ख^2= $\frac{1}{2}$ या 4
इसलिए ख= $\pm\sqrt{\frac{1}{2}}$ अथवा $\pm$ 2

इसलिए क= $\pm\frac{3}{\sqrt{2}}$ $\pm$6, $\pm\frac{1}{2\sqrt{2}}$ या $\pm$1

नोट:
सही चिन्ह (धन या ऋण) के लिए परीक्षण करें।

(16) 2क^2+कख+ख^2=77 इसलिए 184क^2+92कख+92ख^2=154क^2+231कख
2क^2+3कख=92 इसलिए 30क^2–139कख+92ख^2=0
इसलिए (5क–4ख) (6क–23ख)=0,
इसलिए क= $\left[\frac{4}{5}\right]$ख या $\left[\frac{23}{6}\right]$ ख
∴ (प्रतिस्थापन द्वारा) ख= +5 या $2\pm\sqrt{6/7}$
क= +4 या $\frac{23}{3}\pm\sqrt{7}$

(17) 3क^2–4कख+2ख^2=1 घटाकर, 4क^2–4कख+ख^2=16
ख^2–क^2=–15 इसलिए (2क–ख)=$\pm$4,
इसलिए प्रतिस्थापन द्वारा 4क^2+16क+16–क^2=–15
इसलिए 3क^2+16क+31=0 इत्यादि

(18) 2क^2–7कख+3ख^2=0
क^2+कख+ख^2=13,

इसलिए (2क–ख) (क–3ख)=0 इसलिए क=ख/2 या 3ख
इसलिए ख= ±1 या ± $\sqrt{13/7}$
तथा क= ±3 ± $2\sqrt{13/7}$

(19) 3क^2–4कख+2ख^2=1
ख^2–क^2=0
या 3क^2+4क^2+2क^2=1,

इसलिए क=±ख
इसलिए 3क^2–4क^2+2क^2=1
इसलिए क=±$\sqrt{1/3}$

इसलिए क=±1
ख=±1
तथा ख=±$\sqrt{1/3}$

(20) क^2–कख=12ख^2
क^2+ख^2=68

इसलिए (क–4ख) (क+3ख)=0, इसलिए क=4ख या –3ख
प्रतिस्थापना करते हुए, 17ख^2=68, 10ख^2=68.
इसलिए ख=±2 या ± $\sqrt{34/5}$ तथा क=±8 या ± $3\sqrt{34/5}$

(21) क^2–2कख+ख^2=2क–2ख+3
क^2+कख+2ख^2=2क– ख+3

(अ) 'शून्यम् अन्यत' द्वारा, इसलिए ख=0
मान लें (क–ख)=प, तब प^2–2प–3=0
इसलिए प=3 या –1
इसलिए क–ख=3 या –1 अब प्रतिस्थापना करिए
इसलिए ख=0 या 3क+ख=1, प्रतिस्थापना करिए
(ब) घटाकर, 3कख+ख^2=ख

नोट:
'शून्यम अन्यत' विधि सर्वोत्तम है।

(22) 3क^2+2कख–ख^2=0
क^2+ख^2=2क(ख+2क)

(अ) इसलिए (क+ख) (3क–ख)=0 इसलिए क=–ख या ख/3
अब प्रतिस्थापना करिए और हल प्राप्त करिए
(ब) पक्षांतरण कर, –3क^2–2कख+ख^2=0

दोनों समीकरण एक होने का अर्थ है कि वे स्वतंत्र नहीं हैं, इसलिए क को कोई भी मान दिया जा सकता है तथा परिणाम स्वरूप ख का मान निकलेगा।
(कठिन युगपत द्विघात समीकरण आगे लिए जाऐंगे)

अध्याय 22

गुणनखण्डन तथा अवकल कलन

इस अध्याय में लाइबनिज, मेक्लारिन, टेलर आदि के प्रमेयों को समावेश करने वाले क्रमिक अवकलन पर लगने वाले सूत्र दिए गए हैं तथा आधुनिक पाश्चात्य महान गणितज्ञों के लिए भी नए लगने वाले विषयों पर यथेष्ट सामग्री भी दी है। इनके दुरूह विस्तार में न जाकर, इस समय हम सामान्य तथा प्रारंभिक सिद्धांतों के संक्षिप्त विवरण तथा कुछ सटीक दृष्टान्तों के नमूनों से संतोष करना चाहेंगे।

''यथा नाम तथा गुण:'' के अनुसार (गुणक समुच्चय) इसका नाम ही प्रारंभिक सिद्धांतों को स्पष्ट करता है, जिसका अर्थ है कि यदि द्विघात व्यंजक दो द्विपदों (क+प) तथा (क+फ) का गणुनफल है, तब इसका प्रथम अवकलन दोनों गुणनखण्डों का योग होता है आदि आदि (जैसा कि द्विघात समीकरण के अध्याय में समझाया जा चुका है)।

यह कहने की आवश्यकता तो नहीं होना चाहिए कि गुणन के अवकलन का भली-भांति विदित सूत्र {यदि ख=चछ, जबकि च तथा छ ''क'' के फलन हैं, तब ''ख′'' (ख का प्रथम अवकलन)=चछ′ +च′छ} तथा गुणक समुच्चय सूत्र दोनों एक ही गणितीय सत्य व्यक्त, ध्वनित तथा सूचित करते हैं।

चलिए, कुछ सरल उदाहरणों से आरंभ करें,

(1) $क^2+3क+2=(क+1)\ (क+2)=चछ$ (मान लें)

इसलिए $अव_1$ (प्रथम अवकल)= $2क+3=(क+2)+(क+1) = \Sigma\ च$

(2) $क^3+6क^2+11क+6=(क+1)\ (क+2)\ (क+3) = चछज$ (मान लें)

इसलिए $अव_1=3क^2+12क+11= (क^2+3क+2)+(क^2+5क+6)+(क^2+4क+3)$

$=चछ+छज+जच= \Sigma\ चछ$

$अव_2=6क+12=2(3क+6)=2\ (क+1)+(क+2)+(क+3)$

$=2(च+छ+ज)=2\ \Sigma\ च=2!\ \Sigma\ च$ (2!=2 क्रमगुणित)

(3) $क^4+10क^3+35क^2+50क+24=(क+1)\ (क+2)\ (क+3)\ (क+4)$

इसलिए $अव_1=4क^3+30क^2+70क+50= \Sigma\ च\ छ\ ज$

इसलिए $अव_2=12क^2+60क+70 = 2!\ \Sigma\ च\ छ$

इसलिए $अव_3=24क+60 = 6(\overline{4क+10})=3!\ \Sigma\ च$

(4) $क^5+15क^4+85क^3+225क^2+274क+120=(क+1)\ (क+2)\ (क+3)\ (क+4)\ (क+5)$

इसलिए $अव_1=5क^4+60क^3+255क^2+450क+274= \Sigma\ च\ छ\ ज\ झ$

इसलिए $अव_2=20क^3+180क^2+510क+450 = 2!\ \Sigma\ च\ छ\ ज$

इसलिए $अव_3=60क^2+360क+510 = 3!\ \Sigma\ च\ छ$

इसलिए $अव_4=120क+360 =24(5क+15)=4!\ \Sigma\ च$

(5) $क^4+19क^3+116क^2+284क+240=(क+2)\ (क+3)\ (क+4)\ (क+10)$
इसलिए $अव_1=4क^3+57क^2+232क+284=\Sigma$ च छ ज
इसलिए $अव_2=12क^2+114क+232 = 2!\ \Sigma$ च छ
इसलिए $अव_3=24क+114 = 6(4क+19)=3!\ \Sigma$ च

एक बहुपद के गणुनखण्डों तथा क्रमिक अवकलों का आन्तरिक संबंध इन उदाहरणों से यथेष्ट दिख जाता है, तथा यह भी कि यदि एक मालूम हो तब दूसरा कितनी सरलता से मालूम किया जा सकता है।

गुणनखण्डन तथा अवकलन में भिन्न दिशा में एक और घनिष्ठ संबंध है जो कि हमारे गणित के कार्य में बहुत उपयोगी है। और वह है पुनरावृत्त गुणनखण्डों की पहचान के लिए क्रमिक अवकलों का उपयोग।

इसकी विधि इतनी सरल है कि इसकी विशद व्याख्या की आवश्यकता ही नहीं है। निम्नलिखित उदाहरण इस क्रिया विधि को स्पष्ट कर देगा:

(1) गुणनखण्डन करिए $क^3-4क^2+5क-2$
$अव_1 =3क^2-8क+5 = (क-1)\ (3क-5)$

दिए व्यंजक के पहले पद तथा अंतिम पद को देखते हुए, (क-5) को भूलकर (क-1) पर अपनी दृष्टि रखेंगे।

$अव_2 = 6क-8 = 2(3क-4)$ इसलिए हम $(क-1)^2$ लेंगे।
इसलिए (आद्यम आद्येन सूत्र द्वारा) व्यंजक = $(क-1)^2\ (क-2)$

(2) $4क^3-12क^2-15क-4$ का गुणनखण्डन कीजिए।
इसलिए $अव_1 =12क^2-24क-15 = 3(4क^2-8क-5) = 3(2क-5)\ (2क+1)$
इसलिए $अव_2 =24क-24 = 24(क-1)$, इसलिए पहले जैसे, हम (2क+1) लेंगे
इसलिए $व = (2क+1)^2\ (क-4)$

(3) $क^4-6क^3+13क^2-24क+36$ का गुणनखण्डन कीजिए।
इसलिए $अव_1 = 4क^3-18क^2+26क-24 = 2(2क^3-9क^2+13क-12)$
$= 2(क-3)\ (2क^2-3क+4)$
इसलिए $अव_2 = 12क^2-36क+26$ (इसके कोई परिमेय गुणनखण्ड नहीं हैं)
इसलिए $व = (क-3)^2\ (क^2+4)$

(4) $2क^4-23क^3+84क^2-80क-64$ का गुणनखण्डन कीजिए।
इसलिए $अव_1 = 8क^3-69क^2+168क-80$
इसलिए $अव_2 = 24क^2-138क +168 = 6(4क^2-23क+28) = 6(क-4)\ (4क-7)$
इसलिए $अव_3 = 48क-138 = 6(8क-23)$
इसलिए $अव_1 = (क-4)^2\ (8क-5)$
इसलिए $व = (क-4)^3\ (2क+1)$

(5) $क^4-5क^3-9क^2+81क-108$ का गुणनखण्डन कीजिए।
इसलिए $अव_1 = 4क^3-15क^2-18क+81$

इसलिए अव$_2$ = 12क^2–30क–18 = 6(2क^2–5क–3) = 6(2क+1) (क–3)
इसलिए अव$_3$ = 24क–30 = 6(4क–5)
इसलिए अव$_1$ = (क–3)^2 (4क+9)
इसलिए व = (क–3)^3 (क+4)

(6) 16क^4–24क^2+16क–3 का गुणनखण्डन कीजिए।
इसलिए अव$_1$ = 64क^3–48क+16 = 16(4क^3–3क+1)
इसलिए अव$_2$ = 16(12क^2–3) = 48(4क^2–1) = 48(2क–1)(2क+1)
इसलिए अव$_3$ = 48(8क)
इसलिए अव$_1$ = (2क–1)^2 (क+1)
इसलिए व = (2क–1)^3 (2क+3)

(7) क^5–5क^4+10क^3–10क^2+5क–1 का गुणनखण्डन कीजिए।
इसलिए अव$_1$ = 5क^4–20क^3+30क^2–20क+5
इसलिए अव$_2$ = 20क^3–60क^2+60क–20 = 20(क^3–3क^2+3क–1)
इसलिए अव$_3$ = 20(3क^2–6क+3) = 60(क^2–2क+1) = 60(क–1)^2
इसलिए अव$_4$ = 60(2क–2) = 120(क–1)
इसलिए अव$_2$ = 20(क–1)^3
इसलिए अव$_1$ = 5(क–1)^4
इसलिए व = (क–1)^5

(8) क^5–15क^3+10क^2+60क–72 का गुणनखण्डन कीजिए।
इसलिए अव$_1$ = 5क^4–45क^2+20क+60
इसलिए अव$_2$ = 20क^3–90क+20 = 10(2क^3–9क+2)
इसलिए अव$_3$ = 10(6क^2–9) = 30(2क^2–3)
इसलिए अव$_4$ = 30(4क)
इसलिए अव$_2$ = 10(क–2) (2क^2+4क–1)
इसलिए अव$_1$ = 5(क–2)^2 (क+1) (क+3)
इसलिए व = (क–2)^3 (क+3)^2

वैदिक सूत्रों में अवकल कलन के इस तरह के बहुत से अनुप्रयोग मिल सकते हैं किन्तु उनकी चर्चा हम बाद में करेंगे।

अध्याय 23

आंशिक भिन्न

सामान्यता विभिन्न गणितीय प्रक्रियाओं में तथा विशेषकर समाकल् कलन में "आंशिक भिन्न" एक बहुत ही महत्वपूर्ण विषय है। इस के लिए प्रचलित विधियां बहुत ही मेहनत वाली हैं किन्तु परावर्त्य सूत्र द्वारा यह तत्काल ही, सुपरिचित "मनस्थ एक पंक्ति उत्तर" विधि द्वारा हल हो जाता है।

पहले हम प्रचलित विधि समझाएंगे और उसके साथ-साथ परावर्त्य सूत्र का अनुप्रयोग भी।

मान लें कि हमें $\dfrac{3क^2+12क+11}{(क+1)(क+2)(क+3)}$ को आंशिक भिन्न में बदलना है तब,

प्रचलित विधि

मान लें $\dfrac{3क^2+12क+11}{(क+1)(क+2)(क+3)} = \dfrac{प}{क+1} + \dfrac{फ}{क+2} + \dfrac{ब}{क+3}$

$$= \frac{प(क^2+5क+6) + फ(क^2+4क+3) + ब(क^2+3क+2)}{(क+1)(क+2)(क+3)}$$

इसलिए $3क^2+12क+11 = प(क^2+5क+6) + फ(क^2+4क+3) + ब(क^2+3क+2)$

दोनों पक्षों के समानघात के गुणांकों को बराबर रखते हुए,

$प+फ+ब=3$ तीनो युगपत समीकरणों को हल करते हुए,

$5प+4फ+3ब=12$ प=फ=ब=1 मिलता है।

$6प+3फ+2ब=11$

इसलिए व = $\dfrac{1}{क+1} + \dfrac{1}{क+2} + \dfrac{1}{क+3}$

"प" मालूम करने के लिए वैदिक विधि में,

(अ) हम उसके "प" वाले आंशिक भिन्न के हर का मान शून्य रखते हैं और फलस्वरूप क का परावर्त्य मान =–1 मिलता है।

(ब) तत्पश्चात मन में ही इस मान –1 को व्यंजक (किन्तु उस गुणनखण्ड के बिना जो दाहिने पक्ष में प के "हर" में है) में प्रतिस्थापित करते हैं तथा,

(स) फलस्वरूप प्राप्त यह मान ही "प" का मान है। इसी तरह "फ" तथा "ब" के लिए करते हैं। यथा:

$$प = \frac{3क^2+12क+11}{(क+2)(क+3)} = \frac{3-12+11}{1\times2} = 1.$$

$$फ = \frac{3क^2+12क+11}{(क+1)\ (क+3)} = \frac{12-24+11}{(1)\ (-1)} = 1.$$

तथा $$ब = \frac{3क^2+12क+11}{(क+1)\ (क+2)} = \frac{27-36+11}{(-2)\ (-1)} = 1.$$

इसलिए $$ब = \frac{1}{क+1} + \frac{1}{क+2} + \frac{1}{क+3}$$

नोट:
यह सारा कार्य मन में ही किया जा सकता है तथा तीन युगपत समीकरणों को बनाने और हल करने की मेहनत अनावश्यक हो जाती है।

कुछ और दृष्टांत नीचे दिए जा रहे हैं:– (इन्हें मात्र विलोकनम् द्वारा भी किया जा सकता है)

(1) $$\frac{2क+3}{(क+1)\ (क+2)} = \frac{1}{क+1} + \frac{1}{क+2}$$

(2) $$\frac{7}{(क+1)\ (क+2)} = \frac{7}{(क+1)} - \frac{7}{(क+2)}$$

(3) $$\frac{2क-5}{(क-2)\ (क-3)} = \frac{1}{क-2} + \frac{1}{क-3}$$

(4) $$\frac{3क+13}{(क+1)\ (क+2)} = \frac{10}{क+1} - \frac{7}{क+2}$$

(5) $$\frac{2क+1}{(क^2-5क+6)} = \frac{-5}{(क-2)} + \frac{7}{(क-3)}$$

(6) $$\frac{7क-1}{1-5क+6क^2} = \frac{-5}{(1-2क)} + \frac{4}{(1-3क)}$$

(7) $$\frac{9}{क^2+क-2} = \frac{3}{(क-1)} - \frac{3}{क+2}$$

(8) $$\frac{क-13}{क^2-2क-15} = \frac{2}{क+3} - \frac{1}{क-5}$$

(9) $$\frac{क-5}{क^2-क-2} = \frac{2}{क+1} - \frac{1}{क-2}$$

(10) $$\frac{क+37}{क^2+4क-21} = \frac{4}{क-3} - \frac{3}{क+7}$$

(11) $\dfrac{5+2क-3क^2}{(क^2-1)\,(क+1)} = \dfrac{(1+क)\,(5-3क)}{(क+1)^2\,(क-1)} = \dfrac{5-3क}{क^2-1} = \dfrac{1}{क-1} - \dfrac{4}{क+1}$

(12) $\dfrac{5क-18}{क^2-7क+12} = \dfrac{3}{क-3} + \dfrac{2}{क-4}$

(13) $\dfrac{3क^2-10क-4}{क^2-6क+8} = 3 + \dfrac{8क-28}{(क-4)\,(क-2)} = 3 + \dfrac{2}{क-4} + \dfrac{6}{क-2}$

(14) $\dfrac{क^2+क+9}{क^3+6क^2+11क+6} = \dfrac{9}{2(क+1)} - \dfrac{11}{(क+2)} + \dfrac{15}{2(क+3)}$

(15) $\dfrac{2क+1}{क^3-6क^2+11क-6} = \dfrac{3}{2(क-1)} - \dfrac{5}{(क-2)} + \dfrac{7}{2(क-3)}$

(16) $\dfrac{2क^3-11क^2+12क+1}{क^3-6क^2+11क-6} = \dfrac{क^2-10क+13}{(क-1)\,(क-2)\,(क-3)} + 2$

$$= 2 + \frac{2}{(क-1)} + \frac{3}{क-2} - \frac{4}{क-3}$$

इसके लिए सामान्य सूत्र इस तरह लिखा जा सकता है:–

$$\frac{तक^2+थक+द}{(क-ट)\,(क-ठ)\,(क-ड)} \quad तब\ प = \frac{तट^2-थट+द}{(ट-ठ)\,(ट-ड)}$$

$$फ = \frac{तठ^2+थठ+द}{(ठ-ट)\,(ठ-ड)} \quad तथा\ ब = \frac{तड^2+थड+द}{(ड-ट)\,(ड-ठ)}$$

यदि हर में एक या अधिक गुणनखण्डों की पुनरावृत्ति होती है (जैसे कि वर्ग, घन इत्यादि), तब स्पष्ट ही प्रक्रिया में थोड़ा परिवर्तन आवश्यक है। उदाहरणार्थः

मान लें, $व = \dfrac{3क+5}{(1-2क)^2}$ प्रचलित विधि के अनुसार,

मान लें, $1-2क=ट$ (तब $क= \dfrac{1-ट}{2}$)

इसलिए

$$व = \frac{\frac{3-3ट}{2}+5}{ट^2} = \frac{13-3ट}{2ट^2} = \frac{13}{2ट^2} - \frac{3}{2ट}$$

$$= \frac{13}{2(1-2क)^2} - \frac{3}{2(1-2क)}$$

यह निस्संदेह एक सीधी तथा सहज विधि है। किन्तु यह मनस्थ गणना वाली नहीं है तथा अपेक्षतया मेहनत वाली है। तथा बड़ी संख्या तथा अधिक गुणनखण्डों के साथ (जैसा कि अगले उदाहरण में है) तो और भी मेहनत वाली हो जाएगी।

किन्तु वैदिक पद्धति हमें दो सरल परावर्त्य विधियाँ देती हैं जिससे की सारी गणना मन में, सरलतापूर्वक तथा शीघ्र हो जाती है। वे इस प्रकार हैं:–

(अ) $\frac{3क+5}{(1-2क)^2} = \frac{प}{(1-2क)^2} + \frac{फ}{(1-2क)}$

इसलिए $3क+5 = प+फ\ (1-2क)$

इसलिए $-2फ = 3$, तथा $प+फ = 5$, इसलिए $फ = -3/2$, $प = 13/2$

(ब) $3क+5 = प+फ\ (1-2क)$

इसलिए परावर्त्य द्वारा ($1-2क=0$ रखते हुए, $क = 1/2$)

$\therefore$ $प = 13/2$, तथा (चूंकि यह एक निरपेक्ष सर्वसमिका है, इसलिए क के सभी मानों के लिए सत्य है) क का मान शून्य रखते हुए

$प+फ = 5$, इसलिए $फ = -3/2$

दृष्टान्त के लिए दो उदाहरण और लिए जा सकते हैं:–

(1) $\frac{क^3+3क+1}{(1-क)^4}$, प्रचलित विधि द्वारा मान लें $(1-क) = ट$, तब $क = 1-ट$

इसलिए $व = \frac{(1-ट)^3 + 3\ (1-ट) + 1}{ट^4} = \frac{1-3ट+3ट^2-ट^3+3-3ट+1}{ट^4}$

$= \frac{5}{ट^4} - \frac{6}{ट^3} + \frac{3}{ट^2} - \frac{1}{ट}$

$= \frac{5}{(1-क)^4} - \frac{6}{(1-क)^3} + \frac{3}{(1-क)^2} - \frac{1}{(1-क)}$

किन्तु वैदिक विधि के अनुसार,

(अ) $प+फ(1-क) + ब\ (1-क)^2 + भ\ (1-क)^3 = क^3+3क+1$

इसलिए $प+फ+ब+भ+क(-फ-2ब-3भ) + क^2\ (ब+3भ) - भ\ क^3 = क^3+3क+1$

इसलिए $-भ = 1$ इसलिए $भ = -1$

इसलिए $ब+3भ = 0 = ब-3$ इसलिए $ब = +3$

इसलिए $-फ-2ब-3भ = -फ-6+3 = 3$, इसलिए $फ = -6$

इसलिए $प+फ+ब+भ = प-6+3-1 = 1$, इसलिए $प = 5$

(ब) अथवा परावर्त्य विधि द्वारा,

$क=1$ रखिए,	इसलिए $प = 5$,
$क=0$ रखिए, इसलिए $प+फ+ब+भ=1$,	इसलिए $ब = 3$
$क=2$ रखिए, इसलिए $प-फ+ब-भ=15$	इसलिए $फ = -6$
	इसलिए $भ = 1$

(जो कि सारा का सारा मन में ही किया जा सकता है।)

(2) (अ) $\frac{5+2क-2क^2}{(क^2-1)(क+1)} = \frac{प}{(क+1)^2} + \frac{फ}{(क+1)} + \frac{ब}{(क-1)}$

इसलिए $प(क-1) + फ(क^2-1) + ब(क+1)^2 = 5+2क^4-2क^2$

$= (-प-फ+ब) + क(प+2ब) + क^2(फ+ब)$

इसलिए प+फ–ब= –5

इसलिए प+2ब = 2   इसलिए प = –1/2. फ = –13/4 तथा ब = 5/4

इसलिए फ+ब = –2

अथवा

(ब) परावर्त्य विधि द्वारा,

क= 1 रखकर, 4ब = 5,   इसलिए ब = 5/4.

क=–1 रखकर, –2प=1   इसलिए प = –1/2

क= 0 रखकर,   इसलिए फ = –13/4

नोट:

1. यह बतलाने की तनिक भी आवश्यकता नहीं है कि प्रचलित विधि में निस्संदेह रूप से बहुत समय तथा श्रम का अपव्यय होता है।

2. आंशिक भिन्न पर परावर्त्य तथा अन्य सूत्रों के अन्य अनुप्रयोग बाद में किए जाएंगे।

3. इस समय हम समाकल कलन का एक महत्वपूर्ण हिस्सा लेंगे जिसमें आंशिक भिन्न की सहायता से कठिन समाकलन सरलतापूर्वक किया जा सकता है।

अध्याय 24

आंशिक भिन्नों द्वारा समाकलन

इस अध्याय में हम, संक्षिप्त में, आंशिक भिन्न की सहायता से समाकलन करेंगे। किन्तु इसके पहले, समाकलन प्रक्रिया के प्राथमिक सिद्धांतों की संक्षिप्त रूप रेखा देना उचित होगा। (जैसा कि एकाधिक सूत्र द्वारा की जाती है।)

अवकलन की सुपरिचित प्रक्रिया में,

मान लें $y = x^3$ ख = क^3

तब D_1 (अर्थात dy/dx) = $3x^2$ अव$_1$ (प्रथम अवकल) = 3क^2
$D_2 = 6x$ अव$_2$ = 6क
$D_3 = 6$ अव$_3$ = 6

अब इसकी विलोम प्रक्रिया में:–

$dy/dx = 3x^2$; $\therefore dy = 3x^2dx$

समाकलन करते हुए, $\therefore \int dy = \int 3x^2dx$, $\therefore y=x^3$

इस तरह x की घात का समाकल निकालने के लिए, हम पूर्वघात में एक जोड़ते हैं (एकाधिकेन पूर्वेण) तथा गुणांक को नई घात से विभाजित करते हैं।

कुछ उदाहरण लिए जा सकते हैं:

(1) $\int 28x^3\,dx = \dfrac{28}{4}x^4 = 7x^4$

(2) $\int (x^4+3x^3+6x^2+7x-9)dx$
$= \dfrac{x^5}{5} + \dfrac{3x^4}{4} + 2x^3 + \dfrac{7x^2}{2} - 9x + C$
C—स्वतंत्र पद है.

(3) $\int x^a + x^{a\ 1} + x^{a\ 2} + \ldots..$
$= \dfrac{x^{a+1}}{a+1} + \dfrac{x^a}{a} + \dfrac{x^{a\ 1}}{a-1} + \ldots.$

(4) $\int ax^{m+1} + bx^m + cx^{m\ 1}dx$
$= \dfrac{ax^{m+2}}{m+2} + \dfrac{bx^{m+1}}{m+1} + \dfrac{cx^m}{m} + \ldots.$

यहां तक तो यह बहुत सरल है। किन्तु अंश तथा हर वाले जटिल व्यंजक का क्या होगा? निम्नलिखित दृष्टांत इस प्रक्रिया (आंशिक भिन्न द्वारा) को स्पष्ट कर देगा:–

(1) $\frac{7x-1}{6x^2-5x+1}$ dx, ∵ परावर्त्य द्वारा $\frac{7x-1}{6x^2-5x+1}$

$= \frac{7x-1}{(3x-1)(2x-1)} \qquad = \frac{5}{2x-1} - \frac{4}{3x-1}$

$\therefore \int \frac{7x-1}{6x^2-5x+1} dx = 5\int \frac{dx}{2x-1} - 4\int \frac{dx}{3x-1}$

$= \frac{5}{2}\int \frac{d(2x)}{2x-1} - \frac{4}{3}\int \frac{d(3x)}{3x-1}$

$= \frac{5}{2}\log(2x-1) - \frac{4}{3}\log(3x-1) = \log\left[\frac{(2x-1)^{5/2}}{(3x-1)^{4/3}}\right]$

(2) समाकलन कीजिए $\frac{x^2-7x+1}{x^3-6x^2+11x-6} = E$

आंशिक भिन्न द्वारा $E = \frac{x^2-7x+1}{(x-1)(x-2)(x-3)}$

$= \frac{-5}{2(x-1)} + \frac{9}{(x-2)} - \frac{11}{2(x-3)}$

$\therefore \int E = \frac{-5}{2}\int \frac{dx}{x-1} + 9\int \frac{dx}{x-2} - \frac{11}{2}\int \frac{dx}{x-3}$

$= \frac{-5}{2}\log(x-1) + 9\log(x-2) - \frac{11}{2}\log(x-3)$

(3) समाकलन कीजिए $\frac{1}{x^3-x^2-x+1} = E$

मान लें $E = \frac{A}{x-1} + \frac{B}{(x-1)^2} + \frac{C}{(x+1)}$

तब $1 = A(x-1)(x+1) + B(x+1) + C(x-1)^2$ (1)

$= A(x^2-1) + B(x+1) + C(x-1)^2$ (2)

अब मान लें $x=1$ तब $B = 1/2$

(2) का अवकलन करते हुए

$0 = A(2x) + B + 2C(x-1)$ (3)

अब $x=1$ रखकर, $2A = -1/2$, $\therefore A = -1/4$.

(3) का अवकलन करते हुए,

$0 = 2A+2C$, $\therefore 2C = 1/2$, $\therefore C = 1/4$

$\therefore E = \frac{-1}{4(x-1)} + \frac{1}{2(x-1)^2} + \frac{1}{4(x+1)}$

$\therefore \int \frac{dx}{x^3-x^2-x+1} = -\frac{1}{4}\int \frac{dx}{x-1} + \frac{1}{2}\int \frac{dx}{(x-1)^2} + \frac{1}{4}\int \frac{dx}{x+1}$

$= \frac{-1}{4}\log(x-1) + \frac{1}{4}\log(x+1) + \frac{1}{2(x-1)}$

अध्याय 25

वैदिक संख्यात्मक कूट

यह ऐतिहासिक रूचि का विषय है कि (जब बहुत बड़ी संख्याएं आती हैं तब) संख्याओं के अंकन के लिए प्राचीन संस्कृत लेखकों ने अंकों का उपयोग न कर संस्कृत (देवनागरी) अक्षरों का उपयोग किया है। और उन्होंने यह, ज्ञान को गुप्त रखने के लिए नहीं वरन, अपनी युक्तियों, व्युत्पत्तियों तथ निष्कर्षों आदि को सुविधाजनक रूप से लेखाबद्ध करने के लिए किया है। और यह इसलिए भी किया कि इससे विद्यार्थियों को पढ़ा हुआ तथा आत्मसात किया हुआ विषय सरलता पूर्वक याद हो सके। एतदर्थ उन्होंने कठिनतम तकनीकी तथा गूढ़तम पाठ्यपुस्तकें भी गद्य के स्थान पर सूत्रों अथवा पद्य में (जोकि बालकों के लिए भी याद करना सरल है) लिखने का सामान्य सिद्धांत बना लिया था। और इसीलिए हम देखते हैं कि न केवल धर्मतत्व संबंधी, दार्शनिक, चिकित्सा विज्ञान, ज्योतिष और इस तरह के अन्य ग्रन्थ वरन विशाल शब्द कोष भी संस्कृत पद्य में लिखे गए। इस तरह उन्होंने पद्य सूत्रों तथा कूट का उपयोग विद्यार्थी का भार हल्का करने तथा उसके कार्य को सहज बनाने के लिए किया। यहाँ तक कि वैज्ञानिक तथा गणितीय विषयों को सरलतापूर्वक आत्मसात होने वाले पद्य रूप में लिखा।

केवल यह बात कि वर्णमालाकूट (जिसका उन्होंने इसके लिए उपयोग किया) एक स्वाभाविक क्रम में है तथा सहज ही समझी जा सकती है इसका प्रमाण है कि उन्होंने कूटभाषा का उपयोग छिपाने के लिए नहीं वरन जांच आदि की सरलता के लिए किया। तथा उसकी कुंजी भी उन्होंने सरलतम रूप में दे दी: ''कादि नव टादि नव, पादि पंचक याद्यष्टक तथा क्षःशून्यम्'' जिसका अर्थ है:–

(1) क तथा उसके आठ उत्तरवर्त्ती, (क आदि नौ)
(2) ट तथा उसके आठ उत्तरवर्त्ती,
(3) प तथा उसके चार उत्तरवर्त्ती,
(4) य तथा उसके सात उत्तरवर्त्ती, तथा
(5) क्ष (अथवा क्षुद्र) शून्य के लिए

इसका विस्तार करने पर यह अर्थ निकलता है:

(1) क, ट, प तथा य सभी 1 सूचित करते हैं,
(2) ख, ठ, फ तथा र सभी 2 सूचित करते हैं,
(3) ग, ड, ब तथा ल सभी 3 सूचित करते हैं,
(4) घ, ढ, भ तथा व सभी 4 सूचित करते हैं,
(5) ङ, ण, म तथा स सभी 5 सूचित करते हैं,
(6) च, त, श सभी 6 सूचित करते हैं,
(7) छ, थ, तथा ष सभी 7 सूचित करते हैं,
(8) ज, द, तथा ह सभी 8 सूचित करते हैं,

(9) झ, तथा ध सभी 9 सूचित करते हैं,
(10) क्ष, का अर्थ शून्य है।

स्वरों (जिन्हें इस सूची में नही शामिल किया गया है) से कोई अन्तर नहीं पड़ता तथा मिश्र व्यंजनों में अंतिम व्यंजन ही अर्थ रखता है।

इस तरह प प अर्थात 1 1, म म अर्थात 5 5, ट ट अर्थात 1 1, म रीं अर्थात 5 2 इत्यादि ......।

और यह लेखक की इच्छा के ऊपर छोड़ दिया गया कि वह कोई भी उचित व्यंजन तथा स्वर चुन ले। और साधारणतया कवि इस स्वतंत्रता का लाभ उठाकर इस तरह चुनाव करता था कि सूत्र अथवा रचित पद्य में एक और (या कई) अर्थ निकलता था। यथा, कापा, टापा, पापा तथा यापा सभी का अर्थ 11 है, तथा लेखक (व्यंजनों तथा स्वरों के उचित चुनाव द्वारा) उसी पद्य में एक और अर्थ भी ला सकता है। जैसे ''मुझे मामा और पापा चाहिए'' का अर्थ ''मुझे 55 तथा 11 चाहिए'' होगा।

आनंददायक ठोस तथा शिक्षा देने वाले उदाहरण बाद में दिए जाएँगे विशेषकर आवर्त्ती दशमलव त्रिकोणमिति आदि के संबंध में जहां कि गणित के मुख्य अर्थ के अतिरिक्त हमें ऐतिहासिक संकेत राजनीतिक चिन्तन, भगवान श्रीकृष्ण, भगवान श्री शंकर आदि की स्तुति के भजन आदि मिलते है।[1]

इस तरह यह युक्ति न केवल मात्र पद्य रचना (याद करानें में सहायक) के लिए बहुमूल्य साधन है वरन इसका एक पहलू हास्य रस भी है) जिससे पढ़ने का आनंद बढ़ जाता है)।

---

[1] [भगवान की स्तुति से हमें $\pi/10$ का मान 32 दशमलव स्थान तक मिलता है। (देखिए चालीस अध्याय)]

अध्याय 26

आवर्त्ती दशमलव

आजकल दाशमलविक सिक्कों, बांटों तथा मापों आदि की बातें न केवल गर्व से वरन् पूरे ठाठ बाट से करना, पूर्ण आधुनिकता की निशानी क्या कहें, सांस्कृतिक श्रेष्ठता का द्योतक बन गया है। किन्तु यह न तो छिपाया जा सकता है और न नकारा जा सकता है कि जहाँ एक ओर पश्चिमी संसार अपने गणितज्ञों, भौतिक विदों तथा अन्य कुशल वैज्ञानिकों सहित दाशमलविक सिद्धांत की उच्चता की घोषणा करता है वहीं दूसरी ओर दशमलव के उपयोग में हिचकिचाता है तथा निश्चित रूप से दशमलव के स्थान पर साधारण भिन्नों का उपयोग करता है।

सच बात तो यह है कि स्थिति इतनी खराब हो गई है कि विद्यालयों, महाविद्यालयों तथा विश्वविद्यालयों के गणित के पाठ्यक्रम धीरे-धीरे गलत दिशा में बहुत आगे बढ़ गए हैं। वे आवर्त्ती दशमलवों को पाठ्यक्रम के बाहर होने की घोषणा भी करने लगे हैं तथा विद्यार्थियों को शिक्षा देने लगें हैं कि आवर्त्ती दशमलवों को इसी क्षण साधारण भिन्न में बदलकर, सारे प्रश्न को हल करें और तत्पश्चात अंत में साधारण भिन्नों को फिर दाशमलविक रूप में लिखें।

भारतीय वैदिक पद्धति ने शून्य के चिन्ह का तथा दाशमलविक पद्धति का आविष्कार सारे विश्व को दिया (जैसा कि प्रोफैसर हाल्स्टैड तथा अन्य गणित के इतिहासज्ञों ने लिखा है) तथा दाशमलविक पद्धति का हमेशा अनुमोदन किया है, किन्तु कोई पूर्वसिद्ध या प्रागनुभव धारणा के कारण नहीं या किसी पक्षपात के कारण नहीं वरन् उसके अन्तर्निहित गुणों के कारण ही किया है। इस दिशा में उसकी अनोखी उपलब्धियां अद्भुतरूप से पुलकित करने वाली रही हैं, तथा हमने उसके कुछ अद्भुत दृष्टान्त इस पुस्तक के प्रारम्भ में ही दिए हैं। और उस अध्याय के अन्त में दिया वचन कि बाद में इस विषय के पूर्ण विवरण में जाएंगे पाठक को निस्संदेह स्मरण होगा। उस वचन को पूरा करने के लिए अब हम उस दिशा में वैदिक गणित के चमत्कारों पर प्रकाश डालेंगे।

उपक्रम

हम इस विषय का आरम्भ अनावर्त्ती, आवर्त्ती तथा अंशावर्त्ती दशमलवों के जाने माने अंतर के संक्षिप्त उल्लेख से करेंगे।

(1) जिस हर के गुणनखण्ड में केवल 2 या 5 हों, वह साधारण (अर्थात अनावर्त्ती) दाशमलविक भिन्न कहलाता है और प्रत्येक 2, 5 या 10 दशमलव को एक सार्थक अंक देता है, उदाहरणार्थ:

$\frac{1}{2}=0.5,\quad \frac{1}{4}=\frac{1}{2\times2}=0.25,\quad \frac{1}{8}=\frac{1}{2\times2\times2}=0.125,$

$\frac{1}{16} = \frac{1}{2\times2\times2\times2} = 0.0625$, $\frac{1}{32} = \frac{1}{2^5} = .03125$,

$\frac{1}{5} = 0.2$, $\frac{1}{10} = 0.1$, $\frac{1}{20} = 0.05$, $\frac{1}{25} = 0.04$, $\frac{1}{40} = \frac{1}{10\times2^2} = 0.025$

$\frac{1}{50} = \frac{1}{10\times5} = 0.02$, $\frac{1}{80} = \frac{1}{10\times2^3} = 0.0125$, $\frac{1}{100} = \frac{1}{10^2} = 0.01$,

और इसी तरह

(2) जिन हरों के गुणनखण्डों में केवल 3, 7, 11 या इससे बड़ी अभाज्य संख्या हो (एक भी 2 या 5 न हों) उनसे हमें आवर्त्ती दशमलव मिलेंगे जिनका अध्ययन हम इस अध्याय में करेंगे और बाद में भी।

$\frac{1}{3} = 0.\dot{3}$, $\frac{1}{7} = 0.\dot{1}4285\dot{7}$, $\frac{1}{9} = 0.\dot{1}$, $\frac{1}{11} = 0.\dot{0}\dot{9}$

$\frac{1}{13} = 0.\dot{0}7692\dot{3}$, $\frac{1}{17} = 0.\dot{0}5882352/9411764\dot{7}$,

$\frac{1}{19} = 0.\dot{0}52631578/94736842\dot{1}$, और इसी तरह

(3) जिन हरों के गुणनखण्ड कुछ पहले की तरह (अर्थात 2 और 5) तथा कुछ बाद की तरह (अर्थात 3, 7, 9 आदि) के हों वे हमें मिले-जुले (अर्थात आंशिक रूप से आवर्त्ती तथा आंशिक रूप से अनावर्त्ती) दशमलव देते हैं। (प्रत्येक 2, 5, या 10 अनावर्त्ती दशमलव को एक सार्थक अंक देता है)।

$\frac{1}{6} = \frac{1}{2\times3} = 0.1\dot{6}$, $\frac{1}{15} = \frac{1}{3\times5} = 0.0\dot{6}$, $\frac{1}{18} = \frac{1}{2\times9} = 0.0\dot{5}$

$\frac{1}{22} = \frac{1}{2\times11} = 0.0\dot{4}\dot{5}$, $\frac{1}{24} = \frac{1}{2^3\times3} = 0.041\dot{6}$, और इसी तरह

नोट:

(1) प्रत्येक 3 या 9 केवल एक आवर्त्ती अंक देता है, 11 दो देता है, 7 छः और अन्य संख्याएं अपने अलग-अलग आवर्त्ती अंक देती हैं (जिनका पूरा विवरण आगे समझाया जाएगा)।

(2) मानक अंश (अर्थात 1) वाले प्रत्येक अनावर्त्ती दशमलव में हर के अंतिम अंक तथा तुल्य दशमलव के अंतिम अंक के गुणनफल का अंतिम अंक शून्य होता है।

(3) मानक अंश वाले प्रत्येक आवर्त्ती दशमलव में हर के अंतिम अंक तथा तुल्य आवर्त्ती दशमलव के अंतिम अंक के गुणनफल का अंतिम अंक 9 होता है, (नहीं, वास्तव में दोनों का गुणनफल 9 की सतत श्रेणी है)।

जैसे

$\frac{1}{2}=0.5,\ \frac{1}{5}=0.2,\ \frac{1}{10}=0.1,\ \frac{1}{4}=\ 0.25,\ \frac{1}{8}=\ 0.125$

$\frac{1}{16}=0.0625,\ \frac{1}{25}=0.04,\ \frac{1}{125}=0.008,$ इत्यादि

और $\frac{1}{3}=0.\dot{3},\ \frac{1}{7}=0.\dot{1}4285\dot{7},\ \frac{1}{9}=0.\dot{1}\ \frac{1}{11}=0.\dot{0}\dot{9},$

$\frac{1}{13}=0.\dot{0}7692\dot{3},$ इत्यादि

इसकी सहायता से एक साधारण भिन्न के तुल्य आवर्त्ती दशमलव का अंतिम अंक जाना जा सकता है। यथा 1/17 के दशमलव रूप का अंतिम अंक 7 ही होना चाहिए, 1/19 का 1, 1/21 का 9, 1/23 का 3, इत्यादि....साधारण भिन्न को उनके तुल्य दशमलव में बदलने के लिए इस नियम की अपरिमित उपयोगिता प्रथम अध्याय में ही दिखाई गई थी और अब इस अध्याय तथा आने वाले अध्यायों में इसका खुलेरूप से विस्तार किया जाएगा।

पहले 1/7 साधारण भिन्न को दशमलवतुल्य में बदलकर देखें:—

```
7) 1.0 (.142857
    7
   ---
    30
    28
    ---
     20
     14
     ---
      60
      56
      ---
       40
       35
       ---
        50
        49
        ---
         1
```

हम देखते हैं कि इसके क्रमिक अवशेष 3, 2, 6, 4, 5 तथा 1 हैं और चूंकि हमने अंक 1 मे ही भाग की शुरूआत की थी, यह स्वाभाविक है कि यही अवशेष फिर से आएगें और

दुहराते जाएंगे। इसलिए भाजन क्रिया को हम यहां रोककर आवर्त्ती चिन्ह लगा देते हैं (पहले तथा अंतिम अंक पर बिन्दु) यह बतलाने के लिए दशमलव का आवर्त्ती होना शुरू हो गया है।

यहाँ पर हम इस पर भी गौर करें कि जैसे प्रथम भाज्य 10 (7 द्वारा विभाजित होने पर) प्रथम अवशेष 3 देता है, तथा वह 3 एक शून्य के लगने के बाद 30 के रूप में हमारा द्वितीय भाज्य बनेगा और (जैसे कि यह प्रक्रिया तब तक चलती रहेगी जब तक कि कोई अवशेष दुहराकर यह न बतला दे कि आवर्त्ती दशमलव का आवर्त्ती अंक आ गया है) यह तर्क संगत ही है कि प्रत्येक पैड़ी में एक समान अनुपात ही होना चाहिए। दूसरे शब्दों में, चूंकि प्रथम भाज्य 10 हमें प्रथम अवशेष 3 तथा द्वितीय भाज्य 30 देता है, इसलिए (आनुरूप्येण अर्थात अनुपात के अनुसार) द्वितीय भाज्य 30 हमें द्वितीय अवशेष 9 देगा। वास्तव में यह एक गुणोत्तर श्रेढ़ी बनती है।

और जब हम इस दृष्टि से अवशेषों की जांच करने लगते हैं, हम देखते हैं कि कथित निष्कर्ष (सार्वअनुपात 3 वाली गुणोत्तर श्रेढ़ी के विषय में) सही है। यद्यपि हम 3×3=9 को द्वितीय अवशेष में देखना चाहते हैं किन्तु हम वहाँ 2 को पाते हैं। चूंकि 9, (भाजक) 7 से बड़ा है इसलिए यह उचित ही है कि 9 को फिर 7 से भाग देकर, असली अवशेष 2 ही पाते हैं। और हम देखते हैं कि इस द्वितीय अवशेष (2) से तृतीय अवशेष 6 मिलता है और इस तरह गुणोत्तर श्रेढ़ी बनाए रखता है (वही सार्वअनुपात 1:3)। इसी तरह यह अवशेष 6 हमें 18 (यह फिर भाजक से बड़ा है इसलिए फिर भाग देना पड़ेगा) देता है जो चतुर्थ अवशेष 4 देता है। और 4 हमें 12 देता है (7 के भाग के बाद) जो पांचवां अवशेष 5 देता है। और उसी अनुपात से यह 5 हमें 15 देता है (7 के भाग के बाद) जो छठवां अवशेष 1 देता है। और चूंकि हमने इसी भाज्य से शुरूआत की थी, इसलिए हम भाजन प्रक्रिया को यहीं रोक देते हैं।

इस गुणोत्तर श्रेढ़ी को बनाने में हमें निस्संदेह आनन्द मिलता है। किन्तु केवल इस आनन्द के लिए नहीं वरन इसकी उपयोगिता के लिए हमने विद्यार्थी वर्ग का ध्यान इस पर आकर्षित किया है। क्योंकि इसका मतलब तो यह हुआ कि ज्योंही हमें प्रथम भाज्य तथा प्रथम अवशेष का अनुपात मालूम हुआ (इस प्रकरण में 1:3), त्योंही, हम बिना भाग दिए, सारे के सारे अवशेष लिख सकते हैं। इसी उदाहरण में, सार्वअनुपात 3 के अनुसार दूसरा अवशेष 9 जो कि भाजक के भाग देने के पश्चात असली अवशेष 2 देता है, और अन्य अवशेष भी इसी तरह लिखे जा सकते हैं। इस तरह निम्नलिखित अवशेषों की श्रेणी बनती है, 1, 3, 2, 6, 4, 5

ठीक है, परन्तु अवशेषों को बिना भाग दिए जाने से हमें क्या मिलेगा? इसका उत्तर यह है कि प्रथम अवशेष के मिलते ही हमारा सारा कार्य पूरा हो जाता है। चूंकि प्रत्येक अवशेष (एक शून्य के लगने से) स्वतः ही अगला भाज्य बन जाता है, इसलिए हम मन ही मन यह शून्य लगाकर, प्रत्येक पैड़ी में मन ही मन भाग देकर (बिना अवशेषों की चिन्ता किए) भजनफल को बड़ी ही सरलतापूर्वक लिख सकते हैं।

$$\frac{1,\ 3,\ 2,\ 6,\ 4,\ 5,}{1,\ 4,\ 2,\ 8,\ 5,\ 7}$$

इस तरह, अवशेष 1, 3, 2, 6, 4 तथा 5 हमें क्रमिक भाज्य 10, 30, 20, 60, 40 तथा 50 देते हैं, और इनमें मन ही मन 7 का भाग देकर, चाहें आगे जाते हुए, या चाहें पीछे जाते हुए, हम सभी भजनफल अंकों को प्राप्त कर

सकते हैं, 1, 4, 2, 8, 5 तथा 7 और चूंकि यह एक आवर्त्ती संख्या है,

इसलिए उत्तर =0.142857

एक इससे भी अद्भुत वैदिक विधि है जिसके द्वारा हम इतना थोड़ा भाजन कार्य किए बिना ही, सरलतापूर्वक भजनफल के अंक (किसी भी अंक से आगे बढ़ते हुए या पीछे लौटते हुए) लिख सकते हैं। इसके लिए सम्बद्ध सूत्र:

''शेष्यंकेन चरमेण'' (अवशेष को अंतिम अंक के द्वारा) है।

जैसा कि पहले अध्याय में किसी दूसरे संदर्भ में यह बतलाया था कि शब्द ''द्वारा'' जोड़ने या घटाने की प्रक्रिया का द्योतक नहीं है, वरन् गुणन या भाजन का द्योतक है।

भाजन प्रक्रिया (जिसमें अवशेषों 1, 3, 2 आदि में शून्य लगाकर उन्हें 7 से भाग देकर भजनफल के अंक लिख देते हैं) अभी ऊपर दिखलाई गई है। अब हम इसकी उल्टी प्रक्रिया गुणन जोकि और भी सरल है, समझाएंगे।

इसमें हम भाज्य अंकों को न लिखकर, अवशेष अंकों को इस क्रम में लिखते हैं: 3, 2, 6, 4, 5, 1, और जैसा कि हम जानते हैं कि अंतिम अंक 7 होगा, इसलिए इन अवशेषों को हम 7 से गुणा करते हैं तथा गुणनफल का अंतिम अंक (अर्थात सबसे दायां) प्रत्येक अवशेष अंक के नीचे लिख देते हैं (अन्य अंकों का बिलकुल भी ख्याल न कर)। और देखिए। हमारे सामने फिर से उत्तर है (सचमुच गणित से अधिक जादू का चमत्कार लगता है)

इस तरह

अवशेष	3 2 6 4 5 1
भजनफल अंक	1 4 2 8 5 7

3×7 हमें 21 देता है और हम केवल 1 लिखते हैं।
2×7 हमें 14 देता है और हम केवल 4 लिखते हैं।
6×7 हमें 42 देता है और हम केवल 2 लिखते हैं।
4×7 हमें 28 देता है और हम केवल 8 लिखते हैं।
5×7 हमें 35 देता है और हम केवल 5 लिखते हैं।
1×7 हमें 7 देता है और हम केवल 7 लिखते हैं।

तथा उत्तर हुआ 0.142857

यहां पर विद्यार्थी को हम एक बहुत महत्वपूर्ण बात की याद दिलायें, जिसे हम प्रथम अध्याय में समझा चुके हैं (1/19, 1/29, 1/49 को उनके तुल्य आवर्त्ती दशमलव में लिखते समय) और वह है इन आवर्त्ती दशमलवों के दोनों अर्द्धांगों के जोड़ से 9 की श्रृंखला बनाना, अर्थात आधा उत्तर मालूम होने पर पूरा उत्तर केवल पूरक (9 के) लिखकर मालूम हो सकता है और भजनफल के प्रथम अर्द्धांग का अंत, हमारे अवशेष का मान अंश तथा हर के अंतर के बराबर पहुंचने के साथ ही होता है, इसलिए हमें यह मालूम हो जाता है कि कब हम भाग (या गुणा) देना बंद कर दें तथा मशीन सरीखी सरलता से 9 में से प्राप्त अंकों को घटाकर अन्य अंकों को लिखना शुरू कर दें।

इस नियम (अंश ~ हर = अवशेष) के सभी प्रकरणों में प्रयुक्त होने के कारण

विद्यार्थी सरलतापूर्वक यह समझ सकते हैं कि इससे जो थोड़ी सी भी मेहनत हम कर रहे थे वह भी आधी हो जाती है।

अब मूल विषय (अर्थात साधारण भिन्न को तुल्य दशमलव में बदलना, तथा भाग देने के पहले ही [गुणोत्तर] सार्व अनुपात किस तरह सारे वास्तविक अवशेष दे सकता है) पर जाते हुए हम 1/13 का एक और उदाहरण देते हैं तथा यह देखते हैं कि यह प्रक्रिया किस तरह काम करती है:

(1) (अ) 1/13 यहां पर क्रमिक भाज्य-नाभि-अंक क्रमशः 1, 10, 9, 12, 3 तथा 4 हैं। इन सब में एक एक शून्य लगाकर 13 का भाग देने से हमें 0, 7, 6, 9, 2 तथा 3 मिलते हैं जो कि भजनफल के अंक हैं।

यथाः गु.श्रे. $\dfrac{1, 10, 9, 12, 3, 4}{0, 7, 6, 9, 2, 3}$

$$
\begin{array}{r}
13\ )\ 1.00\ (\ .076923 \\
91 \\
\hline
90 \\
78 \\
\hline
120 \\
117 \\
\hline
30 \\
26 \\
\hline
40 \\
39 \\
\hline
1
\end{array}
$$

(ब) या दूसरी विधि में, इन अवशेषों को वास्तविक क्रम में जमाते हुए, इनमें 3 (उत्तर के अंतिम अंक से) का गुणा करते हुए–गुणनफल का अंतिम अंक लिखकर भी भजनफल के अंक प्राप्त किए जा सकते हैं। यहाँ भी हम देखते हैं कि चाहे हम आगे जाएं या पीछे आएं (कोई भी क्रम पसंद कर सकते हैं) उत्तर, $0.\dot{0}7692\dot{3}$ मिल जाता है।

गु.श्रे. $\dfrac{10, 9, 12, 3, 4, 1}{0, 7, 6, 9, 2, 3}$

(स) यहाँ भी हम 9 के पूरक वाला नियम लागू होते देखते हैं। और यह उस बिन्दु पर आरम्भ होता है जहाँ अवशेष 12 (अंश और हर का अंतर) मिलता है।

(द) अब एक और इससे भी सरल विधि पर जाते हैं जिसमें एकाधिक सूत्र लगता है। उस पर हमने पहले अध्याय में ही विशद व्याख्या की थी तथा पूर्णरूप से समझाया भी था। इसलिए यहाँ पर हम केवल उसका सारांश देंगे तथा बिना दुबारा समझाएं, कुछ छूटी हुई बातें बतलाएंगे।

एकाधिक सूत्र (जिसका अर्थ है पहले वाले से एक अधिक के द्वारा) के बहुत से उपयोग कई विधियों द्वारा बहुत से स्थानों पर दिखाए गए हैं और इसी तरह आगे भी अन्य संदर्भों में बहुत प्रकार से आएंगे।

नौ से अन्त होने वाली संख्याएं

(अ) यदि हर का अंतिम अंक 9 है तब हम जानते हैं कि तुल्य आवर्त्ती के दशमलव का अंतिम अंक 1 होता है।

(ब) 1/19 में हर का उपान्तिम अंक 1 है, हमें इसमें 1 जोड़ने से 2 मिलता है तथा 2 के द्वारा प्रक्रिया करते हैं। 1/29 में 2+1=3 के द्वारा प्रक्रिया करते हैं। 1/39 तथा 1/49 में क्रमशः 4 तथा 5 से प्रक्रिया करते हैं, इत्यादि इत्यादि।

(स) एकाधिक पूर्व विधि की गुणन प्रक्रिया में, इन सभी प्रकरणों में, हम अंतिम अंक 1 रख देते हैं (अर्थात सबसे दाहिने वाला), तब इस अंतिम अंक 1 को इन सभी प्रकरणों के लिए क्रमशः 2, 3, 4 तथा 5 से दाहिने से बाईं ओर गुणा करते जाते हैं। जब इन

गुणनफलों में एक से अधिक अंक होते हैं तब उसका अंतिम अंक तो हम उत्तर के लिए लिख देते हैं तथा अन्य अंकों को आगे वाले गुणनफल से जोड़ने के लिए रख देते हैं।

(द) जब हमें गुणनफल (हर-अंश) के बराबर मिलता है तब हम समझ जाते हैं कि आधी प्रक्रिया पूरी हो गई और हम गुणा वहीं रोक देते हैं, तथा शेष उत्तर हम यंत्रवत 9 के पूरक निकाल कर रख देते हैं।

(इ) एकाधिक पूर्व विधि की भाजन प्रक्रिया भी इन्ही नियमों का पालन करती है (देखिए अध्याय 1)

1. इस विधि के उदाहरण स्वरूप भिन्न 1/19 को ही लें।

(1) 1 को अंतिम अंक रखकर तथा 2 से बाईं ओर सतत गुणा करते हुए अंतिम चार अंक तो सरलतापूर्वक लिखे जा सकते हैं:

......8421

(2) 8×2 = 16 इसलिए 6 को हम 8 के पास बाईं ओर लिख देते हैं तथा 1 को आगे जोड़ने के लिए रख लेते हैं। 6×2+1 (जिसे जोड़ने के लिए रखा था) = 13 इसलिए 3 को 6 के बाईं ओर लिखकर, 1 को रख लेते हैं। 3×2+1=7 इसे भी 3 के बाईं ओर लिख लेते हैं (आगे जोड़ने के लिए कुछ भी नहीं है) 7×2=14. अब 4 तथा 7 के बाईं ओर लिखकर 1 को रख लेते हैं 4×2+1=9 और इसे भी 4 के बाईं ओर लिखते हैं।

```
9 4 7 3 6 8 4 2 1
  1   1 1
```

(3) इस तरह सतत गुणन के द्वारा दाहिनी ओर के 9 अंक प्राप्त किए जा चुके हैं। और अब 9×2=18 (जो कि हर-अंश के बराबर है)। इसका अर्थ है कि आधी प्रक्रिया हो चुकी है और बचे हुए बाईं ओर के 9 अंक, प्राप्त अंकों से 9 के पूरक द्वारा प्राप्त किए जा सकते हैं। अतएव

$$\frac{1}{19} = .052631578/947368421$$

2. चलिए अब 1/29 का उदाहरण लें।

अंतिम अंक 1 लेकर (हमेशा की तरह) 3 से सतत गुणा करते हुए और अतिरिक्त अंकों को बाईं तरफ के आगे के गुणनफलों में जोड़ने के लिए रखते हुए जब हम चौदह अंक प्राप्त कर लेते हैं:

96551724137931

तब हम देखते हैं कि हम गुणनफल 28 पर पहुंच गए हैं और हम जानते हैं कि आधी प्रक्रिया हो गई है, तथा बाकी 14 अंक प्रत्येक प्राप्त अंक को 9 में से घटाकर प्राप्त किए जा सकते हैं, यथा

.03448275862068/

इसलिए $\frac{1}{29} = 0.03448275862068/96551724137931$

3. चलिए अब 1/39 को लें।

अंतिम अंक 1 को लेकर 4 से दाहिनी ओर से बाईं तरफ सतत गुणन करते हुए हम लिखते हैं:

$$\frac{1}{39} = .\dot{0}2564\dot{1}$$

इस में गौर करें कि 39 अभाज्य अंक नहीं है (चूंकि 39=13×3) और भी 3 तथा 13 के केवल 1 तथा 6 आवर्त्ती दशमलव देने के कारण 1/39 के आवर्त्ती दशमलव का रूप बदल गया है। अर्थात आवर्त्ती दशमलव के दो अर्द्धांश 9 के पूरक नहीं है वरन 6 के पूरक हैं। वास्तव में इस प्रक्रिया में कहीं भी (हर~अंश) (अर्थात 38) गुणनफल के रूप में नहीं आता (जैसे कि 18 तथा 28 आए थे)। और इसलिए 9 के पूरक का प्रश्न ही नहीं उठता, तथा तुल्य दशमलव में कुल 6 अंक हैं (38 नहीं)।

इसके कारण सीधे हैं चूंकि 1/39 = 1/13 ÷ 3 तथा 1/13 के तुल्य दशमलव में केवल 6 आवर्त्ती दशमलव हैं तथा यह तुल्य दशमलव 9 से ठीक विभाजित होता है (जैसा कि बाद में समझाया गया है) और इसलिए 3 से भी, इसलिए 1/39 के भी आवर्त्ती दशमलव में केवल 6 अंक हैं। यह उत्तर भी एकाधिक सूत्र द्वारा प्राप्त किया गया है जैसे कि 1/19 तथा 1/29 के प्रकरण में प्राप्त किया गया था।

अब हम 1/49 का उदाहरण लेते हैं जो कि उपरोक्त नियमों का पालन तो करता ही है तथा साथ ही साधारण भिन्न को तुल्य आवर्त्ती दशमलव में बदलने के लिए और भी सरल प्रक्रिया का संकेत करता है।

$$\frac{1}{49} = \frac{1}{7\times 7} = \frac{.\dot{1}4285\dot{7}}{7}$$

अब (अ) यदि हम 1 को 49 से भाग दें या .142857 को 7 से भाग देते जाएं तो निश्चित रूप से हमें उत्तर मिल जाएगा। किन्तु इसका अर्थ होगा 42 श्रमसाध्य पैड़ियां और इसलिए यह अवांछनीय है।

(ब) इसलिए दो एकाधिक विधियों में से किसी एक को भी लेकर हम 5 के द्वारा दाहिने से बाएं सतत गुणन करते जाएं या बाएं से दाहिने भाग देते जाएं।

(स) इक्कीस अंकों के बाद हमें 48 (अर्थात हर~अंश) मिलता है तब हम बचे हुए इक्कीस अंक यंत्रवत् (प्राप्त अंकों को 9 में से घटाकर) लिख सकते हैं। तथा उत्तर है:–

$$\frac{1}{49} = 0.\dot{0}20408163265306122448$$
$$979591836734693877\dot{5}51$$

(द) और इससे हमें उपरोक्त संकेत मिलता है साधारण भिन्न को तुल्य आवर्त्ती दशमलव में बदलने की एक और भी सरल विधि (एकाधिक से भी सरल) का। और वह इस प्रकार है:

1 को 49 द्वारा वास्तव में भाग देने पर हम देखते हैं कि क्रमिक अवशेष गुणोत्तर श्रेढ़ी में हैं (सार्व अनुपात 1:2), और कि भाज्य भी उसी प्रकार संबंधित हैं तथा भजनफल के

प्रत्येक दो अंकों के सेट भी अपने पूर्ववर्त्ती सेट से इसी तरह संबंधित हैं। दूसरे शब्दों में इससे यह अर्थ निकलता है कि हम 02 लिखने के बाद अपने आप 04, 08, 16 तथा 32 इत्यादि लिख सकते हैं। किन्तु जब हम 64 पर पहुंचते हैं तब हम देखते हैं कि 64×2=128 अर्थात इसके 3 अंक हैं। इसलिए इस 128 का 1 हमें 64 में जोड़ना पड़ता है और 65 लिखकर उसके आगे 28 न लिखकर सही संख्या के दुगने अर्थात 65×2=130 का 30 लिखते हैं, और इसी तरह सावधानी से यह प्रक्रिया अंत तक (अर्थात दशमलव तक) की जाती है। इसलिए:

```
49 )  1.00 ( 0.020408
       98
       —
        200
        196
        ———
         400
```

$$\frac{1}{49} = 0.020408163265306122448\ 979591836734693877551$$

यह नई विधि सभी प्रकरणों में नहीं लगती है वरन केवल उन विशेष प्रकरणों में जिनमें कि दिए हुए साधारण भिन्न का हर या उसका पूर्ण सांख्यिक गुणज दस के किसी घात के लगभग बराबर होता है और इस तरह इस विशेष विधि के अंतर्गत आ जाता है। ऐसे प्रकरणों में यह सर्वोत्तम विधि है।

नोट:

इस प्रकरण में भी "9 के पूरक" वाला नियम लागू होता है, किन्तु चूंकि इसमें कुल 42 अंक है (जैसा कि अभी समझाया जाएगा), इसका पहला अर्द्धांश इक्कीसवें अंक पर समाप्त होता है, और चूंकि हम प्रत्येक पैड़ी में दो अंक लेते हैं, हम स्वभावतया इक्कीसवें अंक को ग्यारहवें जोड़े में पार कर जाते हैं (मानों कि वह ग्यारहवें जोड़े के बीच में छिपा हो)। किन्तु तब भी अंक-द्वय प्रक्रिया इतनी सरल है कि उसे पूरा करने में कोई कठिनाई नहीं हो सकती।

अन्य अंतिम अंक

अभी तक हमने केवल उन साधारण भिन्नों का अध्ययन किया है जिनके हरों का अंतिम अंक 9 है। चलिए अब हम 1/7, 1/13, 1/17, 1/23 और दूसरे इसी तरह के भिन्नों का अध्ययन करें (जिनके हरों का अंतिम अंक 9 न होकर 1, 3 या 7 है):–

(क) यहां भी हम तुल्य दशमलव के अंतिम अंक का निर्णय मन ही मन कर लेते हैं। इस तरह 7, 3 तथा 1 से अंत होने वाले हरों के तुल्य दशमलवों का अंतिम अंक निश्चित रूप से 7, 3 तथा 9 होगा (जिससे हर के अंतिम अंक का तुल्य दशमलव के अंतिम अंक से गुणनफल का अंतिम अंक भी 9 होगा)। चलिए 1/7 का उदाहरण लें:–

(ख) 1/7 को 7/49 के रूप में लिखें।

$$\frac{1}{7} = \frac{7}{49}$$

(ग) आवश्यक गुणन या भाजन के लिए एकाधिकपूर्व अंक 5 है।

(घ) अब दाहिने छोर को 7 से प्रारम्भ करें, यथा   7

(च) 7 को 5 से गुणाकर, 35 के 5 को 7 के एकदम बाईं ओर लिखकर,   3 5 7

3 को आगे जोड़ने के लिए नीचे बाईं तरफ लिख लेते हैं

(छ) 5 को 5 से गुणाकर 25 में 3 जोड़कर, 28 के 8 को 5 के बाईं तरफ लिखकर 2 को आगे जोड़ने के लिए नीचे बाईं ओर लिख लेते है:

$$\begin{array}{ccc} 8 & 5 & 7 \\ 2 & 3 & \end{array}$$

अब 8 को 5 से गुणाकर 40 में 2 जोड़ने से 42 मिलता है जो अंश तथा हर का अंतर है। इसलिए (पूरक नियमानुसार) प्रथम अर्द्धांश को 142 लिख लें 142/857

इसलिए $\frac{1}{7} = 0.\dot{1}42,85\dot{7}$

अथवा

एकाधिक 5 से 7 को सतत भाग देते हुए (जैसा कि पहले बतलाया जा चुका है।) तीन भजनफल अंकों को प्राप्त करने के बाद हमें 42 अवशेष मिलता है, इसलिए अन्य तीन अंकों को (पूरक नियमानुसार) प्राप्त किया जा सकता है।

$$\begin{array}{l} \dot{1}4285\dot{7} \\ 21423 \end{array}$$

और इसलिए $1/7 = 0.\dot{1}4285\dot{7}$

(2) अब 1/13 को लें। 1/13 = 3/39:

(क) भाजक का अंतिम अंक 3 है इसलिए भजनफल का अंतिम अंक भी 3 होगा।

(ख) एकाधिक (गुणन या भाजन के लिए) 4 होगा

गुणन $\begin{array}{l} .\,\dot{0}\ 7\ 6\ 9\ 2\ \dot{3} \\ .\ \ 2\ 3\ .\ 1 \end{array}$

भाजन $\begin{array}{l} .\,\dot{0}\ 7\ 6\ 9\ 2\ \dot{3} \\ 3\ 2\ 3 \end{array}$

(ग) सतत गुणन या भाजन करते हुए 3 अंकों के बाद ही हमें 36 (हर~अंश) मिलता है, इसलिए बाकी अर्द्धांश को सरलतापूर्वक लिखा जा सकता है। और इस तरहः–

$$\frac{1}{13} = 0.\dot{0}7692\dot{3}$$

(3) अब 1/11 को लें, 1/11 = 9/99

(क) भाजक का अंतिम अंक 1, इसलिए भजनफल का अंतिम 9 होगा

$$\begin{array}{cc} 0 & 9 \\ 9 & \end{array}$$

(ख) एकाधिक = 10

(ग) एक ही अंक के बाद हमें 90 (99–9) मिलता है। इसलिए (आवश्यकता तो नहीं, पर) यहां भी पूरक नियम लगता है।

(घ) इसलिए

$$\frac{1}{11} = 0.\dot{0}\dot{9}$$

(4) 1/23 = 3/69, एकाधिक 7, उत्तर का अंतिम अंक 3

इसलिए $\frac{1}{23}$ = 0.04347826086

95652173913

(दोनों विधियों से)

(5) $\frac{1}{17} = \frac{7}{119}$, एकाधिक 12, अंतिम अंक 7

दोनों विधियों से

$\frac{1}{17}$ = 0.05882352

9 4 1 1 7 6 4 7

4 1 2 9 7 5 8

कूट भाषा अपने क्रम पर

वैदिक सूत्र न केवल यह सब तेजी से मन ही मन करना बतलाते हैं वरन् उपसूत्रों की सहायता से वे उत्तरों की तालिका भी दे देते हैं (वास्तव में वे मात्र कुछ दृष्टान्त ही रखते हैं किन्तु साथ की रामबाण कुंजी की सहायता से अन्य उत्तर भी मालूम किए जा सकते हैं। किस तरह से कूट तथा एकन्यून सूत्र (द्वितीय अध्याय में समझाया गया है), प्रश्नों के उत्तर मन ही मन प्राप्त करने में सहायता करते हैं, यह बतलाने के लिए कुछ दृष्टान्त दिए जा रहे हैं।

तीन नमूने इस प्रकार हैं:—

(1) केवलैः सप्तकं गुण्यात्

(2) कलौ क्षुद्रससैः, तथा

(3) कंसे क्षामदाहखलैर्मलैः

प्रथम उपसूत्र में सप्तक का अर्थ सात है तथा केवलैः का अर्थ 143 है तथा सूत्र कहता है कि सात के केस में हमारा गुणक 143 है।

दूसरे उपसूत्र में कलौ का अर्थ तेरह है तथा क्षुद्रससैः का अर्थ 077 है तथा सूत्र कहता है कि तेरह के केस में हमारा गुणक 077 है।

तीसरे में कंसे का अर्थ 17 है तथा क्षामदाहखलैर्मलैः का अर्थ 05882353, तथा सूत्र कहता है कि सत्रह के केस में हमारा गुणक यह आठ अंकीय 05882353 है।

अब हम यदि गुणन के निखिलम् अध्याय के "एकन्यून" उपप्रमेय का स्मरण करें तब सारी प्रक्रिया तथा उत्तर समझ में आ जाएगी। चलिए उसका अनुसरण करें:—

(क) सात के प्रकरण में (भिन्न का हर), 143×999 = 142857, और देखा उत्तर में छः आवर्त्ती दशमलव अंक मिल जाते हैं।

(ख) दूसरे में, 077×999 = 076923, और 1/13 के तुल्य, यही छः आवर्त्ती दशमलव अंक हैं।

(ग) सत्रह के प्रकरण में, 05882353×99999999 = 0588235294117647, तथा 1/17 के तुल्य यही सोलह आवर्त्ती दशमलव अंक हैं।

इन तीनों प्रकरणों में 9 के पूरक का नियम कार्यरत दिखता है। तथा उपसूत्र तुल्य आवर्त्ती दशमलव का मात्र प्रथम अर्द्धांश देता है तथा दूसरे अर्द्धांश को प्राप्त करने की एक युक्ति (एकन्यूनेन)। और यह सब सरल संख्यात्मक कूट की सहायता से। ये सब उत्तर इस प्रकार लिखे जा सकते हैं:–

$$\frac{1}{7} = \frac{143 \times 999}{999999} = \frac{142587}{999999} = 0.\dot{1}4258\dot{7}$$

$$\frac{1}{13} = \frac{077 \times 999}{999999} = 0.\dot{0}7692\dot{3}, \text{ तथा}$$

$$\frac{1}{17} = \frac{\dot{0}5882353 \times 99999999}{9999999999999999} = 0.\dot{0}58823529411764\dot{7}$$

तथा तिर्यक गुणन से हमें निम्नलिखित परिणाम मिलते हैं:–

(1) 7 × 142857 = 999999 (2) 13 × 076923 = 999999

(3) 17 × 0588235294117647 = 9999999999999999 (कुल 16 अंक)

और अब यहां हम सरलतापर्वक देख सकते हैं कि इन सब साधारण भिन्नों में हर का अंतिम अंक (9, 3, 7 या 1 जैसा भी सवाल हो) तुल्य-आवर्त्ती-दशमलव उत्तर के अंतिम अंक में 1, 3, 7 या 9 देता है।

अवशेष और भजनफल का पूरक-चक्र

हमने यह बार-बार देखा है कि भजनफल के अर्द्धांशों को जोड़ने से नौ की श्रेढ़ी मिलती है। अब हम गहराई में जाकर यह देखना चाहते हैं कि क्या ऐसा ही कोई नियम अवशेषों पर भी लागू होता है। प्रत्येक भाग में अंश को हर द्वारा लगातार भाग देने से प्राप्त अवशेषों के विवरण में, आवश्यक प्रयोगों तथा जांच के लिए हम जरा बारीकी से जाएंगे। और चलिए 1/7 से ही शुरू करें।

हम जानते हैं कि क्रमिक अवशेष 3, 2, 6, 4, 5 तथा 1 हैं। हम यह भी जानते हैं कि जब हम 6 पर पहुंचते हैं (जो कि हर-अंश के बराबर है) आधा काम खतम हो गया है तथा पूरक-अर्द्ध शुरू होने वाला है अब उपरोक्त 6 अंकों को तीन तीन अंकों की दो पंक्तियों में लिखकर देखें:–

$$\begin{array}{ccc} 3 & 2 & 6 \\ 4 & 5 & 1 \\ \hline 7 & 7 & 7 \end{array}$$

हम देखते हैं कि प्रत्येक ऊर्ध्वाधर स्तम्भ (एक अंक ऊपर की पंक्ति और एक नीचे की पंक्ति का) का योग एक सा ही है (7)

नोट:

चूंकि हमारा भाजक 7 है इसलिए अवशेष 6 से अधिक तो हो ही नहीं सकते अर्थात केवल 1, 2, 3, 4, 5 और 6 ही संभावित अवशेष हैं (ऐसा हम वास्तव में देखते भी हैं)

अब 1/13 लें, क्रमिक अवशेष 10, 9, 12, 3, 4 और 1 हैं। (इसमें अधिकतम 12 है)। और जब हम इन्हें दो पंक्तियों में रखते हैं तब देखते हैं कि अंतिम 3 अवशेष प्रथम 3 अवशेषों के पूरक हैं।

10	9	12
3	4	1
13	13	13

1/17 के विषय में क्रमिक अवशेष:–

10	15	14	4	6	9	5	16
7	2	3	13	11	8	12	1
17	17	17	17	17	17	17	17

इस तरह हम देखते हैं अंतिम आठ अवशेष प्रथम आठ अवशेषों के 17 के पूरक हैं।

1/19 के केस में, निम्नलिखित अवशेष हैं:–

10	5	12	6	3	11	15	17	18
9	14	7	13	16	8	4	2	1
19	19	19	19	19	19	19	19	19

यहाँ भी हम देखते हैं कि प्रथम नौ अवशेष जब क्रमशः अगले नौ अवशेषों में जोड़े जाते हैं तब उन सभी का योग 19 मिलता हैं।

इस तरह से यह तो स्पष्ट है कि भजनफल के अर्द्धांश नौ के पूरक हैं, जब कि अवशेषों के अर्द्धांश अपने-अपने भाजक के पूरक हैं। और इस तरह अवशेष श्रैढ़ी बनाने का कार्य भी आधा हो जाता है।

मूल भिन्नों के गुणज

अभी तक हमने इकाई अंश वाले साधारण भिन्नों पर विचार किया। किन्तु अन्य अंशों वाले भिन्नों को कैसे हल करें? हमारे पास उसका भी उत्तर है: ''उपरोक्त या किसी भी अन्य विधि द्वारा प्राप्त भजनफलों की तालिका बनाकर, बहुत सी सरल तथा सहज विधियों द्वारा हम प्रश्नगत भिन्न के तुल्य आवर्त्ती दशमलव लिख सकते हैं।''

चलिए 1/7 से प्रारम्भ कर निम्नलिखित तालिका बनाएं:–

$$\frac{1}{7} = .\dot{1}4285\dot{7}$$

$$\frac{2}{7} = .\dot{2}8571\dot{4}$$

$$\frac{3}{7} = .\dot{4}2857\dot{1}$$

$$\frac{4}{7} = .\dot{5}7142\dot{8}$$

$$\frac{5}{7} = .\dot{7}1428\dot{5}$$ तथा

$$\frac{6}{7} = .\dot{8}5714\dot{2}$$

इस तालिका में, सभी 7 वाले उचित भिन्नों में हम देखते हैं:–

(अ) 1/7 वाले 6 अंक ही सभी केसों में मिलते हैं,

(ब) वे सभी 1/7 वाली दिशा तथा क्रम में आते हैं,

(स) किन्तु वे भिन्न-भिन्न अंकों से शुरू तो होते हैं, पर चक्रिक क्रम बनाए रखते हैं।

(द) और इन नियमों की सहायता से, एक से अधिक अंश वाले साधारण भिन्नों का तुल्य आवर्त्ती दशमलव सरलतापूर्वक लिखा जा सकता है।

इस तालिका अर्थात $1/7 = 0.\dot{1}4285\dot{7}$ को देखते हुए (तख्ते, कागज, स्लेट इत्यादि पर) सात हर वाले अन्य पांच संभव भिन्नों के तुल्य आवर्त्ती दशमलव निर्धारित करने के लिए तो बहुत सी सरल प्रक्रियाएं उपलब्ध हैं। वे इस प्रकार हैं:

प्रथम विधि

1. विभिन्न अंकों को परिमाण-आरोही क्रम में अंकित करें, यथा:

(क)	(1)	(3)	(2)	(6)	(4)	(5)
	1	4	2	8	5	7

एक सबसे छोटा अंक है, इसलिए 1/7 का चक्र एक से आरम्भ होता है और बांए से दाहिने चलता है:

$0.\dot{1}4285\dot{7}$,

(ख) इस क्रम में दो दूसरा अंक है, इसलिए 2/7 का चक्र दो से आरम्भ होकर यह उत्तर देता है:

$0.\dot{2}8571\dot{4}$,

(ग) तीन न होने के कारण इस क्रम में चार तीसरा अंक है, इसलिए 3/7 का चक्र चार से आरम्भ होता है:

$0.\dot{4}2857\dot{1}$,

(घ) इस आरोही क्रम में अगला (अर्थात चौथा) अंक 5 है, इसलिए 4/7 पांच से आरम्भ होता है:

$0.\dot{5}7142\dot{8}$,

(च) पांचवां अंक 7 है इसलिए 5/7 सात से आरम्भ होता है:

$0.\dot{7}1428\dot{5}$,

(छ) छठवां तथा अंतिम अंक 8 है इसलिए 6/7 (अर्थात अंतिम भिन्न) 8 से आरम्भ होता है:

$0.\dot{8}5714\dot{2}$,

यह हुई पहली विधि

परन्तु उन प्रकरणों में क्या होगा जिनमें कि कुल अंक दस से अधिक हैं, और इसलिए कुछ अंक दो बार भी होंगे?

यह बिलकुल ठीक है क्योंकि जिस तरह कभी कुछ अंक होते ही नहीं (जैसा कि 1/7 में अभी देखा था) उसी तरह कभी कुछ अंक एक बार से अधिक पाए जा सकते हैं। और वास्तव में प्रत्येक दस से अधिक अंक वाले केस में यह आवश्यक रूप से होगा और इस का हल भी दिया जाना आवश्यक है। इसका हल सचमुच में सरल है क्योंकि एक बार से अधिक आने पर भी श्रेणीकरण तो होगा ही, और जब यह श्रेणीकरण होगा तो परिमाण-आरोही क्रम भी होगा और उत्तर भी मिलेगा।

उदाहरणार्थ 1/17 के केस में, तुल्य दशमलव में आरम्भ में ही 0.05882... दो आठ हैं। किन्तु 88 82 से बड़ा है इसलिए 82 वाला 8, 88 वाले 8 के पहले आएगा। इस तरह आरोही-क्रम निर्धारित करते हुए:

$\frac{1}{17}$ = .	$\dot{0}$	5	8	8	2	3	5	2	9	4	1	1	7	6	4	$\dot{7}$
	(1)	(10)	(15)	(14)	(4)	(6)	(9)	(5)	(16)	(7)	(2)	(3)	(13)	(11)	(8)	(12)

इसलिए 1/17 शून्य से आरम्भ होता है, 2/17, 11 से, 3/17, 17 से, 4/17, 23 से, 5/17, 29 से, 6/17, 3 से, 7/17, 41 से, 8/17, 47 से, 9/17, 52 से, 10/17, 58 से, 11/17, 6 से, 12/17, 70 से, 13/17, 76 से, 14/17, 82 से, 15/17, 88 से तथा, 16/17, 9 से। परिमाण-आरोही क्रम निस्संदेह रूप से बड़ी सावधानी पूर्वक करना चाहिए। किन्तु हमें यह तो स्वीकार ही करना चाहिए कि यद्यपि परिमाण-आरोही क्रम में रखने की प्रक्रिया तर्कसंगत तथा वैज्ञानिक है तथापि यह अटपटी, उबाऊ तथा थकाऊ है। इसलिए अन्य विधियों की आवश्यकता है।

किन्तु उन प्रकरणों का क्या जिनमें कि तुल्य आवर्त्ती दशमलव में अंकों की संख्या हर से कम होती है और इसलिए सारे संभव भिन्नों के उत्तर तो बन ही नहीं सकते?

बिलकुल ठीक, 1/13 ऐसा ही केस है। इसके संभव गुणज तो 12 हैं, तथा तुल्य आवर्त्ती दशमलव में केवल 6 अंक हैं ($1/13 = 0.\dot{0}7692\dot{3}$) इसका हल क्या है?

एक या दो गुणज इस समस्या को संतोषजनक तथा स्पष्ट रूप से हल कर देंगे।

अब $\frac{1}{13} = 0.\dot{0}7692\dot{3}$, सीधे 2 से गुणा करने पर,

$$\frac{2}{13} = 0.\dot{1}5384\dot{6}$$

और अब कुल अंक बारह हैं और ये सब संभव भिन्नों की मांग को पूरा कर देंगे। यथा:

$\frac{1}{13} = 0.\dot{0}7692\dot{3}$, तथा $\frac{2}{13} = 0.\dot{1}5384\dot{6}$

$\frac{3}{13} = 0.\dot{2}3076\dot{9}$, तथा $\frac{4}{13} = 0.\dot{3}0769\dot{2}$

$\frac{5}{13} = 0.\dot{3}8461\dot{5}$, तथा $\frac{6}{13} = 0.\dot{4}6153\dot{8}$

$\frac{7}{13} = 0.\dot{5}3846\dot{1}$, तथा $\frac{8}{13} = 0.\dot{6}1538\dot{4}$

$\frac{9}{13} = 0.\dot{6}9230\dot{7}$, तथा $\frac{10}{13} = 0.\dot{7}6923\dot{0}$

$\frac{11}{13} = 0.\dot{8}4615\dot{3}$, तथा $\frac{12}{13} = 0.\dot{9}2307\dot{6}$

यह प्रक्रिया उपलब्ध है और सही है। किन्तु अन्ततः हमें स्वीकार करना ही चाहिए कि इस युक्ति के बावजूद, यह परिमाण-आरोही क्रम की सारी प्रक्रिया अटपटी, उबाऊ तथा थकाऊ है। इसलिए अन्य विधियों की आवश्यकता और बढ़ जाती है।

दूसरी विधि

दूसरी विधि में हमें परिमाण-आरोही क्रम में रखने की आवश्यकता नहीं रहती और (आद्यमआद्येन सूत्र की सहायता से) मूलभूत तुल्य दशमलव के प्रारंभिक अंक अथवा अंकों को अंश से गुणा कर, प्रश्नगत गुणज के लिए आरंभिक अंक निर्धारित किए जा सकते हैं। यथा 1/7=0.142857, चूंकि 1/7, 0.14 से आरम्भ होता है, इसलिए 2/7 को 0.28... से आरम्भ होना चाहिए और मानक क्रम के अनुसार उत्तर = 0.285714 और 3/7 को 0.42... से आरम्भ होकर 0.428571 उत्तर देना चाहिए, और 4/7 को 0.56 से शुरू होना चाहिए, किन्तु वहां तो 0.56 है ही नहीं, वरन् 0.57 है और इसलिए (दाहिने से बाएं एक हासिल आकर जुड़ा होगा और इस तरह 56 को 57 बना दिया होगा, उस को ख्याल में रखकर) हम 57 से आरम्भ कर 4/7 = 0.571428 कह सकते हैं।

इसी तरह 5/7 को 0.70 से शुरू होना चाहिए किन्तु (पूर्ववर्त्ती केस में दिए गए कारण से) होता है 0.71 से और उत्तर मिलता है 0.714285। तथा 6/7 को 0.84 से शुरू होना चाहिए किन्तु .85 से होकर $0.\dot{8}5714\dot{2}$ उत्तर देता है। यह हुई दूसरी विधि।

तीसरी विधि

तीसरी विधि दूसरी के लगभग समान है किन्तु आद्यमआद्येन पर आधारित न होकर अन्त्यम् अन्त्येन पर आधारित है। दूसरे शब्दों में यह आरंभिक अंक न देकर अंतिम अंक देती है। यथाः—

$\because$ 1/7 का अंत 7 से होता है $\therefore$ उत्तर = $0.\dot{1}4285\dot{7}$

$\therefore$ 2/7 का अंत 4 से होना चाहिए $\therefore$ उत्तर = $0.\dot{2}8571\dot{4}$

$\therefore$ 3/7 का अंत 1 से होना चाहिए $\therefore$ उत्तर = $0.\dot{4}2857\dot{1}$

$\therefore$ 4/7 का अंत 8 से होना चाहिए $\therefore$ उत्तर = $0.\dot{5}7142\dot{8}$

$\therefore$ 5/7 का अंत 5 से होना चाहिए $\therefore$ उत्तर = $0.\dot{7}1428\dot{5}$

$\therefore$ 6/7 का अंत 2 से होना चाहिए $\therefore$ उत्तर = $0.\dot{8}5714\dot{2}$

यह हुई तीसरी विधि जो इन सब में सरलतम है और इसलिए सर्वोत्तम है।

स्वतंत्र विधि

उपरोक्त विधियां, इकाई अंश वाले साधारण भिन्न के तुल्य दशमलव की जानकारी का लाभ उठाकर उसके किसी भी गुणज के तुल्य दशमलव को निर्धारित करने के लिए हैं। यहां तक तो यह ठीक है। किन्तु जब हमारे पास ऐसी तैयार तालिका शुरू करने के लिए नहीं होगी तब? ऐसे केस में क्या हमें पहले ऐसी तालिका बनानी पड़ेगी और तब अपेक्षित उत्तर के लिए (उपरोक्त विधियों द्वारा) चक्रीय तालमेल बैठाना होगा?

ऐसा करना तो सरासर ज्यादती होगी। ऐसे केसों के लिए हमारे पास एक नितान्त स्वतंत्र विधि है जिसमें प्रश्नगत भिन्न का तुल्य दशमलव निकालने के लिए ऐसी कोई भी पहले से तैयार (अथवा नई-नई) तालिका की आवश्यकता नहीं पड़ती। और इसकी सारी प्रक्रिया मूलभूत भिन्न को तुल्य दशमलव में बदलने की प्रक्रिया के बिलकुल समान है और इसमें लेशमात्र भी अंतर अथवा हटाव नहीं है।

उदाहरणार्थ मानलें कि 3/7 का तुल्य दशमलव निकालना है। (इसका अंतिम अंक 1 होगा।) और चूंकि 3/7=21/49, एकाधिक पूर्व 5 होगा। अब हमें उसी तरह से 5 से लगातार भाग देते जाना है और हमें $3/7=21/49=0.\dot{4}28/57\dot{1}$ दाहिने तरफ की तालिका मिल जाती है।

तीन अंक 428 मिलने के पश्चात हमारा भाज्य 28 हो जाता है जो कि हर-अंश (अर्थात 49-21) के बराबर है। इसलिए भाजन क्रिया यहां पर रोककर भजनफल के शेष तीन अंक 5, 7 तथा 1 (प्राप्त अंकों के 9 के पूरक) सीधे ही लिख सकते हैं।

अथवा हम तब तक भाग देते जाएं जब तक कि 21 भाज्य न मिल जाए, और चूंकि यही हमारे आरंभिक अंक थे, 6 अंकों को हम आवर्त्ती दशमलव के रूप में लिख सकते हैं।

इस तरह $3/7 = 0.\dot{4}2857\dot{1}$

यदि आप 7/13, 13/17, 5/19 आदि किसी को भी हल करने का प्रयत्न करें तो आप बिलकुल वही प्रक्रिया प्रत्येक केस में पाएंगे। इस तरह जिन के पास तैयार तालिका नहीं है उनके लिए यह नितान्त स्वतंत्र विधि भी है, और वे इसका पूरा-पूरा उपयोग कर सकते हैं।

नोट:

1. इस स्वतंत्र विधि के द्वारा, यदि हमें 1/7, 2/7, 3/7, 4/7, 5/7 या 6/7 का तुल्य दाशमलविक निकालना है, तब यह गौर करना चाहिए कि हमें 10, 20, 30, 40, 50, 60 आदि में मात्र 7 का भाग देकर उस अवशेष को प्रत्येक केस का प्रथम अवशेष मान लेना चाहिए और इसके आगे की क्रिया तो स्वतः चालित क्रिया कि तरह सरल हो जाती है।

2. अथवा, हम प्रत्येक केस में अंतिम अंक को पहले से ही निर्धारित कर लें यथा (5)7, (1)4, 7(1), 2(8), 8(5) और (4)2 क्रमशः अंतिम अंक हैं 1/7, 2/7, 3/7, 4/7, 5/7 और 6/7 के तुल्य दाशमलविकों के।

संक्षिप्तावृत्ति
(तथा अनुपूरण)

साधारण भिन्नों को उनके तुल्य दशमलव में बदलने के विषय पर उपरोक्त समझाए गए तथा निरूपित किए गये लक्षणों के अतिरिक्त (अवशेष तथा भजन फल के संबंध इत्यादि में) और भी शिक्षाप्रद और रूचिकर सिद्धान्त, उपलक्षण तथा लक्षण हैं। विद्यार्थियों के लाभार्थ हम यहां पर इस विषय की संक्षिप्तावृत्ति, उसका सार, उसके लिए अनुपूरण तथा उसके निष्कर्ष रखेंगे।

1. अवशेषों के संबंध में हमने देखा कि ज्यों ही हमें (हर-अंश) बराबर अवशेष मिलता है, शेष अवशेषों को प्राप्त अवशेषों से भाजक (अर्थात हर) के पूरक के रूप में लिख सकते हैं।

2. इसका यह अर्थ स्वतः ही निकलता है कि प्राप्त भजनफल के अंक शेष भजनफल के अंकों के 9 के पूरक हैं।

3. यदि हम किसी भी अवशेष को लें और उससे चरमांक (अंतिम अंक) का गुणा करें तब गुणनफल का अंतिम अंक उस पैड़ी का भजनफल अंक होता है। (यहां पर लगने वाला सूत्र है शेषाणि अंकेन चरमेण)।यह सूत्र गणितीय संगणना में बहुत ही महत्व का है तथा व्यावहारिक रूप से उपयोगी है। उदाहरणार्थः—

(क) 1/7 के केस में 3, 2, 6, 4, 5 तथा 1 अवशेष हैं, चरमांक 7 से गुणा करने पर हमें 21, 14, 42, 28, 35 तथा 7 मिलते हैं। इन गुणन फलों के बाएं अंकों को अलग कर सीधे अंतिम अंकों को लिखकर हम देखें तो देखिए क्या मिलता है

$$1/7 = 0.\dot{1}4285\dot{7}$$

(ख) 1/13 के केस में 10, 9, 12, 3, 4 तथा 1 अवशेष हैं। 3 (चरमांक) से लगातार गुणा करने पर हमें 30, 27, 36, 9, 12 तथा 3 गुणनफल मिलते हैं। बाएं अंकों को अलग कर सीधे अंतिम अंकों को लिखने से हमें $.\dot{0}7692\dot{3}$=1/13 मिल जाता है।

(ग) 1/17 के केस में 10, 15, 14, 4, 6, 9, 5, 16, 1/7, 2, 3, 13, 11, 8, 12 तथा 1 अवशेष हैं। 7 से गुणा करने पर हमें क्रमशः 70, 105, 98, 28, 42, 63, 35,, 112, 119, 14, 21, 91, 77, 56, 84 तथा 7 गुणनफल मिलते हैं। अतिरिक्त अंकों (बाएं) को अलगकर केवल अंतिम अंकों को लिखने से हमें 1/17=$0.\dot{0}58823529411764\dot{7}$ मिल जाता है। और वास्तव में स्थिति इतनी सरल और साफ है कि हम पूरा गुणा करके गुणनफल लिखें और तब अतिरिक्त अंक को गिराएं ऐसी आवश्यकता नहीं है। हम शुरू में ही केवल चरमांक (प्रत्येक पैड़ी पर) लिखें और बात को खतम करें।

4. अवशेषों की गुणोत्तर श्रेढ़ी वाली लाक्षणिकता से हमें प्रत्येक अवशेष का (तथा उसके पूर्ववर्त्ती या उसके उत्तरावर्त्ती से) आन्तरिक संबंध समझ में आ जाता है। इस तरह एक ही अवशेष के ज्ञात होने से हमें शेष सारे अवशेष ज्ञात हो जाते हैं।

1/7 के केस में: चूंकि हमें मालूम है कि पहला अवशेष 3 है, हम किसी भी अवशेष का 3 से गुणा कर उसमें से 7 या उसके गुणज घटाकर तत्काल ही अगला अवशेष बतला सकते हैं।

3×3=9, 9−7=2; ∴ अगला अवशेष 2 है।

2×3=6, यह तीसरा अवशेष है।

चूंकि 6= (हर-अंश), हम यहां पर रुक कर (तथा हर के पूरक के नियमानुसार) 4, 5 तथा 1 को बाकी अवशेषों के रूप में रख सकते हैं।

अथवा यदि हम हर-अंश को भूल जाएं या तीन के गुणन (गुणात्तर अनुपात) वाली विधि को ही पसंद करें तब:

6×3=18, 18−14=4, और यह चौथा अवशेष है।

4×3=12, 12− 7=5, और यह पांचवां अवशेष है।

5×3=15, 15−14=1, और यह छठवां (अंतिम) अवशेष है।

इस तरह हमने प्रथम अवशेष द्वारा अन्य सभी अवशेष प्राप्त कर लिए: 3, 2, 6, 4, 5 तथा 1, और इन अंकों को चरमांक (7) द्वारा गुणा करने पर (ऊपर समझाई गयी विधि द्वारा) सभी भजनफल अंक प्राप्त कर सकते हैं।

0.1, 4, 2, 8, 5 तथा 7

इतना ही नहीं, बजाय प्रथम अवशेष 3 को हम अपना गुणोत्तर अनुपात माने, हम दूसरे अवशेष 2 को गुणोत्तर अनुपात मान सकते हैं। किन्तु इतना याद रखना पड़ेगा कि अब अवशेषों को दो के जोड़े में लेकर 2 से गुणा करने के बाद, फिर उन्हें अलग-अलग अंकों के रूप में देखना पड़ेगा। यथा: 32 प्रथम दो अवशेषों का जोड़ा है इसमें 2 से गुणा करने पर 64 के रूप में अगले दो अवशेषों का जोड़ा मिलता है तथा 6 और 4 क्रमश: तीसरे और चौथे अवशेष हैं। 64 से 2 का गुणा करने पर 128 अगले दो अवशेषों का जोड़ा मिलता है तथा 128 में से 12−7=5 तथा 8−7=1, क्रमश: पांचवें तथा छठवें अवशेष हैं। अब इन अवशेषों को चरमांक 7 से गुणा करने पर (पहले की तरह) हमें तुल्य दशमलव मिल जाता है; $\dot{1}4285\dot{7}$

अथवा हम तीसरे अवशेष 6 का उपयोग कर सकते हैं। अब हमें पहले तीन अवशेष समूह से 6 का गुणा कर अगले तीन अवशेषों को प्राप्त करना होगा। यथा: 3,2,6,×6 (6×3), (6×2), (6×6); (18−14), (12−7), (36−35); 4,5,1 तत्पश्चात चरमांक से गुणा कर, तुल्य दशमलव 142587 प्राप्त किया जा सकता है

यह प्रक्रिया, निस्संदेह चौथे तथा पांचवे अवशेष पर भी लगती है और हमें सही उत्तर मिलेगा। यह सब खैर, केवल बौद्धिक महत्व का है व्यावहारिक उपयोगिता का नहीं। किन्तु, चूंकि हम एक सिद्धान्त पर ही नहीं वरन एक सार्विक गणितीय नियम पर विचार कर रहे हैं, इसलिए हमें उसके व्यापक अनुप्रयोग का प्रद्रर्शन भी करना चाहिए।

अवएव यदि हम चौथा अवशेष लें और प्रथम चार अवशेषों के साथ उसका गुणा करें तब हमें: 3264×4→/4/ (12) (8) (24) (16) → (12−7) (8−7) (24−21) (16−14) अर्थात 5, 1, अथवा 2 मिलते हैं, अब इसमें बाकी अवशेषों के अतिरिक्त हम यह भी देखते हैं कि अवशेषों ने दुहराना आरम्भ कर दिया है।

इसी तरह पांचवें अवशेष से 3, 2, 6, 4, 5,×5 → (5×3−14), (5×2−7), (5×6−28), (5×4−14), 5×5−21) 1, 3, 2, 6, 4, मिलते हैं।

अब यदि यही प्रक्रिया हम छठवें अवशेष अर्थात 1 के साथ करें तो यह तो साफ है कि वही के वही अवशेष फिर से दुहरा जाएंगे।

5. 1/17 के केस में प्रथम चार अवशेष हैं 10, 15, 14 तथा 4 और 4 एक सरल

गुणक है इसलिए अन्य अवशेषों को प्राप्त करने के लिए इस सुविधाजनक तथा उपयुक्त अवशेष का उपयोग कर सकते हैं। इसलिए इस चार अवशेष समूह से 4 का गुणा करने पर तथा जहां आवश्यक हो वहां से सत्रहों को घटाकर यह लिख सकते हैं:

10×4−34=6   10, 15, 14, 4
15×4−51=9   10, 15, 14, 6
14×4−51=5   10, 15, 14, 4/6, 9, 5, 16
4×4 =16

और अवशेष श्रेढ़ी 10, 15, 14, 4, 6, 9, 5, 16 बन जाती है। और-चूंकि हर-अंश =16 हम इस प्रक्रिया को यहीं पर रोककर, बाकी श्रेढ़ी 17 के पूरक द्वारा बना सकते हैं 7, 2, 3, 13, 11, 8, 12 तथा 1, अब इन 16 अवशेषों के चरमांकों से 7 का गुणा करने पर:

$$\frac{1}{17} = .\dot{0}5882352/9411764\dot{7}$$

एक और विधि

चार विधियों अर्थात (1) उपप्रमेय सूत्र (2) अवशेष × चरमांक (3) दाहिने से बाएं की एकाधिक विधि और (4) बाएं से दाहिने की एकाधिक विधि, के अतिरिक्त एक और विधि है जिसमें गुणोत्तर श्रेढ़ी के संबंध का उपयोग कर एक बहुत ही सरल तरीके से उत्तर प्राप्त किया जा सकता है। इस विधि में ज्योंही हमें एक अवशेष (अथवा भाज्य) तथा दूसरे अवशेष के बीच एक सरल अनुपात मिल जाए, त्योंही हम उसे सार्विक मानकर सारा काम कर सकते हैं। उदाहरणार्थ:

1 19 के उदाहरण में, 10 तथा 5 पहले दो अवशेष हैं जिनमें 5, 10 का आधा है। इस अनुपात को ध्यान में रखते हुए, अगले अवशेष प्राप्त कर सकते हैं। अगला अवशेष 5 का आधा होगा चूंकि 5 दो से ठीक तरह से विभाजित नहीं होता है, हम 5 में 19 जोड़ कर 24 बनाकर उसके आधे 12 को अगले अवशेष के रूप में प्राप्त कर सकते हैं।

12 का आधा 6 फिर अगला अवशेष, और 6 का आधा 3 फिर अगला अवशेष, तथा 19+3 का आधा 11, तथा 19+11 का आधा 15, 15+19 का आधा 17 तथा 17+19 का आधा 18 अब हम यहां रुक कर बाकी अवशेषों को 19 के पूरक बनाकर लिख सकते हैं इस तरह अवशेषों को प्राप्त कर उनमें चरमांक का गुणाकर यंत्रवत भजनफल प्राप्त कर सकते हैं।   10,   5, 12,   6;   3, 11, 15,   17 18

नोट: 9, $_1$4,   7, $_1$3, $_1$6,   8,   4,   2   1

किसी भी पैड़ी के अनुपात का उपयोग कर उसका उपयोग किया जा सकता है।

1 17 के उदाहरण में 10 तथा 15 पहले दो अवशेष हैं जिनमें 3/2 का अनुपात है। इसलिए जब भी कोई भिन्नात्मक संख्या आने का डर हो उस में बतलाई गयी विधि के द्वारा कठिनाई दूर की जा सकती है तथा जब भी कोई अवशेष भाजक से बड़ा हो तो उसमें से भाजक को घटाकर फिर लिख सकते हैं। यथा:

10, 15, 14,   4,   6,   9,   5,   16
 7,   2,   3, 13, 11,   8, 12,   1

दशमलव-स्थान की संख्या

साधारण भिन्न के तुल्य दशमलव में दशमलव के कितने स्थान होगें, ऐसा पहले से जानने के प्रयत्न में विद्यार्थीगण चकरा जाते हैं। इसके उत्तर में हम यह कहना चाहेंगे कि पहले ही संभाग में इस विषय पर हमने क्रमिक अवशेषों का विश्लेषणात्मक अध्ययन पूरे विवरण सहित किया है और देखा कि प्रत्येक प्रश्न में हमारे सामने एक ऐसी तालिका रहती है जिसकी सहायता से (बिना अंत तक भाग दिए) हम सारे अवशेषों को पहले से ही निर्धारित कर सकते हैं और वह तालिका भी किसी भी क्षण अविलम्ब तैयार की जा सकती है।

इसका मतलब हुआ कि:

(1) ज्योंही हम 1 (या अन्य कोई आरंभिक संख्या) पर पहुंचते हैं (अपनी मनस्थ गणना में), हमारी दाशमलविक गणना का कार्य समाप्त हो जाता है और इसलिए कुल दशमलव स्थान पहले से ही मालूम हो जाते हैं। 1/7, 1/13, 1/17, 1/17 आदि सभी उदाहरणों ने यह बात सिद्ध कर दी है।

(2) ज्योंही हम अंश तथा हर के अंतर वाली संख्या पर पहुंचते हैं, हम जान जाते हैं कि हमारा आधा काम हो गया है। 1/17 इत्यादि के केसों ने भी इसे सिद्ध कर दिया है। (इसका भी, अधिक विवरण में, हमने पिछले अध्याय में अध्ययन किया है।)

(3) ज्योंही हम (अपनी मनस्थ गणना में) एक थोड़े छोटे तथा सुविधाजनक अवशेष पर पहुंचते हैं, हमें यह मालूम हो जाता है कि कितनी और पैड़िया आगे बची हैं।

चलिए हम 1/7 को दृष्टान्त स्वरूप लें। पहला अवशेष 3 है, तथा इसका क्रमिक गुणक की तरह उपयोग करने से (सात को घटाते जाने के साथ) हम 1 पर पहुंच जाते हैं। हमें दो पैड़ी के बाद 1 तथा 4 पहले दो भजनफल अंक मिलते हैं तथा 2 अवशेष मिलता है। अब इस जोड़े 14 को 2 से गुणा कर 28 दूसरे भजनफल के जोड़े के रूप में मिलता है तथा अवशेष भी 2×2 बराबर 4 मिलता है। 28 को 2 से गुणा कर 56 तीसरा जोड़ा मिलता है तथा अवशेष 4×2=8 हो जाता है। अब 7 घटाने से अवशेष तो एक हो जाता है और भजनफल का तीसरा जोड़ा 57 हो जाता है। इसी अंक (1) से हमने शुरू किया था इसलिए आगे की संगणना को रोक कर यह कह सकते हैं कि 1/7 के तुल्य आवर्त्ती दशमलव में 6 अंक हैं।

1/17 के उदाहरण में हमें याद होगा कि चार पैड़ियों के बाद .0588 भजनफल के चार अंक तथा अवशेष 4 मिलता है। अब इन चार अंकों का 4 से गुणा करने पर 2352 भजनफल के दूसरे चार अंक मिल जाते हैं तथा 4×4=16 अवशेष मिलता है। और यहां पर गणना रोक दी थी। (क्योंकि अन्य 8 अंक पूरक नियम द्वारा मिल जाते हैं)। इस तरह 1/17 हमें 16 अंक देता है। (चूंकि गुणोत्तर श्रेढ़ी का मानक रूप 1,अ, अ^2... होता है, इसलिए 1/7 के उदाहरण में हम 2, 2^2... तथा 1/17 के उदाहरण में 4, 4^2... आदि का उपयोग भजनफल के दशमलव अंकों की संख्या पूर्वनिर्धारित करने के लिए करते हैं। इसमें इसी बीजगणितीय सिद्धांत का उपयोग किया है।

नोट:

1. हमें तो यह कहने की आवश्यकता होनी ही नहीं चाहिए कि एकाधिक विधि भाजन

कार्य (या गुणन) को कम करने में सर्वोत्तम है। उदाहरणार्थ 1/19 या 1/29 के उदाहरणों में प्रत्येक पैड़ी में क्रमिक भाजन 19 या 29 से नहीं करना पड़ता वरन 2 या 3 से (एकाधिक पूर्व) करते हैं। और यही सभी प्रकरणों में सत्य है, अर्थात इस पद्धति में वास्तविक गुणा या भाग अपेक्षाकृत बहुत छोटे अंक से करना पड़ता है, तथा इस नियम में अन्तर नहीं पड़ता। कितनी विशाल बचत प्रयत्न, परिश्रम, समय, तथा लागत में!

2. हमने इस विषय पर पूरे विस्तार तथा पूर्ण विवरण सहित विचार किया है क्योंकि यह नितान्त आवश्यक है कि सारा विषय बिना किसी शिक्षक की सहायता के स्पष्ट रूप से समझा जाए, पूर्ण रूप से आत्मसात किया जाए तथा उसकी विधियों का पालन किया जाए तथा विद्यार्थी इस तरह के अन्य प्रश्नों को स्वतंत्रतापूर्वक हल कर सकें तथा इतना आत्म विश्वास पैदा कर सकें कि वह किसी भी साधारण भिन्न को (चाहे वह कितना भी जटिल हो तथा कितने अधिक दशमलव अंकों वाला हो) उसके तुल्य दशमलव में परिवर्तित कर सकें। और चूंकि यहां पर उपलब्ध सरल तथा सहज प्रक्रियाएं सभी तरह के हर तथा अंश वाले भिन्नों पर लागू होती हैं इसलिए दशमलव तथा विशेषकर आवर्त्ती दशमलव से उसे बिलकुल नहीं डरना चाहिए। वरन् अपने प्रिय मित्रों की तरह उसे इनका स्वागत करना चाहिए।

कुछ लाक्षणिक विशेषताएं
(सामान्य तथा विशेष)

(1) उन भिन्नों में जिनमें 'हर' अभाज्य संख्या से बनता है (जैसे 1/19, 1/29, 1/59 आदि) अधिकतम दशमलव अंकों की संख्या हर से एक कम होती है यह तो स्वयं स्पष्ट है इसलिए इसके विस्तार में जाने की आवश्यकता नहीं है।

(2) साधारणतया, उनकी संख्या उसके या उसके किसी अवगुणज के बराबर होती है।

(3) सामान्यतया 9 के पूरक वाला नियम उन पर लगता है।

(4) 1/39, 1/49, 1/69 इत्यादि भिन्नों में (जिनमें कि 'हर' अभाज्य संख्याओं का गुणनफल होता है) दशमलव अंकों की संख्या प्रत्येक स्थिति पर निर्भर करती है (जैसा कि अभी दिखलाया जाएगा)।

(5) जब हर के किसी एक गुणनखण्ड का तुल्य दशमलव यदि उसके अन्य गुणनखण्ड से पूर्ण रूप से विभाजित हो जाता है तब प्रथम गुणनखण्ड द्वारा प्राप्त तुल्य दशमलव अंकों की संख्या दूसरे गुणनखण्ड के कारण नहीं बढ़ेगी। यथाः—

(क) $\frac{1}{7\times3} = \frac{0.\dot{1}4285\dot{7}}{3}$

यहाँ पर अंश 3 से पूरी तरह विभाजित हो जाता है (अर्थात कोई अवशेष नहीं छोड़ता), इसलिए अंकों की संख्या में वृद्धि नहीं होती।

इसका अर्थ हुआ कि उस प्रत्येक प्रश्न में जिनमें कि पूरक अर्द्धांश मिलते हैं दाहिने पक्ष का अंश 3, 9 आदि से पूरी तरह विभाजित होगा। तथा ऐसे प्रश्नों में ऐसे हर को ऐसे गुणनखण्डों द्वारा गुणा करने से दशमलव अंकों की संख्या में कोई अन्तर नहीं पड़ता।

परिणाम स्वरूप, $1/63=1/7\times9=0.\dot{1}4285\dot{7}/9=0.\dot{0}1587\dot{3}$, इत्यादि एकन्यून सूत्र (जैसा कि कूट संस्कृत वर्णमाला के विषय में समझाया गया था) द्वारा हम यह जानते हैं कि $143\times999=142857=11\times13\times3^3\times37$ इसका अर्थ यह हुआ कि अंश 11, 13, 3, 9, 37, 27, 33, 99, 117, 297, 351 तथा 999 द्वारा पूरा विभाजित होता है इसलिए हर (अर्थात 7) के साथ इनमें से कोई भी संख्या का गुणा करने पर, दशमलव अंकों की संख्या में कोई अन्तर नहीं पड़ेगा।

(ख) $\frac{1}{39} = \frac{1}{13\times3} = \frac{.\dot{0}7692\dot{3}}{3}$

यहाँ पर उपरोक्त सभी तर्क लगते हैं। चूंकि $76923=77\times999=11\times7\times3^3\times37$ इसलिए इन गुणनखण्डों (तथा उनके संयोजन) का 'हर' से गुणन दशमलव अंकों की संख्या में कोई अन्तर नहीं करेगा। (गौर करें $999999=1001\times999=999\times7\times11\times13$)

(6) $1/69= 1/23\times3$ उसी श्रेणी में आता है और 1/23 के समान उत्तर में 22 अंक होते हैं।

(7) 1/49 एक विशेष प्रकरण है और अपने आप में अनूठा है। स्वभावतया इसमें 48 दशमलव अंक होने चाहिए किन्तु इसमें वास्तव में केवल 42 अंक हैं पर ठीक तथा तर्क संगत कारण के साथ। संभाव्य 48 गुणजों के स्थान पर 6 (नाम्ना 7/49, 14/49, 21/49, 28/49, 35/49 तथा 42/49) एक अलग कुटुम्ब में ही आते हैं अर्थात, 1/7, 2/7, 3/7, 4/7, 5/7 तथा 6/7 और उनमें केवल 6 दशमलव अंक अर्थात 0.142857, 0.285714 इत्यादि होते हैं। इस तरह संभाव्य 48 में से इन 6 के निकलने के कारण 42 ही बचते हैं जो कि वास्तव में 1/49 में पाए जाते हैं और यह सब किसी कवि की सुनहरी कल्पना नहीं है वरन् एक प्रमाणित गणितीय सत्य है।

(8) 1/79 एक अपवाद है चूंकि इसमें केवल 13 अंक हैं। और यह एक विषम संख्या है इसलिए इसमें 9 के पूरक वाली बात भी नहीं उठती। किन्तु 13, 78 का अवगुणज है और इस तरह सामान्य नियमों के भीतर आ जाता है। (इसी अध्याय में 1/79 के लिए एक पंक्ति मनस्थ विधि बतलाई जाएगी।

(9) इसी तरह से 1/89 में केवल 44 अंक हैं जो कि अब गुणज नियम में आ जाता है और यह इसमें सन्निहित है कि 1/13 के समान अपने सभी गुणजों के लिए इसको एक और चक्र पूरा करना पड़ेगा (जिससे कि 12 गुणजों के लिए 12 अंक हो जाएं) (इसी अध्याय में इस तरह के प्रश्नों के उत्तर देने के लिए अविश्वसनीय रूप से सरल विधि बतलाई जाएगी।

(10) 1/99 में केवल दो आवर्त्ती अंक है (0.01), किन्तु विषयगत सारी बातें समझाई जा चुकी है।

(11) तीन से अन्त होने वाले भिन्नों में हर को पहले 3 से गुणा कर एकाधिक सूत्र लगाते हैं इसमें अंतिम दशमलव अंक भी 3 होता है।

(12) 1/33 (1/99 के समान) में केवल दो आवर्त्ती दशमलव अंक होते हैं, .03

(13) 1/43 में केवल 21 अंक होते हैं 21, 42 का अवगुणज है और विषम संख्या है इसलिए पूरक अर्द्धांशों का इसमें प्रश्न ही नहीं उठता।

(14) 1/53 में केवल 13 अंक हैं (एक अवगुणज, और विषम संख्या)

(15) 1/83 में केवल 41 अंक हैं (एक अवगुणज और विषम संख्या)

(16) 1/73 की एक विशिष्ट स्थिति है। चूंकि 73×137=10001 और चूंकि 10001×9999=99999999

$$\therefore \frac{1}{73} = \frac{137}{10001}$$

$$= \frac{137 \times 9999}{99999999}$$

= 0.0136,9863, एक न्यूनसूत्र के द्वारा।

(17) और विलोमत:

$$\frac{1}{137} = \frac{73 \times 9999}{99999999} = .00729927$$

(18) 1/93 इस पर बाद में विचार करेंगे।

(19) उन भिन्नों में जिनके हर में अंतिम अंक 7 होता है, दशमलव का अंतिम अंक भी 7 होता है तथा हर में 7 का गुणा करने से एकाधिक प्राप्त हो जाता है।

(20) 1/7 तथा 1/17 इन पर विचार हो चुका है।

(21) 1/27 तथा 1/37 विशेष हैं (क्योंकि 27×37=999) और उनके तुल्य दशमलव हैं: $0.\dot{0}3\dot{7}$ तथा $0.\dot{0}2\dot{7}$

(22) 1/47 में 46 अंक हैं।

(23) 1/57 = 1/19×3 और इसमें केवल 18 अंक हैं।

(24) 1/67 में केवल 33 अंक हैं (विषम)

(25) 1/77 इस पर विचार हो चुका है (1/7 के साथ)

(26) 1/87 = 1/29×3 और इसमें 28 अंक हैं।

(27) 1/97 में पूरे के पूरे 96 अंक हैं।

(28) उन भिन्नों के प्रकरणों में जिनमे हर में अंतिम अंक 1 होता है, दशमलव का अंतिम अंक 9 होता है और हर में 9 का गुणा करने से एकाधिक प्राप्त हो जाता है।

(29) $1/11 = 0.\dot{0}\dot{9}$

(30) 1/21 = 1/7×3

(31) 1/31 आगे आएगा।

(32) 1/41 विशेष है। ∵ 41×271=11111

$$\therefore \frac{1}{41} = \frac{271}{11111} = \frac{271 \times 9}{99999} = .\dot{0}243\dot{9} \text{ (विषम)}$$

(33) और विलोमत:

$$\therefore \frac{1}{271} = \frac{41}{11111} = \frac{41 \times 9}{99999} = \frac{00369}{99999} = 0.\dot{0}036\dot{9}$$

(34) 1/51 = 1/17×3 इसमें 16 अंक हैं।

(35) 1/61 में 60 अंक हैं।

(36) 1/71 में 35 अंक हैं (विषम)।

(37) 1/81=1/27×3 = .037/3 = $.\dot{0}1234567\dot{9}$ और यह एक बहुत ही रुचिकर

संख्या है।

(38) $1/91=1/13\times7$ और यह 7 तथा 13 के संदर्भ में विचारी जा चुकी है, तथा

$$\frac{1}{91}=\frac{11}{1001}=\frac{11\times999}{999999}=.\dot{0}1098\dot{9}$$

किन्तु

एक बहुत बड़ा किन्तु यहां पर कहता है कि यह सब अपने आप में ठीक है, वह भी एक सीमा तक। किन्तु जैसे 'हर' बड़ा होता जाता है, हम देखते है कि यद्यपि दशमलव का अंतिम अंक 1, 3, 7 या 9 से अधिक कुछ भी नहीं हो सकता, तथापि एकाधिक पूर्व तो बड़ा होता जाता है। इस तरह बढ़ते एकाधिक से गुणा, भाग करना पड़ता है और एक द्विअंकीय हर जैसे 61, 71 या 81 इत्यादि में हमें 55, 64 या 73 इत्यादि से गुणा या भाग करना पड़ता है और निस्संदेह यह कोई सरल प्रक्रिया तो नहीं है।

यह विरोध निर्विरोधणीय ही क्या, बिलकुल ठीक है। किन्तु हमारे पास इसके उचित और ठीक उत्तर हैं जिन्हें आप तर्कसंगत पाएंगे। वे इस प्रकार है:—

(अ) मूल भाजक की तुलना में हमारे बड़े से बड़े एकाधिक कहीं छोटे हैं। किन्तु यह तो तुलना के लिए एक सैद्धान्तिक एवम् तार्किक उत्तर है और विरोध की आत्मा (कि वैदिक विधियाँ न केवल अपेक्षाकृत उत्तम हैं वरन् इस तरह की सभी दुर्बलताओं से शून्य हैं) को शान्त करने के लिए नहीं। अतएव हम आपको धनात्मक तथा रचनात्मक रूप से संतोषजनक उत्तर देना चाहेंगे।

(ब) यद्यपि एकाधिक अव्यावहारिक रूप से बड़े होते जाते हैं, तथापि अवशेष हमें इस कठिनाई को पार करने के लिए एक सरल युक्ति देते हैं। यह हम अभी बतलाएंगे।

(स) एकाधिक (जैसा कि अभी तक समझाया गया है) ही सम्पूर्ण शस्त्रागार नहीं है। हमारे पास और भी सहायक हैं जिनके साथ ऐसी कोई कठिनाई पैदा नहीं होती। वह सब हम इसी पुस्तक के अध्याय में अभी समझाएंगे और आप देखेंगे कि वे इस समस्या का पूर्ण हल देंगे, तथा

(द) सर्वोपरि, अगले एक अध्याय में (पास वाले) विधियों की राजमणि विधि समझाई जाएगी जिसके सूत्र द्वारा बड़े से बड़े हर के लिए भी, वैदिक एक पंक्ति मनस्थ विधि द्वारा भजनफल तथा अवशेष के सारे अंक मिल जाते हैं। सीधे भाजन की इस विधि का उल्लेख हम कर चुके है, आगे "सीधे भाजन" अध्याय में इसे दृष्टान्त सहित समझाएंगे।

इस बीच, अभी हम यह समझाते हैं कि अवशेष किस तरह इस समस्या का समाधान कर हमारी रक्षा करते हैं।

पहले 1/23 का ही दृष्टांत ले लें। हमें तुरंत ही समझ में आ जाता है कि अंतिम अंक 3 होगा और एकाधिक 7 तथा हम इस तरह कार्य करेंगे:—

(क) हमेशा की तरह 7 सततगुणन द्वारा,

$$\frac{1}{23}=\frac{3}{69}=.04347826086,95652173913$$

63 4311526 2

(ख) अथवा 7 के सतत भाजन द्वारा

$$\frac{1}{23} = \frac{3}{69} = .\ \begin{matrix} 0 & 4 & 3 & 4 & 7 & 8 & 2 & 6 & 0 & 8 & 6 \\ & 3 & 2 & 3 & 5 & 5 & 1 & 4 & & 6 & 4 & 6 \end{matrix} /\ ,9565217391\,3$$

यह तो हुई एकाधिक की परिचित विधि, किन्तु

(ग) पहली तालिका में पहले दो अंकों (1 और 3) के बाद अगला बायां जोड़ा 39, ठीक दाहिने जोड़े का तीन गुना है और हम इसका लाभ एकदम उठा सकते हैं। इस तरह 39 से 117 मिलता है जिसमें से बाएं तरफ 17 लिखकर 1 को जोड़ने के लिए रख लेते हैं, 17 से 51 मिलता है, 51+1=52, अब 52 को बाएं तरफ लिखकर 52 से 156 मिलता है जिसमें से 56 लिखकर 1 फिर रख लेते हैं, अब 56 से 168+1=169, जिसमें से 69 लिखकर 1 फिर रख लेते हैं, इत्यादि इत्यादि । और वास्तव में सारी प्रक्रिया 1/49 के दृष्टांत के बाएं से दाएं जाने की तरह है (=.0204081632....)

इस तरह $\frac{1}{23}=\frac{3}{69}=.0434782608,69,56,52,17,39,1\dot{3}$

अथवा

(घ) यदि हम चाहे तो बाएं से दाएं भी सरलता पूर्वक जा सकते हैं। हम देखते हैं कि पहले दो अंकों के बाद (1 में 23 का सीधा भाग देने पर) अवशेष 8 बचता है। इसका उपयोग कर हम सरलता पूर्वक आगे बढ़ सकते हैं (जैसा कि 1/49 के उदाहरण में 2 से किया था) यथाः—

$$\begin{array}{l} .04,32,72,24,08,64 \quad \text{इत्यादि} \\ \quad\ \ 2 \quad 6 \quad 2 \qquad\ 5 \\ \hline .04,34,78,26,08,69 \end{array}$$

3 का बाईं ओर और 8 का दाहिनी ओर यह गुणन काफी सरल है। है कि नहीं?

अब (जैसा कि पहले वायदा किया था) 1/47 को लें। साफ है कि अंतिम अंक 7 है और एकाधिक 33 है। यह भी स्पष्ट है कि यह गुणन या भाजन के लिए कठिन है। इसलिए हमें अवशेषों से सहायता लेकर देखना चाहिए कि वे क्या कर सकते हैं। प्रथम दो अवशेष हैं 10 और 6 हम एकदम इस 6 का उपयोग कर सकते हैं और इस तरह काम कर सकते हैं:—

भजनफल के प्रथम दो अंक 0.02 है तथा (अवशेषों का) अनुपात 6 है इसलिए स्पष्टतया अगले दो अंक 12 होगें। 12×6 से 72 मिलता है, किन्तु 4 दाहिने तरफ से जोड़ने के लिए आएगा इसलिए 76 लिखेंगे। 76 से 456 मिलता है जिसका प्रथम अंक 4 हम पहले ही जोड़ चुके है अतएव 56 बचा। किन्तु इसमें भी दाहिने तरफ से 3 आएगा इसलिए 59 हो जाएगा। इसी तरह से अगले चार जोड़े 57, 44, 68 तथा 08 मिलते है। 08 से 48 जो कि दाहिने तरफ से आने वाले 3 से मिलकर 51 हो जाता है। इसके बाद के जोड़े 06, 38, 29, 74 आदि बनते हैं इस तरह सेः—

$\frac{1}{47}$=0.02,12,76,59,57,44,68,08,51,06,38,2,9787

हम यहाँ देखते है कि 23 अंकों के बाद 9 के पूरक अंक आने लगे हैं। इसलिए दूसरे [illegible] को हम पूरा कर सकते हैं।

$\frac{1}{47}$ = 0.$\dot{0}$2 12 76 59 57 44 68 08 51 06 382
97 87 23 40 42 55 31 91 48 93 61$\dot{7}$

इस तरह हमने भाजक 47 द्वारा जटिल भाजन तथा एकाधिक 33 द्वारा भाजन या गुणन दोनों को अनावश्यक कर दिया। तथा एक सरल (अवशेष 6) गुणक द्वारा भजनफल के समस्त 46 अंक प्राप्त कर लिए।

इस से यह समझ में आ जाता है कि ये वैदिक विधियाँ मात्र बंद आँख वाली यांत्रिक विधियाँ नहीं है किन्तु इसके नियमों में विशेष प्रश्नों को हल करने के लिए आवश्यक नमनीयता है।

और यहाँ तक सार्विक अनुप्रयोग की क्षमता वाले यांत्रिक सूत्र का सवाल है, वह भी जल्द ही आ रहा है।

चलिए अब 1/31 को लें (जैसा कि पहले वायदा किया था)। इस तुल्य दशमलव का अंतिम अंक 9 होगा तथा एकाधिक 28 (जोकि मूल हर के बराबर ही बड़ा है) अतएव हमें अवशेषों की छानबीन कर कोई उपयुक्त सहायक ढूंढ़ना चाहिए।

इस स्थिति में पहला सार्थक अवशेष 17 है। अतएव एकाधिक प्रक्रिया को छोड़, हम गुणोत्तर श्रेढ़ी सिद्धांत का उपयोग कर अपना उत्तर पा सकते है (जैसा कि 1/47 के उदाहरण में 6 से किया था)। किन्तु ठहरिए थोड़ा आगे चलकर देखें कि क्या इससे भी सरल कोई अवशेष मिलता है।

हम देखते हैं कि (31 के साधारण भाजन द्वारा)

$\frac{1}{31}$ = .032258 (अवशेष 2)

अवशेषों की तालिका इस प्रकार है, 10, 7, 8, 18, 25 तथा 2 यह बड़ा ही उपयुक्त है और 2 की सहायता से आगे बढ़ते है :–

.032258, 064516, 129032, 258064

हम देखते हैं कि केवल 15 अंकों (एक विषम संख्या) के बाद, दशमलव ने आवर्त्ती होना शुरू कर दिया है। इसलिए:

$\frac{1}{31}$ = 0.$\dot{0}$3225806451612$\dot{9}$

कितनी सरल तथा सहज युक्ति। चलिए अब 1/97 को लें। दशमलव का अंतिम अंक 7 और एकाधिक 68 है इसलिए अवशेषों की सहायता लें। वे हैं। 10, 3 तथा भजनफल अंक है .0103... इसलिए भजनफल के जोड़ों को 3 से गुणा (जैसा कि 1/47 क केस में 2 से किया था) कर...

$\frac{1}{97}$ = .010309278 1 आदि आदि
2
83 इत्यादि 96 अंकों तक

अंत में एक और उदाहरण 1/997 का लें। दशमलव का अंतिम अंक तो 7 है किन्तु

एकाधिक 698 होगा। प्रत्यके पैड़ी में 698 से गुणा या भाग करना एक कुशल तथा अनुभवी संख्याविद के लिए भी कोई प्रेरणाप्रद कार्य नहीं होगा। अतएव हम पुनः अवशेषों तथा उनकी गुणोत्तर श्रेढ़ी नियम की सहायता लेते है।

प्रथम 3 भजनफल अंक हैं .001 तथा क्रमिक अवशेष हैं 10, 100, 3 इसका अर्थ हुआ कि तीन भजनफल अंकों के समूह को हमें 3 से गुणाकर अपना उत्तर प्राप्त करना चाहिए (दशमलव के किसी भी स्थान तक)।

इस तरह : $\frac{1}{997} = .001003009027081243729$

$$\frac{\quad 2}{731}$$ इत्यादि

विलोम प्रक्रिया

साधारण भिन्न को उनके तुल्य आवर्त्ती दशमलव में बदलने की प्रकिया का विस्तार-पूर्वक अध्ययन करने के पश्चात अब हम उसकी विलोम प्रक्रिया अर्थात दशमलवों को तुल्य भिन्न में बदलने की प्रक्रिया का अध्ययन करेंगें। हम इस प्रक्रिया का विश्लेषण उतने विस्तार तथा विवरण (जितना कि हमने अन्य प्रकरणों में किया है) में न कर, केवल एक विशेष सिद्धांत को समझाएगें जोकि इस प्रक्रिया में तथा अन्य प्रक्रियाओं में बहुत उपयोगी होगा। इस सिद्धांत का आधार एक सरल साध्य है,

$$0.\dot{9}=\frac{9}{9}=1,\ 0.\dot{9}\dot{9}=\frac{99}{99}=1,\ 0.\dot{9}9\dot{9}=\frac{999}{999}=1$$ इत्यादि

इसलिए इससे यह निष्कर्ष निकलता है कि वे सभी आवर्त्ती दशमलव जिनके सभी अंक 9 हैं तथ्यतः 1 के बराबर है। और यदि दिए हुए दशमलव को ऐसे गुणक से गुणा किया जाए किं गुणनफल में सभी अंक 9 हों तब हमारी इच्छित प्रक्रिया स्वतः पूरी हो जाएगी।

1. उदाहरणार्थ अपने अब एक परिचित दशमलव 0.076923 से प्रारम्भ करें। गुणनफल के अंतिम अंक में 9 प्राप्त करने के लिए हमें 3 से गुणा करना पड़ेगा तथा गुणन फल होगा, 230769 अब उपान्तिम अंक को भी 9 करने के लिए उसमें 3 जोड़ना पड़ेगा। यह 3 लाने के लिए गुण्य में अब 1 का गुणा करना होगा, यथा:

```
 .076923
     ×13
--------
 .230769
 076923×
--------
0.999999 =1
```

अब जोड़ने पर हम देखते हैं कि योग के बाद सारे अंक 9 हैं। इसलिए अब सीधे तर्क द्वारा चूंकि दिया हुआ दशमलव ×13 = 0.999999 (अर्थात 1) इसलिए भिन्न =1/13; क्योंकि वास्तव में हम कह रहे हैं, क 13=1 इसलिए क=1/13.

2. दूसरा उदाहरण .037 को लें और देखें कि यह प्रक्रिया किस तरह काम करती है। गुणक का अंतिम अंक 7 है इसलिए गुणनफल के अंत में 9 लाने के लिए गुणक का अंतिम अंक भी 7 होना चाहिए। गुणनफल 259 लिखें। अब उपान्तिम अंक को भी 9 करने के लिए हमें 4 जोड़ना पड़ेगा। इस चार को लाने के लिए गुण्य को 2 से गुणा करना पड़ेगा। ऐसा करनें के बाद जोड़कर देखने से पता लगता है कि गुणनफल 0.999 (=1) है।

इसलिए, तुल्य भिन्न ×27=1 इसलिए तुल्य भिन्न = 1/27

3. जब हम 0.142857 के लिए प्रयत्न करते हैं तो हम देखते हैं कि 7 से गुणा करने पर ही गुणनफल के सारे अंक 0.999999 (=1) हो जाते हैं। और इसलिए 0.142857=1/7.

4. 0.47619 पहले तो 1 से गुणा करने पर, उपान्तिम अंक में 1 पाते हैं। उसमें 8 जोड़ने के लिए 2 से गुणा करने पर अपना उत्तर 1/21 पाते हैं।

$$\begin{array}{r} .047619 \\ \times 21 \\ \hline .047619 \\ 0.95238\times \\ \hline 0.999999 = 1 \end{array}$$

5. इसी तरह दूसरे, 1/19, 1/29, 1/49, 1/63, 1/117, 1/17, 1/91, 1/23, 1/69 इत्यादि बड़े बड़े दशमलव के प्रश्न लें तो हम देखते हैं कि सफलता सहज ही मिलती है।

6. किन्तु सम तथा 5 से अन्त होने वाले दशमलवों के लिए क्या करें? कोई भी पूर्ण संख्या गुणक हमें गुणनफल के अन्तिम अंक में 9 नहीं देगा। इस तरह के प्रश्नों में हम 2 तथा 5 के घातों द्वारा भाग देकर ऐसी संख्या प्राप्त कर लेते हैं जिस पर हमारी नई प्रक्रिया लगती है। इस तरह दशमलव .285714 को भिन्न में बदलना है तब 2 से भाग देकर 0.142857 संख्या को प्राप्त कर, इस प्रक्रिया द्वारा 7 से गुणा करने पर हम देखते हैं कि गुणनफल 0.999999=1 आता है। और इसलिए

(क/2) ×7 = 1 इसलिए क = 2/7

7. चलिए अब एक रूचिकर दशमलव 0.12345679 को हल करें। इस नई विधि को लगाने पर हम देखते हैं कि 81 से गुणा करने पर उत्तर मिल जाता है।

इसलिए क = 1/81

$$\begin{array}{r} .012345679 \\ \times 81 \\ \hline 012345679 \\ 98765432\times \\ \hline 0.999999999 \end{array}$$

नोट:–

1. विद्यार्थी को एकन्यून सूत्र का भी उपयोग करना चाहिए। यह "पूरक अर्द्धांश" वाले प्रश्नों पर सरलतापूर्वक लग जाता है (1/7, 1/13, 1/17, 1/19 इत्यादि मिलाकर)।

इसी तरह $0.\dot{1}4285\dot{7} = \dfrac{143\times999}{999999} = \dfrac{11\times13}{1001} = \dfrac{11\times13}{11\times13\times7} = \dfrac{1}{7}$

इसी तरह $0.\dot{0}7692\dot{3} = \dfrac{77\times99}{1001\times999} = \dfrac{1}{13}$ इत्यादि

2. इसी तरह अन्य घटकों के विषय में भी यह तो स्पष्ट है कि सामान्यतया

सार्वगुणनखण्डों को (दशमलव तथा हर के) निकालने से काम जल्दी हो जाता है।

3. सहायक भिन्न तथा भाज्यता इत्यादि के उत्तरवर्त्ती अध्यायों में कुछ बहुत ही सरल तथा सहज प्रक्रियाएं समझाएंगे जिनकी सहायता से यह गणितीय गुणनखण्डन का कार्य आश्चर्यजनक रूप से सरल तथा सहज हो जाएगा।

4. सर्वोपरि, आगामी "सीधे भाजन" की विधि न केवल सारे कार्य को सरल तथा सहज बनाएगी वरन उसे आनन्दमय तथा उल्लासमय (बच्चों के लिए भी) बना देगी।

कुछ प्रमुख विचार तथा अतिरिक्त विशेषताएं

इस तरह एकाधिक विधि (बांए तथा दाहिने जाने वाली) तथा अवशेषों के बीच गुणोत्तर श्रेढ़ी संबंध से हमें निम्नलिखित तीन मुख्य सिद्धांत मिलते हैं:–

(क) भजनफल अंक (9) के पूरक

(ख) अवशेष (भाजक) के पूरक

(ग) भजनफल का प्रत्येक अंक प्राप्त करने के लिए अवशेषों के चरम अंकों से दशमलव के चरम अंक का गुणन।

अब इस विषय के सम्बन्ध में प्रसंगोचित निम्नलिखित कुछ महत्त्वपूर्ण तथा अतिरिक्त लक्षणों पर जो कि रुचिकर तथा सहायक होंगे, गौर करना चाहिए:–

1. 1/19 के प्रकरण में 10, 5, 12, 6, 3, 11, 15, 17, 18, 9, 14, 7, 13, 16, 8, 4, 2, 1, अवशेष अंक है तथा 0, 5, 2, 6, 3, 1, 5, 7, 8, 9, 4, 7, 3, 6, 8, 4, 2, 1, भजनफल अंक हैं।

(क) प्रत्येक अवशेष यदि सम है तो (यदि विषम है तो अवशेष +19) अपने आगेवाले अवशेष का दूना है। इसका कारण एकाधिक का 2 होना है।

(ख) भजनफल का प्रत्येक अंक तदनुरूपी अवशेष अंक का चरमांक है। इसका कारण दशमलव के चरमांक का 1 होना है।

2. 1/29 के प्रकरण में 10, 13, 14, 24, 8, 22, 17, 25, 18, 6, 2, 20, 26, 28, 19, 16, 15, 5, 21, 7, 12, 4, 11, 23, 27, 9, 3, 1 अवशेष हैं।

(क) भजनफल का प्रत्येक अंक तदनुरूपी अवशेष अंकों का चरमांक है (वही कारण)

(ख) प्रत्येक अवशेष (स्वतः अथवा हर अथवा दुगुने हर के साथ) अगले अवशेष का तिगुना है। तथा

(ग) प्रत्येक अवशेष + उसके अनुगामी का अनुगामी = उसका भी अनुगामी। इस तरह

10+14=24, 13+24–29=8, 14+8=22, 24+22–29=17, 8+17=25,
22+25–29=18, 17+18–29=6, 25+6–29=2, 18+2=20, 6+20=26 इत्यादि

नोट:

प्रत्येक स्थान पर हर के घटाने पर ध्यान दीजिए।

3. 1/89 के प्रकरण में भजनफल अंक निम्नलिखित हैं:

0.0112 3595 5056 1797 752 808
9887 6404 4943 8202 247 191 और अवशेष

1. 10, 11, 21, 32, 53, 85, 49, 45, 5, 50, 55, 16, 71, 87, 69, 67, 47, 25, 72, 8, 80, 88, 79, 78, 68, 57, 36, 4, 40, 44, 84, 39, 34, 73, 18, 2, 20, 22, 42, 64, 17, 81, 9 तथा 1 (9:1 के अनुपात पर गौर करें।)

यहाँ पर गौर करने की बात यह है कि अंश+प्रथम अवशेष=द्वितीय अवशेष और समस्त तालिका में किन्हीं भी दो लगातार अवशेषों का योग = अगले अवशेष के; इस तरह 1+10=11, 10+11=21, 11+21=32, इत्यादि अन्त तक।

इसका सामान्य रूप है: अ, ब, अ+ब, अ+2ब, 2अ+3ब, 3अ+5ब, 5अ+8ब...इत्यादि। वह विद्यार्थी जिसे प्रत्येक अवशेष तथा उसके अनुगामी के बीच यह गुप्त संबंध ज्ञात है बड़े मजे से उत्तर के 44 अंक देखते देखते बोल सकता है।

4. 1/79 के प्रकरण में निम्नलिखित अवशेष हैं:–

10, 21, 52, 46, 65, 18, 22, 62, 67, 38, 64, 8 तथा 1.

यहाँ पर सामान्य रूप है अ, ब, अ+2ब, 2अ+5ब इत्यादि इस केस में इस गुप्त संबंध का ज्ञान बहुत उपयोगी होगा (8:1 के अनुपात पर गौर करें)

5. 1/69 के प्रकरण में निम्नलिखित अवशेष हैं:–

10, 31, 34, 64, 19, 52, 37, 25, 43, 16, 22, 13, 61, 58, 28, 4, 40, 55, 67, 49, 7, 1 (7:1 के अनुपात पर गौर करें) यहाँ पर सामान्य रूप स्पष्ट तथा अ, ब, अ+3ब, 3अ+10ब, 10अ+33ब इत्यादि है।

6. 1/59 के प्रकरण में, निम्नलिखित अवशेष हैं:–

10, 41, 56, 29, 54, 9, 31, 15, 32, 25, 14, 22, 43, 17, 52, 48, 8, 21, 33, 35, 55, 19, 13, 12, 2, 20, 23, 53, 58, 49, 18, 3, 30, 5, 50, 28, 44, 27, 34, 45, 37, 16, 42, 7, 11, 51, 38, 26, 24, 4, 40, 46, 47, 57, 39, 36, 6 तथा 1. (6:1 के अनुपात पर गौर करें) यहां सामान्य रूप है, अ, ब, अ+4ब, 4अ+17ब।

आगमिक निष्कर्ष

1/89, 1/79, तथा 1/69, 1/59 के प्रकरणों को देखने के बाद, निम्नलिखित निष्कर्षों पर हम ध्यान देते हैं:–

(क) प्रत्येक स्थिति में हम 1 (हर) से प्रारम्भ करते हैं, जैसे कि वह गर्भस्थ अवशेष हो (और यह तर्कसंगत है क्योंकि हम आवर्त्ती दशमलव कर रहे हैं, और इसे हम 'अ' कहते हैं।

(ख) प्रत्येक स्थिति में प्रथम वास्तविक अवशेष 10 है, इसे हम ब कहते हैं।

(ग) इनके क्रमिक अवशेष क्रमशः अ, ब, अ+ब, अ+2ब, अ+3ब, अ+4ब हैं, सामान्य रूप से अ+कब जहां पर कि क =9– उपान्तिम अंक।

इस तरह $\frac{1}{89}$ के लिए अ+1ब

$\frac{1}{79}$ के लिए अ+2ब

$\frac{1}{69}$ के लिए अ+3ब

$\frac{1}{59}$ के लिए अ+4ब इत्यादि

(घ) और यह संबंध विधिपूर्वक अंत तक बना रहता है। दूसरे शब्दों में, प्रत्येक अवशेष + अगला या 2 × अगला या 3 × अगला इत्यादि = उससे भी अगला। इस तरह के तर्क पर, चलिए 1/39 को जांचे, 3, 9 से 6 कम है, इसलिए सामान्य रूप अ+6ब होगा 1, 10, 61 (अर्थात 22), 142 (अर्थात 25), 172 (अर्थात 16), 121 (अर्थात 1), और हम इसे वास्तव में भी सही पाते हैं।

(च) यदि उपान्तिम अंक 9 से अधिक है तब हमें ब घटाना चाहिए, यथा: अ, ब अ–ब, ब–(अ–ब) = 2ब–अ इत्यादि उदाहरणार्थ 1/109 के लिए, 10, –9, 19 –28, 47 इत्यादि इत्यादि

(ज) अलग संख्याओं के लिए अलग लगने वाले उपसूत्रों के भी ऊपर ऐसा गुणक है 10, जो सभी प्रकरणों पर लगता है और इसलिए हम किसी भिन्न वाले और कोई भी अवशेष 2, 4, 5, 8 लें, हम उसमें एक शून्य लगाकर हमेशा ही अगली पैड़ी पर आ सकते हैं।अभी तक के सारे उदाहरणों में इस संभाग के अतिरिक्त भी विद्यार्थियों ने गौर किया होगा कि प्रत्येक शून्य चरमांक वाले द्विअंकीय अवशेष का पूर्व अवशेष वही अवशेष, किन्तु शून्य, रहित होता है।

अब इस सामान्य नियम, जो कि सभी केसों पर लगता है, तथा विशेष नियमों (अर्थात ब, 2ब, 3ब इत्यादि), जो कि विशेष केसों पर लगते हैं, की सहायता से विद्यार्थियों को अवशेषों की तालिका बनाने में कोई कठिनाई नहीं होना चाहिए, और तत्पश्चात चरमांक गुणन से भजनफल के अंक भी बिना कठिनाई के लिखे जा सकते हैं।

वैदिक पद्धति में यही सब तथा अन्य बड़े रुचिकर गुण हैं जो कि बच्चों के लिए भी गणित को प्रचलित तथा थकाऊ पद्धति वाले चरित्र से उबारकर उसे उसके सच्चे चरित्र अर्थात आनन्ददायक, मनोरंजक तथा हर्षकारक चरित्र की ओर ले जाते हैं।

किन्तु हम लोग बहुत अधिक गहराई में जा चुके हैं और यह अध्याय भी बड़ा हो गया है। इसलिए हम अब इस अध्याय को समाप्त करते हैं और अन्य बातों को विद्यार्थियों की प्रगति के अगले चरण के लिए छोड़ देते हैं।

अध्याय 27

सीधा भाजन

अब हम, आखिकार, पुराने वायदे के अनुसार, 'सीधे भाजन' नामक वैदिक विधि पर आ रहे हैं जिसमें उत्तर एक दृष्टिपात के साथ ही मिल जाता है। यह विधि ऊर्ध्वतिर्यक सूत्र का सरल और सहज अनुप्रयोग है तथा सभी प्रकरणों में तत्काल ही लगती है। तथा जिसे हमने बार-बार विधियों की राजमणि कहा है और वह केवल इस कारण कि सार्विक अनुप्रयोग के अलावा दृष्टिपात के साथ मनस्थ एक पंक्ति गणितीय संगणना विधि वाले वैदिक आदर्श का यह सर्वोत्तम तथा सर्वश्रेष्ठ प्रतिनिधित्व करती है।

संबंधन

सही पृष्ठभूमि जानने के लिए पिछले अध्यायों में उपयोग की गई भाजन विधियों पर बहुत संक्षेप में तथा थोड़ी देर के लिए विचार करना होगा। 38982/73 के भाजन से ही शुरू करें।

(निखिलम सूत्र के अंतर्गत)
प्रथम विधि द्वारा

73	:3	8	9:	8	2:
27	:	6	21:		:
	:		28:	98	:
	:			:116	406:
	:3	14	58:		:
	:			: 26	28:
	:		498:	(36)	:
	:		534:	(00)	00:

भजनफल = 534, अव. = 0

(परावर्त्य विधि के अंतर्गत)
द्वितीय विधि द्वारा

73	:3	8	9:	8	2
$1\bar{3}3$:		9	–9:		
:			51:	–51	
$3\bar{3}$:				:153	–153
	3	17	51:	94	9
			:		
	:5	3	4:	0	0

हमने यह अनुभव किया है और अभी भी करते हैं कि ये अपेक्षाकृत छोटी, प्रज्ञावान तथा रूचिकर विधियां (वैदिक आदर्श के दृष्टिकोण से भी) अटपटी तथा उबाऊ हैं। और इसीलिए इन दुर्बलताओं से रहित विधि की, जो कि वैदिक सूत्र के उच्चतम आर्दशों को पूरा कर सके, अत्यधिक आवश्यकता है।

भाजक के 73 में से प्रथम अंक (7) को भाजक स्तंभ में रखकर दूसरे अंक (अर्थात 3) को, तालिका में दर्शाई विधि के अनुसार ध्वज की तरह ऊपर (ध्वजांक सूत्र) रखते है। सारा का सारा भाजन 7 के द्वारा होता है। और विधि नीचे समझाई गई है:

3:	3	8	9	8:	2	
7	:					
	:					

चूंकि एक अंक ऊपर रखा गया है, इसलिए भाज्य के दाहिने अंत में एक स्थान को हम उत्तर के अवशेष के लिए खड़ी पंक्ति द्वारा द॰ ..। हैं।

```
3: 3 8 9 8: 2
7 :    3 3 :1
--------------
 : 5   3 4: 0
```

(1) 38 को 7 से भाग देने से भजनफल 5 तथा अवशेष 3 मिलता है। 5 को प्रथम भजनफल अंक के रूप में लिख देते हैं। तथा अवशेष 3 को ऊपर, भाज्य 9 के थोड़ा पहले लिखते हैं दूसरे शब्दों में दूसरी पैड़ी का कुल भाज्य अब 39 है किन्तु इसमें से ध्वजांक 3 तथा प्रथम भजनफल अंक 5 का गुणनफल (अर्थात $3\times5=15$) घटा देते हैं। और इसका अवशेष $39-15=24$ इसका वास्तविक भाज्य है। इसमें फिर 7 का भाग दिया जाता है, दूसरे भजनफल अंक 3 तथा अवशेष 3 को यथा स्थान लिख देते हैं। (जैसा कि पहली पैड़ी में किया था) कुल भाज्य 38 में से 3×द्वितीय भजनफल अंक 3=9 घटाकर वास्तविक भाज्य 29 मिलता है इसे फिर 7 से भाग देने से 4 भजनफल तथा अवशेष 1 मिलता है। अब अगला कुल भाज्य 12 हुआ जिसमें से 3×द्वितीय भजनफल अंक 4=12 घटाने से वास्तविक भाज्य शून्य बचता है। इस तरह भजनफल 534 तथा अवशेष शून्य हुआ। यह हुई पूरी विधि और यह पूरी की पूरी मनस्थ एक पंक्तीय गणित है (इसमें वास्तविक भाजन एक अंक 7 से किया गया)।

इसका बीजगणितीय प्रमाण बहुत सरल है और इस मूलभूत तथ्य पर आधारित है कि समस्त गणितीय संख्याएं मात्र बीजगणितीय व्यंजक हैं जिसमें 'क' का मान 10 होता है। उदाहरणार्थ: $3क^2+5क+1$ एक बीजगणित सामान्य व्यंजक है जिसमें 'क' का मान 10 रखने से वह 351 हो जाता है।

इसको ध्यान में रखते हुए 38982 को 73 से भाग देने की विधि को समझने का प्रयत्न करें। क=10, भाज्य का बीजगणितीय व्यंजक $38क^3+9क^2+8क+2$ तथा भाजक $7क+3$; अब चलिए प्रचलित विधि से भाग देते हैं।

जब हम $38क^3$ में 7क का भाग देते हैं हमारा प्रथम भजनफल अंक $5क^2$ है तथा अवशेष $3क^3-6क^2$ जिसका अर्थ $30क^2-6क^2$ $=24क^2$ भी है। द्वितीय भाज्य $24क^2+8क$ हो जाता है। अब द्वितीय भजनफल अंक 3क से भाजक का गुणा करने से $21क^2+9क$ और इसे घटाने से $3क^2-क$ अवशेष मिलता है चूंकि $3क^2=30क$, अगला भाज्य $=29क+2$, भजनफल 4 का गुणा करने से जो $28क+12$ मिलता है उसे घटाने से अवशेष $क-10$ मिलता है जो वास्तव में शून्य के बराबर है। संक्षिप्त में यही प्रक्रिया है।

```
7क+3 : 38क³ + 9क² + 8क + 2 : 5क² + 3क + 4
     : 35क³ + 15क²           :
     ----------------
     : 3क³ − 6क² + 8क        :
       = 24क² + 8क
         21क² + 9क
       ---------------
         3क² − क + 2
       = 29क + 2
         28क + 12
       ---------------
         क − 10 = 10 − 10 = 0
```

यह तो आपने गौर किया ही होगा कि गणितीय उदाहरण

$\frac{38982}{73}$, $\frac{38क^3+9क^2+8क+2}{7क+3}$ बीजगणितीय रूप

का मात्र अंकीय रूप है तथा अंकगणितीय तालिका ने बीजगणितीय प्रक्रिया को अंकगणितीय रूप में दिखलाया है। (क=10 का मान रखकर) और जब भी बीजगणितीय प्रक्रिया में अवशेष अंक को एक शून्य लगाकर दाहिने तरफ ले जाते हैं। अंकगणितीय तालिका में वही अवशेष उस स्थान के अंक पर उपसर्ग बनकर अपने आप मिल जाता है।

यथा, 3क^3 को 30क^2 मानकर 9क^2 में जोड़ने से 39क^2 मिलता है। यह सारी बीजगणितीय प्रक्रिया दाहिने (नीचे) तरफ के चित्र में (तालिका) 9 के पहले और नीचे 3 को लिखकर दिखलाई गई है तथा प्रक्रिया करते समय इसे 39 पढ़ते हैं। इसी तरह भाजन की अगली पीढ़ी में अवशेष 3 को उसी तरह 8 के नीचे और पहले लिखकर, उपसर्ग बनाकर, 38 पढ़ा जाता है फिर इसी तरह 1, 2 का उपसर्ग बनकर 12 देता है।

दूसरे शब्दों में दिया हुआ व्यंजक 38क^3+9क^2+8क+2, वास्तव में (क का मान 10 रखकर) 35क^3+36क^2+37क+12 के बराबर है।

इसलिए 38क^3+9क^2+8क+2
= 35क^3+36क^2+37क+12
और 35क^3+36क^2+37क+12 / 7क+3
= 5क^2+3क+4

```
 3:38  9  8:  2
7 :    3  3  :1
----------------
  :5   3  4:  0
```

इसी बीजगणितीय प्रक्रिया को दाहिने तरफ अंकगणितीय रूप में दिखलाया है। यह प्रक्रिया बहुत सरल है तथा कोई और समझाने की आवश्यकता नहीं रह गई है। कुछ दृष्टान्त (हमेशा की तरह टिप्पणी सहित) दिए जा रहे हैं।

(1) 529 में 23 का भाग दीजिए

```
 3:5   2:  9
2 :    1  :0
-------------
  :2   3:  0
```

(2) 4096 में 64 का भाग दीजिए

```
 4:40   9:  6
6 :     4  :1
--------------
  : 6   4:  0
```

(3) 16384 में 128 का भाग दीजिए

```
   8:16   3   8:  4
12  :     4  11  :6
--------------------
    : 1   2   8:  0
```

(4) 7632 में 94 का भाग दीजिए.

(क) नई निखिलम विधि द्वारा

```
94 : 7  6 :3  2
06 :    0 :42
   :      :0  36
----------------
   : 7  6 :48  8
----------------
   : 8  1 :18
```

(ख) नवीनतम वैदिक विधि द्वारा

```
 4:76   3:  2
9 :     4  :2
--------------
  : 8   1: 18
```

(5) 601325 में 76 का भाग दीजिए।

यहां पर पहले भ. अंक को 8 लिख सकते हैं किन्तु प्राप्त अवशेष इतना छोटा रहता है कि अगली पैड़ी में अपेक्षित घटाना नहीं बनेगा।

6	60 1 3 2 : 5
7	11 6 2 : 2
	7 9 1 2 : 13

इसलिए 7 को ही हम भजनफल अंक लेते हैं और प्राप्त अवशेष 11 अगले भाज्य अंक का उपसर्ग बना देते हैं।

नोट:

देखने जांचने के लिए ऐसे भजनफल अंक को रेखांकित करना अच्छी आदत होगी क्योंकि प्रत्येक पैड़ी की जांच अथवा किसी भी स्थिति में आवश्यक पुनरावलोकन के लिए हमें शुरू में जाकर फिर से सारी प्रक्रिया को दुहराने की आवश्यकता नहीं रहेगी।

(6) 3100 को 25 से भाग दीजिए

5	3 1 0 : 0
2	1 2 : 2
	1 2 4 : 0

नोट:

3100 बीजगणितीय पद में $3क^3+क^2$ के बराबर है और उसे हम इस तरह भी लिख सकते हैं $2क^3+9क^2+18क+20$. यह भाग जो हमने किया वह इस बीजगणितीय कथन $2क^3+9क^2ख+18कख^2+20ख^3=(2क+5ख)\ (क^2+2कख+4ख^2)$ को कहने का गणितीय ढंग है, अर्थात $25\times124=3100$

(7) यही बात $38क^3+9क^2+8क+2$ को $(क-1)$ से भाग देने में है। इसमें भजनफल $=38क^2+47क+55$ तथा अव. $=57$

(8) 695432 को 57 से भाग दीजिए

7	6 9 5 4 3 : 2
5	1 2 1 0 3 :
	1 2 2 0 0 : 32

(9) 3279421 को 53 से भाग दीजिए·

3	3 2 7 9 4 2 : 1
5	2 4 6 5 : 6
	6 1 8 7 5 : 46

(10) 7777777 को 38 से भाग दीजिए

8	7 7 7 7 7 7 : 7
3	1 1 5 7 8 :7
	2 0 4 6 7 8 : 13

(11) 500001 को 89 से भाग दीजिए

9	5 0 0 0 0 : 1
8	10 7 8 : 15
	5 6 1 7 88

(12) 37941 को 47 से भाग दीजिए

7	3 7 9 4 : 1
4	5 3 : 6
	8 0 7 : 12

(13) 745623 को 79 से भाग दीजिए

9	7 4 5 6 2 : 3
7	11 6 9 : 9
	9 4 3 8 : 21

(14) 7453 को 79 से, दशमलव के तीन स्थान तक भाग दीजिए

(15) 710.014 को 39 से दशमलव के तीन स्थान तक भाग दीजिए

9 | 7 4 5 :3 0 0
7 | 11 6 : 6 5 7

| 9 4 :3 4 1

9 | 7 1: 0 0 1 4
3 | 4 :8 2 2 6

| 1 8: 2 0 5

(16) 220 को 52 से दशमलव के तीन स्थान तक भाग दीजिए

2 | 2 2 : 0 0 0
5 | :2 2 1 4

| 4 : 2 3 0

(17) 7.3 को 53 से दशमलव के 5 स्थान तक भाग दीजिए

3 | :7 3 0 0 0 0
5 | : 2 5 6 4 4

| 0 :.1 3 7 7 3

(18) 71 को 83 से भाग दीजिए, दशमलव के पांच स्थान तक

3 | 7 : 1 0 0 0 0 0
8 | :7 7 6 5 3 2

| 0 : .8 5 5 4 2

(19) 1337 में 79 का भाग दीजिए

(क) नई निखिलम विधि द्वारा

79 | 13: 3 7
---
21 | 2: 1
| :10 5

| 15: 1:52
| : :21

| 16: :73

(ख) नवीनतमं वैदिक विधि द्वारा

9 | 13 3: 7
7 | 6 :12

| 1 6: 73

(20) 1681 में 41 का भाग दीजिए।

1 | 16 8: 1
4 | 0 :0

| 4 1: 0

इसका बीजगणितीय रूप है

$$\frac{16\text{क}^2+8\text{क}+1}{4\text{क}+1} = 4\text{क}+1$$

(21) 115491 में 137 से भाग दीजिए।

7 | 115 4 9: 1
13 | 11 6 :2

| 8 4 3: 0

अथवा बीजगणितीय रूप में

$13\text{क}+7)\ 115\text{क}^3 + 4\text{क}^2 + 9\text{क} + 1\ (8\text{क}^2+4\text{क}+3$

$104\text{क}^3 + 56\text{क}^2$

$11\text{क}^3 - 52\text{क}^2 + 9\text{क} = 58\text{क}^2 + 9\text{क}$

$52\text{क}^2 + 28\text{क}$

$6\text{क}^2 - 19\text{क} + 1 = 41\text{क} + 1$

$39\text{क} + 21$

$2\text{क} - 20 = 0$

भजनफल = $8\text{क}^3+4\text{क}+3$

= 843

अवशेष = 0

(22) 7458 में 127 का दशमलव के 3 स्थान तक भाग दीजिए

```
  7 | 74    5 :  8  0  0  0
 12 |      14 : 14  8  7  8  4
    |--------------------------
    |  5    8 :  7  2  4  4
```

(23) 3517 में 127 का दशमलव के 3 स्थान तक भाग दीजिए

```
  7 | 35    1 :  7   0   0   0
 12 |      11 : 13  16  10  13
    |----------------------------
    |  2    7 :  6   9   2   9
```

(24) 7031985 में 823 का भाग दीजिए

```
 23 | 70   3 1 9 : 8 5 0
  8 |      6 7 5 : 4 4 3
    |---------------------
    |  8   5 4 4 : 3 3
```

इसमें भाजक 3 अंक का है इससे हमें केवल यही अंतर पड़ता है कि बजाय एक अतिरिक्त अंक का ध्वजांक बनाने के अब हम दो अंकों को ध्वजांक बनाते हैं। तथा घटाने के लिए अब उर्ध्वतिर्यक सिद्धान्त द्वारा, थोड़ा सा बदलकर, गणना करेंगे।

इस प्रश्न में उदाहरणार्थ 70 को 8 से भाग देकर 8 तथा 6 को यथा स्थान लिखते हैं। इस तरह कुल भाज्य 63 हुआ। 63 में से 16 (प्रथम ध्वजांक तथा प्रथम भजनफल अंक के गुणनफल) घटाने से 47 वास्तविक भाज्य मिलता है, 47 को 8 से भाग देकर प्राप्त 5 तथा 7 को फिर यथा स्थान लिखते हैं। अब हमारा कुल भाज्य 71 है अब ऊर्ध्वतिर्यक नियम द्वारा दोनों ध्वजांक 2, 3 तथा दोनों भजनफल अंक 8, 5 के गुणनफल अर्थात 10+24=34 को 71 में से घटाकर 37 वास्तविक भाज्य मिलता है। अब हम इसी विधि से 8 से भाग देकर तथा अभी समझाई गयी ऊर्ध्वतिर्यक विधि द्वारा प्राप्त गुणनफल को घटाकर अंत तक करते जाते हैं। और इस तरह कार्य समाप्त हो जाता है।

और बड़ी संख्या वाले भाजकों के भाग में भी हम इसी विधि का उपयोग करते हैं और प्रत्येक भाजन में हमारा वास्तविक भाजक एक अंक का ही होता है या अधिकतम एक छोटा 2 अंकों वाला जैसे 12, 16 इत्यादि जिससे कोई भी आसानी से भाग दे सकता है और भाजक के शेष अंक ध्वजअंक बना दिए जाते है; सीधे भाजन सूत्र का इतना ही रहस्य हैं।

नोट:

यदि भजनफल में दशमलव के स्थान पर आप अवशेष चाहते हैं तो इसी विधि द्वारा वह भी निकाल सकते हैं। इस प्रश्न में 23 तथा 44 में तिर्यक गुणन द्वारा 20 मिलता है जो दाहिने तरफ जाने से 200 बन जाता है तथा 3×4 (अंतिम ध्वजांक × अंतिम भजनफल अंक)=12. इन दोनों के योग (212) को 485 में से घटाने से 273 अवशेष मिल जाता है।

तीन अंक भाजक वाले भाग के कुछ उदाहरण नीचे दिए जा रहे हैं:–

(1) 1064321 में 743 का भाग दीजिए (दशमलव के चार अंक तक)

```
43 : 10  6 4 3 : 2 1 0 0 0
 7 :     3 4 4 : 5 7 7 6 5
---------------------------
   :    14 3 2 : 4 6 4 3 3
```

इसलिए अवशेष = 521

–(10) (3×3+4×2)–(3×2)=345

(2) 222220 को 735 से भाग दीजिए (दशमलव के तीन अंक)

```
35 : 2 2 2 2 : 2 0 0
 7 :     1 3 : 3 5 3 3
-----------------------
   :   3 0 2 :   3 4 0
```

अवशेष = 320

–(10))0×5+3×2)–(2×5)=250

नोट:

अवशेष निकालने के लिए 1432 के बाद के अंकों को शून्य मानना चाहिए तथा घटाने वाली संख्या का मान तिर्यक गुणन द्वारा निकालना चाहिए।

(3) 888 में 672 का भाग दीजिए (दशमलव के तीन स्थान तक)

```
 72| 8 : 8 8 0 0                 3̄2| 8 : 8 8
6  |   :2 3 3 4 2      अथवा   7   |   :1
---+-----------                ---+------
   | 1 : 3 2 1 5                  | 1 : अव = 216 (188+30–2)
```

अवशेष तो मात्र अवलोकन द्वारा भी बतलाया जा सकता है।

(4) 6381827 में 528 का भाग दीजिए

```
 28|6 3 8 1 8 :  2 7              3̄2|6 3 8 1 8 : 2 7
5  |  1 1 6 5   :12        या   5   |  1 0 4 5   :4
---+-------------                ---+--------------
   |1 2 0 8 6 :                     |1 2 0 8 6 :
अव. = 1227–76×10–48=419          अव. = 427–20+12 = 419
```

(5) 13579 में 975 का भाग दीजिए

```
 75|13 5:  7  9
9  |   4 :11 10
---+-----------
   | 1 3:  9
अव. = 1179–260–15=904
```

(6) 513579 में 939 का भाग दीजिए

```
 39|51 3  5:  7 9
9  |   6 12 :14
---+------------
   |5 4  6
अव. = 1479–540–54=885
```

(7) 7143 में 1171 का भाग दीजिए

(क) नवीन परावर्त्य विधि द्वारा

```
 1171   | 7 :  1  4  3
--------|
 -1-7-1 |   : -7 -49 -7
        |--------------
        | 7 ⁻ -6 -45 -4
        |--------------
        | 7 : -1054
        |--------------
        | 6 : 117
```

(ख) नवीन परावर्त्य (शिरोरेखा) विधि द्वारा

```
 1171   | 7 :  1   4   3
--------|
 -1-7-1 |   : -14 +21 -7
--------|---------------
 -2+3-1 | 7  -13 +25 -4
        |---------------
        | 7 : -10  -5 -4
        |---------------
        | 6 :   1   1  7
```

(ग) नई वैदिक विधि द्वारा

```
 71| 71 : 4 3        भजनफल = 6
11 |    :5 1         अवशेष = 543–420–6 = 117
---+---------
   | 06 : 1 0
```

(8) 4213 में 1234 का भाग दशमलव के 4 स्थान तक दीजिए

```
 34|42: 1 3 0 0 0
12 |   :6 4 7 3 2
---+-------------
   | 3: 4 1 4 1 0
```

(9) 46781 में 1483 का भाग दशमलव के 3 स्थान तक दीजिए

```
 83|46 7: 8  1  0  0
14 |   4 :9 11 12 17
---+----------------
   | 3 1: 5  4  4  8
```

(10) 3124 में 1532 का भाग दशमलव के 3 स्थान तक दीजिए

32	31 : 2 4 0 0
15	:1 6 15 6
	2 : 0 3 9 1

(11) 333333 में 1782 का भाग दशमलव के 3 स्थान तक दीजिए

82	33 3 3 : 3 3 0
17	16 19 :8 11 14
	1 8 7 : 0 5 6

(12) 46315 में 1054 का भाग दशमलव के 3 स्थान तक दीजिए

54	46 3 : 1 5 0
10	6 :13 10 8 4
	4 3 : 9 4 2

अव. = 1315–310–12=993

(13) 75313579 में 1213 का भाग दीजिए

13	75 3 1 3 5 : 7 9
12	3 3 11 11 :11
	6 2 0 8 8 :

अव. = 1179–320–24=835

(14) 135791 में 1245 का भाग दीजिए

45	13 5 7 : 9 1
12	1 11 :4
	1 0 9 :

अव. = 491–360–45=86

(15) 13579 में 1616 का भाग दीजिए

16	13 5 : 7 9
16	:7
	8

अव. = 779–80–48=651

(16) 135791 में 1632 का भाग दीजिए

32	135 7 : 9 1
16	7 :5
	8 3 :

अव. = 591–250–6=335

(17) 97351 में 1627 का भाग दीजिए

27	97 5 : 3 1
16	17 :21
	5 9 :

अव. = 2131–530=1538

अथवा

27	97 5 : 3 1
16	1 :3
	6 0 :

अव. = 331–420=–89

∴ भ.फ. =59, अव. = 1538

(18) 97531 में 1818 का भाग दीजिए

18	97 5 : 3 1
18	7 :16
	5 3 :

अव. = 1631–430–24=1177

(19) 13579 में 2145 का भाग दीजिए

45	135 : 7 9
21	:9
	6 :

अव. = 979–240–30=709

(20) 135791 में 2525 का भाग दीजिए

25	135 7 : 9 1
25	10 :22
	5 3 :

अव. = 2291–310–15=1966

(21) 5011 में 439 का भाग दशमलव के 3 स्थान तक दीजिए

41	50 : 1 1 0 0
4	1 :2 2 2
	11 : .4 1 5

अव. = 211–29 =182

अथवा

```
(21)  39 | 50 :  1  1  0
       4 |  1 : 3  3  6
         |--------------
         | 11 :  4  1  5
```

अव. = 311–129–=182

(22) 1561 में 349 का भाग दशमलव के पाँच स्थान तक दीजिए

```
49 | 15 :  6  1  0   0  0               51 | 15 :  6  1  0  0  0
 3 |    : 3  8  8  10  8     अथवा        3 |    : 3  4  4  3  6  6
   |----------------------                 |----------------------
   |  4 : .4  7  2   7  7                  |  4 : .4  7  2  7  7
```

अव. = 361–160–36=165 अव. = 361–200+4=165

(23) 47 में 798 का भाग दशमलव के पांच स्थान तक दीजिए

```
98 |  :4   7   0   0   0               0$\bar{2}$ |  :  4  7  0  0  0
 7 |  :   4  12  19  15     अथवा        8 |  :    4  7  6  6
   |----------------------                |----------------------
   |  :.0   5   8   9   0                 |  :.0   5  8  9  0
```

(24) 1111 में 839 का भाग दीजिए

```
39 | 11 :  1  1  0
 8 |    : 3  4  1
   |--------------
   |  1 : .3  5
```

अव. = 311–39–=272 या मात्र अवलोकन द्वारा।

अब हम इस सूत्र के क्षेत्र का विस्तार करेंगे और बड़े-बड़े भाजक वाले भाग मे लगाएंगे। सिद्धांत और प्रक्रिया उपर्लिखित उदाहरणों सरीखी ही रहेगी। भाजक, वास्तव में एक या दो छोटे छोटे अंक वाले ही होंगे। कुछ दृष्टांत नीचे दिए जा रहे हैं :–

(1) 7031.95 में 8231 का भाग दशमलव के पांच अंक तक दीजिए

```
231 | 7 :  0  3  1  9  5  0
  8 |   : 7  6  7  5  4  6
    |----------------------
    | 0 : .8  5  4  3  2
```

(2) 995311 में 16123 का भाग दीजिए

```
123 | 99  5 :   3  1  1
 16 |     3  : 13
    |--------------------
    |  6  1 :
```

अव. = 13311–1300–200–3=11808

(3) 975311 में 16231 का भाग दीजिए

```
231 | 97  5 :  3  1  1
 16 |     1  : 3
    |--------------------
    |  6  0 :
```

अव. = 3311–1800–60–0=1451

(4) 975311 में 16333 का भाग दीजिए

```
333 | 97    5 :   3  1  1
 16 |    17   ; 16
    |--------------------
    |  5    9 :
```

अव. = 16311–4200–420–27=11644

(5) 975311 में 18123 का भाग दीजिए

```
123 | 97  5 :   3  1  1
 18 |     7  : 16
    |--------------------
    |  5  3 :
```

अव. = 16311–1300–210–9=14792

(6) 995311 में 20321 का भाग दीजिए

```
   321 | 99  5:   3 1 1
20     |     19 :23
       |---------------
       | 4   8:
```

अव. = 23311–3200–200–8=19903

(7) 997531 में 30321 का भाग दीजिए

```
   321 | 99 7:   5 3 1
30     |    9 :  28
       |---------------
       |  3 2:
```

अव. = 28531–1200–70–2=27259

(8) 137294 में 5749 का भाग दीजिए (दशमलव के 6 स्थान तक)

```
749 | 13  7: 2  9  4  0  0  0  0
5   |     3 :8 13 13 14 14  8  10
    |--------------------------------
    | 2  3:  8  8  1  3  7  0
```

अथवा

```
351 | 13  7: 2 9 4 0 0 0 0
6   |     1 :5 3 2 5 3 0 7
    |-----------------------
    | 2  3: 8 8 1 3 7 0
```

(9) 53247 में 4999 का भाग दीजिए (दशमलव के पांच स्थान तक)

```
999 | 5 3:  2 4  7  0  0
4   |   1 :4 9 11 14 12  9
    |-----------------------
    | 10 :  6 5  1  5  3
```

या

```
001̄ | 5 3.   2 4 7 0 0
5    | 0  |   3 2 0 2 1
     |--------------------
     | 10 :   6 5 1 5 3
```

नोटः दूसरी विधि में 50 से भाग देना बेहतर होगा.

(10) 138462 में 39898 का भाग दीजिए (दशमलव के चार स्थान तक)

```
9898 | 13:  8 4  6  2  0
3    |     :4 9 13 14 17
     |---------------------
     | 3 : .4 7  0  3
```

या

```
01̄02̄ | 13:  8 4 6 2 0
4     |     :1 2 3 0 1
      |------------------
      | 3 :  4 6 ₁0 3        = 3.4703
```

नोटः दूसरी विधि में 40 से भाग देना बेहतर होगा।

(11) 131 में 19799 का भाग दीजिए (दशमलव के पांच स्थान तक)

```
9799 |   : 0 1 3 1  0  0
1    |   :     1 7 11 13 19
     |----------------------
     | . : 0 0 6 6  1  6
```

या

$\bar{2}0\bar{1}$ | : 1 3 1 0 0 0
20 | : 1 13 11 2 12 8
| . : 0 0 6 6 1 6

(12) 76432 में 67998 का भाग दीजिए (दशमलव के पांच स्थान तक)

7998 | 7 : 6 4 3 2 0 0
6 | :1 3 6 7 9 10
| 1 : .1 2 4 0 3

या

$\bar{2}00\bar{2}$ | 7 : 6 4 3 2 0 0
7 | :0 1 2 6 0 1
| 1 : .1 2 3_1 0 3 = 1.12403

नोट:
दशमलव के चौथे स्थान में 10 आता है, उसका उपयोग अगले वास्तविक भाज्य निकालने के लिए उसे 10 मानकर ही करते हैं। किन्तु अन्त में भजनफल लिखते समय उसके बाएं तरफ की संख्या 3 में जोड़ देते हैं।

(13) 0.2537 में 4.8329 का भाग दीजिए

.8329 | .2 5 3 7 0 0
4 | 2 5 5 10 16
| .0 5 2 4 9

या

$\bar{2}33\bar{1}$ | .2 5 3 7 0 0
5 | 2 0 3 6 2
| .0 5 2 4 9

(14) 371628.112 में 1.2734 का भाग दीजिए (दशमलव के पांच स्थान तक)

734 | 37 1 6 2 8 1 : 1 2 0 0 0 0
12 | 13 9 15 14 17 :14 13 19 13 17 19
| 2 9 1 8 3 9: 2 5 8 6 8

या

$\bar{3}34$ | 37 1 6 2 8 1: 1 2 0 0 0 0
13 | 11 0 14 6 14 :5 11 14 9 13 0
| 2 9 1 8 3 9: 2 5 8 6 8

(15) 4.1326 में 3.1046 का भाग दीजिए (दशमलव के पांच स्थान तक)

```
1046| 4 : 1 3 2 6 0 0
3   |    :1 1 1 2 4 3
    |-----------------
    | 1 : .3 3 1 1 2
```

या

```
105$\bar{4}$| 4 : 1 3 2 6 0
3   |    :1 1 1 1 1 0
    |-----------------
    | 1 : .3 3 1 1 2
```

(16) 0.20014 में 1.37608 का भाग दीजिए (दशमलव के पांच स्थान तक)

```
37608|   : 2 0 0 1 4 0
1    |   :   1 3 6 8 9
     |-----------------
     |     .1 4 5 4 4
```

नोटः 13 से भाग देना बेहतर होगा।

या

```
4$\bar{2}\bar{4}$1$\bar{2}$| : 2 0 0 1 4 0
1    | :   1 2 1 0
     |-----------------
     | : .1 4 5 4 4
```

(17) 0.0034147 में 81.4256321 का भाग दीजिए (दशमलव के छः स्थान तक)

```
14256321|  : 0 0 0 3 4 1 4 7
8       |  :         3 2 9 5
        |--------------------
        |  :.0 0 0   0 4 1 9
```

नोटः

रेखा कोष्ठक विधि तो हमेशा उपलब्ध है, किन्तु उससे विशेष अन्तर नहीं पड़ेगा। हो सकता है कि वह और कठिन निकले।

(18) 0.200103761 में 9.371836211 का भाग दीजिए (दशमलव के पांच स्थान तक)

```
371836211|  : 2 0 0 1 0 3 7 6 1
9        |  :  2 2 5 7 7
         |----------------------
         |  : .0 2 1 3 5
```

(19) 74.5129 में 9.314 का भाग दीजिए

```
314| 74   5 1 2 9 0 0 0
9  |      2 1 3 0 9 9 9
   |--------------------
   |  8  .0 0 0 0 9 6 6
```

(20) 71324 में 23145 का भाग दीजिए

```
3145| 7   1 3 2 4
2   |     1 2 4 4
    |-------------
    | 3     0 8 1
```

अथवा

145	71 :	3 2 4 0
23	:	2 20 6 18
	3 :	0 8 1

(21) 137246 में 743.2×1.242×80.04 का भाग दीजिए (दशमलव के चार स्थान तक)

432	13 7 4 :	2 6 0 0 0
7	6 7 :	11 7 5 4 8
42	1 8 4 :	9 1 1 1 9
12	6 :	12 15 15 7 11
004	1 4 :	8 8 8 1 7
8	:	6 4 0 4 9
	1 :	8 6 0 0 9

अध्याय 28

सहायक भिन्न

साधारण तथा दाशमलविक भिन्नों की व्याख्या में हम अभी तक बिलकुल ठीक उत्तर देने वाली विधियों का उपयोग करते रहे हैं। और इसे करने में अभी तक (सामान्यतया) हमने प्रचलित पद्धति का अनुकरण किया जिसमें दस के घातों का गुणन तथा भाजन, दशमलव बिन्दु को आगे या पीछे (जैसा प्रकरण हो) रखने वाली सरल युक्ति द्वारा यंत्रवत करते रहे हैं।

प्रचलित विधि

उदाहरणार्थ, दशमलव बिन्दु का स्थानान्तरण:

(1) $\frac{1}{800} = \frac{.01}{8}$ (2) $\frac{39}{70} = \frac{3.9}{7}$ (3) $\frac{17}{130} = \frac{1.7}{13}$

(4) $\frac{3741}{110000} = \frac{0.3741}{11}$ (5) $\frac{97654}{90000000} = \frac{.0097654}{9}$

किन्तु इसे करने के बाद, भाग देने इत्यादि की दूसरी प्रक्रियाओं को सामान्य विधि द्वारा ही करना पड़ता है।

सहायक भिन्न

कुछ वैदिक विधियां हैं जिनमें सहायक भिन्नों की सहायता से बाद वाली प्रक्रियाएं काफी सरल हो जाती हैं।

प्रथम प्रकार

इसका पहला (सर्व सामान्य) प्रकार हमारे वही पुराने साथी एकाधिक पूर्व का बहुत ही सरल तथा सहज अनुप्रयोग है। तथा हर के स्थान पर उसके पूर्वाधिक को (अर्थात अन्तिम अंक को छोड़कर, उपान्तिम में एक जोड़ने से प्राप्त अंक को) लेकर सारी भाजन विधि में उसके अनुरूप परिवर्तन कर देना, बस इतनी ही सारी कार्य विधि है (जैसा कि दूसरी एकाधिक प्रक्रियाओं में होता है)।

नोट:

इन प्रक्रियाओं में विद्यार्थियों को याद होगा कि प्रत्येक पैड़ी (भाजन की) के अवशेष को शून्य का उपसर्ग न बनाकर, प्रत्येक भजनफल अंक का उपसर्ग बनाते हैं।

सहायक भिन्न (प्रथम प्रकार)

(1) 1/19 का सहायक भिन्न 0.1/2 है।

इसलिए 1/19=0.0̇5263।1578/947368421̇

(2) 1/29 का सहायक भिन्न 0.1/3 है।

इसलिए 1/29 = 0.3̇448275862068/9655172413793̇।

(3) 37/59 का सहायक भिन्न 3.7/6 है।

(4) 3/59 का सहायक भिन्न 0.3/6 है।

(5) 73/89 का सहायक भिन्न 7.3/9 है।

(6) 1/119 का सहायक भिन्न 0.1/12 है।

(7) 1/149 का सहायक भिन्न 0.1/15 है।

(8) 0.7/149 का सहायक भिन्न 0.07/15 है।

(9) 172/1299 का सहायक भिन्न 1.72/13 है।

(10) 371/7999 का सहायक भिन्न 0.371/8 है।

(11) 537/89999 का सहायक भिन्न 0.0537/9 है।

(12) 56/15999 का सहायक भिन्न .056/16 है।

(13) 50/69999 का सहायक भिन्न .005/7 है।

(14) 1/14999999 का सहायक भिन्न .000001/15 है।

(15) 2175/79999999 का सहायक भिन्न .0002175/8 है।

(16) 21863/49999 का सहायक भिन्न 2.1863/5 है।

उपरोक्त उदाहरणों में पहले आठ हरों के अन्त में केवल एक नौ है और शेष हरों में क्रमशः 2, 3, 4, 3, 4, 5, 6, 7 तथा 4 नौ हैं। अब प्रश्न है: क्या यह तर्कसंगत है कि 7/299 तथा 7/2999 दोनों का एकाधिक समान हो (अर्थात नौ के अंकों की संख्या की अपेक्षा बिना)? क्या इसका अर्थ यह नहीं होगा कि समान अंक (या भाज्य) तथा दो विभिन्न हर (या भाजक) समान भजनफल देंगे। और वह तो स्पष्टतया बकवास होगी।

जी हाँ, आपकी आपत्ति बिलकुल उचित है, किन्तु तत्संबंधी सूत्र ने इस समस्या का समाधान पहले से ही इस तरह कर रखा है:– मनस्थ भाजन की प्रत्येक पैड़ी में अवशेष एक निश्चित भजनफल अंक-समूह का ही उपसर्ग बनता है।

कार्य विधि

उदाहरणार्थ, उपरोक्त सोलहवें उदाहरण को ही लें अर्थात 21863/49999 का जिसका कि सहायक भिन्न 2.1863/5 है तथा इस हर के अंत में चार नौ हैं:

भिन्न =21863/49999 तथा सहायक भिन्न = 2.1863/5 तथा हमारा भाजक 49999 के स्थान पर 5 है। चूंकि हमने मूल हर में से चार नौ को छोड़कर, सहायक भिन्न में एकाधिक 5 को हर मान लिया है, इसलिए सहायक भिन्न के अंश को उपयुक्त समूहों में भाग देना होगा अर्थात चार अंकों के समूहों में पांच का भाग देना होगा, तथा जो भी अवशेष हो उसे भजनफल अंक समूह का उपसर्ग मानना होगा।

यथा, 2.1863 को 5 से भाग दें, तब हमें भजनफल अंक समूह .4372 तथा अवशेष 3 मिलता है। हम इस अवशेष को उस समूह का उपसर्ग बनाते हैं $_3$.4372, तत्पश्चात हम इस भाज्य (अर्थात 34372) को उसी भाजक 5 से भाग देते हैं। और इस तरह हमें मिलता है:

.4372 6874 5374

3 2 4

अर्थात .6874 दूसरा भजनफल अंक समूह है तथा 2 दूसरा अवशेष है जिसे कि हम दूसरे भजनफल अंक समूह का उपसर्ग बनाकर, नया भाज्य प्राप्त कर लेते हैं। और हम यह कार्य विधि इस तरह जितने चाहे उतने आवश्यक समूहों तक कर सकते हैं। यथा:

$\frac{2.1863}{5}$ = .4372 6874 5374 9074 इत्यादि

3 2 4 4

(चाहे जितने दशमलवों के स्थान तक) इसका प्रमाण बहुत ही सरल है।

$$\begin{array}{l l} 000\bar{1} & : 2.\ 1\ 8\ 6\ 3\ 0\ 0\ 0 \\ 5 & :\quad\ \ 1\ 3\ 1\ 3\ 4\ 3\ 2 \\ \hline & :\ .4\ 3\ 7\ 2\ 6\ 8\ 7\ 4 \end{array}$$

इसलिए भिन्न = 0.4372, 6874, 5374, 9074 ....

नोट:

उपसर्गित अवशेष भजनफल के अंक नहीं हैं, वरन् केवल प्रश्नगत भजनफल अंक समूह के उपसर्ग मात्र हैं, इसलिए उन्हें उत्तर में नहीं रखना है।

यह बड़े लम्बे भाजकों द्वारा भाग देने से बचाव की एक सरल विधि है तथा इसमें हर भी छोटे तथा सरल होते हैं।

विद्यार्थी इस पर गौर करेगा कि दाहिने तरफ नौ की लम्बी पंक्तियों वाले बड़े भाजकों द्वारा भाग देने तथा एकाधिक द्वारा भाग देने (अवशेष को प्रत्येक पैड़ी में उपसर्ग बनाते हुए) से प्राप्त भजनफल एक ही हैं। और इसीलिए सहायक भिन्नों की योजना बड़े लम्बे भागों के कष्ट को कम करने के लिए कार्यान्वित की गई है।

नीचे कुछ और उदाहरण दिए जा रहे हैं:

(1) 6/29 को तुल्य दशमलव में लिखिए।
इसलिए स. भिन्न = 0.6/3
इसलिए भिन्न = 0.20689655172413
79310344827586

(2) भिन्न = $\frac{71}{89}$ इसलिए स. भिन्न = $\frac{7.1}{9}$, भिन्न = .79775280898

(3) भिन्न = $\frac{17}{139}$ इसलिए स. भिन्न = $\frac{1.7}{14}$, भिन्न = 0.12230215827

(4) भिन्न = $\frac{98}{179}$ इसलिए स. भिन्न = $\frac{9.8}{18}$, भिन्न = .54748603351955 ....

(5) भिन्न = $\frac{1}{43}$ = $\frac{3}{129}$ स. भिन्न = $\frac{.3}{13}$, भिन्न = .023255813953488 ....

(6) भिन्न = $\frac{17}{43}$ = $\frac{51}{129}$ स. भिन्न = $\frac{5.1}{13}$, भिन्न = 0.395348837209 ....

(7) भिन्न = $\frac{18}{73} = \frac{54}{219}$, स. भिन्न = $\frac{5.4}{22}$, भिन्न = .24657534 ....

(8) भिन्न = $\frac{53}{799}$ इसलिए स. भिन्न = $\frac{.53}{8}$,

इसलिए भिन्न = .06 63 32 91 61 45 18
5 2 7 4 3 1 1

नोट:
इस प्रक्रिया में ऊपरी पंक्ति .0663329161451 8.... भजनफल है और निचली पंक्ति 5274311 मात्र सहायक है इसलिए उत्तर में नहीं आती।

(9) भिन्न = $\frac{15}{899}$ इसलिए स. भिन्न = $\frac{.15}{9}$

इसलिए भिन्न = 01 66 85 20 57 84
6 7 1 5 7 1

(10) भिन्न = $\frac{2}{1799}$ इसलिए स. भिन्न = $\frac{0.02}{18}$

इसलिए भिन्न = .00 11 11 72 87
2 2 13 15 6

(11) भिन्न = $\frac{100}{233} = \frac{300}{699}$ इसलिए स. भिन्न = $\frac{3}{7}$

इसलिए भिन्न = 42 91 84 54 93 56 22 31
6 5 3 6 3 1 2 5

(12) भिन्न = $\frac{444}{13999}$ इसलिए स. भिन्न = $\frac{.444}{14}$

इसलिए भिन्न = .031 716 551 182
10 7 2 3

(13) भिन्न = $\frac{97017}{29999999}$ इसलिए स. भिन्न = $\frac{.0097017}{3}$

इसलिए भिन्न = .0032339 0010779 6670259
0 2 2

अभी तक विद्यार्थियों ने यह गौर कर लिया होगा कि उपरोक्त सभी उदाहरणों में हर का अंतिम अंक 9 है (या 3 जिसे कि सरलता पूर्वक गुणा कर अंतिम अंक 9 प्राप्त कर सकते हैं)। किन्तु उन भाजकों के लिए क्या करेंगे जिनमें अंतिम अंक 1 होता है तथा जिनमें इस हेतु 9 से गुणा करना पड़ता है तथा परिणामस्वरूप बहुत बड़ा एकाधिक मिलता है? क्या इस तरह के भिन्नों के लिए कोई उपाय है?

जी हां। जिसे हम दूसरे प्रकार के सहायक भिन्नों में पाएंगे।

जब भी भिन्न का हर 1 से अंत होता है, अंश तथा हर दोनों में से एक-एक घटा दो। यह दूसरे प्रकार का सहायक भिन्न हुआ। यथा

(1) 3/61 के लिए, स. भिन्न = 2/60=0.2/6
(2) 36/61 के लिए, स. भिन्न = 35/60=3.5/6
(3) 28/71 के लिए, स. भिन्न = 27/70=2.7/7
(4) 73/91 के लिए, स. भिन्न = 72/90=7.2/9
(5) 2/121 के लिए, स. भिन्न = 1/120=0.1/12
(6) 14/131 के लिए, स. भिन्न = 13/130=1.3/13
(7) 1/301 के लिए, स. भिन्न = 0/300=.00/3
(8) 1/901 के लिए, स. भिन्न = 0/900=.00/9
(9) 172/1301 के लिए, स. भिन्न = 171/1300=1.71/13
(10) 2743/7001 के लिए, स. भिन्न = 2742/7000=2.742/7
(11) 6163/8001 के लिए, स. भिन्न = 6162/8000=6.162/8
(12) 1768/9001 के लिए, स. भिन्न = 1767/9000=1.767/9
(13) 56/16001 के लिए, स. भिन्न = 55/16000=.055/16
(14) 50/700001 के लिए, स. भिन्न = 49/700000=.00049/7
(15) 2175/80000001 के लिए, स. भिन्न = 2174/80000000=.0002174/8
(16) 1/900000001 के लिए, स. भिन्न = 0/900000000=.00000000/9

कार्यविधि

विसर्ग उपसर्ग लगाना इत्यादि (भजनफल के विशिष्ट अंकों को या भजनफल अंक समूह को), जैसे सिद्धांत तथा अन्य ब्यौरे एकाधिक सहायक भिन्नों के समान ही हैं। किन्तु कार्य विधि में एक महत्वपूर्ण अन्तर है। पहले भाग के पश्चात (या समूह के भाग के पश्चात) हम अवशेष को भजनफल के प्रत्येक अंक का उपसर्ग न बनाकर उनके 9 के पूरक का उपसर्ग बनाते हैं तथा सारी भाजन क्रिया इसी तरह की जाती है।

एक उदाहरण इसे स्पष्ट कर देगा:

भिन्न = $\frac{13}{31}$ इसलिए स. भिन्न = $\frac{12}{30} = \frac{1.2}{3}$

(अ) 1.2 में 3 का भाग देते हुए पहला भजनफल अंक 4 लिखते हैं तथा 0 पहला अवशेष है

0 .4
0

(ब) अब हम 3 का भाग 04 में न देकर 05 (जो कि 4 का 9 से पूरक है) में देते हैं। तथा भजनफल 1 लिखते हैं और अवशेष 2 इसलिए

0 .4 1
0 2

(स) अब हम अगला भाज्य 21 न लेकर 28 लेते हैं तथा 3 से भाग देते हैं। और

0 .4 1 9
0 2 1

(द) इसी तरह 10 को 3 से भाग देने पर तथा इसी तरह करते हुए:–

0 .4 1 9 3
0 2 1 1

भिन्न = . 4 1 9 3 5 4 8 3 8 7 0 9 6 7
0 2 1 1 1 2 1 2 2 0 2 2 2

इसलिए भाजन इत्यादि की प्रक्रिया के लिए प्रत्येक भजनफल के पूरक (9 से) लेने की याद रखना चाहिए। दूसरे प्रकार के सहायक भिन्नों का यही रहस्य है।

नीचे कुछ और उदाहरण दिये जा रहे हैं:–

(1) भिन्न = $\frac{1}{41}$ इसलिए स. भिन्न = $\frac{0}{40} = \frac{.0}{4}$

∴ भिन्न = . 0̇ 2 4 3 9̇ 0
0 1 1 3 0 0 (यह निश्चित रूप से आवर्त्ती दशमलव है)

(2) भिन्न = $\frac{70}{71}$ इसलिए स. भिन्न = $\frac{69}{70} = \frac{6.9}{7}$

∴ भिन्न = . 9 8 5 9 1 5 4 9 2 9 5 7 7 4 6 4 7 8 8 7 3 2 3
6 4 6 1 3 3 6 2 6 4 5 5 3 4 3 5 6 6 5 2 1 2 6

(3) भिन्न = $\frac{91}{171}$ इसलिए स. भिन्न = $\frac{90}{170} = \frac{9}{17}$

∴ भिन्न = . 5 3 2 1 6 3 7 4 2 6
5 3 2 10 6 12 7 4 11 15

(4) भिन्न = $\frac{10}{27} = \frac{30}{81}$ इसलिए स. भिन्न = $\frac{29}{80} = \frac{2.9}{8}$

∴ भिन्न = . 3̇ 7 0̇ 3
5 0 2 5

(स्पष्टतया आवर्त्ती दशमलव है।)

(5) भिन्न = $\frac{131}{701}$ इसलिए स. भिन्न = $\frac{130}{700} = \frac{1.30}{7}$

∴ भिन्न = . 18 68 75 89 15 83
4 5 6 1 5 3

(दो अंकों के समूह के साथ)

(6) भिन्न = $\frac{1400}{1401}$ इसलिए स. भिन्न = $\frac{1399}{1400} = \frac{13.99}{14}$ (द्वि-अंक समूह)

∴ भिन्न = 99 92 86 22 41
13 12 3 5 3

(7) भिन्न = $\frac{243}{1601}$ इसलिए स. भिन्न = $\frac{242}{1600} = \frac{2.42}{16}$ (द्वि-अंक समूह)

∴ भिन्न = . 15 17 80 13 74 14 11 61 77
2 12 2 11 2 1 9 12 6

(8) भिन्न = $\frac{5}{67} = \frac{15}{201}$ इसलिए स. भिन्न = $\frac{14}{200} = \frac{.14}{2}$ (द्वि-अंक समूह)

∴ भिन्न = . 07 46 26 86 56
0 0 1 1 1

(9) भिन्न = $\frac{2743}{7001}$ इसलिए स. भिन्न = $\frac{2742}{7000} = \frac{2.742}{7}$ (तीन अंकों का समूह)

∴ भिन्न = . 391 801 171 261 248 393 086
5 1 1 1 2 0 4

प्रमाण

001	:	2 . 7 4 3 0 0 0 0 0 0 0
7	:	6 1 6 1 1 2 5 1 2
		. 3 9 1 8 0 1 1 7 1

(10) भिन्न = $\frac{31}{77} = \frac{93}{231}$ इसलिए स. भिन्न = $\frac{92}{230} = \frac{9.2}{23}$

∴ भिन्न = . 4 0 2 5 9 7 4
0 5 13 22 17 9 0

अथवा $\frac{31}{77} = \frac{403}{1001}$ इसलिए स. भिन्न = $\frac{402}{1000} = \frac{.402}{1}$ (तीन अंक समूह)

इसलिए भिन्न $.\dot{4}0259\dot{7}$ (स्पष्टतया आवर्त्ती दशमलव)

(11) भिन्न = $\frac{29}{15001}$ इसलिए स. भिन्न = $\frac{28}{15000} = \frac{.028}{15}$ (तीन अंक समूह)

(तीन अंक समूह)

∴ भिन्न = .001 933 204 453 036
13 3 6 0 6

(12) भिन्न = $\frac{137}{13000001}$ इसलिए स. भिन्न = $\frac{136}{13000000} = \frac{.000136}{13}$

(छह अंक समूह)

∴ भिन्न = .000010 538460 727810 713245
6 9 9 4

कुछ अन्य चमत्कारी उदाहरण

यह तो ठीक है परन्तु उन अंकों के लिए क्या जो न तो आधार अंक दस से एक कम हैं और न एक अधिक (जैसा कि ऊपर के उदाहरणों में था) वरन् कुछ दूर हैं। (जी हाँ इनका भी ख्याल उदारता पूर्वक रखा गया है इनमें आनुरूप्य सूत्र लगाते हैं। इसके लिए भजनफल अंक में अवशेष का उपसर्ग लगाने के बाद हमें प्रत्येक पैड़ी पर भाज्य में भजनफल अंक का उतना गुना जोड़ना या घटाना पड़ता है जितना कि भाजक (हर) 9 या 9 की श्रेणी से कम है) सभी सहायक भिन्न के उदाहरणों में 9 को या 9 की श्रेणी को सामान्य माना जाता है।

उदाहरणार्थ भिन्न = 15/68 को हमें तुल्य दशमलव में (दशमलव के 16 अंक तक) लिखना है।

इन सरल सहज कार्यविधियों द्वारा हल किए जा रहे भ्रमण के बीच कहीं विद्यार्थीगण प्रचलित विधि तथा वैदिक विधि में जो विशाल अंतर है उसे भूल न गए हों तथा जिसके फलस्वरूप इन दोनों विधियों की तुलना करने के लिए उनके पास उचित सामग्री कम न हो जाए इसलिए थोड़ी देर के लिए हम दोनों विधियों का बराबरी से उपयोग करेंगे।

वैदिक विधि जो कि पूरी मनस्थ है, के अनुसार, भिन्न = 15/68 इसलिए सहायक भिन्न 1.5/7, ∵68 सामान्य अंक 69 से 1 कम है इसलिए हमें प्रत्येक भाज्य में उससे संबंद्ध भजनफल अंक जोड़ना पड़ेगा यथा:–

(1) जब हम 1.5 को 7 से भाग देते हैं तब भजनफल 2 मिलता है तथा अवशेष 1। 0 .2
1

(2) अब हमारा अगला भाज्य 12 न होकर 12+2=14 होगा तथा उससे 7 से भाग देने पर भजनफल 2 तथा अवशेष शून्य मिलता है।

0 .2 2
1 0

(3) अब हमारा अगला भाज्य 02+2=04 होगा तथा अगला भजनफल 0 तथा अवशेष 4 मिलता है।

0 .2 2 0
1 0 4

(4) चौथा भाज्य = 40+0=40 जो कि भजनफल 5 तथा अवशेष 5 देता है।

0 .2 2 0 5
1 0 4 5

(5) अगला भाज्य 55+5=60 होगा तथा भजनफल 8 तथा अवशेष 4 होगा।

हम इस विधि से जितनी पैड़ी चाहें उतनी पैड़ी तक जा सकते हैं तथा इस उदाहरण में (16 अंक तक) हम एक के बाद दूसरा अंक फटाफट लिख सकते हैं

भिन्न = 0 .2 2 0 5 8 8 2 3 5 2 9 4 1 1 7 6
1 0 4 5 4 0 2 3 1 6 1 0 1 5 3 2

इसकी तुलना में प्रचलित विधि की याद ताजा करने के लिए इसी प्रश्न को प्रचलित विधि से हल करें।

68) 15.0 (.2205882352941176
136
140
136
400
340
600
544
560
544
160
136
240
204
360
340
20

200
136
640
612
280
272
80
68
120
68
520
476
440
408
32

कुछ और उदाहरण नीचे दिये जा रहे हैं।

101/138 को दशमलव के बीस अंकों तक दाशमलविक रूप दीजिए। वैदिक विधि: स. भिन्न = 101/14 (सामान्य 139 से एक कम)

∴ भिन्न = .7 3 1 8 8 4 0 5 7 9 7 1 0 1 4 4 9 2 7 5
3 2 12 10 4 0 8 10 12 8 0 0 2 6 6 12 2 10 6 4

नोट:

भजनफल के एक से अधिक अंकों को (हमेशा की तरह) बाएं ले जाना चाहिए।

प्रचलित विधि

138) 101.0(.731884057971014492 75 ...

966
440
414
260
138
1220
1104
1160
1104
560
552
800
690
110

1100
966
1340
1242
980
966
140
138
200
138
620
552
68

680
552
1280
1242
380
276
1040
966
740
690
50

(2) भिन्न = 73/97

प्रचलित विधि:

97) 73.0(7525773195876288 6597

679
510
485
250
194
560
485
750
679
710
679
31

310
291
190
97
930
873
570
485
850
776
74

740
679
610
582
280
194
860
776
840
776
64

640
582
580
485
950
873
770
679
91

एक दृष्टिपात वाली वैदिक विधि

भिन्न = 73/97, स. भिन्न = 7.3/10 (किन्तु सामान्य 99 से 2 कम)

∴ प्रत्येक पैड़ी में भजनफल अंक का दुगना जोड़िए

कार्यविधि (वास्तविक): 73/97

भिन्न = 0 .7 5 2 5 7 7 3 1 9 5 8 7 6 2 8 8 6 5 9 7
3 1 5 6 5 1 1 9 3 7 5 4 1 8 6 4 4 8 5 7

(3) 17/127 को तुल्य दशमलव में (बीस स्थान तक) लिखिए

प्रचलित विधि

127) 17.0(0.13385826771653543307
127
———
430
381
———
490
381
———
1090
1016
———
740
635
———
1050
1016
———
34

340
254
———
860
762
———
980
889
———
910
889
———
210
127
———
83

830
762
———
680
635
———
450
381
———
690
635
———
550
508
———
42

420
381
———
390
381
———
900
889
———
11

अति सहज वैदिक विधि:

भिन्न = 17/127, ∴ स. भिन्न =1.7/13 (सामान्य 129 से 2 कम)

∴ प्रत्येक पैड़ी में भजनफल अंक को दुगुना करके जोड़ना होगा

$\therefore \frac{17}{127} =$ 0 .1 3 3 8 5 8 2 6 7 7 1 6 5 3 5 4 3 3 0 7 0
4 4 10 5 9 1 8 8 7 0 8 5 3 6 4 3 3 0 9 1 1 2 8

(4) 5236/8997 को (21 स्थान तक) दशमलव रूप में लिखिए

प्रचलित विधि

8997) 5236.0(.581 971 768 367 233 522 285
44985
———
73750
71976
———
17740
8997
———
87430
80973
———
64570
62979
———
15910
8997
———
6913

69130
62979
———
61510
53982
———
75280
71976
———
33040
26991
———
60490
53982
———
6508

65080
62979
———
21010
17994
———
30160
26991
———
31690
26991
———
46990
44985
———
2005

20050
17994
———
20560
17994
———
25660
17994
———
76660
71976
———
46840
44985
———
1855

गुणा और घटाने आदि का कितना जंगल।

अति सहज वैदिक विधि:

भिन्न = $\frac{5236}{8997}$ ∴ स. भिन्न = $\frac{5.236}{9}$ (किन्तु सामान्य 8999 से 2 कम)

```
∴ भिन्न = 0  .581  971  768  367  233  522  285
              7    4    1    1    4    1    1
```

(5) 21863/49997 को दशमलव रूप में (16 स्थान तक) लिखिए

प्रचलित विधि

```
49997) 21863.0(0.4372862371742302
       199988
       ------
       186420              118580
       149991               99994
       ------              ------
        364290              185860             211510
        349979              149991             199998
        ------              ------             ------
         143110              358690             115120
          99994              349979              99994
         ------              ------             ------
          431160              87110              151260
          399976              49997              149991
          ------              ------             ------
           311840             371130              126900
           299982             349979               99994
           ------             ------              ------
            11858              21151               26906
```

कितना अरुचिकर श्रम!

अति सहज वैदिक विधि:

भिन्न = $\frac{21863}{49997}$, ∴ स. भिन्न = $\frac{21863}{5}$

(सामान्य 49999 से 2 कम तथा चार अंकों का समूह ∴ भजनफल से दुगना जोड़िए)।

```
भिन्न  = 0  .4372  8623  7173(1)2303
             3      1     4    4
       =    0.4372862371742303
```

नोट:

भजनफल के अतिरिक्त अंक को बाएं तरफ लाया गया है.

भजनफल अंकों में यह आधिक्य अतिरिक्त गुणन के कारण आ जाता है, तथा जैसा कि यहां किया गया है उस विधि के द्वारा उसका समाधान भी हो जाता है। इसको अनावश्यक बना देने की भी विधि है किन्तु उसका उल्लेख बाद में किया जाएगा।

(6) 17/76 को दशमलव रूप में (आठ स्थान तक) लिखिए।

प्रचलित विधि

```
76) 17.0(0.22368421
    152
    ---
     180          320
     152          304
     ---          ---
      280          160
      228          152
      ---          ---
       520          80
       456          76
       ---          --
        640          4
        608
        ---
         32
```

नोट: गौर करें 84:21::4:1

यह विधि उबाऊ है।

चटपट वैदिक विधि:

भिन्न = $\frac{17}{76}$, ∴ स. भिन्न $= \frac{1.7}{8}$ (किन्तु सामान्य 79 से 3 कम)

प्रत्येक पैड़ी में भजनफल अंक का तीन गुना जोड़ना पड़ेगा

$\frac{17}{76}$ = 0 .2 2 3 6 8 4 2 1
1 2 4 4 0 0 0 0

(7) 17125/59998 को दशमलव रूप में (12 स्थान तक) लिखिए।

प्रचलित विधि:

```
59998)17125.0(  0.285426180872
      119996
      ------
       512540          108520
       479984           59998
       ------          ------
        325560          485220
        299990          479984
        ------          ------
         255700          523600
         239992          479984
         ------          ------
          157080          436160
          119996          419986
          ------          ------
           370840          161740
           359988          119996
           ------          ------
            10852           41744
```

चटपट वैदिक विधि

$$\text{भिन्न} = \frac{17125}{59998}, \quad \therefore \text{स. भिन्न} = \frac{1.7125}{6}$$

(सामान्य से 1 कम तथा 4 अंकों के समूह में)

भिन्न = 0 .2854 2618 0872 ....
1 0 4

प्रचलित अरुचिकर विधियों तथा चटपट वैदिक विधियों के बीच का अन्तर कितना वड़ा हैं, विद्यार्थियों को यह समझाने के लिए इतने उदाहरण यथेष्ट होंगे।

जी हां किन्तु व्यापक रूप से देखें तो उन संख्याओं के लिए क्या करेंगे जो कि दस या दस की किसी भी घात के पास नहीं हैं या जिनके अंतिम अंक 9 अथवा 9 की श्रेणी में नहीं होते? क्या उनके लिए भी कोई हल है?

हां उनके हल भी हैं जैसा कि पहले किसी अध्याय में (आवर्त्ती दशमलव वाले) समझाया जा चुका है। कुछ विधियों, जैसे गुणन आदि, द्वारा हम किसी भी तरह के हर को उचित सामान्य रूप में ला सकते हैं और तब उपरोक्त सहायक भिन्न की प्रक्रिया उस पर लगाई जा सकती है।

दुष्कर दिखने वाले भिन्नों को सरल तथा सहज भाजक के रूप में कायापलट करने वाले सहायक भिन्नों की खोज मात्र ही किसी भी वैज्ञानिक प्रवृत्ति वाले ज्ञान के पिपासु को आने वाले चमत्कारों के लिए तैयार कर देगी।

हम अगले दो अध्यायों में (भाज्यता से संबंद्ध तथा एकाधिक पूर्व इत्यादि के धनात्मक तथा ऋणात्मक आश्लेषकों पर अनुप्रयोग आदि के संदर्भ में) इस विषय पर और विवरण देंगे।

अध्याय 29

विभाजनीयता तथा सरल आश्लेषक

अब हम इस रुचिकर (तथा कौतूहलपूर्ण) विषय पर विचार करेंगे कि हम पहले से ही यह किस तरह पता कर सकते हैं कि एक संख्या (चाहे कितनी भी बड़ी हो) किसी दूसरी संख्या (चाहे कितनी भी बड़ी हो) द्वारा विभाजनीय है या नहीं। तथा इसमें कौन सी वैदिक विधियाँ हमारी सहायता करती हैं।

प्रचलित प्रणाली में इस विषय पर बहुत ही कम व्याख्या मिलती है और वह भी केवल उसके प्रारंभिक रूप में। यहां हमें इन प्रारंभिक रूपों (2, 5. 10, 3, 6, 9, 18, 11, 22.... आदि द्वारा विभाजनीयता) पर विचार करने की आवश्यकता नहीं है। (और यह गणित के विद्यार्थियों को उनकी प्राथमिक अवस्था में ही अच्छी तरह से मालूम रहते हैं)। यहां हम इनको मानकर, इनके बीच वाली संख्याओं से शुरू करेंगे तथा उसके बाद और कठिन रूपों को लेंगे।

आश्लेषक

चूंकि हमें इस विषय में हमेशा आश्लेषकों का उपयोग करना है, हम उसकी सरल परिभाषा तथा उसके अनुप्रयोग की विधि से आरंभ करेंगे।

चूंकि हमारा पुराना परिचित सहयोगी एकाधिक पहला आश्लेषक (धनात्मक आश्लेषक) है, हमारा काम सहज तथा सरल हो जाता है। एकाधिक की उपयोगिता तो हम दिखा चुके हैं कि बहुमुखी तथा विपुल है। अब यह दिए हुए भाज्य में दिए हुए भाजक की विभाजनीयता को बतलाने में भी तत्काल ही सहायता करता है।

उदाहरणार्थ चलिए हम सुपरिचित पुराने भिन्न या प्रयोगात्मक अंक (या 'गिनी पिग') 7 को ही लें। पाठकों को यह तो याद ही होगा कि 7 का पूर्वाधिक 7×7=49 करने से प्राप्त होता है तथा 5 है। "एकाधिक" विभाजनीयता का एक पक्का परीक्षण है, तथा जिस प्रक्रिया से यह परीक्षण करता है उसे तकनीकी भाषा में वेष्टन या आश्लेषण कहते हैं।

मान लो कि हमें 21 की 7 से विभाजनीयता नहीं मालूम है और मालूम करना है। तब हम अंतिम अंक 1 से एकाधिक घनात्मक आश्लेषक 5 गुणा कर, गुणनफल 5 को पूर्ववर्त्ती अंक 2 में जोड़ देते हैं तब योगफल 7 प्राप्त होता है। इस प्रक्रिया को आश्लेषण कहते हैं। अब यदि इस आश्लेषण का परिणाम वही भाजक या किसी पहले परिणाम की पुनरावृत्ति मिलता है, तब हम कहते हैं कि दिया हुआ भाज्य 7 से विभाजनीय है।

7 का परीक्षण पटल इस प्रकार होगा:–

14, 4×5+1=21, तथा 1×5+2=7 इसलिए हां।

21, हो चुका

28, 8×5+2=42, 2×5+4=14 (ज्ञात भाज्य)।

35. 5×5+3=28. (ज्ञात भाज्य)।
42. 2×5+4=14. (ज्ञात)
49. 9×5+4=49. (पुनरावृत्ति अर्थात विभाजनीय)
56. 6×5+5=35. (ज्ञात)
63. 3×5+6=21. (ज्ञात)
70. 0×5+7=07. (ज्ञात)
77. 7×5+7=42. (ज्ञात)
84. 4×5+8=28. (ज्ञात)
91. 1×5+9=14. (ज्ञात)
98. 8×5+9=49. (ज्ञात)

अब 112 का परीक्षण करें 2×5+1=11. 11×5+1=56 इसलिए हां या 2×5+11=21 इसलिए हां।

अब हम 13 द्वारा विभाजनीयता की जांच करेंगे। इसमें हम दखेंगे कि पुनरावृत्तियां अधिक होती हैं। एकाधिक 4 है। इसलिए हम बाई तरफ 4 का गुणा करते जाएंगे। यथा:

13. 3×4+1 =13.
26. 6×4+2 =26.
39. 9×4+3 =39.
52. 2×4+5 =13.
65. 5×4+6 =26.
78. 8×4+7 =39.
91. 1×4+9 =13.
104. 4×4+10=26.

इनमें पुनरावृत्ति बराबर है और क्रमानसार है। (अर्थात 13. 26. 39)

आश्लेषण प्रक्रिया के उदाहरण

कुछ उदाहरण इस प्रक्रिया को स्पष्ट कर देंगे।

(1) 7 को 5 द्वारा लगातार आश्लेषण करने से 35. 28. 42. 14. 21 तथा 7 मिलते हैं।
(2) 5 को 7 द्वारा लगातार आश्लेषण करने से 35. 38. 59. 68. 62. 20. 2 आदि मिलते हैं।
(3) 9 को 7 द्वारा 63. 27. 51. 12. तथा 15 आदि मिलते हैं।
(4) 8 को 16 द्वारा 128. 140. 14 आदि
(5) 15 को 14 द्वारा 71. 21. 16 आदि
(6) 18 को 12 द्वारा 97. 93. 45. 64. 54. 53. 41. 16 आदि
(7) 36 को 9 द्वारा 57. 68. 78. 79. 88. 80. 8 आदि
(8) 46 को 3 द्वारा 22. 8 आदि
(9) 49 को 16 द्वारा 148. 142. 46. 100. 10. 1 आदि
(10) 237 को 8 द्वारा 79. 79 आदि, और इसलिए 79 से भाज्य है।
(11) 719 को 9 द्वारा 152. 33. 30. 3 आदि

(12) 4321 को 7 द्वारा 439, 106, 52, 19, 64, 34, 31, 10, 1 आदि

(13) 7524 को 8 द्वारा 784, 110, 11, 9 आदि

(14) 10161 को 5 द्वारा 1021, 107, 45, 29, 47, 39, 48, 44, 24, 22, 12, 11, 6 आदि

(15) 35712 को 4 द्वारा 3579, 393, 51, 9 आदि

(16) 50720 को 12 द्वारा 5072, 531, 65, 66, 78, 103, 46 आदि।

नोट:

हमें यह प्रक्रिया अनंत तक करने की आवश्यकता नहीं है। एक छोटी संख्या मिलते ही हम रुक सकते हैं। वह छोटी संख्या हमें यह बतला देगी कि दी हुई संख्या दिए हुए भाजक (जिसके कि एकाधिक का हमने आश्लेषण में उपयोग किया है) से विभाजनीय है या नहीं। एकाधिक का यही महत्व है।

एकाधिक के नियम

(1) 9, 19, 29, 39 आदि (19 से अंत होने वाली संख्या) के एकाधिक क्रमशः 1, 2, 3, 4 आदि हैं।

(2) 3, 13, 23, 33 आदि (3 से अंत होने वाली संख्या) को 3 से गुणाकर 1, 4, 7, 10 आदि एकाधिक मिलते हैं।

(3) 7, 17, 27, 37 आदि (7 से अंत होने वाली संख्या) को 7 से गुणाकर, 5, 12, 19, 26 आदि एकाधिक मिलते हैं।

(4) 1, 11, 21, 31 आदि (1 से अंत होने वाली संख्या) को 9 से गुणा कर, 1, 10, 19, 28 आदि एकाधिक मिलते हैं।

स्वयं का एकाधिक से आश्लेषण

ध्यान दीजिए कि किसी भी संख्या का उसी के एकाधिक से आश्लेषण करने पर वही संख्या अथवा उसका गुणज मिलेगा (जैसा कि 7 तथा 13 के उदाहरण में देखा था)।

(1) 23 को 7 से (स्वयं का एकाधिक) आश्लेषण करने पर $7\times3+2=23$ ही मिलता है।

(2) 46 को 7 से आश्लेषण करने पर $7\times6+4=46$ ही मिलता है।

(3) 69 से $7\times9+6=69$

(4) 92 से $7\times2+9=23$

(5) 115 से $7\times5+11=46$ इत्यादि

276 को 7 से आश्लेषण करने पर (23 से भाज्यता की जांच करने के लिए), $7\times6+27=69$ मिलता है जो पुनः 69 देता है, इसलिए हां। इसलिए 23 के सभी गुणज इस जांच पर ठीक उतरेंगे। और यही आश्लेषण का सारा रहस्य है।

आश्लेषण की कार्य विधि

आश्लेषण करने के लिए हम निम्नलिखित विधि काम में ला सकते हैं। मान लें कि हमें बिना भाग दिए यह पता करना है कि 2774, 19 से भाज्य है या नहीं। 19 का

एकाधिक 2 है।

(1) अंतिम अंक 4 को 2 से गुणा कर, गुणनफल 8 को पिछले अंक 7 में जोड़कर योगफल 15 हम उपान्तिम अंक के नीचे लिखते हैं।

```
2 7 7 4
   15
```

(2) इस 15 को 2 से गुणा कर गुणनफल 30 में 7 जोड़कर योगफल 37 में से 19 निकालकर शेष 18 को उस 7 के नीचे लिखते हैं।

```
2 7 7 4
 37
 --
 18
```

नोट:
यह 19 घटाने का काम हम अधिक सरलतापूर्वक तथा द्रुतगति से कर सकते हैं यदि हम उस 15 को ही आश्लेषित करें। इससे हमें 11 मिलेगा, अब इसमें 7 जोड़ने से 18 मिलेगा।

(3) अब हम 18 को 2 से गुणा करते हैं तथा बांया अंक 2 जोड़कर योगफल 38 को फिर आश्लेषित कर 19 प्राप्त करते हैं। और 19, 19 से विभाजनीय हैं इसलिए दी हुई संख्या 2774 भी विभाजनीय है।

```
2 7 7 4
38
--
19
```

यह हुई सारी प्रक्रिया और हमारा कार्य पटल इस तरह है:

```
19 के द्वारा?              2   7   7   4
                                              इसलिए है।
इसलिए आश्लेषक 2.          19  18  15
```

अथवा: हम इसी परिणाम पर अन्य विधि द्वारा भी पहुंच सकते हैं किन्तु इतनी भव्यता पूर्वक नहीं। दी हुई संख्या (2774) का आश्लेषक (2) द्वारा लगातार आश्लेषण कर भी हम पता कर सकते हैं

2774 (2 से आश्लेषण करने पर) 285, 38, 19 ∴ 19 द्वारा विभाजनीय

नोट:

1. दूसरी विधि इन दोनों में अधिक छोटी है किन्तु साथ ही तुलनात्मक रूप से अधिक यंत्रवत तथा दुष्कर है। तथा पहली विधि साफ तथा चित्र या ग्राफ के समान ही नहीं वरन् भव्य दिखती है। वैसे भी आप दोनों में से अपनी रूचि के अनुसार कोई भी विधि चुन सकते हैं।
2. जब भी प्रक्रिया में भाजक से बड़ी संख्या आ जाती है, उस पर भी वही आश्लेषण क्रिया की जा सकती है।

कुछ और उदाहरण दिए जा रहे हैं:—

```
                                 3   2   8   9   6
(1) 29 द्वारा? ∴ आश्लेषक 3.                              ∴ नहीं है।
                                27   8  31  27
```

अथवा व्यंजक को लगातार आश्लेषित करने से 3307, 351, 38, 27 ∴ नहीं

```
                                 9   3   1   4   8
(2) 29 द्वारा? ∴ आश्लेषक 3.                              ∴ भाज्य है।
                                29  26  27  28
```

अथवा 9338, 957, 116, 29 ∴ है।

```
                                2 4   3 4   5 2 1
(3) 29 द्वारा ∴ आश्लेषक 3.                               ∴ है।
                               29  9  21  6  20  5
```

अथवा लगातार आश्लेषण 243455, 24360, 2436, 261, 29 ∴ है

(4) 39 द्वारा ∴ आश्लेषक 4.

4	9	1	4
39	38	17	

∴ है।

अथवा: 507, 78, 39 ∴ है

(5) 49 द्वारा ∴ आश्लेषक 5.

	5	3	3 2
10	51	19	13

∴ नहीं है।

अथवा लगातार आश्लेषण 543, 69, 51, 10 ∴ नहीं है।

(6) 59 द्वारा ∴ आश्लेषक 6.

1	9	1	5	7 3
59	49	46	37	25

∴ है।

अथवा 19175, 1947, 236, 59 ∴ है।

(7) 59 द्वारा ∴ आश्लेषक 6.

1	2	5	6	7
59	49	57	48	

∴ है।

अथवा 1298, 177, 59 ∴ है।

(8) 59 द्वारा ∴ आश्लेषक 6.

4	0	1	7	9 1
47	17	52	38	15

∴ नहीं है।

अथवा 40185, 4048, 452, 57 ∴ नहीं है।

(9) 79 द्वारा ∴ आश्लेषक 8.

6	3	0	9	4	8	2 1
13	70	38	64	76	9	10

∴ नहीं है।

अथवा 6309490, 630949, 63166, 6364, 668, 130, 13 ∴ नहीं है।

(10) 43 द्वारा ∴ आश्लेषक 13.

1	4	0	6	1
129	129	119	118	19

∴ है।

अथवा 1419, 258, 129, 129 ∴ है।

(11) 53 द्वारा आश्लेषक 16.

2	1	9	5	3
149	39	62	53	

∴ नहीं है।

अथवा 2243, 272, 59 ∴ नहीं

(12) 179 द्वारा ∴ आश्लेषक 18.

7	1	4	5	5	0	1
179	109	6	20	150	18	

∴ है।

अथवा 7145501, 714568, 71600, 7160, 716, 179, ∴ है।

(13) 5293240096, 139 द्वारा विभाजनीय है या नहीं है?

(1) प्रचलित विधि द्वारा

```
139) 5293240096( 38080864
     417
     ----
      1123
      1112
      ----
        1124        889
        1112        834
        ----        ---
         1200        556
         1112        556
         ----        ---
           88         00   ∴ है
```

(2) वैदिक विधि:

आश्लेषक 14.	5	2	9	3	2	4	0	0	9	6	∴ है
	139	89	36	131	29	131	19	51	93		

अथवा 5293240096 529324093 52932451 5293259 529451 52959 5421 556–139–है।

उपरोक्त सभी उदाहरणों में या तो भाजक का अंतिम अंक 9 था या सरलता पूर्वक गुणाकर ऐसे रूप में बदला जा सकता है। इस तरह एकाधिक या आश्लेकषक मिल जाता है किन्तु 3, 7, तथा 1 से अंत होने वाले भाजकों के लिए क्या किया जाए क्योंकि उनमें एंकाधिक एक बड़ी संख्या होगी ? क्या बिना बड़ी संख्या वाले एकाधिक गुणकों का उपयोग किए, कोई उपयुक्त विधि है ?

जी हाँ आइये उसे देखें।

ऋणात्मक आश्लेषक

यह परावर्त्य सूत्र का अनुप्रयोग है। इसमें चूंकि (एकाधिक की तरह) जोड़ते नहीं हैं वरन (बाईं तरफ) घटाते हैं इसलिए उसे ऋणात्मक आश्लेषण कहते हैं। वास्तव में इसमें धन तथा ऋण एकान्तरित होते हैं।

ऋणात्मक आश्लेषण के उदाहरण

(1) 36 को 9 से आश्लेषण करने पर हमें 3–54=–51

(2) 7 को 5 से आश्लेषण करने पर : 0–35=–35

(3) 35712 को 4 से आश्लेषण करने पर : 3571–8=3563

ऋणात्मक आश्लेषण कैसे

जिस प्रकार एकाधिक (धनात्मक आश्लेषक) की ठीक परिभाषा दी गयी थी और वह ठीक रूप से निर्धारित किया जा सकता है, उसी प्रकार ऋणात्मक आश्लेषक की परिभाषा दी जाएगी तथा उसे ठीक से निर्धारित किया जा सकेगा।

ऋणात्मक आश्लेषक के दो भेद हैं:–

(1) 1 से अंत होने वाले भाजकों के प्रश्नों में उस 1 को निकाल दिया जाता है। (2) दूसरे प्रश्नों में उचित गुणन द्वारा (जैसे 3 को 7 से, 7 को 3 से तथा 9 को 9 से) अंतिम अंक 1 बनाया जाता है तथा पिछले भेद के नियम लगाते हैं (अर्थात 1 को निकाल दिया जाए)।

नोट

धनात्मक तथा ऋणात्मक आश्लेषकों को सुविधा के लिए 'ध' तथा 'न' से निरूपित करेंगे।

ऋणात्मक आश्लेषकों के उदाहरण:–

(1) 11, 21, 31, 41, 51 तथा अन्य 1 से अंत होने वाली संख्याओं के लिए न क्रमशः 1, 2, 3, 4, 5, आदि होता है। (ध्यान दें कि इस विधि से हमें 9 द्वारा मिले गुणन द्वारा प्राप्त बड़ी संख्या वाले एकाधिक की आवश्यकता नहीं रहती।

(2) 7, 17, 27, 37, 47, 57 आदि को 3 से गुणा करते हैं (अंतिम अंक 1 लाने के लिए)। और तब 2, 5, 8, 11, 14, 17 आदि "न" आश्लेषक मिलते हैं। (इन उदाहरणों में इस विधि द्वारा 7 के गुणन द्वारा प्राप्त संख्याओं से छोटी संख्याएं ही मिलेंगी)।

(3) 3, 13, 23, 33, 43, 53 आदि को 7 से गुणा करते हैं तथा ऋणात्मक आश्लेषक क्रमशः 2, 9, 16, 23, 30, 37 आदि (जो कि एकाधिकों से बड़ी होगी) मिलते हैं।

(4) 9, 19, 29, 39, 49, 59 आदि को 9 से गुणा करते हैं तथा ऋणात्मक आश्लेषक क्रमशः 8, 17 26, 35, 44, 53 आदि (जो कि एकाधिकों से काफी बड़े होंगे) मिलते हैं।

महत्वपूर्ण तथा रुचिकर लक्षण

नोट

ध तथा न से संबंधित एक बहुत सुन्दर रुचिकर तथा महत्वपूर्ण लक्षण है, किसी भी भाजक भ के लिए ध+न=भ अर्थात दोनों आश्लेषकों का योग भाजक के बराबर होता है। अर्थात यदि एक ज्ञात है तो दूसरा आसानी से मालूम किया जा सकता है।) भाजक से एक आश्लेषक दूसरे का पूरक होता है।)

आश्लेषकों "ध" तथा "न" की तालिका का नमूना

संख्या	ध के लिए गुणनफल	न के लिए गुणनफल	ध	न	योग
1	9	(1)	1	0	1
3	9	21	1	2	3
7	49	21	5	2	7
9	(9)	81	1	8	9
11	99	(11)	10	1	11
13	39	91	4	9	13
17	119	51	12	5	17
19	(19)	171	2	17	19
21	189	(21)	19	2	21
23	69	161	7	16	23
27	189	81	19	8	27
29	(29)	261	3	26	29
31	279	(31)	28	3	31
33	99	231	10	23	33
37	259	111	26	11	37
39	(39)	351	4	35	39
41	369	(41)	37	4	41
43	129	301	13	30	43
47	329	141	33	14	47
49	(49)	441	5	44	49
51	459	(51.)	46	5	51
53	159	371	16	37	53
57	399	171	40	17	57
59	(59)	531	6	53	59
61	549	(61)	55	6	61
63	189	441	19	44	63
67	469	201	47	20	67
69	(69)	621	7	62	69
71	639	(71)	64	7	71
73	219	511	22	51	73
77	539	231	54	23	77
79	(79)	711	8	71	79
81	729	(81)	73	8	81

नोट: ध्यान दें:

(1) ध+न=भ (हमेशा)।

(2) 2 तथा 5 के गुणनों का उपयोग नहीं होता।

(3) ऐसी संख्याओं के लिए 2 तथा 5 की उपयुक्त घातों द्वारा भाग देना पड़ेगा (जो संबद्ध भाजक के गुणनखण्ड हैं)।

कुछ उदाहरण

(1) 59 के लिए ध=6, इसलिए न=53
(2) 47 के लिए न=14, इसलिए ध=33
(3) 53 के लिए ध=16, इसलिए न=37
(4) 71 के लिए न=7, इसलिए ध=64
(5) 89 के लिए ध=9, इसलिए न=80
(6) 83 के लिए ध=25, इसलिए न=58
(7) 91 के लिए न= 9, इसलिए ध=82
(8) 93 के लिए ध=28, इसलिए न=65
(9) 97 के लिए न=29, इसलिए ध=68
(10) 99 के लिए ध=10, इसलिए न=89
(11) 101 के लिए न=10, इसलिए ध=91
(12) 103 के लिए ध=31, इसलिए न=72
(13) 107 के लिए न=32, इसलिए ध=75
(14) 131 के लिए न=13, इसलिए ध=118
(15) 151 के लिए न=15, इसलिए ध=136
(16) 201 के लिए न=20, इसलिए ध=181

नोट

(1) यदि भाजक का अंतिम अंक 3 है तब ध < न
(2) यदि भाजक का अंतिम अंक 7 है तब न < ध
(3) ऋणात्मक आश्लेषकों के गुणनफलों को आश्लेषण प्रक्रिया के दौरान, घटाते समय धन तथा ऋण एकान्तर से आते हैं।

व्याख्या: (1) कोष्ठकों के अन्दर ऋण चिन्हों की श्रेढ़ी में कोष्ठक हटाने पर, धन तथा ऋण एकान्तर से आते हैं। उदाहरणार्थ:
क-[ख-{ग-(घ-च-छ)}]
= क-ख+ग-घ+च-छ

(2) जब हम $अ^n+ब^n$ को (अ+ब) से विभाजित करते हैं, तब भजनफल के पद में एकान्तर से धन तथा ऋण आते हैं। बिल्कुल यही बात यहाँ पर लागू होती है।

नोट

यह धन तथा ऋण का एकान्तरण विद्यार्थियों को सावधानी से याद रखना पड़ेगा बेहतर होगा कि बजाय स्मरण शक्ति पर निर्भर करके, विद्यार्थी पहले से ही अंकों को रेखा कोष्ठक द्वारा एकान्तर से चिन्हित कर लें। (दाहिने से बाएं प्रत्येक समस्थानी अंक के ऊपर)। तब आप स्मरणशक्ति के खिलौने नहीं बनेंगे।

चलिए कुछ उदाहरणों में इस बचाव युक्ति का उपयोग करके देखें।

(1) 41 के द्वारा? इसलिए ऋणात्मक आश्लेषक = 4

भाज्य: 165763

1 6 5 7 6 3 इसलिए ठीक है।
41 10 −4 31 +6

अथवा लगातार आश्लेषण करने पर: 16564. 1640. 164 तथा 0 इसलिए है।

(2) 31 के द्वारा? इसलिए ऋणात्मक आश्लेषक = 3

$\bar{6}$ 6 $\bar{0}$ 3 इसलिए ठीक है।
0 33 9

अथवा आश्लेषण द्वारा 651. 62. 0. इसलिए ठीक है।

(3) 41 के द्वारा? इसलिए न = 4

1 $\bar{1}$ 2 $\bar{3}$ 4 इसलिए ठीक है।
0 10 13 13

अथवा आश्लेषण द्वारा: 11234. 1107. 82 0. इसलिए है।

अनुवादक का सुझाव:—सबसे उपयुक्त विधि होगी कि ऋणात्मक आश्लेषक को हमेशा ऋणात्मक माना जाए। तब आश्लेषण प्रक्रिया में जब भी आश्लेषक से गुणन करना हो तब ऋणात्मक संख्या से गुणन किया जाए। उसके बाद जो जोड़ने की प्रक्रिया है उसमें धन और ऋण का योग बीजगणितीय नियम के अनुसार किया जाए और योगफल यदि ऋण है तो उसे ऋण लिखा जाए और यदि धन है तो उसे धन लिखा जाए।

(4) 47 के द्वारा? इसलिए न = 14

$\bar{7}$ 4 $\bar{2}$ 1 $\bar{6}$ 5 इसलिए नहीं।
11 102 7 51 64

सामान्य विधि न = 14

7 4 2 1 6 5 इसलिए नहीं।
−11 102 −7 51 −64

अथवा लगातार आश्लेषण द्वारा 742165. 74146. 7330. 733. 31 इसलिए नहीं।

(5) 51 के द्वारा? इसलिए न = 5

$\bar{4}$ 3 $\bar{7}$ 3 $\bar{2}$ 1 इसलिए नहीं।
−5 10 32 18 3

अथवा लगातार आश्लेषण द्वारा 437321. 43727. 4337. 398. −1 इसलिए नहीं।

(6) 61 के द्वारा? इसलिए न = 6

1 $\bar{9}$ 5 $\bar{8}$ 1 इसलिए है।
0 −51 −7 −2

सामान्य विधि

1 9 5 8 1 इसलिए है।
0 51 7 2

अथवा लगातार आश्लेषण द्वारा 19581. 1952. 183. 0 इसलिए है।

(7) 67 के द्वारा? इसलिए न= 20

1 0 1 7 $\bar{1}$ 2 $\bar{0}$ 3
0 –10 101 5 81 –4 60 इसलिए है।

सामान्य विधि न= 20

1 0 1 7 $\bar{1}$ 2 $\bar{0}$ 3
0 –10 101 5 81 –4 60 इसलिए है।

अथवा लगातार आश्लेषण 10171203, 1017060, 101706, 10050, 1005, 0 इसलिए है।

(8) 91 के द्वारा? इसलिए न= 9

9 $\bar{8}$ 0 $\bar{4}$ 5 $\bar{9}$ 0 $\bar{5}$ 3
84 69 49 56 37 44 16 22 इसलिए नहीं।

सामान्य विधि न= 9

9 8 0 4 5 9 0 5 3
84 –69 49 56 37 –44 16 –22 इसलिए नहीं।

अथवा लगातार आश्लेषण 980459053, 98045878, 9804515, 980406, 97986, 9744, 938, 21 इसलिए नहीं

(9) 61 के द्वारा? इसलिए न= 6

$\bar{1}$ 2 $\bar{2}$ 1 $\bar{3}$ 0 $\bar{5}$ 4
0 –10 –2 0 10 53 19 इसलिए है।

सामान्य विधि न= –6

1 2 2 1 3 0 5 4
0 –10 2 0 –10 53 –19 इसलिए है।

अथवा लगातार आश्लेषण 12213054, 1221281, 122122, 12200, 1220, 122, 0 इसलिए है।

(10) 71 के द्वारा? इसलिए न= 7

8 0 $\bar{9}$ 0 $\bar{4}$ 5
0 62 19 4 31 इसलिए है।

सामान्य विधि: न= 7

8 0 9 0 4 5
0 62 –19 4 –31 इसलिए है।

लगातार आश्लेषण द्वारा 809045. 80869. 8023. 781, 71, 0 इसलिए है।

(11) 131 के द्वारा? इसलिए न= 13

1 $\bar{3}$ 3 $\bar{7}$ 9 $\bar{0}$ 3
0 10 1 20 123 39 इसलिए है।

सामान्य विधि

1 3 3 7 9 0 3
0 −10 1 −20 123 −39 इसलिए है।

लगातार आश्लेषण द्वारा 1337903, 133751, 13362, 1310, 131, 0 इसलिए है।

(12) 141 के द्वारा? इसलिए न= 14

4 $\bar{8}$ 9 $\bar{8}$ 8 $\bar{5}$ 7
94 87 37 2 41 93 इसलिए नहीं।

सामान्य विधि न= −14

4 8 9 8 8 5 7
94 −87 37 −2 41 −93 इसलिए नहीं।

अथवा लगातार आश्लेषण द्वारा 4898857, 489787, 48880, 4888, 376, 47 इसलिए नहीं।

नोट

यही भाज्य भाजक 47 द्वारा विभाजनीय है जिसका न=14 (एक समान) (47×2=94)

अध्याय 30

विभाजनीयता तथा जटिल आश्लेषक

अभी तक जो प्रश्न लिये थे वे सभी सरल प्रकार के थे जिनमें भाजक और इसलिए आश्लेषक भी छोटी संख्या के थे। तब बड़े भाजकों और इसलिए और बड़े आश्लेषकों के विषय में क्या करेंगे?

इस अध्याय की यही सामग्री है। इस तरह के प्रश्नों को अंक समूह के आश्लेषण (अर्थात अंक प्रति अंक के स्थान पर दो या अधिक अंकों के समूह का आश्लेषण करने वाली योजना) द्वारा हल किया जाता है।

बहुविध आश्लेषण के उदाहरण

(1) 371 को 4 से 2 अंकों के समूह में धनात्मक तथा ऋणात्मक आश्लेषण करने से क्रमशः 4×71+3=287 तथा 3–4×71=–281 मिलते हैं।

(2) 1572 को द्विअंक समूह में 8 से आश्लेषित करने पर हमें क्रमशः 15+576=591 तथा 15–576=–561 मिलते हैं।

(3) 8132 को दो अंक समूह में 8 से आश्लेषित करने पर हमें क्रमशः 81+256=337 तथा 81–256=–175 मिलते हैं।

(4) 75621 को 5 (ध तथा न) से तीन अंक समूह में आश्लेषित करने पर हमें क्रमशः 75+3105=3180 तथा 75–3105=–3030 मिलते हैं।

(5) 61845 को 7 (ध तथा न) से तीन अंक समूह में आश्लेषित करने पर हमें क्रमशः 61+5915=5976 तथा 61–5915=–5854 मिलते हैं।

(6) 615740 को 8 (ध तथा न) से तीन अंक समूह में आश्लेषित करने पर हमें क्रमशः 615+5920=6535 तथा 615–5920=–5305 मिलते हैं।

(7) 518 को 8 (ध तथा न) से चार अंक समूह में आश्लेषित करने पर हमें क्रमशः 0+4144 तथा 0–4144 मिलते हैं।

(8) 73 को 8 (ध तथा न) से पांच अंक समूह में आश्लेषित करने पर हमें क्रमशः 0+584 तथा 0–584 मिलते हैं।

(9) 210074 को 8 (ध तथा न) से पांच अंक समूह में आश्लेषित करने पर हमें क्रमशः 2+80592=80594 तथा 2–80592=–80590 मिलते हैं।

(10) 7531 को 2 (ध) से तीन अंक समूह में आश्लेषित करने पर हमें 7+1062=1069 मिलता है।

(11) 90145 को 5 (न) से तीन अंक समूह में आश्लेषित करने पर हमें 90–725=–635 मिलता है।

(12) 5014112 को 7 (न) से चार अंक समूह में आश्लेषित करने पर हमें 501–28784=–28283 मिलता है।

(13) 7008942 को 3 (ध) से 2 अंकों में आश्लेषित करने से 70089+126=70215 मिलता है।

(14) 7348515 को 8 (ध) से 3 अंकों में आश्लेषित करने से 7348+4120=11468 मिलता है।

(15) 59076242 को 7 (न) से 2 अंकों में आश्लेषित करने से 590762-294=590468 मिलता है।

भाजक तथा उनके आश्लेषकों के प्रकार

इस संदर्भ में यह ध्यान देने की बात है कि जिस तरह भाजकों के विभिन्न प्रकार होते हैं परिणामस्वरूप उसी तरह उनके लिए उपयुक्त आश्लेषकों की प्रकृति तथा प्रकार भिन्न होते हैं (धन तथा ऋण)। वे साधारणतया दो प्रकार के होते हैं:–

(1) वे जिनका अंतिम अंक 9 होता है (या 9 की श्रेणी) तब वे एकाधिक अर्थात धनात्मक आश्लेषक की श्रेढ़ी में आते हैं, या जिनका अंतिम अंक 1 या शून्य की श्रेढ़ी के पश्चात 1 होता है तब वे विपरीत अर्थात ऋणात्मक आश्लेषकों के अन्तर्गत आते हैं। तथा,

(2) वे जो उपयुक्त गुणन द्वारा उपरोक्त दोनों प्रकारों के अंतर्गत लाए जा सकते हैं तथा फलस्वरूप उसी आधार पर हल किए जा सकते हैं।

प्रथम प्रकार

हम पहले प्रथम प्रकार, अर्थात वे जिसका अंतिम 9 या 9 की श्रेढ़ी अथवा 1 (या शून्य की श्रेढ़ी के अंत में 1 होता है), के आश्लेषकों पर विचार करेंगे तथा उन की प्रक्रिया को सुलभ करने के लिए संबंधित तकनीकी परिभाषा तथा संकेत की व्याख्या करेंगे।

(1) मान लें कि भाजक 499 है। तब स्पष्ट ही आश्लेषक 5 है तथा दो अंकों पर एक साथ काम करेगा। इसे संक्षिप्त में संकेत की भाषा में सरलतापूर्वक $ध_2$=5 कह सकते हैं।

(2) 1399 को लें, स्पष्ट है कि आश्लेषक 14 (ध) होगा तथा दो अंकों पर एक साथ काम करेगा दूसरे शब्दों में $ध_2$=14

(3) 1501 में ऋणात्मक 15 होगा तथा दो अंक समूह पर काम करेगा, इसलिए $न_2$=15

(4) 2999 के लिए ध=3, तथा तीन अंक समूह पर काम करेगा, $ध_3$=3

(5) 5001 के लिए $न_3$=5

(6) 7001 के लिए $न_3$=7

(7) 79999 के लिए $ध_4$=8

(8) 119999 के लिए $ध_4$=12

(9) 800001 के लिए $न_5$=8

(10) 900001 के लिए $न_5$=9

(11) 799999 के लिए $ध_5$=8

(12) 120000001 के लिए $न_7$=12

संकेतों की परिशुद्धता

आश्लेषण की प्रक्रिया हमें या तो मूल संख्या देती है या शून्य।
उदाहरणार्थ:

(1) 499 ($ध_2$=5) से 4+5(99) = 499 मिलता है।
(2) 1399 ($ध_2$=14) से 13+14(99) = 1399 मिलता है।
(3) 1501 ($न_2$=15) से 15–01(15) = 0 मिलता है।
(4) 2999 ($ध_3$=3) से 2+3(999) = 2999 मिलता है।
(5) 5001 ($न_3$=5) से 5–5(1) = 0 मिलता है।
(6) 7001 ($न_3$=7) से 7–7(1) = 0 मिलता है।
(7) 79999 ($ध_4$=7) से 7+8×9999 = 79999 मिलता है।
(8) 119999 ($ध_4$=12) से 11+12×9999 = 119999 मिलता है।
(9) 800001 ($न_5$=8) से 8–1×8 = 0 मिलता है।
(10) 900001 ($न_5$=9) से 9–9×1 = 0 मिलता है।
(11) 799999 ($ध_5$=8) से 7+8×99999 = 799999 मिलता है।
(12) 120000001 ($न_7$=12) से 12–12×1 = 0 मिलता है।

नोट

आश्लेषण का नियम पालन अक्षरशः किया जाता है, तथा ध और न निरपवाद रूप से क्रमशः मूल संख्या तथा शून्य देते हैं।

संकेतों की उपादेयता तथा महत्त्व

किसी भी संख्या का (कितनी ही बड़ी) किसी भी संख्या (कितनी ही बड़ी) द्वारा विभाजनीय होना निर्धारित करने में संकेतों का न केवल गहरा महत्त्व है वरन् उनकी व्यावहारिक उपादेयता भी अधिक है, क्योंकि वे दो बातों पर प्रकाश डालते हैं:

(1) प्रत्येक समूह में अंकों की संख्या पर
(2) प्रत्येक प्रश्न में स्वयं आश्लेषक पर

प्रत्येक प्रकार के लिए कुछ उदाहरण इसका अर्थ स्पष्ट कर देंगे।

(1) क्या 106656874269, 499 के द्वारा भाज्य है? यहां पर $ध_2$=5, इसका अर्थ हुआ कि इस व्यंजक को दो अंकों के समूहों में बांटकर हमें 5 द्वारा आश्लेषण करना है:—

10	66	56	87	42	69	इसलिए है।
499	497	186	525	387		

69×5 = 345, 345+42 = 387
87×5 = 435, 435+3+87 = 525
5×25+ 5+56 = 186
86× 5+ 1+66 = 497
97× 5+10+ 4 = 499

अथवा आश्लेषण परिणाम इस प्रकार है:
1066569087 → 1066125 → 106786 → 1497 → 499

(2) क्या 126143622932, 401 द्वारा विभाजनीय है? $न_2=4$

$\overline{12}$ 61 $\overline{43}$ 62 $\overline{29}$ 32   इसलिए नहीं
-16   400   185   458   99

अथवा आश्लेषण परिणाम:
1261436101 12614357 125915 1199 -385 इसलिए नहीं

(3) क्या 69492392, 199 द्वारा विभाजनीय है? $ध_2=2$

69   49   23   92   इसलिए है।
199   65   207

अथवा आश्लेषण परिणाम 695107, → 6965, → 199 इसलिए है।

(4) क्या 1928264569, 5999 द्वारा विभाजनीय है? $ध_3=6$

1	928	264	569
5994	4068	3414	
4	3		
5999	4999	3678	

इसलिए है।

अथवा आश्लेषण परिणाम 1931678 और 5999 इसलिए है।

(5) क्या 7001 के द्वारा 21886068 313597 विभाजनीय हैं? $न_3=7$

21   $\overline{886}$ 068 $\overline{313}$ 597 इसलिए है।
0   -3   6127   3866

$$\begin{array}{r} 4179 \\ 313 \\ \hline 3866 \end{array}$$

अथवा आश्लेषण परिणाम 21886064134, → 21885126, → 21003 → 0 इसलिए है।

(6) क्या 99 के द्वारा 301021300602 विभाजनीय है? $ध_2=1$, 1 से गुणा करने पर सं० में कोई अन्तर नहीं पड़ता इसलिए 30+10+21+30+06+02 = 99, इसलिए है।

दूसरी विधि भी इसी तरह परिणाम देती है।

(7) क्या 999 द्वारा 21301102 11434112 भाज्य है $ध_3=1$ इसलिए 2+130+110+211+434+112 = 999 इसलिए है।

दूसरी विधि भी इसी तरह परिणाम देती है।

(8) क्या 9999 द्वारा 7631 3787 858 भाज्य है $ध_4=1$ इसलिए 763+1378+7858 = 9999 इसलिए है।

(9) क्या 9999 द्वारा 2037 7600 0321 0041 भाज्य है $ध_4=1$ इसलिए 2037+7600+0321+0041 = 9999 इसलिए है।

(10) क्या 1001 द्वारा 524676640016201452 भाज्य है $न_3=1$ इसलिए $\overline{524}+676+\overline{640}+016+\overline{201}+452=221=13\times17$ किन्तु $1001 = 7\times11\times17$ इसलिए नहीं।

दूसरा प्रकार

वे संख्याएं जो पहले प्रकार (मानक अर्थात जिनके ध तथा न तत्काल ही निर्धारित किए जा सकते हैं और लगाए जा सकते हैं) में सीधे न आकर, उपयुक्त गुणन द्वारा मानक

के दोनों में से एक प्रकार (ध अथवा न) में आ जाती हैं, दूसरे प्रकार के अन्तर्गत हैं

रुपान्तरण की प्रक्रिया

पहले किसी अध्याय में (आवर्ती दशमलव वाले) हमने बतलाया था कि किस तरह एक दी हुई दाशमलविक संख्या (उसे इस तरह के गुणक से गुणन किया जाए कि गुणनफल आवर्ती दशमलव नौ आए) को उसके तुल्य सरल भिन्न में बदला जा सकता है। उदाहरणार्थ 0.142857 को 7 से गुणा करने पर गुणनफल 0.999999 (=1) आता है। तब हमने कहा कि चूँकि दी हुई दाशमलविक संख्या का 7 से गुणा करने पर गुणनफल 1 होता है इसलिए वह दाशमलविक संख्या=1/7 (सरल भिन्न)

$7\times0.\dot{1}4285\dot{7}=0.\dot{9}9999\dot{9} = 1$

इसलिए $= 0.\dot{1}4285\dot{7} = 1/7$

इसी तरह से, 0.076923 को 3 से गुणा करने पर अंतिम अंक 9 मिला और उपान्तिम अंक को भी 9 करने के लिए देखा कि उसमें 3 जोड़ना पड़ेगा और यह 1 से गुणा करके ही हो सकता है और तब देखा कि गुणनफल 9 की श्रेढ़ी बन गया। तब हमने युक्ति दी कि 13क=1 इसलिए क=1/13 । और इसी तरह के हमने कई उदाहरण दिए।

$$\begin{array}{r} .\dot{0}7692\dot{3} \\ \times 13 \\ \hline 230769 \\ 76923 \\ \hline .\dot{9}9999\dot{9} = 1 \end{array}$$

जब संख्या का अंतिम अंक 9 होता है (अथवा 9 की श्रेढ़ी) तब हम देखते हैं कि आश्लेषण धनात्मक होता है इसलिए हमें तब उपरोक्त प्रक्रिया के ही समान कार्य करना है। तथा ऋणात्मक आश्लेषक के लिए संख्या का अंतिम अंक 1 (अथवा शून्य की श्रेणी के बाद) होना चाहिए और ऐसी संख्या बनाने के लिए कुछ उसी तरह की प्रक्रिया करनी पड़ेगी।

कार्य विधि

दोनों प्रकार के कुछ उदाहरणों से विद्यार्थियों को यह सारी प्रक्रिया समझ में आ जाएगी और उसे ध तथा न समझ में आ जायेगा। और जब यह हो जाएगा तब बाकी सब अपने आप आ जायेगा (जैसा कि ऊपर समझाया गया है)

(1) मान लें कि भाजक = 857, चूंकि 857×7=5999 इसलिए हम तत्काल कह सकते हैं कि $ध_3=6$

इसके सही होने के प्रमाण यह है कि दिए भाजक के किसी भी गुणज का $ध_3$ द्वारा आश्लेषण करने से वही भाजक अर्थात 857 मिलेगा (या उसका गुणज)।

उदाहरणार्थ: 857×13=11141, तथा चूंकि $ध_3=6$ इसलिए 11+6×141=857 और यह प्रमाणित करता है कि हमारा आश्लेषक सही है।

(2) अब 43 को लें। चूंकि 43×7=301 इसलिए $न_2=3$ । परीक्षण के लिए 43×3=129 को लें तब 129 पर आश्लेषण करने से 1–3×29=–86 तथा 86, 43 का दुगुना है इसलिए हमारा 'न' सही है।

इस तथ्य का महत्व उसके स्वाभाविक परिणाम में है अर्थात कोई भी संख्या जो भाजक द्वारा विभाजनीय है विभाजनीयता के नियम वाली 'ध' प्रक्रिया अथवा न प्रक्रिया का पालन करेगी।

नोट:

ध अथवा न के अपेक्षाकृत बड़े होने के विषय में जो बतलाया था उसे याद रखें।

इस 43 के ही उदाहरण में यदि 7 से गुणा करने, 301 गुणनफल प्राप्त करने तथा $न_2$=13 3 का गुणा करने के बजाय हमने 43×3=129 किया होता तब $ध_1$=13 मिलता और 43×2=86 का आश्लेषण फल 8+6×13=86 के मिलने से $ध_1$=13 सही प्रमाणित हो जाता।

चूंकि प्रत्येक पैड़ी में 13 का गुणन 3 के गुणन की अपेक्षा अधिक कठिन है अतएव स्वाभाविक रूप से हम $ध_1$=13 के स्थान पर $न_2$=3 को चुनेंगे।

(3) 137 के लिए 'ध' तथा 'न' निकालिए।

$$\begin{array}{r} 137 \\ 27 \\ \hline 959 \\ 274 \\ \hline 3699 \end{array} \quad \text{इसलिए } ध_2=37 \qquad \begin{array}{r} 137 \\ 73 \\ \hline 411 \\ 959 \\ \hline 10001 \end{array} \quad \text{इसलिए } न_4 = 1$$

स्पष्टतया $न_4$=1 अधिक सरल है।

परीक्षण 137×8=1096 भाज्य संख्या है इसलिए $न_4$ द्वारा आश्लेषित करने पर 1096 मिलता है। यह बड़ी संख्याओं के लिए उपयुक्त है।

(4) 157 के लिए 'ध' तथा 'न' निकालिए।

157×7=1099 इसलिए $ध_2$=11

तथा 157×93=14601 इसलिए $न_2$=146

(परीक्षण: 1099 इसलिए $ध_2$ का आश्लेषण 10+1089=1099)

इसलिए $ध_2$=11 बेहतर है।

(5) 229 के 'ध' तथा 'न' निकालिए।

चंकि 229×131=29999 इसलिए $ध_4$=3। यह आश्लेषक इतना सरल है कि "न" निकालने की आवश्यकता ही नहीं है। किन्तु सिद्धान्त के बतौर, 229×69=15801.

इसलिए $न_2$=158 (स्पष्टतया बहुत बड़ा गुणक है)

(परीक्षण $ध_4$=3, 229×100=22900 इसलि $ध_4$ का आश्लेषण देता है 8702 इसलिए हां,

(6) 283 के 'ध' तथा 'न' निकालिए।

चूंकि 283×53 = 14999 इसलिए $ध_3$=15

और 283×47 = 13301 इसलिए $न_2$=133 इसलिए $ध_3$ बेहतर है।

जाँच 283×4 = 1132, आश्लेषण करने पर 1+15(132)=1981=7×283

(7) 359 के 'ध' तथा 'न' निकालिए।

चूंकि 359×61=21899 इसलिए $ध_2$=219

और चूंकि 359×39=14001 इसलिए $न_3$=14

इसलिए $न_3$ बेहतर है।

जांच: (1) 359×3=1077 इसलिए इस संख्या का $न_3$ से आश्लेषण करने पर

1 14×77= -1077 मिलता है

(2) 359×115=41285. इसका न$_3$ से आश्लेषण करने पर

41 285×14=-3949=-359×11

(8) 421 के लिए ''ध'' तथा ''न'' निकालिए।

∵ 421×19=7999 इसलिए ध$_3$=8

∵ 421×81=34101 इसलिए न$_3$=341. इसलिए ध$_3$ बेहतर है।

(जांच 421×5=2105. इस संख्या का ध$_3$ से आश्लेषण करने पर, 2+840=842=421×2 मिलता है।

(9) 409 के लिए 'ध' तथा 'न' निकालिए।

∵ 409×511=208999 इसलिए ध$_3$=209

और 409×489=200001 इसलिए न$_5$=2

इसलिए न$_5$ बेहतर है।

(जांच: 409×1000=409000. 4-18000= 17996=-409×44)

इस तरह बहुविध आश्लेषण प्रक्रिया समझने के बाद अब हम विभाजनीयता के कुछ उदाहरण लेंगे जिन्हें कि हम बहुविध आश्लेषण द्वारा सरलता पूर्वक हलकर सकते हैं।

ठोस उदाहरणों पर प्रतिदर्श अनुप्रयोग

(1) क्या 79158435267, 229 द्वारा विभाजनीय है?

∵ 229×131=29999 इसलिए ध$_4$=3

791 5843 5267
5725 21644

किन्तु 5725=229×25

इसलिए है

(2) क्या 6056200566, 283 द्वारा विभाजनीय है?

∵ 283×53=14999 इसलिए ध$_3$=15

6 0 56 200 566
6226 10414 8690

किन्तु 6226=283×22

इसलिए है

(3) क्या 347 द्वारा 739260251 भाज्य है?

∵ 347×317=109999, इसलिए ध$_4$=11

7 3926 0251
73564 6687

किन्तु 73564 = 347×212

इसलिए है।

(4) क्या 359 द्वारा 8673117259 भाज्य है?

∵ 359×39=14001 इसलिए न$_3$=14

$\overline{8}$ 673 $\overline{117}$ 259
-11136 7796 -3509

इसलिए नहीं

(5) क्या 367 द्वारा 885648437 विभाजनीय है?

∵ 367×3=1101, इसलिए न$_2$=11

8 $\overline{85}$ 64 $\overline{84}$ 37
734 66 314 323

किन्तु 734 = 367×2

इसलिए है।

(6) क्या 433 द्वारा 4902228096 भाज्य है?

$\because$ 433×3=1299, इसलिए $ध_2$=13

49 02 22 80 96 इसलिए नहीं
1257 1292 399 1328

(7) क्या 467 द्वारा 5188888837 विभाजनीय है?

$\because$ 467×3=1401, इसलिए $न_2$=14

51 $\overline{88}$ 88 $\overline{88}$ 37 इसलिए है
467 –37 504 430

नोट

लगातार यंत्रवत आश्लेषण की विधि का भी उपयोग किया जा सकता है किन्‍ अधिकतर वह इससे कम साफ और सुथरी तथा अधिक कष्टकर सावित होगी

(8) क्या 647 द्वारा 78940535994 भाज्य है?

$\because$ 647×17=10999, इसलिए $ध_3$=11

78 940 535 994 चूंकि 1294 = 647×2
1294 6110 11469 इसलिए है।

(9) क्या 991 द्वारा 2093172670510192 भाज्य है?

$\because$ 991×111=110001, इसलिए $न_4$=11

$\overline{2093}$ 1726 $\overline{7051}$ 0192
+30721 –52603 –4939

30721 का और आश्लेषण करने पर 7928 मिलता है जो 991×8 के बराबर इसलिए है।

(10) क्या 421 द्वारा 47946654391 भाज्य है?

$\because$ 421×19=7999, इसलिए $ध_3$=8

47 946 654 391 इसलिए नहीं
1694 7205 3782

(11) उपरोक्त संख्या (10) के प्रथम अंक में उसे भाज्य बनाने के लिए क्या परिवर्तन किया जाए?

उत्तरः $\because$ 1684=4×421, इसलिए इस संख्या को 1694 से 1684 बनाने के लिए केवल सार्थकतम अंक 4 को 3 करना पड़ेगा।

अध्याय 31

वर्गों का योग और अन्तर

न केवल पाइथागोरस के प्रमेय के संबंध में (जिसे कि हम थोड़ी देर में पढ़ेंगे) वरन त्रिकोणमिति के मूलभूत अनुपात संबंधों (उदाहरणार्थ: $\sin^2\theta+\cos^2\theta=1$; $\sec^2\theta=1+\tan^2\theta$; $\operatorname{cosec}^2\theta=1+\cot^2\theta$) के विषय में हमें अक्सर दो वर्गों के योग तथा अन्तर से वास्ता पड़ जाता है। इसलिए इस विषय के नियमों की जानकारी तथा तद्जनित उपादेयता वांछनीय है।

दो वर्ग संख्याओं का अंतर

दोनों में यह सरल है। क्योंकि किसी भी संख्या को दो वर्गों के अन्तर में व्यक्त किया जा सकता है। इसका बीजगणितीय प्रमाण इस प्राथमिक सूत्र $अ^2-ब^2=(अ+ब)(अ-ब)$ में निहित है। अर्थात यदि दी हुई संख्या दो संख्याओं के गुणन के रूप में व्यक्त की जा सके तो हमारा कार्य स्वयं ही हो जाता है। और यह यदि की शर्त बहुत ही सरल है। क्योंकि यदि संख्या अभाज्य है तब भी उसे उसके स्वयं के तथा एक के गुणन के रूप में व्यक्त किया जा सकता है। यथा $7=7\times1$, $197=197\times1$ इत्यादि।

और हमारे पास, इसके बाद की पैड़ी के लिए यह सूत्र है:

$$(अ+ब)^2-(अ-ब)^2 = 4अब$$

या

$$\left[\frac{अ+ब}{2}\right]^2 - \left[\frac{अ-ब}{2}\right]^2 = अब$$

इसलिए अ, ब हमेशा ही (योग के आधे के वर्ग)–(अन्तर के आधे के वर्ग) के रूप में व्यक्त किया जा सकता है। और इसलिए प्रश्न सरलता पूर्वक हल किया जा सकता है तथा जितने अधिक गुणनखण्ड हों उतना ही अच्छा। वास्तव में हम यदि भिन्नों को भी स्वीकार कर लें तब तो संभव हलों की संख्या सचमुच अनंत हो जाएगी।

उदाहरणार्थ हमें 9 को दो वर्गों के अन्तर में व्यक्त करना है। तब $9=9\times1$

इसलिए $9=\left[\frac{9+1}{2}\right]^2 - \left[\frac{9-1}{2}\right]^2 = 5^2-4^2$

इसी तरह से

(अ) $13\times1=\left[\frac{14}{2}\right]^2 - \left[\frac{12}{2}\right]^2 = 7^2-6^2$

(ब) $12=6\times2=4^2-2^2$

या $=4\times3=\left[\frac{7}{2}\right]^2-\left[\frac{1}{2}\right]^2$

या $=12\times1=\left[\frac{13}{2}\right]^2 \quad \left[\frac{11}{2}\right]^2$

(स) $48=8\times6=7^2 \;\; 1^2$

$=12\times4=8^2 \;\; 4^2$

$=16\times3=\left[\frac{19}{2}\right]^2 \quad \left[\frac{13}{2}\right]^2$

$=24\times2=13^2 \;\; 11^2$

$=48\times1=\left[\frac{49}{2}\right]^2 \quad \left[\frac{47}{2}\right]^2$

अतएव किसी संख्या को दो वर्गों के अन्तर में व्यक्त करने में कोई कठिनाई नहीं है।

दो वर्गों का योग

चूंकि (अ²+ब²) इस तरह की कोई सुविधा या लाभ नहीं देता है, इसलिए किसी संख्या को दो वर्ग संख्याओं के योग में व्यक्त करना एक कठिन काम है तथा उसे बहुत सावधानी की आवश्यकता है। अब हम इस पर विचार करेंगे।

सरल नियम का उपयोग

अब हम इस विषय से संबद्ध एक सरल नियम पर विचार करेंगे। हमें संबद्ध मूल सूत्रों को समझाने की आवश्यकता नहीं है (विशेषकर संस्कृत न जानने वाले पाठकों के लिए), केवल उनका अभिप्राय तथा उनका अनुप्रयोग कैसे करना इतना समझना ही यथेष्ट होगा।

एक मिले हुए भिन्नों की श्रेणी लें, नाम्नाः–

$1\frac{1}{3}, \quad 2\frac{2}{5}, \quad 3\frac{3}{7}, \quad 4\frac{4}{9}, \quad 5\frac{5}{11}$

आदि। यह तीन शर्तें पूरी करती हैः

(अ) पूर्णांक में प्राकृतिक संख्याएं क्रम से हैं।

(ब) अंश भी बिलकुल वही हैं (पूर्णांक)। तथा

(द) हर में विषय संख्याएं हैं जो 3 से आरम्भ होकर एक श्रेढ़ी क्रम में हैं। जब इन्हें अनुचित भिन्न में लिखा जाएगा, यथाः

$\frac{4}{3} \quad \frac{12}{5} \quad \frac{24}{7} \quad \frac{40}{9} \quad \frac{60}{11}$ आदि

तब आप देखेंगे कि (हर²) तथा (अंश²) का योग हमेशा (अंश+1)² के बराबर होता है। उसका सामान्य बीजगणितीय रूप इस प्रकार हैः

$$स + \frac{स}{2\,स+1} = \frac{2स\,(स+1)}{(2स+1)}$$

$\therefore$ हर = 2स+1 तथा अंश = 2स(स+1)

हर^2+अंश^2=(2स+1)^2+4स^2(स+1)^2=(2स^2+2स+1)^2

संभवत: इसका रूप डरावना है, परन्तु है बिलकुल सरल और सीधा; मतलब है:
हर^2+अंश^2 = (अंश+1)^2

इसका अर्थ यह हुआ कि जब {च^2 (दी हुई संख्या) +क^2} एक पूर्ण वर्ग है तब हम क^2 सरलतापूर्वक मालूम कर सकते हैं। उदाहरणार्थ:

(क) यदि च =9 (दी हुई संख्या), तब 2स+1=9 इसलिए स=4

इसलिए $4\frac{4}{9}$ ही वह भिन्न है जिसे हम ढूंढ़ रहे हैं। तथा 9^2+40^2=41^2

(ख) यदि च=35, 2स+1=35, स=17 इसलिए अभीष्ट भिन्न

$17\frac{17}{35} = \frac{612}{35}$ इसलिए 35^2+612^2=613^2

(ग) यदि च=57, 2स+1=57, स=28 इसलिए अभीष्ट भिन्न

$28\frac{28}{57} = \frac{1624}{57}$ इसलिए 57^2+1624^2=1625^2

(घ) यदि च=141, 2स+1=141, स=70 इसलिए अभीष्ट भिन्न

$70\frac{70}{141} = \frac{9940}{141}$ इसलिए 141^2+9940^2=9941^2

नोट

गुणज तथा अवगुणज (आनुरूप्य अर्थात अनुपात के नियमानुसार) ठीक इसी तरह व्यवहार करते हैं। उदाहरणार्थ:

च=35, इसलिए 2स+1=35, इसलिए स=17 इसलिए अभीष्ट भिन्न

$17\frac{17}{35} = \frac{612}{35}$ इसलिए 35^2+612^2=613^2

इसलिए 70^2+1224^2=1226^2

एक और भी सरल विधि

यही बात हम एक और भी सरल विधि से कर सकते हैं जिसमें मिले भिन्नों की आवश्यकता नहीं होती और न उन्हें अनुचित भिन्नों में बदलने की, किन्तु उत्तर हमें तुरन्त मिल जाता है।

उपरोक्त सभी उदाहरणों में यह देखा होगा:

अंश^2+हर^2=(अंश+1)^2

$\therefore$ हर^2=(अंश+1)^2–अंश^2=2अंश+1=अंश+(अंश+1)

दूसरे शब्दों में एक दी हुई संख्या का वर्ग, ठीक आधे के पास की दो लगातार संख्याओं का योग है। उदाहरणार्थ यदि दी हुई संख्या 7 है तब उसका वर्ग =49 जो कि दो संख्याओं 24 तथा 25 का योग है।

इसलिए 7^2+24^2=25^2

(1) यदि च=9, 9^2=81=40+41 इसलिए 9^2+40^2=41^2

(2) यदिं च=35, $35^2=1225=612+613$ इसलिए $35^2+612^2=613^2$

(3) यदि च=57, $57^2=3249=1624+1625$ इसलिए $57^2+1624^2=1625^2$

(4) यदि च=141, $141^2=19881=9940+9941$ इसलिए $141^2+9940^2=9941^2$ इत्यादि। तथा सभी उत्तर पहले के ही समान हैं।

सम संख्याओं के विषय में

जी हाँ, विषम संख्या का वर्ग विंषम होता है तथा उसे दो लगातार (मध्य के पास) संख्याओं में विभक्त किया जा सकता है। किन्तु समसंख्याओं के लिए क्या करें, जिनका कि वर्ग भी सम होता है तथा जिन्हें इस तरह लगातार संख्याओं में नहीं बांटा जा सकता। इनके लिए हल यह है कि ऐसी संख्याओं को 2 से तब तक भाग देना चाहिए जब तक कि विषम संख्या न मिल जाए और तब उन्हें लगातार दो संख्याओं में बांटकर फिर उसी अनुपात में गुणा कर देना चाहिए।

उदाहरणार्थ च=52, इसे 4 से भाग देने पर 13 विषम संख्या मिलती है। $13^2=169=84+85$ इसलिए $13^2+84^2=85^2$

इसलिए सभी संख्याओं में 4^2 का गुणन करते हुए $52^2+366^2=340^2$

और भी कई सरल तथा सहज विधियां हैं जिनसे $च^2+छ^2=ज^2$ के प्रश्नों को हम $3^2+4^2=5^2$, $5^2+12^2=13^2$, $8^2+15^2=17^2$ आदि के द्वारा निगमित सूत्रों तथा निष्कर्षों की सहायता से हल कर सकते हैं। किन्तु इन में तथा इनसे संबद्ध विषय के विवरण में हम अभी नहीं जाएंगे।

अध्याय 32

सरल वर्ग तथा घन निकालना

इस ग्रन्थ के प्रारंभिक अध्यायों में हमने गणन की विविध युक्तियों पर विस्तार पूर्वक अध्ययन किया था। वर्ग तथा घन निकालना उन्हीं युक्तियों के विशेष अनुप्रयोग मात्र हैं। इसी कारण से उन अध्यायों में इस विषय ने अपना स्वाभाविक स्थान लिया था। किन्तु संख्या के वर्ग तथा घन निकालने का अपना अस्तित्व तथा व्यक्तित्व है। और वर्गमूल तथा घनमूल निकालने के प्रश्न के साथ इनका घनिष्ठ संबंध होने के कारण भी इनका महत्व बढ़ जाता है। इसलिए हम इस विषय पर एक ओर तो दुहराने के लिए तथा दूसरी ओर कुछ नई सामग्री प्रस्तुत करने के अभिप्राय से विचार करेंगे।

वर्ग निकालने के लिए यावदूनम् सूत्र

दुहराने के अभिप्राय से, हम विद्यार्थी को यावदूनम् सूत्र का स्मरण करा दें तथा कुछ उदाहरण उसकी याद को ताजा करने के लिए दे रहें हैं:–

(1) $97^2=94/09$
(2) $87^2=74/{}_{1}69=7569$
(3) $19^2=28/{}_{8}1=361$
(4) $91^2=82/81$
(5) $965^2=930/{}_{1}225=931225$
(6) $113^2=126/{}_{1}69=12769$
(7) $996^2=992/016$
(8) $998^2=996/004$
(9) $9997^2=9994/0009$
(10) $1007^2=1014/0049$
(11) $9996^2=9992/0016$
(12) $9999^2=9998/0001$
(13) $1017^2=1034/289$
(14) $1039^2=1078/{}_{1}521=1079521$
(15) $99991^2=99982/00081$
(16) $99998^2=99996/00004$
(17) $99994^2=99988/00036$
(18) $10004^2=10008/0016$
(19) $999978^2=999956/000484$
(20) $999998^2=999996/000004$
(21) $100023^2=100046/00529$
(22) $9999873^2=9999746/0016129$
(23) $9999999^2=9999998/0000001$
(24) $1000012^2=1000024/000144$

घन निकालने के लिए आनुरूप्य सूत्र

यह नई सामग्री है। एक सहज उदाहरण इसे स्पष्ट कर देगा।

मान लें कि हमें दस (1-10) तक के घनफल ज्ञात हैं और हम उससे बड़ी संख्या के घनफल सिद्धांत के अनुसार निकालना चाहते हैं। 11 को ही लें।

1. पहली पैड़ी में, पहले अंक के घन से प्रारंभ कर दूसरे अंक के घन से समाप्त करते हुए एक गुणोत्तर श्रेढ़ी लिखते हैं (श्रेढ़ी में चार अंक होते हैं, इन संख्याओं के बीच का अनुपात (दी संख्या के) उन दो अंकों के बीच का ही अनुपात होता है)

यथा: 1 1 1 1

2. द्वितीय पैड़ी में, दूसरे और तीसरे अंक के नीचे उनकी दुगुनी संख्या लिखकर उन्हें जोड़ देते हैं। यथा:—

$11^3=$	1	1	1	1
		2	2	
	1	3	3	1

कुछ और उदाहरण इस विधि को स्पष्ट कर देंगे:—

(1) 12^3 =	1	2	4	8	(2) 13^3 =	1	3	9	27
		4	8				6	18	
	1	7	2	8		2	1	9	7
(3) 14^3 =	1	4	16	64	(4) 15^3 =	1	5	25	125
		8	32				10	50	
	2	7	4	4		3	3	7	5
(5) 16^3 =	1	6	36	216	(6) 17^3 =	1	7	49	343
		12	72				14	98	
	4	0	9	6		4	9	1	3
(7) 18^3 =	1	8	64	512	(8) 19^3 =	1	9	81	729
		16	128				18	162	
	5	8	3	2		6	8	5	9
(9) 21^3 =	8	4	2	1	(10) 22^3 =	8	8	8	8
		8	4				16	16	
	9	2	6	1		10	6	4	8
(11) 23^3 =	8	12	18	27	(12) 24^3 =	8	16	32	64
		24	36				32	64	
	12	1	6	7		13	8	2	4
(13) 25^3 =	8	20	50	125	(14) 32^3 =	27	18	12	8
		40	100				36	24	
	15	6	2	5		32	7	6	8

(15) $9^3 = (10 \quad 1)^3$

$= 1000 \quad 100 + 10 \quad 1$

$\quad\quad 200 + 20 \quad\quad : (1000 \quad 300+30 \quad 1)$

$\quad 7 \quad 2 \quad 9$

(16) $97^3 = 729 \quad 567 \quad 441 \quad 343$

$\quad\quad 1134 \quad 882$

$912 \quad 6 \quad 7 \quad 3$

अथवा

(16) $97^3 = (100 \; 3)^3 = 1000000 \; 90000+2700 \; 27 = 912673$

इसकी बीजगणितीय व्याख्या इस प्रकार है:–

यदि घन निकालने वाली संख्या के दोनों अंक क्रमशः च तथा छ हैं तब हमारा कार्यपटल इस तरह रहता है:

च^3 + च^{2}छ + चछ^2 + छ^3

+ 2च^{2}छ + 2चछ^2

च^3 + 3च^{2}छ + 3चछ^2 + छ^3

और वास्तव में यही (च+छ)^3 का मान है।

सारे गणित से काम करने वालों को यह सूत्र ज्ञात है, किन्तु बहुत ही कम लोग इसका अनुप्रयोग करते हैं। यही तो स्थिति की विडंबना है और दुख है।

(घन निकालने के लिए) यावदूनम सूत्र

जैसा कि ऊपर देखा गया है, उसके हिसाब से यावदूनम् सूत्र को घन निकालने के लिए लगा सकते हैं। अन्तर इतना होगा कि, यहाँ पर जो कमी या अधिकता है उसे उतना ही न लेकर उसका दुगुना लेते हैं तथा दूसरे स्थानों में संबद्ध परिवर्तन कर लेते हैं, यथा:

मान लें कि हमें 104 का घनफल निकालना है। हमारा आधार 100 है। तब आधिक्य 4 हुआ। इसलिए जैसा कि हमने वर्गफल निकालने के लिए किया था, वैसा न कर उस आधिक्य का दुगना (अर्थात 8) जोड़कर, 104+8=112 पाते हैं जो कि घनफल का बायाँ हिस्सा है। अब हम इस आधिक्य में इसी आधिक्य के तीन गुने से गुणाकर घनफल का मध्य हिस्सा प्राप्त करते हैं यथा: $4 \times 4 \times 3 = 48$

अंतिम हिस्से के लिए आधिक्य का घनफल रख देते हैं। बस हमें अभीष्ट घनफल मिल गया। 112/48/64

विद्यार्थी को इस नई विधि (जो कि वास्तव में नई नहीं है, वरन (च+छ)^3 सूत्र का एक व्यावहारिक अनुप्रयोग मात्र है) का अभ्यास कराने के लिए कुछ और उदाहरण दिए जा रहे हैं।

(1) $103^3 = 109/27/27$

(2) $113^3 = 139/{}_{5}07/{}_{21}97 = 1442897$

(3) $1004^3 = 1012/048/064$

(4) $10005^3 = 10015/0075/0125$

(5) $996^3 = 988 / 048 / \overline{064} = 988047936$ ($\because -12\times-4=48,\ -4^3=-64$)

(6) $93^3 = 79 / {}_{1}47 / {}_{3}\overline{43} = 804357$ ($\because -21\times-7=147\ \ -7^3 = -343$)

(7) $9991^3 = 9973/0243/0\overline{729} = 997302429271$

(8) $10007^3 = 10021/0147/0343$

(9) $99999^3 = 99997/00003/0000\overline{1} = 999970000299999$

(10) $100012^3 = 100036/00432/01728$

(11) $99998^3 = 99994/00012/0000\overline{8} = 999940001199992$

(12) $1000007^3 = 1000021/000147/000343$

(13) $999992^3 = 999976/000192/000\overline{512}$

$= 999976/000191/999488$

चतुर्थघात

हमें मालूम है कि $(\text{च}+\text{छ})^4 = \text{च}^4+4\text{च}^3\text{छ}+6\text{च}^2\text{छ}^2+4\text{च}\text{छ}^3+\text{छ}^4$ यह हमें किसी भी संख्या का चतुर्थघात निकालने का तरीका बतलाता है।

यथा:

(1) $11^4 =$ 1 1 1 1 1
      3 5 3
―――――――――
  1 4 6 4 1

(2) $12^4 =$ 1 2 4 8 16
      6 20 24
―――――――――
  2 0 7 3 6

द्विपद प्रमेय

इस तरह हम देखते हैं कि द्विपद प्रमेय बहुत ही व्यावहारिक अनुप्रयोग की क्षमता रखता है तथा अपने व्यापक वैदिक रूप में वैदिक सूत्रों के रूपों में भव्य रूप से उपयोग में लाया गया है। और कलन विभाग की (अवकलन तथा समाकलन दोनों) बहुत सारी गणना इसके द्वारा सहज की गई है। किन्तु इसके विवरण पर हम बाद में विचार करेंगे।

अध्याय 33

वर्गफल (सीधी विधि)

संख्याओं के वर्ग निकालने के विषय पर वापिस आते हुए, हमें विद्यार्थियों को शायद ही याद दिलाना पड़े कि शुरू के अध्याय में तथा पिछले अध्याय में वर्ग करने की जो विधि बतलाई गई थी, वह कुछ विशिष्ट प्रकरणों पर ही लागू होती है तथा एक ऐसी सामान्य विधि जो सब प्रकरणों पर लागू हो अभी तक अपेक्षित है।

ऐसी विधि का द्वन्द्व योग (द्वयात्मक संयोजन प्रक्रिया) प्रक्रिया से घनिष्ठ संबंध है तथा अगले अध्याय में वर्णित वर्गमूल निकालने की सरल तथा सहज विधि से भी संबंध होने के कारण उसका महत्व तथा उपयोग और बढ़ जाता है। इसलिए हम इसका संक्षिप्त रूप से अध्ययन करेंगे।

द्वन्द्व योग (द्वयात्मक संयोजन प्रक्रिया)

द्वन्द्व योग (अथवा द्वयात्मक) पद के दो अर्थ हैं। एक तो वर्ग निकालने के अर्थ में और दूसरा तिर्यक गुणन के अर्थ में। यहां इसका दोनों अर्थों में उपयोग किया गया है।

एक अंक की संख्या में, इसका अर्थ वर्ग लिया गया है। तथा सम संख्या वाले अंकों की संख्या के संदर्भ में (दोनों छोरों से समान दूरी वाले अंकों अ तथा ब के प्रकरण में) तिर्यक गुणन का दुगुना वाला अर्थ लिया गया है।

इस विधि को कुछ उदाहरण स्पष्ट कर देंगे। द्वन्द्वयोग को 'द' द्वारा निरूपित करते हुए:

(1) 2 के लिए ; द=2^2=4

(2) 7 के लिए ; द=7^2=49

(3) 34 के लिए ; द=2(12)=24

(4) 74 के लिए ; द=2(28)=56

(5) 409 के लिए ; द=2(36)+0=72

(6) 071 के लिए ; द=2(0)+7^2=49

(7) 713 के लिए ; द=2(21)+1^2=43

(8) 734 के लिए ; द=2(28)+3^2=65

(9) 7346 के लिए ; द=2(42)+2(12)=108

(10) 26734 के लिए ; द=2(8)+2(18)+7^2=101

(11) 60172 के लिए ; द=2(12)+2(0)+1^2=25

(12) 73215 के लिए ; द=2(35)+2(3)+2^2=80

(13) 80607 के लिए ; द=2(56)+2(0)+6^2=148

(14) 77 के लिए ; द=2(49)=98

(15) 521398 के लिए ; द=2(40)+2(18)+2(3)=122

(16) 746213 के लिए ; द=2(21)+2(4)+2(12)=74

(17) 12345679 के लिए ; द=2(9)+2(14)+2(18)+2(20)=122

(18) 370415291 के लिए ; द=2×3+2(63)+2(0)+2(20)+1^2=173

(19) 432655897 के लिए ; द=2×28+2(27)+2(16)+2(30)+5^2=227

यह सामग्री ऊर्ध्व तिर्यक विधि की याद ताजी करने के लिए दी गई है, इसकी व्याख्या की कोई आवश्यकता नहीं है।

नोट:

यदि किसी संख्या में 'स' अंक हैं तब उसके वर्ग के अंकों की संख्या 2 स या 2स-1 होगी। इसलिए निम्नलिखित प्रक्रिया में अतिरिक्त बिंदुओं को बाएं तरफ लें (दिए अंकों की संख्या से एक कम)

उदाहरण:

(1) 207^2 = 4 0 8 0 9=42849 . . 2 0 7 / 4 0 8 0 9 / 2 4

     2   4

(2) 213^2=44 369=45369

    1

(3) 221^2=48841

(4) 334^2=9 8 3 4 6=111556

    1 3 2 1

(5) 425^2=16 6 4 0 5=180625

    1 4 2 2

(6) 543^2=25 0 6 4 9=294849

    4 4 2

(7) 897^2=64/144/193/126/49=804609

अथवा, $1\bar{1}0\bar{3}^2=1/\bar{2}/1/\bar{6}/6/0/9$= 804609

अथवा, (यावदूनम् के अनुसार) = 794/103^2 = 804609

8 8 9

(8) 889^2=64 / 128 / 208 / 144 / 81= 790321

$1\bar{1}\bar{1}\bar{1}$

अथवा, $(1\bar{1}\bar{1}\bar{1})^2=1\bar{2}\bar{1}0321$= 790321

अथवा, (यावदूनम् के अनुसार) 778/ 111^2=778/ $_{12}321$=790321

(9) 1113^2=1238769

(10) 2134^2=4/4/13/22/17/24/16=4553956

(11) 3214^2=9/12/10/28/17/8/16=10329796

(12) 3247^2=10543009

(13) 6703^2=44930209

(14) 31.42^2=987.2164

(15) $.0731^2 = .00534361$

(16) $8978^2 = 64/144/193/254/193/112/64 = 80604484$

अथवा, $(1\bar{1}0\bar{2}\bar{2})^2 = 1\bar{2}1\bar{4}04484 = 80604484$

या, (यावदूनम् द्वारा) $7956/\ 1022^2 = 7956/_{104}4484 = 80604484$

(17) $8887^2 = 64/128/192/240/176/112/49 = 78978769$

या, $(1\bar{1}\bar{1}\bar{1}\bar{3})^2 = 1\bar{2}\bar{1}\bar{0}\bar{3}8769 = 78978769$

अथवा, (यावदूनम् द्वारा) $77\bar{7}\bar{4}/1\bar{1}13^2 = 7774/_{123}8769$

(18) $141.32^2 = 19971.3424$

(19) $21345^2 = 455609025$

(20) $43031^2 = 1851666961$

(21) $46325^2 = 2146005625$

(22) $73.214^2 = 49/42/37/26/66/28/17/8/16 = 5360.289796$

अध्याय 34

वर्गमूल

वर्ग करने की सीधी विधि की याद ताजी करने तथा उस पर द्वन्द्वयोग के व्यावहारिक अनुप्रयोग करने के बाद हम उसी सहज, सरल तथा सीधी विधि द्वारा वर्गमूल को निकालेंगे।

सुविदित प्रथम सिद्धांत

वर्गमूल निकालने के लिए मूलभूत सिद्धांत इस प्रकार हैं:–

(1) दी हुई संख्या को (दाएं से बाएं) अंकों के जोड़े में बांट देते हैं और यदि कोई अंक बच गया (बाईं ओर) तो उसे भी एक जोड़ा माना जाता है।

(2) वर्गमूल में अंकों की संख्या दी हुई संख्या के जोड़ों की संख्या (अकेले अंक, यदि हैं तो,उन्हें भी गिनते हुए) के बराबर होती है। यथा 16 में एक जोड़ा है, तथा 144 तथा 1024 में दो।

(3) इसलिए यदि वर्गमूल में 'स' अंक हैं तो वर्ग में '2स' या '2स-1' अंक होंगे।

(4) विलोमत: यदि दी हुई संख्या में 'स' अंक हैं तो वर्गमूल में स/2 या (स+1)/2 अंक होंगे।

(5) किन्तु शुद्ध दाशमलविक संख्याओं के प्रकरण में, वर्ग में अंकों की संख्या वर्गमूल के अंकों की संख्या की दुगनी होती है।

(6) प्रथम नौ प्राकृतिक संख्याओं के वर्ग क्रमश: 1, 4, 9, 16, 25, 36, 49, 64, 81 इसका अर्थ:

(अ) पूर्ण वर्ग का अंतिम अंक 2, 3, 7, तथा 8 नहीं हो सकता।

(ब) (क) 1 से अंत होने वाले पूर्ण वर्ग के वर्गमूल के अंतिम अंक 1 अथवा 9 (दस के परस्पर पूरक) होंगे।

(ख) पूर्ण वर्ग का अंतिम अंक यदि 4 है तब वर्गमूल का अंतिम अंक 2 अथवा 8 होगा (पूरक)।

(ग) पूर्ण वर्ग का अंतिम अंक 5 या शून्य हो तब वर्गमूल का अंतिम अंक क्रमश: 5 या शून्य ही होगा।

(घ) पूर्ण वर्ग का अंतिम अंक 6 हो तब वर्गमूल का अंतिम अंक 4 या 6 (पूरक) होंगे। तथा

(च) पूर्ण वर्ग का अंतिम अंक 9 हो तब वर्गमूल का अंतिम अंक 3 या 7 (पूरक) होंगे।

दूसरे शब्दों में, संक्षिप्त में, हम इन्हें इस प्रकार लिख सकते हैं:

(क) संख्या के अंतिम अंक 1, 5, 6, 0 वर्ग के अंत में स्वयं को लाते हैं।

(ख) पूरकों के (दस के) वर्गों का अंतिम अंक वही होता है। यथा 1^2 और 9^2, 2^2 और

8^2, 3^2 और 7^2, 4^2 और 6^2, 5^2 और 5^2 और 0^2 और 10^2 के अंतिम अंक समान होते हैं (नाम्नाः क्र.ःशः 1, 4, 9, 6, 5 और 0) । तथा

(ग) 2, 3, 7, और 8 पूर्ण वर्ग के अंतिम अंक नहीं हो सकते।

पूर्व तैयार सामग्री

इस तरह सीधे भाग द्वारा वर्गमूल निकालने के समय हम पहले से यह जानते हैं: वर्गमूल में अंकों की संख्या तथा उसका पहला अंक। यथाः–

(1) 74562814, स=8 ∴ वर्गमूल कें अंकों की संख्या = स/2 =4, प्र० अंक =8

(2) 963106713, स=9 ∴ वर्गमूल के अंकों की संख्या = स+1/2 = 5, प्रथम अंक 3 किन्तु

(3) $.7104^2$ में आठ अंक होंगे

(4) $\sqrt{0.16} = 0.4$

(5) $\sqrt{.0064} = 0.08$

(6) $\sqrt{.000049} = 0.007$

(7) $\sqrt{.00007(0)} = 0.008$ आदि

(8) $\sqrt{.00000007} = 0.0002$ आदि

(9) $\sqrt{.09} = 0.3$

(10) $\sqrt{0.9} = \sqrt{0.90} = 0.95...$ आीद

(सीधी वर्ग मूल की) कार्य विधि

वैदिक सूत्र के सीधे वर्गमूल की विधि सीधे भाग देने के लगभग समान है। वर्गमूल की विधि में भाजक वर्गमूल के पहले अंक का दुगुना होता है यही दोनों का अंतर है।

नोटः

चूंकि एक अंक 9 से बड़ा नहीं हो सकता, इसलिए हमारी सीधी वर्गमूल वैदिक विधि में, भाजक को 18 से बड़ा होने की आवश्यकता नहीं है। हम चाहें तो स्वयं ही बड़ी संख्या का भाजक ले सकते हैं किन्तु यह आवश्यक नहीं है।

आरंभिक पटल

अपनी प्रक्रिया हम नीचे बने हुए पटलों की तरह आरंभ करते हैंः–

(**अनुवादक का नोटः** इसमें ऊपर की पंक्ति में वह संख्या है जिसका कि वर्गमूल निकालना है तथा उसे जोड़ों में बांट दिया है। चूंकि वर्गमूल का प्रथम अंक हम मालूम कर सकते हैं, इसलिए रेखा के नीचे (प्रथम अंक के नीचे) उसे लिखते हैं। अब प्रथम अंक में से वर्गमूल के प्रथम अंक के वर्ग को घटाने से जो शेषफल आता है उसे अगले अंक का उपसर्ग भी बना देते हैं। और चूंकि इस विधि में भाजक वर्गमूल के पहले अंक का दुगुना होता है, इसलिए असली भाजक को भी बांए तरफ लिख देते हैं:

(1)

	5 :	29 :
4	:1	:
	2 :	:

(2)

	7 :	31 :
4	:3	:
	2 :	:

(3)

	32 :	49 :
10	:7	:
	5 :	:

(4)

	40 :	96 :
12	:4	:
	6 :	:

(5)

	1 :	63 :	84 :
2	:0	:	:
	1 :	:	:

(6)

	8 :	31 :	76 :
4	:4	:	:
	2 :	:	:

(7)

	44 :	44 :	44 :
12	:8	:	:
	6 :	:	:

(8)

	61 :	13 :	60 :
14	: :12	:	:
	7 :	:	:

(9)

	73 :	60 :	84 :
16	:9	:	:
	8 :	:	:

(10)

	6 :	00 :	00 :	01 :
4	:2	:	:	:
	2 :	:	:	:

(11)

	10 : 73 :	69 :	42 :
6	:1	:	:
	3 :	:	:

(12)

	90 :	61 :	71 :	74 :
18	:9	:	:	:
	9 :	:	:	:

प्रक्रिया

अब एक उदाहरण लिया जाए (मान लें कि 119716 का वर्गमूल निकालना है)।

(अ) पटल में हमने वर्गमूल का पहला अंक 3 लिखकर, पहले अंक में से वर्ग घटाकर शेषफल 2 को दूसरे अंक 9 में उपसर्गित कर दिया तथा वर्गमूल के प्रथम अंक को दुगुना कर 6 भाजक भी लिख लिया। यथाः

	11 :	9	7	1	6 :
6	:2				
	3 :				

(ब) इसलिए हमारा अगला सकल भाज्य अब 29 हो गया। इसमें से बिना कुछ घटाए 6 से भाग देकर, भजनफल 4 को रेखा के नीचे तथा शेष 5 को 7 का उपसर्ग बनाकर लिख दिया।

	11 :	9	7	1	6 :
6	:2	5			
	3 :	4			

(स) अब तीसरा सकल भाज्य 57 हुआ। इसमें से (दूसरे भजनफल अंक 4 का वर्ग) 16 घटाकर वास्तविक भाज्य 41 प्राप्त करते हैं। इसे 6 से भाग देकर भजनफल 6 को रेखा के नीचे तथा शेष 5 को 1 का उपसर्ग बना देते हैं।

	11 :	9	7	1	6 :
6	:2	5	5		
	3 :	4	6		

(द) हमारा चौथा सकल भाज्य 51 है। इसमें से (46 का) द्वन्द्व योग 48 घटाकर 3 वास्तविक भाज्य मिलता है। भजनफल शून्य तथा शेष 3 को यथास्थान लिख देते हैं।

	11 :	9	7	1	6 :
6	:2	5	5	3	
	3 :	4	6	0	

(इ) 36 अंतिम सकल भाज्य है। इसमें से 460 का द्वन्द्वयोग 36 घटाने से वास्तविक भाज्य शून्य मिलता है और इसलिए भजनफल तथा शेषफल भी, जिन्हें यथा स्थान लिखते हैं। अब प्रक्रिया पूरी हो गई तथा दिया व्यंजक पूर्ण वर्ग है तथा 346 इसका वर्गमूल है।

6	11 : 9 7 1 6 :
	: 2 5 5 3
	3 : 4 6 0 0
	पूर्ण

पूर्णता तथा परिशुद्धता का प्रमाण

(1) सबसे सुन्दर प्रमाण तो प्राप्त वर्गमूल का वर्ग कर यह देखना है कि प्राप्त वर्गफल मूल संख्या ही है या नहीं। यथा

$346^2 = 119716$ इसलिए ठीक है।

(2) किन्तु यह तो यंत्रवत है। जब हम प्रक्रिया को दाशमलविक क्षेत्र में ले जाते हैं तो देखते हैं कि सभी भजनफल अंक तथा शेषफल के अंक भी शून्य मिलते हैं, यह स्वयं एक साफ तथा मान्य प्रमाण है।

अपूर्णता का प्रमाण

निम्नलिखित दशाओं में संख्या पूर्ण वर्ग नहीं होगी:–

(1) यदि उसका अंत 2, 3, 7 या 8 से हो,

(2) यदि उसके अंत में शून्यों की संख्या विषम हो

(3) यदि उसका अंतिम अंक 6 है तथा उपान्तिम एक सम अंक है,

(4) यदि उसका अंतिम अंक 6 नहीं है किन्तु उपान्तिम अंक विषम है, और

(5) यद्यपि संख्या सम है किन्तु अंतिम दो अंक 4 से विभाजित नहीं होते। और उपरोक्त किसी भी शर्त को बिना पूरा किए कोई भी वर्गमूल सही नहीं होगा

उदाहरण

कुछ दृष्टान्त नीचे दिए जा रहे हैं:–

(1)

	5 2 9
4	1 0
	2 3 पूर्ण

(2)

	32 4 9
10	7 4 0
	5 7 पूर्ण

(3)

	40 9 6
12	4 1 0
	6 4 पूर्ण

(4)

	1 6 3 8 4
2	0 2 3 6 0
	1 2 8 पूर्ण

(5)

	55 2 0 4 9
14	6 6 2
	7 4 3 .0 0 पूर्ण

(6)

	69 9 0 6 3 2 1
16	5 11 5 4 1 0
	8 3 6 1 .0 0 पूर्ण

(7)
```
   |53 1  6 3  2 1 4
 14|  4 13 6 13 5  7
   |-----------------
   |7 2  9 1 .3 1
```
अपूर्ण

(8)
```
  |14 0 4  7  5 0 4
 6|  5 8 11 13 7 6
  |-----------------
  |3 7 4  8 .0 0
```
पूर्ण

(9)
```
   |41 2 5 4 9 2 9
 12|  5 4 5 2 1 0
   |---------------
   |6 4 2 3.0 0 0
```
पूर्ण

(10)
```
  |7  3 8 9  1 5 4 8 9
 4|  3 5 5 13 6 7 4 0
  |--------------------
  |2 7 1 8 3.0 0 0
```
पूर्ण

(11)
```
   |25 7 4 5 4 7 6
 10|  0 7 4 5 5 1
   |---------------
   |5 0 7 4.0 0 0
```
पूर्ण

(12)
```
   |45 3 1 9 8 2 4
 12|  9 9 6 3 1 0
   |---------------
   |6 7 3  2 .0 0 0
```
पूर्ण

(13)
```
   |74   5 7  5  3  1 4 4 9
 16|  10 9 13 19 12 7 7 4
   |------------------------
   |8   6 3  5  7 .0 0 0
```
पूर्ण

(14)
```
   |52 4 4 3  9 0 7
 14|  3 6 4 13 7 2
   |----------------
   |7 2 4 1 .8 2
```
दशमलव के 2 स्थान तक

(15)
```
   |73 2  1  0  8  0
 16|  9 12 16 14 15
   |-----------------
   |8 5  5 .6  3  3
```
(दशमलव के तीन स्थान तक)

(16)
```
  |18 1 3 4  5  1  2 2 6
 8|  2 5 9 10 16 17
  |----------------------
  |4 2 5 8 .4  6  4
```
(दशमलव के तीन स्थान तक)

(17)
```
  |13 8 7 0 0 0  0
 6|  4 6 6 8 8 12
  |---------------
  |3 7.2 4 2 4
```
(दशमलव के चार स्थान तक)

(18)
```
   |75  0  1 7 1  0  0  0 0
 16|  11 14 9 9 11 10 11
   |------------------------
   |8  6  6.1 2  4  1
```
(दशमलव के चार स्थान तक)

(19)
```
  |.00 09 2 4 0 1  6 0
 6|       0 2 6 6 10
  |--------------------
  |. 03  0 3 9 7
```
(दशमलव के छः स्थान तक)

(20)
```
  |16. 7 9 0  0  0  0
 8|    0 7 7 14 19 16
  |-------------------
  |4 .  0 9  7  5  6
```
(दशमलव के पाँच स्थान तक)

(21)
```
   |27. 1 3 0  0 0  0
 10|    2 1 9 10 8 16 7
   |--------------------
   |5 .  2 0  8 6  4
```
(दशमलव के पाँच स्थान तक)

(22)
```
   |.74  1 0  7  0  0  0
 16|    10 5 14 19 14 16
   |---------------------
   |8    6 0  8  5  4
```
(दशमलव के पाँच स्थान तक)

(23)
```
  |19. 7 0  6  4  1  2  8 1 4
 8|    3 5 10 10 15 17 13
  |---------------------------
  |4.  4 3  9  1  9  0
```
(दशमलव के छः स्थान तक)

(24)

```
   | 27. 0   0  0  0  0  0  0
10 |   2     9 12 17 10 16 14
---+--------------------------
   | 5. 1    9  6  1  5  2  4
```

(दशमलव के सात स्थान तक)

(25)

```
  | .09 0 0 4 5 1 3 0
6 |     0 0 0 4 3 1 1
--+-------------------
  | 3   0 0 0 7 5 2
```

(दशमलव के सात स्थान तक)

(26)

```
  | .00 09 1 3 4 0
6 |        0 1 1 2
--+----------------
  | 03     0 2 2 2
```

(दशमलव के छः स्थान तक)

(27)

```
   | .00 39 3 0  0  0  0  0
12 |        3 9 14 20 24 24
---+------------------------
   | .0   6 2 6  8  9  7  7
```

(दशमलव के आठ स्थान तक)

(28)

```
   | .00 00 00 8 3 1  0  0 0 0
18 |             2 3 11 18 7 2
---+---------------------------
   | 0   0  0 9  1 1  5  9
```

(दशमलव के आठ स्थान तक)

(29)

```
   | .000092  4 0 1  0  0  0  0  0
18 |         11 6 6 13 15 14 24 32
---+-------------------------------
   |    .009  6 1 2  5  4  3  8
```

(दशमलव के दस स्थान तक)

(30)

```
  | 2 0 7 3 6
2 |   1 2 3 1
--+-----------
  | 1 4 4.0 पूर्ण
```

अथवा प्रथम तीन अंकों को एक साथ लेते हुए

```
   | 207  3 6
28 |     11 1
---+----------
   | 14  4.0   पूर्ण
```

अध्याय 35

पूर्णघन के घनमूल

[मुख्यतया अवलोकन तथा तर्क से]

(सुविदित) आरंभिक सिद्धांत

(1) पहली नौ प्राकृतिक संख्याओं के घनफल क्रमशः इस प्रकार हैं: 1, 8, 27, 64, 125, 216, 343, 512 तथा 729

(2) इस तरह उन सब के अलग अलग अंतिम अंक हैं तथा उनमें वर्गफल सरीखी कोई दुविधा नहीं है।

(3) इसलिए पूर्ण घन के घनमूल का अंतिम अंक सुस्पष्ट है:

(अ)	घन का अंतिम अंक	1,	इसलिए घनमूल का अंतिम अंक	1
(ब)	घन का अंतिम अंक	2,	इसलिए घनमूल का अंतिम अंक	8
(स)	घन का अंतिम अंक	3,	इसलिए घनमूल का अंतिम अंक	7
(द)	घन का अंतिम अंक	4,	इसलिए घनमूल का अंतिम अंक	4
(इ)	घन का अंतिम अंक	5,	इसलिए घनमूल का अंतिम अंक	5
(ई)	घन का अंतिम अंक	6,	इसलिए घनमूल का अंतिम अंक	6
(उ)	घन का अंतिम अंक	7,	इसलिए घनमूल का अंतिम अंक	3
(ऊ)	घन का अंतिम अंक	8,	इसलिए घनमूल का अंतिम अंक	2
(ओ)	घन का अंतिम अंक	9,	इसलिए घनमूल का अंतिम अंक	9

(4) दूसरे शब्दों में

(क) 1, 4, 5, 6, 9 तथा 0 घन के अंतिम अंक में स्वयं दुहराते हैं।

(ख) 2, 3, 7 तथा 8 (दस के) पूरक देते हैं।

(5) घनमूल में अंकों की संख्या मूल संख्या में तीन अंकों के समूहों की (यदि एक या दो अंक समूह बचते हैं तो वे भी) संख्या के बराबर होती है।

(6) मूल संख्या के प्रथम अंक समूह से घनमूल का प्रथम अंक सुस्पष्ट हो जाता है।

(7) इसलिए घनमूल के अंकों की संख्या, प्रथम तथा अंतिम अंक की जानकारी से हम अपने घनमूल निकालने का कार्य शुरू करते हैं।

उदाहरण

(घनमूल में प, अ तथा स क्रमशः प्रथम अंक, अंतिम अंक तथा अंकों की संख्या को निरूपित करते हैं)

(1) 271601 के घनमूल में प=6, अ=1 तथा स=2

(2) 4,269,813 प=1, अ=7 तथा स=3

(3) 5728 प=1, अ=2 तथा स=2

(4) 33,076,161 प=3, अ=1 तथा स=3

(5) 83,453,453 प=4, अ=7 तथा स=3

(6) 105,823,817 प=4, अ=3 तथा स=3

(7) 248,858,189 प=6, अ=9 तथा स=3

(8) 1,548,816,893 प=1, अ=7 तथा स=4

(9) 73,451,930,798 प=4, अ=2 तथा स=4

(10) 76,928,302,277 प=4, अ=3 तथा स=4

(11) 6,700,108,456,013, प=1, अ=7 तथा स=5

(12) 62,741,116,007,421 प=3, अ=1 तथा स=5

(13) 91,010,000,000,468 प=4, अ=2 तथा स=5 आदि

कार्यपटल तथा प्रक्रिया

घनमूल की प्रक्रिया सीधे भाजन तथा विशेषकर वर्गमूल निकालने की प्रक्रिया के समान ही है। यहाँ पर हमारा भाजक बजाय प्रथम अंक के दुगुना होने के उसके वर्ग का तिगुना होगा। चूंकि हमें प्रथम अंक तो मालूम हो जाता है, इसलिए हमारा कार्यपटल उसी तरह बन जाता है:–

```
(1)    | 1  7  2  3          (2)     | 13  8  2  4
     3 |    0                     12 |     5
    ---+-----------              ----+-------------
       | 1                           | 2

(3)    | 73  089  149        (4)     | 27  841
    48 |     9                    27 |     0
    ---+--------------           ----+-------------
       | 4                           | 3

(5)    | 21   400   713      (6)     | 600    132   419
    12 |    13                   192 |     88
    ---+----------------         ----+------------------
       | 2                           | 8

(7)    | 79    314  502
    48 |    15
    ---+----------------
       | 4
```

बीजगणितीय सिद्धांत

किसी भी गणितीय संख्या को बीजगणितीय रूप दिया जा सकता है:

$\text{च}+10\text{छ}+100\text{ज}+1000\,\text{झ}$ इत्यादि

मान लो कि हमें तीन अंकीय संख्या का घनफल निकालना है तब हमें $(\text{च}+10\text{छ}+100\text{ज})^3$ का विस्तार करना होगा:

$(\text{च}+10\text{छ}+100\text{ज})^3 = \text{च}^3+1000\text{छ}^3+1000000\text{ज}^3+30\text{च}^2\text{छ}+300\text{चछ}^2+300\text{च}^2\text{ज}+30000\,\text{चज}^2+30000\text{छ}^2\text{ज}+300000\text{छज}^2+6000\,\text{चछज}$

दस की घात निकालते हुए तथा इसे बीजगणितीय रूप में लिखते हुए हम देखते हैं:

(1) इकाई का स्थान च^3 निर्धारित करता है।

(2) दहाई का स्थान $3\,\text{च}^2\text{छ}$ निर्धारित करता है।

(3) सैकड़े का स्थान $3\,\text{चछ}^2+3\text{च}^2\text{ज}$ निर्धारित करता है।

(4) हजार का स्थान $\text{छ}^3+6\text{चछज}$ निर्धारित करता है।

(5) दस हजार का स्थान चज^2+3छ^{2}ज निर्धारित करता है।

(6) लाख का स्थान 3छज^2 निर्धारित करता है।

(7) दस लाख का स्थान ज^3 निर्धारित करता है।

नोट:

विभिन्न गणांकों में शून्यों की संख्या (बीजगणितीय व्यंजक में) इस विश्लेषण की परिशुद्धता को प्रमाणित करेगी।

नोट:

यदि कोई इसमें विपरीत दिशा में जाना चाहता है तो वह भी कर सकता है तथा सुविधा के लिए च छ ज तथा झ निरूपकों के स्थान पर ध, द, थ, त आदि लिख सकता है।

सिद्धांत का तात्पर्य

घन के बीजगणितीय विस्तार का इस तरह विश्लेषण कर, उसके विभिन्न विभागों को यथास्थान निश्चित करने से हमें प्रत्येक निरूपक के एक के बाद एक लोपन द्वारा उनके मान निकालने की विधि मालूम हो सकती है। सारी विधि तार्किक है। यथा:

(अ) इकाई की संख्या में से च^3 (या ध^3) घटाने से अंतिम अंक का लोपन हो जाता है।

(आ) दहाई की संख्या में से 3च^{2}छ (या 3ध^{2}द) घटाने से उपांतिम अंक का लोपन हो जाता है।

(इ) सैकड़े की संख्या में से 3च^{2}ज+3चछ^2 (या 3 ध^{2}थ+3धद^2) घटाने से उपांतिम अंक का लोपन हो जाता है।

(ई) हजार की संख्या में से छ^3+6 चछज (या द^3+6धदथ) घटाते हैं आदि आदि।

नोट:

पूर्ण घन के प्रश्न में अंतिम अंक मालूम रहता है। दृष्टान्त स्वरूप कुछ उदाहरण दिए जा रहे हैं।

(1) पूर्ण घन 33076161 घनमूल निकालिए।

यहां प=3 अ=1 तथा स=3

(अ) च=1 इसलिए च^3=1 इसलिए 1 लोपन से

(ब) 3च^{2}छ = 3छ = 6 लोपन करने के लिए छ= 2

(स) 3च^{2}ज+3चछ^2=3ज+12 (1 से अन्त वाला)

इसलिए 3 ज 9 से अन्त वाला,

इसलिए ज=3, घनमूल =321

```
33 076 161
        -1
----------
33 076 16
        6
----------
33 076 1
```

नोट:

चूंकि प्रथम अंक ज्ञात ही है इसलिए इस दृष्टान्त में अंतिम पैड़ी की आवश्यकता नहीं है।

(2) पूर्ण घन 1728 का घनमूल निकालिए।

प=1, अ=2 तथा स=2 इसलिए घनमूल=12

(3) पूर्ण घन 13824 का घनमूल निकालिए।

प=2, अ=4 तथा स=2 इसलिए घनमूल =24

(4) पूर्णघन 83,453,453 का घनमूल निकालिए।

प=4, अ=7 तथा स=3

च=7, $च^3$=343, इसे घटाने से

(अंतिम अंक का लोप करने के लिए)

इसलिए 3 $च^2$छ = 147छ

(1 से अंत होने वाली संख्या)

इसलिए छ=3, इसलिए 441 घटाते हुए

इसलिए 3 $चछ^2$+3$च^2$ज= 189+147 ज

(7 से अंत होने वाली संख्या)

इसलिए 147 ज का अंतिम अंक 8 होगा।

इसलिए ज=4 (यह पैड़ी अनावश्यक है)

इसलिए घनमूल = 437

```
83453453
    -343
--------
 8345311

 8345311
    -441
--------
  834487
```

(5) पूर्णघन 84604519 का घनमूल निकालिए।

प=4, अ=9 तथा स=3, $च^3$=729

इसलिए 3 $च^2$छ = 243छ

(9 से अंत होने वाली संख्या है।)

इसलिए छ=3, इसलिए 243छ=729

इसलिए 729 घटाते हुए, (देखिए नोट)

3$चछ^2$+3$च^2$ज=243+243ज

(5 से अंत होने वाली संख्या है)

इसलिए 243 ज का अंतिम अंक 2 होगा।

(यह भी पहले से मालूम था)

इसलिए ज = 4

इसलिए घनमूल = 439

```
84 604 519
      -729
----------
84 603  79
     7  29
----------
84 596   5
```

(6) पूर्णघन 248858189 का घनमूल निकालिए।

प=6, अ=9 तथा स=3

(अ) इसलिए $च^3$=729, इसलिए $च^3$ घटाते हुए

(ब) इसलिए 3$च^2$छ=243छ का अंतिम अंक 6

इसलिए छ=2, और 486 घटाते हुए

(स) इसलिए 3 $चछ^2$+3$च^2$ज= 108+243ज

(का अंतिम अंक 6)

इसलिए 243 ज का अंतिम अंक 8 होगा। इसलिए ज=6

इसलिए घनमूल = 629 (अंतिम पैड़ी की आवश्यकता नहीं है।)

```
858 189
    729
-------
857  46
  4  86
-------
852   6
```

(7) पूर्णघन 105,823,817 का घनमूल निकालिए।

प=4, अ=3 तथा स=3 इसलिए $च^3$=27

इसलिए 3$च^2$छ = 27छ

(9 से अंत होने वाली संख्या)

इसलिए छ=7, इसलिए 189 घटाकर

नोट: यह घटाने की क्रिया अंतिम अंक का लोप करने के लिए ही की जाती है।

इसलिए 3चछ^2+3च^{2}ज = 441+27ज
(9 से अंत होने वाली संख्या)
इसलिए 27 ज का अंत 8 होगा। इसलिए ज = 4
(अंतिम पैड़ी अनावश्यक है)
इसलिए घनमूल = 473

823817
27
————
82379
189
————
8219

(8) पूर्णघन 143,055,667 का घनमूल निकालिए।
प=5, अ=3 तथा स=3 ∴ च^3=27 यह घटाते हुए
∴ 3च^{2}छ=27छ का अंतिम अंक 4
∴ छ=2, ∴ 54 घटाते हुए
∴ 3चछ^2+3च^{2}ज= 36+27ज का अंतिम अक 1
∴ 27 ज का अंतिम अंक 5
∴ घनमूल = 523 (अंतिम पैड़ी अनावश्यक है)

667
−27
————
055 64
54
————
055 1

(9) पूर्णघन 76,928,302,277 का घनमूल निकालिए।
प=4, अ=3 तथा स=4 ∴ च^3=27 घटाते हुए
3च^{2}छ=27छ (अंतिम अंक 5)
∴ छ=5, ∴ 135 घटाते हुए;
∴ 3चछ^2+3च^{2}ज= 225+27ज (अंतिम अंक 9)
∴ 27ज का अंतिम अंक 4,
∴ ज=2 ∴ घनमूल = 4253

302 277
−27
————
302 25
−13 5
————
300 9

नोट:
यदि सिद्धांतन हम प्रथम अंक को क्रमिक विलोपन द्वारा ही निकालना चाहते हैं तब हमें (च+छ+ज+झ) बीजगणितीय व्यंजक का विस्तार करना होगा। और तब, पहले जैसा विभागों का ईकाई, दहाई, सैकड़ा तथा हजार आदि में विश्लेषण करने के बाद हमें चौथी पैड़ी में मालूम होगा कि (3च^{2}झ+6चछज+छ^3) को घटाना है। इसलिए:
3च^{2}झ+6चछज+छ^3 = 27झ+180+125=27झ+305
∴ 27झ+305 का अंतिम अंक 3
∴ 27झ का अंतिम अंक 8, ∴ झ=4

3009
−279
————
273

(10) पूर्णघन 11,345,123,223 का घनमूल निकालिए।
प=2, अ=7 तथा स=4 ∴ च^3=343
∴ 3च^{2}छ=147छ (अंतिम अंक 8) ∴ छ=4,
अब 588 घटाते हुए
∴3चछ^2+3च^{2}ज= 336+147ज (अंतिम अंक शून्य)
∴ 147 ज का अंतिम अंक 4 ∴ ज=2
∴घनमूल = 2247
अथवा, 336+147× 2=**630**
∴ 630 घटाते हुए,
3च^{2}झ+6चछज+छ^3=147झ+336+64
= 147झ+400 (अंतिम अंक 4)
∴ झ =2

23223
343
————
2288
588
————
170
630
————
..54

नोट:

प्रथम अंक को मालूम करने की यह प्रक्रिया वास्तव में अनावश्यक है।

(11) पूर्णघन 12,278,428,443 का घनमूल निकालिए।

प=2, अ=7 तथा स=4, ∴ $च^3$=343 घटाते हुए,

∴ $3च^2$ छ=147छ (अंतिम अंक 0) ∴ छ=0,

∴$3चछ^2$+$3च^2$ज=0+147ज ∴ ज=3, (अंतिम अंक 1)

$3च^2$झ+6चछज+$छ^3$=$3च^2$झ (अंतिम अंक 4)

= 147झ ∴ झ=2

∴ घनमूल = 2307

नोट: पिछले दृष्टान्त समान।

$$\begin{array}{r} 28443 \\ -343 \\ \hline 2810 \\ 0 \\ \hline 281 \\ 441 \\ \hline 84 \end{array}$$

(12) पूर्णघन 355045312441 का घनमूल निकालिए।

प=7, अ=1 तथा स=4 ∴ $च^3$=1 घटाते हुए,

∴ $3च^2$छ=3छ (अंतिम अंक 4) ∴ छ=8,

∴ 24 घटाते हुए,

∴ $3चछ^2$+$3च^2$ज=192+3ज

(अंतिम अंक =2) ∴ ज=0, ∴ 192 घटाते हुए,

तथा $3च^2$झ+6चछज+$छ^3$=3झ+512

अंतिम अंक =3 ∴ झ=7 ∴ घनमूल = 7081

नोट: पिछले दृष्टान्त समान.

$$\begin{array}{r} 312441 \\ -1 \\ \hline 31244 \\ -24 \\ \hline 3122 \\ -192 \\ \hline 293 \end{array}$$

नोट:

उपरोक्त विधि मुख्यतया विषम घनों के लिए प्रयुक्त की जाती है। यदि घन सम हुआ तब प्रत्येक पैड़ी में द्वयर्थक मान निकल सकते हैं और विद्यार्थी को भ्रम में डाल सकते हैं।

(13) पूर्णघन 792994219216 का घनमूल निकालिए।

प=9, अ=6 तथा स=4 इसलिए $च^3$=216

∴ $3च^2$छ=108छ (अंतिम अंक 0)

∴ छ=0, या 5, कौन सा लें?

चलिए छ=5 (बिलकुल जुआ)

$3चछ^2$+$3च^2$ज= 450+108ज

∵ अंतिम अंक 6 ∴ ज 2 या 7, कौन?

चलिए एक और जुआ ज=2

$3च^2$झ+6चछज+$छ^3$

=108झ+360+125=108झ+485

$$\begin{array}{r} 219216 \\ -216 \\ \hline 21900 \\ -540 \\ \hline 2136 \\ -666 \\ \hline 147 \end{array}$$

∵ अंतिम अंक =7 ∴ झ = 4 या 9 यह तो विलोकनम द्वारा कह सकते हैं कि झ=9

∴ घनमूल =9256

इसे हल करने में दो बार जुआ खेलना पड़ा—जिसका अर्थ हुआ कि कुल हल की संभावनाएं= 2×2=4

बेहतर विधि

किन्तु प्रत्येक पैड़ी की दुविधा उपयुक्त तथा प्रबल युक्तियों द्वारा साफ की जा सकती

है। तथा यह रुचिकर कार्य भी होगा। जब तक कि वह बहुत ही दुरूह तथा अमूर्त न हो, बौद्धिक प्रसंग रुचिकर ही होगा। (यदि विनम्रता पूर्वक कहें तो) इस विषय में कोई भी द्विविधा अवांछनीय है। इसलिए एक बेहतर विधि वांछनीय है, उपलब्ध है तथा नीचे दी जा रही है।

करना केवल यह है कि आठ से तब तक भाग देते रहिए जब तक कि विषम संख्या न मिल जाए और तब घनमूल निकालकर उसे उपयुक्त गुणक से गुणा कर दीजिए। यथा:–

8) 792 994 249 216
8) 99 124 281 152
8) 12 390 535 144
1, 548, 816, 893

16893
–343
1655
735
092
–672
42

प=1, अ=7 तथा स=4 ∴ च^3=343
∴ 3च^{2}छ=147छ (अंतिम अंक 5) ∴ छ=5,
3च^{2}छ=735 घटाते हुए
∴ 3चछ^2+3च^{2}ज=525+147ज (अंतिम अंक 2)
इसलिए ज=1 इसलिए 672 घटाते हुए
3च^{2}झ+6चछज+छ^3=147झ+335 (अंतिम अंक 2)
∴ झ=1 ∴ घनमूल = 1157×8=9256
नोट: यहां भी अंतिम पैड़ी अनावश्यक है।

(14) पूर्णघन 2840362499528 का घनमूल निकालिए।

यहां प=1, अ=2 तथा स=5
(च) अ=2, अ^3=8 = च^3
इसलिए घटाते हुए,
(छ) 3च^{2}छ=12छ (अंतिम अंक 2)
इसलिए छ =1 या 6 !! चलिए 6
ही मान लें। 12छ=72 घटाकर
(ज) 3च^{2}ज+3चछ^2=12ज+216
(अंतिम अंक 8) इसलिए ज=1 या 6 !!
चलिए ज=1 मान लें 228 घटाकर

2840	362	499	528
			8
2840	362	499	52
			72
2840	362	498	8
		22	8
2840	362	476	

(झ) 3च^{2}झ+6चछज+झ^3
=12झ+72+216=12झ+238 (अंतिम अंक 6)
इसलिए झ =4 या 9 !! चलिए झ=9
(ट) हमें ट की चिन्ता की कोई जरूरत नहीं है तथा (क+ख+ग+घ+...)^3 के विस्तार की भी। स्पष्टतः ट=1
इसलिए घनमूल=14162
किन्तु मध्य के तीन अंकों के चुनाव में कुछ अनिर्शिचतता रही (2×2×2=8 संभवानाओं सहित), इसलिए एक निश्चित विधि चाहिए

चूंकि यह सम है इसलिए इसमें द्वयर्थात्मक पैड़िया होंगी जिन्हें निकालने के लिए 8 से भाग देंगे।

इस तरह प्राप्त संख्या के लिए

प=7, अ=1 तथा स=4 ∴ च^3=1, 1 घटाते हुए,

∴ 3च^{2}छ=3छ (अंतिम अंक 4) ∴छ=8.

∴ 3च^{2}छ=24, 24घटाते हुए,

अब 3चछ^2+3च^{2}ज=192+3ज अंतिम अंक =2

∴ज=0 ∴ 192 घटाते हुए,

अब 3च^{2}झ+6चछज+छ^3=3झ+512

अंतिम अंक =3 ∴झ=7

∴ घनमूल = 7081×2=14162

```
8) 2840362499528
   355,045,312,441
                -1
             31244
               -24
              3122
              -192
              -293
```

(15) 12 अंकीय पूर्णघन जिसके अंतिम चार अंक 6741 हैं, का घनमूल निकालिए।

अ=च=1, स=4, च^3=1, घटाते हुए,

∴ 3च^{2}छ=3छ (अंतिम अंक 4)

∴ छ=8, ∴ 24 घटाते हुए,

अब 3चछ^2+3च^{2}ज=192+3ज (अंतिम अंक 5)

∴ ज=1 तथा 195 घटाते हुए,

अब 3च^{2}झ+6चछज+छ^3=3झ+48+512

का अंतिम अंक 7

इसलिए झ=9 इसलिए घनमूल = 9181

```
 6741
   -1
  674
  -24
   65
 -195
    7
```

नोट:

चूंकि यहां पर प्रथम अंक पहले से ज्ञात नहीं था, इसलिए अंतिम पैड़ी भी आवश्यक थी।

(16) 1 से शुरू होने वाले तथा 0541 चार अंतिम अंक वाले तेरह अंकीय पूर्णघन का घनमूल निकालिए तथा पूर्णघन भी मालूम कीजिए।

प=1, अ=1, स=5, च^3=1, घटाते हुए,

अब 3च^{2}छ=3छ (अंतिम अंक 4)

∴ छ=8, ∴ 24 घटाते हुए,

अब 3चछ^2+3च^{2}ज=192+3ज (अंतिम अंक 3)

∴ ज=7, ∴ 213 घटाते हुए,

अब 3च^{2}झ+6चछज+छ^3=3झ+336+512

= 3झ+848 (अंतिम अंक 9)

∴ झ=7 और प्रथम अंक तो 1 ज्ञात ही है.

∴ घनमूल = 17781 तथा घन =17781^3

```
 0541
   -1
  054
  -24
   03
 --213
    9
```

अध्याय 36

(सामान्य) घनमूल

पूर्णघन का घनमूल निकालने की रूचिकर विधि बतलाने के बाद हम सामान्य घनों के लिए विधि (चाहे वह संख्या पूर्णघन हो या न हो) बतलाएंगे। चूंकि सभी संख्याएं पूर्ण घन नहीं हो सकतीं, इसलिए यह युक्तिसंगत ही है कि सामान्य संख्याओं के लिए भी विधि होना चाहिए। अब हम उसी विधि का वर्णन करेंगे।

आरंभिक सिद्धांत

यह कहने की आवश्यकता ही नहीं है कि जो भी मूल सिद्धांत पिछले अध्याय में बतलाए तथा समझाए गए थे, वे सब यहां पर भी मान्य हैं। इसलिए हम उन्हें यहाँ दुहराएंगे नहीं, केवल याद ताजी करने के लिए वहाँ के प्राप्त निष्कर्षों तथा संबद्ध कार्यविधियों पर एक दृष्टि डालेंगे।

विभिन्न अंकों का क्रम

(1) पहले स्थान से च^{3}
(2) दूसरे स्थान से 3 च^{2}छ
(3) तीसरे स्थान से 3चछ^{2}+3च^{2}ज
(4) चौथे स्थान से ६चछज+छ^{3}
(5) पांचवें स्थान से 3चज^{2}+3छ^{2}ज
(6) छठे स्थान से 3छज^{2}
(7) सातवें स्थान से ज^{3} इत्यादि

भाज्य, भजनफल तथा अवशेष (भा०, भ० तथा अव०)

(1) पहले भा, भ, तथा अव, अवलोकन से ही मिल जाते हैं।
(2) दूसरे भाज्य में से कुछ नहीं घटाना है।
(3) तीसरे में से 3चछ^{2}+3च^{2}ज घटाना है।
(4) चौथे में से 6चछज+छ^{3} घटाना है।
(5) पांचवें में से 3चज^{2}+3छ^{2}ज घटाना है।
(6) छठें में से 3छज^{2} घटाना है।
(7) सातवें में से ज^{3} घटाना है। आदि

कार्य विधि

चलिए एक ठोस उदाहरण लेकर उस पर अपनी कार्य विधि की क्रिया देखें (पैड़ी दर पैड़ी)।

संख्याः– 258474853

(1) अवलोकन में पहला भ० तथा अव० क्रमशः 6 तथा 42 लिखिए।

```
        258   4    74853
108        42  100
----------------------------
           6   3
```

(2) इस तरह दूसरा सकल भाज्य 424 हुआ। इसमें से कुछ नहीं घटाना है। केवल (6²×3) 108 से भाग देकर भ०=3 तथा अव० 100 लिखिए।

(3) इसलिए तीसरा सकल भाज्य 1007 हुआ। इसमें से 3चछ² (अर्थात 3×6×9=162) घटाइये। इसलिए तीसरा वास्तविक भाज्य 845 हुआ। इसे 108 से भाग देकर भ०=7 तथा अव०=89 लिखिए।

```
        258   4    7   4853
108        42  100  89
--------------------------------
           6   3    7
```

(4) इसलिए चौथा सकल भाज्य 894 हुआ। इसमें से 6चछज+छ³ घटाते हुए (756+27), 894–783, चौथा वास्तविक भाज्य 111 मिला। इसे 108 से भाग देते हुए भजनफल=0 तथा अव०=111 लिखिए।

```
        258   4    7   4    853
108        42  100  89  111
------------------------------------
           6   3    7   0
```

(5) अब पांचवां सकल भाज्य 1118 है। इसमें से 3चज²+3छ²ज =882+189=1071 घटाकर, पांचवां वास्तविक भाज्य 47 मिलता है। इसे भी 108 से भाग देकर भ=0 तथा अव०=47 लिखिए।

```
        258   4    7   4    8   53
108        42  100  89  111  47
----------------------------------------
           6   3    7   0    0
```

(6) छठा सकल भाज्य 475 है। इसमें से 3छज² (=441) घटाने से 34 वास्तविक भाज्य मिलता है। और भ=0 तथा अव०=34 लिखिए।

```
        258   4    7   4    8   5   3
108        42  100  89  111  47  34
--------------------------------------------
           6   3    7   0    0   0
```

(7) हमारा अंतिम सकल भाज्य 343 है। इसमें से 7³=343 घटाने से वास्तविक भाज्य शून्य और इसलिए भ०=0 तथा अव०=0 मिलता है। इसका अर्थ हुआ कि दी संख्या पूर्ण घन है। और घनमूल निकालने का कार्य

समाप्त हो गया है तथा
घनमूल=637

नोट:

हमारे हल की परिशुद्धता का प्रमाण यही है कि दी संख्या 637 का घनफल है। किन्तु यह प्रक्रिया एक तरह से भोंडी और दुष्कर ही होगी। किन्तु यह तथ्य कि हल के दाशमलविक भाग में जाते ही भजनफल तथा अवशेष शून्य मिलते हैं।
एक सुन्दर प्रमाण है।

अब एक अपूर्ण घन का दृष्टान्त दिया जा रहा है: 417 का घनमूल दशमलव के तीन स्थान तक निकालिए।

	417.	0	0	0	0
147		74	152	155	163
	7.	4	7	1	

(1) पहला भ०=7 तथा अवशेष=74 और भाजक 147 है।

(2) दूसरा सकल भाज्य 740 है। कोई घटाने की आवश्यकता नहीं है। 740 में 147 का भाग देने से भ०=4 तथा अव०=152 मिलता है।

(3) तीसरे सकल भाज्य 1520 में से 3चछ^2 (=336) घटाने से 1184 वास्तविक भाज्य मिलता है। और भज०=7 तथा अव०=155 मिलते हैं।

(4) चौथे सकल भाज्य 1550 में से 6चछज+छ^3 (1176+64) घटाने से वास्तविक भाज्य 310 और भ०=1 तथा अव०=163 मिलता है।

(5) पांचवें सकल भाज्य 1630 में से 3चज^2+3छ^{2}ज (=1029+336=1365) घटाने से वास्तविक भाज्य 265 मिलता है इत्यादि

नोट:

भाजक को बहुत छोटा नहीं होना चाहिए। इसके बहुत छोटे होने से भजनफल बहुत बड़े (कई अंक वाले भी) होंगे तथा अवशेषों में से घटाने की दिक्कतें पैदा होंगी तथा विद्यार्थी को भ्रम में भी डाल सकती हैं।

यदि भाजक बहुत छोटा है तब इन कठिनाइयों को पार करने के लिए दो युक्तियां हैं।

(1) पहले चार (पांच या छ:) अंकों के समूह को पहली संख्या मानकर उसका घनमूल निकालिए। उदाहरणार्थ: 1346085 का घनमूल निकालना है। हमारा कार्यपटल इस तरह होगा:

	1346	0	8	5
363		15		
	11			

अब 6334625 का घनमूल निकालने के लिए बतलाई युक्ति का प्रयोग कर देखें।

	6334	6	2	5
972		502	166	312
	18	5	0	2

(अ) भ०=18, अव०=502 तथा भाजक=18^2×3=972

(ब) इसमें घटाने की आवश्यकता नहीं है। 5026 में 972 का भाग देने से भ०=5 तथा अव०=166 मिलता है।

(स) तीसरा सकल भाज्य 1662 है। इसमें से 3चछ^2(=1350) घटाने से 312 वास्तविक भाज्य मिलता है। तथा 972 से भाग देने पर भ०=0 तथा अव०=312 मिलता है।

(द) अगला सकल भाज्य 3125 है। 6चछज+छ^3 (=0+125) घटाने से वास्तविक भाज्य 3000 मिलता है। जिसमें 972 का भाग देने से भ०=2 तथा अव०=1056 मिलता है। आदि

अथवा

(2) दूसरी युक्ति में दिए व्यजंक को 2^3, 3^3, 4^3 या 5^3 आदि से गुणाकर भाजक को यथोचित बड़ा बनाकर, घनमूल निकालकर उसमें 2, 3, 4, 5, आदि का भाग देकर उत्तर मालूम कीजिए।

उदाहरणार्थ: 3 को भाजक न मानकर, 3×4^3 (=192) को भाजक मानिए। घनमूल निकालिए और उसमें 4 का भाग दीजिए।

दोनों विधियों से एक ठोस प्रश्न हल करें:

पहली विधि (अर्थात बिना युक्ति के):

	2.	0 0	0	0
3		1	4	10 2
	1.	2	6	

(क) भ०=1, अव०=1, भा०=3

(ख) सकल भाज्य=10=वास्तविक भाज्य.
भ०=2, अव०=4 (भ०=3 तथा अव०=1 भी हो सकता है किन्तु सकल भाज्य में से घटाने की गुंजाइश भी रखनी चाहिए)

(ग) स० भाज्य=40 इसमें से 3चछ^2=12 घटाने से 28 वास्तविक भाज्य बचता है। 3 से भाग देकर भ०=6 तथा अव०=10 लिखिए।

(घ) चौथा स० भाज्य=100 इसमें से 6चछज+छ^3 घटाने से वास्तविक भाज्य 100–80=20 मिलता है। अब 20 में 3 से भाग देने पर सीधा भजनफल =6 तथा अव० =2 होता है। किन्तु अगली अज्ञात राशि के घटाने की गुंजाइश के कारण तथा भाजक के छोटा होने के कारण, सही भजनफल प्राप्त करने के लिए कई भजनफल अंकों को हाथ में रखना पड़ेगा। इसी कारण से युक्ति वाली दूसरी विधि श्रेयस्कर है जिसकी कार्य विधि इस प्रकार है:
2 को 5^3 से गुणा करने से गणुनफल = 250

	250.	0	0	0
108	34	124	196	332
	6.	2	9	9

(अ) भ०=6, अव०=34, भाजक=108

(ब) भाज्य=340, भ०=2, तथा अव०=124

(स) सकल भाज्य 1240, इसमें से 3चछ^2 घटाने से वास्तविक भाज्य 1240–72=1168 मिलता है। भ०=9 तथा अव०=196

(द) स० भाज्य=1960 इसमें से 6चछज+छ^3 घटाने से, 1960–656=1304 वास्तविक भाज्य मिलता है। और तब भ०=9 तथा अव०=332
इसलिए घनमूल=6.299 और अभीष्ट घनमूल =6.299/5 = 1.259

(2) एक और प्रश्न लें 12 का घनमूल? 12 में 5^3 का गुणा कर 1500 का घनमूल निकालेंगे। इसमें पहले चार अंकों को एक समूह मानेंगे।

	1500.	0	0	0
363	169	238	400	339
	11.	4	4	7

(क) भ०=11, अव०=169 तथा भाजक=363

(ख) भाज्य=1690, भ०=4 अव०=238

(ग) सकल भाज्य=2380, 3चछ^2=528, वास्तविक भाज्य=2380−528=1852 को 363 से भाग देने पर भ०=4, अव०=400

(घ) सकल भाज्य=4000, 6चछज+छ^3=1056+64=1120, वा० भाज्य=2880 इसलिए भ०=7 तथा अव०=339, इसलिए घनमूल=11.447 तथा अभीष्ट घनमूल=2.289

कुछ और उदाहरण लिए जा सकते हैं।

	1	7	2	8
3	0	1	0	
	1	2.	0	0

(1) (अ) भ०=1, अव०=0 भाजक=3

(ब) भ०=2, अव०=1

(स) सकल भा०=12, 3चछ^2=12 इसलिए वास्तविक भाज्य=0 इसलिए भ०= अ०=0

(द) सकल भा०=8, 6चछज+छ^3=8, वा०भा०=भ०=अ०=0 इसलिए घनमूल=12

नोट: दूसरा प्रमाण स्पष्ट झलक रहा है।

	13	8	2	4
12	·	5	10	6
	2	4.	0	0

(2) (अ) व्यंजक=13824, भ०=2, अव०=5, भाजक=12

(ब) भ०=4, अव०=10

(स) सकल भा०=102, वास्तविक भाज्य=102−3,चछ^2=102−96=6 इसलिए भ०=0,अवशेष०=6

(द) सकल भा०=64, वा०भा०=64−6चछज−छ^3=64−64=0, इसलिए भ०=अ०=0 इसलिए पूर्णघन, घनमूल=24

	33	0	7	6	1	6	1
27		6	6	4	2	0	0
	3	2	1.	0	0	0	

पूर्णघन

(3) (क) भ०=3, अव०=6 भाजक=27

(ख) भ०=2, अव०=6

(ग) सकल भा०=67, 3चछ^2=36 वा० भाज्य=31, भ०=1, अव०=4

(घ) सकल भाज्य=46, 6चछज+छ^3=36+8=44, वा० भाज्य=2, भजनं=0, अव०=2

(च) सकल भाज्य=21, 3चज^2+3छ^{2}ज=9+12=21 इसलिए वास्तविक भाज्य=0=भ=अ०

(छ) सकल भाज्य=6, 3छज^2=6, वा० भाज्य=0=भ०=अव०

(ज) सकल भाज्य=1, ज^3=1, वा० भाज्य=0= भ०=अव०, इसलिए घनमूल=321

नोट: यहां भी दूसरा प्रमाण स्पष्ट झलक रहा है।

(4) (क) भ०=4, अव०=37, भाजक=48 व्यंजक=101

(ख) भ०=6, अव०=82

(ग) सकल भा०=820, 3 चछ^2=432
वा० भाज्य=388, भ०=5, अव०=148

(घ) सकल भाज्य=1480,
6चछज+छ^3=720+216=936,
वा० भाज्य=544
इसलिए भ०=9 अव०=112

	101.	0	0	0	0
48	37	82	148	112	40
	4.	6	5	9	5

(च) सकल भाज्य=1120, 3चज^2+3छ^{2}ज=300+540=840 इसलिए वास्तविक भाज्य1120−840=280, भ=5, अव०=40
घनमूल=4.6595

(5) (क) भ०=3, अव०=2, भाजक=27 व्यंजक = 29791

(ख) भ०=1, अव०=0

(ग) सकल भा०=9, 3चछ^2=9
वा० भाज्य=9−9=0,
इसलिए भ०= अव०=0

	29	7	9	1
27		2	0	0
	31.	0	0	

पूर्णघन

(घ) सकल भाज्य=1, 6चछज+छ^3=1, वा० भाज्य=0=भ०=अव०, घनमूल=31

नोट: दूसरा प्रमाण स्पष्ट झलक रहा है।

व्यंजक = 83453453

(6) (क) भ०=4, अव०=19 भाजक=48

(ख) स०भा० =194=वा० भा०,
भ०=3, अव०=50

	83	4	5	3	4	5	3
48		19	50	61	82	47	34
	4	3	7	0	0	0	

पूर्णघन

(ग) सकल भाज्य=505, 3 चछ^2=108
वास्तविक भाज्य=397, भ०=7, अव०=61

(घ) सकल भा०=613, 6चछज+छ^3=504+27=531, वा० भाज्य=82 इसलिए भ०=0, अव०=82

(च) सकल भाज्य=824, 3चज^2+3छ^{2}ज=588+189=777 वा० भाज्य=47 भजनफल=0 अव०=47

(छ) सकल भाज्य=475, 3छज^2=441, इसलिए वा० भाज्य=34, इसलिए भ०=0 अव०=34

(ज) सकल भाज्य=343, तथा ज^3=343 वा० भा०=0= भ०=अव० इसलिए घनमूल=437

नोट: यहां भी दूसरा प्रमाण स्पष्ट झलक रहा है।

(7) (क) भ०=4, अव०=20 भाजक=48 व्यंजक= 84, 604, 519

(ख) स०भा० =206=वा० भा०,
भ०=3, अव०=62

(ग) सकल भाज्य=620, 3चछ^2 का मान=108 इसलिए वास्तविक भाज्य=512, भ०=9, अव०=80

	84	6	0	4	5	1	9
48		20	62	80	129	80	72
	4	3	9	0	0	0	0

(घ) सकल भा०=804, 6चछज+छ^3=648+27
=675, वा० भाज्य=129, भ०=0,
अव०=129

(च) सकल भाज्य=1295, 3चज^2+3छ^{2}ज=972+243=1215 इसलिए वा० भाज्य=80, भ०=0, अव०=80

(छ) सकल भाज्य=801, 3छज^2=729, इसलिए वा० भाज्य=72 इसलिए भ०=0 तथा अव०=72

(ज) सकल भाज्य=729, ज^3=729 इसलिए वा० भा०=0= भ०=अ० इसलिए घनमूल=439

नोट: यहां भी दूसरा प्रमाण स्पष्ट झलक रहा है।

(8) (क) भ०=4, अव०=41, भाजक=48 व्यंजक= 105, 823, 817

(ख) स०भा० =418=वा० भा०, भ०=7, अव०=82

(ग) सकल भाज्य=822, 3चछ^2=588
इसलिए वा० भाज्य=234,
भ०=3, अव०=90

	105	8	2	3	8	1	7
48		41	82	90	56	19	2
	4	7	3	0	0	0	

(घ) सकल भा०=903, 6चछज+छ^3=504+343=847 इसलिए वा० भाज्य=56 भा०=0, अव०=56

(ड़) सकल भाज्य=568, 3चज^2+3छ^{2}ज=108+441=549 इसलिए वा० भाज्य=19 भ०=0 अव०=19

(च) सकल भाज्य=191, 3छंज^2=189, वास्तविक भाज्य=2, इसलिए भ०=0 अव०=2

(छ) सकल भाज्य=27, ज^3=27, वा० भाज्य=0=भ=अव०, इसलिए घनमूल=473 (पूर्णघन)

नोट: दूसरा प्रमाण स्पष्ट झलक रहा है।

(9) (क) भ०=5, अव०=18, भाजक=75 व्यंजक= 143, 055, 667

(ख) स०भा० =180=वा० भा०, भ०=2, अव०=30

(ग) सकल भाज्य=305, 3चछ^2=60
वास्तविक भाज्य=245,
इसलिए भ०=3 अव०=20

	143	0	5	5	6	6	7
75	18	30	20	17	5	2	0
	5	2	3	0	0	0	0

(घ) सकल भा०=205, 6चछज+छ^3=180+8
=188, वा० भाज्य=17, भ०=0,
अव०=17

(ङ) सकल भाज्य=176, 3चज^2+3छ^{2}ज=135+36=171 इसलिए वा० भाज्य=5 भ०=0 अव०=5

(च) सकल भाज्य=56, 3छज^2=54, वास्तविक भाज्य=2, भ०=0, अव०=2

(छ) स०भा० =27, ज^3=27, घनमूल=523 (पूर्णघन)
$\therefore$वा० भा० =0=भ० = अव०

नोट: दूसरा प्रमाण स्पष्ट झलक रहा है।

(10) (क) भ०=6, अव०=32, भाजक=108 व्यंजक= 248, 858, 189

(ख) स०भा०=वा०भा०= 328,

भ०=2, अव०=112

(ग) सकल भाज्य=1125, 3चछ^2=72
वास्तविक भाज्य=1053,
इसलिए भ०=9, अव०=81

	248	8	5	8	1	8	9
108		32	112	81	162	55	72 0
	6	2	9	0	0	0	0

(घ) सकल भा०=818, 6चछज+छ^3=648+8=656, इसलिए वा० भाज्य=162
इसलिए भ०=0, अव०=162

(च) सकल भाज्य=1621, 3चज^2+3छ^{2}ज=1458+108=1566 इसलिए वा० भाज्य=55, भ०=0 तथा अव०=55

(छ) सकल भाज्य=558, 3छज^2=486, इसलिए वा० भाज्य=72 इसलिए भ०=0 अव०=72

(ज) सकल भाज्य=729, ज^3=729 इसलिए वा० भा०=0=भ०=अव० इसलिए घनमूल=629 (पूर्णघन)

नोट: प्रमाण स्पष्ट झलकता है।

(11) 11 345 123 223 का घनमूल निकालिए।

इसके घनमूल में चार अंक होंगे। इसलिए (च+छज)^3 के विस्तार वाली विधि यहां पर मान्य नहीं होगी। हमें (च+छ+ज+झ)^3 का विस्तार करने के बाद ऊपर वाली विधि को यथोचित बदलना पड़ेगा जो कि तर्क संगत है।

अंकों की तालिका

(च+छ+ज+झ)^3 का विश्लेषण करने के बाद अंकों की तालिका इस प्रकार है:–

(क) पहला अंक = च^3
(ख) दूसरा अंक = 3च^{2}छ
(ग) तीसरा अंक = 3चछ^2+3च^{2}ज
(घ) चौथा अंक = 6चछज+छ^3+3च^{2}झ
(च) पांचवां अंक = 6चछझ+3चज^2+3छ^{2}ज
(छ) छठा अंक = 6चजझ+3छज^2+3छ^{2}झ
(ज) सातवां अंक = 6छजझ+3चझ^2+ज^3
(झ) आठवां अंक = 3छझ^2+3ज^{2}झ
(ट) नौवां अंक = 3जझ^2
(ठ) दसवां अंक = झ^3

लोपन

(1) पहला भजनफल तथा अवशेष अवलोकन मात्र द्वारा।

(2) भ$_2$+ तथा अव$_2$ (बिना घटाए) सीधे भाजन द्वारा।

अन्य सभी सकल भाज्यों में से निम्नलिखित क्रमशः घटाइये:–

(3) 3चछ^2,
(4) 6चछज+छ^3
(5) 6चछझ+3चज^2+3छ^{2}ज
(6) 6चजझ+3छज^2+3छ^{2}झ

(7) 6छजझ+3चझ^2+ज^3

(8) 3छझ^2+3ज^{2}झ

(9) 3जझ^2

(10) झ^3 तथा फलस्वरूप प्राप्त वास्तविक भाज्य से भ० तथा अ० निकालिए

नोट:

यह तो आप समझ ही गए होंगे कि जिस तरह (च+छ+ज+झ)^3 में झ=0 रखने से तीन अंकीय घनमूल विधि मिल जाएगी, उसी तरह उपरोक्त तालिका में भी।

हम जैसे जैसे (घनमूल में) अधिक अंक वाले प्रश्न लेंगे, इसी विधि को लगता पाएंगे। दूसरे शब्दों में "स" अंकों के लिए एक सामान्य (स कोई भी घनात्मक अंक है) सूत्र है। और ये सब उस सूत्र के विशेष अनुप्रयोग हैं (स=2, 3, 4 आदि) यह सामान्य सूत्र हम विद्यार्थी की प्रगति के अगले चरणों पर समझाएंगे।

इस समय हम (च+छ+ज+झ)^3 का अनुप्रयोग दिखलाएंगे।

दिए हुए प्रश्न पर अनुप्रयोग

	11	3	4	5	1	2	3	2	2	3
12		3	9	22	37	59	76	69	62	34
	2	2	4	7	0	0	0	0	0	0

(1) भo_1=2, (11−2^3)= अवo_1=3, भाजक=12

(2) भाज्य=33 (वास्तविक भाज्य), भo_2=2, अवo_2=9

(3) सकल भाज्य=94, 3चछ^2=24 इसलिए वा० भाज्य=70, भo_3=4, अवo_3=22

(4) सकल भाज्य=225, 6चछज+छ^3=96+8=104 इसलिए वा० भाज्य=121, भo_4=7 अवo_4=37

(5) सकल भाज्य=371, 6चछझ+3चज^2+3छ^{2}ज=168+96+48=312 इसलिए वा० भाज्य=59, इसलिए भo_5=0, अवo_5=59

(6) सकल भाज्य=592, 6चजझ+3छज^2+3छ^{2}झ=336+96+84=516 इसलिए वा० भाज्य=76, भo_6=0, अवo_6=76

(7) सकल भाज्य=763, 6छजझ+3चझ^2+ज^3=336+294+64=694 इसलिए वा० भाज्य=69, भo_7=0, अवo_7=69

(8) सकल भाज्य=692, 3छझ^2+3ज^{2}झ=294+336=630 इसलिए वा० भाज्य=62, भo_8=0, अवo_8=62

(9) सकल भाज्य=622, 3जझ^2=588, वा० भाज्य=34, इसलिए भo_9=0, अवo_9=34

(10) सकल भाज्य=343, झ^3=343, इसलिए वा० भाज्य=0, = भo_{10}= अवo_{10}= इसलिए घनमूल=2247

नोट:

प्रत्यक्ष प्रमाण तो है ही। प्रमाण की यह सामान्य विधि है। इसकी बहुत सी कठिनाइयों को पार करने के लिए कई युक्तियां हैं। और जब कोई सरल युक्ति हमारा प्रश्न हल कर सकती है तब यह तो वांछनीय होगा कि हम उसका उपयोग कर यंत्रवत परिश्रम को कम करें तथा अधिक परिश्रमशील विधियों का उपयोग न करें।

इन युक्तियों का वर्णन नीचे कर रहे हैं:

पहली युक्ति

पहली युक्ति का उपयोग तो हम कर चुके हैं। पहले, 4, 5 या 6 अंकों को एक समूह मानना। यथा इस विशिष्ट दृष्टान्त में:

	11345	1	2	3	2	2	3
1452		697	1163	412	363	62	34
	22	4	7	0	0	0	0

(1) भ$_1$=22, (दो अंक वाला), (11345−22^3)= अव$_1$=697, भाजक=1452
(2) स० भा० =6971=वा० भा०, भ०$_2$=4, अव०$_2$=1163
(3) सकल भाज्य=11632, 3चछ^2=1056 इसलिए वा० भाज्य=10576 इसलिए भ०$_3$=7, अव$_3$=412
(4) सकल भाज्य=4123, 6चछज+छ^3=3696+64=3760 इसलिए वा० भाज्य=363, भ$_4$=0, अव०$_4$=363
(5) सकल भाज्य=3632, और 3चज^2+3छ^{2}ज=3234+336=3570 इसलिए वा० भाज्य=62, भ०$_5$=0 अव०$_5$=62
(6) सकल भाज्य=622, और 3छज^2=588 इसलिए वा० भाज्य=34, इसलिए भ०$_6$=0 अव०$_6$=34
(7) सकल भाज्य=343, तथा ज^3=343, इसलिए वा भाज्य=0, = भ०$_7$= अव०$_7$ इसलिए घनमूल=2247

नोट:

(1) प्रमाण स्पष्ट है।

(2) इस युक्ति से हमने (च+छ+ज+झ)^3 के स्थान पर (च+छ+ज)^3 से काम लिया। किन्तु इसमें पहले द्विअंकीय भाजक को मालूम करने, उसे घन करने तथा उसे भाज्य के प्रथम पांचअंकीय भाग में से घटाने तथा बाद की सारी क्रियाएं बड़ी संख्याओं से करने की कठिनाइयां हैं।

दूसरी युक्ति

इसमें पहले अंक समूह को बड़ा न करके, ज+झ का मान हमेशा ज ही रखकर (च+छ+ज)^3 की विधि का उपयोग करते हैं। किन्तु आखिरकार यह पहली युक्ति का थोड़ा सा बदला स्वरूप है जिसमें द्विअंकीय संख्या पहले न आकर, अंत में आएगी।

एक ऐसा सूत्र अभीष्ट है जो न केवल दो, तीन या चार अंकीय घनमूलों पर लागू हो वरन स्वत: ही सामान्यरूप पर लागू हो। किन्तु हम इसे विद्यार्थी की प्रगति के अगले चरणों में समझाएंगे।

यहां और कुछ उदाहरण दिए जा रहे हैं (विद्यार्थी को और स्पष्ट रुप समझाने या कम से कम ऊपर समझाई विधियों का और अभ्यास कराने के लिए):

(1) व्यंजक = 12278 428 443

यहां भी हम या तो पूरी विधि का उपयोग कर सकते हैं या 12 278 अंक समूह का

द्विअंकीय घनमूल निकालकर फिर उसी तरह बाकी हल कर सकते हैं

(1) एक अंकीय विधिः

	12	2	7	8	4	2	8	4	4	3
12		4	6	13	27	22	33	44	3	34
		2	3	0	7	0	0	0	0	0

(च) भ०$_1$=2, अव०$_1$=4, भाजक=12

(छ) भा०=42, भ०=3, अव०$_2$=6

(ज) सकल भाज्य=67, 3चछ^2=54, वा० भाज्य=13, भ०$_3$=0, अव०$_3$=13

(झ) **सकल भाज्य**=138, 6चछज+छ^3=27, वा० भाज्य=111, भ०$_4$=7, अव०$_4$=27

(ट) सकल भाज्य=274, 6चछझ+3चज^2+3छ^{2}ज=252 इसलिए वा० भाज्य=22, भ०$_5$=0, अव०$_5$=22

(ठ) सकल भाज्य=222, 6चजझ+3छज^2+3छ^{2}झ=189 इसलिए वा० भाज्य=33, भ०$_6$=0, अव०$_6$=33

(ड) सकल भाज्य=338, 6छजझ+3चझ^2+ज^3=294
इसलिए वा० भाज्य=44, भ०$_7$=0 अव०$_7$=44

(ढ) सकल भाज्य=444, 3छझ^2+3ज^{2}झ=441 इसलिए वा० भाज्य=3, भ०$_8$=0 अव०$_8$=3

(त) सकल भाज्य=34, 3जझ^2=0, वा० भाज्य=34, इसलिए भ०$_9$=0, अव०$_9$=34

(घ) सकल भाज्य=343, झ^3=343, वा० भाज्य=0, = भ०$_{10}$= अव०$_{10}$ इसलिए घनमूल=2307

नोटः प्रमाण पत्यक्ष है।

(2) दो अंकीय विधिः—

प्रारंभिक कार्य

	12	2	7	8
12		4	6	
		2	3	. .

$$\begin{array}{r} 12278 \\ -12167 \\ \hline 111 \end{array}$$

द्विअंकीय भ$_1$=23

	12278	4	2	8	4	4	3
1587		111	1114	33	338	3	34
	23	0	7	0	0	0	0

(च) भ०$_1$ (द्विअंकीय)=23, अव०$_1$=111, भाजक=1587

(छ) भाज्य=1114 भ$_2$=0, अव०$_2$=1114

(ज) सकल भाज्य=11142, 3चछ^2=0, वा० भाज्य=11142 इसलिए भ०$_3$=7 तथा अव०$_3$=33

(झ) सकल भाज्य=338, 6चछज+छ^3=0, वा० भाज्य=338, इसलिए भ०$_4$=0, अव०$_4$=338

(त) स० भाज्य=3384, 3चज^2+3छ^{2}ज=3381, वा० भाज्य=3 इसलिए भ०$_5$=0, अव०$_5$=3

(थ) सकल भाज्य=34, 3छज^2=0 इसलिए वा० भाज्य=34, इसलिए भ०_6=0, अव०_6=34

(द) सकल भाज्य=343, ज^3=343, इसलिए वा० भाज्य=0, = भ०_7= अव०_7=अव$_7$ घनमूल=2307

(2) 76 928 302 277 का घनमूल निकालिए।

एकं अंकीय विधि

	76	9	2	8	3	0	2	2	7	7
48		12	33	44	56	59	44	29	13	2
	4	2	5	3	.0	0	0	0	0	0

(च) भ०_1=4, अव०_1=12, भाजक=48

(छ) स०भा० =129=वा० भा०, भ०_2=2, अव०_2=33

(ज) सकल भाज्य=332, 3चछ^2=48, वा० भाज्य=284 इसलिए भ०_3=5, अव०_3=44

(झ) सकल भाज्य=448, 6चछज+छ^3=248, वा० भाज्य=200, इसलिए भ०_4=3 तथा अव०_4=56

(ट) सकल भाज्य=563, 6चछझ+3चज^2+3छ^{2}ज=504 इसलिए वा० भाज्य=59, इसलिए भ०_5=0 अव०_5=59

(ठ) सकल भाज्य=590, 6चजझ+3छज^2+3छ^{2}झ=546 इसलिए वा० भाज्य=44, इसलिए भ०_6=0 अव०_6=44

(ड) सकल भाज्य=442, और 6छजझ+3चझ^2+छ^3=413 इसलिए वा० भाज्य=29, इसलिए भ०_7=0 अव०_7=29

(ढ) सकल भाज्य=292, 3छझ^2+3ज^{2}झ=279, इसलिए वा० भाज्य=13, इसलिए भ०_8=0 अव०_8=13

(त) सकल भाज्य=137, 3जझ^2=135 इसलिए वा० भाज्य=2, इसलिए भ$_9$=0, अव०_9=2

(थ) सकल भाज्य=27, झ^3=27, वा० भाज्य=0,=भ$_{10}$=अव०_{10}=इसलिए घनमूल=4253

(2) द्विअंकीय विधि:

द्विअंकीय भजनफल

	76	9
48		12 33
	4	2

	76928	3	0	2	2	7 7
5292		2840	1943	404	137	13 2
	42	5	3	.0	0	0

(च) भ०_1=42, अव०_1=2840, भाजक=5292

(छ) स०भा० =28403=वा० भा०, भ०_2=5, अव०_2=1943

(ज) सकल भाज्य=19430, 3चछ^2=3150, वा० भाज्य=16280, भ०_3=3, अव०_3=404

(झ) सकल भाज्य=4042, 6चछज+छ^3=3780+125=3905, वा० भाज्य=137

भ०$_4$=0 तथा अव०$_4$=137

(ट) सकल भाज्य=1372, 3चज^2+3छ^{2}ज=1134+225=1359, वा० भाज्य=13, भ०$_5$=0, अव०$_5$=13

(ठ) सकल भाज्य=137, 3छज^2=135, इसलिए वा० भाज्य=2, इसलिए भ०$_6$=0, अव०$_6$=2

(ड) सकल भाज्य=27, ज^3=27, वा० भाज्य=0,=भ०$_7$=अव०$_7$ इसलिए घनमूल=4253

(3) व्यंजक=355 045 312 441

एक अंकीय विधि:–

	355	0	4	5	3	1	2	4	4	1
147		12	120	28	138	39	55	19	2	0
		7	0	8	1	0				

(च) भ०$_1$=7, अव०$_1$=12, भाजक=147

(छ) स०भा० =120=वा० भा०, भ०$_2$=0, अव०$_2$=120

(ज) सकल भाज्य=1204, चछ^2=0, वा० भाज्य=1204, भ०$_3$=8, अव०$_3$=28

(झ) सकल भाज्य=285, 6चछज+छ^3=0 इसलिए वा० भाज्य=285, भ०$_4$=1 तथा अव०$_4$=138

(ट) सकल भाज्य=1383 और 6चछझ+3चज^2+3छ^{2}ज=1344, इसलिए वा० भाज्य=39, भ०$_5$=0, अव०$_5$=39

(ठ) सकल भाज्य=391, और 6चजझ+3छज^2+3छ^{2}झ=336, इसलिए वा० भाज्य=55, भ०$_6$=0 अव०$_6$=55

(ड) सकल भाज्य=552, 6छजझ+3चझ^2+ज^3=533, इसलिए वा० भाज्य=19, भ०$_7$=0 तथा अव०$_7$=19

(ढ) सकल भाज्य=194, 3छझ^2+3ज^{2}झ=192, वा० भाज्य=2, भ०$_8$=0 अव०$_8$=2

(त) सकल भाज्य=24, 3जझ^2=24 इसलिए, वा० भाज्य=0, इसलिए भ०$_9$=0=अव०$_9$

(थ) सकल भाज्य=1 और झ^3=1, इसलिए वा० भाज्य=0=भ०$_{10}$अव०$_{10}$= इसलिए घनमूल=7081

नोट: प्रमाण प्रत्यक्ष है।

(2) दो अंकीय विधि:

	355045	3	1	2	4	4	1
14700		12045	2853	391	40	2	0
		70	8	1	0	0	0

(क) भ०$_1$ (दो अंकीय)=70, अव०$_1$=12045, तथा भाजक=14700

(ख) सकल भाज्य=वा० भाज्य=120453, भ०$_2$=8, अव०$_2$=2853

(ग) सकल भाज्य=28531, और 3चछ^2=13440, तथा वा० भाज्य=15091, भ०$_3$=1 और अव०$_3$=391

(घ) सकल भाज्य=3912, 6चछज+छ^3=3360+512=3872 इसलिए वा० भाज्य=40 इसलिए भ०$_4$=0, अव०$_4$=40

(च) सकल भाज्य=404, 3चज^2+3छ^{2}ज=402, इसलिए वा० भाज्य=2 इसलिए भ०$_5$=0, अव०$_5$=2

(छ) सकल भाज्य=24, और 3छज^2=24, इसलिए वा० भाज्य=0=भ०$_6$=अव०$_6$

(ज) सकल भाज्य=1, ज^3=1, इसलिए वा० भाज्य=0=भ०$_7$=अव०$_7$
इसलिए घनमूल = 7081

(4) व्यंजक = 792, 994, 249, 216

(1) एक अंकीय विधि:–

	792	9	9	4	2	4	9	2	1	6
243		63	153	216	158	199	152	72	56	21
	9	2	5	6	.0	0	0	0	0	

(क) भ०$_1$=9, अव०$_1$=63, भाजक=243

(ख) स०भा० =639=वा० भा०, भ०$_2$=2, अव०$_2$=153

(ग) सकल भाज्य=1539, 3चछ^2=108, इसलिए वा० भाज्य=1431
इसलिए भ०$_3$=5, अव०$_3$=216

(घ) सकल भाज्य=2164, 6चछज+छ^3=548, इसलिए वा० भाज्य=1616,
इसलिए भ०$_4$=6 तथा अव०$_4$=158

(च) सकल भाज्य=1582 और 6चछझ+3चज^2+3छ^{2}ज=648+675+60=1383,
इसलिए वा० भाज्य=199, भ०$_5$=0 अव०$_5$=199

(छ) सकल भाज्य=1994, 6चजझ+3छज^2+3छ^{2}झ=1620+150+72=1842,
इसलिए वा० भाज्य=152, भ०$_6$=0 तथा अव०$_6$=152

(ज) सकल भाज्य=1529, 6छजझ+3चझ^2+ज^3=360+972+125=1457 इसलिए
वा० भाज्य=72, भ०$_7$=0 अव०$_7$=72

(झ) सकल भाज्य=722, 3छझ^2+3ज^{2}झ=216+450=666 इसलिए वा० भाज्य=56,
इसलिए भ०$_8$=0 तथा अव०$_8$=56

(ट) सकल भाज्य=561, और 3जझ^2=540 इसलिए वा० भाज्य=21, इसलिए
भ०$_9$=0, तथा अव०$_9$=21

(ठ) सकल भाज्य=216, झ^3=216, इसलिए वा० भाज्य=0=भ०$_{10}$=अव०$_{10}$
इसलिए घनमूल=9256

(2) दो अंकीय विधि:–

भ०$_1$ (दो अंक)

	792	9	9	4
243		63		
		9	2	

92^3 = 778688 तथा भाजक = 25392

	792994	2	4	9	2	1	6
25392		14306	16102	1772	1044	56	21
	92	5	6	0	0	0	0

$$792994 - 778688 = 14306$$

(क) भ०$_1$=92, अव०$_1$=14306

(ख) स०भा०=143062=वा० भा०, भ०$_2$=5, अव०$_2$=16102

(ग) सकल भाज्य=161024, 3चछ^2=6900 इसलिए वा० भाज्य=154124 इसलिए भ०$_3$=6, अव०$_6$=1772

(घ) सकल भाज्य=17729,और 6चछज+छ^3=16560+125=16685 इसलिए वा० भाज्य=1044, भ०$_4$=0, अव०$_4$=1044

(च) सकल भाज्य=10442, और ३चज^2+3छ^{2}ज=9936+450=10386 इसलिए वा० भाज्य=56 इसलिए भ०$_5$=0, अव०$_5$=56

(छ) सकल भाज्य=561, 3छज^2=540 इसलिए वा० भाज्य=21, इसलिए भ०$_6$=0, तथा अव०$_6$=21

(ज) सकल भाज्य=216, ज^3=216, इसलिए वा० भाज्य=0=भ०$_7$= अव०$_7$ इसलिए घनमूल =9256

नोट:

यह तो मानना ही पड़ेगा कि दो अंकीय विधि (च+छ+ज+झ)^3 के स्थान पर (च+छ+ज)^3 की तालिका का उपयोग तो करती है किन्तु इसमें गुणा, भाजन तथा घटाना इत्यादि बड़ी संख्याओं में होता है इसलिए इसमें गलती करने की संभावना बढ़ जाती है। यह तो स्पष्ट है कि (च+छ+ज+झ)^3 की तालिका का उपयोग बेहतर है क्योंकि उसमें संख्याएं छोटी रहती हैं।

इस प्रश्न में दी संख्या सम है तथा आठ से भाज्य है (संभवतया 64 या 512 से भी), हम तीसरी विधि का उपयोग कर सकते हैं। इसका उपयोग हम पिछले अध्याय में बता चुके हैं। इस विधि में आठ का भाग देकर संख्या के अंकों में कमी कर सकते हैं। विद्यार्थी को हम यह संक्षिप्त में पुनः स्मरण करा रहे हैं:–

तीसरी विधि:

8)	792	994	249	216
8)	99	124	281	152
8)	12	390	535	144
8)	1	548	816	893

	1	5	4	8	8	1	6	8	9	3
3	0	2	6	16	36	55	74	76	34	
	1	1	5	7	0	0	0	0	0	

(क) भ०$_1$=1, तथा अव०$_1$=0,

(ख) स०भा०=5=वा० भा०, भ०$_2$=1 तथा अव०$_2$=2

(ग) सकल भाज्य=24, और 3चछ^2=3, वा० भाज्य=21, भ०$_3$=5, अव०$_3$=6

(घ) सकल भाज्य=68, और 6चछज+छ^3=30+1=31, वा० भाज्य=37, भ०$_4$=7 तथा अव०$_4$=16

(च) सकल भाज्य=168 और 6चछझ+3चज^2+3छ^{2}ज=42+75+15=132 इसलिए वा० भाज्य=36, इसलिए भ०$_5$=0, अव०$_5$=36

(छ) सकल भाज्य=361, और 6चजझ+3छज^2+3छ^{2}झ=210+75+21=306 इसलिए वा० भाज्य=55, इसलिए भ०$_6$=0 अव०$_6$=55

(ज) सकल भाज्य=556, और 6छजझ+3चझ^2+ज^3=210+147+125=482 इसलिए वा० भाज्य=74, भ०$_7$=0, अव०$_7$=74

(झ) सकल भाज्य=748, और 3छझ^2+3ज^{2}झ=147+525=672 इसलिए वा० भाज्य=76, इसलिए भ०$_8$=0, अव०$_8$=76

(ट) सकल भाज्य=769, तथा 3जझ^2=735, वा० भाज्य=34, इसलिए भ०$_9$=0, अव०$_9$=34

(ठ) सकल भाज्य=343, तथा झ^3=343, इसलिए वा० भाज्य=0=भ०$_{10}$अव०$_{10}$
इसलिए अवगुणज का घनमूल=1157
इसलिए घनमूल=9256

चौथी विधि

इसमें अवगुणज को द्विअंकीय विधि से कर सकते हैं।

363	1548	8	1	6	8	9	3
	217	363	265	221	76	34	
	11	5	7	0	0	0	

(क) भ०$_1$=11, अव०$_1$=217

(ख) स०भा०=2178=वा०भा०, भ०$_2$=5, अव०$_2$=363

(ग) सकल भाज्य=3631, तथा 3चछ^2=825, वा० भाज्य=2806, इसलिए भ०$_3$=7 अव०$_3$=265

(घ) सकल भाज्य=2656, तथा 6चछज+छ^3=2310+125=2435 इसलिए वा० भाज्य=221 इसलिए भ०$_4$=0 तथा अव०$_4$=221

(च) सकल भाज्य=2218, 3चज^2+3छ^{2}ज=1617+525=2142 इसलिए वा० भाज्य=76 इसलिए भ०$_5$=0, तथा अव०$_5$=76

(छ) सकल भाज्य=769, और 3छज^2=735 इसलिए वा० भाज्य=34, इसलिए भ०$_6$=0, अव०$_6$=34

(ज) सकल भाज्य=343, ज^3=343, इसलिए वा० भाज्य=0=भ०$_7$=अव०$_7$
इसलिए अवगुणज का घनमूल=1157
इसलिए घनमूल= 9256

(5) व्यंजक

8	2	840	362	499	528
		355	045	312	441

147	355	0	4	5
		12	120	
	7	0	8	1

इसी विषय पर इसी श्रेढ़ी में इसी संख्या को तीसरे प्रश्न में हल किया गया है। इसलिए दुबारा हल नहीं करेंगे। इतना कहना यथेष्ट होगा, चूंकि 7081 इस अवगुणज

का घनमूल है, इसलिए दी संख्या का घनमूल=14162 है।

नोटः

सरलता तथा सहजता के वैदिक आदर्श से यह सब विधियां कहीं न कहीं छोटी पड़ती हैं। तथा सामान्य प्रश्नों पर लगने वाला सामान्य सूत्र जिसमें यह सब कमी नहीं हैं, अभी आगे ही है। इन सब पर हम आगे विचार करेंगे।

अध्याय 37

पाइथागोरस प्रमेय आदि

आधुनिक ऐतिहासिक अन्वेषकों ने खोज की है तथा सभी आधुनिक गणितीय इतिहासज्ञों ने यह तथ्य माना है कि तथाकथित पाइथागोरस प्रमेय भारतीयों को पाइथागोरस के समय से बहुत बहुत पहले ज्ञात था। और जैसा कि अरब लोगों ने भारतीय अंक पद्धति पाश्चात्य संसार को साफ साफ हिन्दू अंक कहकर परिचित कराई किन्तु तब भी उसे सीखने वाले यूरोपीयों ने उसे बिना विवेचन किए उन्हें अरबी अंक कहा, और कि सारा संसार उन्हें आज भी कहता है, उसी तरह यद्यपि पाइथागोरस ने अपना प्रमेय पाश्चात्य वैज्ञानिक तथा गणितीय संसार को, बहुत बहुत बाद में (भारत में उसकी खोज के) प्रस्तुत किया, तथापि उसे आज भी पाइथागोरस प्रमेय कहा जाता है।

इस प्रमेय का गणित में बहुत उपयोग होता है। तथा सभी उसे उच्च ज्यामिति (घन ज्यामिति सहित), त्रिकोणमिति (समतल तथा गोलीय), वैश्लेषिक शांकव गणित, कलन (अवकलन तथा समाकलन) तथा गणित की अन्य शाखाओं (शुद्ध तथा प्रयुक्त) की नींव के लिए अत्यावश्यक मानते हैं। तिस पर भी, आधारभूत रूप से इतने महत्वपूर्ण मूलभूत प्रमेय का प्रमाण (जैसा कि यूक्लिड आदि की प्रस्तुति द्वारा विज्ञानिक विश्व को प्राचीनतम स्रोंतों से ज्ञात था और जिस पर अभी भी आधुनिक विख्यात ज्यामिति विदों द्वारा व्याख्या की जाती है) अपनी दुष्कर लंबाई, अनाड़ी दुष्करता तथा आवश्यक लंबे समय के लिए कुख्यात है।

बहुत से वैदिक प्रमाण हैं तथा वे सभी युक्लिड आदि द्वारा दिए गए प्रमाणों की अपेक्षा सरल हैं। उनमें से कुछ नीचे दिए जा रहे हैं।

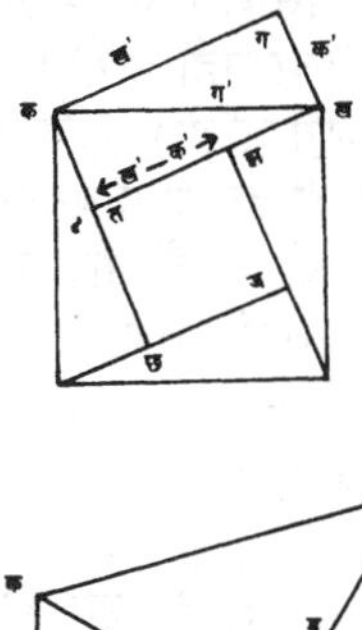

पहला प्रमाण

यहां पर वर्ग क ख=वर्ग त झ+ चारों अनुरूप समकोण त्रिभुज। इस सबके क्षेत्रफल क्रमशः इस प्रकार हैं: $ग'^2$,
1 $(ख'-क')^2$, $4\timesक'ख'/2$ इसलिए $ग'^2=क'^2-2क'ख'+ख'^2+2क'ख'=क'^2+ख'^2$ साध्य उपपन्न।

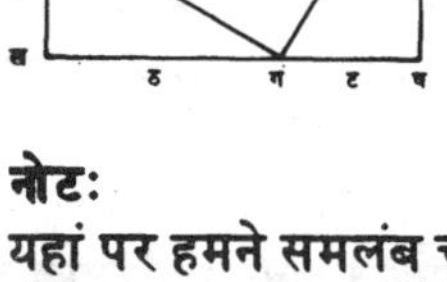

दूसरा प्रमाण

रचना कख=गघ=ट, खग=घच, इसलिए कखग तथा गघच अनुरूप हैं। क ग च एक समकोण समद्विबाहु त्रिभुज है। समलंब चतुर्भुज कखघच =कखग+ गघच + कगच इसलिए $ट\ ठ/2+ड^2/2+ट\ ठ/2=(ट+ठ/2)(ट+ठ)$

इसलिए $ड^2=ट^2+ठ^2$, साध्य उपपन्न।

नोटः

यहां पर हमने समलंब चतुर्भुज के क्षेत्रफल के साध्य का उपयोग किया है, स.च. का क्षेत्रफल = ½ऊंचाई×समांतर भुजों का योग।

तीसरा प्रमाण

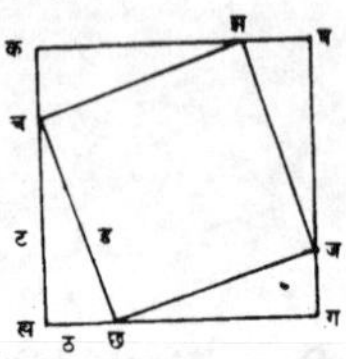

कच= खछ= गज= घझ= तथा चख= छग= जघ= झक
कख वर्ग=चछ= वर्ग+चारों समकोण त्रिभुज इसलिए
$ड^2+4टठ/2= (ट+ठ)^2=ट^2+2टठ+ठ^2$ इसलिए $ड^2=ट^2+ठ^2$, साध्य उपपन्न ।

चौथा प्रमाण

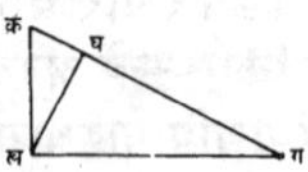

("समान त्रिभुजों का क्षेत्रफल, सजातीय रेखाओं के वर्ग के अनुपात में होता है।" यहां हम इस साध्य का उपयोग कर रहे हैं।) यहां खघ, कग पर लम्बरूप है।
इसलिए त्रिभुज कखग, कखघ तथा खगघ समान हैं।
इसलिए कखग और कखघ के बीच तथा कखग और खगघ के बीच के क्षेत्रफल

$$\frac{\text{कख}^2}{\text{कग}^2}=\frac{\text{कघख}}{\text{कखग}} \text{ तथा } \frac{\text{खग}^2}{\text{कग}^2}=\frac{\text{खगघ}}{\text{कखग}}$$

इसलिए जोड़ने के बाद, $\frac{\text{क ख}^2\text{+ख ग}^2}{\text{क ग}^2}=\frac{\text{क घ ख+ख ग घ}}{\text{क ख ग}}=\frac{\text{क ख ग}}{\text{क ख ग}}=1$

इसलिए $\text{क ख}^2\text{+ख ग}^2 = \text{क ग}^2$, साध्य उपपन्न।

पांचवा प्रमाण

(यह प्रमाण निर्देशांक ज्यामिति से लिया गया है। और चूंकि आधुनिक शांकव गणित तथा निर्देशांक ज्यामिति (त्रिकोणमिति भी) के स्रोतों में पाइथागोरस प्रमेय भी हैं, इसलिए आधुनिक गणितज्ञ को यह विधि मान्य नहीं होगी। किन्तु चूंकि वैदिक पद्धति में शांकव गणित तथा निर्देशांक ज्यामिति (कलन भी) के मूलभूत सिद्धांत पाइथागोरस प्रमेय से निरपेक्ष हैं, इसलिए यहाँ पर ऐसी कोई भी आपत्ति मान्य नहीं होगी।)

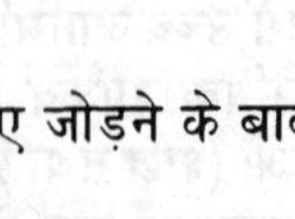

इसमें हम उस सूत्र का उपयोग करेंगे जो हमें दो बिन्दुओं के बीच की दूरी उनके निर्देशांकों की इकाई में बतलाता है। मान लीजिए कि दो बिन्दु अ और ब हैं और उनके निर्देशांक क्रमशः (a,o) तथा (o,b) हैं। तब

$$AB = \sqrt{(a-o)^2+(b-o)^2} = \sqrt{a^2+b^2}$$

इसलिए $AB^2 = a^2+b^2$, साध्य उपपन्न।

नोट:

वैदिक सूत्रों की सहायता से एपोंलोनिअस प्रमेय, टालेंमी प्रमेय तथा अन्य अनेक प्रमेय, इसी तरह सरलता पूर्वक प्रमाणित किए जा सकते हैं। किन्तु अभी हम उन सबके (एपोंलोनिअस प्रमेय को छोड़कर) विस्तार में न जाकर, उन्हें उच्च गणित के अध्ययन के समय के लिए छोड़ देंगे।

अनुवादक का नोट:

रेखागणित में रेखा चित्रों द्वारा सिद्ध करने की प्रणाली गणितज्ञ बहुत परिशुद्ध नहीं मानते हैं। चूंकि रेखागणित तर्क सिद्धांतों पर आधारित है, इसलिए प्रमाणों को शुद्ध तर्क पर ही आधारित होना चाहिए।

अध्याय 38

एपॉलोनिअस प्रमेय

एपॉलोनियस प्रमेय, पाइथागॉरस प्रमेय का व्यावहारिक रूप में एक सीधा तथा आंरभिक उपप्रमेय है। किन्तु दुर्भाग्य से इसका प्रमाण भी अनावश्यक लंबा, थकाउ तथा उकता देने वाला है।

इसका मान्य प्रमाण सुविदित है इसलिए यहां उसे दोहराने की आवश्यकता नहीं है। हम यहां केवल वैदिक विधि दे रहे हैं और तुलना का सारा काम समझदार पाठक के ऊपर छोड़ रहें हैं। और अन्ततः यही सर्वोत्तम विधि है। है न?

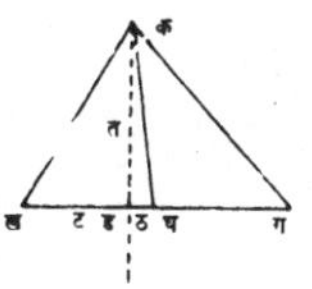

किसी भी त्रिभुज क ख ग में यदि ख ग का मध्य बिंदु घ है तब $कख^2 + कग^2 = 2(कघ^2 + खघ^2)$ यही उपप्रमेय एपोलोनिअस के प्रमेय के नाम से जाना जाता है। इसे हम उनके द्वारा प्रयुक्त प्रमाण से कहीं अधिक सरल तथा सहज विधि से सिद्ध करेंगे।

मान लें कि कखग पर कड लम्ब है और कड तथा डग निर्देशांकों के अक्ष हैं। तथा खड, डघ और डक की लम्बाइयां क्रमशः ट,ठ और त हैं।

तब $खघ = घग = ट + ठ$

$कख^2 + कग^2 = (ट^2 + त^2) + (ट^2 + 4ट ठ + 4ठ^2 + त^2)$

$= 2 त^2 + 2ट^2 + 4टठ + 4 ठ^2$

और $2(कघ^2 + खघ^2) = 2(त^2 + ठ^2) + (ट^2 + 2टठ + ठ^2)$

इसलिए $कख^2 + कग^2 = 2(कघ^2 + खघ^2)$ साध्य उपपन्न

नोटः

हमें कुछ ऐसा स्मरण पड़ता है किन्तु हम निश्चित नहीं है, कि प्रोफैसर एस० एल० लोनी की किसी पुस्तक में एपॉलोनिअस प्रमेय का प्रमाण कुछ इसी तरह से दिया गया है। खैर, यह प्रमाण (निर्देशांक ज्यामिति) प्राचीन भारतीय गणितज्ञों को भलीभांति ज्ञात था तथा इसका वैदिक सूत्रों में अपना स्थान था।

विशिष्ट सरल रेखाओं के संगमन, लंबकेन्द्र, परिधि केन्द्र, अन्तर्केन्द्र, बर्हिकेन्द्र, केन्द्रक,नव बिंदु चक्र आदि सभी ज्यामिति प्रमेय निर्देशांक ज्यामिति द्वारा सरलतापूर्वक सिद्ध किए जा सकते हैं।

हम इनके विस्तार तथा वैदिक प्रमाण बाद में देखेंगे। किन्तु इस समय हम केवल इतना कहेंगे कि अरब अंकों तथा पाइथागोरस प्रमेय की तरह कार्टीसियन निर्देशांक ऐतिहासिक मिथ्या नाम हैं।

अध्याय 39

वैश्लेषिक शांकव गणित

वैश्लेषिक शांकव गणित, गणित की एक बहुत महत्वपूर्ण शाखा है जिसका गणित की विभिन्न शाखाओं से व्यावहारिक संबंध है। तब तो यह उचित ही है कि वैश्लेषिक शांकव गणित का वैदिक पद्धति में महत्त्वपूर्ण तथा दायित्वपूर्ण स्थान है।

इसलिए कुछ (वैश्लेषिक शांकव गणित से संबद्ध बहुत आवश्यक तथा महत्त्वपूर्ण) उदाहरण यहां पर (मात्र सामान्य ज्ञान के बतौर) दिए जा रहें हैं।

I. सरल रेखा का समीकरण

(9, 17 तथा 7, –2) निर्देशांक वाले दो बिंदुओं से जाती हुई रेखा का समीकरण निकालने के लिए, प्रचलित पद्धति में हमें निम्नलिखित विधि से काम करना पड़ता है:–

सरल रेखा का सामान्य समीकरण $y=mx+c$ इसमें उपरोक्त निर्देशांकों का मान रखते हुए :–

$17=9m+c$ तथा $-2=7m+c$

इन युगपत समीकरणों को हल करते हुए, $2m=19 \therefore m=19/2$

अब m के इस मान को उपरोक्त समीकरण में प्रतिस्थापित करते हुए $66\frac{1}{2}+c=2$, इसलिए $c=-68\frac{1}{2}$। अब m तथा c के इन मानों को उपरोक्त सामान्य समीकरण में प्रतिस्थापित करते हुए हमें अभीष्ट रेखाका समीकरण मिलता है:

$y=9\frac{1}{2}x-68\frac{1}{2}$ अथवा $2y=19x-137$ या $19x-2y=137$ किन्तु यह विधि निस्संदेह रूप से बहुत लंबी तथा उबाऊ है (और फिर वह भी इतनी छोटी बात के लिए)

तथा दूसरी प्रचलित विधि

(जिसमें समीकरण $y-y_1=\dfrac{y_2-y_1}{x_2-x_1}(x-x_1)$ का उपयोग होता है)

भी उतनी ही लंबी और गड़बड़ाने वाली है। अन्ततः है तो ठीक, किन्तु स्पष्ट समझने के लिए इसमें कई और पैड़ियों की आवश्यकता रहती है।

किन्तु अवलोकन मात्र एक पंक्ति मनस्थ वैदिक विधि (परावर्त्य सूत्र) द्वारा इसका हल दिए हुए निर्देशांकों को यूं ही देखते हुए, यंत्रवत लिखा जा सकता है।

सरल रेखा के सामान्य समीकरण (अन्ततः) का रूप इस तरह होता है; ...x–..y=... जिसमें कि (बाएं तरफ) x तथा y के गुणांकों को तथा (दाहिने तरफ) निरपेक्ष पद को भरना पड़ता है। सूत्र हमें बड़ी सरलता पूर्वक इसकी विधि बतलाता है।

(1) y निर्देशांकों का अन्तर x का गुणांक है। तथा x निर्देशांकों का अन्तर y का गुणांक है।

(2) इसी के आधार पर निरपेक्ष पद का मान निकालिए।

उदाहरणार्थ, उपरोक्त प्रश्न में निर्देशांक क्रमशः (9, 17) तथा (7-2) हैं इसलिए:

(1) x का गुणांक 17-(-2)=19

(2) y का गुणांक 9-7=2

इस तरह बांई तरफ 19x-2y सीधा मिल गया

(3) दाहिने पक्ष के निरपेक्ष पद के लिए, चूंकि रेखा दिए दो बिंदुओं से जाती है, इसलिए दिए निर्देशांकों को इस समीकरण में प्रतिस्थापित करने से निरपेक्ष पद का मान मिल जाएगा।

इसलिए बांए तरफ 9 तथा 17 का मान समीकरण में प्रतिस्थापन करने से 19×9-2×17=171-34=137 अथवा 7 तथा -2 का मान प्रतिस्थापन करने से 19×7-2×(-2)=133+4=137 और इस तरह अतिरिक्त जांच भी हो गई।

किन्तु यही नहीं, निरपेक्ष पद प्राप्त करने की तीसरी विधि भी है। वह है आद्यम् अन्त्यम् तथा मध्यम् अर्थात bc-ad (अर्थात मध्य का गुणनफल-बाह्य का गुणनफल)। अतएव, 17×7-9×(-2)=137 और यह और भी जांच हो गई।

इसलिए समीकरण है: 19x-2y=137। और यह बिलकुल वही है जो हमें विस्तृत विधि (जिसमें युगपत समीकरण, पक्षान्तरण तथा अनेक प्रतिस्थापन आदि थे) से प्राप्त हुआ था। और वैदिक विधि में सारी प्रक्रिया संक्षिप्त, मनस्थ, सरल और सहज है।

कुछ और उदाहरण नीचे दिए जा रहे हैं:-

(1) बिन्दु (9, 7) तथा (-7, 2)

इसलिए इनको जोड़ने वाली रेखा का समीकरण

5x-16y = -67

(2) (10, 5) तथा (18, 9), इसलिए x=2y (विलोकन द्वारा)

(3) (10, 8) तथा (9, 7), इसलिए x-y=2 (विलोकन द्वारा)

(4) (4, 7) तथा (3, 5), इसलिए 2x-y=1

(5) (9, 7) तथा (5, 2), इसलिए 5x-4y=17

(6) (9, 7) तथा (4, -6), इसलिए 13x-5y=82

(7) (17, 9) तथा (13, -8), इसलिए 17x-4y=253

(8) (15, 16) तथा (9, -3), इसलिए 19x-6y=189

(9) (a, b) तथा (c, d), इसलिए (b-d)x-(a-c)y=bc-ad

II. सामान्य समीकरण तथा दो सरल रेखाएं

अक्सर यह प्रश्न उठता है कि सरल रेखा का सामान्य समीकरण कब दो सरल रेखाओं का निरूपण करता है।

मान लें $12x^2+7xy-10y^2+13x+45y-35=0$

''निर्देशांक ज्यामिति के मूल तत्व'' पुस्तक के प्रख्यात रचयिता (इस विषय पर विश्व विख्यात आधुनिक अधिकृत विद्वान) प्रोफेसर एस० एल० लोनी ने इस विषय की प्रचलित तथा परंपरागत, व्याख्या करते समय, अपनी पुस्तक के 119 अनुभाग में पृष्ठ 97 पर उदाहरण 1 में इस प्रश्न का प्रतिदर्शन हल, निम्नलिखित 15 पंक्तियों में (कोई

तर्क या समझाने के लिए नहीं, वरन ठोस काम) दिया है:–

यहां $a=12$, $h=7/2$, $b=-10$, $g=13/2$, $f=45/2$ तथा $c=-35$

$\therefore abc+2fgh-af^2-bg^2-ch^2$

$$= 12(x-10)(x-35) + \frac{2\times 45}{2}\times\frac{13}{2}\times\frac{7}{2} - 12\left[\frac{45}{2}\right]^2$$

$$-(-10)\left[\frac{13}{2}\right]^2 - (-35)\left[\frac{7}{2}\right]^2$$

$$= 4200 + \frac{4095}{4} - 6075 + \frac{1690}{4} + \frac{1715}{4}$$

$$= -1875 + \frac{7500}{4} = 0$$

इसलिए यह समीकरण दो सरल रेखाएं निरूपित करता है। इसे x के लिए हल करते हुए:–

$$x^2 + x\,\frac{7y+13}{12} + \left[\frac{2y+13}{24}\right]^2 = \frac{10y^2-45y+35}{12} + \left[\frac{7y+13}{24}\right]^2$$

$$= \left[\frac{23y-43}{24}\right]^2$$

$$\therefore\ x + \frac{7y+13}{24} = \pm\frac{23y-43}{24}$$

$$\therefore\ x = \frac{2y-7}{3} \text{ या } \frac{-5y+5}{4}$$

इसलिए दो सरल रेखाएं : $3x=2y-7$ तथा $4x=-5y+5$ हैं।

नोट:

हम यहां केवल इतना कहेंगे कि भिन्नों की इतनी बड़ी संख्याएं तथा उनके अनंत गुणन, घटाना आदि डराने के लिए काफी हैं। और इसी तरह का भारी बोझ सा परिश्रम है जो बच्चों के दिल में गणित, और इसलिए गणित शिक्षकों के प्रति चिरकालिक द्वेष बढ़ाने के लिए जिम्मेदार है।

हम प्रोफैसर लोनी पर कोई लांछन नहीं लगाना चाहते हैं। वे तो संभवत: सर्वोत्तम तथा बहुत ही अध्यवसायी गणितज्ञ हैं, और हम इसके लिए तथा उनके पांडित्यपूर्ण ग्रन्थों के लिए उनका बहुत सम्मान करते हैं। हम तो उस पद्धति विशेष को दोष देते हैं (या कम से कम वैदिक पद्धति से तुलना कर वैषम्य देखना चाहते हैं)।

इसे हल करने के लिए वैदिक विधि में उर्ध्वसूत्र, आद्यम आद्येन सूत्र तथा लोपना स्थापना सूत्र का उपयोग करते हैं। हम इसका उपयोग कर इस डरावने (किन्तु वास्तव में नहीं) द्विघाती का मनस्थ गणना मात्र से हल निकाल सकते हैं। यथा:

$3x-2y+7=0$ तथा $4x+5y-5=0$। पर ये किस तरह करते हैं?

वैदिक विधि

(1) ऊर्ध्व तिर्यक, लोपना स्थापना तथा आद्यम आद्येन सूत्रों द्वारा (जिन्हें कि पिछले अध्यायों में समझाया गया है।) हम मन में ही कह सकते हैं: $12x^2+7xy-10y^2=(3x-2y)(4x+5y)$ तथा हम यह भी देखते हैं कि 7 तथा –5 दोनों पदों के निरपेक्ष पद हैं। इसलिए दिया समीकरण क्रमशः $(3x-2y+7)=0$ तथा $(4x+5y-5)=0$ दोनों सरल रेखाओं का निरूपण करता है। बस सारी प्रक्रिया यही है।

अतिपरिवलय तथा अनंतस्पर्शी

अपनी पुस्तक "निर्देशांक ज्यामिति के मूल तत्व" के पृष्ठ 293 तथा 294 में 324 तथा 325 वें अनुच्छेद में प्रोफैसर लोनी उन्हीं सिद्धांतों तथा उन्हीं विधियों को अपनाते हुए, अतिपरिवलय, संयुग्मित अतिपरिवलय तथा अनंतस्पर्शी विषयों से संबंधित प्रश्न को हल करने के लिए 41 पंक्तियां लिखकर अन्त इस तरह करते हैं:–

चूंकि $3x^2-5xy-2y^2+5x+11y+c=0$ इसलिए यह व्यंजक अंनतस्पर्शी का समीकरण है।

$$\therefore 3(-2)c+2\times\frac{5}{2}\times\frac{11}{2}\left[\frac{-5}{2}\right]-3\left[\frac{11}{2}\right]^2-(-2)\left[\frac{5}{2}\right]^2$$

$$-c\left[\frac{-5}{2}\right]^2=0 \qquad \therefore c=-12$$

इसलिए अनन्तस्पर्शीयों रेखाओं का समीकरण,

$3x^2-5xy-2y^2+5x+11y-12=0$

इसके परिणामस्वरूप संयुग्मित अतिपरिवलय का समीकरण:

$3x^2-5xy-2y^2+5x+11y-16=0$

खैर यह सब इतना डरावना नहीं दिख रहा हैं क्योंकि सारी क्रिया (अनुच्छेद 116 पृष्ठ 95 के अनुसार) बिना किये हुए मान ली गई है और किताब के बाहर की गई है। किन्तु तब भी सामान्य समीकरण में a,b,c,d,e,f,g और h के मान की प्रतिस्थापना, वैदिक विधि के दृष्टिकोण से ज्यादती है और न करना श्रेयस्कर है।

वैदिक विधि में हम उन्हीं लोपना स्थापना, ऊर्ध्व तिर्यक तथा आद्यम आद्येन सूत्रों का उपयोग करते हैं। पहले हम मन ही मन में $(3x-y)(x-2y)$ निकाल लेते हैं और तब –4 तथा 3 निरपेक्ष पद के लिए संभव दिखते हैं। तथा इसका गुणन फल हमें –12 मिलता है और इस पद का मान शून्य रखने से हमें अनंतस्पर्शी रेखाओं का समीकरण मिल जाता है। और चूंकि संयुग्मित अतिपरिवलय, अनंतस्पर्शी से विरूद्ध दिशा में उतनी ही दूरी पर है, इसलिए संयुग्मित अतिपरिवलय के लिए हम वही समीकरण लिखते हैं (केवल –8 के स्थान पर 16 बदलकर)। (तथा इसके लिए हमें विवेचक की गुत्थियों तथा उससे संबंद्ध प्रतिस्थापना इत्यादि से उलझने की कोई आवश्यकता नहीं रहती। बस सारा कुछ यही है।

कुछ और उदाहरण अवांछनीय नहीं होंगे:

(1) $8x^2+10xy-3y^2-2x+4y-2=0$

$\therefore (2x+3y)\,(4x-y)-2x+4y-2=0$

$\therefore 4x-\ y+1$

$\times\ 2x+3y-1$

$8x^2+10xy-3y^2-2x+4y-1=0$

इसलिए अनंतस्पर्शी रेखाओं का समीकरण है:

$8x^2+10xy-3y^2-2x+4y-1=0$, तथा संयुग्मित अतिपरिवलय का समीकरण $8x^2+10xy-3y^2-2x+4y=0$ है।

(2) $y^2-xy-2x^2-5y+x-6=0$

$\because\ y+x-2$

$\times\ y-2x-3$

$y^2-xy-2x^2+x-5y+6=0$

इसलिए अनंतस्पर्शी रेखाएं $(y+x-2)\,(y-2x-3)=0$ हैं:

तथा संयुग्मित अतिपरिवलय है $y^2-xy-2x^2+x-5y+18=0$ है।

(3) $55x^2-120xy+20y^2+64x-48y=0$

$\because 11x-\ 2y+4$

$\times\ 5x-10y+4$

$55x^2-120xy+20y^2+64x-48y+16=0$ इसलिए यह अनंतस्पर्शी रेखाओं का समीकरण है, तथा संयुग्मित अतिपरिवलय का समीकरण $55x^2-120xy+20y^2+64x-48y+32=0$ है।

(4) $12x^2-23xy+10y^2-25x+26y-14=0$

$\because 4x-5y-3$

$\times\ 3x-2y-4$

$12x^2-23xy+10y^2-25x+26y+12=0$ अनंतस्पर्शी हैं।

तथा $12x^2-23xy+10y^2-25x+26y+38=0$ संयुग्मित अतिपरिवलय है

(5) $6x^2-5xy-6y^2+14x+5y+4=0$

$\because 2x-3y+4$

$\times\ 3x-2y+1$

इसलिए निरपेक्ष पद =4. इसलिए यह दो सरल रेखाओं का समीकरण है।

अध्याय 40

विविध सामग्री

बहुत से विभिन्न प्रकार के विषय हैं जो कि न केवल गणितज्ञों या सांख्यिकीविदों के लिए, वरन साधारण आदमियों के लिए उनके दैनिक व्यापार में बहुत ही अधिक काम आते हैं। तथा उनके विषयों पर आधुनिक लेखा-विधि ने आवश्यक विस्तार से व्याख्या नहीं की है, तथा उनके लिए वैदिक पद्धति के सूत्र सहायता कर सकते हैं। हम अभी उन सब पर विचार न कर केवल कुछ विषयों के नाम भर देना चाहते हैं।

(1) घटाना
(2) घटाना तथा जोड़ना मिले हुए
(3) संयुक्त घटाना तथा जोड़ना
(4) साधारण भिन्नों का जोड़ना
(5) भिन्नों की तुलना
(6) साधारण तथा संयुक्त अभ्यास (बिना अशेष-भाजक आदि के)
(7) सारे दाशमलविक कार्य में दशमलव की प्रक्रिया
(8) भिन्न, अनुपात, प्रतिशत, औसत आदि
(9) ब्याज, वार्षिकी, बट्टा, आादि
(10) अर्धगोलकों का गुरूत्व केन्द्र
(11) समीकरणों का रूपान्तरण
(12) गति-विज्ञान, स्थैतिकी, द्रवस्थिति विज्ञान, गैसिकी, प्रयुक्त यांत्रिकी आदि आदि

नोट:

कुछ और विषय हैं, जिन पर अपने महत्त्व के कारण, विस्तृत व्याख्या आवश्यक है। किन्तु (चूंकि वे विद्यार्थियों की उच्चशिक्षा के अधिक उपयुक्त हैं) हम उन पर विस्तार में विचार न कर, उनकी व्यावहारिक, उपयोगिता तथा अतीव रूचिमयता के कारण संक्षिप्त में विचार करेंगे।

घन पिण्ड, त्रिकोणमिति खगोल विज्ञान आदि

घन ज्यामिति, समतल त्रिकोणमिति, गोलीय त्रिकोणमिति तथा खगोल-विज्ञान पर भी विशाल वैदिक सामग्री है जिसका उपयोग गणित के विद्यार्थी का कार्य हल्का करने के लिए होता है। यहां हम उस सब सामग्री के विस्तार में न जाकर, केवल कुछ महत्त्वपूर्ण तथा रूचिकर शीर्षकों, जिनमें कि इन विषयों को बांटा जा सकता है, की सूची देंगे:—

(1) त्रिकोणमितीय फलन तथा उनके आपसी संबंध
(2) वृत्तों के चाप तथा जीवा, कोण तथा उनकी ज्या आदि

(3) विलोम, अर्थात ज्या तथा कोण, वृत्तों के जीवा तथा चाप आदि
(4) समीकरणों के सिद्धांत, त्रिकोणमिति, शांकव, कलन इत्यादि में सारणिकों का उपयोग।
(5) घन पिण्ड तथा क्यों केवल पांच ही समबहुफलक को सकते हैं आदि आदि
(6) पृथ्वी का अपनी अक्ष पर दैनिक घूमना तथा सूर्य के चारों ओर वार्षिक घूमने से संबंध
(7) ग्रहण
(8) एकांतर खण्डों की ज्या के गुणन से संबंधित (गोलीय त्रिभुज में) प्रमेय, अर्थात

$$\frac{\text{Sin BD}}{\text{Sin DC}} \times \frac{\text{Sin CE}}{\text{Sin EA}} \times \frac{\text{Sin AF}}{\text{Sin FB}} = 1$$

(9) π का मान (अर्थात वृत्त की परिधि तथा व्यास का अनुपात)

नोट:

किन्तु अंतिम शीर्षक को हम कुछ विस्तार में समझाना चाहेंगे। वास्तव में ($\pi/10$) का मान सुविदित अनुष्टुप छंद में तथा वर्णमाला की कूट भाषा में (जिसका वर्णन पिछले किसी अध्याय में हो चुका है) किया गया है:

गोपीभाग्यमधुवात-श्रृंगिशोदधिसंधिग।
खलजीवितखाताव गलहालारसंधर।।

इस छन्द के तीन उपयुक्त अर्थ निकाले जा सकते हैं। पहले अर्थ में तो यह भगवान कृष्ण की स्तुति है, दूसरे अर्थ में शंकर भगवान की स्तुति है तथा तीसरे में $\pi/10$ का दशमलव के बत्तीस स्थान तक मान है (साथ में उस मान को मन चाहे स्थान तक विस्तृत करने के लिए एक और उपसूत्र है):

चूंकि विद्यार्थी गण (विशेषकर संस्कृत से अनभिज्ञ), संभवतया, प्रथम दो अर्थों में रूचि न लें और उसे समझने में, विशेषतया, श्लेष तथा श्लोक के अन्य साहित्यिक अलंकारों को समझने में, कठिनाई का अनुभव करें, और तीसरे अर्थ में स्वाभावतया रूचि रखेंगे इसलिए हम केवल तीसरा अर्थ दे रहे हैं:

$$\frac{\pi}{10} = 0.31415926535897932384626433832792.....$$

इसे समझने के बाद, हाइडेलबर्ग विश्वविद्यालय, जर्मनी के गणितज्ञ तथा भौतिक-विद् तथा संस्कृत विद्वान डा० वी०पी० दलाल ने उत्साहपूर्वक यह टिप्पणी की:

''इससे यह तो स्पष्ट दिखता है कि जब यूनानी गणितज्ञों के पास 1000 से बड़ी संख्या के लिए पद न थे तथा उनके गुणन की क्रिया इतनी जटिल थी–जिसे वे गिनतारा (अबैकस) से गुणक के बराबर जोड़ कर करते थे, 7×5 करने के लिए वे 7 को उस गिनतारे पर 5 बार जोड़ते थे–उस प्राचीन समय में भारतीय गणितज्ञ संगणना की इतनी बारीकियों के भी बहुत भीतर पैठ चुके थे''।

संक्षिप्तावृत्ति तथा निष्कर्ष

इन पृष्ठों में हमने गणित की बहुत सी शाखाओं पर विचार किया, तुलना की,

विषमताएं देखी तथा ज्ञान अन्वेषक के लिए स्थिति स्पष्ट करने का प्रयत्न किया। चूंकि गणितीय प्रक्रियाओं का आधार ही अंकगणित तथा बीजगणित है, इसलिए इस प्रकार की परिचयात्मक तथा प्रारंभिक पुस्तक में यह स्वाभाविक तथा आवश्यक था कि हम अंकगणित तथा बीजगणित पर सबसे अधिक ध्यान देते। किन्तु यह प्रकाशन केवल प्राक्कथन तथा नमूने के रूप में प्रस्तुत किया गया है जिसका ध्येय पाठकों को आने वाले ग्रन्थों[1] की आनन्ददायक सामग्री से परिचित कराना है। यदि यह ग्रन्थ अपने इस ध्येय को पूरा करता है तथा पाठकों की रूचि को अनुप्राणित करता है तथा वैदिक गणित के विस्तार पूर्वक अध्ययन करने के लिए प्रोत्साहित करता है, तब हमें पूर्ण संतोष होगा और हम अपने परिश्रम को सफल मानेंगे।

1. लेखक द्वारा, इसके बाद और कोई ग्रन्थ नहीं छोड़े गए हैं।

समाचार पत्रों की सम्मतियों का नमूना

स्टेटसमैन, भारत, 10 जनवरी 1956, से उद्धृत

प्रत्येक मनुष्य गणितज्ञ हो सकता है।

(श्री डेस्मण्ड डॉइंग)

आजकल कलकत्ते में गोवर्धनपीठ, पुरी के परम पावन जगद्गुरू श्री शंकराचार्य अद्भुत वस्तु का विक्रय कर रहे हैं।

वह अद्भुत वस्तु है दुनिया के सारे गणितीय प्रश्नों पर लगने वाले सोलह सरल सूत्र जिनमें कुल मिलाकर 120 शब्द हैं, तथापि श्री शंकराचार्य इस क्रांतिकारी ज्ञान के लिए किसी आधिभौतिक शक्ति अथवा चमत्कारिका शक्ति का दावा नहीं करते हैं और उनका श्रेय वे अज्ञात पूर्वजों को देते हैं।

श्री शंकराचार्य के विशिष्ट ज्ञान का विलक्षण सार यह है कि उनके ज्ञान से मेरे जैसा गणित में शून्य व्यक्ति भी उच्चगणित की उच्चवोल्टता को अभिग्रहण कर सकता है, और वह भी मात्र एक वर्ष के छोटे अन्तराल में, शाला में वर्ष प्रतिवर्ष सरल समीकरणों तथा प्रश्नों से निष्फल उलझने वाले तथा इस विषय में एक बार भी विशेष योग्यता का पुरस्कार न मिलने वाले मेरे जैसे व्यक्ति के लिए उनके इस दावे ने, कि केवल छः माह की गणितीय सरकसी उछल कूद के बाद ही मैं गणित में एम० ए० व्यक्ति का निर्भीकता पूर्वक सामना कर सकता हूँ, मुझे तो गोवर्धनपीठ, पुरी के परम पावन जगद्गुरू शंकाराचार्य का अनन्य भक्त बना दिया है।

मेरी उनसे प्रथम भेंट हेस्टिंग्स के एक छोटे से कमरे में हुई थी, ७५ वर्ष की उम्र, क्षीण काया किन्तु दैदीप्यमान चेहरा, पीत मूंगे के रंगवाला चोगा तथा हल्का चश्मा, उनके पार्श्व में काँसे के बुद्ध पर सूर्य की किरणें गिरकर आभा का अनोखा मंडल बना रही थीं, ऐसे में यदि परम पावन ने दिव्य प्रेरणा का दावा किया होता तो मैं उनका विश्वास कर लेता। वे तो साधु के ही भेष में (यद्यपि मैं इसे कहना पसन्द नहीं करता) एक ऐसे साधु व्यक्ति हैं जिन्होने अपना सारा जीवन मंगल कार्य के लिए समर्पण कर दिया है तथा गणित जैसे सांसारिक विषय से उन्हें क्या लेना देना।

चकित करने वाले आश्चर्य

मेरे आतिथेयी श्री सीताराम ने जिनके पास श्री शंकराचार्य जी ठहरे हुए हैं, मुझे इस साक्षात्कार के लिए तैयार करा दिया था मै मनचाहे प्रश्न पूछ सकता था, फोटो खींच सकता था, मैं उनके द्वारा 'प्राचीन भारतीय वैदिक गणित के महान आश्चर्य' लिखित छोटा सा लेख पढ़ सकता था। मुझे ऐसा बतलाया गया था कि परम पावन ने वर्षों यौगिक साधना में बिताए थे तथा वेदों के मनन के समय अचानक ही उन्हें ऐसी प्रेरणा मिली कि जिसे अभी तक सभी इतिहासज्ञों, भक्तों तथा अनुवादकों ने अर्थ हीन बकवास समझ

रखा था, उसका गूढ़ार्थ उनकी समझ में आ गया। उनके कुछ सूत्रों में गणित, मनोविज्ञान, नीतिशास्त्र तथा अध्यात्मविद्या की प्रक्रियाएं निहित थीं।

एक सूत्र का साधारण अर्थ इस प्रकार था, "राजा कंस के राज्यकाल में विद्रोह, लूटपाट, अकाल तथा अस्वास्थ्यकारी परिस्थितियां बहुलता में थीं।" अवकूटन करने के पश्चात इस निन्दात्मक ऐतिहासिक वाक्य के गूढ़ार्थ से भिन्न (1/17) का तुल्य दशमलव निकलता था जो कि 16 क्रियाओं को एक ही क्रिया में करता था।"

एक अवकूटन की खोज से दूसरी खोज निकली और इस तरह परमपावन उन सूत्रों के गूढ़ार्थ की खोज में लग गए जो कि लम्बी अवधि से लुप्त हो चुके थे। यह हानि स्पष्ट रूप से मानवता की भयंकरतम में से एक है। तथा मेरा विचार है कि इसका कारण इस विद्या का मुझ जैसे व्यक्तियों के हाथों में पड़ना है, जिन्हें कि वर्गमूल ही जीवन का बड़ा रहस्य लगता है। यदि यह विद्या बच गई होती तो प्रत्येक पढ़ा लिखा आदमी गणित का जादूगर होता तथा गणितशिक्षकों को काम न मिलता। मुझे जो लेख मिला है उसमें लिखा है, "काले तख्ते पर लिखे गणित के प्रश्नों को देखकर ही बच्चे उनका उत्तर बोल देते हैं, वे उत्तर के अंकों को एक के बाद एक, आगे से या पीछे से, मन ही मन गणना कर लगातार बोलते जाते हैं (उन्हें पेंसिल, कलम, कागज या स्लेट किसी की भी आवश्यकता नहीं होती है)। ऐसी बातों का कोई भी साधारणतया विश्वास नहीं करेगा, मैंने भी नहीं किया केवल तब तक जब तक कि मैं परमपावन से नहीं मिला था।

एक छोटे से काले तख्ते पर परम पावन ने अपनी विशिष्ट कुशलता समझाना प्रारंभ की, गुणा, भाग, भिन्न, बीजगणित तथा उच्च गणित के पेंचीदे सवाल मुझे जिनके नाम भी नहीं मालूम। और सारा एकदम सरल हो गया। जी हाँ, मैंने भी एक उत्तर चिल्ला दिया। (उच्चतर शालाओं के लिए बीजगणित, पृष्ठ 363, अभ्यास 70 उदाहरण 10)। इसके बाद मैं उन प्रश्नों के उत्तर देने लगा जिन्हें कि अधिकृत गणित पुस्तकें, उच्च, कठिन तथा बहुत कठिन कहतीं थीं। भगवान मुझ पर कृपा बनाए रखें।

परमपावन की यह अभिलाषा है कि वे इस लुप्त कला को विश्व के लिए और कम से कम भारत के लिए पुनर्जीवित कर दें। भारत ने अरब देशों के द्वारा विश्व को प्रचलित अंक दिए थे, विशेषकर युग प्रवर्तक शून्य, भारत के लिए इतना श्रेय पर्याप्त नहीं है, अवश्य ही भारत के पास ज्ञान था जिसकी खोज हम आज कर रहे हैं। कहीं इतिहास की भूली भटकी सड़कों में, उसके द्वारा अर्जित ज्ञान या तो नष्ट कर दिया गया या दुर्दैव के प्रकोप से नष्ट हो गया। अब, संभवतः भारत पुनः युगप्रवर्तक ज्ञान विश्व को दे।

इस समय गोवर्धन-पीठ के परमपावन जगद्‌गुरू श्री शंकराचार्य तथा उनके शिष्य, सच्चे ज्ञान के अन्वेषक होने के नाते महान ज्ञान को सरल बनाकर मानवसुलभ बनाने के हेतु यत्नशील हैं। इसका विरोध हो रहा है और आगे भी होगा। किन्तु इस योगी की खोजों में यहाँ तथा विदेशों के प्रख्यात गणितज्ञ विशेष रूचि ले रहे हैं। गणित से निराश व्यक्तियों की तरफ से मेरी हार्दिक आशा है कि उन्हें इस सत्कार्य में सफलता मिले।

परिशिष्ट 1

श्रद्धांजलि

स्वर्गीय शंकराचार्य जी की वैदिक गणित पर यह युगप्रवर्त्ती कृति शिक्षित समाज के सामने एक नया सिद्धांत तथा नई विधि प्रभावपूर्ण ढंग से लाती है। यह लगभग अज्ञात विधि गणित के मूल सत्य तक पहुंचती है जो कि इस विशेष संदर्भ में संख्या तथा परिमाण से संबंधित है, तथा जो सभी विज्ञानों तथा कलाओं पर लागू हो सकती है, जैसी कि भारत में प्राचीन काल में निस्संदेह रूप से लागू होती थी तथा उसके द्वारा प्राप्त परिणाम आज भी लोगों को श्रृद्धाभिभूत तथा विस्मित कर देते हैं। स्पष्ट रूप से यह विधि आधुनिक प्रचलित विधि से नितांत भिन्न है।

मेरा विषय गणित नहीं संगीत है (यद्यपि संख्याओं का दर्शन, संगीत संख्याओं की ब्रह्माण्डीय तथा आध्यात्मिक अनुरूपता, सन्नादी, असन्नादी तथा समध्वनि स्वरान्तरालों इत्यादि से संख्याओं का संबंध, आदि संगीत का गणित से घनिष्ठ संबंध स्थापित करते हैं)। किन्तु संगीत तथा ललितकलाओं पर पारम्परिक साहित्य का विगत कई वर्षों से अध्ययन करने के पश्चात मैं इस निष्कर्ष पर पहुंची हूँ, कि प्राचीन भारत के ज्ञान के सिद्धांत उनकी विधि तथा अनुभव, आधुनिक की तुलना में अंत:प्रेरणा के संबंध में नितांत भिन्न हैं। और सभी उच्चकोटि का तथा सच्चा ज्ञान किसी तर्क संगत प्रक्रिया द्वारा प्राप्त न होकर अंत:प्रेरणा से प्राप्त होता है।

यह भिन्नता अंत:प्रेरणा स्वयं को छोड़कर, उसकी (अंत:प्रेरणा) दृष्टि का क्षेत्र तथा विषय, अनुभव को समझने की विधि तथा उसे बुद्धिगम्य बनाने की विधि आदि सभी क्षेत्रों पर लागू होती है। आधुनिक विधि में अंत:प्रेरणा प्राप्त करने के लिए जीवन या प्रकृति के रूपों से या मनस्थ विचार से आरम्भ करते हैं। और यदि अंत:प्रेरणा का स्रोत आत्मा भी है तब भी यह विधि आत्मा के बाहरी स्रोतों से सहायता लेती है। प्राचीन भारत की ज्ञान पद्धति का ध्येय आत्म-दर्शन, अनंत अथवा दिव्य आत्मा से संबंधों की खोज, आत्मा की अपनी अभिव्यक्तियों द्वारा, अनंत की सीमित बिम्बों द्वारा तथा दिव्य की उसकी शक्ति के द्वारा खोज करना था। उनकी पद्धति समाकलित ज्ञान की थी, अपने उपक्षेत्र में ब्रह्माण्डीय घटनाओं के सत्यों की खोज की थी तथा उनका उपयोग संसार के लिए किया जाता था।

यह दोनों पद्धतियाँ ज्ञान तथा अनुभव के अलग सिद्धांतों पर आधारित हैं जो कि अपने दृष्टिकोण तथा अभिगम में मूलभूत रूप से भिन्न हैं। विश्व को भारत की प्राचीन पद्धतियों के विषय में बहुत कम ज्ञान है तथा उसकी गुप्त विधियों के विषय में तो और भी कम। श्री शंकराचार्य की अद्वितीय कृति वैदिक गणित ने पहली बार विश्व के सामने यह प्रमाणित किया है कि कथित पद्धति प्राचीन भारत में सांसारिक ज्ञान की समस्याओं को

हल करने में उतनी ही उपयोगी थी जितनी कि आध्यात्मिक क्षेत्रों की। मुझे इस बात का बहुत हर्ष है कि इस चिरस्मरणीय कृति के मुद्रण तथा प्रकाशन संबंधी कार्य में थोड़ा सा हाथ बटाने का सौभाग्य मुझे मिला।

वाराणसी–5
23-3-65

प्रेमलता शर्मा
संगीत तथा ललित कला संकायाध्यक्ष
बनारस हिन्दू विश्वविद्यालय

परिशिष्ट 2

मेरे इष्ट गुरूदेव–श्री भारती कृष्ण तीर्थ

(निम्नलिखित पंक्तियों में लेखिका ने अपनी व्यक्तिगत एवम् घनिष्ट जानकारी से वैदिक गणित के यशस्वी लेखक की संक्षिप्त जीवनी और वैदिक गणित की उत्पत्ति के विषय में संक्षिप्त वर्णन दिया है–सम्पादक)

भारत के सुसंस्कृत व्यक्तियों में से शायद ही कोई ऐसा हो जिसने परम पावन जगदगुरू शंकराचार्य श्री भारती कृष्ण तीर्थ जी महाराज (जिनके विभूतिमय और दिव्य व्यक्तित्व ने पुरी के विख्यात गोबर्धन मठ को अपनी श्री शोभा से अनुग्रह पूर्वक सुशोभित किया) का नाम तथा उनके व्यापक और बहुमुखी ज्ञान, उनकी आध्यात्मिक और शैक्षिक उपलब्धियों उनके वैदिक गणित में आश्चर्यजनक शोधकार्य और उनके इन सभी गुणों के मानवता की सेवा में पुण्यार्पण के विषय में न सुना हो।

परम पावन का जन्म जो कि अपने भक्तों में प्रिय नाम जगद्गुरू या गुरूदेव से जाने जाते हैं, मार्च 1884 में बहुत विद्वान एवम् पुण्यात्मा कुटुम्ब में हुआ। उनके पिता, स्वर्गीय श्री पी० नरसिंह शास्त्री उस समय तिन्निवेलि (मद्रास प्रान्त) में तहसीलदार थे और अन्त में उन्होंने डिप्टी कलेक्टर बन कर अवकाश प्राप्त किया। उनके चाचा स्वर्गीय श्री चंद्रशेखर शास्त्री, विजयानगरम् के महाराजा-महाविद्यालय के प्रधानाचार्य थे। और उनके प्रपितामह स्वर्गीय श्री सी० रंगनाथ शास्त्री मद्रास उच्च न्यायालय के न्यायाधीश थे।

जगद्गुरूजी जिनका बचपन में नाम वेंकटरमन था, एक असाधारण कुशाग्र बुद्धिवाले विद्यार्थी थे और अपने सारे विद्यार्थी जीवन में, सभी कक्षाओं में सभी विषयों में नियत रूप से प्रथम स्थान पाते थे। उन्होंने नेशनल कॉलेज, त्रिचनापल्ली, चर्च मिशनरी सोसायटी कालेज, तिन्निवेलि और हिन्दू कॉलेज, तिन्निवेलि में शिक्षा पाई। उन्होंने अपनी मेट्रिक की परीक्षा, मद्रास विश्वविद्यालय से जनवरी 1899 में, हमेशा की तरह सर्वप्रथम स्थान में पास की।

वे संस्कृत तथा भाषण की कला में असाधारण रूप से निपुण थे और इसीलिए जब वे जुलाई 1899 में केवल पंद्रह वर्ष के थे तब मद्रास संस्कृत संस्था की ओर से उन्हें "सरस्वती" की उपाधि से विभूषित किया गया। इस स्थिति में उनके संस्कृत के गुरू श्री वेदम् वेंकटराय शास्त्री का उनके ऊपर अमिट प्रभाव नहीं भुलाया जा सकता और जिनका स्मरण वे सदा प्रेमपूर्वक, श्रद्धापूर्वक तथा कृतज्ञता से करते थे और उस समय उनकी आंखें गीली हो जाती थीं।

बी० ए० की परीक्षा में भी सर्वप्रथम स्थान पाने के बाद श्री वेंकटरमन सरस्वती बम्बई केन्द्र से 1903 में अमेरिकन कॉलेज ऑव साइसेंज़, रोचेंस्टर, न्यूयार्क की एम०ए० की परीक्षा में बैठे, और केवल बीस वर्ष की आयु में 1904 में, उन्होंने सात विषयों में एक साथ तथा सभी विषयों में उच्चतम सम्मान सहित, एम०ए० की परीक्षाएं

पास कीं, जो कि विद्या सम्बंधी प्रतिभा का संभवतः सार्वकालिक विश्वमान है। उनके विषय थे संस्कृत, दर्शन, अंग्रेजी, गणित, इतिहास और विज्ञान।

विद्यार्थी वेंकटरमन अतुल कुशाग्र बुद्धि, अनोखी मेधावी स्मरणशक्ति और सदा अमिट जिज्ञासा के लिए विख्यात थे। वे अपने शिक्षकों पर असंख्य प्रश्नों की इतनी तीक्ष्ण बौछार लगा देते थे कि शिक्षक असमंजस में पड़ जाते और अकसर ही अपनी अनभिज्ञता को स्पष्ट रूप से स्वीकार कर लेते थे। यदि इस प्रकार से देखा जाए तो वे बहुत ही शरारती विद्यार्थी थे।

अपने विश्वविद्यालय के दिनों से ही श्री वेंकटरमन सरस्वती ने धर्म, दर्शन, समाजशास्त्र, इतिहास, राजनीति, साहित्य इत्यादि विषयों पर पांडित्य पूर्ण लेख, स्वर्गीय श्री डब्ल्यू टी० स्टेड की पत्रिका 'रिव्यू ऑव रिव्यूज़' के लिए लिखना प्रारम्भ कर दिया था और वे आधुनिक*विज्ञान की सभी शाखाओं में विशेष रूचि रखते थे। वास्तव में श्री जगद्गुरू ने अन्तिम समय तक आधुनिक विज्ञान की नवीनतम खोजों एवम् अनुसंधानों के अध्ययन में विशेष रुचि रखी।

श्री वेंकटरमन ने 1905 में राष्ट्रीयशिक्षा आन्दोलन तथा दक्षिण अफ्रीका की भारतीय समस्या पर, माननीय श्री गोपाल कृष्ण गोखले के निर्देशन में अपना सार्वजनिक जीवन प्रारम्भ किया। हालांकि प्रोफैसर वेंकटरमन सरस्वती ने अपरिमित ज्ञान प्राप्त कर लिया था फिर भी उनकी ज्ञान पिपासा तीव्रतर होती जा रही थी, और दूसरी तरफ मानवता की निस्वार्थ सेवा की भावना उनके हृदय को अभिभूत किए थे, तब भी विज्ञानों का विज्ञान, भारत की पुरातन पवित्र अध्यात्म विद्या के अध्ययन तथा अभ्यास की ओर उनका असंदिग्ध रूप से गहनतम आकर्षण था। एतदर्थ 1908 में वे मैसूर के श्रृंगेरि मठ गए और सुविख्यात स्वर्गीय जगद्गुरू शंकराचार्य महाराज श्री सच्चिदानंद शिवाभिनव नृसिह भारती स्वामी के चरणों में उन्होंने आत्मसमर्पण कर दिया।

परन्तु उन्हें अभी वहाँ कुछ समय ही हुआ था कि राष्ट्रीय नेताओं के विशेष आग्रह पर राजमहेन्द्रि के नवीन कॉलेज (राष्ट्रीय महाविद्यालय) के प्रथम प्रधानाचार्य का पद स्वीकार करना पड़ा। प्रोफैसर वेंकटरमन सरस्वती ने वहाँ तीन वर्ष ही कार्य किया और 1911 में, अपने हृदय की अध्यात्म ज्ञान, अध्यात्म अभ्यास तथा आध्यात्मिक उपलब्धि की उत्कट इच्छा को न रोक पा सकने के कारण, उस महाविद्यालय से अपने आपको यकायक छुड़ाकर, वे श्रृंगेरि में श्री सच्चिदानन्द शिवाभिनव नृसिह भारती स्वामी के चरणों में वापिस पहुंच गए।

उन्होंने अगले आठ वर्ष अत्यन्त विकसित वेदान्त दर्शन के गहनतम अध्ययन में और ब्रह्मसाधना के अभ्यास में लगाए। उन दिनों प्रोफैसर वेंकटरमन श्री नृसिह भारती के चरणों में वेदान्त का अध्ययन करते थे, वहीं के विद्यालयों में संस्कृत तथा दर्शन पढ़ाते थे और पास के ही जंगलों में अत्यन्त कठिन तथा उच्च योग साधना करते थे। अक्सर ही बहुत से संस्थानों में उन्हें दर्शन पर भाषण देने के लिए आमंत्रित किया जाता था। जैसे खानदेश के अमलनेर के दर्शन के 'शंकर संस्थान' में उन्होंने शंकराचार्य के दर्शन पर एक श्रृंखला में सोलह भाषण दिए और इसी तरह पूना और बम्बई जैसे कई स्थानों पर भाषण दिए।

---

* विज्ञान से लेखिका का तात्पर्य संभवतया भौतिकी तथा खगोल दोनों विज्ञानों से है।

कई वर्षों के उन्नततम अध्ययन, गहनतम योग-ध्यान और उच्चतम आध्यात्मिक उपलब्धि के पश्चात शारदा पीठ के परमपावन जगद्गुरू शंकराचार्य त्रिविक्रम तीर्थ जी महाराज के पुण्य कर कमलों द्वारा श्री प्रोफैसर वेंकटरमन सरस्वती की 4 जुलाई 1919 को सन्यास की पावन परम्परा में दीक्षा हुई। इसी पावन मुहूर्त्त में उनका नाम, स्वामी भारती कृष्ण तीर्थ रखा गया।

इस मुहूर्त्त से स्वामीजी की महानता की ज्योतिर्मय अभिव्यक्ति का प्रारम्भ हुआ। इस पवित्र धर्म संघ में दो वर्ष के भीतर ही उन्होंने शारदापीठ की शंकराचार्य की धर्माध्यक्ष गद्दी के लिए अपनी अद्वितीय योग्यता सिद्ध कर दी। इसीलिए 1921 में, अपनी सारी अनिच्छा तथा सक्रिय विरोध के बावजूद, उन्हें इस पद पर विधिवत सारे अनुष्ठानों सहित आरूढ़ किया गया। धर्माध्यक्ष बनने के तुरन्त बाद ही श्री जगद्गुरू जी ने भारत के कोने-कोने में भ्रमण कर सनातन धर्म पर व्याख्यान देना प्रारम्भ कर दिया। और अपनी दैदीप्यमान बौद्धिक प्रतिभा, ओजस्वी भाषण कला, आकर्षकव्यक्तित्व, ध्येय की सत्यनिष्ठा, दृढ़ इच्छाशक्ति, विचारों की पवित्रता और चरित्र की महानता से सारे देश के समस्त बौद्धिक तथा धार्मिक वर्ग में हलचल मचा दी।

गोवर्धन मठ पुरी के जगद्गुरू शंकराचार्य श्री मधुसूदन तीर्थ जगद्गुरू से बहुत ही प्रभावित हुए और जब उनका स्वास्थ्य गिर रहा था तब उन्होंने जगद्गुरू से प्रार्थना की कि वे गोवर्धन मठ की गद्दी पर उनके उत्तराधिकारी बनें। श्री जगद्गुरू जी ने दीर्घ काल तक उनकी प्रार्थना का विनम्र विरोध किया, परन्तु अन्त में 1925 में जब जगद्गुरू श्री मधुसूदन तीर्थ का स्वास्थ्य एकदम गम्भीर स्थिति में आ गया तब उन्होंने जगद्गुरू श्री भारती कृष्ण तीर्थ को गोवर्धन मठ की गद्दी को बलपूर्वक स्वीकार करने के लिए बाध्य किया। इस तरह जगद्गुरू जी ने श्री स्वरूपानंद जी को शारदापीठ की गद्दी पर बैठाकर श्री गोवर्धन मठ के धर्माध्यक्ष के धर्म संबंधी कार्यों का भार ग्रहण किया।

गोवर्धन मठ, पुरी के धर्माध्यक्ष पद से श्री जगद्गुरू शंकराचार्य ने अपने शेष जीवन के पैंतीस वर्षों में सनातन धर्म की पुनीत आध्यात्मिक शिक्षाओं का उनके आद्यतम शुद्ध रूप में सारे विश्व में प्रचार किया। महीनों के बाद महीने और वर्षों के बाद वर्ष, उन्होंने शिक्षा देने में और उपदेश देने में, समझाने और व्याख्या करने में, विचार विमर्श करने में और सारे देश में लाखों व्यक्तियों को युक्तियों द्वारा विश्वास दिलाने में, सारा समय लगाया। भारतीय संस्कृति के पुनरुत्थान का विशाल कार्य, सनातन धर्म का प्रचार, उच्चतम मानव तथा नैतिक मूल्यों की पुनर्संस्थापना के कार्य और सारे विश्व में उदात्ततम आध्यात्मिक ज्योति को फैलाने का बीड़ा उन्होंने उठाया और उन्होने अपना जीवन इस उदात्त तथा भव्य सेवाकार्य के लिए समर्पण कर दिया।

अपने प्रारम्भ के जीवन से ही जगद्गुरू जी धर्म की सही व्याख्या की आवश्यकता का महत्व समझते थे, और उसकी परिभाषा उन्होंने इस तरह की: समस्त लोकजनों को, व्यक्तिगत रूप से तथा सामूहिक रूप से सर्व विधि (शारीरिक, मानसिक, बौद्धिक, आर्थिक, सामाजिक, राजनैतिक, आत्मिक, आध्यात्मिक इत्यादि इत्यादि......) सर्वोत्कृष्ट, सौख्य पूर्ण, उन्नतिशील, सुखी एवम् आनन्दमय शीघ्र बनाने तथा स्थायी रूप से रखने के समस्त साधनों का ही सम्मिलित नाम धर्म है। वह कई व्यक्तियों की आध्यात्मिकता की ओट में अपने कर्त्तव्यों से पलायनवृत्ति को और दूसरों के आध्यात्मिक तथा नैतिक रूप से मूल्यहीन जीवन के आधुनिक शिक्षात्मक सतहीकवच को बड़ी

गहराई से समझते थे। अतएव उन्होंने हमेशा दैनिक जीवन के आध्यात्मिक तथा भौतिक क्षेत्रों के उपयुक्त समन्वय पर बल दिया। एक तरफ वे उन भ्रान्तियों को दूर करना चाहते थे जिसके कारण कुछ व्यक्ति यह सोचते थे कि समाज के प्रति निस्वार्थ सेवा के बिना भी, ईमानदारी से अपनी जीविका अर्जन के साथ विशिष्ट रूप से केवल व्यक्तिगत आध्यात्मिक साधना से ही पूर्ण धर्म निभाया जा सकता है और दूसरी तरफ उनकी कि जो यह सोचते थे कि आध्यात्मिकता सीखने और उसका अभ्यास किए बिना, केवल समाज की निस्वार्थ सेवा से ही धर्म साधना पूर्ण हो जाती है। वे दोनों का सुखद सामंजस्य चाहते थे। वे दोनों व्यक्ति तथा समाज के भारतीय सांस्कृतिक तथा आध्यात्मिक आदर्श अर्थात उदात्त वेदान्तिक आदर्श—पूर्णत्व (सर्वतोमुखी पूर्णता तथा सांमजस्य) के शीघ्र प्रत्यक्षीकरण की ओर सार्वदैशिक तथा सर्वतोमुखी प्रगति के लिए कटिबद्ध थे।

इन विचारों से व्यथित, कई दशकों तक उन्होंने श्रमसाध्य, विस्तृत, धैर्यपूर्ण दिनरात अनुसंधान कर, पहले भारत तथा उसके द्वारा विश्व के सर्वतोमुखी पुनर्निमाण के लिए एक भव्य तथा त्रुटिहीन योजना का विकास किया। एतदर्थ, 1953 में जगद्गुरू जी ने नागपुर में श्री विश्वपुनर्निमाण संघ नामक संस्थान की स्थापना की। संघ के प्रशासन मंडल में जगद्गुरू जी के शिष्य, भक्त तथा उनके मानव सेवा के लिए भौतिक, आध्यात्मिक तथा आदर्शों के प्रशंसक थे जिनमें बहुत से उच्चन्यायालय के न्यायाधीश, मंत्रीगण, शिक्षाविद, राज्यमर्मज्ञ और भारतीय सार्वजनिक जीवन के अन्य योग्यतम व्यक्ति थे। बड़े लम्बे तथा सतत प्रयत्न के बाद, गुरू जी को मुख्य सचिव मिले, श्री चिमनलाल त्रिवेदी, जिन्हें गुरू जी ने अपना 'आफ्रिकेनस स्किपियो' कहा और जिन्होंने संघ के उत्थान तथा प्रगति के लिए सतत रूप से सोचा, स्वप्न देखा, योजनाएं बनाईं और कार्य किया। यद्यपि प्रारम्भ में जगद्गुरू जी की अस्वस्थता तथा अन्य विभिन्न कार्यों के कारण तथा और भी कई अनपेक्षित कठिनाइयों के कारण संघ अपना कार्य नहीं कर सका, परन्तु अब संघ के सभापति न्यायाधिपति बी० पी० सिन्हा (भारत के प्रधान न्यायाधिपति) और उपसभापति डा० सी० डी० देशमुख, (आई० सी० एस०, भारत के भूतपूर्व वित्तमंत्री, तथा विश्वविद्यालय अनुदान आयोग के भूतपूर्व चेयरमेन) के निर्देशन में संघ जगद्गुरू के संदेश तथा शिक्षाओं के प्रचार में कार्यरत है।

भारतीय धर्म संघ के शंकराचार्यों के इतिहास में प्रथम बार, 1958 में श्री जगद्गुरू विश्वशांति का प्रसार करने तथा उदात्त वेदान्तिक, आध्यात्मिक आदर्शों का प्रचार करने के लिए भारत से बाहर, अमेरिका गए। वह भ्रमण परमंहस योगानन्द जी द्वारा अमेरिका में स्थापित वेदान्तिक संस्था सेल्फ रियलाइज़ेशन फेलोशिप, लॉस एंजलिस द्वारा प्रतिभूत किया गया था। जगद्गुरूजी ने वहां तीन माह प्रवास किया जिस अवधि में उन्होंने कई शतक महाविद्यालयों, गिरिजाघरों तथा सार्वजनिक संस्थानों में मंत्रमुग्ध श्रोता गणों को प्रवचन दिये। उन्हें टेलिविजन पर भी भाषण देने और गणितीय प्रदर्शन करने के लिए आमंत्रित किया गया था। और वास्तव में, उन्हों ने अपने भ्रमण काल में, सारे अमेरिका में नैतिक तथा आध्यात्मिक शांति तथा सांमजस्य का अत्यंत बलशाली प्रवाह विमुक्त किया जिसकी अभूतपूर्व सफलता की तुलना संभवतः स्वामी विवेकानन्द की सफलता से ही की जा सकती है। धार्मिक विज्ञान के गिरिजाघरों मे प्रधान पादरी डा० हॉर्नडे ने उनसे श्री विश्वपुनर्निमाण संघ की एक शाखा को अमेरिका में भी स्थापित

करने के लिए प्रार्थना की जिससे कि सारे विश्व में एक ही धर्म की स्थापना हो सके। उस समय इस सुझाव पर कुछ कारणों से कार्य न हो सका। अपनी वापिसी यात्रा में मई 1958 में गुरू जी ने कुछ भाषण ब्रिटेन में भी दिए।

पाँच दशकों से मानवता की सेवा में, आध्यात्मिक ज्ञानका प्रकाश फैलाने में और वेदान्तिक आदर्शों की पुनःस्थापना करने में, अपना सारा तन, मन, हृदय और आत्मा लगाने के कारण गुरू जी पर बहुत अधिक परिश्रम पड़ रहा था। इससे उनके स्वास्थ्य पर कुप्रभाव पड़ रहा था परन्तु तिस पर भी गुरू जी ने अपने सौख्य पर कभी ध्यान नहीं दिया। विदेश के तूफानी भ्रमण से उनके स्वास्थ्य पर गहरा धक्का लगा परन्तु इस पर भी उन्होंने विश्राम करना अस्वीकार कर दिया और वे अनवरत अध्ययन, विचार-विमर्श, प्रवचन तथा लेखन में युवक सहज शक्ति और उत्साह से कार्य करते रहे। सचमुच में उन्हें अपने चेलों और भक्तों को दर्शन, प्रवचन तथा विचार विमर्श देने से उस समय रोकना कि जब वे थकान तथा आयास के कारण बोलने में भी कष्ट का अनुभव करते थे, बहुत ही जीवट का काम था और सतत जागरूकता की आवश्यकता रखता था। इसके परिणामस्वरूप नवम्बर 1959 में वे गम्भीर रूप से बीमार पड़ गए और सर्वोत्तम उपलब्ध चिकित्सा के बावजूद उन्होंने इस नश्वर शरीर का त्याग कर, 02 फरवरी, 1960 में बम्बई में महासमाधि ले ली।

जगद्गुरू शंकराचार्य की गद्दी पर आरूढ़ होते ही श्री भारती कृष्ण तीर्थ जी सभी की आँखों के तारे हो गए थे। उनका तेजस्वी व्यक्तित्व, मनोरम भोलापन, उनकी तीव्र ज्ञान पिपासा, उनकी उत्कट धार्मिक उमंग, उनका धार्मिक शास्त्रों में अटूट विश्वास, उनका अखिल विश्व प्रेमभाव, उनकी प्रखर मेधा, इन सभी से जो भी उनके सान्निध्य में आता, उनकी तरफ बिना खिंचे नहीं रह पाता। उनके चारों तरफ भीड़ लगी रहती थी और लोग उनके दिव्य मुख मण्डल की एक झलक के लिए उनके दरवाजे पर घंटों प्रतीक्षा करते। उनके मुख पर दिव्य आभा झलकती थी। और उनके हृदय से अद्भुत अधिमानव करुण रस झरता रहता था।

वे हमेशा पूर्णरूप से निष्पक्ष रहते थे। उनकी आँखों में सभी बराबर थे। उन्होंने कभी धन की कोई भी चिन्ता नहीं की। उन्होंने कभी पद का मोह नहीं किया। गरीब या धनी, बड़ा या छोटा, उनके भव्य व्यक्तित्व तक पहुंचने के लिए सभी को भक्ति के दरवाजे से पहुंचना पड़ता था। जो भी उनके पास पहुचंता वे उसे अपनी दिव्यता के अनुसार, अपनी ही तरह प्रेम करते। जो भी उनसे दो मिनिट बात करके जाता, समझता कि वह परमपावन के प्रेम का विशेष पात्र है।

इस तरह के दिव्यपुरुष का चित्रण करना तो असम्भव है। उनके कार्य बहुमुखी थे, उनकी वाणी सुनने का एक विशेष आनन्द था। उनका दर्शन एक सौभाग्य था। उनसे बात करना परमआनन्द और उनसे "साक्षात्कार" अहा, वह तो सुख की चरम सीमा थी जिसकी सभी व्यक्तियों को आन्तरिक अभिलाषा थी। उनके अद्भुत व्यक्तित्व का आकर्षण इतना तीव्र था कि उनका एक शब्द, उनकी एक मुस्कान या केवल एक दृष्टि सर्वाधिक संशयशील को भी उनके उत्सुकतम तथा अत्यन्त आज्ञाकारी शिष्य में परिणित कर देती थी।

वे जाति पाति के भेदों से परे, सभी को एक समान चाहते थे और वे इस समस्त विश्व के सच्चे अर्थों में गुरू थे। परमपावन सभी राष्ट्रों, धर्मों, स्थानों के ब्राह्मण और अब्राह्मण, हिन्दू और मुसलमान, पारसी और ईसाई, योरोपीय और अमरीकी लोगों के

साथ समान रूप से व्यवहार करते थे। इस महात्मा की अतुल लोकप्रियता का यही रहस्य था।

वे अपनी सादगी में भव्य थे। लोग उनके आशीर्वाद के लिए कुछ भी और सभी कुछ दान करने के लिए तैयार थे और वे सभी के साथ खुलकर, बिना किसी डर के अथवा बिना किसी कृपाकांक्षा के, विवेकपूर्ण बातें करते थे। हजारों की संख्या में लोग उनके दर्शन करने आते और अपने दुःखों से मुक्ति के लिए प्रार्थना करते। वे सभी के दुख दर्द सुनते और प्रत्येक के लिए उनके पास करूणामय दो शब्द अवश्य होते और उसके बाद वे सबको थोड़ा प्रसाद देते जिससे उनके शारीरिक व मानसिक दुःख दर्द ठीक हो जाते। कभी-कभी तो लोगों के दुःख सुनकर उन्हें आंसू आ जाते और वे भगवान से उनके दुःख निवारण के लिए प्रार्थना करते।

वे प्रकाण्ड पण्डित थे और गहन तथा विस्तृत अध्ययन करने वाले थे। प्रखर बुद्धि, तीव्र मेधा और विपुल उमंग के कारण वे अपने समय के सर्वोत्तम मनीषी थे। वे अपना अवकाश भी व्यर्थ नहीं गंवाते थे। या तो वे कुछ अध्ययन करते या कुछ दुहराते। ज्ञान की कोई शाखा ऐसी नहीं थी जिसे कि वे शास्त्रोक्त रूप से न जानते हों। उन्हें छन्दशास्त्र, आयुर्वेद और ज्योतिषशास्त्र का समान रूप से ज्ञान था। वे एक असाधारण प्रतिभा के कवि थे और संस्कृत में अपने गुरू की प्रशंसा में और देवताओं तथा देवियों की स्तुति में उनकी जो कविताए हैं उनमें भक्ति का बहुत मनोहर और विशिष्ट प्रवाह है जो उनके लेखन की लाक्षणिकता है।

विभिन्न देव तथा देवियों की स्तुति में गुरूदेव द्वारा लिखे गए, संस्कृत के मेरे पास कोई तीन हजार से अधिक श्लोक हैं। इन श्लोकों का संकलन किया जा चुका है और अब उनका भाषान्तर हिन्दी में हो रहा है। उन्हें तीन खण्डों में, हिन्दी के भाषान्तर सहित प्रकाशन की योजना बनी है।

परमपावन स्वामी भारती कृष्ण तीर्थ महाराज द्वारा लिखित पुस्तक ''सनातन धर्म'' भारतीय विद्या भवन, बम्बई द्वारा प्रकाशित की गई है। सर्वोपरि, उनकी गुरू भक्ति तो वर्णन से परे है। वे कई दिनों तक लगातार अपने गुरू की महानता की बात करते रहते थे। अपने गुरू की पूजा करते वे कभी नहीं थकते थे। इतना ही प्रेम उनके गुरू उनसे भी करते थे और हमारे स्वामी जी को वे स्वयं विद्या देवी श्री शारदा जी के पुत्र कहते थे। प्रत्येक दिन वे सर्वप्रथम अपने गुरू की चरण पादुकाओं का पूजन करते थे। उनके ''गुरूपादुका स्तोत्र'' से उनका गुरूपादुकाओं के प्रति श्रद्धा भाव तथा उनका महत्व स्पष्ट झलकता है।

श्री भारती कृष्ण तीर्थ एक महान योगी थे और उच्च कोटि के सिद्ध थे। उनके लिए कुछ भी असम्भव नहीं था। सर्वोपरि वे एक सच्चे सन्यासी थे। उन्होंने इस विश्व को एक रंगमंच की तरह देखा जहाँ सबको अपना अपना पार्ट अदा करना पड़ता है। संक्षिप्त में, वे बिना किसी चमत्कारिक तथा रहस्यपूर्ण शक्ति के बहुत ही उच्च महात्मा थे।

मैं यहां पर अपने हृदय की अनुभूति का एक लक्षांश भी व्यक्त नहीं कर पाई हूं। उनकी निर्दोष पवित्रता, उनकी गहरी धर्मनिष्ठा, उनकी अनंत प्रज्ञता, उनकी बालसुलभ शांति, विनोदप्रियता तथा भोलापन और उनका विश्वप्रेम वर्णनातीत है। परम पावन ने हमारे सामने ''सादा जीवन उच्च विचार'' का एक उदात्त उदाहरण रख दिया है। जीवन के इस उदाहरण से, जिसने इतना पवित्र, इतना सरल, इतना आध्यात्मिक और इतने प्रेम से जीवन यापन किया, सारा विश्व लाभ उठा सकता है।

प्रस्तुत खण्ड के लिए भूमिकात्मक अभिकथन

अब मैं इस पुस्तक की उत्पत्ति के संबंध में चार शब्द लिखूंगी। श्रद्धेय गुरूदेव कहा करते थे कि अथर्व वेद के गहन अनुसंधान तथा श्रृंगेरि के पास के वनों में आठ वर्ष की तपस्या के पश्चात उन्होने इन सोलह सूत्रों का (विषय वस्तु में दिए गए) पुनर्निर्माण किया है। स्पष्टतया आज के अथर्व वेद के संशोधित संस्करण में ये सूत्र नहीं मिलेंगे क्योंकि उदघाटित ज्ञान के सहारे इनका पुनर्निर्माण किया गया था। श्रद्धेय गुरूदेव कहा करते थे कि उन्होंने इन सूत्रों के लिए सोलह खण्ड लिखे हैं प्रत्येक सूत्र के लिए एक, और उनकी पाण्डुलिपियां उनके किसी शिष्य के पास जमा हैं। दुर्भाग्य वश वे सोलह खण्ड पूर्ण रूप से विनष्ट हो गए और इस भीमकाय हानि की पुष्टि अंततः 1956 में हुई। श्रद्धेय गुरूदेव को इससे चिन्ता नहीं हुई और वे कहा करते थे कि वे सब उनकी स्मृति में सुरक्षित हैं और वे सोलह खण्ड फिर से लिख सकते हैं।

मेरे पति (स्वर्गीय) श्री चिमनलाल त्रिवेदी, विश्व पुनर्निर्माण संघ के अवैतनिक प्रधान सचिव ने देखा कि एक ओर जब श्री जगद्गुरू महाराज अपनी शोध की हुई और प्रस्तुत की हुई वैदिक गणित को विद्वान श्रोताओं एवं सभाओं के सम्मुख प्रदर्शन करने में व्यस्त थे तब दूसरी ओर कुछ व्यक्तियों ने नए सूत्रों की सही जानकारी प्राप्त कर, साधारण जनता को इन्हीं सूत्रों के सहारे, आश्चर्य चकित कर बिना गुरू जी का आभार प्रदर्शित किए अपने आपको विलक्षण प्रतिभावान सिद्ध करना प्रारम्भ कर दिया था। इसलिए गुरूदेव ने मेरे पति की प्रार्थना पर ये सारे सूत्र अपने नाम से प्रकाशित करवाना स्वीकार कर लिया।

1957 में जब उन्होंने अन्ततः अमेरिका भ्रमण का निश्चय कर लिया था, तब अपनी स्मृति से अपने द्वारा पुनर्निर्माणित सोलह सूत्रों का भूमिकात्मक उल्लेख करते हुए, प्रस्तुत पुस्तक पुनः लिख डाली। यह पुस्तक उन्होंने वृद्धावस्था में कमजोर स्वास्थ्य तथा क्षीण दृष्टि के बावजूद डेढ़ माह में लिखी थी।

उन्होंने अगले खण्डों की भी योजना बनाई थी किन्तु अपने गिरते स्वास्थ्य (तथा दोंनो नेत्रों में मोतियाबिंद होने) के कारण वह योजना सफल न हो सकी। अब श्रद्धेय गुरू जी द्वारा लिखित खण्डों में केवल प्रस्तुत खण्ड ही बचा है, और दुःख की बात है कि वैदिक गणित पर लिखे गए उनके अन्य कार्य पूर्णतया विलुप्त हो चुके हैं।

प्रस्तुत खण्ड की टाइपप्रति श्रद्धेय गुरू देव द्वारा 1958 में अमेरिका में प्रकाशन हेतु छोड़ दी गई थी। ऐसा समझा गया था कि प्रूफ शोधन के लिए तथा छपाई के व्यक्तिगत परिनिरीक्षण के लिए उन्हें अमेरिका जाना पड़ेगा। परन्तु उनके भारत आने के बाद उनका स्वास्थ्य और भी गिर गया था और अन्ततः 1960 में महासमाधि ग्रहण के पश्चात टाइप प्रति अमेरिका से मंगवाई गई।

आभारोक्तियां

मैं बनारस हिन्दू विश्वविद्यालय के प्रबुद्ध उपकुलपति, न्यायाधिपति एन० एच० भगवती तथा बी०एच०यू० के अन्य अधिकारी गणों की अत्यन्त आभारी हूँ कि जिन्होंने डा० पं० ओंकारनाथ ठाकुर द्वारा प्रस्तावित की गई प्रस्तुत पुस्तक का प्रकाशन प्रसन्नतापूर्वक स्वीकार कर लिया। और इस प्रस्तावना के लिए मैं डा० ठाकुर की ऋणी

हूँ। मैं ज्ञानवृद्ध मनीषी डा० वी० एस० अग्रवाल (प्रोफैसर, ललितकला तथा स्थापत्य, बी० एच० यू) का, जिन्होंने इस प्रकाशन का अभिक्रम किया तथा उस कार्य में सतत रुचि दिखलाई, हार्दिक तथा श्रद्धापूर्वक धन्यवाद करती हूं। यह मेरा सुखद कर्त्तव्य है कि डा० प्रेमलता शर्मा के प्रति, जिन्होंने मुद्रण कार्य के प्रारम्भ में ही ठप्प होने पर स्वतः ही टाइप प्रति का मुद्रण परिष्कार तथा प्रूफशोधन कार्य अपने ऊपर ले लिया था, आन्तरिक कृतज्ञता व्यक्त करूं। बिना उनके कठोर परिश्रम के, जो कि उन्होंने श्रद्धेय गुरूदेव की इस महान तथा भव्य कृति के प्रति केवल श्रद्धा भावना के कारण किया, यह खण्ड एक लम्बी अवधि तक अधंकार में पड़ा रहता। मेरा विश्वास है कि श्रद्धेय गुरूदेव की पवित्र आत्मा उन्हें परम प्रिय आशीर्वाद देगी। डा० शर्मा के अंतर्गत शोधविभाग के श्री एस० निजबोध को भी मेरा हार्दिक धन्यवाद देय है जिन्होनें इस कष्टसाध्य कार्य में डा० शर्मा की योग्यतापूर्वक सहायता की।

नागपुर
16 मार्च 1965

उनकी क्षुद्रतम शिष्या
श्रीमती मंजुला त्रिवेदी
अवैतनिक प्रधान सचिव
श्री विश्वपुनर्निर्माण संघ,